KB270357

<u>그 섬에서의 생존방식</u>

그 섬에서의 생존방식

초판 1쇄 발행 2013년 11월 20일

지은이 김지용
펴낸이 권경옥
펴낸곳 해피북미디어
등록 2009년 9월 25일 제2009-000007호
주소 부산광역시 동래구 온천2동 399-12
전화 051-555-9684 | 팩스 051-507-7543
전자우편 bookskko@gmail.com

©김지용, 2013
ISBN 978-89-98079-01-7 04810
       978-89-963292-1-3 (세트)

*책값은 뒤표지에 있습니다.
*이 도서의 국립중앙도서관 출판시도서목록(CIP)은 e-CIP 홈페이지
 (http://www.nl.go.kr/ecip)에서 이용하실 수 있습니다.
 (CIP 제어번호: CIP2013022491)
*본 도서는 2013년 부산문화재단 지역문화예술육성지원사업의
 일부지원으로 시행됩니다. 부산문화재단

「예술문화총서 02」

그   섬에서의
생존방식

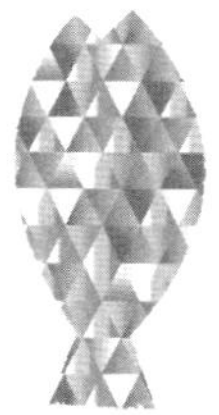

김지용 희곡집

「예술문화총서 02」

해피북미디어

내 어릴 적 꿈은 시인이었다.
의사, 판사, 최고경영자, 외교관. 내가 보기에 시인보다 하등한 존재였다.
어줍잖은 지식으로 김수영과 신경림, 황지우를 논했다.
수학문제를 푸는 것처럼 기형도, 정현종, 최승자의 시를 해부했다.
도종환과 서정윤을 나약하고 시시하다고 비판했다.

대학에 와서 연극을 알게 되었다.
무대 위에서 연기하는 배우가 굉장히 멋져 보였다.
선배를 졸라 나도 배우를 해보았다.
77학번 선배님이 공연을 보시고 한 말씀 하셨다.
"자네 때문에 이 연극 다 망쳤네."
몰랐다. 대사는 틀리지 않고 다 쳤다. 속으로 욕을 많이 했다.
군대를 갔다 와서 배우로 다시 몇 번 무대에 섰다. 재미없었다.
선배가 되어 이번에는 연출을 하게 되었다.
다시 77학번 선배님이 말씀하셨다.
"명연출 탄생했다."

졸업 후 겨울에 77학번 선배님으로부터 전화가 왔다. 술 한잔하자고.
술자리에 갔더니 장발에 머리를 묶은 아저씨가 함께 있었다.
어느 극단 대표라고 했다.
술 잘 마시고 집으로 갔다.
며칠 뒤 전화가 왔다. 머리 묶은 장발 아저씨한테서.
"안 오나? 죽을래!"

뭐지, 이건? 갔더니 대본을 하나 툭 건네준다.
"니가 해라."
연극계에 연출로 데뷔했다.

다시 장발 아저씨가 부산연극제에 나가라고 했다.
부산연극제는 창작 초연만 참가할 수 있다.
물었다.
"대본은요?"
대답하셨다.
"니가 써라."
썼다. 그게 내 첫 희곡이다.
희곡상을 받았다.
극작가가 되었다.

이후로 열편 가까이 단막과 장막을 썼다.
지구의 지층처럼 나의 세계는 중심으로 느리게 느리게 가라앉았다.
켜켜이 쌓인 희곡들이 나무의 나이테로 보인다.
그 나이테가 내 인생처럼 다가왔다.
내 나이, 만 서른여섯. 절반이다. 하지만 아직도 두리번거리고 있다.
가지치기를 해야 할 것 같았다. 더 큰 성장을 위해서.

얼마나 걸릴지 알 수가 없다.
세상은 늘 너무나 불확실하다.

부조리가 만연하고 제도는 구멍투성이다.
다만 어디를 향해 가야 할지는 알게 되었다.

그래서 밤하늘의 북극성을 본다.
먹구름 하늘 가려도, 태양이 그 빛을 지우려 해도
언제나 그 자리를 지키며 빛을 발하고 있다.
진리란 그런 것이다.
사라지지 않고 변하지 않는다.

그리하여 결심하였다.
세상을 탓하지 아니하고, 원망하지 않으리라.
과거를 욕하지 아니하고, 모든 아버지들을 미워하지 않으리라.
모더니스트이자 로맨티스트가 되리라.

2013년 여름
김지용

김지용 극작가의 첫 번째 희곡집 출간에 붙여

"청춘(靑春)의 날개" 그리고 "잠들지 않는 깃털 (plume)"

꿈이란 분명 혈기왕성하던 시절 우리의 힘이자, 무대의 '막'을 올리게 하는 원동력이었다.

그렇게 들끓었던 20대의 열정은 배우에서 연출가로, 그리고 극작가라는 수식어의 날개를 달아, 한 발짝 한 발짝 꿈을 펼치며 좇아 달리게 했다. 어언 10년이란 시간을 훌쩍 지나, 어느덧 희곡집 출간이란 이정표를 찍는 그를 보노라면, 새삼 지나온 시간이 주마등 같음을 느낀다. 같은 별을 향해 같은 길을 함께 가던 친구이자, 경쟁자이자 든든한 우군인 그의 행보에 질투가 날 만큼이나, 감개무량함을 느끼는 것 역시, 그가 내게 준 행운이자, 삶이 빚어내는 예술이 아닌가 싶다.

〈PLAY…〉 어제와 오늘, 그리고 내일을 관통하는 그의 지성은 무대라는 놀이터 위에, 인물을 만들고, 생명력을 불어넣고, 한바탕 놀이로 항상 세상을 이야기하고, 때로는 냉철한 일침으로, 때로는 따뜻한 사랑으로 우리의 마음을 움직이게 한다.

"배우가 매일 신체를 단련하고, 발성훈련을 해야 하듯, 작가는 펜 끝에 잉크가 마르지 않게, 매일 끄적거려야 한다."는 그의 지론처럼 한없이 쏟아내는 그의 필력을 보노라면, 감히 "잠들지 않는 깃털!(La plume qui ne dort jamais!)"이라 부르고 싶다.(Plume이란 불어로 깃털이란 뜻이지만, 과거 셰익스피어나 몰리에르 시절 펜으로 사용되었다. 그래서 작가들에게 있어, 능력, 필력을 대변하는 뜻으로 활용된다.) 늘 새로운 시도와 상상력으로 우리의 눈과 귀를 씻기고, 깊은 고찰로 우리의 머리를 빗겨내며, 배우를 춤추고 노래하게 함이 바로 그의 깃털이 잠들지 않음을 증명하는 것이리라.

배우들의 몸과 입, 연출가의 마법을 통해 생명력을 얻었을 때, 비로소 희곡은 공연이라는 그 소기의 목적을 달성하기 때문에 흔히들 "창작희곡은 무대 위에 올랐을 때, 완성된다."고 말하곤 한다. 그가 이 희곡집을 통해, 전하는 작품들이 대부분이 무대를 거쳐 완성되어졌기에 더욱 값지고 의미 있는 일일 것이다. 현재 연극을 하는, 글을 쓰는 일인으로서, 작게는 개인의 연극 인생에서, 크게는 연극계에서 중요한 업적을 남기는 그의 여정을 축하해마지아니하며, 그 한 켠에 몇 마디 덧붙일 수 있는 소중한 시간을 준 것에 기쁨과 감사함을 전하고 싶다.

이 시대의 지성으로, 정의로, 연극인으로, 그리고 아름다운 사람으로 오랫동안 함께할 수 있고, 회자되기를 축원하며, 끝으로 김지용 작가의 날카로운 시선과 아름다움이 그의 희곡들과 함께 호흡하고자 하는 이들에게 여과되지 않고, 고스란히 보존되고 전달되기를 바라며, 다시금 새로운 무대 위에서 또 한 번 다른 완성된 희곡으로 생명력을 가지게 되기를 기원한다.

2013년 6월 26일 파리에서
강태욱

1부
창작희곡집

등장인물

오크
트롤
모험가
우체부
청소부

무대설명

무대 가운데만 구조물이 놓여 있고 그것이 섬을 나타내도록 한다. 장치는 사실적일 필요가 없고 극의 장면과 사건의 상황에 따라 등장한 배우가 지형이나 소품을 이용할 수 있게끔 만들어준다. 무대의 가운데를 제외한 다른 부분은 바다이며 등장인물은 다른 도구 없이 이곳을 걸어서 지나갈 수 없다. 굳이 지나가려고 한다면 아주 우스꽝스러우면서도 힘든 동작을 취하도록 한다.

1.

무대가 밝아지면 오크와 트롤이 등장해 있다.

그들은 낚시를 하고 있는데 섬 주위에는 그들이 설치해놓은 낚싯대가 여러 개 배치되어 있다.

트롤은 낚시에 집중하고 있고 오크는 다소 산만한 기색이 보인다.

오크　　어제는 참 이상한 날이었어. 웬 남자와 웬 여자가 서로 앉아서 쓸데없는 말만 하루 종일 주고받고 있더라구.

트롤　　혹시 낚시를 하고 있진 않던가요?

오크　　아니, 그걸 어떻게 알았어?

트롤　　나도 봤거든요. 상당히 재수 없게 생긴 남자 한 명이랑 (황홀한 어투) 너무나 우아하고 어여쁜 여자 한 명이 있었잖아요.

오크　　흠… 흠… 내가 보았던 것과는 사뭇 다르군, 그래. 난 말이야, 매우 못생긴 여자와 그와는 정반대로 굉장히 멋지고 핸섬한 남자가 있는 것을 봤다구.

트롤　　그럼 우리가 같은 광경을 본 건 아니군요. (무섭게 노려본다)

오크　　그래, 그런가 보군.

트롤　　하지만 내가 본 그 남자는 너무나 못생겼어요.

오크　　내가 본 그 여자도 정말 꼴불견이었지.

오크, 트롤　　(한참을 서로를 응시하다가 고개를 돌려 동시에) 쳇!

이후의 대사들은 상대방이 듣건 말건 동시에 주절주절 말한다.

오크　　뭔가 되는 일이 한 가지도 없어. 태어나서 지금까지 고기를 낚아오고 있지만 요새처럼 허탕을 친 적이 없었다구. 그러다 보니 맨날 받아 먹기만 하던 저 여편네가 여기까지 기어 나와서는 내 흉내를 내고 있잖아. 젠장, 덕분에 내 몫이 더 줄어들었어. 이건 정말 엄청난 비극이라구.

트롤　　나라도 이렇게 나오지 않았더라면 아마도 우리는 예전에 굶어서 죽었을 거야. 요새 물고기들은 워낙에 영악해서 저렇게 한심하고 무능한 인간이 던진 미끼는 아예 거들떠보지도 않는단 말이

야. 저 멍청한 인간은 자기가 어리석은 줄도 모르고 항상 불평만
해대지.

오크　　뭐가 어째? 가만히 두고 보고만 있으니 그 눈깔에 뵈는 게 없는
모양이로군.

트롤　　천만에! 아주 똑똑히 잘 보여. 그 넌덜머리가 나는 면상의 푹 파
인 땀구멍 하나하나까지도 정말 선명하게 잘 보여.

소리가 들린다.
그러자 오크와 트롤은 싸움을 멈추고 낚싯대의 줄을 당긴다. 그러나 낚싯대의 줄은 서로
엉켜 있어서 잘 잡아당겨지지 않는다. 둘은 낚싯대를 가지고 옥신각신한다.

오크　　그만 손을 놓는 게 좋을 거야.
트롤　　당신이나 놓으시지.

오크가 힘을 쓰자 트롤이 휘청거린다. 의기양양한 오크가 다시 한 번 힘을 쓸 때 트롤은 낚
싯대를 잡은 팔의 힘을 슬쩍 놓는다. 그 바람에 오크는 중심을 잃고 비틀거린다. 이 상황에
트롤이 의기양양해진다.

오크　　좋아, 끝까지 한번 해보겠다는 거로군.
트롤　　갈 때까지 가보자구요.
오크　　좋아. 한번 해보자구. 본때를 보여주지.

이때 다시 소리가 난다. 오크와 트롤은 낚싯대 끝을 본다.

트롤　　이를 어째? 고기가 그만 달아나버렸잖아.
오크　　이런 젠장... 서른, 마흔다섯 시간 만에 잡힌 물고기인데...
트롤　　아쉽게 됐네요.
오크　　그러게 말이야.

오크와 트롤은 아무 일도 없었다는 듯이 다시 자리에 앉아 낚싯대를 들고 전방을 응시한다.
트롤은 낚시에 집중하고 있고 오크는 또다시 산만해진다.

오크   (긴 사이 후에) 오늘도 참 이상한 날이군. 웬 여자와 남자가 낚시
        를 하다 말고 서로 격렬한 싸움을 하더란 말이야.

트롤   그게 어디 하루이틀 일인가요? 그러고도 서로 헤어지지 않는 게
        참으로 용하죠.

오크   맞아. 차라리 헤어지는 게 서로에게 훨씬 도움이 될 텐데...

트롤   내가 보기엔 남자가 쓸데없이 고집이 센 게 문제 같아 보이더
        군요.

오크   글쎄... 여자가 자기 분수를 모르고 너무 설치는 것 같던데?

트롤   누가 봐도 잘못은 모두 그 남자에게 있어요.

오크   누가 봐도 그 남자는 잘못한 게 털끝만큼도 없어.

트롤   남자예요.

오크   여자야.

트롤   남자라니까요.

오크   여자라니까!

서로 노려본다.

다시 소리가 난다.

오크와 트롤은 각자의 낚싯대를 들었다 놨다 한다. 그러나 별일은 없다.

다시 긴 사이.

앞서와 마찬가지로 트롤은 낚시에 집중을 하지만 오크는 계속해서 산만하다.

오크   불과 몇 달 전에 말이야. 바로 이 자리에서 기름기가 많은 아귀
        를 한 마리 잡았었지. 그런데 그놈이 어찌나 힘이 세던지 잡고
        있던 내가 이곳에서 그만 떨어질 뻔했다니까! 십 년 감수했어.

트롤   설마요. 기름기가 많은 아귀라서 그만 미끄러질 뻔했던 거겠죠.

오크   무슨 소리를 지껄이는 거야? 생각 안 나? 그 아귀에겐 눈이 하나
        밖에 없었는데 말이야.

트롤   아, 그래요. 이제야 생각났어요. 그 하나뿐인 눈에는 두꺼운 쌍꺼
        풀도 있었어요. 눈을 끔뻑끔뻑 거리며 날 쳐다보는데 어찌나 역
        겨웠는지 몰라요.

오크   그래서 그걸 당신 눈에 떡하니 붙이려고 했었구만. 호호호호...

트롤   내가 언제요? 별꼴이야. (사이) 며칠 전에 내가 잡은 물고기 기
       억나요?

오크   그래. 괴상한 녀석이었지. 물고기 주제에 다리가 달려 있었잖아.
       그것도 무려 세 개씩이나 말이야.

트롤   그렇게 튼튼하고 단단한 다리는 처음 봤어요. (오크를 보며) 누
       구 거와는 질적으로 틀리더군요.

오크   뭐? 이 여편네가! 내 다리 힘을 한번 보여줘?

소리가 들린다.

트롤   왔다!

낚싯대 하나를 있는 힘껏 잡아당긴다. 그러나 큰 게 걸렸는지 낚싯대는 꿈쩍도 하지 않는다.

오크   내가 도와줄까?

트롤   (안간힘을 쓰며) 저리 가욧!

오크   힘들어 보이는데?

트롤   나 혼자 할 수 있어요.

오크   알았어. (앞을 보며 자신의 낚싯대를 집는다)

트롤   이익! 크흥... 아악... 하악하악...

트롤은 낚싯대를 끌어당기면서 신음소리를 낸다. 고통스러우면서도 일면 섹시한 신음소
리다.

오크   정말로 감질맛 나는구만. (트롤에게로 다가가서 같이 낚싯대를
       끌어당긴다)

오크가 같이 낚싯대를 당기고 있음에도 불구하고 낚싯줄은 도통 끌려올 생각을 하지 않는다.
오크와 트롤은 같이 신음소리를 낸다. 서로의 신음소리는 묘하게 잘 어울린다. 오크와 트
롤은 낚싯줄을 당기다가 서로를 바라본다. 야릇한 신음소리로 인해 사랑이 가득한 눈이

되었다.

오크와 트롤은 낚싯대를 놓는다. 이미 그들은 낚시에 대한 관심이 끊어졌다.

오크 기억해? 아까 내 다리 힘을 보여준다고 했지.
트롤 지금이 바로 그때예요.

오크는 트롤을 섬 뒤로 집어던진다. 그리고 상의를 과격하게 벗고 트롤이 떨어진 곳으로 다이빙하듯 몸을 던진다.
무대에 흐르는 적막.

2.

오크와 트롤이 끌어당기던 쪽의 무대 밖으로부터 한 사람이 등장한다.
단정한 제복을 입고 있으며 낚싯바늘에 꿰인 것처럼 실을 물고 있다. 그는 앞구르기를 해서 섬까지 도달한다. 섬에 도착한 그는 입에 꿰인 실을 끊어내기 위해 실을 잡아당긴다. 그러나 매우 고통스럽다.
한참을 용을 쓰다 실을 뽑는 데 성공한다.

모험가 젠장, 미끼를 잘못 물었네. (거친 숨을 몰아쉬며 주위를 살핀다) 여긴 어디지? 무인도인가? 이 낚싯대들은 뭐지? (섬의 이곳저곳을 둘러보고는 크게 외친다) 실례합니다. 아무도 없습니까? (소리가 없자) 아무도 없는 건가? (섬의 한 곳에 앉는다)

섬의 뒤편에서 오크와 트롤의 머리가 올라온다.

오크 누굴까?
트롤 누군지는 몰라도 허락 없이 함부로 우리 낚시터를 차지한다면 가만히 두고만 보고 있지 않겠어요.

모험가는 섬의 한쪽 구석으로 가서 바다를 향해 소변을 누기 시작한다.

트롤	어머머머... 저게 무슨 해괴한 짓이에요?
오크	저런, 저런... 악취 때문에 물고기들이 다 도망가 버릴 텐데...
트롤	가서 좀 말려봐요.
오크	일단 볼일을 다 본 후에 가자구. 볼일 중에 말을 거는 건 실례란 말이야.

오크와 트롤은 모험가가 소변을 다 누길 기다린다. 그러나 모험가의 소변줄기는 그칠 기미가 보이지 않는다.

| 오크 | (하품을 하며) 거 정말 길게도 누는군. |
| 트롤 | (역시 하품을 하며) 그러게요. |

소변줄기의 소리가 점점 약해진다.

모험가	(몸을 떨면서) 으... 으... 시원하다.
트롤	볼일을 다 본 모양이에요.
오크	그렇군.
트롤	어서 가봐요. 여기가 우리 자리란 것을 알려주라구요.
오크	잠깐 있어봐. (우물쭈물한다)
트롤	뭘 꾸물거리는 거야?
오크	(두 손으로 종아리를 잡으며 주저앉는다) 어이쿠! 갑자기 다리에 쥐가 났어.
트롤	나... 원... 참... 기가 막혀서...

그 사이에 모험가는 바닥에 누워 자기 시작한다.

| 트롤 | 저것 봐요. 이제 우리 자리에 드러누워서 잠까지 자고 있어요. |
| 오크 | 뭐? 잠을 잔다고? 더 이상은 도저히 참을 수가 없군. 내가 가서 한마디 해야 되겠어. (벌떡 일어서서 모험가에게 다가간다. 누워 있는 모험가의 앞에 서서 모기만한 목소리로) 이 양반아, 여긴 우리 자리라구. 얼른 꺼져! (트롤에게 달려가서) 소용이 없는데? |

트롤	잘 안 들리는 모양이에요. 좀 더 크게 말해보도록 해요.
오크	좋아. (다시 모험가에게 성큼성큼 다가가서 과장되고 큰 행동과는 반대로 매우 작은 목소리로) 내 말이 안 들려? 여긴 옛날부터 우리가 있던 자리라구. 낭패당하기 전에 얼른 다른 곳으로 꺼지란 말이야.
트롤	(오크에게 다가가서) 일단 좀 깨워요. 저 코 고는 소리 때문에 머리가 흔들려 땅에 떨어질 지경이에요.
오크	그래, 우선은 깨워야겠어. 주인이 버젓이 있는데 버릇없이 말이야. 팔자 좋게 드러누워서 잠을 자다니... 본때를 보여줘야지.

오크는 모험가에게 다가가지만 모험가가 가볍게 몸부림을 친다.

그 몸부림에 화들짝 놀라 오크와 트롤은 처음 고개를 내밀었던 자리로 부리나케 되돌아간다.

오크	(가쁜 숨을 진정시키며) 어... 엄청난 놈이로구만... 우리의 행동패턴을 낱낱이 다 파악하고 있어.
트롤	뭐 저런 괴물 같은 게 다 있죠?
오크	강력해. 너무나도 강력해. 젠장, 도저히 우리가 어떻게 할 수 있는 수준의 상대가 아닌 것 같아.
트롤	큰일이에요. 저 자리를 빼앗기면 우린 꼼짝없이 굶어 죽어야 하는데...
오크	이렇게 넓고 넓은 바다에 하필이면 우리가 사는 이 섬에 올 게 뭐람?
트롤	어서 이 자리를 피하도록 해요. 저 무시무시한 놈이 잠에서 깨어 일어나면 무슨 행패를 부릴지 모르잖아요?
오크	그래, 맞아. 우리 물건들을 잘 챙겨서 저 놈이 사라질 때까지 다른 곳으로 몸을 피해 있자구.

오크와 트롤은 천천히 숨어 있던 곳에서 나와 잠든 모험가의 주변에 널려 있는 자신들의 물건들을 챙기기 시작한다.

| 오크 | (낚싯대 하나를 주워 들고) 이건 버리고 갈까? 이 낚싯대로는 단 |

	한 번도 물고기를 낚아본 적이 없어.
트롤	멀쩡한 걸 왜 버려요. 당신 낚시 솜씨가 형편없는 걸 가지고...
오크	나랑 원수졌어? 내가 무슨 말만 하면 톡톡 쏘아붙이니...
트롤	내가 언제요?
오크	지금, 지금 말이야.
트롤	흥분하지 말아요.
오크	내가 언제 흥분했다고 그래?
트롤	지금, 지금요.
오크	지금은 내가 흥분한 게 아니고 당신이 나한테 톡톡 쏘아붙이고 있는 거야.
트롤	좋아요. 그렇다고 쳐요. 하지만 지금은 그 지금이 아니죠. 내가 톡톡 쏘아붙인 지금은 아까가 되었고 지금은 당신이 흥분하고 있는 게 지금이에요.
오크	무슨 소리야. 그 지금을 넘어서서 지금의 지금은 당신도 역시 나에게 톡톡 쏘아붙이고 있어.
트롤	그 지금은 지나갔다니까요.
오크	그 지금도 지나갔어.

오크와 트롤이 자신들의 일을 잊고 다투는 사이 그 요란스러운 소리에 모험가가 잠에서 일어난다. 다투고 있는 그들을 의아하게 바라보다가 서서히 다가간다.

오크와 트롤은 다툼에 너무나 열중한 나머지 모험가가 잠에서 깨어 일어나 다가오고 있다는 사실을 눈치채지 못하고 있다.

모험가	(조심스럽게) 이보시오.
오크	아, 일어나셨군요. 안 그래도 깨울 참이었습니다만... 잠깐만 기다려주시죠. 해결해야 할 일이 먼저 있어서...
모험가	아, 예. (모험가는 트롤 쪽으로 다가간다) 저기 좀 물어볼 게 있습니다.
트롤	지금 바쁜 거 안 보여요? 비켜요. 안 보이잖아요.
오크	저... 저... 저런 싸가지를 봤나. 아무한테나 신경질 부리는 건 어디서 배웠어?

모험가   (오크에게) 저기 좀 물어볼 게 있는데요.

오크   (모험가에게) 어디서 굴러들어온 개뼉다귀야? 당신이 나한테 물
         어볼 게 있는지는 모르겠지만 난 당신한테 대답할 게 없어. (트
         롤을 가리키며) 정 대답을 듣고 싶거든 저 여자에게 가서 물어보
         라구.

모험가   두 분이 지금 별것 아닌 듯한 심각한 문제로 옥신각신하고 계시
         다는 건 잘 알겠습니다만 우선... (표정을 바꾸어 과격하게) 내 말
         좀 들어달란 말이야.

         모험가의 큰 고함소리에 오크와 트롤은 깜짝 놀라 정신을 차리게 된다.
         오크와 트롤은 겁에 질려 서로 모인다.

트롤   당신 때문이에요. 저 사람이 화를 내고 말았잖아요.

오크   그게 왜 나 때문이야. 당신 때문이지.

모험가   어험험! 조용히 하십시오.

오크   조용히 하라잖아. 괜히 소란스럽게 만들지 말라구.

트롤   어머머머... 내가 언제 소란스럽게 했다고 그러죠? 정말 소란스
         럽고 산만한 건 오히려 당신이에요.

모험가   정말 시끄러워 죽겠군.

트롤   (모험가에게) 전 아니에요. 저 사람이 계속 시끄럽게 군단 말이
         에요.

오크   내가 언제? (모험가에게) 여보시오. 내가 시끄럽소, 아니면 저 여
         편네가 시끄럽소?

모험가   지금 저에게 물으신 겁니까?

오크   그렇소.

트롤   제3자의 입장에서 공정하게 말씀해주세요.

모험가   음... (트롤을 가리키며) 부인께서 (오크를 가리키며) 저 자의 뺨
         을 한 대 후려치십시오.

오크   말도 안 돼. 이건 정말로 억울합니다. 도대체 왜 내가 맞아야 한
         단 말이오?

모험가   부인의 목소리가 큽니까, 아니면 당신 목소리가 더 큽니까?

오크　　　　저죠.

모험가　　　따라서 남편분께 더 많은 잘못이 있는 것이죠.

오크　　　　뭐라구?

트롤　　　　뉘신지는 모르겠지만 정말 명쾌한 해석이에요. 자, 얼굴을 대요.

오크　　　　젠장! (눈을 꼭 감는다. 그리고 겁에 질려) 우... 웅...

트롤은 아주 신이 난 듯하다. 신음소리를 내며 떨고 있는 오크를 때릴 듯 말 듯 골린다. 그리고 적절한 시점을 골라 오크의 뺨을 찰싹 때린다.

모험가　　　(트롤이 오크를 때리는 것을 기다린 후에) 이제 내가 한마디 물어
　　　　　　봐도 되겠습니까?

트롤　　　　얼마든지요.

모험가　　　내가 물어보고 싶은 건 여기가 어디냐는 것입니다.

트롤　　　　여긴 바다 한가운데의 어떤 섬이죠.

모험가　　　정확한 좌표를 얘기해주셨으면 합니다.

트롤　　　　좌표라니... 그런 건 한 번도 들어본 바가 없어요. 그게 뭐죠?

모험가　　　정말 이거 미개한 종족이로구만...

오크　　　　무식하게시리... 당신이 나까지 싸잡아 망신당하게 하는구만...
　　　　　　(모험가에게 친절하게) 제가 어렴풋하게 말해보지요. 그러니까
　　　　　　내가 서 있는 이곳을 기준으로 이 낚싯대 길이로 다섯 번만큼 멀
　　　　　　게 그리고 두 번만큼 오른쪽으로 줄을 던지면 맹독을 가진 복어
　　　　　　가 잡힙니다.

모험가　　　오, 좌표의 개념을 대략 이해하고 있군요. 정말 훌륭합니다.

오크　　　　헤헤헤...

트롤　　　　(오크에게) 아니, 그걸 왜 여태까지 나한텐 가르쳐주지 않았나
　　　　　　요?

오크　　　　그걸 당신에게 가르쳐줬어 봐. 어느 날 나한테 말없이 그 맹독을
　　　　　　가진 복어를 먹였을 테지. 나는 죽기 싫었다 이거야.

트롤　　　　나 참! 기가 차서...

모험가　　　좌표에 대한 개념을 대략적으로 이해하고 있다고는 하나 완전하
　　　　　　게 체득하고 있지는 않은 것 같군요. 지식이란 것은 원래 외부를

향해 끝없이 확장하여 나가는 것인데 말입니다.

오크   그게 무슨 뜻입니까?

모험가   그러니까 그 말인즉 알기 쉽게 풀이해서 말하자면 이 섬이 도대
          체 어디쯤이냐 하는 것이죠.

트롤   그거야 간단하죠.

모험가   말해보십시오.

트롤   봄 다음에 여름이 되고 여름이 지나면 가을이 오고 결국 겨울이
          됩니다.

모험가   예?

트롤   아침노을이 지면 비가 오고 저녁노을이 지면 다음 날이 맑아요.

모험가   누가 그런 걸 말하라고 했습니까? 이 섬의 위치를 말해주시라니
          까요.

트롤   (곰곰이 생각한다) 저 별은 항상 북쪽에만 있어요. 그러니 이 섬
          은 저 별의 남쪽에만 있죠.

모험가는 머리를 감싸 쥐고 괴로워한다.

오크   (괴로워하는 모험가를 보고) 아니, 왜 그러십니까?

트롤   저의 답변에 너무나 감동하신 건 잘 알지만 이건 지나친 표현이
          세요. 몸 둘 바를 모르겠군요.

모험가   (오크에게) 당신이 (트롤을 가리키며) 저 여자의 따귀를 세 번 후
          려치도록 하시오.

트롤   네? 그게 무슨 말씀이십니까?

모험가   지식을 호도한 죗값은 매우 크다는 것을 알아두시기 바랍니다.

오크   뭔지는 잘 모르겠지만 이리 대.

오크는 트롤의 머리를 붙잡고 뺨을 때릴 시늉을 한다.

트롤은 눈을 꼭 감고 겁에 질린 소리를 낸다.

트롤   (부들부들 떨며) 히이이익...

오크   이거 정말 신 나는 걸?

모험가는 그 둘을 살피고 있다가 뭔가 생각이 난 듯이 눈을 번뜩인다.

모험가   잠깐 멈추십시오.

오크   무슨 일입니까?

모험가   (트롤에게) 정말 잘못을 뉘우치고 있는 겁니까?

트롤   그럼요. 뭘 잘못했는지는 몰라도 크게 반성하고 있어요.

모험가   좋습니다.

오크   아니, 한 대도 맞지 않았는데 어떻게 반성을 할 수 있단 말입니까? 난 도저히 인정할 수 없습니다.

모험가   모름지기 처벌이란 건 말입니다. 당하는 쪽 입장만 괴로운 게 능사가 아닙니다. 무슨 말인지 알아들으시겠습니까? 무엇보다도 주는 쪽의 기분이 우선시되어야 한다는 말씀이지요.

오크   저로선 도무지 이해가 가질 않습니다. 송구스럽지만 저를 위해 보다 쉽게 설명을 해주시겠습니까?

모험가   이 부분에 있어서 능수능란한 대화와 타협은 보다 입장이 강한 사람의 선택을 더없이 유리하게 해주는 법입니다.

오크   그건 또 무슨 말인지...

모험가   바로 보여드리지요. (트롤을 보고 엄하게) 내가 저 자를 대신해서 당신의 뺨을 세 대 후려치도록 하겠습니다. 이의는 없으시겠죠?

트롤   제발...

모험가   두려우십니까?

트롤   네... 제발 한 번만 용서해주세요.

모험가   무릇 신사란 여자에게 관대한 법이지요. 제가 부인께 이 위기를 헤쳐나갈 한 가지 방법을 제시하도록 하지요. (뜸을 들이며 조심스럽게) 당신의 가슴을 한 번 만져보게 해주는 대신 한 대를 감해드릴 수 있습니다. 어떻습니까?

오크   그것만은 안 됩니다.

모험가   상의를 해보도록 하십시오.

오크   (트롤을 보며) 제안을 받아들여서는 안 돼. 가슴을 만진다니 그게 무슨 엉터리 같은 소리야.

트롤   그럼 내가 뺨을 맞았으면 좋겠어요? 그것도 세 대씩이나?

오크   차라리 뺨을 맞는 게 나아.

트롤   맞는 건 나라구요. 당신이 아니에요.

오크   뭐야, 그 말투는? 그럼 가슴을 만지도록 놔두겠다 이거야?

트롤   당신 가슴이 아니니 신경 쓰지 말아요.

오크   내가 어떻게 신경을 쓰지 않을 수 있겠어?

트롤   그럼 당신이 나 대신 맞아주던가...

오크   뭐? 내가 왜?

트롤   거봐요. 나 대신 맞아줄 것도 아니면서 괜히 나서기는...

모험가   시간이 다 되었습니다. 결정은 내리셨습니까?

트롤   네, 만지세요. (모험가에게 가슴을 내민다)

오크   (비장하게 트롤과 모험가의 사이를 가로막고) 잠깐!

트롤   (반색한다) 날 위해 희생할 결심이 섰나요?

모험가   뭡니까?

오크는 모험가를 날카롭게 노려본다.

모험가는 그 기세에 움찔하는 눈치이다.

트롤은 오크의 행동에 기대를 가지고 눈을 반짝인다.

오크   (윗옷을 벗으며) 차라리 내 가슴을 만지시오. (눈을 꼭 감고 가슴
       을 받쳐 드는 시늉을 한다)

모험가와 트롤, 동시에 한숨을 길게 내쉰다.

모험가는 분을 참지 못하고 자리를 잠시 외면하고 트롤은 오크의 행동이 민망해서 안절부

절못한다.

아무 일도 일어나지 않자 오크는 눈을 뜬다.

트롤   (오크에게 다가가서) 그래, 고작 생각해낸 방법이 이런 한심한
       짓거리에요? 아주 웃겨, 정말. 게다가 만질 가슴이 있어야 만
       지지.

| 오크 | 하지만 어쩔 수 없잖아. 나도 뺨 맞는 건 겁이 난단 말이야. |
| 트롤 | 그런데 이제 어쩌죠? 저분께서 화가 많이 치민 모양인데... |

오크와 트롤은 모험가의 눈치만 살피고 있다.

이윽고 마음을 진정시킨 모험가가 둘의 곁으로 다가온다.

모험가	(웃으며 박수친다) 당신의 희생정신에 저는 정말로 깊이 감복하는 바입니다.
오크	별말씀을...
모험가	하지만 유감스럽게도 지금의 내 기분은 심히 불쾌하다는 게 문제의 근원적인 핵심인데... 그래서 아까 판정을 내린 세 대에서 일곱 대를 더하여 열 대를 후려치도록 하겠습니다. (오크를 가리키며) 바로 당신에게!
트롤	(박수를 치며) 앗싸!
오크	이럴 수가! 난 그저 내 아내를 대신해서 희생하려 했던 것뿐인데 이건 너무하지 않습니까?
모험가	안타깝지만 당신의 가슴은 만질 가치가 없습니다.

오크는 실의에 빠진 듯 고개를 푹 숙이고 자리에 주저앉는다.

그 모습을 본 모험가는 의미심장한 웃음을 짓는다.

모험가	당신에게도 기회를 드리지요.
트롤	그게 무슨 소리에요? 당장 때려요.
오크	감사합니다. 정말 감사합니다.
모험가	당신이 맞아야 하는 따귀는 총 열 대입니다. 이의 없지요?
오크	네.
모험가	여기 있는 낚싯대 전부를 제가 가지겠습니다. 어떻습니까?
오크	좋습니다.
트롤	잠깐만요. (오크에게) 무슨 말이에요? 이 낚싯대를 다 주고 나면 우린 뭘 어떻게 해서 먹고 살죠?
오크	하지만 난 따귀를 열 대나 맞으면 바로 죽을 것 같단 말이야.

트롤   남자가 소심하기는! 나는 절대 허락 못해요.

오크   그럼 당신이 열 대 맞아.

트롤   어머머머. 그냥 남자답게 따귀 열 대를 맞아요. 눈 질근 감고.

오크   정말 피도 눈물도 없는 여자로구만!

트롤   그럼 낚싯대 하나 없이 어떻게 살아가란 말이에요?

오크   다시 만들면 되잖아.

트롤   어느 세월에요? 만드는 새에 굶어 죽고 말겠네.

오크와 트롤이 티격태격하는 사이 모험가는 여기저기 널려 있는 낚싯대를 모은다.

모험가   자, 거래가 성립되었습니다. 이건 우리 모두에게 축하할 만한 기념비적인 일입니다. 바람직한 일이 아닐 수 없지요.

트롤   제 남편이 순간의 어리석은 판단으로 모든 걸 망치고 말았군요. 그 낚싯대가 없으면 우린 굶어 죽어야 한답니다. 그러니 그냥 열 대를 때려주세요.

모험가   이런, 이런... 협상은 끝난 걸로 기억되는데 말입니다. 남편께서 분명히 저에게 좋습니다, 라고 말한 걸 듣지 않았나요?

트롤   저도 들었습니다. 그렇지만 제발 자비를 베풀어 그냥 저이의 뺨을 열 대 때리세요. 아주 세게...

모험가   이것 참... 난감한 상황이로군요. (잠시 생각에 잠기고는) 좋습니다. 두 분께서 그리도 형편이 어려우시다면 제가 어렵사리 획득한 이 낚싯대를 하나씩 빌려드리기로 하지요. 대신에 여러분은 하루에 잡은 물고기 중 다섯 마리만 저에게 주는 걸로 하구요. 어떻습니까?

오크   그게 좋겠군. 정답이야! 난 뺨을 맞을 필요가 없고, 또 굶어 죽을 염려도 없어지는 거야.

트롤   정말 잘되었네요. (모험가에게 인사하며) 깊은 호의와 배려에 감사드립니다.

모험가   두 분께서 만족하신다니 정말 다행입니다. (주머니에서 종이를 꺼낸다) 그럼 여기에 서명을 하시죠.

오크   예? 그게 뭡니까?

모험가   이건 우리 사이의 신뢰를 공고히 하는 합법적인 수단입니다.

트롤   이런 종이가요?

모험가   네. 여기에 서명을 하는 순간 이 종이는 한낱 종이가 아니라 신성한 가치를 지니게 되는 것이죠.

오크   그런데 서명이란 게 뭐요?

모험가   여기에 이름을 쓰시면 됩니다.

오크   여기에 이름을 쓰란 말입니까? 이 조그만 곳에다?

모험가   무슨 문제라도?

트롤   우리 이름은 여기에 쓸 수 없어요.

모험가   그게 무슨 소리인지...

오크   답답하시구만! 이름 쓰는 방법도 모르다니... 잘 보시오. 이름이란 건 이렇게 쓰는 겁니다. (객석을 향하여 엉덩이로 이름쓰기를 한다. 트롤을 가리키며) 뭐해? 당신도 이름을 써.

트롤   좋아요. (모험가에게) 내 아름다운 글씨체를 보여드리죠. (오크의 옆에 서서 엉덩이로 이름을 쓰기 시작한다)

오크   보셨습니까? 우린 이렇게 이름을 쓴답니다. 그래서 그 조그만 종이에는 절대로 이름을 다 채워 넣을 수 없습니다.

모험가   좋습니다. 어쨌든 이름을 쓰셨으니 우리 사이의 계약은 성립된 것입니다.

오크   그렇죠, 이름을 쓰긴 썼으니 성립된 거라고 하죠.

트롤   맞아요. 성립되었어요.

모험가   알겠습니다. (종이를 집어넣으며) 그럼 우리 함께 잘 살아봅시다.

등장인물 모두 껴안고 악수하며 즐겁게 웃는다.

웃음소리와 함께 무대가 어두워진다.

3.

무대가 밝아지면 오크와 트롤이 낚싯대를 하나씩 드리우고 낚시를 하고 있다. 둘 다 무진장 지친 표정이다.

교대로 땅이 꺼질 듯한 한숨을 푹푹 쉬는데 그 소리가 점점 커진다.

오크   몇 마리나 잡았어?

트롤   하루 종일 낚싯대를 지켰는데도 겨우 세 마리뿐이군요.

오크   나보다 낫군. 난 아직 한 마리도 잡지 못했어.

트롤   어떡하죠? 조금 있으면 그 사람이 올 텐데요.

오크   걱정이군. 매일 잡은 고기 다섯 마리를 줘야 하는데...

트롤   어쩌다가 우리가 이런 신세가 되었는지...

오크   그러게 말이야. (이해가 되지 않는 듯 고개를 갸우뚱하면서) 예전
         엔 서너 마리만 잡아도 우리 둘 먹고 살기에는 지장이 없었던 것
         같은데...

트롤   하지만 정말 다행이지 뭐예요. 이 낚싯대라도 빌리지 않았다면
         고기는 한 마리도 잡을 수 없었을 게 아니에요?

오크   그렇지. 운이 아주 좋았어. (낚싯대 끝을 바라보며) 그나저나 이
         물고기들은 모조리 눈이 멀었나? 왜 미끼를 물지 않느냔 말이야.

트롤   (낚싯대를 흔들며) 큰일이에요. 이놈의 물고기들은 세월이 흐
         를수록 점점 영리해지고 있는데 우린 점점 바보가 되어가고
         있어요.

오크   당신 말이 맞아. 예전처럼 그냥 실지렁이나 벌레 따위는 미끼로
         거들떠보지도 않는구만.

트롤   무엇보다도 날이 갈수록 물고기들의 입맛이 고급이 되어가고 있
         는 게 큰 문제라구요.

오크   (낚싯대를 들어 올려 끝을 본다) 오늘은 곰팡이로 숙성시킨 통통
         한 지렁이를 미끼로 썼는데 영 안 잡히는군.

트롤   답답하네요. 숙성시킨 지렁이를 쓰니까 잡히질 않죠. 그런 걸로
         는 먹지도 못하는 불가사리나 말미잘, 해파리 같은 것들만 잔뜩
         꼬일 뿐이라구요. 요새 물고기들이 좋아하는 건 단맛이에요. 내
         가 그나마 세 마리라도 잡을 수 있었던 건 설탕을 가득 뿌린 벌
         레를 미끼로 쓴 덕분이죠.

오크   것 참... 설탕은 몸에도 좋지 않은 데다가 충치의 원인이 되는데
         말이야. 어쩌자고 그런 것만 좋아하는지... 계속 이러다간 바닷물

　　　　　　　도 점점 소금물에서 설탕물로 변질되어가고 말 거야.

트롤　　　그러게 말이에요.

　　　뒤에서 모험가가 등장한다.

모험가　　안녕들 하십니까?

　　　오크와 트롤은 의기소침해져 대꾸를 하지 않는다.

모험가　　무슨 일이라도 있었습니까? 표정들이 좋지 않습니다.

트롤　　　오늘도 정말로 열심히 낚시를 했는데도 불구하고 결국은 세 마
　　　　　리밖에 잡질 못했어요.

오크　　　물지를 않아, 물지를! 이놈의 물고기들이 배가 불렀는지 도무지
　　　　　미끼를 물지를 않는단 말이야.

모험가　　이거 곤란하군요. 물고기를 세 마리밖에 잡질 못했다니... 벌써
　　　　　여러 날에 걸쳐 저에게 빚을 지고 있는 걸 알고 계십니까?

트롤　　　물론 알고 있어요.

모험가　　(주머니에서 수첩을 꺼낸다) 그러니까 낚싯대를 빌려주기로 한
　　　　　날부터 단 하루도 다섯 마리를 잡질 못했군요.

오크　　　다섯 마리가 뭐야? 그건 너무 무리한 요구가 아니냔 말이야. 겨
　　　　　우 낚싯대 두 개로 하루에 다섯 마리씩이나 잡을 수 있을 리가
　　　　　없지.

트롤　　　그래요. 이건 애초에 너무 무리한 일을 강요한 측면이 있어요.

모험가　　그렇다면 처음부터 저에게 다섯 마리는 무리라고 말씀하시지 그
　　　　　러셨습니까?

오크　　　다섯 마리는 안 돼. 당신에게 줄 물고기는 고사하고 우리가 먹을
　　　　　것도 모자라는 판국이란 말입니다.

모험가　　그러고 보니 당신들이 매일 꾸어 간 물고기들도 제법 많군요.
　　　　　(수첩을 펼쳐 보이며) 제가 여기에 표시를 해뒀지요. 꾸어 간 물
　　　　　고기를 두 배로 갚기로 한 것은 잊지 않으셨겠지요? 사흘 전에
　　　　　두 마리, 이틀 전엔 세 마리, 어제 또 한 마리...

오크   기억하고 있지요. 산 입에 풀칠은 해야 하지 않겠습니까?

모험가   물론이지요. 그러니까 제가 꾸어드린 거지요.

트롤   그 친절에는 뼛속 깊이 사무치게 감사하고 있답니다. 당신의 그
          호의가 아니었다면 우리는 진즉에 굶어서 죽었을 거예요.

모험가   알아주신다니 정말 감사드립니다. 부인께서도 필요하시면 즉시
          빌려드릴 수 있습니다. 뭐 한 세 마리까지는 아무런 대가 없이
          무상으로...

트롤   잠깐만요. 그런데 의문이 한 가지 있어요.

모험가   뭡니까?

트롤   우리는 하루도 빠짐없이 당신에게 물고기를 주고 있어요.

모험가   그건 정당한 계약에 의해서죠. 당신들과 나 사이의 그 무엇보다
          도 정당한 계약 말입니다.

트롤   맞아요. 틀림없는 사실이죠.

모험가   그런데 무엇이 궁금하단 말씀이신지...

트롤   제 의문은 바로 이거예요. 우리 부부는 당신에게 매일 고기를 주
          고 있지만 왜 계속 당신에게 빚을 지고 있는 걸까요?

오크   그래, 맞아. 우린 이 낚시터를 한 번도 떠나지 않고 열심히 낚시
          질을 했단 말이야. 더 이상 뭐 어떻게 하란 말이야?

모험가   어리석은 말씀들을 하시는군요. 좋습니다. 그럼 이 낚싯대들을
          다시 돌려 받도록 하지요. (오크와 트롤이 가진 낚싯대를 가져가
          려 한다)

트롤   (모험가를 말리며) 아니, 우리 말은 그게 아니고...

모험가   우리의 거래는 양측의 동의 아래 성립된 것 아닙니까? 그런데 이
          제 와서 이렇게 생트집을 잡으면 무척이나 곤란합니다.

트롤   그건 그렇지만 우린 정말로 살기가 힘들어요. 내야 하는 물고기
          수를 조금만 더 줄여주세요.

오크   그렇습니다.

          모험가는 생각을 한다.

모험가   제 제안을 들어보십시오.

오크   당신의 제안은 언제나 우리의 귀를 솔깃하게 하지요.

트롤   어서 말씀해보세요.

모험가   아마도 두 분이 함께 다섯 마리를 마련하는 건 힘든 일이었지 싶
         습니다. 그러니 이제부터는 각각 세 마리씩 저에게 주는 겁니다.

오크   그럼 도합 여섯 마리가 아닙니까? 그럼 오히려 더 늘어나는
         건데...

트롤   맞아요. 이런 말도 되지 않는 제안으로 우릴 놀릴 셈인가요?

모험가   이런, 이런... 하나만 알고 둘은 모르시네요. 함께 다섯 마리란 것
         은 다섯을 채우지 못하면 둘 다 굶어야 하는, 한마디로 말해 눈
         뜨고는 볼 수 없는 처절한 제도라고 말할 수 있습니다. 하지만
         지금 제가 제안한 이 혁신적인 제도에 기인하여 말씀드리자면
         한 사람은 비록 어획량을 채우지 못하더라도 다른 한 사람만 세
         마리를 잡는다면 둘 중 하나는 굶주림을 틀림없이 면할 수 있다
         는 겁니다. 거기에다가 좀 더 많이 잡게 되면 나눠줄 수도 있어
         서 남은 한 사람을 구원할 수도 있다는 얘기죠.

오크   하지만 아무리 생각을 해도 한 사람이 하루에 세 마리를 잡는다
         는 건 좀 무리이지 싶은데...

모험가   하루에 세 마리를 잡을 자신이 없습니까? 저로서는 최대한 사정
         을 봐드린 겁니다. (트롤에게) 부인은 어떠십니까?

트롤   저는 세 마리 정도는 항상 잡을 수 있을 듯싶네요. (자랑스레) 오
         늘도 세 마리를 낚았거든요. 그런데 문제는 제 남편이랍니다. 세
         마리는커녕 어떤 날은 한 마리도 잡지 못할 때도 있으니...

오크   뭐? 지금 날 업신여기는 거야? 나도 한 때는 하루에 열 마리도
         넘게 잡은 적이 있었다구!

트롤   그게 언젠지 기억도 나지 않네요.

모험가   (오크와 트롤을 말리며) 제 나름대로 여러분을 이 위기에서 구하
         기 위해 최대한 머리를 쓴 겁니다. 어쨌든 우리는 한 섬에서 같
         이 살고 있으니 한 가족과 다름이 없으니까요.

트롤   알아요. 전 세 마리는 충분히 잡을 수 있으니 당신의 제안에 전
         적으로 찬성합니다. (오크에게) 당신은 어때요? 세 마리 이상 잡
         을 수 있겠어요?

오크   음... 그게 그러니까... 이거 참...

트롤   당신이 자신 없다면 난 관두겠어요. 당신을 원망하지는 않아요.
         능력 이상을 바라는 게 무리란 건 잘 알거든요.

모험가   안타깝군요. 무능한 남편분 때문에 부인이 이토록 희생을 해야
         한다니...

트롤   어쩔 수 없죠.

모험가   부인께서 정말 고생이 많으십니다.

트롤   아니에요. 무능한 남편을 얻는 제 잘못이죠.

모험가   어떻게든 제가 도움을 드리고 싶지만 무능한 남편분 때문에 아
         무것도 되는 게 없군요. 죄송합니다.

트롤   아니에요. 죄송할 필요가 없으세요. 모든 게 무능한 제 남편 때문
         인걸요.

모험가와 트롤이 이야기하는 내용이 오크에게는 고통이다. 처음엔 자조적인 반응을 보이
나 무능이라는 말이 계속 반복이 되어 나올수록 점점 부아가 치민다.

오크   (크게) 하자구, 해! 세 마리! 좋아! 그것쯤 아무것도 아니야.

모험가   순간적인 감정으로 경솔한 결정을 내리면 안 됩니다.

트롤   그래요. 당신이 하루에 세 마리를 못 잡는다는 것은 이분도 아시
         고, 나도 알아요. 그리고 제일 잘 아는 건 당신이잖아요.

오크   할 수 있어. 난 할 수 있다구!

트롤   할 수 없어요.

오크   난 무능하지 않아. 반드시 해내고 말 테야.

트롤   현실을 직시하세요.

오크   한다니까, 세 마리!

오크는 트롤에게서 돌아서고 낚싯대를 잡고 결의에 찬 눈빛을 바다 너머로 보낸다.

모험가   뜻이 아주 강경하시군요. 정 그러하다면 새로운 계약을 성립시
         키도록 하겠습니다. (품에서 종이를 꺼낸다) 자, 사인을 하세요.

오크   좋아! (엉덩이로 이름을 쓴다)

모험가	하루에 각각 세 마리입니다.
트롤	알겠어요. (엉덩이로 이름을 쓴다)
모험가	그럼 좋은 결과가 있길 바랍니다.

모험기는 오크와 트롤이 잡아놓은 물고기가 든 통을 들고 섬 뒤로 사라진다.

오크와 트롤은 사라지는 모험가를 바라보다가 서로 눈이 마주친다. 순간 잠시 노려보고는 고개를 홱 돌린다.

오크, 트롤 흥!

트롤이 일어나 자리를 정리한 후 뒤로 나가려 한다.

오크	이봐, 어디 가는 거야?
트롤	난 이미 세 마리를 다 잡았다구요. 여기 있어야 할 이유가 없잖아요. 그만 쉬어야겠다구요.
오크	아니, 아무리 그래도 그렇지 나 혼자 놔두고 간단 말이야?
트롤	그렇군요. 우린 여태까지 한 번도 따로 움직여본 적이 없었으니까요. 하지만 이제부터는 따로 움직여도 될 거예요. 당신도 물고기를 빨리 잡아서 빨리 쉬었으면 좋겠네요. 아! 빚도 갚으시구요. 알아서요.

트롤은 총총히 걸어 무대 뒤로 사라진다.

| 오크 | 망할 놈의 여편네 같으니... 이래서 여자는 안 된다 이거야. 의리라고는 개미 눈물만큼도 찾아볼 수 없다니까! 그건 그렇고 큰 소리는 떵떵 쳐놨는데 어떻게 세 마리씩이나 잡지? 이거 큰일이구만. |

4.

무대 옆에서 누군가 열심히 헤엄쳐서 등장한다.

여기서 말한 헤엄이란 대본의 머리에서 말한 바와 같이 어렵고 우스꽝스런 동작이다.

등장한 사람은 우체부와 비슷한 복장을 하고 있다. 등에는 편지가 가득 든 가방을 메고 있다.

땀을 뻘뻘 흘리면서 오크에게로 다가온다.

모험가가 등장하려다 우체부의 모습을 보고 움찔하며 숨는다.

오크   여어, 오래간만이야. 어떻게 지냈나?

우체부   저야 늘 이렇게 바쁘게 살고 있죠. 그런데 부인께서는 어딜 가셨습니까? 항상 같이 계시더니만...

오크   묻지 말게. 이제 나하고는 상관없으니까.

우체부   바다의 여러 섬들 중에서도 제일 금슬이 좋기로 소문난 분들께서 웬일이랍니까? 다투셨나 보군요.

오크   뭐 새로운 소식이 있나?

우체부   여기 신문이 있습니다. (신문을 꺼내 준다) 그리고 상부로부터 전달사항입니다. 현재 해양자원이 점점 고갈되어가고 있으니 각 섬에서는 하나의 낚싯대만을 사용하라는 권고가 내려왔습니다.

오크   뭐? 안 그래도 고달파 죽겠는데 낚싯대 하나만으로 물고기를 잡으란 말이야? 해도 해도 너무하는구만.

우체부   저한테 화를 내셔도 어쩔 수 없습니다. 저는 단지 전달만을 할 뿐이죠.

오크   그래, 고생이 아주 많네. 바다 위에 서서 힘들게 그러지 말고 이리로 잠시 올라오게나.

우체부   아닙니다. 미래를 위해서는 이 정도 고생은 기꺼이 해야죠. 고생 좀 하고 나면 저한테도 조그맣고 아담한 섬 하나가 생기지 않겠습니까? 섬에는 그때 올라가도록 하지요.

오크   그래, 그래... 나도 자네만 할 때는 엄청나게 고생을 했지. 난 이렇게 헤엄을 쳤어. (우스꽝스러운 몸짓을 한다)

우체부   그럼 저는 다음 섬으로 가보겠습니다. 안녕히 계십시오.

오크   잘 가게.

우체부는 다시 헤엄쳐서 나가려고 하다가 다시 오크에게로 되돌아온다.

오크	무슨 일인가?
우체부	항간에 떠도는 괴소문을 들으셨습니까?
오크	무슨 소문인가?
우체부	저도 자세하게는 모르지만 섬을 통째로 집어삼키는 괴물이 이 근방에 돌아다니고 있답니다.
오크	끔찍한 일이군.
우체부	벌써 몇 군데의 섬이 큰 피해를 입은 모양입니다. 자세한 건 신문 제11면을 참고하십시오.
오크	알겠네.
우체부	그럼... (인사한다)

우체부는 헤엄을 쳐서 등장한 반대쪽으로 퇴장한다.

오크	(우체부가 나가는 것을 보고 난 후 기지개를 길게 켠다) 피곤한 걸? 하지만 세 마리를 다 잡기 전에는 포기할 수 없지. 반드시 잡고 말 테다. 그래서 저 여편네의 코를 납작하게 해줘야지.

결의에 찬 눈빛을 정면으로 보내다 이내 졸음에 겨운 눈으로 바뀐다.
모험가는 오크가 잠든 후 등장해서 의미심장한 눈으로 신문을 들여다본다.
신문을 죽죽 찢고는 바다에 버린다.

5.

트롤이 등장한다. 졸고 있는 오크를 한심한 눈초리로 쳐다본다.

트롤	내가 못 살아. 정말 팔자가 늘어졌군, 그래. 밤을 새워서라도 잡고야 말겠다던 그 결심은 도대체 어디로 간 거야? (오크의 옆에 놓인 통을 들여다보고) 내 이럴 줄 알았지. 한 마리도 못 잡았잖아. 단 한 마리도. (오크를 흔들어 깨운다) 어서 일어나요. 이 허풍쟁이야!

오크   (놀라서 후닥닥 일어난다) 뭐... 뭐야? 괴물이 나타난 거야?

트롤   놀고 있네.

오크   깜짝 놀랐잖아.

트롤   한 마리도 못 잡고 잠만 퍼질러 잔 거예요?

오크   아니, 그게 말이야. 밤이 되니까 물고기들도 다 잠을 자러 들어간
          모양이더라구. 코빼기도 안 보였어.

트롤   그걸 변명이라고 하는 거예요? 정말 한심해 죽겠어.

오크   내가 많이 잡건 하나도 잡지 못하건 간에 당신이 귀찮게 웬 참견
          이야?

트롤은 입을 삐죽 내밀고는 낚시를 할 준비를 한다.

그걸 본 오크는 뭔가 좋은 생각이 난 듯하다.

오크   낚싯대를 그만 넣어.

트롤   왜요?

오크   간밤에 지시사항이 내려왔어.

트롤   뭐라구요?

오크   이제부터 각 섬에서 쓸 수 있는 낚싯대는 하나뿐이야.

트롤   그게 무슨 소리예요?

오크   못 들었어? 이제부터 각 섬에서 쓸 수 있는 낚싯대는 하나뿐이
          라구.

트롤   아니, 그래가지고 어떻게 살아가요?

오크   해양자원이 고갈되어가고 있대. 물고기를 마구잡이로 잡지 말라
          는 거지.

트롤   그럼 당신 낚싯대를 치우면 되겠네요.

오크   그게 무슨 뚱딴지 같은 소리야?

트롤   안 그래도 잡히지 않는 낚싯대, 이참에 아예 없애버립시다.

오크   절대로 그럴 수 없어. 나와 이 낚싯대는 오랜 세월 같이해온 떼
          려야 뗄 수 없는 불가분의 관계란 말이야.

트롤   왜 그렇게 똥고집을 부리는 거죠? 당신은 이제 낚시를 하기엔 무
          리라구요. 현실을 잘 살펴봐요. 당신은 이미 물고기들의 빠른 머

리회전을 따라갈 수가 없잖아요.

오크   천만에! 아직 난 충분히 낚시를 할 수 있어.

트롤   마음대로 해요. 하지만 나도 역시 계속 낚시를 해야겠어요. 왜냐하면 살아야 되겠으니까.

트롤은 낚싯대를 바다에 드리운다. 그 모습을 보는 오크의 화난 얼굴이 붉으락푸르락거린다.

오크   (크게) 당장 그 낚싯대를 집어넣어.

트롤   절대로 그럴 수 없어요. 당신 낚싯대나 집어넣으라구요.

오크   내가 분명히 말했지? 그 낚싯대를 집어넣어.

트롤   (오크를 외면하며) 못 넣어요.

오크   이 여편네가!

오크는 트롤에게 달려들어 낚싯대를 빼앗으려 한다. 트롤은 낚싯대를 빼앗기지 않으려 한다.

둘이서 한참 옥신각신하고 있는데 뒤에서 모험가가 등장한다.

모험가   안녕하십니까?

모험가의 인사를 듣고서 오크와 트롤은 싸움을 멈춘다.

오크는 제자리로 돌아오고 트롤은 제자리에 앉아 훌쩍인다.

모험가   무슨 일이라도 있습니까?

트롤   (울먹이며) 아니, 글쎄... 제 남편이 제 낚싯대를 부숴버리려고 그래요.

오크   내가 언제? 낚싯대를 도로 집어넣으려고 했을 뿐이지.

모험가   (오크에게) 부인의 낚싯대를 왜 집어넣으려고 하셨습니까?

트롤   간밤에 지시사항이 내려왔대요. 이제부터 딱 하나의 낚싯대로만 낚시를 하라구요.

모험가   저런, 저런... 그런 말도 안 되는 소리가 어디 있습니까?

오크   그렇지요? 정말 말도 안 되는 소리죠. 하지만 따를 수밖에 없는
         입장이라서...
트롤   우린 이제 어떻게 하지요?
오크   뭘 어떻게 해? 당신의 그 낚싯대를 이제부터 쓰지 않으면 되지.
         (트롤에게로 다가간다)
트롤   오지 마. 오지 말란 말이야.
오크   (트롤의 낚싯대를 잡고) 이리 내놔!

         모험가가 오크를 말린다.

모험가   그만두십시오.
오크   아니, 왜 당신은 우리 두 부부 사이의 일까지 시시콜콜 참견하는
         거요?
모험가   참견이라고 생각하시다면 어쩔 수 없는 일이지만 전 어디까지나
         여러분들에게 도움이 되고 싶은 마음을 항상 가지고 있습니다.
오크   그럼 뭔가 뾰족한 해결책이라도 있는 겁니까?
트롤   그래요. 우리들을 위해서 제발 한 번만 더 기발한 묘책을 생각해
         내 주세요.
모험가   무척이나 어려운 일입니다. 하나의 섬에서 단 하나의 낚싯대라...

         모험가가 곰곰이 생각한다. 한참을 기다려도 모험가의 입에서는 뭔가 말이 없다.
         기다리지 못한 오크는 트롤의 낚싯대를 잡고 부숴버릴 행동을 취한다.

오크   별다른 묘안이 나올 리가 없지. 가장 확실한 해결책은 바로 이거
         라구!
트롤   그만둬요. (오크의 낚싯대를 들고 있다. 부숴버릴 것 같은 자세를
         취한다) 당신이 내 낚싯대에 털끝만 한 위해라도 가한다면 나 역
         시 그대로 갚아드리죠.
오크   당장 제자리에 놓지 못해?
트롤   내 낚싯대부터 제자리에 내려놔.
모험가   (큰 소리로) 두 분 모두 낚싯대를 내려놓으시길 바랍니다. 그 낚

싯대들은 실제로는 모두 제 소유란 걸 알아두십시오. 여러분은 단지 저에게 그걸 빌리셨을 뿐이란 말입니다.

오크와 트롤은 둘 다 낚싯대를 내려놓는다.

트롤	뭔가 좋은 묘안이라도 생각나신 거예요?
모험가	하나의 섬에 하나의 낚싯대라고 그랬습니까?
오크	그렇습니다. 내 두 귀로 똑똑히 들었습니다.
모험가	그럼 이 섬을 둘로 나누면 되겠군요.
트롤	그게 무슨 말씀이십니까?
모험가	그러니까 제 말은 남편의 섬과 부인의 섬으로 나눠버리면 아무 문제가 없지 않냐는 말이죠.
오크	어떻게 섬을 둘로 나눈단 말입니까?
트롤	맞아요.
모험가	제가 그 방법을 여러분께 알려드리죠. (섬 뒤를 가리키며) 저곳에서부터 이곳까지 선을 긋는 겁니다. 그래서 이쪽은 남편 분께서 살면 되는 것이고 저쪽은 부인께서 살면 되지요.
오크	하지만 실제로 이걸로 섬이 두 개가 되는 건 아니잖습니까?
트롤	맞아요. 곧 금방 발각되고 말거예요. 그리고 지침을 어겼다는 명목으로 우린 큰 고초를 겪을 거라구요.
모험가	두 분께서 딱 잡아떼면 그만이잖습니까? 서로 자신의 섬이라 주장하시면 아무 문제가 없을 겁니다.
오크	하지만 웬만한 자들은 여기가 우리 둘의 섬이란 걸 다 알고 있어요.
모험가	그때는 그때일 뿐이지요. 예전엔 한 섬이었지만 지금은 두 개의 섬이라고 주장하세요.
트롤	(결심한 듯) 좋아요. 선을 그어요.
오크	그래, 밑져봐야 본전이 아니겠어?
모험가	(의미심장한 웃음을 띠며) 훌륭합니다. 그럼 제가 손수 선을 그어 드리지요.

모험가가 섬 뒤에서부터 긴 줄을 치기 시작한다.

줄을 가운데로 한쪽은 오크가 있고 또 다른 한쪽에는 트롤이 자리하고 있다.

줄이 그어지는 광경을 보는 오크와 트롤은 기분이 이상해짐을 느낀다.

모험가 (활짝 웃으며) 자, 이제부터 각자가 안심하고 낚시를 할 수 있게 되었습니다. 아! 명심해야 할 점을 일러드리지요. 일단 두 분께서는 이 선을 절대로 넘어가서는 안 됩니다. 이 선을 넘어간다는 것은 두 개의 섬이 아니란 것을 증명하니까요. 누군가 오더라도 반대편으로 갈 수 없다는 사실을 인지시켜야 합니다. 또한 만약에 발생할 분쟁을 미리 방지하는 차원에서 낚시를 할 수 있는 장소도 자신의 섬으로만 한정합니다. 파도에 떠밀리더라도 낚싯줄이 넘어가서는 안 되며 물고기가 이곳에서 미끼를 물고 저리로 가더라도 저쪽에서 잡힌다면 상대방의 항의를 받아들여 잡은 고기를 바다로 놓아주어야 합니다.

오크 까다롭군. 섬을 두 개로 나눈다는 건...

모험가 다소 불편하시겠지만 시간이 지나면 점점 익숙해질 겁니다.

트롤 그럼 저는 다른 것은 아무것도 신경 쓸 일이 없이 낚시에만 전념할 수 있는 거겠군요.

모험가 그렇습니다. 그리고 한 가지 더 말씀드리자면 서로 대화를 없애도록 하십시오. 혹시 지나가던 누군가가 여러분이 서로 이야기하고 있는 걸 본다면 이 섬이 두 개가 아니라고 생각할지도 모르니까요.

오크 그렇군. 그건 정말 조심해야지.

모험가 그리고 꼭 해야 할 중차대한 얘기가 있다면 가급적 저를 통해 전달하도록 하십시오.

트롤 저야, 뭐... 낚시에만 전념할 수만 있다면 모든 걸 다 받아들이겠어요.

모험가 그럼 전 이만 가보도록 하겠습니다. 오늘은 섬이 두 개로 늘어난 기쁜 날이니만큼 여러분께 받을 고기를 받지 않겠습니다.

오크 그거 정말 감사합니다.

트롤 (오크에게) 당신으로선 정말 다행이군요.

모험가   (트롤을 탓하며) 이거, 이거... 안 되겠군요. 상대방에게 말을 걸지 말라고 했지 않습니까? 돌아서면 잊어버리니 제가 안심을 할 수가 없습니다.

트롤   죄송해요. 아직 익숙지가 않아서 그렇답니다.

모험가   분명히 알아두십시오, 이제부터 이 섬은 두 개라는 것을... (종이를 품속에서 꺼낸다) 아, 그리고 사인을 하셔야지요.

오크와 트롤은 엉덩이로 각각 이름을 쓴다. 그리고 낚시를 위한 준비를 한다.

모험가는 그 모습을 바라보다가 살며시 오크에게 다가간다.

모험가   뭔가 또 다른 지침은 없었습니까?

오크   글쎄요. 신문에 있는 일들이 다지요. 아참! 우체부가 희한한 말을 하더군요.

모험가   무슨 말을 했습니까?

오크   섬을 통째로 집어삼킨다는 괴물이 나타났다는 소문이 있답니다. 참 웃기지요? 요새 세상에 괴물이라니...

모험가   확실합니까?

오크   신문에 실렸다고 하던데. 어! 신문이 어디로 갔지? 여보, 신문 못 봤어? 이봐, 사람이 물어봤으면 대답을 해야 할 거 아냐?

트롤   (모험가를 보며) 저 멍청한 인간에게 우리는 이제 서로에게 말을 해서는 안 된다고 전해주지 않겠어요?

오크   뭐? 아참! 그렇지. (모험가를 보며) 내 말도 좀 전해주시오. 이 빌어먹을 여편네야, 잘 먹고 잘 살아라, 라고.

트롤   (모험가를 보며) 너나 잘하세요, 라고 전해주시겠어요?

오크   (모험가를 보며) 나는 문제없다고 좀 전해주시겠소?

트롤   (모험가를 보며) 꼴값 떨지 말라고 전해주세요.

오크   에이. (일어서서 나가려 한다)

트롤   저 양반에게 어딜 가냐고 좀 물어봐 주시겠어요? 뭐하세요? 나 가버리잖아요.

모험가   에이, 씨!

모험가가 퇴장한다.

트롤　　　　에이, 참 나.

무대가 어두워진다.

6.

무대가 밝아지면 트롤이 물고기를 잡고 있는데 낚시대가 오크의 영역으로 들어간다.

눈치를 보다가 폴짝 뛰어 오크의 영역으로 들어간다.

모험가가 여태까지의 광경을 지켜보다가 재빨리 트롤의 영역에 나타난다.

모험가　　　지금 뭘 하고 계신 겁니까? (트롤의 낚싯대를 잡고 이리저리 살핀다)

트롤　　　　(몹시 당황한다) 네? 그게 그러니까...

모험가　　　규칙을 어기셨군요.

트롤　　　　뭐 이런 걸 가지고... 한 번 봐주세요.

모험가　　　이번 문제는 가볍게 넘어갈 문제가 아닙니다.

트롤　　　　하지만 아무도 보지 않았잖아요. 너그러이 한 번만 눈 감아주시면 별다른 문제는 없을 거예요. 남편은 어딜 간 거죠?

모험가는 대꾸를 않은 채 바다만 바라보고 있다.

트롤은 모험가의 눈치를 보다가 오크의 영역을 벗어나서 자신의 영역으로 슬그머니 되돌아온다.

낚싯줄에서 소리가 난다.

모험가　　　왔다! 뭐하십니까? 얼른 낚으셔야지요.

트롤　　　　(낚싯대를 받으며) 물고기가 잡힌 것 같지 않은데요?

모험가　　　무슨 소립니까? 방금 방울소리를 듣지 않으셨습니까?

트롤　　　　그럼 놓쳤나 봐요.

모험가　　　아직 미숙하시군요 제가 보다 효율적으로 낚시를 하는 방법을 알려드리죠.

모험가는 트롤을 껴안은 상태에서 몸을 좌우로 살며시 흔든다. 마치 춤을 추는 듯한 동작이다.

트롤은 거색하고 불편하다.

모험가	낚시라는 건 말이죠. 기나긴 기다림과 동시에 순간적인 운동이 필요한 거지요. 말하자면 무한한 인내력을 가져야 하는 것과 동시에 재빠른 순발력이 필요하단 말입니다.
트롤	(아주 불편하다) 하지만 지금 이런 자세에서 낚시가 될까요?
모험가	이 자세로 낚시가 어렵다구요? 천부당만부당한 말씀이십니다. (좀 더 세게 흔들기 시작한다) 어떻습니까?
트롤	그만 절 놓아주세요. 좀 덥군요.
모험가	(최면을 거는 듯이) 저 먼 바다를 보세요. 알 수 없는 미지의 곳에서부터 파도가 밀려옵니다. 밀려드는 파도를 하찮은 돌멩이가 막을 수 있겠습니까?
트롤	무슨 소릴 하시는 거예요?
모험가	돌멩이는 견딜 수밖에 없는 겁니다. 이리 깎이고 저리 깎이고 그러다 세월이 흐르면 모래가 되어 흩어지겠지요.
트롤	그게 지금 이 순간과 무슨 상관이 있죠?
모험가	느껴보란 말입니다. 물결이 일으키는 파동과 그 속에서 우왕좌왕 하고 있는 물고기들. 그리고 뾰족한 바늘 끝에 달려 있는 달콤하고도 아찔한 유혹.

오크가 등장한다.

오크	으하하하, 놀라지 마. 설탕을 가득 뿌린 지렁이를 준비했지. 아니, 뭐야? 이 어색한 모션은? 여보, 어떻게 된 일이야?
모험가	(오크에게) 서로 말을 하지 말라고 한 걸 잊었습니까? 누가 보면 어쩌려고 그러십니까?
오크	아, 참... 그런데 지금 뭘 하고 있는 건지 물어봐도 되겠습니까?

트롤   낚시를 하는 새로운 방법이래요.

모험가   이야기를 하지 말라니까!

오크   그런 자세로 과연 낚시가 될까? 내 경험으론 불가능해.

트롤   웃기고 자빠졌네.

오크   뭐?

모험가   (오크의 발을 가리키며) 그 선을 넘어와선 안 돼! 잊었나? 이 섬
         은 두 개라구.

오크   아차!

트롤   바보, 병신.

모험가   (트롤에게) 너도 닥쳐! 직접 말하지 말라고 한 걸 잊었어? 대화
         는 오로지 나를 통해서만이 가능해. 멍청한 것들. 대체 몇 번이나
         주의사항을 반복해서 일러줘야 하지?

오크   난 말 안 하려고 했는데 저 여편네가 자꾸...

모험가   낚시에나 집중하십시오.

오크   알겠습니다.

모험가   (트롤에게 다가가며) 그럼 우린 하던 일을 계속해볼까요?

트롤   그런데 너무 힘들어요. 그리고 고기가 잡힐 것 같지도 않구요.

모험가   성의가 없군요. 일하지 않는 자여, 먹지도 말라. 좀 더 제대로 자
         세를 잡아보세요.

트롤   그냥 원래 제가 잡던 방식대로 하면 안 될까요?

모험가   안 됩니다.

오크   (큰 소리로) 왔다!

모험가   보십시오. 저의 이론을 완벽하게 증명하고 있잖습니까?

오크   엄청나게 큰 놈이 문 거 같아요. 괴물인가?

모험가   괴물요?

오크   우왓!

         오크는 힘에 부친 듯 섬과 바다를 오르락내리락한다.

         그러다 트롤의 구역으로 내동댕이쳐진다.

모험가   나가.

오크	즉시 나가겠습니다. 죄송합니다. (선을 넘어간다)
모험가	거기가 아냐.
오크	여기가 아니라뇨?
모험가	(바다를 가리키며) 저쪽으로.
오크	저긴 바다잖습니까?
모험가	나가! 너 따위 무능한 놈은 땅에 발을 디디고 살 자격도 없어.
오크	(트롤에게) 여보, 뭐라고 말 좀 해봐.

모험기는 무서운 눈초리로 트롤을 쳐다본다.

트롤	(잔뜩 겁을 집어먹고) 말 걸지 마세요.
오크	제발... 내가 이대로 섬에서 쫓겨나야 되겠어?
모험가	(괴성을 지른다) 빨리 나가!

오크는 움찔하여 섬 밖으로 나간다. 헤엄치기 시작한다.

오크, 점점 힘들어한다.

| 오크 | 실로 정말 오랜만에 헤엄을 쳐보는군. 못 해먹겠어. |

우체부가 헤엄쳐서 다가온다.

우체부	무슨 일입니까? 무척 큰 소리가 나던데요? (오크를 쳐다보며 의 아한 듯) 아니, 왜 바다에 나와 계세요?
오크	너 잘 왔다. 너 이 녀석, 네 녀석이 그런 소식만 들고 오지 않았 도! (우체부의 멱살을 휘어잡는다)
모험가	(우체부를 아래위로 훑어보며) 이자군요. 유언비어를 퍼뜨리고 있는 자가.
우체부	누구십니까?
트롤	이분은 우리 부부 사이의 여러 가지 문제를 수월하게 해결할 수 있도록 친절하게 방법을 가르쳐주었지요.
우체부	고마운 사람이군요.

오크   맞아. 고마운 사람이지. 그런데 문제는 그자가 지금 날 이 섬에서
         쫓아내려 한다는 거야.

우체부   네? 무슨 자격으로요?

오크   말하자면 길어.

모험가   맥이 쓰잘데없는 유언비어를 유포하고 다닌다는 소리를 들었습
         니다만...

우체부   유언비어라니요? 아닙니다. 저는 어디까지나 사실에 근거한 진
         실만을 이야기합니다.

모험가   그렇다면 괴물 이야기는 도대체 어떻게 된 겁니까? 실제로 괴물
         을 본 적은 있습니까?

우체부   괴물을 본 적은 없습니다. 하지만 전 괴물을 실제로 목격한 사람
         과 이야기를 나눌 뻔한 소중한 경험을 가지고 있습니다.

모험가   그 말은 이야기를 나누었다는 말입니까? 아니면 나누지 않았다
         는 말입니까?

우체부   그러니까... 이야기를 나눈 적은 없습니다만 거의 나눌 뻔했었단
         말입니다.

오크   이건 정말 결정적인 말이 아닐 수 없어. 그러니까 괴물이란 건
         분명히 존재하고 있단 말이거든.

트롤   맞아요. 이야기를 나누진 못했지만 나눌 뻔했다는 말은 그 괴물
         을 본 사람이 실제로 존재하고 있다는 말이잖아요.

모험가   안타깝군요. 이야기를 나누었으면 좋았을 텐데... 그렇다면 좀 더
         심도 깊은 대화가 가능할 텐데 말이죠. 하지만 이야기를 나눌 뻔
         한 경험을 가지고 나눈 것처럼 허위사실을 유포하고 다니면 안
         됩니다. 그 두 가지 경우는 아주 유사한 성질을 가지고 있지만
         본질적으로는 아주 다릅니다.

오크   (우체부에게) 그럼 결국 자네는 그 괴물에 대해서 아무것도 모르
         고 있겠구만...

우체부   전... (고개를 푹 숙이고) 그렇습니다. 전 괴물에 대해 거의 아는
         게 없습니다.

오크   앞으로 다시는 또 누군가와 이야기를 나눌 뻔했다는 어이없는
         근거는 대지 말게.

모험가   (우체부를 노려보며) 나가주십시오. 그리고 다시는 이곳에 얼씬
        도 하지 마시오. 한 번만 더 내 눈에 띄면 그때는 용서하지 않겠
        습니다.
우체부   전 억울합니다. (오크와 트롤을 쳐다본다)
모험가   꺼지란 말이야, 이 허풍쟁이!

    모험가는 승리감에 도취되어 욕을 하기 시작한다.

모험가   (진지하게) 세계의 발전이 어떻게 전개되어왔는지 정확하게 알
        고 있나? 착취와 억압, 그리고 그것에 대한 반항이지. 일찍이 신
        은 이 모든 세상을 몽땅 지배하였다. 신이 이 세상을 만들었고
        우리 인간은 그 신이란 놈이 던진 먹이를 두고 서로 끝없는 다툼
        을 벌여왔던 거야. 그러나 인간은 문득 깨닫게 되었지. 이 세상에
        과연 신이란 존재가 있을까? 그렇게 의심을 했어. 신을 모시는
        자들의 억압은 무시무시했으나 어쨌든 인간은 그걸 극복해냈어.
        이제 신이란 존재는 신화 속에 묻혀버린 화석이 되어버렸다. 그
        리고 이제 인간을 지배하는 것은 바로... 돈이야. 돈은 모두에게
        공평해. 모은 만큼 쓸 수 있어. 그리고 부식되거나 썩지 않고 영
        원히 그 가치를 지녀. 이러한 돈의 유용함은 모두를 환락에 빠뜨
        렸고 보다 많은 돈을 모으기 위해 발광하도록 했지. 그러나 모으
        면 모을수록 돈은 더욱 모자라게 돼. 돈이란 놈은 좀 더 많이 모
        인 쪽으로만 움직이거든. 난 그런 돈을 다 빨아들이는 자석 같은
        존재다. 내 뱃속에는 수많은 인간들이 배설한 욕망이 가득 들어
        있지. 너희들은 뭘 원하나? 시키면 욕망의 대가를 지불해. 나에
        게 돈을 달란 말이다. 돈, 돈, 돈!! 이 따위 냄새나고 썩어가는 생
        선은 집어치우고 돈을 달란 말이야!

    모두 놀라서 멍하니 있다.

오크   당최...
트롤   뭐라고 하는 건지...

모험가   아아아악!

우체부   저 포악한 표정, 괴기스런 목소리, 듣는 사람의 혼을 쏙 빼놓는
          장광설. 이 모든 것이 한 가지 사실만을 가리키고 있습니다.

모험가   그렇다, 내가 바로...

우체부   수배중인 범죄자지요. 저 사람에게 엄청난 현상금이 붙어 있습
          니다. 순순히 항복해. 그렇지 않으면 무력을 행사하겠다.

모험가   좋아. 덤비라구. 너 따윈 하나도 겁나지 않아. 하찮은 우체부 주
          제에...

트롤   당해낼 수 있겠어요?

우체부   정의는 반드시 승리합니다. 그리고 전 저만의 아담한 섬을 마련
          해야 합니다. 그래야 결혼을 할 수 있거든요. 저자를 사로잡아 그
          현상금으로 제 섬을 마련할 겁니다. 제 인생 10년을 앞당길 수
          있는 절호의 기회입니다.

오크   좋아, 나도 도와주겠네,

트롤   저두요.

모두 모험가에게 덤벼든다. 그러나 모험가는 미꾸라지처럼 빠져나간다.

우체부   거기 서!

모험가   이 바보야. 너라면 서겠냐?

오크, 트롤   당장 서! 서라구!

모험가   너희 같은 놈들한테 잡힐 내가 아니지.

모험가 도망가며 퇴장하고, 우체부도 모험가를 쫓아서 퇴장한다.

도망가는 모험가는 섬에 있는 낚싯대를 모조리 들고 사라지고 우체부는 모험가를 뒤쫓으
면서 섬의 모든 것들을 엉망진창으로 만들어놓는다.

무대 한 쪽, 다시 소란스러워지며 모험가와 우체부가 등장한다.

우체부의 등에 모험가가 올라타고 있다.

모험가   빨리, 빨리! 서둘러. 다 죽기 전에.

우체부   (허우적거리며) 최선을 다하고 있습니다.

트롤   잡은 건가요?

우체부   지금 그걸 따질 계제가 아닙니다. 괴물이 나타났어요. 바로 이 근
         처까지 왔습니다. 얼른 피하세요.

모험가   (우체부에게) 이 바보야. 이야기할 틈이 어디 있어? 어서 서두르
         라구.

우체부   (모험가를 바닥에 내동댕이치며) 난 사실을 전달해야 하는 신성
         한 의무를 가진 사람입니다. 선량한 이 두 분을 위기 속에 그냥
         모른 체하고 남겨둘 순 없는 일입니다.

모험가   맘대로 해.

      모험가는 부리나케 도망간다.

오크   아까 한 말이 무슨 말인가?

우체부   말 그대롭니다. 괴물이 오고 있어요. 시간이 얼마 없습니다. 어서
         같이 피하십시다.

트롤   우린 이 섬을 떠나지 않아요.

오크   그렇고말고.

우체부   답답한 말씀 마시고 얼른 저를 따라오세요. 목숨을 잃을지도 모
         릅니다. (밖을 쳐다보고) 으악! 벌써 여기까지! 전 이만 가보겠습
         니다. 부디 행운을 빕니다.

      우체부는 허우적거리며 퇴장한다.

      우체부가 퇴장한 반대쪽으로 한 여자가 등장한다. 빗자루와 쓰레받기를 들고 있다. 쓰레
      받기에서 쓰레기를 꺼내 빗자루로 퍼뜨리며 무대를 막 어지럽히며 다가온다.

      기침을 심하게 한다.

오크   누구시죠?

청소부   나 몰라?

오크   모르겠는데요.

청소부   정말 몰라.

트롤   몰라요.

청소부　　　　난 나미야. 미스 쓰!

청소부, 무대를 어지럽히며 퇴장한다.

트롤　　　　희한한 성을 가졌네요. 쓰?
오크　　　　나미... 그래도 이름은 예쁘잖아.

무대 한쪽에서 굉음이 들린다.
오크와 트롤, 그 자리에서 얼어붙는다.

트롤　　　　저게 뭐죠?
오크　　　　저렇게 큰 파도는 처음 보는데?
트롤　　　　해일이잖아요.
오크　　　　(한숨을 푹 쉬고) 여보?
트롤　　　　왜요?
오크　　　　날 사랑해?
트롤　　　　당신은 날 사랑하나요?
오크　　　　내가 먼저 물었잖아.
트롤　　　　그래도 당신이 먼저 대답 좀 해요.
오크　　　　대답을 해야지 나도 답변을 하지.
트롤　　　　당신이 먼저 대답하지 않으면 나도 말해주지 않겠어요.
오크　　　　그렇게 다짜고짜 우기면 다야? 이런 망할 여편네!
트롤　　　　고집불통 멍텅구리!

오크와 트롤이 티격태격하는 동안 무대가 어두워진다.
엄청난 굉음이 무대를 채운다.

7.

무대가 밝아지면 오크와 트롤은 낚시를 하고 있다.
섬의 상태는 그야말로 엉망진창 아수라장이다.

오크   섬 주변이 온통 엉망진창이구만.

트롤   그 모험가 양반은 어떻게 되었을까요?

오크   뭐, 또 어떤 섬에 흘러들어 갔겠지.

트롤   우체부는요?

오크   알려지지 않은 무인도를 찾았다나? 그래서 우체부를 관뒀다고
         하더라고.

트롤   잘됐네요.

오크   그렇지? 아, 배고파.

트롤   조금만 참아봐요. 곧 물고기가 잡힐 테니.

오크   설마 나한테 복어를 먹이려는 건 아니겠지?

트롤   흥.

오크   농담이야.

트롤   물고기 잡을 동안에 뒤에 어지럽혀진 것 좀 정리해요.

오크   그럴까?

오크는 엉망진창이 된 섬을 치우기 시작한다. 치우다가 섬을 두 개로 나눈 줄을 본다.
잠시 사이.

트롤   무슨 생각 해요?

오크   저 물고기랑 우리가 다른 점이 뭘까?

트롤   글쎄요. 공통점은 보이네요.

오크   뭔데?

트롤   미끼를 덥석 문다는 거. 아싸, 왔다. 이번에는 확실해요.

트롤은 자리에서 일어나 낚싯대를 잡아당긴다. 힘들어한다.

오크   내가 좀 도와줄까?

트롤   얼른 붙어요. 엄청나게 큰 놈인 듯해요.

오크와 트롤, 서로 호흡을 맞추며 낚싯대를 잡아당긴다.

무대가 천천히 어두워진다.

54   **막**

오아시스

등장인물

제기랄

어머머

유후

룰루랄라

우당탕

휘리릭

무엇

무대설명

무대는 기본적으로 비어 있으되 높이를 줘서 구획을 나눠준다.

크고 작은 상자 수십 개가 아무렇게나 배치되어 있다.

상자들의 모양은 반드시 정육면체일 필요는 없다. 색깔도 각양각색이다.

등장인물들은 이 상자를 이용해서 소품이나 놀이의 도구로 이용한다.

1.

무대 밝아지면 한 남자가 땀을 뻘뻘 흘리며 열심히 땅을 파고 있다.

유후　　　나는 생각한다, 고로 나는 존재한다. 활활 타오르는 정신의 불꽃
　　　　에 불이 당겨질 때까지 아직 그것은 우리에게 죽은 것과 같다.
　　　　천재란 인내다. 천재란 노력을 계속할 수 있는 재능이다. 자신감
　　　　은 성공으로 이끄는 제1의 비결이다. 고생 없이 얻을 수 있는 진
　　　　실로 귀한 것은 없다.

무대 밖에서 큰 소리가 들린다.

룰루랄라　　（소리） 여보오~ 여보오~
유후　　　（삽을 내팽개치며） 빌어먹을! 좀 집중을 할라치면 훼방질이란 말
　　　　이야.

룰루랄라가 등장한다.

룰루랄라　　여보, 얼마나 팠어요? 물은 나와요? 팔 아프죠? 내가 주물러줄까
　　　　요? 뭐 필요한 건 없어요? 노래라도 불러드릴까요? 어서 파서 물
　　　　이 분수처럼 콸콸 솟았으면 좋겠죠? 그런데 이곳에서 물이 안 나
　　　　오면 어떡하죠? 다른 데를 파봐야 하나요? （상자 하나를 들여다
　　　　본다） 어머나, 여보. 이건 물이잖아요. 드디어 해냈군요. 마침 목
　　　　이 마른 참이었는데 잘됐군요. 고마워요. 이 물 내가 좀 마셔도
　　　　괜찮죠? （상자를 들어 마시려고 한다）
유후　　　자... 잠깐! 그건 말이야.

룰루랄라, 모른 척하고 마셔버린다.

룰루랄라　　크아, 시원하다.
유후　　　저, 여보.

룰루랄라 왜요? 그 눈빛은 뭐죠? 좀 남겨놨어요. 당신 몫까지 다 먹을 만
         큼 인정머리가 없진 않다구요. 난 상냥한 여자니까요.
유후   고맙긴 한데 그거 내 오줌이야. 한참 땅을 파다가 쉬가 마려워서
         거기다가 눴는데 그걸 그렇게 마시면 어떻게 해?

         룰루랄라, 쓰러진다.

유후   (룰루랄라의 곁에 다가와서 그녀를 흔든다) 이봐, 정신 차려.
룰루랄라 죽을 것만 같아요.
유후   내가 어떻게 해주면 되겠어?
룰루랄라 인공호흡밖에 다른 방법이 없을 것 같아요. (입술을 내민다)
유후   뭐? 싫어.
룰루랄라 야박한 사람. (애처롭게 흐느낀다)
유후   (미안해진다) 나, 참! 이거야 원. 그래, 알았어. 알았다구. 해줄 테
         니까 얌전히 누워봐.

         룰루랄라는 반듯하게 바닥에 눕는다.
         유후는 내키지 않지만 어쩔 수 없이 천천히 룰루랄라의 입에 자신의 입을 가져다 댄다. 입
         이 닿는 순간 룰루랄라는 유후를 쓰러뜨리고는 그의 입을 벌린 후 구토를 한다.

룰루랄라 (씩씩거리며) 감히 나한테 오줌을 먹여?
유후   카악, 퉤퉤! 이게 무슨 짓이야? 자기가 스스로 마셔놓고는 왜 나
         한테 행패야?
룰루랄라 어서 파기나 해요. 이렇게 꾸물거려서야 어느 세월에 물을 뽑아
         올리겠어요?
유후   정말 너무하는군. 이제 난 못 파.
룰루랄라 뭐라구요?
유후   배가 고파서 더 이상은 무리라구.
룰루랄라 잔꾀 부리지 말고 얼른 다시 파요.
유후   난 아침밥을 먹지 않으면 힘이 나지 않는 체질인걸.
룰루랄라 기가 막혀서.

유후   밥을 달라. 밥을 달라. 밥, 밥, 밥!
룰루랄라   에휴! 할 수 없군요. 밥을 차려드리죠. 준비하는 사이에 땅이나
            마저 파요.
유후   알았어.

룰루랄라는 퇴장하고 유후는 삽을 집어 다시 땅을 판다.

유후가 삽질하는 와중에 뭔가 단단한 것에 부딪힌 듯한 금속성의 소리가 난다.

유후는 구덩이 안을 자세히 들여다본다. 그리고는 구덩이 안에서 검은 상자를 조심스레
꺼낸다.

유후   엄청나게 무거운걸? 뭘까?

유후는 상자를 바닥에 내려놓은 채 자세히 살핀다.

룰루랄라가 밥상을 들고 들어온다.

땅을 파고 있지 않은 유후를 보자 성질이 돋는다.

룰루랄라   (큰 소리로) 여봇!

유후는 깜짝 놀란다.

무대가 어두워진다.

2.

무대가 밝아지면, 유후와 룰루랄라가 검은 상자를 유심히 살펴보고 있다.

유후   도대체 뭘까?
룰루랄라   사막 한가운데 모래 속에서 잠자고 있는 검은 상자라... 신기하
            네요.

유후는 상자의 이곳저곳을 살피다 똑똑 두드려본다.

상자 안에서 똑똑 소리가 난다.

유후　　　　　지금, 들었어?

룰루랄라　　　그래요.

룰루랄라도 똑똑 두드려본다.

상자 안에서 똑똑 소리가 난다.

유후　　　　　안에 뭔가 들어 있는 거 같아.

룰루랄라　　　불길한 예감이 드는데요? 그냥 버려요.

유후　　　　　하지만 궁금한데?

룰루랄라　　　쓸데없는 호기심은 재앙을 부른다구요.

유후　　　　　아냐, 난 열어봐야겠어. 혹시 알아? 이 안에 물이 가득 들어 있

　　　　　　　을지.

룰루랄라　　　설마요?

유후는 상자를 이리저리 살피다가 모서리 한곳을 뜯기 시작한다.

룰루랄라　　　관둬요. 여보, 제발.

유후　　　　　이거 참 안 열리는데? 여보, 이리 와서 좀 도와줘.

룰루랄라　　　싫어요.

유후　　　　　그러지 말고, 응?

룰루랄라　　　(밥상을 내밀며) 우선 밥부터 먹자구요. 원래 당신은 밥을 먹지

　　　　　　　않으면 힘이 나지 않는 체질이잖아요?

유후는 룰루랄라가 들고 있는 밥상을 물끄러미 쳐다본다.

유후　　　　　(접시에서 전갈을 들어올리며) 그런데 이거, 먹을 수 있는 거야?

룰루랄라　　　언제는 안 먹었나요?

유후　　　　　그건 그렇지만... 혹시나 독이 있을지도 몰라. 확실하게 제거했겠

　　　　　　　지? 저번에 말야, 우리랑 만났었던 그 사람들 생각나지? 그 사람

　　　　　　　들이 죽은 이유가 뭔지 알아? 배가 고픈 나머지 너무나 성급하게

전갈요리를 해 먹다가 꼬리의 독을 미처 없애지 않고 그냥 먹은 거라더군.

룰루랄라　쯧쯧. 참으로 안된 일이군요. 하지만 우리는 그럴 일이 없을 거예요. 왜냐하면 난 언제나 신중하게 요리를 하거든요. 호호호.

유후　(못마땅하다) 그래서 우리 아이가 그렇게 죽었던 게로군.

룰루랄라　뭐라구요? 당신! 다시 한 번 말해봐요.

유후　오호, 얼마든지! (또박또박) 그.래.서. 우.리. 아.이.가. 그.렇.게. 죽.었.던. 게.지.

룰루랄라　당신, 정말!

유후　뭐, 내가 틀린 말을 했나?

룰루랄라　틀려요. 우리 아이는 전갈 때문에 죽은 게 아니니까요.

유후　당신 말이 옳아. 전갈 독 때문에 죽지는 않았지. 단지 선인장의 가시를 뽑지 않고서 요리를 했었을 뿐이니까. 우리 아이가 죽어가는 동안에 얼마나 많이 괴로워했겠어? 식도와 위벽에 꽂히는 뾰족한 선인장 가시로부터의 무수하고 끔찍한 고통! (죽어가는 아이의 흉내를 낸다) 엄마, 괴로워요. 내 뱃속의 가시를 좀 뽑아줘요. (배를 내민다)

룰루랄라　(고통스러운 듯 자리에 주저앉으며) 그만... 그만해요! 그건 정말 실수였어요.

유후　(룰루랄라가 고통스러운 것을 보고 흐뭇해하며) 알아, 그러니까 내 말은 말야, 당신이 요리를 할 때 조금만 더 신경을 써줬으면 하는 거야. 당신도 과부되기 싫지? 그럼, 어서 먹자구. 아침을 든든하게 먹어야 힘이 나니까. (의기양양하다)

룰루랄라도 자리에서 일어나 음식을 먹기 시작한다.

둘 다 조용하게 먹는 데에만 집중한다. 한 조각 한 조각씩. 그러다가 서로의 먹는 속도에 신경을 쓴다. 상대방보다 더 많이 먹으려다 보니 점점 손을 놀리는 속도가 빨라진다.

마지막 한 조각. 동시에 포크를 꽂는다. 불꽃 튀는 눈싸움. 일그러지는 동작과 표정.

유후　이건 내 거야.

룰루랄라　천만에요. 이건 내 거예요.

유후   이거 왜 이래? 당신이 하나 더 많이 먹었잖아. 그러니까 이건 절
           대 내 거야.
룰루랄라   흥, 어디서 그런 말도 안 되는 소릴! 이걸 요리한 건 바로 나라
           구요.
유후   뭐야? 이런 욕심쟁이!
룰루랄라   당신 말 다했어요?
유후   아니, 아직 다 못했어. 이 바보, 등신, 머저리야!
룰루랄라   뭐예요? (잠시 노려보다) 말미잘, 해삼, 멍게, 자라, 두꺼비!
유후   이 딱따구리 여편네가!
룰루랄라   흥, 붕어대가리 주제에...
유후   부...부...부... 붕어대가리?
룰루랄라   (유후의 머리를 가리키며) 거기에다가 아이큐는 꼴랑 두 자리!
유후   이, 이, 빌어먹을 여편네가! (호흡을 가다듬는다) 좋아, 좋다구.
           당신이 뭐라고 말을 하든지 간에 나는 다 들어줄 용의가 있어.
           그렇지만 말이야. 여기 이 마지막 한 조각은 절대 양보 못 해!
룰루랄라   당신이 먼저 시작한 일이에요. 그러니까 나 역시 이 마지막 한
           조각은 절대 양보할 수 없어요.
유후   그렇다면 방법은 단 하나. (주먹을 불끈 쥔다)
룰루랄라   그렇겠죠. (역시 주먹을 불끈 쥔다)
유후, 룰루랄라   가위 바위 보! 보!! 보!!! (유후는 바위, 룰루랄라는 보)
룰루랄라   야호! 내가 이겼어요. (승리에 도취된 세레머니)

유후가 남은 한 조각을 재빨리 입에 털어넣는다.

룰루랄라   이제 이건 내 거예요. (음식이 없어진 것을 발견한다) 아니, 당신.
           어떻게 이럴 수 있죠? 정말 비겁해요!
유후   우하하하하!

룰루랄라는 너무나 분통이 터진 나머지 포크를 식탁에 쾅 하고 찍는다.

그 순간 검은 상자의 뚜껑이 열리며 깃털옷을 입고 선글라스를 낀 무엇이 튀어나온다.

유후와 룰루랄라는 깜짝 놀라 서로를 끌어안는다.

무엇   시끄러!

유후   (겁에 질려) 뭐요, 당신?

무엇   곤하게 자고 있는데 왜 방해를 하는 거야? 너희들, 수면방해는
           범죄와 마찬가지라는 걸 알아, 몰라?

유후   잠을 자요?

룰루랄라   사막 한가운데, 이 뜨거운 모래 속에서?

무엇   그렇지, 참. 사막이었지? 내가 왜 자고 있었더라? 음... 기억이 안
           나는군. (유후와 룰루랄라의 행색을 살핀다) 너희들은 뭐야? 오
           아시스를 향해 가고 있는 건가?

유후   오아시스라뇨?

룰루랄라   그게 뭐죠?

무엇   물이 가득한 곳.

유후   그런 곳이 있어요?

룰루랄라   세상에!

유후   그런 곳이 있다면 여태까지 이렇게 고생스럽게 땅을 파지 않았
           어도 됐잖아.

룰루랄라   그러게 말이에요.

유후   그곳이 어딥니까?

룰루랄라   저희들에게 좀 가르쳐줘요.

무엇   (생각한다) 좋아. 어쨌거나 날 이 상자에서 꺼내 구해줬으니 그
           보답은 해야겠지? 그곳이 어디냐면... (조그맣게 말한다)

룰루랄라   안 들려요. 다시 한 번 말해주세요.

무엇   (기침을 한다) 목이 마르구만. 물 한 잔만 주겠나?

룰루랄라   물요? 여보, 물 좀 가져와요.

유후   물이라구? 그런 게 어디 있어?

룰루랄라   빨리요.

유후는 물을 찾아 전전긍긍하다가 오줌을 받아놓은 상자를 내민다.

룰루랄라   (유후에게 상자를 받아 무엇에게 내민다) 여기 있습니다.

무엇   고맙네. (벌컥벌컥 마신다) 아, 시원하다.

룰루랄라   자, 그럼 이제 말씀을 해주시지요.

무엇   물맛이 참 특이하구만. 달콤 쌉싸름한데?

룰루랄라   그렇죠? 저도 마셔봤는데 비슷한 맛이었어요. (재빨리 유후에게
              고개를 돌려) 당신!

유후   아니, 그것밖에 없는데 나더러 어떻게 하라구?

무엇   무슨 문제가 있나?

룰루랄라   (재빨리 표정을 바꾸고) 문제라뇨? 그런 건 없어요.

유후   솔직히 말씀 드려. 괜히 거짓말을 했다가 낭패 보지 말고.

룰루랄라   당신이 실수한 걸 가지고서 왜 나한테 뒤처리를 떠넘겨요?

유후   나로서는 정말 할 수 없는 상황이었다구.

룰루랄라   그러니까 당신이 해결해요. (유후를 떠민다)

유후   싫어. (룰루랄라를 떠민다)

        유후와 룰루랄라가 서로를 떠미는 사이에 무엇은 픽 쓰러진다.

유후   이봐요.

룰루랄라   이를 어째?

유후   물이 어디 있는지는 말을 해주셔야지.

룰루랄라   인공호흡을 해요.

유후   내가 왜?

룰루랄라   그럼 이렇게 죽일 셈이에요?

유후   이런 젠장!

룰루랄라   한 번 해보자는 거예요?

        무엇이 벌떡 일어난다.

무엇   생각났어. 내가 왜 저 상자에 들어가 있었는지. 저 속에서 나는
              꿈을 꾸었지. 하늘을 훨훨 나는 꿈 말이야. 이 사막을 하늘 위에
              서 내려다보고 있었어. 그래, 난 한 마리의 독수리였던 거야. 맞
              아. 난 독수리, 독수리였어.

유후   무슨 헛소리를?

룰루랄라   미쳤나 봐요.

무엇   난 다시 저 속으로 들어갈 거야. 그 꿈을 다시 꿔야겠어. 너무 황
         홀했거든.

유후   다시 들어가는 건 상관없지만 그 전에 물이 있는 곳을 알려주시
         고 들어가세요.

무엇   그래? 자, 이걸 받아. (입고 있던 깃털옷과 선글라스를 준다)

유후   이게 뭡니까?

무엇   이걸 입고 둘이서 신나게 춤을 춰. 살랑살랑 바람을 일으키란 말
         이야. 자, 그럼 난 다시 잠을 잘 테니까 깨우지 말아줘. 아, 그리
         고 이 뚜껑 꼭 좀 닫아줘. 다시는 다른 사람이 건드리지 못하게
         말이야.

무엇은 상자 안으로 들어가버린다.

유후와 룰루랄라는 깃털옷과 선글라스를 들고 멍청하게 서 있다.

룰루랄라   이제 어쩌죠?

유후   글쎄. 일단 하라는 대로 해봐야겠지?

룰루랄라는 유후가 들고 있는 깃털옷을 입는다.

룰루랄라   (옷맵시를 뽐내며) 어울려요?

유후   완전 거지같군. 당신하고 정말 잘 어울려. (선글라스를 낀다) 난
         어때?

룰루랄라   정말 촌스러워요. 눈 뜨고는 못 봐주겠네요. 당신이랑 딱 맞아요.

서로 노려본다. 따스한 조명, 아주 감미로운 음악. 가벼운 춤.

유후   그럼 이제 우리 길을 나서볼까?

룰루랄라   그래요, 여보.

유후와 룰루랄라는 춤추며 퇴장한다.
무대는 어두워진다.

3.

무대가 밝아지면 제기랄은 상자 속에 있는 물을 몇 개의 비커에 담았다가 부었다가를 반복
하고 있고 어머머는 말똥말똥 눈을 뜨고 그걸 지켜보고 있다.

제기랄   (고개를 갸우뚱거리며) 이상한 일이군.
어머머   오늘은 여느 날보다 더 바쁜 것 같네요? (제기랄을 보며 미소)

제기랄은 벌떡 일어나 머리를 버걱버걱 긁는다.

제기랄   이거 난감하구만.
어머머   무척이나 피곤하네요. (제기랄을 보며 미소)

제기랄은 어머머를 힐끗 본다. 별 관심이 없는 눈빛이다.
다시 자리에 앉아 앞의 행위들을 반복한다.

제기랄   수치가 안 맞아. 도대체 어떻게 된 일이야?
어머머   아침에 우리 오아시스 주변에서 늙은 사막여우 암컷 한 마리가
           얼쩡거리더군요. 혹시나 뭐 얻어먹을 게 없나 구걸하러 온 눈치
           더라구요.

제기랄은 듣기 싫다는 표정을 감출 수가 없다.

어머머   그래서 난 그 사막여우에게 썩어버린 음식쓰레기를 약간 나눠주
           었죠. 대신에 화장실 청소를 시켰어요. 그래서 당분간은 한결 상
           쾌한 기분으로 용변을 볼 수 있게 되었지 뭐예요. 생각만 해도
           벌써 똥이 마려워 와요. 당신은 안 그래요?
제기랄   (퉁명스럽게) 난 아까 똥을 눴어.

어머머   에이, 조금만 더 참았다가 누지. 그리고 점심때는 전화가 왔지
         요. 지직거리는 신호음에 무슨 말을 하는지 잘 알아듣지 못했지
         만 일기예보처럼 들렸어요. 뭐더라? 비가 올 것 같다고 말이죠.
         세상에, 사막에 비가 온다니 정말 어처구니가 없는 말이었어요.
         저는 화가 머리끝까지 치솟아서 그냥 콱 끊어버렸어요. 세상에...
         비가 온다니. 그건 완전히 재앙이에요. 비가 오면 여기에 오아시
         스가 있을 이유가 없잖아요.
제기랄   비가 올 수도 있지. 사막에도 하늘은 있으니까.
어머머   구름은 없는걸요.

         제기랄은 피곤한 듯 한숨을 내쉰다.

어머머   그리고 조금 뒤에 또 전화가 와서 근처 오아시스의 불길한 소식
         들을 전해줬어요. 모래폭풍이 불어서 두 개의 오아시스가 하나
         로 합쳐졌다고 말이죠. 합쳐진 오아시스를 두고 그 소유권을 서
         로 주장하고 있다고 했어요.
제기랄   그럴 바에야 오아시스가 없어지는 게 더 나았겠군.
어머머   곧 없어질 예정이래요.
제기랄   뭐? 어떻게?
어머머   합쳐진 오아시스에서 서로 자기 물을 퍼내고 있다고 하더라구
         요. 그러구선 퍼낸 물을 바싹 마른 모래구덩이에다가 붓고 있다
         나 봐요.
제기랄   미친놈들. 피곤한 짓을 사서 하다니.
어머머   뭐, 하긴 그렇긴 해요. 그러니 우리도 평소에 이 오아시스를 잘
         가꿔놓아야죠. 모래폭풍이 닥쳐도 끄떡없게 말이죠.
제기랄   (한숨을 푹 쉰다) 모래폭풍이 무슨 어린아이 재채기인 줄 아는
         군. (비커의 물을 상자에 다시 다 붓고는) 아, 정말 미치겠군.
어머머   헌데 당신 요새 너무 힘들어 보이네요.
제기랄   (정색한다) 아니야, 아니야. 힘들긴 뭐. 나 아직 정정하다구. 괜히
         늙은이 취급하지 말았으면 좋겠어.
어머머   (측은하게) 왜요? 뭐가 마음대로 되질 않아요?

제기랄   아니, 그게 말이야. 오아시스 물이 불어난 거 같아. 이럴 리가 없
는데.

어머머   그래요? (제기랄을 걱정스럽게 쳐다보다가 다시 눈을 빛내며) 저
도 요새 오아시스의 물이 불어나는 느낌을 지울 수가 없었거
든요?

제기랄   제기랄, 지금 그 얘기를 하고 있잖아. 웬 자다가 봉창 두드리는
소리야? (어머머에게) 여보, 난 이 문제에 대해 좀 심각하게 고민
을 좀 해야 되겠어. 그러니 날 그냥 좀 내버려두겠어?

어머머   이제 괜찮아질 거예요.

제기랄   뭐?

어머머   글쎄, 아까 제가 말했던 사막여우가 몰래 오아시스에 오줌을 싸
고 있더라구요. 너무나도 화가 치밀어 올라 콱 죽여버리고 싶을
정도였어요. 하지만 난 마음을 차분하게 가라앉혔죠. 사막여우
를 죽여버리면 화장실 청소는 누가 해요? 결국 내가 해야 할 테
니까. 그 생각이 들자 이상하게도 친절해지고 싶었어요. 그래서
난 그 여우에게 그러지 말고 우리 화장실에 와서 볼일을 봐라,
그렇게 타일러줬어요. 잘했죠?

제기랄   그걸 이제야 말하면 어떡해?

어머머   물어보질 않았잖아요.

제기랄   에이. (상자 속에 비커를 다 집어넣는다) 어쨌든 풀리지 않던 의
문점이 드디어 해결되었군. (크게 기지개를 켠다) 여보, 이제 그
만 좀 조용히 쉬었으면 좋겠는데.

어머머   어머나, 역시! 당신 무척 피곤한 상태였군요. (잠시 침묵. 제기랄
을 동정하는 시선. 입이 근질근질하다) 영양제라도 좀 드시겠어
요? 아니면 보약이라도?

제기랄   (화가 난다) 이런 제기랄! 그만 좀 조용히 쉬자니까! 가만히 앉
아서 옆에서 나불대기만 하는 당신과는 다르게 난 무척이나 열
심히 일한다구! 항상 오아시스 물을 재서 체크하고, 그것뿐이
야? 울타리를 치고 모래를 퍼서 밖으로 나르고, 얼마나 힘든 줄
알아?

어머머   어머머... 별꼴이야. 난 뭐 매일 놀고먹기만 하는 줄 알아요? 당

신, 이 사막에 먼지가 얼마나 많은지 알아요? 하루 종일 닦아도 없어지지 않는다구요. 그 되풀이 되는 먼지와의 사투를 알지도 못하면서.

제기랄   정말 입만 살아 나불거리는군. 이것 봐. 이 오아시스로 누가 데려 다 줬는지 항상 명심하라구. 바로 내가 데려다 준 거야.

어머머   그렇다면 이 오아시스를 누가 가꾸고 유지하는가도 알아줬으면 좋겠네요.

제기랄   말 같잖은 소리!

어머머   당신 정말 이렇게 나를 무시해도 되는 건가요? 더 이상은 참을 수 없어요.

제기랄   그래? 누가 당신보고 참으라고 했던 사람이 있어? 참지 마. 그리 고 내가 싫으면 이 오아시스에서 나가라구.

어머머   당신이 날 그렇게 생각하고 있었다니... 이렇게 무시당하면서까 지 살아야 하는 건가요? 으앙!

어머머의 눈물에 제기랄은 어쩔 줄을 몰라 한다.

제기랄   저기 여보. 그만 울음을 그쳐요.

어머머는 계속 운다.

제기랄   나 참 이거 어떻게 해야 하나? (잠시 생각. 살금살금 뒤로 가서) 바퀴벌레다!

어머머   (놀람) 꺄악! (두리번두리번. 딸꾹질)

제기랄   (딸꾹질하는 모습에 놀랍고 매료된다. 감격) 오! 당신, 이건 얼마 만에 하는 딸꾹질이야? 이거, 이거, 내 마음이 감동으로 벅차오 르는구려.

어머머는 부끄럽지만 기분이 나쁘지는 않은 눈치다.

음악 나오고 제기랄은 어머머에게 손을 내민다. 어머머는 웃으며 제기랄에게 안긴다. 제 기랄, 어머머를 안는다. 그리고 격조 높은 춤을 춘다.

무대 한쪽에서 휘리릭 등장. 목발을 짚고 있다. 그녀는 전쟁에서 진 패잔병처럼 기운이 없고, 큰 실의에 빠진 사람이 헤어날 길 없는 좌절 속에 있는 것처럼 음침하다.

휘리릭   엄마, 아빠 제가 집에 돌아왔어요. 오다가 엄청난 모래폭풍을 만났어요. 아마도 조만간 이 오아시스를 집어삼킬 것 같군요. 그 전에 마지막 모습을 보고자 서둘러 왔답니다. 엄마, 아빠 슬슬 준비하시는 게 좋을 것 같아요.

어머머   모래폭풍이라고? 귀신 씨나락 까먹는 소리는 집어치워라. (못마땅한 듯) 도대체 얼마 만에 나타난 거야? 그리고 그 목발은 웬 거냐? 다리를 다쳤니?

휘리릭   이 목발요? 이건 오다가 그냥 주운 거예요.

제기랄   그렇군. 그런데 넌 도대체 어디를 그렇게 싸돌아다닌 거니? 마지막으로 널 본 게 십 년 전쯤인가?

휘리릭   (시계를 보며) 정확히 말해서 십이 년 사십칠 일 다섯 시간 이십육 분 삼 초만이네요. 그동안 많은 일들이 있었어요. (운다. 그리고 알 수 없는 웅얼거림) 으워어...

제기랄과 어머머는 깜짝 놀라 휘리릭에게 다가온다.

휘리릭   (둘이 모이자마자 원망스러운 듯) 이런 일들이 있었단 말이에요.

제기랄   (어리둥절) 뭐라고? 도대체 무슨 말이냐?

어머머   우리가 알아듣게 말해보렴.

휘리릭   (더욱 원망스러운 듯) 엄마, 아빠는 언제나 제 말을 귀담아 듣지 않아요.

제기랄   아니, 난 네가 하는 말들을 도저히 알아들을 수가 없다.

휘리릭   (울부짖음) 너무해요!

어머머   얘야, 그만하고 어서 네 방이나 치우려무나.

휘리릭   그래요. 나가보겠어요. 하지만 조심하셔야 할 거예요. 제 예감에 의하면 모래폭풍이 다가오고 있으니까요.

휘리릭, 울면서 퇴장.

제기랄   언제쯤 철이 드는지. 쯧쯧. 제깟 게 모래폭풍을 제대로 알기나 할
          까? 한 번도 본 적 없으면서 말이야.
어머머   그러게 말이에요. 정말 걱정이에요.

음악소리 들린다. 제기랄과 어머머, 어리둥절하다.
무대 한쪽에서 유후와 룰루랄라가 춤을 추면서 등장한다.

유후   실례합니다. 여기가 오아시스인가요?

제기랄과 어머머는 일어나서 유후와 룰루랄라를 쳐다본다.
경계와 의심의 눈초리. 방어본능과 공격태세.

룰루랄라   감사합니다.

유후와 룰루랄라는 주변의 상자를 들고 제기랄이 가리킨 쪽으로 가서 앉는다. 그리고 상
자를 탁탁 털고는 맨바닥에 앉는다.
제기랄과 어머머도 제자리를 찾아 앉는다.

4.

유후   (조심스레) 실례합니다. 여기가 오아시스란 곳 맞지요?
제기랄   뭐야 이것들은? 무슨 소리를 하는 거지?
어머머   글쎄요.
룰루랄라   (유후에게) 저분들 뭐라고 하는 거죠?
제기랄   (어머머에게) 괴상한 소리를 내는군.
유후   (룰루랄라에게) 아무래도 여기가 오아시스인 것 같은데. 저 사람
          들은 우리랑 말이 안 통하는 듯하니 물어볼 수도 없고 말야.
룰루랄라   (유후에게) 이거 곤란하게 되었네요.
어머머   (제기랄에게) 아무래도 사람이 아닌 것 같아요. 벌레 종류가 아
          닐까요?

제기랄   (어머머에게) 그렇지? 나도 그 생각을 하던 중이었어.

어머머   (제기랄에게) 이상한 옷을 걸치고 있어요. 척 보기에도 정말 징
           그럽게 생겼군요.

제기랄   (어머머에게) 벌레보다는 짐승 쪽에 가까운 것 같군.

어머머   (제기랄에게) 내 생각은 달라요. 아무래도 벌레 같으니 침을 뱉
           어 봐요. 대개 벌레들은 침을 맞으면 죽잖아요.

제기랄   오! 굿 아이디어!

룰루랄라   (유후에게) 지금 좋은 생각이라고 한 것 같지 않아요?

유후   (룰루랄라에게) 맞아 나한테도 그렇게 들렸어. (손을 흔들며) 헬
           로우?

제기랄   퉤!

유후   헉! 이게 뭐야? 왜 침을 뱉는 거지? (얼굴에 묻은 침을 닦는다)

룰루랄라   글쎄요. 저들만의 인사방법이 아닐까요? 당신도 똑같이 해줘요.

제기랄   (어머머를 쳐다보며) 아무렇지도 않은걸?

어머머   (한심한 듯 쳐다보며) 아니, 그렇게 쬐끔 뱉어서 어디 저 큰 벌레
           들이 죽겠어요? 이리 나와 봐요. (유후에게 다가간다)

유후   (다가오는 어머머에게) 퉤!

어머머   (놀랍고 당황, 화가 머리끝까지 치민다) 이것들이! 퉤, 퉤, 퉤,
           퉤!!

룰루랄라   꺅!

유후   뭐야, 이거? 아무리 환영한다고 해도 너무하잖아!

어머머   어머머, 말을 하네요?

유후   아니! 제 말을 알아들으시겠습니까?

어머머   네, 똑똑히.

유후   여보, 드디어 이 사람들이랑 말이 통하는군.

룰루랄라는 겁을 먹은 듯 말을 하지 못한다.

유후   말이 통한다구!

룰루랄라는 유후의 말을 알아듣지 못하는 눈치다.

유후   여보, 왜 그래?

룰루랄라   당신, 이상한 소리 내지 말고 말을 해요.

유후   뭐라는 거야? (제기랄과 어머머에게) 어떻게 된 일이죠?

어머머   글쎄요, 저희도 잘 모르겠어요.

제기랄   그렇군! 알겠어. 여보, 여기다 침을 뱉어. (손을 내밀면 어머머는
         침을 뱉는다. 그 침을 입에 넣고 오물오물 씹는다. 그리고 룰루랄
         라에게 다가가서) 카아아악~ 퉤!!

룰루랄라   (얼굴에 묻은 침을 닦아낸다) 도대체 뭐 하는 짓이야!

제기랄   이것 봐. 이쪽도 말이 통하게 되었어. 신기하군. 우리가 뱉은 침
         에 이런 효능이 있었다니...

유후   양치질은 하셨겠죠?

         제기랄은 천연덕스럽게 고개를 젓는다.

유후   아니, 양치질도 하지 않고 무작정 침을 뱉었단 말입니까? 병균이
         라도 옮으면 어떡할 겁니까, 예?

어머머   호호호, 어쨌든 이걸로 서로 말이 통하게 되었으니 다행이죠. 그
         런데 무슨 일로 여기까지 오셨죠?

룰루랄라   저희들은 오아시스를 찾고 있는 사람들이에요.

유후   여기가 오아시스입니까?

제기랄   그렇소.

어머머   하지만 여긴 우리 땅인데요.

유후   예? 무슨 말씀이신지?

어머머   여긴 우리 땅이라구요.

유후   그 말은...?

제기랄   여기서 즉시 나가주셔야 되겠습니다.

유후   예?

룰루랄라   말도 안 돼요. 우리가 여기까지 얼마나 힘들게 찾아온 줄 아세요?
         이제 도착했다고 좋아라 하는데 그냥 가라니요? 그럴 순 없어요.

제기랄   음... 어... 저기 다른 오아시스를 찾아보시는 게 어떠시겠습니까?

유후   저희들은 댁들에게 피해를 주고자 해서 온 것이 아니라 오아시
        스를 찾아온 것뿐입니다.

어머머   그게 바로 우리들에게 피해를 주는 겁니다.

유후   아니. 어째서?

제기랄   어째서가 아니라 원래 그런 겁니다. (근엄하게) 여기엔 우리 말
        고 다른 사람들은 일체 들어올 수가 없습니다.

룰루랄라   그럴 수가! 정말 너무들 하시는군요.

유후   그렇습니다. 정말 너무들 하시는군요. 메마른 사막을 건너온
        사람들에게 물 한 잔 대접해주지는 못할망정 되려 그냥 나가라
        니요?

룰루랄라   (유후를 보고 애절하게) 여보, 이제 우린 어떡하죠? 다시 저 사막
        으로 나가서 말라죽어야 하는 건가요? 난 이제 견딜 수 없을 것
        같아요. 모래만 봐도 진절머리가 나요.

유후   일단 여기서 방법을 강구해보자구. (제기랄과 어머머에게) 잠시
        만 쉬어가도 되겠습니까?

제기랄   좋소. 일단은 잠시 쉬도록 하시지요.

어머머   (제기랄에게) 여보!

제기랄   (어머머에게) 괜찮을 거야. 잠깐일 텐데, 뭐. 저 사람들 몰골을 좀
        봐. 불쌍하잖아? 그리고 오랫동안 여행을 해왔다면 모래폭풍에
        대한 정보도 가지고 있을 거라구. (유후와 룰루랄라에게) 이쪽으
        로 와서 앉으시지요.

유후   감사합니다.

룰루랄라   고마워요.

제기랄   (룰루랄라에게 넌지시) 입고 계신 옷이 참 특이하게 생겼군요.

유후   그렇죠? 거의 거지 같은 패션이죠.

제기랄   당신 눈을 가리고 있는 것은?

룰루랄라   선글라스죠. 사막의 강한 햇빛을 가려준다는 장점이 있긴 한데,
        저이가 쓰니까 무진장 촌스럽죠?

어머머   (제기랄을 끌어당기며) 당장 쫓아내라니까 웬 시시껄렁한 잡담
        이에요?

유후와 룰루랄라가 서로 모의를 한다.

유후   웬지 저 사람, 당신 옷이랑 내 썬글라스에 관심을 가지고 있는
            것 같지 않아?
룰루랄라   맞아요. 저도 그렇게 느꼈어요.
유후   줘버릴까?
룰루랄라   싫어요.
유후   하지만 이걸 주면 이 오아시스에 더 머물게 해줄지도 몰라.
룰루랄라   그렇지만...
유후   자 자, 벗어.

유후는 룰루랄라의 깃털옷을 벗긴다. 룰루랄라는 내심 싫지만 유후가 하는 대로 내버려
둔다.

어머머   (유후와 룰루랄라에게 다가온다) 그만 가주세요.
유후   오, 아름다운 부인. 옛말에 옷깃만 스쳐도 인연이라 했습니다.
            (깃털옷과 선글라스를 내밀며) 이것은 저희가 이 오아시스에 잠
            시 머무는 대가로 드리는 선물입니다.
어머머   (희색이 만연하여) 정말요? 어머나, 이렇게 귀중한 걸.
룰루랄라   부인께 정말 잘 어울리네요.
어머머   예전에 이런 옷 비슷한 걸 가지고 있었거든요. 그런데 잃어버리
            고 말았지 뭐예요.

어머머는 깃털옷을 입고 제기랄에게 간다.

어머머   어때요? 괜찮아요?
제기랄   신 났구만.
어머머   당신도 이걸 써봐요. (제기랄에게 선글라스를 씌운다) 근사한데
            요? 예전에 당신이 쓰던 것 하고 정말 닮았어요.
제기랄   그래?
어머머   (유후와 룰루랄라에게) 좋은 선물에 감사드려요.

유후	뭘 이런 걸 가지고...
제기랄	자, 이쪽으로 와서 앉으시지요.
룰루랄라	감사합니다.

유후와 룰루랄라는 주변의 상자를 들고 제기랄이 가리킨 쪽으로 가서 앉는다. 그리고 상
자를 탁탁 털고는 맨바닥에 앉는다.
제기랄과 어머머도 제자리를 찾아 앉는다.
무대가 어두워진다.

5.

밝아지면 무대는 전과 동일. 서로 서먹서먹하다.

제기랄	그러고 보니 난리통에 제대로 인사를 하지 못했군요. (어색하게 웃으며) 안녕하십니까?
유후	(마찬가지로 웃으며) 하하하. 안녕하시오.
룰루랄라	(역시 마찬가지로 웃으며) 호호호. 안녕하신가요?
유후	여긴 참 흥미로운 곳이군요.
제기랄	어흠... 흠! 오시는 길에 날씨는 좀 어떻던가요?
어머머	저기... 바람이 불진 않던가요?
제기랄	요새 하도 흉흉한 소문들이 가득해서 말입니다.
유후	그거 저도 동감하는 바입니다.
룰루랄라	비가 온다는 일기예보를 들었어요.
어머머	그런 것 말고 다른 소식은 들어본 적이 없나요?
유후	글쎄요. 여기까지 오는데 사람들을 거의 만나본 적이 없어서...
룰루랄라	말라죽은 시체들은 여럿 보았죠. 정말 끔찍했었어요.
어머머	혹시 모래폭풍 때문에...
제기랄	(어머머의 입을 막으며) 그 시체에서 뭔가 특이한 점은 없었습니까?
유후	특이한 점이라... 여보, 당신 뭔가 생각나는 거 없어?
룰루랄라	그런 건 없었지 싶은데... 아! 생각났어요.
제기랄	뭡니까?

룰루랄라   시체들은 남녀 한 쌍씩 죽어 있었어요.
어머머   죽어 있었다구요?

어머머는 제기랄의 손을 꽉 잡는다.

유후   그렇습니다. 거기다가 손을 꼭 잡고 있었죠.
어머머   남녀 한 쌍이 손을 꼭 잡고 있었다구요?

제기랄과 어머머는 서로의 손을 재빨리 뿌리친다.

룰루랄라   아마도 오아시스를 찾아가다가 죽은 사람들이 아닐까요?
제기랄   에이... 설마 그럴 리가 있겠소.
어머머   호호호... 상상력이 남다르신 분들이네요. (제기랄에게) 여보, 기
           분이 별로 좋지 않군요.
제기랄   그래, 오싹하군.
어머머   이제 그만 나가라고 해요.
제기랄   하지만 온 지 얼마 되지도 않았는데 예의 없이 그럴 수는 없어.
어머머   모래폭풍에 대해 아무것도 모르고 있잖아요.
제기랄   그래도 그게, 옷이랑 선글라스도 받았고...
어머머   그리고 생각해보세요. 설사 모래폭풍에 대해 알고 있다고 해도
           우리에게 순순히 털어놓을 리가 없어요.
룰루랄라   저기요, 뭔가 문제라도?
제기랄   아, 아닙니다.

사이.

유후   뭔가 얘기를 해볼까요? 가령 어젯밤 꿈 얘기라던가...
룰루랄라   두 분의 과거 연애담 같은 거요.
제기랄   그거 좋군요. 여보, 어때?
어머머   (제기랄에게) 시시콜콜한 과거 얘기엔 관심이 없어요.
유후   옛날이야기에 관심이 없다니 이거 뜻밖입니다.

| 룰루랄라 | (유후에게) 부인이 과거에 남자관계가 복잡했었나 봐요. |

룰루랄라 | (유후에게) 부인이 과거에 남자관계가 복잡했었나 봐요.
유후 | (룰루랄라에게) 그렇군. 그럼 옛날 얘기를 싫어할 만도 하지.
어머머 | 멋대로 생각하지 않았으면 좋겠군요. (제기랄에게) 정말 예의라고는 눈곱만치도 찾아볼 수 없는 사람들이에요.
제기랄 | 좋습니다. 제 꿈 얘기를 들려드리죠.
어머머 | 아니, 여보 저 사람들 장단에 놀아날 셈이에요?
제기랄 | 그건 아니지. 일단 우리 얘기를 해준 다음에 저 사람들 얘기를 듣는 거야. 그러다 보면 모래폭풍에 대한 정보도 캐낼 수 있을 테지.
어머머 | 그게 당신 의도대로만 될까요?
어머머 | 가만 있어봐. 날 믿으라구. (유후와 룰루랄라에게) 난 말입니다. 가끔씩 꿈을 꿉니다. 비행기를 타고 하늘을 훨훨 나는 그런 꿈이죠. 한번은 꿈에 사막 위를 날고 있었더랬죠. (마치 비행기가 된 듯 양손을 펴고 이야기한다) 하늘에서 내려다본 사막의 모습은 정말이지 아름다웠어요.
유후 | 저도 그 꿈을 자주 꿉니다.
어머머 | 저런 얼간이 같은 꿈을 꾸는 사람이 또 있었다니...
제기랄 | 조용히 해. 아직 내가 얘기 중이란 말이야. 그런데 저쪽 끝에서 총소리가 들렸습니다. 저는 그쪽으로 곧장 날아갔죠. 어느새 나는 전투기 조종사가 되어 상대방 전투기를 뒤쫓고 있었습니다. 죽이지 않으면 죽는다. 죽이지 않으면 죽는다. 이 말을 계속 되뇌이면서 말입니다. 그러다가 제 비행기가 사나운 모래폭풍에 휩싸여 방향을 잃어버렸습니다. 악전고투 끝에 결국 연료가 다한 내 비행기는 힘없이 추락하기 시작했고 나는 낙하산을 펼쳐서 비행기로부터 극적으로 탈출했습니다. 하지만 그 모래폭풍은! (유후와 룰루랄라를 응시한다)

사이.

룰루랄라 | 계속 이야기해주세요.
제기랄 | 네? 제 이야긴 여기가 끝인데요. 하실 말씀이 없으십니까?

유후   뭐? 에이, 끝이 뭐 그리 시시해?

룰루랄라   맞아요. 정말 맥 빠지는 결론이에요. 모래폭풍과의 사투를 좀 더
         리얼하게 묘사했으면 좋았을 텐데.

제기랄   아니, 이 사람들 머리가 어떻게 된 거 아니야? 내 이야기에 전혀
         감흥을 느끼지 못하다니... 여보, 당신이 설명을 좀 해주구려.

어머머   그래요. 좋아요. 그렇다면 제 아리따운 처녀시절 이야기를 들려
         드려야겠군요. 전 멋진 신랑감을 만나기 위해 사막을 헤매고 있
         었죠. 헌데 모래폭풍이 밀려오기 시작하는 거예요. 그래서 모래
         를 파고 그 속에 숨었답니다. 모래폭풍이 지나가기를 기다리다
         가 어느새 잠이 들고 말았지요. 그런데 누군가 하늘에서 뚝 떨어
         져 제 발을 사정없이 밟는 거예요.

제기랄   하하하! 그게 바로 저였답니다. 공교롭게도 제 발이 그만 그녀를
         밟고 말았죠.

어머머   맞아요, 바로 이 빌어먹을 얼간이였죠.

제기랄   우리는 같이 걸었습니다. 손을 꼭 잡고서 말이죠. 절대로 이 손을
         놓은 적이 없었습니다.

유후   흠... 땀띠가 걱정되진 않던가요?

어머머   정말 예리하시군요. 그 당시, 우리는 마주잡은 손바닥의 습진 때
         문에 고생이 이만저만이 아니었죠. 그러나 그 고생도 잠시였어
         요. 우린 결국 도착했거든요.

룰루랄라   거기가 어디였나요?

제기랄   우리가 도착한 곳은 바로 (감격에 겨워 말이 떨린다)

제기랄, 어머머 (동시에, 감격스럽게) 이 오아시스였습니다.

유후   그럼 선생께선 원래부터 이 오아시스에 계셨던 것은 아니었군요.

제기랄   (크게 당황한다) 여러분, 다른 건 다 잊어버리시고 이 사실 하나
         만을 꼭 가슴속에 새겨두도록 하십시오. 그건 바로 제가 유능한
         파일럿이었다는 사실이랍니다.

룰루랄라   뜻 깊은 교훈을 가르쳐주셔서 감사드립니다. 전 이 이야기를 통
         해서 이 오아시스는 원래 주인이 없다는 사실을 알게 되었어요.

어머머   어머머, 어디서 그런 말도 안 되는 소릴! 이 이야기의 교훈은 바
         로 이거예요. 한 꽃다운 처녀가 멋진 왕자님을 만나는 대신 이

빌어먹을 얼간이를 불쌍히 여겨 구원해주었다는 거예요.

제기랄   그게 아니잖아! 당신, 머리가 어떻게 된 거 아냐? 내가 왜 얼간이
          야?

어머머   뭐라구요? 그럼 뭐란 말이에요?

제기랄   유능한 파일럿이지!

어머머   웃겨.

제기랄   뭐야?

휘리릭 등장. 아주 예쁘고 귀여운 드레스를 입고 있다.

휘리릭   엄마, 아빠. 제 방이 모래에 파묻혀 있더군요. 이 옷밖에 쓸 만
          한 게 없었어요. (유후와 룰루랄라를 보고) 그런데 저분들은 누
          구세요.

유후   안녕하십니까?

휘리릭   나이스 미츄. 아주머니도 안녕하세요?

룰루랄라   아주머니라구? (제기랄과 어머머에게) 이 맹랑한 꼬마아이는 누
          구죠?

어머머   잘은 모르겠지만 우리들의 딸이라고 하던데요. 십이 년 사십칠
          일 다섯 시간 이십육 분 삼 초만에 집에 왔지요.

제기랄   이봐, 네가 있으면 늘 머리 아픈 일들이 생긴단 말이야. 얼른 사
          라지라구!

휘리릭   아빠, 뭔가 기분이 나빠 보이시네요. 무슨 일 있었어요?

어머머   아니, 네 아빠가 자신이 유능한 조종사라 하지 뭐니?

제기랄   그럼 아니란 말이야?

휘리릭   그만들 해요. 손님들도 계신데...

유후   아니, 우리들은 괜찮단다.

룰루랄라   그래, 맞아. 두 분의 가르침을 감명 깊게 받고 있거든.

어머머   (제기랄에게) 정보를 알아내기는커녕 되려 정보를 주고 만 셈이
          잖아요. 당신 같은 작자를 믿은 내가 잘못이지.

제기랄   (발끈) 뭐라구?

어머머   내가 뭐 틀린 말을 했어요?

제기랄	보자 보자 하니까!
휘리릭	손님들도 오셨는데 왜 그렇게 싸우시는 거죠? 모래폭풍이 휘몰아치면 어차피 다 죽을 텐데.
제기랄	아니, 난 결코 죽지 않아. 이 여편네만 죽겠지.
어머머	글쎄요. 과연 그렇게 될까요?
휘리릭	엄마, 아빠. 화해하세요. 그런 의미로 춤이나 한 번 춰요.
제기랄	지금 춤 출 때냐? 정신 좀 차리거라. 곧 모래폭풍이 올지도 모른단 말이야.
휘리릭	이미 커질 대로 커져버린 모래폭풍 따위는 전혀 겁낼 게 아니에요. 그 바람 뒤에 오는 게 겁나는 거지.
유후	언제 춤추면 돼?
룰루랄라	우린 이미 준비가 완벽하게 되어 있단다.
휘리릭	지금요! (깡총 뛰어 상자 위로 높이 올라간다)

웅장한 음악 나오고 유후와 룰루랄라는 춤을 추기 시작한다.

| 제기랄 | 이 정신 나간 것아. 무슨 짓이야! |
| 어머머 | 정말 부끄럽구나. 이리 내려와! |

제기랄과 어머머는 휘리릭을 끌어내리려 한다.

휘리릭	(대성일갈) 춤 추라구!
어머머	어머나! 귀 떨어지겠다. 알았다. 알았어. 추면 되잖니? 왜 그렇게 신경질이야?
제기랄	자식 이기는 부모 없지. (어머머를 보며 손을 내민다) 여보?

휘리릭의 기에 눌린 제기랄과 어머머는 얼떨결에 춤을 추기 시작한다.

| 어머머 | (휘리릭에게) 자, 네 차례야! |

휘리릭, 우아하고 멋지게 춤추려다가 벌러덩 자빠진다.

다른 사람들 모두 비웃는다. 휘리릭 부끄럽고 망신스러워 도망치듯 퇴장. 그 모습을 보고
더욱더 웃는다.

무대, 어두워진다.

6.

무대가 어슴푸레 밝아진다. 음산한 분위기.

무대 가운데서 탁자를 놔두고 네 명, 카드놀이를 하고 있다.

유후	500.
어머머	500 받고 500 더.
룰루랄라	콜.
제기랄	어... 음...
어머머	어떻게 할 거예요? 빨리 결정을 해요!
제기랄	그러니까 난 음... 에라 모르겠다. 1000 더!
유후	꽤 큰 걸 쥐셨나 보군요.
제기랄	아니 뭐 그런 건 아니고...
유후	스트레이트! 음하하하! (카드를 뒤집는다. 그리고 돈을 쓸어가려 한다)
룰루랄라	(유후를 말리며) 잠깐만! 전 하트 플레시인 걸요. 호호호호. 참 안됐군요, 여보. 이건 내 돈이에요.
어머머	이런 쳇! 여보, 당신 패는 뭐예요?
제기랄	크하하! 사구 깽판이다.

무대 밝아진다. 세 명 머리를 감싸 쥔다. 한숨 소리.

유후	정말 선생은 너무하시군요.
룰루랄라	그렇게 설명을 해드렸잖아요. 이건 섰다가 아니라 포커게임이라고!
제기랄	아니... 내.. 내가 뭘 어쨌길래?
어머머	정말 한심해. 느리고 답답하고, 바보에다가 멍청이!

제기랄   아무리 해도 헷갈린단 말이야.

유후   정말 같이 못 하겠군.

제기랄   헤헤헤헤. 뭐 차차 나아지겠지. 자자, 또 한 판 돌리라구.

룰루랄라   그래요, 모두들 판돈이나 거세요.

모두 판돈을 거는데 제기랄만 우물쭈물하고 있다.

어머머   뭐해요? 얼른 판돈이나 내요.

제기랄   여보, 돈이 다 떨어졌어. 좀 빌려줘. (어머머의 돈을 덥석 쥔다)

어머머   (제기랄의 손을 때리며) 아니 당신 돈은 다 어디 갔어요?

제기랄   글쎄?

어머머   그 많은 돈을 그새 다 잃었단 말이에요?

제기랄   그렇다니까. 이상한 일이지? 조금만 빌려줘.

어머머   나 참... 이거 아무래도 수상하군요. (유후와 룰루랄라를 의심스러
            운 듯 본다)

룰루랄라   아니, 그 눈은 저희들을 의심하시는 건가요?

유후   설마 그런 건 아니시겠죠?

어머머   하지만 아무리 생각해봐도 의심이 되는 건 어쩔 수 없군요.

룰루랄라   억울해요.

유후   돈 좀 잃었다고 해서 다른 사람을 이렇게 마구 의심해도 되는 겁
            니까? 젠장! 난 이제 못하겠어! (탁자에서 빠진다)

룰루랄라   저도 더 이상 못 하겠어요. 카드게임으로 이렇게 상처받아보긴
            처음이네요. (유후를 따라간다)

제기랄   이런 이런... 여보, 아무리 봐도 당신이 너무한 것 같군.

어머머   뭐라구요? 당신은 그 많은 돈을 잃고서도 아무렇지도 않아요?

제기랄   속이 쓰린 건 사실이야. 그렇다고 해도 그건 내가 운이 없어서일
            뿐이지 저 사람들이 나빠서 그런 건 아니라구. 어서 사과해요.

어머머   내가 왜요? 카드게임을 그만둔 건 오히려 저 사람들이라구요.

제기랄   (하늘을 보며) 으휴!

어머머   (외면하며) 흥!

다른 쪽에 서 있던 룰루랄라와 유후가 대화를 시작한다.

룰루랄라   (조심스레) 여보, 얼마나 땄어요?

유후   내가 몽땅 다 쓸었지.

룰루랄라   잘됐군요.

유후   그렇지?

룰루랄라   그럼! (손바닥을 내민다)

유후   뭐야?

룰루랄라   딱 잘라 반이죠.

유후   그게 무슨 소리야? 이건 내가 딴 돈이란 말이야.

룰루랄라   사랑하는 여보? 우리는 부부예요. 부부끼리는 나눠 가지는 게 상
           식이란 거 모르세요?

유후   그런 건 이제 모르기로 결심했어.

룰루랄라   당신, 정말로 이러기에요?

유후   (멀뚱멀뚱) 아줌마, 왜 이러세요?

룰루랄라   아... 줌... 마?

           다른 쪽 대화 시작.

제기랄   여보, 그러지 말고 저 사람들에게 사과하고 다시 게임을 하자구.
           그래서 내가 도로 다 따면 되잖아.

어머머   다시 하면 딸 수나 있어요? 느림보에다가 바보 멍청이 주제에...

제기랄   좋아 좋다구... 당신이 이렇게 계속 골을 낸다면 나도 나대로 방
           법이 있어.

어머머   쓸데없는 소리나 하려면 잠이나 자요!

제기랄   그래! 그 말 한 번 잘했어. 난 잠이나 자야겠어. 두통 때문에 쓰러
           질 지경이야. (뒤로 가서 자리를 깔고 눕는다)

           다른 쪽 대화 시작.

룰루랄라   (붉으락푸르락) 시끄러워지기 전에 얼른 돈 내놔요.

유후	싫어. (제기랄이 누운 쪽으로 걸어간다. 제기랄에게) 선생님, 저도 좀 실례하겠습니다.
제기랄	좋소. 좁지만 같이 누웁시다. 우리가 저 성깔 더러운 여자들로부터 우리 자신을 보호하는 방법이란 이렇게 누워서 개기는 것뿐이라오.
룰루랄라	당신, 이제 부부의 연을 끊자는 거군요?
어머머	가만 놔두세요. 남자들은 항상 저렇게 떼를 쓰면 뭐든지 이뤄지는 줄 알죠. 철들지 않은 어린아이 같다고나 할까?
룰루랄라	정말 옳은 말씀이세요.
유후	어휴, 선생 부인은 정말로 사납군요. 마치 한 마리의 암고양이? 뭐랄까... 성격은 그런대로 괜찮은데 성질이 무척 더러워 보인다고나 할까...
제기랄	사실 전 제 아내하고만 있으면 숨통이 막히는 듯한 답답함을 느낍니다.
유후	(맞장구) 그거, 그거, 그거 저도 절실히 느낍니다.
룰루랄라	(유후를 노려보며) 뭐예요?
유후	(제기랄에게) 저거 보세요. 내가 무슨 말을 하기만 하면 꼭 저런 눈초리로 쳐다보지요. 그렇다고 해서 여자를 때릴 수 있는 것도 아니잖아요.
제기랄	(맞장구를 친다) 맞는 말씀입니다. 여자를 때리는 건 신사의 법도에 어긋나는 행위가 아닐 수 없는 게 아닙니다.
룰루랄라	(몸을 부르르 떤다) 전 우리 부부 사이를 원만하게 이루기 위해서 갖가지 노력을 다했어요. 그 첫 번째가 요리를 배우는 것이었죠. 하지만 험한 사막에서 살아가기 위해서는 매우 특별한 재료로 요리를 해야 했어요. 예를 들어 맹독을 가지고 있는 전갈, 가시가 잔뜩 박혀 있는 선인장, 그리고 때로는 사막 한가운데 버려져 있는 짐승의 시체 같은 것이었죠.
유후	그건 당신이 여자로서 해야 할 것을 당연히 한 것뿐이잖아? 고작 그걸 가지고 우리 부부 사이를 원만하게 만드는 것으로는 볼 수 없어.
어머머	요리라는 게 얼마나 힘든 일인 줄이나 알아요? 당신네 남자라는

족속들은 이건 맛있다느니 저건 맛없다느니 투정만 부릴 줄
알죠.

제기랄　어쨌거나 요리는 여자가 가져야 할 덕목 가운데 으뜸인 거야.
(유후에게) 사실 난 제대로 된 요리를 먹어본 지가 참 오래되었
습니다. 요즘 제 아내는 요리를 도통 하려 하지 않아요.

어머머　어머머, 별꼴이야.

제기랄　(일어서며) 제 아내가 요리를 하지 않기 시작한 후로 전 계속해
서 무기력증에 빠져 있습니다. 누가 이렇게 만들었을까요? (한숨
을 쉰다)

룰루랄라　어머, 마치 부인께서 악랄한 여자라도 되는 듯이 말하시네요, 그
건 오해예요.

유후　오해는 무슨 오해? 선생께서는 평생 시달림을 받아오신 거라구.
눈이 있다면 이 얼굴을 봐. 이게 정상적인 사람의 얼굴이야? 이
따위 푸석푸석한 피부는 도저히 사람의 것이라곤 볼 수가 없어.
보기만 해도 밥맛이 떨어진다구! (헛구역질을 한다)

룰루랄라　기가 막히는 군요. 그런 건 부인께서 더 심하다구요. 이 자글자글
한 눈가의 주름. 이건 여자의 얼굴이 아니라구요, 만일 내가 부인
이었다면 이런 징그럽고 혐오스런 피부를 가지느니 차라리 죽어
버렸을 거예요. (어머머를 보면서 치를 떤다)

유후　뭐야? (제기랄을 데리고 온다) 잘 보라구! 이 구부정한 자세. 이
건 허리에 문제가 있는 거야. 허리에 이상이 있다면 그건 남자로
서의 인생이 끝났다는 거야!

룰루랄라　두 눈 똑바로 뜨고 보세요. 여기 부인의 가슴을요. 전 살아오면서
이렇게 큰 뽕브라를 한 여자는 본 적이 없어요. 이게 어디 여자
예요?

제기랄　저기...

유후　가만히 있어 보십시오.

어머머　말이 좀...

룰루랄라　조용히 해봐요. 이참에 남자들의 콧대를 팍 꺾어야 한다구요.

유후　뭐라구? 콧대가 높은 건 오히려 여자들이야!

제기랄과 어머머 얼떨떨해져서 무대 한쪽으로 비켜난다.

유후와 룰루랄라 서로 죽일 듯 노려본다.

유후   어쭈! (손가락으로 룰루랄라의 머리를 민다)
룰루랄라   흥! (유후의 발을 찍는다. 유후는 발을 잡고 주저앉는다. 그런 모
             습을 흐뭇하게 바라본다)
유후   (부르짖음) 이건 부조리입니다. 부조리! 세상을 뒤바꿔야 합니
             다. 모래폭풍이라도 오게 해서 세상을 엎어버려려야 합니다.

          제기랄과 어머머는 순간 몸이 굳는다.

룰루랄라   말 한 번 잘했어요. 모래폭풍이 불어서 당신들 남자들의 입을 모
             래로 가득 메워버렸으면 좋겠어요.
제기랄   다... 당신들은... 모래폭풍의 실체를 안단 말이오?
어머머   설마 당신들이 모래폭풍을 부르려 하는 건 아니지?
룰루랄라   무슨 소릴 하는 거죠?
유후   왜 그러십니까? 갑자기 얼굴이 사색이 되어서는...
제기랄   당장 여기서 나가시오.
유후   예? 아니 선생님, 도대체 왜 이러십니까?
룰루랄라   (어머머에게) 남편분께서 왜 저러시죠?
어머머   내 생각도 이이와 같아요. 당신들 이제 그만 여기서 나가줘요. 이
             만하면 충분히 쉬었잖아요.

          비행기 날아가는 소리.

어머머   이게 무슨 소리죠?
제기랄   이건 분명히 모래폭풍이 불어오는 소리야. 큰일 났어. 정말 큰일
             났다구! (안절부절)

          휘리릭이 뛰어 들어온다.

휘리릭   엄마! 아빠!
제기랄   이봐, 사랑하는 내 딸아. 이게 무슨 소리인지 알고 있나?
휘리릭   드디어 오네요. 얼마나 기다렸는지 몰라요.
어머머   얘가 미쳤나 봐요. 모래폭풍의 공포에 정신이 나갔어요.
제기랄   얼른 숨어. 휩쓸려 가기 전에!

　　　모두들 상자를 가져와서 그 뒤에 숨는다.

어머머   (휘리릭에게) 너도 이리로 와!
휘리릭   싫어요. 전 이제부터 춤을 출 거예요. 노래를 부를 거예요. 오늘
　　　　　은 제 생애 가장 기쁜 날이 될 거라구요.

　　　비행기 소리 더욱더 커진다.
　　　휘리릭은 주위를 돌아보다가 들어온 쪽과 반대로 재빨리 나간다.
　　　휘리릭이 사라지면 비행기 추락하는 소리.

어머머   으악! 살려줘! (반복)
제기랄   죽기 싫어! 죽기 싫어! (반복)

　　　제기랄과 어머머가 소란을 떠는 사이 유후와 룰루랄라는 자신을 추스르고 주위를 살핀다.
　　　그러나 어떠한 변화도 느끼지 못한다.

유후   (제기랄과 어머머에게) 조용히 좀 하세요.
어머머   우린 괜찮은 건가요?
유후   (밖을 살피며) 아직 자세히는 모르겠습니다만... 아! 저쪽에 비행
　　　　　기가 한 대 추락했네요.
어머머   정말이에요?
유후   그리고 낙하산이 하늘 위에 하나 펼쳐져 있는데요? 내려오고 있
　　　　　습니다. 어? 낙하산이 따님 방 위에 내려앉았습니다.

　　　무대 밖에서 남자의 비명소리가 들린다.

룰루랄라   왜 저러죠?

어머머   아마도 너무나도 난장판인 방구석 꼬라지에 놀랐을 거예요.

제기랄   우리 딸이지만 너무하긴 해. 정리정돈이라는 개념을 좀 탑재해
         야 할 텐데.

유후   일단 모두 일어나시죠. 괜찮습니다.

제기랄과 어머머는 서서히 조심하며 일어난다.

우당탕이 등장한다. 제기랄과 어머머는 놀라서 도망간다.

7.

우당탕   (무대를 살피면서) 안녕하십니까?

유후   (우당탕을 보고) 누구시죠?

우당탕   아, 전 이 사막의 하늘 위를 지나가던 비행기 조종사입니다. 엔진
         에 원인 모를 이상이 발생해 이곳으로 비상탈출하게 되었죠. 그
         런데 여긴 어딥니까?

룰루랄라   몰라요, 저희도 오늘 여기 처음 왔거든요.

유후   네, 저쪽 두 분은 예전부터 여기에 계셨던 분들이구요.

우당탕   아, 그렇습니까? (숨어 있는 제기랄과 어머머의 곁으로 가서) 처
         음 뵙겠습니다. 당분간만 신세를 지겠습니다.

어머머   이상한 사람이 또 하나 늘었군. (자리에 앉으며 제기랄을 흔든다)
         여보, 그만 일어나요.

우당탕   저, 부인? 혹시 전화가 있다면 한 통화 쓸 수 있겠습니까?

어머머   (전화가 있는 쪽을 가리키며) 저쪽이에요.

우당탕   감사합니다. (인사한다)

유후   잠깐!

우당탕   뭐죠?

유후   다른 사람의 물건을 그렇게 함부로 쓰는 것이 아닙니다. (어머머
         를 쳐다보며) 그렇지요?

어머머   네... 물론 그렇죠.

우당탕   네? 그게 무슨 소리죠?

룰루랄라   그러니까 이곳의 모든 것들을 이용하려면 모종의 대가를 지불해
            야 한다는 거죠. (어머머를 쳐다보며) 그렇지요? 우리도 옷이랑
            선글라스를 드렸잖아요.

어머머   당신들 마음대로 하세요. (아직도 부들부들 떨고 있는 제기랄에
            게) 여보, 그만 일어나라니깐요.

우당탕   하지만 전 지금 가진 게 아무것도 없습니다. 추락한 비행기에 돈
            이 좀 있기는 했지만 다 불타버렸거든요. 말 그대로 빈털터리입
            니다. 하지만 절 찾으러 곧 구조대가 올 겁니다. 그때 지불을 하
            도록 하지요.

유후   안 됩니다. 그럴 순 없는 일입니다.

룰루랄라   맞아요, 구조대가 오고 나서 당신이 아무런 대가도 지불하지 않
            은 채 훌쩍 떠나버리면 어떡하죠?

우당탕   (웃으며) 절대 그런 일은 없을 겁니다.

유후   (웃으며) 물론 그렇겠지요.

우당탕   (돌아서서 혼잣말로) 제기랄, 어떻게 알았지? 귀신들이구만.

유후   (돌아서서) 귀신은 속여도 우릴 속이진 못할걸?

룰루랄라   (음흉하게) 맞아요.

우당탕   그럼 제가 뭘 해드리면 될까요? 가진 것은 없지만 최선을 다하도
            록 하지요.

룰루랄라   비행기를 타고 다니시니 훌륭한 모험담이 있으시겠죠? 그걸 들
            려주세요.

유후   (박수친다) 그거 아주 좋은 생각이야. (어머머를 보며) 동의하시
            죠?

어머머   (끄덕끄덕) 여보, 그만 일어나요. 저 사람이 모험담을 들려준다
            잖아요. 재미있지 않겠어요?

제기랄   (고개를 상자 위로 빼꼼히 내밀면서) 그게 재미있는지 아닌지 어
            떻게 알아? 척 보기에 별로 말재주도 없어 보이는구만... (다시
            숨는다)

우당탕   음... 절 정확히 보셨군요. 전 별로 말재주가 없는 편이라... 자신
            이 없습니다.

룰루랄라 야, 신난다. 비행사님께서 재미있는 얘기를 해주신다니 이건 감동이에요.

유후 좋아, 좋아. 어서 시작해보시오.

우당탕 아니... 전 이런 일들에 익숙지가 않군요. 그리고 중요한 임무도 있기 때문에 서둘러 상부에 보고를 해야 합니다.

룰루랄라 부탁이에요.

유후 우리를 위해, 그리고 아직 겁에 질려 숨어 있는 저분을 위해 재미있는 이야기를 하나 해주시오.

어머머 여보, 이제 그만 일어나세요! (제기랄은 못 들은 척 계속 숨어 있다) 이제 아무 일도 없다는 게 밝혀졌잖아요!

제기랄 알았다구. 일어나면 되잖아. 쳇!!

우당탕 그럼 시작하겠습니다. 그런데 무슨 이야기를 해야 하나? 그렇지! 혹시 이 이야기를 알고 계십니까? 에덴동산에 살고 있는 아담과 이브 말입니다.

룰루랄라 에덴동산의 아담과 이브? 어머나, 제목만 들어도 무척 낭만적이에요.

유후 이것 봐, 이제 아직 시작도 안 했다구. 당신이 산만하게 구니 이야기에 집중이 안 되잖아!

우당탕 자자, 모두들 진정하시지요. 그럼 시작하겠습니다. 옛날에 에덴동산에 아담과 그가 너무도 사랑하지만 원수지간인 이브가 살고 있었습니다. 어느 날 아담이 이브에게 물었습니다. 이브, 당신은 날 사랑해요?

유후 쳇! 정말로 무드가 없군. 멋대가리가 하나도 없어!

룰루랄라 시끄러워, 이 바보야!

우당탕 이브가 대답했습니다. 아주 무뚝뚝하게요.

룰루랄라 뭐라고 했을까? 이거 기대되네.

어머머 당신 말고 누가 있는데? 그랬죠?

룰루랄라 (우당탕에게) 정말이에요?

우당탕 (계면쩍게) 네? 네... 그렇습니다.

제기랄 쳇, 나라면 훨씬 멋지게 물어봤을 거야. 가령 예를 든다면...

어머머 그만해요. 당신 이야기를 들으려는 게 아니잖아요. (우당탕에게 상냥하게) 젊은 양반, 더 없어요?

제기랄 (자존심이 상한다) 빌어먹을! 기껏 숨어 있다가 나왔더니...

우당탕 음... 로보트 태권브이와 마징가 제트가 서로 싸우면 누가 이기는 지 혹시 아십니까?

룰루랄라 정말 어려운 질문이군요.

제기랄 통상적으로 보면 로보트 태권브이가 이길 게 분명해.

우당탕 그 이유는?

제기랄 로보트 태권브이는 태권도를 배웠으니까.

룰루랄라 그 말 참 일리가 있군요.

우당탕 아닙니다. 마징가 제트가 이깁니다.

어머머 그건 왜죠?

제기랄 말도 안 되는 소리야. 인정할 수 없어.

우당탕 마징가 제트에게는 그레이트 마징가라는 형이 있거든요.

어머머 요컨대 2:1의 싸움이라 이거군요.

제기랄 비겁하군. 그래선 공정한 대결이라 보긴 어렵다구.

어머머 할 수 없잖아요. 힘이 세고 쪽수가 많은 쪽이 항상 이기는 법이 지요.

우당탕 맞습니다. 게다가 그랜다이저와 메칸더 브이도 마징가 형제들과 먼 친척이라는 풍문도 있습니다.

유후 풍문은 풍문일 뿐 그게 진실이 될 리가 없소.

룰루랄라 맞아요. 게다가 요새 학계에는 새로운 이론이 제기됐다고 하던 데요?

우당탕 예? 그건 또 무슨 말씀이십니까?

룰루랄라 로보트 태권브이의 이복형제가 우뢰매라는 게 밝혀졌어요.

우당탕 하지만 이복형제끼리는 서로 사이가 좋지 못한 게 일반적인 상 식 아닙니까?

룰루랄라 그렇게 생각되는 게 사실이지만 우린 이 점에 유의할 필요가 있어요. 바로 우뢰매의 조종사가 최면술을 터득하여 잠자고 있던 전설의 괴물 용가리를 자기 부하로 삼았다는 점이죠. 게 다가 그 용가리에게는 이무기라는 강력한 마누라가 있다고 해요.

우당탕   그렇습니까? 그런 얘기는 저로선 처음 듣는 소립니다.

어머머   그러고 보니 며칠 전 신문에 그 사건이 대대적으로 보도된 것을 읽었어요.

유후   이보시오, 파일럿 양반. 그런 근거 없는 이야기를 계속 떠들어대면 전화는 절대로 사용할 수 없다구. 여보, 잠시 틈을 이용해서 당신이 한 번 재미있는 이야기를 해보는 게 어때? 본보기를 보여주라구.

룰루랄라   여보! 내가 어떻게...

유후   뭘 그래? 최소한 저 파일럿 양반보다는 재미있을 게 분명하잖아?

룰루랄라   아이 참!

어머머   그래요. 한 번 해봐요.

제기랄   하하하하, 부인 부탁합니다.

룰루랄라   그럼 좀 모자라지만 얘기해드리지요. 제 이야기는 사막을 여행하다가 만난 사람에 관한 얘기예요. 이이와 저는 물과 부채를 들고 여행을 했어요.

유후   더우면 물을 마셔야 하니까요.

룰루랄라   그리고 얼굴에 땀이 많이 흐를 땐 부채로 부치기 위해서죠. 그런데 우리가 만난 그 남자는 창문을 등에 지고는 아주 힘들게 여행하고 있었어요. 그래서 왜 그렇게 힘들게 여행을 하냐고 물어봤죠. 그랬더니 뭐라고 한 줄 아세요? 그 남자는 더우면 창문을 열고 바람을 쐬기 위해서 그런다고 하더군요.

제기랄   (탄복) 야, 정말 그건 기발합니다.

어머머   아주 훌륭한 이야기예요.

우당탕   (심통이 난다) 도대체 그 이야기의 교훈이 뭡니까?

룰루랄라   그건 각자가 생각해볼 일이지요.

제기랄   여보, 당신이 한 번 해봐.

어머머   좋아요. 전 이 순간을 기다리고 있었어요.

제기랄   기대해도 좋을 겁니다.

유후   물론이지요.

어머머   이건 유명한 철학자와 그 제자 사이의 심오한 사상에 대한 이야기입니다. 허허허허... 내가 예뻐 보이느냐?

제기랄	아니요. 늙고 추해 보입니다.

제기랄　아니요. 늙고 추해 보입니다.

어머머　그건 네 마음이 늙고 추해졌기 때문이니라. 하늘이 어떻게 보이
느냐?

유후　깜깜합니다.

어머머　그것은 너의 마음이 까맣기 때문이니라. 그렇다면 여기 이 간장
맛은 어떻게 느껴지느냐?

룰루랄라　간장... 간장이라... (곰곰이 생각한다) 전 아직 잘 모르겠어요.

어머머　(우당탕에게) 네가 대답해보겠느냐?

우당탕　저... 저요? 그... 그건... (뭔가 알아차린 듯이) 그렇군요. 알겠습니
다. 이 간장 맛이 아주 달게 느껴집니다.

어머머　그렇느냐? (껄껄 웃으며) 원 샷!

모두들 우당탕을 손가락질하며 비웃는다.
우당탕은 모욕감에 괴로워한다.

우당탕　전 이런 상황을 겪어본 적이 없습니다. 본부에 전화를 하진 못했
지만 그만 가보도록 하겠습니다. 다들 안녕히 계십시오.

유후　이런... 화가 많이 나신 모양이군.

제기랄　그만 화를 풀도록 하시오.

우당탕　(화를 내며) 전 지금 화가 난 게 아닙니다.

어머머　그럼 가시기 전에 한 번 더 이야기를 해주세요.

우당탕　시간이 없습니다. 죄송합니다.

룰루랄라　(두 손을 모으고) 이렇게 부탁드릴게요.

우당탕　(잠시 생각한다. 그리고 웃으며) 좋습니다. 지금 해드릴 이 이야
긴 제가 유년시절 비행교육을 받았던 학교에서 있었던 이야기입
니다.

어머머　이런 제기랄! 또 지겨운 이야기를 시작하려나 봐요.

제기랄　그냥 가주길 빌었건만...

룰루랄라　(유후에게) 저렇게 눈치 없는 인간이 당신 외에 또 있다니!

유후　뭐?

우당탕　(큰소리) 어흠! 흠!

유후 　　어서 이야기해보시오. 무척 기대하며 기다리고 있었습니다.

우당탕 　　그럼 시작하겠습니다. (회상하듯) 제가 처음으로 비행학교를 다닐 때는 아주 꿈이 많은 소년이었습니다. 그래서 절친한 친구들 몇 명과 함께 우주를 정복할 우주선을 만들기로 작심했었습니다. 그리고 온갖 고철을 모아 고생고생하며 드디어 우주선을 만드는데 성공했습니다. 모든 실험과 점검을 끝내고 발사하기 하루 전날 우리들은 갑자기 원인을 알 수 없는 불안감에 휩싸였습니다. 그래서 제트기 파일럿인 제 아버지의 절친한 친구이자 우주공학에 저명한 남 박사님을 초빙해 우주선의 최종점검을 의뢰했죠. 여기서 그분에 대해 간략히 말하자면, 그 남 박사님은 독수리 오형제가 타고 다니는 제트기를 발명한 분이신데 저희에게 많은 호감을 가지고 계셨지요.

유후 　　독수리 오형제라면 나도 언젠가 들은 일이 있소. 그런데 요샌 잘 나타나질 않는다고 들었는데…

제기랄 　　맞소. 독수리 오형제는 작전 중에 먹었던 유통기한이 지난 전투식량 때문에 그만 식중독에 걸려서 전원 사망하고 말았다고 하더군.

우당탕 　　잘 알고 계시군요. 정말로 안타까운 일이었습니다. 그리고 그 모든 책임을 통감한 남 박사님은 제 아버지와 함께 홀연히 행방을 감추셨습니다. 그것 때문에 지구방위본부의 우주개발이 모두 중단되고 말았지요. 덕분에 원래 제 꿈이었던 우주비행사의 꿈도 거기서 좌절되었습니다.

룰루랄라 　　원래 우주비행사가 꿈이셨군요.

유후 　　안 되길 잘한 거야. 우주비행사가 아니라서 여기에 추락했지 만약에 우주비행사가 되었다면 오늘 화성에 불시착했을지도 모르잖아? 그렇다면 외교적으로 큰 문제가 된다구. 격분한 화성인들은 분명 지구를 공격했을 거야.

룰루랄라 　　그렇다면 정말 다행이에요, 여보.

어머머 　　안심할 문제는 아니에요. 화성인들인지 아닌지는 잘 모르겠지만 어쨌거나 우주에서 온 어떤 생물체가 벌써 침략을 시작했다고 해요. 그들은 이 지구에 지구인이 살 수 없게끔 일단 땅값을 무지막지하게 올려버렸죠.

우당탕   부인께선 어찌 그리 잘 아십니까? 그 사실은 국가 일급비밀입니다.

어머머   그리 새삼스러울 것도 없죠. 전 그들의 본거지가 어디에 있는지도 잘 알고 있답니다.

우당탕   그곳이 어딥니까?

어머머는 사람들을 가까이 모아서 주위의 눈치를 보며 이야기한다. 그 말을 듣고 등장인물들 모두 놀란다.

유후   (크게) 강을 건너서?

룰루랄라   (크게) 남쪽에 있다구요?

우당탕   놀랍군요. 그곳이 외계인들이 사는 곳이었다니...

어머머   그렇죠? 저도 얼마 전에 이 사실을 알고 깜짝 놀랐답니다. 사실 저랑 친한 사람들이 거기에 많이 살고 있거든요.

룰루랄라   정말 부러워요. 저는 그 외계인들과 꼭 만나보고 싶어요.

우당탕   저도 어떻게 안 되겠습니까? 그 외계인들에게서 우주선 제작에 관한 첨단기술을 얻어낼 수 있을지 모릅니다.

제기랄   그건 안 됩니다. 그만 하던 이야기나 하시죠.

무대 위의 등장인물들 서로 서먹서먹해졌다.

우당탕   어흠! (사람들의 눈치를 보며) 제가 어디까지 말했죠?

어머머   남 박사님을 초빙한 데까지요.

우당탕   아, 그렇군요. 그럼 계속 하겠습니다. 남 박사님이 저희들에게 물었습니다. 이걸 타고 어디로 갈 예정이냐고? 정말 정곡을 찌르는 날카로운 질문이었습니다. 우린 막연히 우주를 정복할 거라고만 생각을 했지 분명한 목표를 정하진 않았거든요. 아무도 그걸 가르쳐주는 이가 없었단 말입니다. 모두들 만들어라, 잘 만드네, 수고한다, 꼭 완성해야만 해, 이런 말들만 했지 왜, 무엇을 얻기 위하여 우리가 그 우주선을 만들어야 하는지 알려주는 이가 아무도 없었단 말입니다. 그리고 물어보는 이도 없었구요. 저와 제 친구들은 다시 고민했습니다. 그리고 드디어 목표를 정했습니다. 우리는 바로 안드로메다를 정복하기로 결의하였습니다.

유후   (손을 휘저으며) 에이, 쓸데없는 짓을 했군. 이미 안드로메다까지는 은하철도가 놓여 있다구.

우당탕   (슬프게) 맞습니다. 이미 은하철도999가 운행 중이었죠. 하지만 이미 정한 우리의 목표를 포기할 순 없었습니다. 그래서 우리는 안드로메다 정복계획을 강행하였죠. 힘차게 날아가는 우주선 창밖으로 은하철도999가 나란히 달려가고 있었습니다. 열차가 기적을 울리면 우리는 손을 흔들어 화답을 해줬죠. 그러던 어느 날, 전 그 열차 안에서 황홀한 한 줄기 빛을 보았답니다. 그 빛은 마치... 세상 모든 것의 아름다움을 다 비추고 있는 듯했죠.

룰루랄라   그 빛이 대체 무엇이었나요?

우당탕   그건... 비밀입니다.

유후   쩨쩨하게 그러지 말고 좀 가르쳐줘요.

우당탕   그건 안 됩니다.

어머머   가르쳐주세요. 이제 와서 그걸 말해준다고 뭐라고 할 사람은 아무도 없어요. 만약 당신이 그걸 우리에게 말해준다면 당신은 영웅이 될 거예요.

우당탕   정말입니까?

유후   정말이구 말구요.

우당탕   그렇담 말씀드리겠습니다. 그 것은... 그 것은... 바로!

8.

휘리릭   (무대 밖, 큰 소리로 절박하게) 누구야? 도대체 어떤 놈이냐구!

우당탕   침착하십시오. 지금 바로 말씀드리겠습니다. 그것은 바로... 바로!

휘리릭 등장.

휘리릭   네놈이구나!

우당탕   네? 전 아닙니다.

휘리릭   시치미 떼지 마. 다 알고 왔다구.

제기랄   아이고, 머리야. 너, 갑자기 무슨 헛소리를 지껄이는 거냐?

유후   가장 절정인 순간에 이게 뭐람?

룰루랄라   맥이 그만 탁 풀리네요.

어머머   여기가 어떤 자리라고 함부로 나대는 거야? 얼른 나가 보도
           록 해.

휘리릭   저 사람이 하늘에서 떨어져 내 방 지붕을 다 부숴버렸어요. 게
           다가 침대엔 커다란 발자국까지 찍어놨다구요. 이제 전 어떡
           해요?

어머머   그러기에 내가 뭐랬니? 네 방 좀 치우라고 귀가 따갑도록 말을
           했잖아.

제기랄   당신 잔소리가 오히려 역효과를 낸 거야.

어머머   뭐라구요?

우당탕   누굽니까, 저 애는?

제기랄   미안합니다. 제 딸이 결례를 범했군요. 제 아내를 닮아서 경솔한
           구석이 좀 있답니다. 이해해주십시오.

어머머   나 참, 기가 차서.

우당탕   딸이라구요? 도대체 어떤 아이입니까? 정말 무례하군요.

휘리릭   저 사람에게 내 방 지붕을 고칠 비용을 청구해야겠어요. 그리고
           이불 세탁비도요.

제기랄   그만둬. 네 지저분한 방이 조금 더 엉망진창이 되었다고 뭐가 달
           라지겠니?

어머머   그래, 그만하고 이 파일럿 아저씨께서 하는 이야기나 마저 듣자
           꾸나.

       휘리릭, 신경질적으로 웃는다.

       모두 깜짝 놀란다.

룰루랄라   정신이 나갔나 봐요.

유후   그렇군. 이봐. 계속 그렇게 소란을 떨 생각이면 얼른 나가서 네 방이나 치워!

우당탕   (휘리릭에게 다가가며 노려본다) 제가 댁의 지붕으로 떨어진 사건에 대해선 심히 유감스럽게 생각합니다만 그건 어쩔 수가 없었습니다. 하늘에서 바라보니 당신 방 지붕에 웰컴이라고 써져 있더군요. 전 그 글귀가 진심이라고 생각했습니다.

어머머   (휘리릭에게) 정말이니?

휘리릭   그건 제 신랑을 위한 인사예요.

제기랄   신랑은 지붕으로 오지 않는단다. 문으로 들어오지.

어머머   하지만 당신은 예전에 내 발을 밟았잖아요.

제기랄   그거야말로 내 인생 최대의 실수야. 깊이 후회하며 반성하고 있어.

우당탕   그리고 방 안으로 떨어졌을 땐 발 디딜 곳이 없었단 말입니다. 저는 제 평생 그렇게 어지러운 방은 처음 봤습니다.

휘리릭   뭐! (우당탕에게 험악한 기세로 다가온다)

우당탕   (휘리릭을 자세히 보고 깜짝 놀란다) 아니, 당신은! (믿어지지 않는 듯) 어째서?

휘리릭   (우당탕을 보고 깜짝 놀란다) 아니... 당신은!

룰루랄라   도대체 무슨 일이에요?

유후   서로 아는 사이인 듯한데?

휘리릭과 우당탕 서로 진하게 포옹한다.

다른 등장인물들은 놀래서 자리를 피한다.

룰루랄라   어머, 이게 어떻게 된 일이에요?

어머머   뭔가 해괴한 일이 일어나고 있는 것 같아요.

유후   저런, 저런! 보는 눈들이 두렵지도 않은 건가?

우당탕   (감격에 겨워) 여러분, 이 여인이 바로 은하철도999 안에서 발견한 그 황홀한 빛입니다.

휘리릭   전 당신의 빨간 마후라! (포옹한다)

제기랄   혼란스럽군. 이건 내가 바라는 이야기의 흐름이 아니야.

어머머   도대체 이게 무슨 일이죠? 누가 자세히 설명을 해주세요. 십이
           년 사십칠 일 다섯 시간 이십육 분 삼 초 만에 돌아온 우리 딸이
           사윗감을 데리고 왔단 말이에요.

유후   확실히 못돼먹은 딸이구만... 뻔뻔해.

우당탕   당신 지금 뭐라고 했습니까? 그 뚫린 입으로 다시 한 번 말해보
           시지!

휘리릭   (발끈하는 우당탕을 말린다. 그리고 시를 읊듯) 속삭여줘요. 당신
           의 달콤한 입술로. 세상의 가장 차갑고 저주가 깃든 무서운 말
           이라도 함부로 내 주변에 오지 못하도록. 보여줘요. 당신의 꿈
           을 향한 뜨거운 시선. 어떠한 역경과 고난도 당신 앞에서는 바
           람 앞에 흩어지는 연기일 뿐. 난 당신과 영원토록 함께하는 빨
           간 마후라.

우당탕   (감격) 난 당신을 위해서 새로운 우주선을 개발 중이야.

휘리릭   정말요?

우당탕   그리고 최고의 스튜어디스를 구하고 있는 중이지.

휘리릭   (가슴이 벅차오른다)

우당탕   부디 내 우주선의 스튜어디스가 되어주오.

휘리릭   (와락 안긴다) 아아!

우당탕   떠나자구. 저 멀리 북극성을 향하여.

휘리릭   그래요, 떠나요. 100만 광년의 시간이 걸리더라도 우리 함께 손
           을 잡고 그 곳으로 가요.

우당탕   그래, 100만의 광년. 비록 우리가 살아서 가진 못하더라도 우리
           의 손자, 그 손자의 손녀, 그 손녀의 조카, 그 조카의 고모, 그 고
           모의 증조할아버지, 그 증조할아버지의 할아버지, 그 할아버지
           의 아들은 우리의 염원을 이어 반드시 북극성의 땅을 밟을 거야.

휘리릭   어서 그곳으로 가요. 당신과 나, 훨훨 날아 어서 그곳으로 가도록
           해요.

우당탕과 휘리릭은 해맑게 소리 내어 웃는다.
무대가 어두워진다.

9.

무대가 밝아지면 우당탕과 휘리릭이 서로를 쳐다보며 대화를 한다.
다른 사람들은 그런 우당탕을 어이없는 듯 지켜보고 있다.

우당탕   훨훨... 훨훨... 당신과 함께 날았으면...
휘리릭   무시무시한 블랙홀을 넘어서...
우당탕   그 어떤 것도 우릴 막을 순 없지.
휘리릭   절대 0도, 무중력의 장벽을 뚫고...
제기랄   뭐라는 거야? 웬 잠꼬대야? 이제 좀 그만해.
유후   장단을 맞춰주니까 밑도 끝도 없잖아.

비행기 지나가는 소리.

우당탕   (정신이 번뜩 든다) 구조대가 불시착한 제 비행기를 발견한 것
           같습니다. 그쪽으로 서둘러 가봐야 되겠습니다.
제기랄   그렇지. 얼른 가보셔야지.
어머머   정말 뜻 깊은 시간이었던 것 같아요.
휘리릭   엄마, 아빠. 전 이이를 따라 가겠어요.
제기랄   뭐? 그거 좋은 생각이다. 네가 있으면 언제나 골치가 아프니까.
어머머   잘됐구나. (우당탕에게) 우리 딸, 잘 좀 부탁드려요.
우당탕   맡겨주십시오.
유후   이렇게 간다고 하니 좀 섭섭하군요.
우당탕   빛이 있으면 그림자가 있는 법이고, 죽음 뒤에 탄생이 있듯이 만
           남이 있으면 이별이라는 게 있는 거 아니겠습니까? 그럼 모두들
           안녕히 계십시오.
휘리릭   안녕! 안녕!

우당탕과 휘리릭은 등장한 쪽으로 퇴장한다.

룰루랄라   드디어 갔네요. 정말 정신이 하나도 없었어요.
유후   속이 후련하구만.
어머머   잘 살아야 할 텐데.
제기랄   당신은 너무 마음이 약해. 심지를 굳건하게 가지라구.

우당탕이 다시 등장한다. 큰 상자를 낑낑거리며 가지고 온다.

우당탕   안녕하십니까? 헉헉.
유후   이런, 빌어먹을! 내 이럴 줄 알았어. 다시 올 줄 알았다구...
우당탕   전 이 오아시스에 계속 머물려고 온 게 아닙니다. 단지 이 말을
          해야 할지 말아야 할지...
룰루랄라   무슨 말씀이세요?
우당탕   아까 모래폭풍에 대해 말씀을 나누시는 것 같아서 말입니다.
룰루랄라   아, 그거요? 그건 유언비어예요.
어머머   그래요. 우리 정신 나간 딸이 헛소리를 한 거였어요. 너무 신경
          쓰시지 마세요.
우당탕   그래서 말씀드리는 겁니다. 추락한 제 비행기의 이름이 바로 모
          래폭풍호라서...
제기랄   뭐라구? 그 말을 왜 지금에 와서 해주는 거야?
우당탕   그리고 이건 여러분들께 드리는 제 조그마한 선물입니다.
제기랄   뭐지?
우당탕   추락한 모래폭풍호의 블랙박스입니다. 제가 이 사막 위를 날아
          다니며 찍은 풍경들을 넣어둔 겁니다. 공간에 대한 감각을 가지
          고 계신 분이라면 이 사막의 전체 지도도 제작 가능할 겁니다.
          그럼 전 이만.

우당탕이 퇴장한다.

제기랄   그 파일럿의 비행기 이름이 모래폭풍이었다니
어머머   정말 이건 생각지도 못했던 일이에요.
룰루랄라   어찌되었든 결국 모래폭풍이 이 오아시스를 덮치고 만 셈이

네요.

유후   (웃는다) 별거 아니었군요. 모래폭풍 오는 것을 그렇게 겁을 내
         시더니.

제기랄   그러게 말이야. 두 분은 이제 그만 떠나도록 하시오. 이만하면 푹
         쉬었지 않소?

유후   알겠습니다. 저희들은 이만 길을 떠나도록 하겠습니다. (룰루랄
         라에게) 여보. 이제 그만 가자구.

룰루랄라   하지만! 여기서 물러나자구요?

유후   괜찮아. 이 블랙박스를 가지고 가자구. 그럼 딴 오아시스를 찾을
         수 있을 거야.

         유후는 블랙박스를 든다.

어머머   그걸 왜 들고 가요? 놔두세요.

유후   예?

제기랄   여기 있는 사람들에게 준 거잖아. 그러니 그 상자는 여기에 있어
         야지.

유후   정말 너무하시는군요. 두 분께선 이미 오아시스를 가지고 계시
         잖습니까?

어머머   이 오아시스하고 그 블랙박스가 어떻게 비교가 될 수 있어요? 여
         긴 아주 조그만 오아시스일 뿐이고 거기엔 사막 전체의 오아시
         스가 다 담겨 있을 텐데.

유후   그럼 두 분께서 이걸 가지고 떠나십시오. 우리가 이 조그만 오아
         시스에 있을 테니까.

룰루랄라   그래요.

제기랄   이런 사람들을 봤나? 이 오아시스를 거저먹겠다는 심보군.

어머머   정말 못돼먹었어요

제기랄   그 블랙박스 당장 제자리에 갖다 놔.

유후   그럴 수는 없습니다.

어머머   이런 배은망덕한 인간들 같으니. 지친 당신들에게 우린 호의를
         베풀어줬다구.

102

유후   흥! 그럼 입고 계시는 옷이랑 그 선글라스는 뭡니까?

어머머   이따위 누더기!

유후   누더기라구요? 받을 때는 입이 찢어졌으면서.

어머머   흥! 나 참, 기가 막혀서. 더 이상 이곳에 발을 들이는 걸 허락해줄
          수 없겠네요. 얼른 나가주시겠어요?

제기랄   그래, 이만 두 분은 가던 길을 가보도록 하시오. 저 여편네 성질
          정말 더럽다구.

유후   이 오아시스가 원래부터 두 분 것이었습니까? 아니잖아요.

룰루랄라   맞아요. 원래부터 있었던 건데 말뚝을 먼저 박았다고 주인 행세
          를 하려고 들다니.

어머머   하지만 주인과 진배없지요. 여태까지 우리 둘이서 이 오아시스
          를 가꿔왔으니까요.

제기랄   옳은 말이야.

어머머   그 와중에 물론 내가 좀 더 신경을 쓰긴 했지만.

제기랄   그건 무슨 헛소리야? 나야말로 이 오아시스를 위해 일생을 다 바
          친 사람이라구.

어머머   뭐라구요? 또 날 무시하는 거예요?

제기랄   한 번 해보자는 거야, 뭐야?

유후   자자. 두 분, 일단 진정하세요. 우선 우리 모두의 일부터 정리합
          시다.

    룰루랄라는 요모조모 살펴보던 블랙박스의 뚜껑을 연다. 그 안을 들여다보고는 매우 놀
    란다.

룰루랄라   여보, 여보! 이리 와봐요.

유후   뭔데 그래? (룰루랄라에게로 간다. 그리고 블랙박스 안을 들여다
          본다) 뭐야, 이건!

    제기랄도 블랙박스로 가서 그 안을 들여다본다.

제기랄   아무것도 들어 있지 않은 텅 빈 상자라니. 그 비행사가 거짓말을

했군, 그래. 아무려면 그렇지. 이 사막의 전체지도 같은 건 없어. 그리고 혹시 있다 하더라도 이리 쉽게 내어줄 리도 없고 말이야. (유후와 룰루랄라에게) 좋아. 이 블랙박스는 내 특별히 두 분에게 선물을 하리다. 그러니 이걸 가지고 지금 오아시스를 나가주시오.

유후   (안색을 바꾸어) 그럴 수는 없습니다. 저 블랙박스의 반은 엄연히 두 분의 몫이기도 합니다.

제기랄   그러니까 우린 그 권리를 행사하지 않겠다는 거요.

유후   그렇다면 우리도 그 권리를 행사하지 않겠습니다.

제기랄   정말 말로는 못 알아먹는 족속이구만. 본때를 보여줘야 정신을 차릴 건가? 엉!

유후   진심이신가요?

제기랄   당연하지.

유후   좋습니다. 바라던 바입니다.

제기랄   뭐?

룰루랄라   자, 이것으로 결투가 성립되었어요. (호들갑을 떨면서 박수를 친다)

제기랄은 엉거주춤한다.

유후는 이미 목과 팔 다리의 관절을 뚝뚝 소리 내며 푼다.

제기랄   (겁에 질린다) 이거 뭐야? (어머머에게) 여... 여보.

어머머   꼴 좋네요. 어디 한 번 능력껏 해보세요.

유후   자, 이 승부는 정정당당한 겁니다. 덤비세요.

제기랄   아니, 내 말은 그게 아니라.

유후   진심이라 하지 않으셨습니까?

제기랄   잠시 흥분한 거였어.

룰루랄라   (어머머에게) 남편분께선 정말 비겁하시군요. 그렇게 안 봤는데...

어머머   보시다시피 언제나 말뿐이죠.

유후는 제기랄에게 접근한다.

제기랄은 벌벌 떨며 유후에게서 도망친다.

제기랄   (어머머에게) 여보, 제발 도와줘.

어머머   (딴청을 피우며 제기랄을 놀리듯 노래를 부른다)

        평화로운 날들이 우리를 감싸네.

        따스한 햇빛이 내 몸을 비추네.

        그대를 만나서 사랑을 하였네.

        오아시스 이곳은 아름다운 평화의 땅. (계속 노래 반복)

천천히 쫓고 쫓기던 추격전은 점점 격해진다. 한참을 도망치던 제기랄은 드디어 지치고
마지막 수단으로 블랙박스에 들어가버린다.

유후   (상자를 두들기며) 빨리 달려야지, 느리면 도태된다구. 정신없이
        돌아가는 세상이야. 속도에 맞추지 못하면 죽는 거야. 으히히히!

제기랄   그만해. 내가 졌어. 졌다구.

유후   차려, 열중 쉬어, 차려, 열중 쉬어, 차려, 열중 쉬어! 똑바로 하란
        말이야. 모두 똑같이 하란 말이야! 크헤헤헤!

어머머   (노래를 그치고 블랙박스 앞으로 가서 발로 차며) 추태 그만 부리
        고 어서 나와요. 정말 망신스러워 못 견디겠어.

제기랄   일부러 들어온 거야. 이 안, 생각보다 편안해.

어머머   그럼 그 안에서 평생 사시구랴. (유후와 룰루랄라에게) 이제 볼
        일 다 보지 않았나요? 제 남편도 졌다고 말했고...

유후   이겼다. 패배를 인정했어.

룰루랄라   이 오아시스가 드디어 우리 것이 되었군요. 축하해요.

유후   당신도 정말 수고가 많았어.

어머머   무슨 말씀을? 이 오아시스가 왜 당신들 것이 된 거죠?

룰루랄라   부인 입으로 직접 말씀하셨잖아요? 졌다고.

어머머   그건 제 남편이 졌다구요.

룰루랄라   부부는 일심동체. 남편이 패배를 인정하셨으니 부인도 이제부터
        는 패배자가 된 거랍니다.

어머머   나, 참. 기가 막혀서…
유후   그럼 부인도 저하고 한 번 힘을 겨뤄보시겠습니까?

관절을 뚝뚝 소리 내며 푼다.

어머머   (제기랄에게) 여보, 빨리 나와요. 뭔가 심상치 않아요.
제기랄   당신 알아서 해봐.
어머머   이러기에요?
제기랄   잘 알아둬. 이런 게 인과응보라는 거야.
유후   자, 그럼 부인 시작해볼까요?
어머머   아뇨. 졌어요. (팔은 번쩍 든다)
룰루랄라   정말 잘 판단하셨어요. 자, 이제 두 분을 위로하는 제 노래를 들
            어주세요. 사실 방금 전 부인의 노래를 듣고 너무나도 큰 감명을
            받았답니다. 이건 그 답가예요. (어머머가 조금 전에 부르던 노래
            를 부른다)
            평화로운 날들이 우리를 감싸네.
            따스한 햇빛이 내 몸을 비추네.
            그대를 만나서 사랑을 하였네.
            오아시스 이곳은 아름다운 평화의 땅.

유후는 룰루랄라의 노래를 같이 부른다.
유후와 룰루랄라는 노래를 부르면서 어머머를 블랙박스 안으로 밀어넣는다.

어머머   여보, 이 사람들 미쳤나 봐요.
제기랄   당신이 부르는 노래도 진절머리가 났지만 이 사람들이 부르는
            노래는 정말 들어줄 수가 없군. 뚜껑을 덮자구.
어머머   좋은 생각이에요. 우아한 내 노래를 이런 소음으로 변질시키
            다니.

제기랄과 어머머는 블랙박스의 뚜껑을 덮는다.
유후와 룰루랄라는 노래를 부르며 블랙박스를 힘을 합쳐 무대 밖으로 밀기 시작한다.

무대, 어두워진다.

10.

무대가 밝아지면 휘리릭과 우당탕이 맨 위에 있다. 서로 웃으며 기쁨에 가득 차 있다.
그 밑에 있는 룰루랄라가 의자에 앉아 있고 유후는 그 옆에 서 있다. 둘의 눈빛은 결의에
차 있다.
맨 밑에 있는 제기랄과 어머머는 무대 앞에 블랙박스 안에 들어간 채 넋이 나간 듯 동상처
럼 서서 전방을 공허하게 응시하고 있다.

우당탕   우린 어디까지 날아갈 수 있는 걸까? 환한 빛이 있는 데까지 갈
         수 있을까?
휘리릭   분명히 도착할 거예요. 그리고 도착하지 못해도 상관없어요. 그
         보다 더 밝은 빛이 내 곁에 있는데.
룰루랄라 여기가 우리가 그렇게 찾아 헤맨 오아시스란 곳이군요. 새롭게
         단장하려면 또 얼마나 많은 시간이 걸릴까요?
유후   도착하기만 하면 모든 게 이루어지는 줄 알았지. 어리석게도...
         그렇지만 이제부터가 진정한 시작이란 생각이 드는군. (룰루랄
         라를 보며) 해야 할 일이 너무도 많아.
제기랄   모든 걸 다 잃어버렸어. 다시 시작하기엔 우린 너무 늙어버렸지?
         무덤 자리를 알아봐야 할까?
어머머   이 안에 우리 둘이 같이 누울 수 있을까요?
제기랄   좀 비좁겠군. 그렇지만 어쩔 수 없지.

    사이.

휘리릭   어서 가요.
우당탕   좋았어. 출발!
유후   시작하자구.
룰루랄라 그래요.
어머머   그럼 누워볼까요?

제기랄   잘 자, 여보. 당신을 만나서 정말 다행이었어.
어머머   저두요.

음악.

우당탕과 휘리릭은 밝은 미소를 지으며 하늘을 올려다본다.

유후와 룰루랄라는 오아시스 안의 어질러진 상자들과 물건들을 정리한다.

제기랄과 어머머는 블랙박스에 같이 눕기 위해 여러 가지 방법들을 동원해본다.

무대는 아주 서서히 어두워진다.

막

등장인물

네오

쿠데타

에테르

시스템

도덕

시장

자본

군대

코러스

무대설명

전체적으로 이등분되어 있는 무대를 쓰되 뒤편에는 높은 단을 쌓아서 좀 더 높은 신분을 지닌 사람들의 영역을 만들어준다. 이 단들은 서로 분리, 이동이 되며 상황에 따라 그 모양을 달리해 장소와 배경을 이룬다. 극중 세계의 배경이 되는 뒷막에는 수많은 눈동자들이 그려져 있다.

1. 의문

암전 중에 들리는 음악소리가 끝나면 뻐꾸기 알람소리.
높은 단 위 조명 밝아진다.

시스템   시끄러, 시끄러, 시끄러!

무대가 밝아진다.
바닥에 있는 등장인물들이 어슴푸레하게 보인다.

시스템   (신경질적으로) 도대체 날더러 뭐 어떻게 하라는 거야? 할 수 있
는 건 다 해봤어. 하지만 방법이 없다구. 왜냐하면 인간들은 끄트
머리에 가서 항상 모든 걸 망쳐버리기 때문이야. 자신보다 좀 더
잘났을 치라면 시기를 하고 샘을 내. 그래서 결국 자신보다 한참
모자란 것들만 용납하지. 그러니 진보나 혁신, 개혁이니 하는 것
들이 이뤄질 리가 없는 거야. (네오와 에테르에게 조명 밝아진다.
그걸 본다) 응? 저걸 이용해보라구? 사랑, 사랑이라... 유치한데?
(네오와 에테르의 조명 깜빡거린다) 아... 알았어. 네가 그걸 원한
다면 얼마든지 시작해주지. 그렇지만 과연 네 생각대로 될까? 히
히히히... (천천히 퇴장한다)

퇴장과 동시에 음악이 나오고 정지해 있던 인형들은 몸을 움직여 춤을 추며 무대를 이동
변형시킨다.
그 위의 단으로 자본, 군대가 등장하고 마지막으로 도덕이 비틀거리며 나타난다. 그들은
각자의 지위를 상징하는 의상이나 소품을 착용하고 있다.

자본   (순례자들을 내려다보며) 이 세상은 나의 것. 왜냐하면 내가 세상
에서 제일가는 부자니까!
군대   누구 나에게 도전할 사람 없나? (아래를 내려다보며) 모두 벌벌
떨고 있군. 병신 같은 놈들...
자본   저놈들에게서 뭘 바래? 그저 시키는 대로만 움직이는 벌레에 불

과할 뿐이야.

군대   하긴 나보다 강하고 멋진 남자는 이 세상에 없을 테니까...

자본   그래 맞아. 너보다 힘센 남자는 이 세상에 없을 거야.

군대   푸하하하!

자본   그리고 너보다 머리가 더 텅 빈 사람도 없을 거야.

군대   푸하! 뭐?

자본   하지만 난 힘 센 남자가 좋아. 나를 위해 낮이고 밤이고 맘껏 힘을 쓰는 남자 말이야.

군대   (다시 기분이 좋아져서) 얼마든지 힘을 써주지. 돈만 푸짐하게 준다면 말이야.

자본과 군대는 서로를 바라보며 큰소리로 웃는다.

도덕   (술을 들이키며) 빗나간 영광, 저항할 수 없는 공포, 마비된 의식... 죽어버린 시대. (다시 술을 들이킨다)

자본   어머머, 저 아저씨 또 시작이시네. 술기운이 떨어졌나?

군대   (도덕에게 총을 겨누며) 저런 골치 아픈 영감탱이 살려둬 봤자 뭐해? 당장 죽여버리자구.

순례자들 사이에서 움직임이 느껴진다. 천천히 일어선다.

순례자1(네오)   나는 어디서 왔나?

순례자2(쿠데타)   나는 어디에 살고 있는가?

순례자3   나는 어디로 가야 하는가?

순례자4   나는 어떻게 살아야 하는가?

순례자5   나는 누구였는가?

순례자6   나는 누구인가?

순례자들   나는... (반복)

순례자들은 자본, 군대, 도덕이 서 있는 단으로 향해간다. 무언가를 갈망하는 느낌.

자본	(순례자들을 비웃으며) 바보 같은 녀석들. 너무나 정직하게만 살려고 하지. 그러니 그 꼴들인 거야.
군대	모두 눈이 죽어 있어. 패기가 없단 말이야. 길을 가리면 목을 베어버려. 앞을 막아서면 눈알을 뽑아버리라구!
자본	영원히 그 자리에서 맴돌도록 해.
도덕	기괴한 운명이지. 아무런 설명은 없지만 실행은 해야만 해.
자본	쓸데없는 소리 말고... 안 갈 거야? 좋은 술이 있는데?
도덕	정말?

자본, 군대, 도덕 퇴장한다.

남은 순례자들 중에 한 명이 무대 앞으로 나온다.

네오	정말 살맛이 나지 않아.
쿠데타	누가 보면 어떡하려고 그래?
네오	내가 이 지혜와 풍요의 광장을 돌기 시작했을 때가 언제였는지 이젠 기억조차 나지 않아. 우린 과연 언제까지 여길 이렇게 맴돌아야 하는 걸까?
쿠데타	하긴 그래. 나도, 우리 아버지도, 그리고 우리 할아버지도 계속 이곳을 돌았지. 그런데 언제나 우리 차례는 오지 않았어.
네오	돌아오는 말은 정성이 부족하다는 것뿐.
쿠데타	난 마음속으로 간절히 빌었어. 이 머릿속에 지혜를 넣어달라고, 그리고 이 두 손엔 풍요를 달라고 말이야.
네오	그런데 그 선택의 조건과 자격이 대체 뭐야? 누구든 대답해봐, 어서!

네오는 돌고 있는 순례자들을 붙잡으며 묻는다. 네오에게 잡힌 순례자들, 멍하니 생각하다 한 마디씩 내뱉는다.

순례자3	돈!
순례자4	학위!
순례자5	권력!

순례자6   도박!
네오   아니야. 모두 아니야!

사이렌 소리 들린다.

시스템이 등장한다. 손엔 파일을 들고 있다.

시스템   (약간은 신경질적으로) 왜 이렇게 소란스러운 거죠? (네오를 발
           견하고) 당신인가? 이 소란의 주범이.
네오   우리들은 왜 이 무의미한 행위를 계속해야 하죠? 쉬지 않고 이곳
           을 돌았지만 선택받는 건 극히 일부분뿐입니다. 왜 다 같이 행복
           해질 수 없는 거죠?
시스템   (흥미로운 장난감을 발견한 듯) 이 세계가 맘에 들지 않는 모양
           이로군요. (장난스럽게) 나도 당신들이 썩 맘에 들진 않아요.
쿠데타   가르쳐줘요. 우리가 해야 할 일을...
시스템   (손짓한다. 순례자들 퇴장한다) 편하게 인생을 즐기려면 그만 항
           복해버리는 게 신상에 좋을 거예요. 쓸데없는 반항은 집어치우
           고 말이죠.
쿠데타   그게 무슨 소리지? 도대체 당신의 정체는 뭐야?
시스템   (날카롭게) 잘 생각해봐. 죽음의 그림자가 폭풍처럼 밀려오고 있
           어. 한 발자국만 잘못 디디면 그만 빠져 죽고 말지. (은근히) 당
           신들에겐 비장의 카드가 없나요? 절친한 친구를 팔아넘기거나
           하는 비열하고 더러운 계략 말입니다. (쿠데타에게 파일을 건네
           주고 음침하게 웃으며 퇴장)
네오   (시스템을 쫓아갔다가 다시 돌아와서) 일단 몸을 피해야겠어. 이
           제 정부에서 우릴 가만히 놔두질 않을 거야.
쿠데타   (시스템이 남긴 파일을 들여다보고 광적으로) 이걸 봐. 저 사막
           건너 오아시스엔 낙원이 있다고 해. 그곳에 사는 사람들은 항상
           웃고 있다고 적혀 있어.
네오   그랬군. 이제야 저 지배자들이 아무도 사막을 건너가지 못하도
           록 한 이유를 알겠어.
쿠데타   함께 거기로 가자. 그들에게서 우리가 사는 이 세계에 변화를 줄

수 있는 방법을 알아낼 수 있을 거야. 같이 갈 거지?

네오   그래. 그런데 잠시 들러야 할 데가 있어.

쿠데타   (웃으며) 그녀로군.

네오   그래, 작별인사라도 하고 가야지.

쿠데타   얼른 다녀와.

네오   조금 있다 보자.

네오가 뛰어나가면 쿠데타 잠시 생각에 잠긴 듯하다가 네오가 간 곳으로 퇴장한다.
암전. 음악.

2. 권력

조명 밝아지고 음악 잦아들면 단 위에 자본, 군대, 도덕, 시스템이 회의를 하고 있다.

자본   이것 봐, 아직 걷어야 할 세금이 이렇게 많아. 왜 이놈들은 제때
          에 내질 않는 거지?

군대   세금을 내지 않은 것들은 내가 손을 봐주지.

자본   나한테 좋은 생각이 있어. 세금을 내지 않은 놈들의 가족들을 모
          조리 노예로 파는 거야.

군대   (깜짝 놀란다) 어쩌면 넌 그렇게 악랄할 수 있지?

자본   뭐? (눈을 부라린다)

도덕   (냉소적으로) 모두 뒤집어버려. 안 그러면 내가 뒤집혀주겠어.
          (거꾸로 눕고는 웃음) 크크크크...

자본   저 술주정뱅이가!

도덕   이 세상의 끝이 다가오고 있어. 세상이 끝나는데 무슨 돈이 필요
          한가?

자본   (도덕을 못마땅한 듯 쳐다본 후) 네 헛소리를 들어주는 데에도
          한계가 있어.

군대   그 돈 나한테도 좀 나눠주겠어?

자본   그런데 요새 들어서 왜 이렇게 세금이 안 걷히지? (시스템에게)
          넌 알고 있니?

시스템	(하품한다) 아함! 제가 최근에 입수한 정보에 의하면 분노가 사람들의 마음속에 자리 잡고 있다더군요.
군대	버러지 같은 놈들이 반란을 일으키려 한단 말인가?
도덕	(광기가 보인다) 활활 타올라야지. 그 누구도 절대 막을 수 없는 불길이 되어서 말이야. 세상을 다 덮어버리는 거야. 세상을 다 뒤집어버리는 거야. (술을 길게 들이킨다. 술이 떨어졌는지 병을 턴다) 이런 개 같은 경우가 다 있나.
시스템	반란에는 늘 핵심적인 멤버가 있기 마련이겠죠?
자본	그놈들이 누구야? 어떤 놈들이 감히 우리에게 대들어!
군대	결론은 간단하군. 그 놈들을 잡아 족치면 그만인 거야.
시스템	아주 효과적인 방법이 하나 있습니다. 서로를 배신하게 만드는 거죠.
자본	내분을 일으키자는 말이군. 좋아. (시스템에게) 반란분자들을 쥐도 새도 모르게 잡아들이도록.

시스템, 인사하고 퇴장한다.

군대	저 녀석 믿을 수 있는 거야? 도통 속을 알 수가 없어.
자본	글쎄... 꺄악! 뭐야?
도덕	술이 떨어졌어.

암전. 무거운 음악.

3. 이별

암전 중에 산뜻한 음악으로 전환되고 무대 밝아지면 에테르가 등장해 있다. 그녀는 즐겁고 설레는 듯 노래를 부르고 있다.

에테르	(노래)
	오고 있을까 내가 사랑하는 빛나는 그대
	알고 있을까 너만 생각하면 들뜨는 마음

말을 해볼까 나를 품에 안고 키스하라고
언제쯤 올까 이런 내 맘 너는 알고 있을까

조금 있다 네오가 등장한다. 노래 부르는 에테르를 가만히 지켜본다.

네오   (살금살금 다가가 놀리듯) 잘 있었어?
에테르   (깜짝 놀라) 놀랐잖아. 이런 심술쟁이. (토라진 듯 네오를 때린다)
네오   ... (아프다)
에테르   (천연덕스럽게) 무슨 일이라도 있니? 표정이 어두워.
네오   잠시 난 여행을 떠날까 해.
에테르   뭐?
네오   사막을 건너가서 새로운 세상을 보고 와야겠어.
에테르   정말? 나도 갈래.
네오   사막은 위험한 곳이야. 네가 갈 곳이 못 돼.
에테르   네가 가는 곳이면 어디든지 나도 따라갈 거야.

네오, 미소 짓는다.

에테르   왜 웃어?
네오   (에테르의 머리를 쓰다듬으며) 아마 이해하기 힘들 거야. 왜냐면
         넌 이미 태어날 때부터 나보다 높은 세계 속에 있었으니까. 넌
         단 한 번도 저 지혜와 풍요의 광장을 돈 적이 없었어. 그러나 난
         널 만나기 전에도, 그리고 만나고 있을 때에도 그곳을 계속 돌아
         야만 했어. 넌 태어날 적부터 풍요롭고 행복했었겠지만 난 아니
         었어.
에테르   이씨... 무슨 말인지 도통 모르겠네.
네오   바람이 불었으면 좋겠어. 모든 걸 날려버릴 큰 바람 말이야.
에테르   바람이 너까지 날려버릴 거야. (네오에게 혀를 내민다)
네오   날 데려간다고? 어림없는 소리! (노래 부른다)
         내가 가야 할 길 저 멀리에 있어
         헤어짐은 잠시일 뿐 이 순간

그때까지 날 기다려줘 그대여

난 반드시 돌아올게 너에게

에테르   (이어받아 노래 부른다)

저 안개의 강 너머 그 누가 기다리고 있나

누군가 있다면 등불을 밝혀줘

머나먼 여행길 지쳐 쓰러져 힘에 겨울 때

내가 기도할게 너를 위해

에테르, (네오) (같이 노래 부른다)

오늘이 지나가면 다시는 못 볼 것 같아

(영원히 너만을 사랑하는 내 마음)

불안이 밀려와 두려워져

(불안해하지 말아 두려워하지 말아)

저 바람 너를 덮쳐 데려갈 것만 같아

(저 높은 바람 나를 이끌어)

나를 꼭 안아줘 영원히 널 사랑해

(내 품에 널 안고 영원히 널 사랑해)

네오와 에테르, 서서히 키스한다.

무대 한쪽에서 도덕이 등장한다. 둘을 발견하곤 천천히 다가온다. 네오와 에테르는 도덕을 눈치채지 못하고 키스하고 있다.

도덕   (잠시 뜸을 들인 뒤) 어흠! 요새 젊은 것들은 도대체가 부끄러운 게 없어. 백주 대낮에 이게 무슨 꼴이야.

에테르   (놀라서) 아빠!

도덕   이게 도대체 무슨 짓이냐?

에테르   그게 아니라...

도덕   아니긴 뭐가 아니야? 어떤 놈이 내 딸을 꼬드겼는지 얼굴이나 좀 봐야겠다. (네오를 본다) 어럽쇼? 자네는 아까...

네오   (적의가 가득한 눈으로 도덕을 노려본다) 절 잡아갈 건가요?

도덕   살벌하구만. 자네와 한 번 이야기를 해보고 싶었지. 도대체 무슨 마음으로 이 세계의 질서에 반기를 들었는지를 말이야.

네오   (비아냥댄다) 잘 알고 계실 텐데요.

도덕   (네오에게 부드럽게) 솔직히 말하자면 나 역시도 이 세계의 현실
         에 대해선 별로 좋은 감정을 가지고 있는 건 아니야. 하지만 자
         네는 너무 무모했어. 앞뒤 가리지 않고 뛰어드는 불나방 격이지.
         안 그런가?

에테르   아빠, 그만해.

도덕   허허허. 이런, 이런... 너도 불나방이구나. 저 남자는 매우 위험하
         단다. 함부로 뛰어들 데가 아니야.

네오   (냉정하게) 전 그만 가보도록 하죠.

도덕   (어투를 바꾼다) 홀홀 단신으로 과연 어디까지 갈 수가 있겠나?
         자네와 같은 젊은이가 상대하기에 이 세계는 너무 커.

네오   그래서 아무것도 하지 않고 모순을 그냥 지켜만 볼까요?

도덕   입을 열고 진리를 말한다 해도 자네 편을 들어줄 이들이 있을까?

네오   있습니다. 용기 있는 자들은 멈춰 있진 않을 거예요.

도덕   그래서 그 뒤엔? 그 뒤에는 뭐가 있을까? 썩은 부분을 도려내고
         나면 다른 곳이 또 썩기 마련이야.

네오   그때는 썩은 부분을 또 도려내야겠지요.

도덕   이런, 이런... 여기저기 도려내다가 아예 죽여버리겠군.

네오   (도덕에게) 당신의 말을 곧이곧대로 들을 만큼 난 어리석지 않아
         요. (에테르를 잠시 쳐다보다 퇴장한다)

에테르   아빠 때문에 네오가 가 버렸잖아.

도덕   부질없는 일이지. 저 젊은이에게 미래는 없어. 혼자 발버둥 치다
         가 가지고 있던 힘이 다해 추락할 거야.

에테르   그래도 난 네오와 함께 갈 거야.

에테르 네오가 나간 쪽으로 뛰어간다.

도덕   저, 저, 저, 저 철없는 녀석 좀 보게. (사이. 표정과 어투가 진지하
         게 변한다) 사랑하는 내 딸아. 넌 그 남자와 어울릴 수 없다. 네가
         굶주림이 무언지 알 수 있을까? 살아간다는 것이 얼마나 힘겹고
         고통스러운 일인지 알 수 있겠니? 하루하루를 걱정하며 사는 저

118

들의 마음과 같아질 수 있겠니? 평생 아무것도 없는 저 광장을
돌아야 하는 그들의 절망을 과연 이해할 수 있겠니? (퇴장)

도덕 퇴장하면, 무대 뒤에서 시스템과 쿠데타가 걸어 나온다.

시스템   보고 난 감상이 어떠신지? 네오에게 실망했나요?

쿠데타   …

시스템   아니면 그녀에게 연정을 품고 있었던 당신 자신에게 실망한 건
가요?

쿠데타   허튼 소리! 그녀는 나에게 그 어떤 의미도 없어.

시스템   내 생각엔 말이죠, 네오보다는 당신이 그녀와 더 잘 어울리는 것
같거든요.

쿠데타   쓸데없이 나와 네오 사이를 이간질하려고 하지 마! 네오는 나와
함께 사막을 건너가기로 했어. 반드시 그렇게 될 거야.

시스템   그렇죠. 그렇지만 그건 단지 새로운 세상을 보기 위한 것일 뿐,
결국 네오는 저 에테르라는 여자에게 돌아갈 거란 걸 당신이 더
잘 알 텐데요. 왜냐하면 네오는 그녀를 사랑하니까.

쿠데타   사랑 때문에 날 배신한다는 거야?

시스템   글쎄… (키득키득 웃는다) 아마 당신이라도 그런 선택을 할걸요?

쿠데타   그렇지 않아. 새로운 세계가 온다면 내 사랑쯤은 얼마든지 지울
수 있어.

시스템   하지만 네오는 마음속에서 에테르를 지울 수 없을 거예요. (쿠데
타를 보며 진지하게) 당신이 꿈꾸는 새로운 세상은 아마 모든 과
거를 다 지워버리고 다시 출발하는 것이었죠? (속삭이듯) 네오
혼자 그곳으로 보내도록 해요.

쿠데타   그렇게 해서 네가 손에 얻는 건 뭐야?

시스템   어쩌면 당신들의 생각과 그 맥락이 같다고 할 수 있어요. 지금
이 세계는 너무 낡아버렸거든요. 요컨대 새로운 변화가 필요한
시점이란 거예요. 지배자들은 제 안위만 돌보기에 급급하고 지
배를 받고 있는 하층민들은 너무나 무기력해져 있어요. 그래서
당신들의 힘이 필요한 거죠.

쿠데타	믿을 수 없어.
시스템	맞아요. 그게 정답이죠. 이런 세상에서 누가 누굴 믿을 수 있겠어요? 다만 한 가지, 역사는 늘 긍정적인 방향으로 한 발자국씩 나아가고 있어서 절대로 후퇴하지 않는다는 것뿐.
쿠데타	역사는 후퇴하지 않는다? 그게 이유가 될까?
시스템	(머리를 긁적이며) 역시 부족한가요? 그러면 이건 어떤가요? 네오를 낙원으로 보내면 저 에테르라는 여자를 당신에게 드리죠. 이런 게 바로 윈윈 전략이라는 거예요. (쿠데타를 의미심장하게 쳐다보며 퇴장)

시스템이 퇴장하고 나면 쿠데타는 주저앉아 갈등한다.

기괴한 소리와 음악이 들리고 망명자들이 무대로 기어 나와서 쓰러진다.

쿠데타	(고통에 몸부림친다) 어째서 넌 그녀를 사랑하는 거지? 그리고 내 맘은 도대체 왜 이리도 찢어질 듯 아픈 거야? 도대체 왜!

네오가 등장한다. 주저앉아 있는 쿠데타를 발견한다.

네오	여기 있었구나. 한참을 찾았어.
쿠데타	하찮은 사랑 때문에 모든 걸 망칠 수는 없어. 네오, 네가 그녀를 사랑하는 동안에는 진정한 혁명이란 오지 않아. 그래, 넌 그녀와 더 이상 함께 있어선 안 돼.
네오	(걱정스럽게) 무슨 일이야? 갑자기 너 왜 이래?
쿠데타	(네오를 쳐다보다가 몸을 돌린다) 아니야. 아무것도...

조명 밝아진다.

4. 배반

쿠데타	우리가 갈 저 금단의 땅은 어떤 세상일까?
네오	(들떠서) 아마도 환상적인 나라일 거야. 몸과 마음이 한없이 자

유로운 곳.

쿠데타　　그렇겠지?

네오　　그곳엔 우리가 모르고 있는 진실이 반드시 있을 거야.

쿠데타　　과연 그럴까?

네오　　왜 그래? 갑자기... 도대체 무슨 일이야?

쿠데타　　아무것도 아냐, 막상 여길 떠나려 하니까 맘이 계속 울렁거려.

네오　　새로운 희망을 가지게 되니까 마음이 벅차오르는 것이겠지.

쿠데타　　여태까지 그 희망이라는 것에 너무 많은 배신을 당해왔어.

네오　　너답지 않아. 힘내.

쿠데타　　그래.

네오　　어서 가자. (미적거리는 쿠데타를 보며) 뭐해?

쿠데타　　넌 사막을 건너가는 게 좋겠어. 하지만 난 여기 남을래.

네오　　그게 무슨 소리야.

쿠데타　　저 사막 건너엔 진실이 분명히 존재하겠지. 하지만 난 여기 이곳
　　　　　에도 그 정답이 있을 것 같은 생각이 들어.

네오　　좋아, 그렇다면 나도 너와 함께 여기 있겠어.

쿠데타　　안 돼.

사이렌 소리.

쿠데타　　(다급하게) 놈들이 오고 있어. 넌... 넌... 가야만 해. 어떤 선택을
　　　　　하든지 우린 그 길의 끝까지 걸어가야 할 필요가 있어. 아무것도
　　　　　확실한 건 없으니까.

네오　　하지만...

쿠데타　　얼른 가!

네오는 잠시 망설이다가 결심한 듯 쿠데타에게 눈짓하고 사라진다. 네오의 사라지는 모습을 지켜보면서 광기가 서린 웃음을 띤다.

쿠데타　　그래, 가는 거야. 히히히히... 그리고 다시 네가 돌아오는 날 혁명
　　　　　은 시작될 것이고 그녀는 내 여자가 될 거야. 히히히히...

시스템이 등장해서 쿠데타에게 접근한다.

쿠데타   (제정신으로 돌아와서 죄책감에 휩싸인다) 이제 된 건가? 당신 말대로 네오를 혼자 그곳으로 보냈어.

시스템   (조롱하듯) 그렇다면 이제부터 뭘 하실 건가요? 당분간은 한가할 테니 그가 남겨놓은 연인이라도 유혹해봐요.

쿠데타   (격분한다) 뭐라구? 잘도 그런 소리를 지껄이는군!

시스템   쉿! 소리 지르지 말아요. 저기 그녀가 오고 있는 게 보이지 않나요?

쿠데타   (당황한다) 뭐?

시스템   잘해보라구요.

시스템, 퇴장한다.

에테르   혹시 네오를 보지 못했니?

쿠데타   멀리 떠났어.

에테르   아이 참! 그 바보 멍청이. 결국 혼자 가버렸어.

쿠데타   웃기는군. 너 같은 사람들 때문에 네오는 낙원으로 떠나야만 했던 거야. 너희들처럼 부당하게 이 세계를 차지하고 있는 사람들 때문에 수많은 사람들이 고통받고 있는 거라구!

에테르   내가 네오에게 고통을 준다구? 뭔가 오해를 하는 것 같은데 난 그를 사랑하는 것뿐이야.

쿠데타   사랑? 하하하하... 그것 참 사치스런 감정이군. 하긴 집에서 키우는 애완동물에 대해서도 사랑한다고 말할 수는 있지.

에테르   무슨 말이야?

쿠데타   저기 내려다보는 시선들이 느껴지나? 이를 악물고 쓰디쓴 눈물을 참으며 절망을 견디고 있을 때 아무것도 하지 않으면서 그저 웃으며 우릴 바라보는 저 시선이! 알 수 없겠지. 결국 너도 그 시선의 일부일 뿐이니까.

에테르   네오를 만나려면 어떻게 해야 하는지만 말해줘.

| 쿠데타 | 정말 그 녀석을 사랑한다면 그만 잊어. 아무것도 갖지 못한 우리들을 더 이상 동정하지 마. 비참하게 만들지 마. |

쿠데타 정말 그 녀석을 사랑한다면 그만 잊어. 아무것도 갖지 못한 우리들을 더 이상 동정하지 마. 비참하게 만들지 마.

에테르 사랑한다면 잊으라니, 바보 같은 말이야. 사랑이란 건 모든 걸 이겨낼 수 있다는 걸 모르니?

쿠데타 역겨워. 그런 알량한 논리로 여태까지 힘없는 우리들을 놀려왔지. 하지만 달라질 거야. 모두 바꾸고 말 거야. 내가 오늘은 비록 아무것도 가진 힘이 없지만 언젠간 반드시 너희들을 모두 때려 죽이고야 말겠어. 그때 가서도 사랑타령을 할 수 있을지 지켜보겠어. (퇴장)

에테르 정말 이상한 사람이야. (한숨 쉰다) 그런데 네오, 너 돌아오기만 해봐. 죽었어.

에테르, 퇴장한다. 뒤의 계단에서 군대와 자본이 숨어 있다 등장한다.

군대 거 참... 예쁘게 생겼네. 그 술주정뱅이가 저런 딸을 낳았을 줄이야.

자본 그 네오라는 놈이 이 모든 사태의 핵심인 모양이군.

군대 맞아. 그 녀석만 제거하면 반란을 미리 잠재울 수 있을 거야. 어서 가서 죽여버리자구.

자본 잠깐 기다려봐. 이 기회에 불순분자들을 모조리 잡아들여야겠어.

군대 어떻게? 무슨 좋은 방법이라도 있는 거야?

자본 네오를 붙잡아서 감옥에 넣는 거지. 그럼 네오를 구출하려고 멍청한 놈들이 막 달려들지 않겠어? 몽땅 일방타진 하는 거야.

군대 정말 멋진 생각이야. 아무래도 넌 남을 괴롭히는 데에는 천재적인 머리를 타고났나 봐.

자본 그럼 사막을 건너서 오아시스로 가자구. 그런데 사막의 햇살은 무척 따가울 텐데... 썬크림이라도 발라둘 걸 그랬나? 내 백옥 같은 피부에 트러블이 생기면 어떡하지?

군대 흐흐흐... 네오 그 놈은 그 오아시스가 진짜 낙원이라 알고 있겠지?

군대와 자본, 퇴장함과 동시에 음악.

5. 낙원

조명과 무대가 변화하면서 춤과 노래의 향연이 펼쳐진다. 한 차례의 쇼가 지나가고 난 뒤.

시민1   누가 오고 있어.

모두들 고개를 들어 한 곳을 바라본다. 네오가 등장한다.

시장   후 아 유?
네오   여긴 어디인가요?
시장   여기는 낙원이라는 곳이지. 히얼 이즈 파라다이스.
네오   여기가요? 정말요?
시장   내가 거짓말을 할 사람으로 보이나?
네오   여길 향해 오다가 엄청난 모래폭풍을 만났죠. 같이 오던 일행들
            은 모두 그 모래폭풍에 그만 휩쓸려버렸어요.
시장   안됐구만... 하지만 그런 일은 아주 흔한 편이야. 낙원에 도착하
            기가 그렇게 쉬운 일은 아니지. 어떤 이들은 너무나 배가 고픈
            나머지 전갈 꼬리의 독을 미처 제거하지 않고 그냥 먹다가 죽기
            도 하고, 또 어떤 이들은 너무나 목이 마른 나머지 선인장의 가
            시를 뽑지 않고 삼켜서 죽기도 한단 말이야.
네오   끔찍하군요.
시장   어쨌든 힘든 여정을 끝내고 낙원에 도달한 것을 축하하네. 이곳
            은 자유의 땅이야, 평화의 땅이지. 한마디로 말해 모두가 간절히
            바라는 땅이라고나 할까? (주머니에서 알약들을 꺼내 던진다) 이
            알약을 먹어, 그러면 가슴속의 염원이 현실로 이루어져. 어떤 근
            심도 한순간에 사라져버리지.
시민1   저 알약은 우리 모두의 행복.
시민2   먹는 순간 즐거워지지.

시민3	하늘을 날아다닐 수 있어.
시민4	땅속 깊이 가라앉을 수도 있지.
시민5	거대한 우주 속에 오직 나만이 숨 쉬고 있어.
시민6	기분이 나쁠 땐 알약을 복용할 것!
시민7	알약은 위대해.
시민8	알약이야, 우리의 알약!

네오는 알약을 거부하는 몸짓을 한다.

시장	이 알약은 잊게 해주는 거야. 네가 가진 모든 괴로움으로부터...
네오	그런 알약이 과연 사람을 행복하게 만들어줄까요? 여기 이 사람들은 정말로 행복한 겁니까?
시장	(어투를 바꾸어) 좋은 말로 할 때 순순히 이 약을 받아먹어. 너의 행복을 위해서라도 말이야!
네오	난 이런 알약 하나로 사람이 행복해진다고 생각지는 않아.

조명이 변화한다.

시민1	괴로워.
시민2	보고 싶어.
시민3	만나고 싶어.
시민4	슬퍼.
시민5	외로워.
시민6	아파.
시민7	그리워.
시민8	지쳤어.

시민들은 말들을 반복하며 고장이 나서 폭주하는 인형처럼 움직인다.

| 시장 | (당황스럽다) 이게 어떻게 된 일이지? |
| 네오 | 보세요. 저들의 마음속을... 그들 역시 이곳 낙원이 진정한 행복 |

이라고 믿고 있지 않는 거예요.

시장　　여태까지 잘 살아오고 있었다구.

네오　　그렇죠. 상처가 곪아 있는 채로 말이죠.

시장　　역시 그자의 말대로 자네는 위험한 존재군. 현실에 순응할 줄을 모른단 말이야.

네오　　전 다시 돌아가는 게 좋겠어요.

시장　　돌아간다? 어림 반 푼어치도 없는 소리!

네오　　무슨 뜻이죠?

시민들이 네오를 둘러싼 후 하나둘씩 네오의 신체를 붙잡고 움직이지 못하게 한다. 입을 억지로 벌린다. 네오는 발버둥치지만 그들을 뿌리치기엔 역부족이다.

시장　　(품속에서 알약이 가득 든 병을 꺼낸다) 낙원에 온 걸 다시금 축하하네. (알약들을 네오의 입 속에 들이붓는다) 웰컴 투 파라다이스.

네오, 비명을 지르며 고통스러워한다. 시민들 각각 무리를 지어 네오를 괴롭힌다.
그러는 중에 시스템, 자본, 군대가 등장한다.
시장은 황급히 바닥에 머리를 조아리고 시민들 역시 머리를 조아린다.

6. 음모

자본　　쥐새끼 한 마리가 도망쳐 왔을 텐데…

시장　　무슨 말씀이신지…

군대　　(버럭) 시치미를 뗄 작정이냐? 그 놈을 당장 내놔!

시장　　(부들부들 떤다) 자세한 설명을 해주셔야…

자본　　얼마 전에 한 젊은 남자가 오지 않았어? 이름은 네오라고 하는데 말이야.

시장　　방금 전에 이 낙원으로 들어온 애송이를 두고 하는 말이군요. 그는 이미 모든 기억을 잃었습니다. 차라리 이곳에서 그냥 살게 하는 것이 좋지 않겠습니까?

자본   발칙한 놈! 함부로 주둥아리를 놀리다니...
군대   저런 녀석의 혓바닥은 칼로 잘라버려야 해!

시장은 고개를 땅에 박고 두려움에 떤다. 시스템이 시장에게 다가간다.

시스템   망각의 알약을 먹인 건가요?
시장   그... 그렇다네.
군대   난 그런 알약 따위는 믿지 않아. 지금 당장 죽여버려야 해.
자본   네오는 어디에 있지?

시장이 손짓을 하자 시민들이 자리를 비킨다. 그러자 네오 혼자 남아 멍하니 서 있다.

자본   (시스템에게) 네오란 놈이 재가 맞아? 저런 얼빠진 녀석이 반란
         을 계획했었단 말이야?
군대   도저히 믿을 수가 없군.
자본   (시스템에게) 저 녀석을 데려가서 감옥에 집어넣어. 두 번 다시
         햇빛을 못 보도록 말이야.
군대   반란의 대가가 어떤 것인지 똑똑히 보여주란 말이야.
자본   그럼 오랜만에 낙원에 왔는데 기분 좀 내볼까?
군대   좋아. 까무러치도록 해주지. 흐흐흐흐...

자본과 군대 퇴장한다.

시장   (일어서며) 젠장! 더러워서 못 해먹겠구만...
시스템   조금만 참으시죠.
시장   자네가 말한 대로 네오의 기억을 모조리 다 지웠어.
시스템   잘하셨습니다.
시장   약속을 잊지 말게. 저 역겨운 놈들을 다 몰아내면 나를 그 세계
         의 지배자로 만들어준다는 약속 말이야.
시스템   잊을 리가 있겠습니까? 약속은 반드시 지킨다는 게 제 신념입
         니다.

시장	(음침하게 웃는다) <u>호호호호</u>... 그 누가 알겠나? 진정한 낙원이란 이 세상에 존재하지 않는다는 것을... 오아시스의 신기루 같은 거지.

시장 (음침하게 웃는다) <u>호호호호</u>... 그 누가 알겠나? 진정한 낙원이란 이 세상에 존재하지 않는다는 것을... 오아시스의 신기루 같은 거지.

시스템 멋진 말이군요. 자, 그럼... (손을 내민다)

시장 (약병을 건네준다) 이건 지웠던 기억을 되살리는 약이야. 혹시 네오에게 줄 건가?

시스템 조만간에 연락을 하죠.

시장 알겠네. 좌우지간 연락을 기다리지.

암전.

7. 그리움

조명 밝아지면 극중 세계를 보여주는 수많은 눈들이 다시 무대를 내려다보고 있다.
네오가 감옥에 갇혀 있고 반대쪽 앞에 에테르가 있다. 도덕이 등장한다.

에테르 이렇게 눈을 감고 너를 생각하면 금방이라도 웃으며 나타날 것 같은데...

도덕 (슬금슬금 다가와서 에테르의 눈을 가린다) 누구게?

에테르 (도덕의 배를 가격한다) 장난치지 마.

도덕 (아픈 배를 부여잡고) 미안하구나. 에휴, 늙으면 죽어야지. 하나뿐인 딸이 남자에 미쳐서 애비를 치네...

에테르 (미안한 마음에 도덕에게 다가가서) 얼마나 술을 마신 거야?

도덕 많이 마셨지. 세상이 거꾸로 보일 때까지 말이야.

에테르 몸 생각을 해야지. 이러다간 큰일이 날 거야.

도덕 술이라도 마시지 않으면 이런 빌어먹을 세상에서 어떻게 제정신으로 살아갈 수 있겠니? 돌아버릴 거야.

에테르 이미 꼭지가 많이 돌았는데?

도덕 뭐? 흠... 그렇구나. 얘야, 세상이 거꾸로 보이는데도 딱 하나 바로 보이는 게 있구나.

에테르 그게 뭐야?

도덕	그건 바로 너야. 너만이 이 세상에서 내가 인정하는 유일한 진리
	란다. 알겠니?
에테르	(웃으며) 알아. 술주정뱅이 아빠.

에테르는 도덕을 일으켜 세운다. 서 있는 도덕의 더러워진 옷을 털어주고 있는 에테르. 도덕은 그런 딸의 모습을 지긋이 바라본다.

도덕	아직 그 청년을 생각하고 있니? 그만 잊었으면 좋겠구나. 네 얼굴에 그늘이 지는 걸 더 이상 볼 수가 없어.
에테르	그는 언제쯤 올까?
도덕	오지 않을 거다. 내가 전에도 말했잖니. 그 청년은 혼자 발버둥 치다가 죽을 거라고 말이다. 가슴 아프겠지만 네가 할 수 있는 일은 아무것도 없어. 그러니 그만 그를 잊거라. 그게 최선이다.
에테르	그 사람 없이 내가 행복할 수 있을까?
도덕	그럼 좋다. 내 너에게 맹세를 하지. 네가 그를 잊으면 나도 술을 끊으마.
에테르	그럼 마셔. (퇴장한다)

에테르와 도덕 쪽의 부분조명 암전. 동시에 네오가 있는 감옥의 조명이 밝아진다.

네오	아무리 애써도 기억나지가 않아. 난 도대체 누구인걸까? 무엇 때문에 죄를 지어 이곳까지 끌려온 걸까? 이곳에서 죄를 지어 잡혀온 거라면 여기에는 누군가 날 아는 사람들이 있다는 건가? 여기에 날 그리워해주는 누군가가 있을까? 여기에... 누군가가... (고개를 떨구고 흐느낀다)

네오의 감옥이 어두워지고 그 앞의 시스템과 쿠데타의 공간이 밝아진다.

시스템	(열쇠꾸러미와 약병을 건네주며) 이건 저 감옥의 열쇠. 이건 네오의 기억을 다시 되돌리는 약. 이걸 먹이면 네오의 기억은 다 되돌아오게 되죠. 자, 이제 선택은 당신의 몫이에요.

쿠데타   이제 와서 기억을 되돌리는 약 따윈 필요 없어. 그건 네오를 약
         하게 만들 뿐이야.

시스템   그래도 받아두도록 하세요. (억지로 건네준다) 주는 건 당신의
         맘이지만...

시스템은 사라진다.

쿠데타는 약병을 가만히 바라본다. 그의 행동에서 갈등이 보인다.

노래 소리가 들린다. 이 노래는 네오에게만 들리는 것으로 한다.

네오   이 소리는 뭐지? 친근하면서도 그리움이 밀려오는 것 같아. (따
        라 부른다)

네오에게 가려던 쿠데타는 네오가 흥얼거리는 노래를 알아듣고 표정이 변한다. 노래 소리
멈춘다.

네오   조금만 더... 조금만 더 들려줘. (노래를 혼자서 흥얼거린다)

쿠데타가 네오에게로 다가간다.

쿠데타   (조용히) 네오.

네오   (노래를 멈추고) 누구세요?

쿠데타   여태껏 널 기다렸어. 무사했구나.

네오   누구시죠? 절 아시나요? 저에 대해서 잘 알고 계시나요?

쿠데타   알다마다... 우린 친구니까.

네오   뭐라구요? 그게 정말이에요? 당신이 정말 내 친구인가요?

쿠데타   일단 여기서 나가자.

네오   절 내보내 줄 수 있는 거예요?

쿠데타   탈출하는 거야. 그리고 우린 함께 싸우는 거지. 어차피 여기 있어
         봤자 넌 처형될 몸이니까. 하지만 저 밖으로 나가면 네가 있음으
         로 해서 힘을 얻을 수 있는 사람들이 많아.

네오   내가 힘을 줄 수 있는 사람들? 난 아무런 힘도 없는데...

쿠데타	낙원을 보고 왔다는 것만으로도 다른 사람들에겐 힘이 될 거야. 그게 진실이든 아니든 말이야.

쿠데타　　낙원을 보고 왔다는 것만으로도 다른 사람들에겐 힘이 될 거야. 그게 진실이든 아니든 말이야.

네오　　난 기억을 되찾고 싶어요.

쿠데타　　걱정하지 않아도 돼. 지금부터 우리가 할 일이 바로 기억이 될 테니까.

열쇠로 문을 연다. 네오, 감옥을 나온다.

네오　　(독백) 그런데 아까 그 노래 소리는... 그게 계속 마음에 걸려.

쿠데타　　뭘 해? 어서 나가! 많은 사람들이 기다리고 있어.

쿠데타와 네오 나가려 할 때 군대, 자본, 시스템 무리들과 등장.

8. 혁명

군대　　하하하하! 어리석은 쥐새끼들. 무사히 도망갈 수 있으리라 생각했나?

자본　　정말 생각대로 움직이네. 히히히, 신 난다. 너희들은 사회를 어지럽히고 질서를 무너뜨린 대가를 치러야 할 거야. (시스템에게) 수고 많았어.

쿠데타　　(시스템을 향해) 어떻게 된 일이지? (시스템의 몸짓을 보고) 더러운 놈. 날 속였어.

쿠데타는 시스템에게 달려간다. 그러나 시스템이 들고 있는 지팡이에 오히려 몸을 찔린다. 쿠데타 바닥에 쓰러진다.

시스템　　(강하게) 누가 누굴 욕하는 거죠? 당신도 다른 사람을 속였어요. 그것도 가장 친한 친구를 말이에요. 그런 당신이 과연 나를 비난할 자격이 있나요?

네오　　무슨 짓이야! (쿠데타를 부축하며) 괜찮아? 정신 차려!

시스템　　(네오를 보며) 그렇게 안타까워할 필요가 없어요. 결국 그 자신이 선택한 길이니까!

네오　　뭐라구? 그게 무슨 소리야!

쿠데타　(힘들게) 네오, 난 널 속였어. 하지만 널 해치려고 그랬던 건 아냐.

네오　　알아. 그만 말해.

쿠데타　너와 함께 이 세상을 바꾸고 싶었어.

네오　　그만 말하라니까!

군대　　어서 처형을 하자구. 몸이 근질거려 죽겠어.

자본　　그럼 이제부터 축제가 시작되는 거야? 꺄하하! 정말 오랜만에 즐거운 일이 생기는데?

시스템　지금부터 재판을 시작하도록 하겠습니다.

네오　　재판이라구? 도대체 내가 무슨 죄를 지었다는 거야?

시스템　당신이 아니에요. (뒤를 돌아 자본과 군대를 가리키며) 바로 너희들이지!

자본　　뭐? 무슨 말이야?

시스템　뭐라니요? 바로 당신들의 시대가 종말을 고하는 소리죠. (지팡이를 들어 자본과 군대에게 향한다) 너무 억울해하지 않아도 돼요. 애초에 당신들에게 주었던 것들을 다시 가져가는 것뿐이니까. 그동안 역할들을 아주 잘해주셨습니다. 당신들의 욕심이 사람들의 마음에 개혁의 불씨를 피우게 했고 그 덕분에 이 세상은 또 하나의 전환점을 맞게 되었으니까요. (환희에 넘친 몸짓, 움직임)

자본　　네가 이런 짓을 하고도 무사할 줄 알아?

시스템　(몸짓을 멈춘다. 일단 자본이 한 말이 불쾌하고, 그 말 때문에 자신의 몸짓이 멈추게 된 것은 더욱더 불쾌하다) 당신 자신이나 걱정하는 게 좋을 텐데요.

자본　　더러운 배신자!

군대가 뒤에서 자본의 목을 조른다.

시스템　(박수를 친다) 좀 더! 좀 더 세게! 아직 숨이 끊어지지 않았어요.

자본이 버둥거리다가 축 늘어진다. 군대는 세찬 숨을 몰아쉰다.

시스템은 장난스러운 웃음소리를 내며 바닥에 엎어진 자본의 시체를 툭툭 건드린다. 몹시 재미있어 하는 눈치다.

시스템	(흥분한 상태) 봐요. 진짜로 죽었나 봐요. (자본의 팔을 들었다가 놓는다) 푸히히... 힘이 하나도 없네.
군대	그쯤 해둬. 난 별로 좋은 기분이 아니라구.
시스템	그럼 그만하죠.
군대	이제부터 나 혼자 이 세상을 지배할 수 있는 거지?
시스템	이런, 이런... (곰곰히 생각한다) 어쩌죠? 선약이 되어 있는데...
군대	뭐?

시장이 등장한다.

시장	드디어 때가 온 건가?
군대	이럴 수가... 네놈 따위가 감히!
시장	(조소하며) 유언치곤 품위가 없군.

시장이 군대를 총으로 쏜다. 군대가 총을 맞고 쓰러진다.

시장	드디어 이 세상을 손에 넣었어. 하하하하!
시스템	정말 재미있었어요.
쿠데타	(힘겹게 일어나며) 재미라구? 너에게는 이 모든 것들이 단지 재미에 불과했던 것인가?
시스템	하지만 당신이 원하는 대로 된 거 아닌가요? 새로운 세상이 왔으니...
쿠데타	새로운 세상이라... 그렇군. 결국 새로운 세상은 왔어. 하지만 그 속은 변함이 없어. 네가 의도한 게 바로 이건가? (쓴웃음) 결국 난 이용만 당한 거였군.

쿠데타, 무대 옆으로 퇴장한다.

시스템   자, 네오. 당신에게 줄 선물이 있어요. 나를 즐겁게 해주었으니
         상을 줄게요.

네오   난 그런 것엔 관심이 없어.

시스템   과연... 당신에게 유일한 관심거리가 되는 건 과거의 기억이군요.

네오   내 기억을 되살릴 수 있을까?

시스템   그래요, 난 그 방법을 알고 있죠.

네오   뭐? 그게 정말이야? 그걸 내게 알려줘.

시스템   좋아요. 단, 조건이 있어요.

네오   뭐지? 그 조건이란 게...

시스템   나를 좀 도와줘야겠어요. 지난 시대의 권력자들을 숙청하는 일
         이죠.

네오   난 다른 이들을 죽이는 일은 하기 싫어.

시스템   당신의 기억 안엔 소중한 것이 많이 들어 있더군요. 사랑, 우정,
         철학... 되찾고 싶지 않은가요?

네오   되찾고 싶어. 그렇지만...

시스템   갈등하지 말아요. 나와 함께 새로운 세상을 만들고 그 후 기억을
         찾도록 해요.

네오   대체 몇 명이나 죽여야 하지?

시스템   시체로 산을 쌓고 붉은 피가 강이 되어 흘러야 해요. 역사란 원
         래 그런 버릇이 있어요. 많은 피를 마시면 마실수록 좋아한답
         니다.

네오   안돼. 난 못 해. 아무리 내 기억을 찾고 싶어도 그런 짓을 할 수는
         없어.

시스템   애석하군요.

    네오, 시스템을 바라보다 퇴장한다.

시장   역시 위험한 놈이구만... 고분고분하지 않잖아. 제거해버리는 게
         어때?

시스템   그렇군요. 당신처럼 고분고분하다면 좋을 텐데...

시장	뭐? 무슨 소리야?
시스템	어떤 결정을 내릴까?
시장	쳇, 어차피 이젠 내 세상이야. 네오 녀석, 잡아다 죽여버리겠어.
시스템	(지팡이를 겨누며) 내 재미를 방해할 셈인가요? 당신 맘이 내킨다면 그 누구라도 닥치는 대로 죽여도 좋아요. 기왕이면 이 세계를 지배해 오던 쓰레기 같은 놈들이면 좋겠죠. 하지만 네오는 건드리지 말았으면 하네요. 그는 내 즐거움이니까.
시장	아... 알았어.
시스템	(다가오는 시장을 무시하고) 네오! 어딜 가는 거야? 기다려! (철부지 소녀처럼 네오가 나간 길을 따라 달려나간다)
시장	(굴욕적인 표정) 젠장!

암전.

9. 고뇌

네오와 쿠데타가 무대 위의 각기 다른 공간에서 서성이고 있다. 그들의 말은 서로 다른 뜻을 품고 있지만 서로 교차함으로 인해 같은 운명임을 보여준다.

네오	어떻게 해야만 할까?
쿠데타	혁명은 완성되지 않았어.
네오	거센 파도처럼 밀려오는 이 두려움 속에서 그만 그들에게 굴복하여야 할까?
쿠데타	또 다른 자가 똑같은 가면을 쓴 채 지배하고 있을 뿐이야.
네오	내 기억을 잃더라도 오욕된 길을 걷지 않도록 마음을 다잡아야 할까?
쿠데타	어떻게 해야 하지? 나에겐 힘이 없어.
네오	기억을 잃은 나.
쿠데타	상처 입고 추락한 나.
네오	누군가...
쿠데타	그 누군가 있다면...

네오   내 손을 잡아줘.

쿠데타   내 손을...

시스템   운명을 받아들이는 자, 운명을 거부하는 자. 하지만 상관없지. 역
           사는 그 누구의 편도 들어주지 않아. 다만 조용히 흘러갈 뿐...

시스템이 양손을 뻗어 천천히 마주잡는다.

네오와 쿠데타는 무대 중앙으로 천천히 걸어와 서로를 스쳐 지나간다.

시스템   어리석고 가련한 인간의 운명이여. 그대들의 눈은 과연 어디를
           향하고 있는가?

네오는 퇴장한다. 쿠데타가 걸어가는 방향으로 에테르와 시장과 무리들이 등장한다.

시장   네 아버지는 어디 있지? 바른 대로 말해.

에테르   몰라.

시장   모른다면 어쩔 수 없지. 대신 네가 죽어줘야겠어.

에테르가 시장의 손가락을 문다.

시장   아... 아악!

병사들이 시장과 에테르를 떼어놓으려고 용을 쓴다. 에테르는 병사들도 문다. 머리카락을
쥐어뜯는다.

쿠데타   그만둬.

시장   (쿠데타를 보며) 이게 누군가? 실컷 이용당하고 버려진 그 불쌍
           한 놈이 아닌가!

시장이 손짓하자 병사들이 일어나 쿠데타에게 다가간다. 그러나 쿠데타는 그들을 간단하
게 제압한다.

시장   (겁 먹은 것을 애써 감추며) 와우! 너무너무 판타스틱 한 걸? 써
           먹을 데가 있겠어. 내 밑에서 일하면서 이 세계를 지배해오던 놈
           들을 청소해.

병사들 살금살금 멀어지다가 줄행랑을 친다.

쿠데타   그녀를 놓아줘.
시장   (당황한 티가 역력하다) 좋아, 좋아. 이 골치 아픈 여자는 너에게
           주지. 마음대로 하라구. (무대 밖을 쳐다보며 큰 소리로) 이놈들,
           거기 안 서!
쿠데타   왜 아직도 이곳에 있는 거지? 너희들의 지배는 끝이 났어. 여기
           에 더 머물렀다가는 목숨이 위험할 텐데... (사이) 네오를 기다리
           는 건가? 하지만 네오는 돌아오지 않을 거야. 이 세계로부터 도
           망친 거야. 너의 기다림은 무의미해. 너의 사랑도...
에테르   넌 사랑을 한 번도 해보지 못한 거지? 그래서 모르는 거야. (그윽
           한 눈으로 쿠데타를 쳐다본다)
쿠데타   (어떠한 충격) 넌... 넌... 네오와 어울리지 않아. 그 녀석은 나약
           해. 널 가질 자격이 없어. 널 처음 보았을 때가 기억나. 세상에 천
           사가 있다면 바로 너일 거라고 생각했었지. 하지만 넌 그때 이미
           네오의 손을 잡고 있었어. (비애감) 내 마음이 어땠을 거라고 생
           각해? 얼굴은 웃고 있었지만 난... 난 정말 괴로웠어. 지혜와 풍요
           의 광장을 돌고 있을 때에도 최소한 그 녀석은 널 생각하며 힘을
           낼 수 있었을 거야. 그러나 난 널 생각하면 할수록 더욱더 괴롭
           고 힘겨울 뿐이었지.
에테르   그가 있는 곳을 알고 있다면 가르쳐줘.
쿠데타   내가 그걸 가르쳐주면 넌 나에게 뭘 줄 수 있지? 날 사랑할 수 있
           나?

에테르는 미소 짓고 뒤돌아서 걸어간다.

쿠데타   네오는... 그 녀석은... 죽었어. 돌아오지 않아.

놀란 에테르는 뒤를 돌아 쿠데타를 쳐다본다.

쿠데타   (에테르에게 다가가며) 애초에 네가 날 사랑했었더라면 난 혁명 따위 바라지도 않았을 거야. 너의 마음을 얻을 수 있었다면 이 세상 따윈 어떻게 되어도 상관없었겠지. 하지만 이제 늦었어. 모든 것은 끝을 향해 치달아가고 그 속에서 내가 선택할 수 있는 것은 단 하나. 그것은... 증오! (에테르를 붙잡고 강제로 키스한다)

에테르, 발버둥을 치다 축 늘어진다. 쿠데타, 혼절한 에테르를 안아들고 퇴장.

시스템   (쿠데타를 지켜보며) 날개를 얻지 못한 존재여, 왜 하늘을 꿈꾸는가? 무엇 때문에 닿을 수 없는 별을 가슴에 품고 있는가?

시스템이 말하는 중에 시간의 경과를 나타내는 음악과 안무.
네오가 등장한다. 시스템이 네오에게로 다가간다.

시스템   그래, 결정을 내렸나요?
네오   ...
시스템   이제 별로 시간이 없어요.
네오   난 모르겠어. 내 기억을 찾기 위해서 많은 사람들을 죽여야 한다니...
시스템   당신이 이렇게 고통스러워할 줄은 몰랐군요. 이제 그만해요. 이 세상의 인간들이란 당신이 이토록 괴로워해야 할 가치가 없는 것들이에요.
네오   그렇지 않아.
시스템   자, 내 손을 잡아요. 그럼 기억도 찾을 수 있고 세상도 얻을 수 있어요.

네오, 천천히 고개 들어 시스템을 본다.

10. 혁명2

시장이 등장한다.

시장   그만 멈춰! 이건 약속위반이잖아. 날 속였어.
시스템   그다지 속인 적은 없었을 텐데요. 원래 그게 당신의 운명이었으니까.
시장   그래서 난 운명을 바꾸기로 했어.
시스템   꽤 흥미 있는 말이군요. 어떻게요?
시장   네가 네오에게 집착하는 이유를 곰곰이 생각해봤지. 넌 그놈에게 모든 권력을 줄 작정이지?
네오   난 권력 따위 필요 없어.
시장   저 녀석만 없애면 내가 이 세상의 지배자가 될 수 있어.
시스템   이런, 이런... 네오에겐 손대지 말라고 내가 미리 말했던 것으로 기억하는데?
시장   흥, 괜히 허세 부리지 마. 이미 칼자루는 내가 쥐고 있다구. 조용히 있지 않으면 너도 죽여버리겠어. (시스템에게로 총을 겨눈다)
시스템   이거 섬뜩하군요. 하지만 이미 당신은 졌어요. 그의 야망을 너무 가볍게 여긴 건 아닌가요?
시장   뭐?

시장의 뒤에서 무리 중 한 명이 시장의 뒤통수에 총을 겨눈다. 그는 쿠데타다.

시장   아하하하... 장난이야, 장난. 당연히 네오가 이 세상을 다스려야지.
시스템   그만 총을 내려놓으시죠.
시장   (총을 떨어뜨린다. 그리고 바닥에 납작 엎드린다) 살려주게. 제발... 목숨을 살려준다면 어떤 일이라도 다 하겠네. (쿠데타의 다리를 붙잡으며 매우 비굴하게) 살려주시게. 난 자네에게 한 번의 기회를 줬어.

시스템	정말 꼴불견이군요.
네오	그만 용서해줘. 더 이상 피를 보긴 싫어. 난 내 기억을 찾고 다시 평온한 나날로 돌아가길 바랄 뿐이야.
쿠데타	안 돼! 살려두어서는 안 돼. 이 자가 네게 한 일들을 생각해봐. 너의 기억을 잃게 만들었고 그것도 모자라 더러운 거래로 널 팔아넘겼어. 이 자의 속은 온갖 지저분한 욕망들로 가득 차 있어. 그런데 용서하라구?
네오	하지만 난 더 이상 누군가가 죽어가는 걸 보고 싶지 않아.
쿠데타	죽어야 할 자들은 죽어야 해. 이런 놈들이 세상에 있어봤자 도움 되는 것은 아무것도 없어. 오히려 세상을 끝없이 혼란스럽게 하고 타락하게 만들 뿐이라구.
네오	하지만...
쿠데타	죽여야 돼! 누군가의 희생 없이 세상은 바뀌지 않아.
시스템	(박수를 친다) 속이 후련해지는 명언이군요. 세상을 바꾸기 위해서는 반드시 누군가의 피가 필요한 법이거든요.
시장	안 돼. 난 죽기 싫어. 날 낙원으로 되돌려 보내줘. 거기서 쥐 죽은 듯이 살고 있을게.
네오	피는 흘릴 만큼 흘렸어. 새로운 세상을 위해 피를 흘려야 된다니 그런 말도 되지 않는 소리가 어디 있어? 이렇게 많은 피를 보고 세워질 새 세상이라면 차라리 없느니만 못한 거야.
쿠데타	뭐라구? 네... 네가 그런 말을 할 줄이야. 그래, 기억을 잃었다고 해도 운명은 변하지 않는 거군. (쓰디쓴 웃음) 흐흐... 결국 넌 돌아가게 되어 있었어. 에테르에게로...
네오	무슨 말이야. 에테르라니?
쿠데타	피눈물이 나지만... 난 널 죽이더라도 이 혁명을 완성해야겠어. (총을 네오에게로 겨눈다) 잘 가라. 내 친구여.
시스템	아무도 말귀를 못 알아듣네. 네오에게는 아무도 손을 대지 말라고 했건만...

총소리.

그러나 쿠데타의 총은 네오가 아니라 뒤에 있던 시스템에게 불을 뿜은 것이다. 시스템은 충격에 휘청거린다.

쿠데타   모든 게 네 녀석으로부터 비롯되었어. 웃음 띤 얼굴로 살며시 다가와 거부할 수 없는 욕망을 마음속에 심어놓았지. 그리고는 등 뒤에서 비수를 찔렀어. 그 누구보다 널 용서할 수 없어. (다시 한 번 더 쏜다)

시스템은 허탈한 웃음소리를 내며 무릎을 꿇는다. 고통스러운 듯 신음하며 서서히 무너진다.

네오   무슨 짓이야? 왜 모두들 서로를 못 죽여 안달인 거야? 도대체 왜? (절규한다)

쿠데타가 총을 겨누고 시장에게 다가선다.

네오   (막아서며) 그만 둬! 이제 그만해. 언제까지 죽이기만 할 작정이야? 이제 더 이상은... 더 이상은...
쿠데타   비켜. 내 앞길을 막는다면 아무리 너라고 해도 그냥 두지 않겠어.
네오   이건 혁명이 아니라 일방적인 학살이야.
쿠데타   지금 이 세계엔 분노가 흘러넘치고 있어. 지난날, 착취당하고 억압받아왔던 모든 이들이 원하는 건 저들의 처형이라구.
네오   그래선 그자들과 다를 바가 없어.
쿠데타   헛소리! 모든 걸 완전히 쓸어버리고 그 위에 새롭게 만들어야 해. 그게 혁명의 시작이고 완성이야.
네오   하지만 그렇다고 해서 그게 모두를 죽이는 근거가 될 순 없어.
쿠데타   정신 차려! 그만 꿈에서 깨어나란 말이야.
네오   너야말로 꿈을 꾸고 있어.
쿠데타   뭐?
네오   핏빛으로 물든 꿈을 말이야.

네오의 절규에 쿠데타는 고통스러워한다.

도덕이 등장한다. 무리들은 도덕을 제지한다.

도덕   (뿌리치며) 결국 세상을 다 뒤집어버렸군. 언제까지 학살을 계속
할 것인가?

네오   (다가서며) 날 아세요?

도덕   그만 여기서 멈춰야 해. 그렇지 않으면 새로운 세상이 만들어지
기는커녕 폭력과 파괴만이 난무할 뿐이야.

쿠데타   당신도 권력을 내놓기가 겁나는 모양이군. 잘됐어. 일부러 잡으
러 가지 않아도 이렇게 제 발로 나타나주셨으니... (무리들에게
손짓한다)

도덕   (끌려 나가며) 이런 피비린내 나는 현실이 자네들이 꿈꾸던 세상
인가?

무리들이 도덕을 다시 데리고 나간다. 시장도 함께 사라진다.

네오   아니, 잠깐만! 나를 알고 있는 것 같던데...

쿠데타   그건 다 목숨을 부지하려는 술책이라구. 넘어가지 마. 동정을 해
선 안 돼. 저자는 우리를 억압하던 지배자 중 한 명이야.

네오   뭐? 하지만...

쿠데타   (네오가 머뭇거리자) 그는 반드시 처형되어야 하는 존재지.

네오   그렇지만... 아무 힘도 없는 노인을 처형한다는 건...

쿠데타   힘들다는 것 잘 알아. 하지만 이 과정은 반드시 거쳐야 하는 거
야. 우리가 원했던 새로운 세상을 만들기 위해선 말이야. (가면을
네오에게 건네주며) 이걸 쓰도록 해.

네오   이게 뭐지?

쿠데타   이 가면을 쓰면 어느 정도는 죄책감에서 벗어날 수 있을 거야.
양심 때문에 피 흘리는 모습을 도저히 볼 수 없다면 잠시 그 양
심을 가려두는 편이 좋겠지.

쿠데타와 네오 퇴장한다.

11. 선택

조명 변화하고 시스템 천천히 일어난다.

시스템   <u>흐흐흐흐</u>... 이건 정말 예상치 못한 전개인데? 날 죽이려 들다니... 하지만 오히려 잘 되어가는군. 네오에게 가면을 씌우다니 정말 기발한 발상이야. 역사에 길이 남을 명배우가 되겠어. 그럼 이제 슬슬 마무리를 해볼까?

음악. 시스템은 무대 반대편으로 걸어간다.

에테르가 등장한다. 그런 와중에 순례자들이 등장하여 체제를 구성한다.

적절한 시점에 에테르와 시스템을 제외하고 모두 멈춘다.

에테르는 주저앉아 권총을 쳐다보며 멍하니 있다. 시스템이 에테르에게 접근한다.

시스템   왜 그러고 있어요? 이제 이 세계는 당신에게 안전하지가 않아요.

에테르   그럼 어디로 갈까? (시스템을 빤히 쳐다본다)

시스템   (당연한 듯이) 당신은 네오가 있는 곳으로 가야죠.

에테르   (담담히 웃으며) 그래야겠지? (총을 머리에 갖다 댄다)

시스템   이런... 이런, 어리석긴... 그 남자의 말을 진짜로 믿는 건가?

에테르   뭐? 지금 뭐라고 그랬어?

시스템   그 남자는 질투에 눈이 멀어 세상까지도 뒤집어버렸어. 당신을 속이는 짓 따위는 손바닥을 뒤집는 것보다 더 쉬운 일이지.

에테르   맞아. 네오는 꼭 돌아오겠다고 나에게 말했어.

시스템   이제 만나러 가야죠? 게다가 당신 아버지도 잡혀 있으니...

에테르   아빠가? 안 돼! (뛰어 나간다)

뛰어 나가는 에테르를 의미심장하게 바라본다.

속개되는 체제구축. 네오와 쿠데타가 그 정점에 위치한다.

12. 처형

도덕이 사슬에 묶인 채로 끌려 나와 무대 가운데 쓰러진다. 순례자들이 도덕을 밟으려는데 가면을 쓴 네오가 저지한다. 순례자들이 물러난다.

네오   (가면을 벗으며) 절 알고 계시죠?

도덕   자네 말대로 이 세상의 썩은 부분을 도려내는 중인가 보군. 하지만 유치한 복수일 뿐이야.

네오   전 아무것도 기억할 수가 없어요. 당신이 누구인지도... 그리고 내가 누구인지도...

도덕   과연... 그랬던 것이군.

네오   전 낙원으로 가서 무얼 보려 했던 것일까요?

도덕   자신의 조그만 마음속에서도 평화를 찾지 못하는데 이 세상 그 어디에 낙원이 있겠는가?

네오   전 어떻게 해야 하죠?

도덕   내 딸 에테르를 찾게나. 그리고 이 폭동으로부터 멀리 떠나도록 하게. 그 애의 사랑이라면 설사 자네의 기억을 되찾아주진 못한다고 해도 최소한 행복이 무엇인가는 느끼게 해줄걸세.

쿠데타   쓸데없는 소리. 술에 취해 방관만 해오던 당신이었어. 누가 네 말에 귀를 기울이겠나?

도덕   네오, 저 자의 말을 들어선 안 돼. 무참한 살육 뒤에 뭐가 남겠나?

쿠데타   흥! 전부터 항상 다짐해왔지. 내가 너희들을 때려죽이고야 말겠다고... 오늘이 바로 그날이야. 퉤! (창을 네오에게 건넨다) 네오, 이 자를 죽여. 우리의 혁명이 그릇되지 않다는 것을 보여줘야 해.

순례자들이 도덕에게 재갈을 물린다. 한편 네오는 쿠데타가 내민 창을 받지 않고 머뭇거린다.

쿠데타   뭘 망설이는 거야? 어서 죽여. 이 세계를 지배해왔던 놈이야. 이 놈을 죽이고 혁명을 완성하잔 말이야. (계속해서 네오가 머뭇거리자) 이번이 마지막이야.

네오   (가면을 쓴다) 그래, 이미 나에게 과거란 없어. 오직 미래만이 있을 뿐... 당신이 나를 알고 있었던 것은 별로 중요하지 않아. 결국 그건 옛일에 불과하니까. (쿠데타로부터 창을 건네받는다) 지금 부터 난 오로지 미래만을 위해 살아가겠어.

13. 비극

무대 밖에서 "아빠~!" 하는 에테르의 외침이 들린다. 에테르 등장한다.

에테르	그만둬! 우리 아빠는 죄가 없어.
쿠데타	어째서 여기에 나타난 거야?
에테르	(쿠데타에게 총을 겨누고) 우리 아빠를 풀어줄래?
네오	그럴 수는 없어. 미래를 위해서 이 자는 죽어야만 해.
에테르	(창을 들고 있는 네오를 쳐다보며) 당신이구나. 세상을 이토록 무섭게 만든 사람이...
네오	나... 나도 이런 걸 원하지는 않아. 하지만... 이제 곧 끝날 거야. 약간의 피만 더 흘리면 모두가 서로를 용서할 수 있는 날이 올 거야.
에테르	(정면을 응시하며) 그래, 네오라면 모두를 용서하고 진정한 새 세상을 만들었을 거야.
쿠데타	네오라구? 지나간 과거 따위에 연연해서 미래를 개척할 아무런 힘도 가지고 있지 않은 그런 한심한 놈이 진정한 새 세상을 만들었을 거라구?
에테르	넌 거짓말을 했어. 네오는 어디 있어?
네오	당신이 알고 있는 네오는 이제 이 세상 어디에도 없어.
에테르	(가면을 쓴 네오를 보고) 네오를 돌려줘.
네오	그럴 수 없어. 네오는 이미 죽었어. 되돌릴 수 없어.
에테르	거짓말... (음악. 노래 부른다) 저 하늘 속 그대 나를 향해 웃네 그리움이 눈물 되어 흐르네 돌아올 수 없는 강을 지나간 너 이제 우리 어디서 다시 만날까 (간주)
네오	당신은 누구지? 왜 내 심장이 이렇게 들끓는 거야? 그 목소리...

쿠데타　　왜 운명은 나에게 단 하나의 축복조차 허락하지 않는 것인가?

에테르　　(간주 끝)

　　　　　사랑은 세월에 잊혀지지만

　　　　　그리움은 세월에 쌓여만 가네

　　　　　그대 나를 한 번만 더 돌아봐줘

　　　　　그대 얼굴 가슴속에 새길 수 있도록

　　　　　나 너희들을 다 용서할게. 네오가 있었다면 그렇게 하라고 했을 테니까. (분노의 표정에서 점점 미소 짓는 얼굴로 바뀌어간다) 그렇지만 더 이상은 안 볼래. 네오, 네가 있는 곳으로 지금 나 갈래. (자신의 머리에 총을 겨눈다)

네오　　　안 돼!

무대 전체가 정지하고 시스템이 등장한다.

시스템　　이번에도 끄트머리가 영 엉망진창이로군. 사랑이라는 것도 별로 신통치 않은걸? 이리도 가까이 있으면서도 어긋나버리다니... 별 도리가 없잖아. 또 다음을 기약할 수밖에...

네오　　　그만해. 그녀를 죽게 하지 마. 부탁이야.

시스템　　(깜짝 놀라) 하하하하... 사랑은 기적을 낳는다더니 지금 나에게 말을 건 게 당신인가요?

네오　　　그래. 그녀를 살려줘.

시스템　　히히히히... 하지만 어떡하죠? 시간은 화살처럼 지나가고 소망은 바람에 지워져버리는 법. 그녀는 이미 방아쇠를 당겼고 그래서 당신의 여자는 죽어야만 해요.

네오　　　차라리 내 목숨을 가져가.

시스템　　(표정을 바꾸어 냉정하게) 진심인가요?

네오　　　이제 그 누구도 피를 흘려선 안 돼. 나 하나로 충분해.

시스템　　그럼 그렇게 해드리지. (에테르의 손을 건드려 총구의 방향을 네오 쪽으로 향하게 한다) 안녕, 네오.

에테르가 총을 쏜다. 네오가 총에 맞아 비틀거린다.

도덕   안 돼!

어리둥절한 에테르, 도덕의 소리를 듣고 퍼뜩 정신을 차린다. 도덕을 풀어준다.

시스템   (노래하듯이) 말은 침묵에, 빛은 어둠에, 삶은 죽음 속에서만 존
            재하도다. 마치 날개를 활짝 편 독수리가 하늘에서만 빛나듯이...

시스템의 대사와 함께 무대가 상승한다.

쿠데타   네오, 미안해. 날 용서해줘. 용서해주겠지?
네오   (쿠데타를 보고) 그녀를... 에테르를 잘 부탁해.
쿠데타   너... 기억이 되돌아온 거야?
네오   그래. 그녀의 노래가 날 깨웠어.
쿠데타   네오! (슬픔에 빠져 주저앉는다) 어디서부터 잘못된 거지? 이 비
            극의 끝에 너와 내가 바라던 세상이 있을까?
에테르   (넋이 나갔다) 왜 너라고 말하지 않았니? 왜 돌아왔다고 말하지
            않았어?
네오   고마워. 너의 노래가, 그 눈물이 날 깨웠어. 잃었던 나를 다시 찾
            아줬어. 전에 말했었지? 난 꼭 너에게 돌아온다고... 많이 늦었지
            만 지금 왔어. 날 용서해줘.
시스템   (네오를 일으켜 세우면서) 목숨을 바치면서까지 네가 살려낸 저
            여자. 그래, 그게 사랑이라는 건가? 그렇다면 지켜봐주지. 그 사
            랑이 모두를 용서하고 새로운 세상을 맞이할 것인지, 아니면 더
            큰 분노와 증오를 부를 것인지 이 위에서, 너희들의 머리 꼭대기
            에서 언제까지라도 지켜봐주지. 하하하하...

네오가 추락한다.

쿠데타   왜 몰랐을까? 난 왜 알 수 없었던 것일까? 이 얄궂은 비극이 너
            와 내가 바라던 세상은 아니었을 텐데...

도덕   (피눈물을 삼키며) 어두운 운명의 밤이 인간을 삼켜 다시는 새
        벽을 보지 못하는구나. 웃음 짓는 것도, 눈물 흘리는 것도 그 생
        명을 다하여 결국은 칠흑 같은 어둠에 쓰러질 뿐이구나. (절망에
        압도된다)
에테르   그래, 이제야 돌아왔네? 이렇게 내 앞에... 사랑해. 들리니? 듣고
        있니? 바보야, 들리냐구?

에테르의 흐느낌과 대비되는 시스템의 웃음소리.

아주 서서히 암전된다.

막

등장인물

소녀
소년
아빠
배달원
박사
우주인
우주해적

1. 달나라를 꿈꾸는 소녀

새소리. 새장 속에 갇힌 소녀, 달이 뜬 하늘을 올려다보며 노래를 부르고 있다.

소녀	네 고운 살결이 환하게 빛나네

소녀   네 고운 살결이 환하게 빛나네
그 빛을 받으면 난 어른이 되겠지
쉬지 말고 쉬지 말고 나를 비춰줘
어른이 되어서 네게로 갈테야 (달이 사라진다)
(창살을 붙잡고 소리친다) 아빠, 날 꺼내줘요. 산책이 하고 싶단 말이에요.

아빠   (무대 한쪽으로 등장) 얘야, 진정하고 내 말을 들어보렴. 세상은 아직 너 같은 어린 여자아이가 나다니기에는 무서운 곳이란다.

소녀   왜요? 그곳엔 괴물이 있나요?

아빠   얘야, 아빠가 하는 말을 잘 들으렴. 동화책 속에 나오는 초록색 피부에 뿔이 달린 괴물이나 뱀의 머리를 한 검은 고양이 괴물은 없단다. 하지만 세상 사람들은 살아가기 위해서 그 괴물들을 마음속에 키우고 있지.

소녀   그럼 아빠 마음속에도 그 괴물이 살아요?

아빠   얘야, 아빠 마음속에는 그런 괴물이 없단다.

소녀   그럼 뭐가 있어요?

아빠   얘야, 아빠 마음속에는 너를 사랑하는 마음만 풍선같이 부풀어 가득 들어 있단다.

소녀   치이...

아빠   얘야, 시간이 늦었구나. 아이들은 어른보다 꿈꾸는 시간이 더 많이 필요하단다. 자, 먹으렴. (알약을 준다)

소녀   아빠, 이걸 먹으면 언제나 머리가 어지럽고 잠이 와요.

아빠   얘야, 그걸 먹고도 어지럽지 않고 잠이 오지 않으면 어른이 된 거란다.

소녀는 스르르 무너져 잠이 든다.

아빠   애야, 편히 잠들렴. 이 아빠가 언제까지고 널 지켜줄게.

아빠가 소녀가 잠들어 있는 새장을 소중하게 감싸면 서서히 어두워진다. 어둠 속에 혼란
스럽고 괴기스러운 음악이 흐른다. 음악이 고조되면서 무대가 밝아진다. 푸른빛 달이 떠
있다.

#2. 열려진 새장의 문

소녀   아빠? 어디 있어요, 아빠?

소녀가 창살을 붙잡고 흔들자 새장의 문이 열린다. 소녀, 놀란 듯 문과 멀리 떨어지지만 서
서히 다가간다. 그리고 문을 나온다. 무대 곳곳을 자세히 살핀다. 마치 시골의 자연에서 살
던 아이가 도시에 와서 처음 플레이스테이션을 만지는 것처럼. 동작은 천천히, 눈은 동그
랗게 뜨고 시야에 들어오는 모든 것들을 하나도 남김없이 기억하겠다는 마음으로. 인위적
이고 상징적인 동작, 하지만 규칙적이지 않고 그 자체가 자연스럽다. 소녀에겐 이 세상이
이해되지 않는 것들 투성이다. 달을 쳐다본다.

소녀   달은 변함없구나. 여전히 환하고 은은해. 마치 아빠처럼...

아빠가 무대 한쪽에서 당황한 모습으로 등장한다. 무대 여기저기를 다니면서 살핀다.

아빠   애야. 내 딸아! 거기서 어떻게 나왔니? 누가 그 문을 열었니? 그
         만 들어가렴.
소녀   아빠, 나 안 들어가면 안 돼? 저 안은 좁아. 답답해.
아빠   애야, 못된 소리를 하는구나. 예쁘고 착한 내 딸아, 아빠 말을 들
         어야지?
소녀   (새장 안으로 들어가서) 하지만 정말 좁아. 이 안에 있으면 숨이
         막혀 죽을 것만 같아. 나 그만 아빠처럼 바깥에 있으면 안 돼?
아빠   세상에... 내 딸이... 사랑스럽고 귀여운 내 딸이... 나의 종달새

가… 종달새가! 감히 나에게 대들다니… 있을 수 없어! 누가? 도대체 누가? (눈알을 희번덕거리며 굴린다) 그… 그래… 저놈의 달빛 때문이다. 저 달빛이 아무도 모르게, 쥐도 새도 모르게 내 사랑스러운 딸을 죄악에 물들였구나. 저놈의 달빛이!

소녀   아빠 왜 그래?

아빠, 당황하던 동작을 멈춘다. 새장 뒤로 점잖게 걸어가서 주저앉은 딸을 바라본다.

소녀   아빠, 싫어. 나 그곳에 더 이상 들어가기 싫어
아빠   (쥐어짜듯이) 저놈의 달 때문이지? 달을 못 보게 하겠어. 으으으… (매우 심하게 떤다)
소녀   제발, 아빠…
아빠   넌 나의 사랑스럽고 귀여운 작은 종달새. (주머니에서 검은 천을 꺼내 소녀의 눈을 가린다)
소녀   (크게) 싫어! 날 풀어줘.

어두워진다.

#3. 날아간 새

무대 다시 밝아지면 문이 활짝 열린 새장이 있고 그 옆에 아빠가 넋이 나간 채 바닥에 주저앉아 있다.

아빠   (소녀의 눈을 가린 천을 집어 들고서는 울음) 흐으으… 종달새는 집을 나가버렸다. 흐으으… 문을 박차고 힘차게 날아가 버렸다. 흐으으… 다시 돌아올까? 여기로 다시 날아올까? 흐으으… (천천히 울음을 그친다) 그래, 다시 날아올 거야. 상처입고 날개가 찢겨서 여기로 다시 돌아올 거야. (새장 안으로 들어간다. 그리고는 문을 닫는다) 네가 올 때까지 나 여길 따뜻하게 지킬게. 우리 보금자리. 그때는 다시 헤어지지 말아.

천천히 어두워진다.

2. 우주선을 가진 소년을 만나다

#1. 여행

조명이 밝아지면 사막의 밤이 펼쳐진다. 소녀가 무대 뒤에 웅크리고 앉아 있다. 아주 낡은 담요를 한 장 덮고 있지만 그 담요도 여기저기 구멍이 나 있어서 그 사이로 소녀의 맨살이 비친다.

소녀   추워...

멀리서 늑대가 우는 소리가 들린다.

소녀   아빠랑 있었을 때는 이렇게 추웠던 적은 없었는데...

무대 한쪽에서 배달원의 모습을 한 사람이 등장한다. 그의 손에는 피자 상자가 들려 있다. 소녀를 발견하곤 곧장 소녀에게 온다. 배달원은 소녀 앞에 피자 상자와 콜라를 내려놓는다.

소녀   지금 뭐 하시는 거죠?
배달원   (의아하게) 피자 안 시키셨습니까?
소녀   아... 아니요.
배달원   예? 정말 피자 안 시켰습니까?
소녀   안 시켰는데요.
배달원   (화를 낸다) 아니 도대체 누구야? 나를 이렇게 엿 먹이는 사람
             이!
소녀   왜 그렇게 화가 나셨나요?
배달원   그럼 화가 안 나게 생겼어? 헐레벌떡 뛰어왔단 말이야.
소녀   왜요?
배달원   신속한 배달을 위해서지. 우리 가게의 슬로건이 "이 세상 어디까

지나 그 언제든지"란 말씀이야. 그런데 정말 이상하네. 바로 5분 전에 전화가 왔었단 말이야.

소녀　그렇군요. 하지만 이 근처엔 아무도 없는걸요.

배달원　그래? 그렇단 말이지. 젠장! 장난 주문 건수가 하나 늘어버렸군. 그런데 넌 뭐야?

소녀　예?

배달원　넌 뭐길래 여기 이 사막 한가운데에서 혼자 있는 거야?

소녀　모르겠어요.

배달원　쯧쯧… 보아 하니 집에서 가출을 한 모양인데 얼른 돌아가도록 해.

소녀　돌아갈 수 없어요.

배달원　왜? 부모님이 돌아가셨니?

소녀　아니요. 아빠가 있어요.

배달원　그래? 그럼 어서 돌아가도록 해. 아직 세상은 너 같은 어린아이가 돌아다니기에는 너무나 위험하단 말이야.

소녀　우리 아빠도 항상 그 말을 하셨어요.

배달원　참 훌륭한 아버지를 뒀구만. 아버지 말씀이 옳아. 어서 돌아가도록 해. 이건 내 경험에서 우러나오는 소리야.

소녀　무슨 경험을 했길래요?

배달원　궁금한 게 많은 아이로군. 나도 너만한 나이 때 가출을 했지. (회상한다) 우리 집은 무지무지 가난했었어. 그 무너져가는 집구석에 틀어박혀 있어서는 앞으로의 내 미래가 어두울 거라는 생각이 들더군.

소녀　그래서 집을 나가셨어요? 어머, 가여워라.

배달원　가출했을 때는 그리 가엽지 않았지. 왜냐하면 장롱 바닥에 숨겨져 있었던 부모님의 비상금을 모조리 가지고 나왔기 때문이야. 그런데 날이 갈수록 비참해지기 시작했어. 그래서 나는 일을 하기로 마음을 먹었지.

소녀　무슨 일을 했는데요?

배달원　(슬픈 듯이) 뭘 할 수 있었겠니? 아무것도 못했지.

소녀　참 안됐군요.

배달원　　하지만 난 결국 해냈어. 79:1의 경쟁률을 뚫고 피자 배달원이 됐단 말이야. (뿌듯하게) 난 이 배달일을 열심히 할 거야.

소녀　　그렇게 하세요.

배달원　　그래서 말인데... 이 피자 네가 사주면 어떻겠니? 이대로 그냥 돌아가면 주인에게 핀잔을 듣게 된단 말이야.

소녀　　예?

배달원　　너 가출한 지 얼마 되어 보이지 않는데... 돈은 조금 가진 게 있겠지? 하긴 이런 사막에선 돈을 쓸 기회도 없었을 거라구. 하하하... 나라도 만나지 않았다면...

소녀　　전 돈이 없어요.

배달원　　뭐? 그게 무슨 소리야?

소녀　　돈이 없어요. 하지만 배는 고파요.

배달원　　가출한 주제에 돈이 없다니... 이건 콜라 없이 피자를 먹는다는 소리와 마찬가지군.

소녀　　그 피자 좀 나눠주세요.

배달원　　안 돼! 세상이 그렇게 호락호락한 줄 알아?

전화소리가 들린다. 배달원이 주머니에서 전화를 꺼내서 받는다.

배달원　　(공손하게) 네. (놀라서) 네? (비장하게) 네! (힘없이) 네... (전화를 끊는다. 한숨)

소녀　　왜 그러세요?

배달원　　(맥이 풀려서) 아니, 그게 글쎄... 이 사막에서 주문전화가 온 게 아니고 중국의 고비 사막이라고 하는구나.

소녀　　거기가 멀어요?

배달원　　아주 멀지.

소녀　　달나라만큼 멀어요?

배달원　　그만큼은 아니지만... 난 가봐야겠다. 네가 이 피자를 사줄 수 있는 게 아닌 이상 그 고비 사막으로 이 피자를 배달하러 가야지.

소녀　　안됐군요.

배달원　　할 수 없지. 우리 가게의 슬로건은 "이 세상 어디까지나 그 언제

든지"니까. (시계를 본다) 이런 15분밖에 남지 않았잖아. 30분 내
로 배달하지 않으면 돈을 받을 수 없단 말이야.

소녀   서둘러 가보세요.

배달원   그래. 잘 있으렴. 가기 전에 한 가지 충고를 하지. 이 세상은 말이
야. 돈 없으면 힘들어져. 너도 돈을 꼭 만들도록 해.

소녀   고마워요. 명심할게요.

배달원 등장했던 길로 다시 퇴장한다. 소녀, 춥고 배가 고픈 듯 몸을 웅크린다.

소녀   추워. 배도 고프고... 이러다가 죽는 건 아닐까? (노래 부른다)
어서어서 달리렴 서둘러 길을 가렴
사나운 늑대가 널 삼키기 전에
달콤한 꿈 이제 그만 꾸고 일어나야지
한걸음 한걸음 저 달에게 다가가야지

누군가가 헐레벌떡 뛰어 들어온다. 그렇다고 해도 실제처럼 뛰는 것은 아니고 희화화된
동작이 필요하다. 러닝머신 위에서 뛰고 있다고 상상하자. 다리를 ㄱ과 ㄴ자로 만들어
서 뛴다. 시선은 한 곳으로 고정. 비행기 조종사의 복장. 반드시 빨간 마후라를 착용해야
한다.

소년   지구와 달 사이의 거리는 사람이 걸어서 1247만 5263시간이 걸
리지. 그래서 살아서 그곳까지 가려면 강력한 추진력이 필요해.
그런데 그 추진력을 어디서 얻을 수 있을까?

소년이 독백을 하는 동안 소녀는 웅크렸던 몸을 다시 엎드린다.

소년   그래, 존경하는 박사님께 물어봐야겠어. (시선을 떨구고 무대를
살피다 쓰러져 있는 소녀 발견하고 놀란다. 사이) 저기... 여보세
요? 괜찮으세요?

소녀, 엎드린 자세에서 몸을 웅크린다.

소년	이런 데서 뭐 하고 계시는 거죠? 그런 모습으로 있다가는 큰일 나요.
소녀	추워...
소년	네?
소녀	너무 추워요...
소년	이걸 어쩌나? 우선 이거라도 덮으세요. (목에 걸린 빨간 마후라를 풀어서 준다)
소녀	고마워요.
소년	아... 아니에요.

소녀가 소년을 물끄러미 올려다보고, 그 시선에 부끄러워 어쩔 줄 몰라 하는 소년의 얼굴이 붉어진다. 어두워진다.

#2. 첫사랑과 첫키스

조명 밝아지면 달이 떠 있는 무대. 빨간 천을 둘이 같이 뒤집어쓰고 앉아 있다.

소녀	달나라에 가봤어요?
소년	아니.
소녀	그럼 어디에 가보았나요?
소년	아직 아무데도 간 적은 없어.
소녀	이제부터 어디로 갈 예정이죠?
소년	달나라에 갈 거야. 그곳에 가서 지구를 바라보는 게 내 꿈이지.
소녀	나도 같이 데려가줘요.
소년	공짜로?
소녀	네?
소년	거기까지 공짜로 태워줄 수는 없어.
소녀	전 가진 게 아무것도 없어요.
소년	그럼 곤란한데...
소녀	제가 빨래를 해드릴게요. 요리도 해드리지요.

소년   그런 건 나도 할 줄 안다구. 뭐 다른 건 없어?

소녀   …

소년   응?

소녀   (시무룩하다) 없어요.

소년   생각해봐. 얼른. 저 달나라에 가서 구슬 같은 지구를 바라보고 싶지 않니?

소녀   …

소년   내 우주선은 아주 작아. 한 사람이 타기엔 자리가 조금 넉넉하지만 두 사람이 탑승하기엔 조금 좁은 정도거든. 그래도 뭐, 탈 수 없는 건 아니야. 연료가 두 배가량 더 들고 화장실이 두 개가 필요하겠지. 우주복도 하나 더 장만해야겠고… 그러니까 내 말의 요점은 말이야 요컨대 음… 비용이 부족하다는 거지. 하지만 따로 저금 해놓은 것도 있고 해서 그리 큰 문제는 없어.

소녀   그러면 그냥 태워주면 되겠네.

소년   그래. (화들짝) 아니! 아니야. 그냥 태워주진 않아. 난 너에게 뭔가를 받아야만 해. 그래야 공평하잖아.

소녀   뭘 바래?

소년   음… (부끄러워한다) 그러니까 이건 아주 특별한 거야.

소녀   날 안고 싶어?

소년   그래!

소녀   (말없이 소년을 바라본다. 마치 책망하듯이)

소년   아냐! 그런 거랑은 다른 거야. 좀 더 감미로운 그 무언가가 있어.

소녀   거짓말!

소년   나 참! 미치겠네.

소녀   사실대로 말해봐. 날 안고 싶은 거라고…

소년   안고 싶어. 그런데 그냥 안는 게 아니고 다른 뭔가가 더 있단 말이야.

소녀   뭐?

소년   몰라!

둘 다 말없이 정면을 응시하고 있다.

소녀	달나라엔 토끼가 있을까?
소년	(시무룩하게) 없어.
소녀	가보지도 않았는데 어떻게 알아?
소년	가보지 않아도 알 수 있는 방법이 있어.
소녀	뭔데?
소년	망원경.
소녀	그거 믿을 수 있어?
소년	당연하지. 일 년치 용돈을 아껴서 구입한 거라구.
소녀	한 번 볼 수 있어?
소년	아니, 얼마 전에 고장 났어.
소녀	왜?

소년　달 너머에서 나를 부르는 소리가 들렸어. 도대체 그 소리가 어디서 나는지 궁금해 죽을 지경이었지. 그런데 내 망원경은 달 뒤편을 보여주진 않았어. 난 달 뒤에 있는 세계를 보고 싶었지.

| 소녀 | 그럼 고장 난 게 아니네? |

소년　엄밀히 말하면 그렇지. 난 달의 보이는 면은 이제 속속들이 다 알고 있어. 내 유일한 관심은 달 뒤편에 뭐가 있느냐 하는 거지. 그런데 내 망원경은 달 뒤를 보여주지 않아. 그렇다면 고장이 난 거와 진배없지.

소녀	그래서 달나라로 가려고 하는구나.
소년	그래.
소녀	달나라까지 얼마나 걸리는데?
소년	몰라.
소녀	칫! 넌 아는 게 하나도 없구나.

소년　모르면서 아는 체하는 것보다 차라리 처음부터 모른다고 하는 게 훨씬 나아.

소녀	하지만 아무것도 몰라서야 어디 달나라까지 갈 수 있겠니?
소년	그래서 박사님께 물어보려고 가는 길이야.
소녀	그 박사님은 어디 계셔?
소년	지구방위본부에 우주개발 총책임자로 계셔.

소녀	같이 가자.
소년	좋아. 바라던 바야. 그런데 아까도 말했다시피 조건이 있어.
소녀	아까도 말했다시피 난 가진 게 아무것도 없어.
소년	내가 바라는 건...
소녀	...
소년	사랑이야.
소녀	뭐?
소년	늘 내 뒤에서 날 따뜻하게 지켜봐줘. 그리고 아무리 어려운 일이 있어도 내 손을 놓지 마. 외로운 일이 있을 땐 시선을 맞추고 날 위로해줘.

소년은 소녀를 그윽하게 쳐다본다. 소년의 시선에 소녀는 고개를 떨어뜨린다. 소년, 소녀의 얼굴에 손을 뻗어 감싼다. 서서히 얼굴을 마주 댄다. 아주 천천히 아주 깊은 키스를 한다.

소녀	(상기된 얼굴이다) 이게 사랑이야? 심장이 터질 것 같아.
소년	나도 그래. 하지만 기분 좋지 않니?
소녀	좋아. 이런 게 사랑이라면 나 얼마든지 네게 해줄게. 하지만 날 꼭 저 달나라로 데려가 줘야 해.
소년	알았어. 가자. (일어선다)
소녀	어디로?
소년	박사님을 찾아뵈러 가야지.
소녀	그래, 좋아. (일어선다)

소년과 소녀, 손을 꼭 잡고 걸어 나간다.

#3. 설계도

반대쪽에서 약간의 시간을 두고 골뱅이 안경을 끼고 가운을 입고 있는 박사가 걸어 나온다. 브리핑을 할 준비물을 챙긴다. 행동이 엉성하고 서투르다.

박사   (관객을 쳐다보고) 내가 요새 새로 제창한 이론이 있어. 그 이름
         하여 "N극과 S극의 무중력적 무한가속증가 접촉현상에 대한 인
         문학 및 사회학적 접근법 비판의 물리학적 방법론 연구"지.

상자를 꺼내서 놓고 양쪽에 자석을 놓는다.

박사   뭔지 이해 못 하는 모양인데 그런 사람들을 위해서 내가 알기 쉽
         게 설명을 해주지. 자, 여기 상자가 보이지? 그리고 이 두 개는
         각기 다른 극성을 띤 자석이야. 하나는 N극이고 또 다른 하나는
         S극이야. (자석을 들어 서로 달라붙는 것을 보여준다) 부디 헷갈
         리지 말기를... 이처럼 서로 다른 극성을 띤 자석은 서로를 열렬
         하게 끌어당기지. 마치 그 쪽 둘처럼 말이야. (객석을 가리킨다)
         너무 붙지 말라구. N극과 S극은 서로 너무 달라붙어 있으면 불
         이 난단 말이야. 설마 여기에 불이 붙어서 모조리 죽길 바라는
         건 아니겠지? 아무튼 이 상자를 가운데다가 놓고 자석을 양옆에
         놓으면 이 상자 안에서는 무한가속증가 접촉현상이 생기게 되는
         거지. 어이, 조수! 이리로 와서 나 좀 도와주게. (무대 밖으로 조
         수를 부른다. 아무 대답이 없자) 도대체 어디로 간 거야? 이런 망
         할 것 같으니라구. 어이!

박사, 조수를 부르러 퇴장한다. 박사가 나가면 반대쪽에서 소년과 소녀가 들어온다. 소녀
는 알프스 소녀 같은 복장을 하고 있다.

소년   아무도 안 계세요?

계속 두리번거린다.

소녀   여기가 맞아?
소년   맞아.
소녀   그러면 좀 기다려볼까?
소년   그래.

소녀는 무대 한쪽에 놓여 있는 박사의 짐에 다가간다.

소년   이리 와! 위험한 것일지도 몰라. 박사님은 아주 색다른 실험을
        많이 하신단 말이야.
소녀   이건 별로 위험하지 않은 것 같은데?
소년   그만 둬. 폭발물인지도 몰라.
소녀   짠! 기대하시라!!

소녀, 상자 뚜껑을 연다.

소년   악!

상자 안에서 하트가 용수철에 달려 튕겨 오른다.

소녀   하하하하! 이것 봐, 이럴 줄 알았어.
소년   정말 다행이다.
소녀   넌 너무 심각한 게 탈이야. 가끔은 진지하고 신중하다는 생각도
        들지만...

박사, 등장한다.

박사   (상자를 보고) 아니, 이게 어찌된 일인가? 자네들이 이렇게 만들
        어놓았나? 그런데 자네들은 누군가?
소년   안녕하십니까? 저희는 박사님께 가르침을 받고자 멀리서 찾아
        온 사람들입니다.
소녀   달나라에 가고 싶어요.
박사   뭐라구? 달나라에? 그렇다면 잘못 찾아왔네. 난 이미 우주공학
        에서 손을 뗀 지가 오래일세.
소년   오직 박사님만이 저를 도와주실 수 있으세요.
박사   그런 이유로 날 찾아온 사람이 자그마치 1247만 5263명이나

되네.

소녀   그럼 그 많은 사람들의 의문을 외면한 채 여태까지 살아오셨단 말인가요? 정말 뻔뻔하시군요.

소년   (소녀에게) 박사님께 그게 무슨 말버릇이야?

박사   저 맹랑한 아가씨는 누군가?

소년   (박사에게) 용서해주십시오. 제가 대신 사과를 드리겠습니다.

박사   내가 우주방위본부의 우주개발 총책임자로 있을 때 무수한 사람들이 나의 우주에 대한 지식을 듣고자 구름떼처럼 몰려왔었지. 그것 때문에 우주방위본부의 모든 업무가 마비될 때도 있었다구. 그리고 그 일이 터진 거야.

소녀   무슨 일요?

박사   당시 세계정세는 무척이나 혼란스러웠지. 정체 모를 검은 전사들이 거대한 쌍둥이 괴물의 다리를 분질러버렸거든. 우주방위본부에서는 이 사태를 두고 외계인의 소행이라 결론지었지.

소년   그래서요?

박사   비밀리에 지구의 평화를 위해서 싸울 용사 다섯 명을 양성했어.

소년   그렇다면 그 소문이 사실이었군요.

소녀   무슨 소문?

소년   독수리 오형제 말이야.

소녀   그런 게 있었어?

소년   그럼! 독수리 오형제는 우리의 우상이었어. 그런데 어느 날부터인가 점점 잊혀져갔지.

박사   그렇다네.

소년   무슨 일이 있었나요?

박사   고된 훈련과 위험한 작전을 수행하던 중에 그만...

소년   전사했나요?

박사   아니, 그들은 외계인과 한 번 싸워보지도 못하고 죽어갔네.

소녀   왜죠?

박사   작전 중에 먹었던 전투식량을 먹고는 식중독에 걸려 모조리 죽어버렸어.

소년   어떻게 그럴 수가 있죠? 이해가 되지 않아요.

박사	유통기한이 지난 거였거든.

소녀	안됐군요.

박사	그 사태의 책임을 지고 난 우주방위본부를 나왔다네. 그리고 그 후부터 우주개발에 대한 모든 꿈을 버렸지. 그런 내게서 뭘 얻으려 하나? (허탈하게) 아무것도 없어. 아니지, 아무것도 없는 건 아니야. (상자 속을 뒤진다. 그리고 종이 한 장을 꺼낸다) 이건 내가 우주방위본부에서 근무하고 있을 때 설계를 한 걸세.

소년	뭐죠?

박사	독수리 오형제에게 지급될 제트기였지. 이론상으론 달까지 가는 건 충분해. 짐작으론 안드로메다까지도 갈 수 있어. 얼마의 시간이 걸릴지는 미지수지만... (건네준다)

소년	(설계도를 받아 자세히 들여다본다) 이럴 수가... 이거였어요. 이런 방법으로 추진력을 얻을 수가 있다니... 정말 고맙습니다.

박사	그럼 그만 가보게. 자네들과 같이 있는 것만으로도 난 많은 시간과 에너지를 뺏기고 있는 느낌이야.

소년	고맙습니다. (소녀에게) 어서 가자. (퇴장한다)

소녀	(박사에게) 고마워요. 당신의 꿈, 우리가 이어 받아서 다시 밝힐게요. 그럼...

박사	자네들이 얼마나 뜨거운 열정을 가지고 있을지... 열정이 뜨거우면 뜨거울수록 우주선의 속력은 빨라질 거야. 걱정도 되고, 기대도 되는군. (나간 쪽을 그윽하게 바라보다가 시선을 관객에게 돌린다) 참! 아까 하던 일을 계속해야지. 그러니까 이 상자가... (상자가 열려진 것을 보고) 이거 왜 이렇게 된 거지? 아! 좀 전의 젊은이들이 이렇게 해놓은 거지... (하트를 살펴보고) 훌륭해! 이거 완벽한 시츄에이션인데? 실험은 대성공이야. 이거 축배를 들어야겠구만! 와인이 어디에 있었더라? 조수! 조수! 내 와인 어디에 있나? 어이, 조수! 아니 도대체 어디로 간 거야? 정말 미치겠구만!

박사가 무대 밖으로 나갈 때 암전. 암전 중에 긴박감을 주는 음악이 들린다.

3. 달나라를 여행하다

#1. 불시착한 우주선

남자소리   메이데이! 메이데이! 우주 관제탑, 응답하라.
여자소리   어떻게 된 거야?
남자소리   꽉 잡아. 이제 불시착하는 수밖에 없어.
소리   아아악!

폭발소리 들린다. 조명 밝아진다. 만신창이가 된 우주선이 있다. 우주선의 모양은 꼭 전형적일 필요가 없다. 커다란 상자 하나로도 충분하다.

소녀   (우주선 밖으로 기어 나오면서) 아야야! 도대체 어떻게 된 일이야?
소년   (역시 밖으로 기어 나오면서) 나도 모르겠어. 갑자기 계기판이 이상해지면서 엔진이 꺼져버렸어. (무전기를 집어든다) 여기는 피크닉4194호. 피크닉4194호. 우주 관제탑 응답하라. 응답하라. 달을 향해 가는 중 조난을 당했다. 여기는 피크닉4194호.
소녀   (무언가를 발견하고) 여길 봐. 이상한 게 있어.
소년   (소녀에게 다가가) 뭔데? (발견하곤) 이건 깃발이잖아. (깃발을 들어본다) 이건 어느 나라의 국기야. 그런데 이게 왜 여기에 있지? 누군가가 왔다 간 걸까?
소년   (고개를 끄덕이며) 그렇구나.
소녀   누굴까? 이곳에 왔다가 간 사람이. 이 사람들은 무사히 달나라까지 가서 꿈을 이루었을까?
소년   글쎄...

무전기에서 잡음이 들린다.
소년과 소녀, 무전기로 돌아온다. 소년은 무전기에 귀를 대고 집중한다. 잡음이 끊어진다.

소년   이럴 수가...

소녀   왜 그래? 관제탑에서 뭐래?

소년   여기가 달이래.

소녀   여기가?

소년   그래. 우린 지금 달 위에 서 있는 거야.

소녀   그럼 우린 목적지에 도착한 거구나. (기뻐한다)

소년   (착잡하게) 그래.

소녀   표정이 왜 그래? 기쁘지 않아?

소년   기뻐. 아니야. 기쁘지 않아.

소녀   너 이상하다.

소년   (격정적으로) 난 달나라가 정말 신비롭고 아름다운 곳인 줄만
         알았어. 그런데 여긴 도대체 뭐야? 아무것도 없는 그저 황량한
         땅일 뿐이야. (의기소침) 거기다가 이미 누군가가 벌써 다녀간
         뒤고...

소녀   어쨌든 달나라에 온 거잖아.

소년   그래. 맞아. 달나라에 왔어. 하지만 이젠 뭘 하지?

소녀   여기에 우리가 왔다는 표시를 남기자. 넌 깃발 같은 거 없니?

소년   소용없어. 표시를 남기는 건 맨 처음에 온 사람에게만 의미가 있
         는 일이야. 우리는 여기 달나라에 맨 처음 온 게 아니라구.

소녀   그럼 내일 달 뒤편을 조사하자. 네가 늘 말하길 달 뒤편에 뭐가
         있는지 궁금하다고 그랬잖아. 혹시 진짜로 토끼가 있을지도 모
         르잖아?

소년   벌써 조사가 다 되었을 거야. 내가 조사해봤자 새로운 사실을 알
         아낼 수는 없을 거라구. 먼저 온 사람이 벌써 신문이나 TV에 다
         떠들어댔을 거란 말이야.

소녀, 소년의 뒤에 와서 안는다. 그리고 주저앉는다. 그런 소년에게 소녀는 눈을 맞춘다.

소년   이제부터 난 뭘 해야 하지? 어떻게 살아야 하지?

소녀   너무 상심하지 마.

소년, 숨죽여 운다. 소녀는 소년을 더욱 세게 끌어안아준다.

소녀   (소년의 머리를 쓰다듬으며 노래 부른다)
            꿈이란 별과 같아
            아무도 닿을 수 없지만
            우리는 그 별을 따라서
            갈 길을 재촉하지
            네 꿈은 과연 어디에
            내 꿈은 과연 어디에
            비구름 하늘 가려도
            별빛은 꺼지지 않아
            지금은 편히 쉬어도 돼
            네 꿈은 사라지지 않아

소년과 소녀, 잠이 든다. 조명이 어둡게 변화한다.

#2. 우주인의 침입

무대 한쪽에서 둥그런 투명 유리를 뒤집어쓴 우주인이 등장한다. 소년과 소녀 가까이 다가와서 그들을 살핀다. 옷도 들추어보고, 가지고 있는 물건을 들여다보기도 한다. 그 기척에 소녀가 깬다.

소녀   (우주인을 보고 놀라서) 꺄아아악!

소년, 소녀의 비명에 놀라 벌떡 일어난다.

소년   (옆구리에 찬 권총을 꺼내서) 뭐... 뭐야? 꼼짝 마! 움직이면 쏜다.

무대 위의 등장인물 셋. 모두가 꼼짝하지 않는다. 약간의 시간이 경과된 후.

소년   (소녀에게) 가서 저 녀석을 살펴봐.
소녀   (겁에 질려) 싫어. 네가 가!

소년   (역시 겁에 질려 있다) 난 총을 들고 있잖아. 네가 가!
소녀   싫어. 무섭단 말이야.
소년   (우주인에게) 움직이지 마. 절대로! (서서히 다가간다) 정체가 뭐
         야? 대답해!

         아무 말이 없다.

소년   정체가 뭐냐니깐! 말하지 않으면 쏘겠어!
우주인   (부들부들 떨면서) 저... 저는 이곳에 살고 있습니다~ 만...
소녀   와! 말했다.
소년   달에 살고 있는 생물이란 없어! 거짓말 하지 마!
우주인   사실 저는 원래부터 이곳에 살고 있진 않았습니다~ 만...
소녀   (우주인에게) 그럼 어디서 왔어요?
우주인   안드로메다에 살고 있습니다~ 만...
소년   말투가 왜 그래? 다~ 만... 그거 좀 그만 할 수 없어?
우주인   이 말투는 긍지 높은 저희 안드로메다 성인이 쓰는 고유의 말투
         입니다~ 만...
소녀   알았어, 알았어. 계속 쓰라구! (권총을 집어넣는다)
우주인   고맙습니다~ 만...
소녀   하하하... 재미있다. 그런데 이곳 달에서 뭐하고 있는 거죠?
우주인   그러니까 저는 북극성을 여행하고 이 태양계를 경유해 집으로
         돌아가려던 참이었습니다!~ 만... 제가 타고 있던 비행접시가
         근처의 소혹성과 충돌하는 바람에 여기에 추락하게 되었습니
         다~ 만...
소년   그런데 왜 우리 짐을 뒤진 거지?
우주인   사실은 물도 식량도 다 떨어진 상태라 염치불구하고 도둑질을
         하게 되었습니다~ 만... 정말로 큰일은 산소가 다 떨어져간다는
         겁니다~ 만...
소녀   산소?
우주인   그렇습니다~ 만...
소년   뭘 모르는군. 달에선 산소 없이도 살아갈 수 있어.

우주인   처음 듣는 소리입니다~ 만...

소녀   우리를 봐요. 그렇게 이상한 마스크를 쓰지 않아도 숨을 쉬고 있
         잖아요.

우주인   그렇긴 그렇습니다~ 만... 어쩐지 안심이 되질 않습니다~ 만...

소년   여긴 얼마 동안이나 있었던 거야?

우주인   제가 온 이후로 지구가 정확히 8825번 돌았습니다~ 만...

소년   거짓말! 지구가 도는 게 아니라 이 달이 도는 거야.

소녀   하지만 보는 시각에 따라 다르게 보일 수도 있어.

소년   어쨌든 진리는 하나라구. 그러니까 저 우주인은 거짓말을 하고
         있는 거야.

소녀   그건 거짓말이 아니야. 보이는 그대로 말했을 뿐이니까.

우주인   맞습니다~ 만...

소년   모르겠다. 네 맘대로 해. 난 잠이나 더 자야겠어. (눕는다)

소녀   그런데 아저씨, 아저씨가 온 안드로메다는 어떻게 생긴 별이
         에요?

우주인   말로 설명하기가 무척 곤란합니다~ 만...

소녀   그래도 얘기를 해줘요.

우주인   그럼 어렵지만 설명을 해드리겠습니다~ 만... 그러니까 저희별
         은 일곱 개의 달이 떠 있습니다~ 만...

소녀   달이 일곱 개씩이나요?

우주인   그렇습니다~ 만... 각각의 달은 다 색깔이 다릅니다~ 만... 그중
         에서도 특히 초록색 달이 뜨는 밤이 가장 아름답습니다~ 만...

소녀   너무 멋져요.

소년   (부시시 일어나) 그 달이 보고 싶어.

소녀   그렇지? 정말 궁금해.

우주인   애석하게도 그 일곱 개의 달은 전부 탐험할 수 없습니다~ 만...

소년   왜지?

우주인   한 사람은 단 한 개의 달만을 여행할 수 있습니다~ 만...

소녀   그런 게 어디 있어.

소년   그래, 그런 법이 어디 있어. 가고 싶은 곳은 다 갈 수 있다구.

우주인   자신의 꿈과 가장 근접한 달만을 여행할 수 있습니다~ 만... 물론

개중에는 아주 특별하게도 두세 개의 달을 여행한 사람들도 있
긴 하지만 그건 말 그대로 아주 특별한 사람들에게만 해당되는
경우입니다~ 만...

소녀 그렇구나.

소년 뭐가 그렇구나야? 난 그 일곱 개의 달을 다 보고 말겠어.

우주인 그건 불가능한 일입니다~ 만... 전례가 없습니다~ 만...

소년 (의기양양하게) 그렇다면 내가 그 첫 번째가 되어주지.

소녀 너 기운을 되찾았구나?

소년 그래, 잠깐 동안의 시련이었지. 난 새로운 목표를 찾아낸 거야.

소녀 좋아 보여. (우주인에게) 고마워요. 우리도 아저씨에게 뭔가 도
움을 줬으면 좋겠는데...

우주인 뭘 그 정도 가지고 말입니다~ 만... 정 마음이 그러하시다면 산소
를 좀 나눠주실 수 없겠습니까~ 만... 제가 가지고 있는 산소가
거의 다 떨어져가고 있어서 말입니다~ 만...

소녀 좋아요.

우주인 고맙습니다~ 만...

소녀는 우주인에게 달려들어 둥그런 유리를 벗기려 한다.

우주인 (크게) 으아악입니다~ 만... 뭐하는 겁니까~ 만...

소녀 산소를 달라고 하지 않았나요?

우주인 절 죽이려고 하십니까~ 만... (바둥거린다)

소녀 죽이는 게 아니에요. 아저씨가 가지고 있는 그 벽을 넘게 해드리
는 것뿐이에요. (우주인의 마스크를 잡고서 용을 쓴다) 이거 잘
안 벗겨지네? (소년에게) 너도 좀 도와줘!

소년, 소녀에게로 와 우주인의 마스크를 같이 벗기려고 힘을 쓴다.

우주인 이 나쁜 놈들, 내가 무슨 죄를 지었다고 그러는 거냐~ 만... (마스
크가 벗겨진다) 우윽! 켁! 켁!! 흐아아악!!! (바닥에 뒹군다. 아주
괴로운 듯)

우주인이 한참 바닥을 뒹구는 것을 소년과 소녀 낄낄대며 지켜본다. 우주인 죽은 듯이 축 늘어진다.

소녀	(우주인의 어깨를 손가락을 톡톡 건드리며) 자, 아저씨 그만 일어나세요.
우주인	(눈을 뜬다) 내가 아직도 죽지 않았단 말입니까~ 만... (다시 괴로워한다) 으으윽!
소년	이제 그만 일어나라구. 그런 마스크 안 해도 안 죽어.
소녀	아저씨, 그만 일어나세요.
우주인	(비명을 멈추고 눈을 멀뚱멀뚱 뜬다) 어, 이거 정말 믿기지 않습니다~ 만...
소녀	거 보세요. 우리가 멋진 선물을 한 셈이죠?
우주인	그렇습니다~ 만...
소년	자, 그러면 우주선 수리를 해볼까?
소녀	고칠 수 있겠어?
소년	그럼. 시간은 좀 걸리겠지만 고칠 수 있어. 믿음이 있다면 불가능이란 없으니까.

소년과 소녀 우주선 근처로 가서 그들의 우주선을 수리하기 시작한다. 우주인은 그런 그들을 바라보고 있다.

우주인	저기 말입니다~ 만... 제가 도움을 줄 수 있을 것 같습니다~ 만...
소녀	예? 그게 무슨 말씀이시죠?
우주인	그 우주선을 제가 수리해도 되겠습니까~ 만...
소년	수리할 수 있겠어?
우주인	저희 안드로메다 성인의 기술력은 우주 제일이라고 말씀드리고 싶습니다~ 만...
소년	그럼 고쳐줘.
우주인	좋습니다~ 만... (주머니에서 천테이프를 꺼낸다) 이건 저희 안드로메다 성인들이 보유한 과학 기술력의 결정체라고 할 수 있는

겁니다~ 만... (테이프를 주욱 떼서 우주선의 여기저기에 붙인다)
미학적으로는 좀 떨어지는 감이 없잖아 있습니다~ 만...

소년과 소녀, 수리된 우주선을 보고 박수를 친다.

소녀   좋아요. 훌륭해요.
소년   이제 됐어! 다시 여행을 할 수 있게 됐어. (우주선에 탑승한다. 소
         녀에게) 어서 타. 한시가 급하단 말이야.
소녀   잠깐만. (우주인에게) 아저씨는 안 가실 거예요? 이곳에 혼자 계
         시면 쓸쓸할 텐데...
우주인   문제 없습니다~ 만... 지구가 6890번 더 돌면 제 고향 안드로메
         다에서 구조대가 도착할 겁니다~ 만...
소녀   너무 오래 기다리는 게 아닌가요?
우주인   괜찮습니다~ 만... 전 이곳에서 지구를 바라보는 게 즐겁습니다
         ~ 만...
소년   이제 출발하자구.
소녀   저희는 그만 가볼게요. 지구가 빨리 돌길 빌게요. (우주선에 탑승
         한다)
우주인   고맙습니다~ 만... 아, 그리고 이걸 가져가시길 바랍니다~ 만...
         좀 더 수월한 여행이 될겁니다~ 만... (소년과 소녀가 들고 있는
         상자와 똑같은 상자를 무대 밖에서 가져와 건네준다)
소녀   고마워요. 아저씨의 그 이상한 말투 영원히 잊지 못할 거예요.
우주인   다시 한 번 말씀드리자면 이 말투는 긍지 높은 안드로메다 성인
         이 쓰는 고유의 말투입니다~ 만...
소년   자, 간다.
소녀   그럼 안녕히! (손 흔든다)

소년과 소녀, 우주선을 들고 걷는다. 우주인과 대칭되어 타원을 그린다. 행성이 도는 것처
럼. 음악과 함께 그들은 우주인과 점점 멀어진다.

4. 우주를 날아가다

#1. 우주해적

소년과 소녀는 정말 열심히 우주선을 조종하여 우주를 날아가고 있다. 그런 소년과 소녀가 가는 길 앞에 해적이 등장하여 앉는다. 소년과 소녀는 어리둥절하지만 해적을 피해서 또 열심히 우주선을 조종한다. 하지만 이내 해적이 그들의 길을 막는다. 몇 번의 시도와 반복.

소녀	아저씨, 왜 자꾸 길을 막고 그러세요?
해적	...
소녀	말해봐요. 왜 우리가 가는 길을 막는 거죠?
해적	...
소녀	이 아저씨 벙어리인가 봐. 아니면 귀머거리거나.
소년	미치겠네.

다른 쪽으로 돌아가려 한다. 그러나 해적은 말없이 다시 소년과 소녀의 앞길을 가로막는다.

소년	이봐요. 아저씨. 이게 무슨 악취미에요? 비켜요.
해적	내가 가서 앉고 싶은 데 앉는데 네놈들이 무슨 상관이야?
소녀	뭐야? 말을 할 줄 알잖아.
해적	내가 누군지 모르는 모양이로구만...
소년	당신이 누구이던 간에 왜 우리가 가는 길을 막아서느냔 말이야.
해적	어쭈! 여기 이곳이 너희들 놀이터인 줄 알아? 여기 전부를 네놈들이 전세라도 냈어?
소년	그런 당신은 여기 주인이라도 되나?
해적	주인보다 더 무서운 존재지.
소년	뭐?
해적	혹시 우주해적이라고 들어봤나?
소년	우주해적이라구? 서... 설마...
소녀	무슨 말이야?

소년	지나가는 여행객들을 상대로 협박, 폭행, 금품 등을 갈취하는 자를 말하는 거야.
소녀	그럼 저 사람이?
해적	음하하하! 가진 것 모두 다 내놓으시지. 그렇지 않으면 목숨은 없다.
소년	어서 도망가자.

왔던 길 반대로 달아나려 한다.

해적	(반대로 돌아가서) 어딜 가시려고? 얼마나 오랜만에 만난 여행객들인데 그냥은 보내줄 수 없지.
소녀	우린 가진 게 없어요.
해적	내가 그런 거짓말을 믿을 것 같나?
소년	정말이에요.
소녀	아무것도 가진 것 없는 우리 말고 돈 많이 가진 사람들한테 가 보세요.
해적	그래도 좋겠지. 하지만 유감스럽게도 안드로메다까지 가는 은하철도가 개통된 후로는 전부 그쪽을 이용한단 말이야. 그래서 너희들 같은 일반 여행객들이 요새는 없어. 정말 나도 무늬만 해적일 뿐이지. 이런 가난한 해적질엔 신물이 나.
소년	안드로메다까지 은하철도가 개통되다니요. 그게 무슨 말이에요?
해적	이런 머저리 같은 놈들 하고는... 쯧쯧!
소녀	우리도 안드로메다에 가는 중이란 말이에요.
해적	뭐? 푸하하하! 이런 고물딱지 우주선으로 안드로메다까지 가겠다고? 저 무시무시한 블랙홀과 운석을 헤치고 갈 수 있다고 생각하나?
소년	뭐라구요?
해적	하긴 안드로메다의 달에 현혹되었다면 그런 망상도 품을 만도 하지.
소녀	안드로메다의 달을 아시나요?
해적	그래, 찬란하게 빛나는 황금색 달을 잘 알고 있지.

소년   안드로메다엔 일곱 개의 달이 있어.

해적   오호, 그거 의외인걸? 그런 것까지 알고 있다니 대단한데? 그렇지. 원래 안드로메다에는 일곱 개의 달이 있었지. 그런데 요즘은 한 개밖에 없어. 가장 크고 빛나는 황금색 달만이 있을 뿐이지.

소년   뭐라구? 왜 그렇게 된 거야?

해적   사람들이 황금색 달밖에 보질 않으니 그런 거야. 다른 여섯 개의 달은 사람들에게 잊혀져서 없어지거나 희미해져버렸지.

소년   말도 안 돼.

소녀   왜 사람들은 황금색 달만 바라본 거죠?

해적   황금색 달은 풍요롭게 해줬거든. 황금색 달의 주성분은 황금이야. 한번이라도 황금색 달을 탐험하게 되면 수많은 황금을 가지고 올 수 있게 되니까 사람들은 황금색 달만을 바라보게 된 거지. 안드로메다행 은하철도의 개통도 그걸 노린 거야. 이곳에 있었던 수많은 해적들 역시 그 황금색 달을 찾아가버렸지.

소녀   그런데 왜 아저씨는 여기에 남았죠?

소년   그래, 가난한 해적질엔 신물이 난다면서?

해적   그건... 로망이야. 사나이의 로망이지. 내가 해적을 그만두면 아무도 해적을 할 사람이 없는걸?

소녀   로망도 좋지만 이렇게 아무것도 가진 게 없는 우리들만 만나면 굶어죽을 거예요.

해적   하하하하, 해적은 절망 따위 하지 않아. 죽음의 순간도 웃음으로 맞이하지. 오랜만에 너희들을 만나 이야기해서 정말 즐거웠다. 하지만 지금부터 난 다시 나의 본분으로 돌아가야겠어. 너희들이 가진 게 없으니 이거라도 가져가야겠구나.

해적은 소년과 소녀의 우주선 일부를 떼어내어 가져간다.

해적   그럼, 어디 안드로메다까지 잘 날아가 보려무나. 하하하하...

소년과 소녀는 우주선의 없어진 부분을 본다.

소년　　　　이제 어떡하지? 음... 뭔가 방법이 없을까?

소녀　　　　그냥 잠시 쉬어. 흐르는 땀도 닦고, 피로한 다리와 팔도 풀어주고... 그리고 나서 다음을 생각하자.

기적소리 길게 울린다.

소녀　　　　기차가 날아가나 봐.

소년　　　　그래.

소녀　　　　왜 우린 저 기차가 있다는 걸 몰랐을까?

소년　　　　스스로의 손으로 개척하지 않으면 그 어떤 의미도 없는 거야.

소녀　　　　그런 걸까?

소년　　　　그래, 내 꿈은 사라진 게 아니야. 안드로메다까지 꼭 도착해서 일곱 개의 달을 다 보고 말겠어.

소녀　　　　솔직히 난 걱정이 돼. 우리 우주선이 안드로메다까지 무사히 갈지 말이야.

소년　　　　왜 그런 생각을 하는 거야?

소녀　　　　...

서로 기대어 눈을 감는다. 조명의 변화. 약간의 시간이 흐른 뒤.

소녀　　　　자?

소년　　　　아니.

소녀　　　　날 사랑하니?

소년　　　　새삼스레 그건 왜 물어?

소녀　　　　그냥 궁금해서...

소년　　　　실없기는...

소녀　　　　말해봐. 날 사랑해?

소년　　　　잠이나 자자. 내일 바로 떠나기 위해선 푹 쉬어두어야 해.

소녀　　　　그래.

소녀는 생각에 잠긴다. 약간의 시간이 지난 뒤.

소녀　　　자니? (소년의 대답이 없자) 넌 왜 날 이곳으로 데려온 거니? 얼마 전부터 느낀 건데 넌 날 사랑하지 않는 것 같아. 네가 사랑하는 건 네 꿈이야. 나는 네 꿈이 흐려지거나 희미해질 때 위로해주는 사람이구... 새장에 들어온 것 같아. 너 없이는 난 여기서 난 조금도 살아갈 수 없을 거야. 똑같아. 아빠가 날 새장에 넣고 지키는 것과... 난 내가 할 수 있는 일을 하고 싶은데... 언제까지나 너에게 감싸져 있어. 그리고 너의 꿈을 위해서 노력해야 해. 그건 너의 꿈인데... 내 꿈은 아닌데... 왠지 슬퍼져.

소녀, 소년에게 안긴다. 소년은 무의식적으로 소녀를 안는다. 무대, 어두워진다.

#2. 악몽

괴기스러운 음악 들린다. 조명이 희미하게 밝아진다. 소녀, 악몽을 꾸는 듯 괴로워한다.

소녀　　　싫어! (깬다. 숨을 몰아쉰다. 옆에 누워 있는 소년을 본다) 무서운 꿈을 꿨어. 꿈속에 매일매일이 똑같이 반복되는... (소년의 머리를 쓰다듬는다) 하지만 너와 함께라면 매일매일이 색다르고 즐거울 테지?

무대 한쪽에서 소년이 등장한다. 커다란 새장을 들고 있다.

소년　　　일어났니? (새장을 소녀 앞으로 내밀며) 너에게 줄 선물이야. 맘에 들어?
소녀　　　(공포스럽다) 뭐야? 너 왜 이래?
소년　　　왜 그래? 내가 널 위해서 밤새 만든 건데...
소녀　　　이걸로 뭘 하려고 그러는 거야?
소년　　　넌 이 속에 들어가야 해. 그래야지 내가 너에게 듬뿍 사랑을 줄 수 있지.

소녀	싫어.
소년	내가 매일 밥을 줄게. 넌 그 밥을 먹고 날 위해 노래하는 거야. 그래, 넌 나의 종달새가 되는 거야. 나만의 어여쁘고 소중한 종달새.
소녀	그런 건 싫어.
소년	날아가지 마. 날 버리지 마. 언제까지고 내 곁에 있어.
소녀	이러지 마.
소년	(새장을 들고 다가오며) 사랑해. (계속 반복한다)

소녀, 소년이 다가오는 반대방향으로 몸을 기울인다.

| 소녀 | 싫단 말이야. 다가오지 마. 저리 가! |

바닥에 누워 있던 사람이 소녀 몰래 일어난다. 소녀의 아빠다.

| 아빠 | (소녀를 뒤에서 안으며) 얘야, 드디어 찾았구나. 나의 소중한 딸... 나의 소중한 종달새... |

아빠는 소년이 들고 있는 새장을 같이 들고 소녀에게 씌운다. 그리고 소년과 함께 새장 주위를 빙글빙글 천천히 돈다.

아빠	얘야, 노래하렴.
소년	예쁜 목소리로.
아빠	영원히 내 곁에서...
소년	언제나 내 곁에서...

소녀, 새장 안에서 부르르 떤다. 스르르 무너진다. 음악과 함께 서서히 어두워진다.

#3. 각자의 길

조명이 밝아지면 소녀 누워서 끙끙대고 있다. 밖에서 소년이 들어온다. 끙끙대는 소녀를 본다. 소녀를 흔들어 깨운다.

소녀	(벌떡 일어나며) 꺄악!
소년	왜 그래? 어디 아파?
소녀	저리 가!
소년	무슨 일이야? 악몽이라도 꾼 거야?
소녀	(숨을 헐떡인다. 소년을 노려보다가 점점 정신을 차린다) 악몽을 꿨어.
소년	그랬구나. 출발할 시간이야. 너도 어서 준비하도록 해. (소녀가 덮었던 빨간 마후라를 개기 시작한다)
소녀	(소년의 모습을 지켜보다가) 난 가지 않을래.
소년	뭐? 그게 무슨 소리야?
소녀	난 안드로메다에 가지 않을 거라고 했어.
소년	여기까지 와서 무슨 소리야.
소녀	어디까지나 너의 꿈일 뿐이야. 널 사랑한다고 해서 너의 꿈까지 쫓을 필요는 없어.
소년	응?
소녀	난 내가 가야 할 길을 걸어야겠어. 맨 처음에 네가 했던 것과 마찬가지로...
소년	간밤에 무슨 일이 있었던 거야?
소녀	아무 일도 없었어. 다만 내가 누구인지 알게 되었을 뿐이야.
소년	기가 찰 노릇이네.
소녀	미안해.
소년	안드로메다까지 가는 게 그렇게 두려워?
소녀	두려워. 하지만 그것보다 더 두려운 게 있어.
소년	그게 뭐야?
소녀	나를 잃어가는 것. 네 꿈에 나를 잃어가는 것.
소년	그렇지 않아. 이건 우리의 꿈이라구. 서로 사랑하는 너와 나의 꿈이란 말이야.
소녀	아니, 너하고 나하고 사랑하는 것과는 별개로 나와 너의 꿈은 틀려.

소년   미치겠네. 그럼 너의 꿈은 뭐니?

소녀   아직은 없어.

소년   없어?

소녀   그래, 없어. 하지만 지금부터 천천히 생각해볼 거야. 그리고 처음부터 다시 시작할 거야. 맨 처음부터...

소년   되돌릴 순 없는 거니?

소녀   그래.

소년   여기선 지구로 돌아갈 수도 없어.

소녀   나도 알아. 그러나 방법을 찾아낼 거야.

소년   (소녀를 노려보며) 좋아, 네 맘대로 해! 난 지금 당장 떠나겠어. 정말 실망이야. 언제까지나 내 곁에 함께하리라 생각했었는데...

소녀   그건 잘못된 거야. 잘못은 고쳐져야 한다고 생각해.

소년   잘 있어.

소녀   잘 가.

소년, 퇴장한다. 우주선 엔진 소리가 들린다.

소녀   돌아갈 거야. 내가 맨 처음 있었던 곳으로... 그리고 내가 누구인지 분명히 알고 새로 시작할 거야. 아직 늦지 않았어. 하지만... 하지만 슬퍼져. 떠나는 네가 하나도 원망스럽지는 않지만 너무나 슬퍼. (소년이 남기고 간 빨간 마후라를 손에 들고 흐느낀다)

음악과 함께 어두워진다.

5. 그녀, 홀로 걸어가다

무대 가운데에 새장이 놓여 있다.

새장 안에는 아빠의 옷이 걸려 있다.

새장의 바닥에는 소녀의 눈을 가렸던 천 조각과 하모니카, 피자상자, 소년의 빨간 마후라,

박사의 상자, 종이비행기, 우주인의 헬멧, 해적의 안대가 있다.

소녀가 등장한다.

그녀는 새장을 보고는 잠시 움찔한다. 그러나 차츰 안정을 되찾는다.

천천히 새장으로 다가간다.

아주 아프고 어려운 걸음이지만 피하지 않는 당당한 걸음이다. 과거를 천천히 허물어뜨리는, 혹은 초연히 감내하는 성숙된 걸음이다.

손을 뻗어 새장을 만진다.

봄눈이 녹듯이 천천히 그러나 그 무엇보다도 확실하게 과거의 일들이 그녀의 뇌리에 스쳐 지나간다.

그녀가 내뱉는 이 소리에 과연 그리움이 묻어 있을까?

소녀   아빠... 아빠... 아빠...

나직하게 세 번 아빠를 부른다.

소녀   나 돌아왔어. 많이 보고 싶었지?

새장 안에 놓여 있는 하모니카를 발견하다.

시선을 하모니카에 맞추고 천천히 새장을 돌아 하모니카를 손에 집는다.

먼지를 털고 때가 묻은 곳을 문질러 닦는다.

그리고 천천히 입으로 가져가 하모니카를 분다.

고요하게 시작된 하모니카는 어느새 떨리기 시작한다.

하모니카를 통해 울고 있는 것처럼.

곡이 끝난다.

눈물이 잔뜩 맺힌 눈, 하모니카를 쳐다보며 미소 짓는다.

그녀는 이 눈물 같은 하모니카 연주로 아빠를 용서했고 헤어진 소년을 용서했으며 또한 자기 자신을 용서하고 치유했다.

천천히 일어선다.

하모니카를 툭 떨어뜨린다.

새장을 뒤로 하고 다시 걸음을 내딛는다.

그것은 과거를 뒤로 하고 현재를 걸으며 미래를 바라보는 소녀의 진실로 위대한 첫걸음이다.

소녀가 걸어가는 방향으로 소년이 등장한다.

걸음을 멈추는 소녀.

소년은 소녀와 헤어졌을 때와 똑같은 방식으로 다가오고 있다.

힘들다.

소년   포기하지 않아. 난 안드로메다의 달을 봐야 해. 포기하지 않아.
            난 안드로메다의 달을 봐야 해. 포기하지 않아. 난 안드로메다의
            달을 봐야 해. 포기하지...

소녀와 소년의 조우.

고요한 소녀의 시선... 멈춰진 무대. 단지 소년의 거친 숨소리만이 무대에 흐른다.

차츰 호흡이 안정된다.

소년의 깨달음. 그건 순식간이다. 세상의 모든 논리가 무효화되는 신비한 경지. 빛조차 빨
아들여버리는 블랙홀의 세계. 혼돈과 질서. 디오니소스와 아폴론. 그 끝에 오는 단 하나의
진리. 모든 사람이 조금씩은 틀리지만 반드시 가지고 있을 진리.

The Love.

소년   왜 몰랐을까?

소녀는 손을 뻗어 소년에게 내민다.

소년   달빛처럼 아름답구나.

소년은 소녀의 손을 잡는다. 꼬옥. 다시는 놓지 않을 영혼의 어루만짐.

천천히, 끝없이 계속될 것처럼 어두워진다.

막

등장인물

작가	앰뷸런스기사	잡상인
보이저	심판	단속공무원
그녀	라운드걸	부도사업자
엄마	내신1등급	보이스피싱
아빠	전교회장	세무서직원
과장	수능	부루루딩가
미스리	논술	통역
복부인	미팅남1,2,3	아들
김밥할머니	미팅녀1,2,3	작가2
출판업자	면접관1,2,3	코러스 (행성, 학생, 커플, 물고기, 군인, 직장인,
목소리	직원1,2,3,4	상념, 군중)

Prologue.

관객이 입장하면 무대 위에 배우들이 몸을 풀고 있다.

배우들은 입장하는 관객과 시선이 마주치지 않도록 유의한다. 마치 관객이 자리에 없는

듯이 행동하여야 한다. 잡담은 하지 않는다.

배우들은 모두 모여 파이팅을 한 뒤 퇴장한다.

무대막이 내려온다.

작가　　　(내려온 무대막 앞에 서서) 안녕하세요? 이렇게 공연을 보러 와
　　　　　주셔서 대단히 감사드립니다. 전 이 연극의 작가 ○○○라고 해
　　　　　요. 오늘 특별히 부탁을 해서 제가 직접 공연 전 인사말씀을 드
　　　　　리러 나왔어요. 전 이 공연을 마지막으로 더 이상 작품을 쓰지
　　　　　않을 작정이거든요. (목소리를 가다듬고) 무대는 4차원의 공간
　　　　　과 비슷하죠. 이 안에서는 시간도 공간도 가볍게 뛰어넘을 수 있
　　　　　어요. 따라서 어떤 이야기도 가능하죠. 무한한 자유가 보장되어
　　　　　있는 셈이에요. 단 한 가지를 제외하고선 말이죠. 그것은 연극에
　　　　　출연하는 배우들이 전체 우주의 한 부분을 나타내어야 한다는
　　　　　사실이에요. 연극은 절대 눈속임의 예술이 아니거든요. 여기 이
　　　　　무대에는 최첨단의 3D 기술도 없고, 특수효과를 기대할 만한 어
　　　　　떠한 장치도 전혀 마련되어 있지 않아요. 감히 말씀드리건대 연
　　　　　극이 연극다울 수 있는 것은 여기서 말하는 이야기가 결국은 현
　　　　　실과 다르지 않다라는 거죠. (스스로 감격한다) 다 됐습니다. 시
　　　　　작하죠.

목소리　　네, 수고하셨습니다. 근데 작가님, 제일 중요한 말씀을 빼먹으셨
　　　　　네요. 관객 여러분, 핸드폰 꺼주시구요, 공연 중 촬영, 취식, 잡담
　　　　　은 삼가해주십시오.

어두워진다.

무대막이 오르는 가운데 음악이 들려오고 무대가 다시 밝아지면 위치하고 있던 배우들이

움직이기 시작한다.

그들의 움직임은 행성을 닮았다. 태양(작가)을 중심으로 회전하면서 반복적인 몸짓을 계속

한다.

반복되는 패턴이지만 변화가 내재한다. 혹은 변화 속에 내재하는 일련의 규칙이 있다.

1.

작가　　　(앞으로 걸어 나오며 헉헉거린다) 어휴, 힘드네요. (숨을 가다듬고) 보다시피 이 연극은 태양계를 여행한 보이저호를 소재로 하고 있어요. 처음 12년 동안 보이저는 그랜드 투어라는 미션을 수행했는데, 이 그랜드 투어란 화성 바깥쪽의 외행성 즉, 목성, 토성, 천왕성, 해왕성 등등을 탐사하는 것이었죠. (사이) ○○○○년 ○월 ○○일, 바로 오늘! 지금 보이저는 태양계 밖으로의 여행을 감행하고 있습니다. 보이저 계획을 조사하면서 전 이런 생각을 해봤어요. 태양을 중심으로 공전하고 있는 행성들이 마치 우리들 각 개인의 삶과 유사하다고. 여러분들은 그렇게 느껴지지 않으십니까?

배우들이 한 여인을 들고 나온다.
여인은 출산의 고통으로 비명을 지르고 있다.

아빠　　　여보, 조금만 참아.

여인은 연신 비명을 질러댄다.

엄마　　　나, 죽을 거 같아.
앰뷸런스기사　(짜증을 낸다) 아, 진짜! 거 되게 엄살이시네. 곧 병원에 도착합니다.
아빠　　　(앰뷸런스 기사의 눈치를 보고) 여보, 나 보고 따라 해. 숨 들이쉬고, 내쉬고.
엄마　　　(남편을 향해 고함을 친다) 야, 이 새끼야. 이게 다 너 때문이야.

여인은 남편의 머리채를 잡고 흔든다.

여인과 남편은 각자 비명을 지른다.

아빠   (울먹이며) 기사님, 언제 도착합니까? 빨리 좀 갑시다. 저 이러다
              가 죽겠습니다.

앰뷸런스기사 (신경질적인 어투) 조금만 버티세요. 이제 금방입니다.

여인은 거칠게 비명을 질러댄다. 남편도 덩달아 비명을 지른다.

엄마   어... 어... 어! 나 어떡해?

아빠   무슨 일이야?

엄마   나온다.

아빠   뭐가?

엄마   애 나온다!

여인의 긴 비명.

남편의 긴 비명.

아기가 태어난다.

아빠   저 자식은 뭐야? 나랑 닮은 구석이 전혀 없잖아.

엄마   무슨 소리야? 보면 볼수록 당신하고 붕어빵인걸.

아빠   뭐? 내가 저렇게 덜떨어지게 생겼단 말야?

엄마   여태까지 그걸 몰랐어?

태어난 아기는 천천히 몸을 펴 세상을 바라본다.

다른 등장인물은 아기를 중심으로 슬로비디오처럼 천천히 회전한다.

작가가 보이저의 엉덩이를 세게 때린다.

보이저   응애!

작가   자, 이제 나는 한 명의 인간을 선택했습니다. 그는 나의 의지에
              의해 우리가 존재를 드리우고 있는 여기 이곳 태양계를 여행할

것입니다. 그리고 우리는 그가 경험하는 우주를 엿보게 되겠죠.
이 순간 나는 그의 이름을 보이저라고 명명합니다.

2.

보이저가 동요를 부른다.

유치원생들이 등장해 보이저와 함께 동요를 부른다.

초등학생들이 등장해 보이저와 함께 동요를 부른다.

중학생들이 등장해 보이저와 함께 가요를 부르다가 랩 혹은 헤비메탈을 부른다.

시끄러워지면 엄마와 등장해 보이저의 친구들을 내쫓는다.

엄마	아유. 시끄러, 시끄러!
아빠	이놈들, 얼른 너희들 집으로 꺼져!
보이저	아빠, 왜 이러세요? 제 친구들이란 말이에요.
아빠	저런 친구들 따위 사귀지 마라. 인생에 도움이 안 돼.
엄마	얘야. 이젠 너도 네 인생에 대해 곰곰이 생각해야 할 때가 되었지 않니?
아빠	뭐든지 처음이 중요해. 우선은 좋은 대학에 가야 한다.
엄마	넌 뭐가 되고 싶니?
보이저	세상을 노래하는 시인이 될 거예요.
아빠	시시하군. 그딴 꿈은 개나 줘버려.
보이저	하지만...
엄마	네 꿈은 검사, 판사, 변호사, 의사 중에 하나였으면 좋겠다.
아빠	외교관, 장관, 대통령도 좋지.
엄마	영어, 수학 학원은 일주일에 세 번, 논술은 주말에 하자. 넌 다른 거 신경 쓰지 말고 공부만 열심히 하렴. 엄마가 피똥 묻은 팬티를 팔아서라도 학원비를 마련할 테니까.
아빠	예술적 소양도 꼭 갖춰야지. 피아노 정도는 배워놓아야 할 거야. 넌 다른 거 절대 신경 쓰지 말고 공부만 열심히 해. 이 아빠가 반드시 레슨비 대줄 테니까.
엄마	엄마친구 아들이 이번에 서울대에 갔대. 그 앤 새벽 네 시 반에

일어나서 그날 학교에서 배울 걸 예습했다더구나. 넌 너무 잠이 많아.

아빠 아빠친구 딸이 이번에 과학기술고등학교에 갔대. 그 앤 새벽 한 시부터 그날 배운 것들을 총정리하고 잤어. 하루도 빠짐없이. 그 걸 하지 않으면 잠을 안 잤다더구나. 그에 비해서 넌 너무 근성 이 없다.

엄마 아무 생각 말고 넌 공부만 열심히 해.

아빠 엄마, 아빠 걱정은 하지 말고.

엄마 아들. 꿈을 준비하기엔 시간이 너무 모자라.

아빠 시간은 널 기다려주지 않는단다.

엄마 여기서 포기하면 안 돼.

아빠 힘내라, 아들아!

엄마 사랑한다, 내 아들.

아빠 이 아빠도 널 사랑한다.

엄마, 아빠 (외친다) 사랑한다.

엄마와 아빠가 대사를 하는 동안 보이저는 점점 움츠러든다.

보이저 그만 좀 해!

아빠 바로 그런 눈빛이야. 눈앞의 적은 다 없애버리겠다는 그런 굳은 마음가짐이 중요해.

엄마 1등뿐이야. 세상은 1등밖에 기억해주지 않는단다.

보이저 다 덤벼!

3.

무대는 복싱경기장으로 바뀐다.

심판이 가운데에 자리한다.

홍코너에 보이저가 있고, 청코너에 상대선수들이 줄을 선다.

라운드걸이 링을 한 바퀴 돌며 분위기를 띄운다.

| 엄마 | 우선 내신 1등급을 확보해야 해. 저 놈을 쓰러뜨려. |

종이 울린다. 보이저는 청코너의 내신 1등급과 몇 번 주먹을 교환하다 KO시킨다.
심판은 보이저의 손을 번쩍 올린다.

| 엄마 | 아, 우리 아들이 내신 1등급이야. |
| 아빠 | 하지만 안심해선 안 돼. 봉사점수를 올리기 위해선 반장을 해야지. 너의 리더쉽을 보여다오. KO시켜버려. |

종이 울린다. 보이저는 고전한다. 한 차례 다운을 뺏긴다.

엄마	여보, 애가 힘이 부친가 봐.
아빠	그래? 그렇다면 우리가 나서서 도와야지. 당신이 내일 학교에 가서 선생들한테 봉투 좀 돌려.
엄마	맡겨줘.

엄마와 아빠가 심판에게 촌지를 챙겨준다.
심판은 경기 중에 청코너의 선수를 잡는다. 보이저는 청코너 선수를 KO시킨다.

| 아빠 | 우리 아들이 전교회장이야. |
| 엄마 | 곧 수능모의고사야. 만점을 목표로 하자. |

종이 울린다. 보이저는 역시 청코너를 KO시킨다.

| 엄마 | 마지막 관문이다. 논술은 계속 대비해왔으니 자신 있지? |
| 아빠 | 자, 쳐부숴라. |

종이 울리자마자 청코너 선수를 KO시킨다.

| 아빠 | 됐다. 합격이다. |
| 엄마 | 만세! |

모두가 환호한다.

4.

작가　　　　태양계 안의 행성들은 정해진 궤도를 따라 움직이고 있죠. 태양
　　　　　을 중심으로 빙글빙글. 가만히 보고 있으면 이 원운동은 마치 우
　　　　　리가 살고 있는 이 세계 같아요. 태어나서 유치원에 가고, 학교를
　　　　　다니고, 직장을 다니고, 내 집 마련을 하고, 자식을 키우고, 노후
　　　　　를 준비하고. 현대 사회를 살아가는 거의 대부분의 사람들은 이
　　　　　런 노선을 따르고 있지 않나요? 자, 다시 극 속으로 들어갑시다.
　　　　　대학에 입학한 보이저는 이제 사랑을 하게 될 시기입니다. 여러
　　　　　분과 마찬가지로 저도 몇 번의 사랑을 만났고, 또 헤어졌습니다.

무대에 있는 보이저 뒤로 남자들이 등장한다.

미팅남1　　　야, 미팅하러 안 갈래?
미팅남2　　　같이 가자.
미팅남3　　　나도, 나도!

잘 차려입은 미팅녀들이 등장한다.
미팅남과 미팅녀들은 한바탕 즐겁게 논다. 보이저와 그녀를 제외한 나머지는 쌍을 지어
퇴장한다.

보이저　　　첫눈에 반했어.
그녀　　　　거짓말.
보이저　　　내 이상형이 누군 줄 알아? 우리 어머니야. 너, 우리 어머니 닮
　　　　　았어.
작가　　　　계획된 삶에 무언가 파문을 일으키는 게 있다면 바로 사랑이라
　　　　　는 것일 테죠. 예고 없이 다가와서는 나의 육체를, 나의 정신을
　　　　　사정없이 흔들어버립니다. 그러나 이것조차도 조작된 사건이라

면요? 사랑은 혜성처럼 빠른 속도로 다가왔다가 다시 빠르게 멀어져 갑니다.

그녀　　　나 얼마나 사랑해?

보이저　　우주의 크기만큼.

그녀　　　내가 그렇게 예뻐?

보이저　　블랙홀처럼 치명적이야. 내 모든 것들이 다 빨려들어 가버렸어.

그녀는 웃는다.

보이저　　네 웃음소리엔 향기가 있어. 소리에서 향기가 나다니 이건 엉터리야.

그녀　　　날 위해서 뭘 해줄 수 있어?

보이저　　모든 것.

그녀　　　여행을 가고 싶어.

보이저　　그래. 가자.

그녀　　　어디로?

보이저　　그 섬.

그녀　　　그 섬?

보이저　　그래. 그 섬.

작가　　　인생을 통해 단 하나의 뭔가를 증명하고자 한다면 그건 뭘까요? 저는 개인적으로 사랑이라고 생각합니다. 그런데 많은 사람들이 이 세상에 과연 사랑이란 게 있느냐, 없느냐로 갈등하죠.

무대 위에서 줄이 내려온다.

둘은 열렬히 키스하며 줄을 타고 올라간다.

무대에 물고기들이 등장해 무대를 채운다.

그녀와 보이저는 기쁨에 겨워 어쩔 줄을 모른다.

그녀　　　사랑해.

보이저　　(조금 더 크게) 사랑해.

그녀　　　(훨씬 더 크게) 사랑해.

보이저   (훨씬 더 크게) 사랑해.

그녀   저길 봐. 정말 맑고 푸른 바다야. 속이 훤히 다 들여다보여.

보이저   물고기들이 마치 춤을 추고 있는 것 같아.

그녀   달빛이 바다에 반사되고 있어. 하늘이 바다에 비춰지고 있어. 물
             고기들이 마치 하늘을 헤엄치고 있는 것 같아. 너무나 아름다워.

보이저   너만큼은 아니야.

보이저와 그녀는 키스한다.

무대에 등장했던 물고기들은 남녀가 쌍을 이룬다.

이하의 장면은 드라마 〈가을동화〉, 〈다모〉, 〈파리의 연인〉, 영화 〈엽기적인 그녀〉의 패
러디이다.

커플1여   오빠는 다시 태어나면 뭐가 되고 싶어?

커플1남   너는?

커플1여   나는 말야. 나무가 될 거야.

커플1남   나무?

커플1여   응. 나무! 한 번 뿌리내리면 다시는 움직이지 않는 나무가 될 거
             야. 그래서 다시는 누구하고도 헤어지지 않을 거야.

커플1남   (감격한다) 아!

커플2여   도련님. 혹여나 다음 세상에 환생을 하오신다면 무어로 나시겠
             사옵니까?

커플2남   낭자부터 말씀해보시오.

커플2여   소녀는 나무로 태어날 것이옵니다.

커플2남   어허, 나무라...

커플2여   예. 나무이옵니다. 한 번 뿌리내리면 다시는 움직이지 않는 나
             무가 될 것이옵니다. 그리하여 도련님 곁을 떠나지 않을 것이옵
             니다.

커플2남   (감격한다) 오오, 낭자!

커플3여   있다 아이가. 오빠는 다시 태어나면 뭐 되고 싶노?

커플3남   뭐 우짜라고?

커플3여   내는 마 나무가 될 끼다.

192

커플3남   뭐라카노? 이기 미쳤나?

커플3여   한 번 뿌리내리면 다시는 움직이지 않는 나무. 그래가 오빠 옆에
          계속 있을 끼다.

커플3남   지랄 빵구 뀌는 소리하고 자빠졌네. 지금 바로 화분에 콱 꽂아
          주까?

커플4여   야. 넌 다시 태어나면 뭐가 되고 싶냐?

커플4남   누나는요?

커플4여   나는 말야. 나무가 될 거야.

커플4남   나무요?

커플4여   그래. 그래서 너 말 안 들을 때마다 몽둥이가 되어서 패줄 거야.
          그러니까 똑바로 해.

커플4남   예.

커플1남   아프냐?

커플1여   ...네

커플1남   나도 아프다. 너는 내 수하이기 이전에 누이나 다름없다. 날 아프
          게 하지 마라.

커플1여   나으리. 소녀 일곱 살 나이부터 나으리 곁을 지켜왔습니다. 앞길
          에 목을 바칠 순 있어도 걸림돌이 되고 싶지는 않습니다.

커플1남   널 희생시키면서까지 내 꿈을 이루고 싶은 생각 없다.

커플1여   (감격해서) 나으리.

커플4여   (배를 감싸 쥐며) 아!

커플4남   왜 그래? 어디 아파?

커플4여   응. 업어줘.

커플4남   (여자를 업다가 무너진다) 살 좀 빼라.

커플4여   개자식.

커플2남   왜 그래? 아파?

커플2여   응.

커플2남   아프지 마. 나도 아파. 너 아파하면 나도 아프단 말이야. 나 아프
          게 하지 마.

커플2여   미안해. 너 아프게 할 맘은 없었는데.

커플2남   아니야. 난 네가 아프다면 기꺼이 대신해서 아플 수 있어.

커플3여   (배를 감싸 쥐며) 아!

커플3남   와 그라노? 어디 아프나?

커플3여   배가 갑자기...

커플3남   빨리 화장실 가가 똥 때리고 온나.

커플3여   휴지 좀...

커플3남   에이, 더러워.

     커플1과 커플2가 지나가면서 부딪힌다.

커플2여   아악!

커플1여   죄송합니다. 죄송합니다.

커플2남   아줌마 뭐야? 우리 애기 안 다쳤어?

커플2여   이거 어떡해. 새로 산 옷인데. 이렇게 해서 어떻게 집에 가.

커플2남   아, 미치겠네. 아줌마. 어떻게 할 거야? 어떻게 할 거냐고?

커플1여   죄송합니다. 세탁비는 드릴게요.

커플2남   아줌마. 우리 애기 안 보여? 이게 세탁비로 될 일이냐고? 아, 이게 뭐냐고?

커플1여   정말 죄송합니다.

커플1남   아저씨!

커플2남   뭐야?

커플1남   우리 애기 놀란 거 안 보여요?

커플2남   뭐야? 당신 눈엔 우리 애기 옷 안 보여?

커플1남   당신 애기 옷이야 한 벌 사주면 되는 거고. 됐지?

커플1여   아니, 애기가...

커플1남   애기야, 가자.

     커플3과 커플4가 부딪힌다.

커플4여   아악!

커플3여   죄송합니다. 죄송합니다.

커플4남   아줌마 뭐야? 우리 애기 안 다쳤어?

커플4여	이거 어떡해. 새로 산 옷인데. 이렇게 해서 어떻게 집에 가.
커플4남	아, 미치겠네. 아줌마. 어떻게 할 거야? 어떻게 할 거냐고?
커플3남	아저씨!
커플4남	뭐야?
커플3남	우리 애기 놀란 거 안 보여요?
커플4남	뭐야? 당신 눈엔 우리 애기 옷 안 보여?
커플3남	당신 애기 옷이야 한 벌 사주면 되는 거고. 됐지? 애기야, 가자.
커플4남	가긴 어딜 가? 돈 주고 가.
커플3남	얼마야? 얼마면 돼?
커플4남	오백만 원.
커플3남	뭐? 뻥 치지 마.
커플3여	뻥 아냐. 저 옷 진짜 오백만 원짜리야.
커플3남	(무릎을 꿇고 머리를 조아리며) 잘못했습니다.
커플3여	뭐 하는 거야?
커플3남	너도 빌어.
커플1여	나 시험 보는 날에는 노팬티다.
커플1남	...
커플1여	근데, 오늘 시험 봤다!
커플1남	!
커플1여	나 잡아봐라~
커플1남	?
커플1여	나 안 잡으면 죽어!

커플1남은 커플2여를 쫓아 퇴장한다.

커플2여	나도 시험 보는 날에는 노팬티다.
커플2남	...
커플2여	근데 나 오늘 시험 봤다.
커플2남	!
커플2여	나 잡아봐라~
커플2남	싫어.

커플2여   야~

커플2여는 커플2남을 쫓아 퇴장한다.

커플4남   나 시험 보는 날에는 노팬티다.
커플4여   진짜?
커플4남   근데 나 오늘 시험 봤다.
커플4여   오~ 그래? 어디 한 번 보자.
커플4남   야, 왜 그래? 오지 마!
커플4여   앙탈부리기는!

커플4여는 도망치는 커플4남을 쫓아 퇴장한다.

커플3여   나는 시험 보는 날만 팬티 입는다.
커플3남   알고 있다. 조용해라.
커플3여   근데 나 오늘 시험 봤다.
커플3남   무슨 시험인데? 중간고사?
커플3여   운전면허 필기.
커플3남   잘 쳤나?
커플3여   아니, 떨어졌다.
커플3남   에라. 이 무식한 것. 이리 와. 도로 벗자.

커플3남은 도망치는 커플3여를 쫓아 퇴장한다.
보이저와 그녀도 줄에서 내려온다.

작가   손발이 오그라드네요. 여러분들도 저렇게 연애를 했나요? 어쨌
          든 천년 만년 저러고 살 순 없겠죠. 청춘은 너무 너무 너무 짧거
          든요.
보이저   나, 군대 가.
작가   드디어 올 게 왔네요.
보이저   기다려 줄 수 있지?

작가   설마, 진짜로 기대하는 건 아니겠죠?

군가 소리 들려오고 군인들이 행진한다. 보이저는 군인들과 같이 행진한다.

작가   여자들은 보통 이 순간 슬프지만 아이러니하게도 해방감을 느낀
       다고 하더군요.
그녀   잘 다녀와. 기다릴게.

그녀, 사라진다.
보이저와 남자들은 군가를 우렁차게 부른다. 유격 훈련을 한다. 총검술을 펼친다.
군인들, 사라진다. 보이저는 홀로 경례자세를 하고 있는 상태로 무대에 남는다.

보이저   충성. 병장 ○○○. 2010년 4월 ○○일부로 전역을 명 받았습니
       다. 이에 신고합니다.

보이저 전역신고를 하는 동안 그녀와 어떤 남자가 팔짱을 끼고 행진한다.
결혼축가가 울려 퍼진다.
그녀는 퇴장하기 전 부케를 던진다. 부케는 보이저의 발밑에 떨어진다.

보이저   나, 제대했다. 개굴. 왜 기다려주지 않았니? 개굴. 나, 슬프다. 개
       굴. 개굴. 개굴.
작가   보이저의 청춘은 이렇게 저물어가네요.

       5.

작가   실연의 아픔을 뒤로 한 채 보이저는 생존을 위한 게임에 본격적
       으로 참가했지요. 승리를 향한 강한 집념이 목적을 이루도록 해
       줄 거예요. 투쟁은 삶을 살아가기 위한 주요한 에너지입니다. 지
       금 보이저는 투쟁하고 있어요. 그는 그에게 주어질 삶을 움켜쥐
       기 위해 안간힘을 쓰고 있는 중이죠.

면접관1,2,3이 등장한다.

면접관1	담배를 피우시나요?
보이저	네? 네… 많이는 아닙니다. 가끔씩 태우죠.
면접관2	감점1.
면접관3	귀하의 장점에 대해 말씀해보십시오.
보이저	(많이 긴장한 듯 말을 더듬는다) 저… 저의 장점요? 저는 그… 그러니까…. 음… 가… 감수성이 예민합니다. 그래서 소싯적부터 시를 쭉 써왔습니다. 무… 물론 아무도 알아주지는 않습니다만…
면접관1	질문의 논지를 잘 이해 못하시는군요.
면접관2	동문서답을 하고 자빠졌어. 감점2.
면접관3	자격증 가진 거 있습니까?
보이저	네… 그… 그러니까 1종 보통 우… 운전면허증과 커… 커… 컴퓨터활용능력 2급을 소지하고 있습니다.
면접관1	별다른 장점은 없군요.
면접관2	꼬라지하고는…
면접관3	영어회화는 좀 하십니까?
보이저	네. 토익점수는 그런대로 받아왔습니다.
면접관1	호오, 그렇습니까? 그럼 이 문장을 영어로 말해보십시오. 안촉촉한 초코칩 나라에 살던 안촉촉한 초코칩이 촉촉한 초코칩 나라의 촉촉한 초코칩을 보고 촉촉한 초코칩이 되고 싶어서 촉촉한 초코칩 나라에 갔는데 촉촉한 초코칩 나라의 문지기가...
면접관2	넌 촉촉한 초코칩이 아니고 안촉촉한 초코칩이니까 안촉촉한 초코칩 나라에서 살아!
면접관3	라고 해서 안촉촉한 초코칩은 촉촉한 초코칩이 되는 것을 포기하고 안촉촉한 초코칩 나라로 돌아갔다.
보이저	엄… 음… 그러니까... 안촉촉한…. 네?
면접관2	이래서 토익점수는 믿을 게 못된다니까. 감점5.
면접관1	존경하는 사람이 있습니까?
보이저	네. 물론이죠. 전 제 아버지를 존경합니다.

면접관1	(조심스럽게) 혹시 아버지께서 정계에 계신가요?
보이저	아니요.
면접관3	(희색이 만면하여) 그러면 재계에 몸담고 계시는군요.
보이저	아닙니다.
면접관1	(경계의 표정) 그럼 법조계나 학계?
보이저	아닙니다.
면접관3	(은밀하게) 군인?
보이저	아닙니다.
면접관2	(화를 내며) 그럼 아버지께서는 도대체 뭐 하시는 분입니까?
보이저	평범한 가장이십니다.

면접관1   (어이가 없다는 투로) 그렇군요. 가히 존경할 만한 분이군요. (어색한 웃음) 하하하하.

면접관2   감점3.

면접관3   마지막 질문을 하겠습니다. 당신의 꿈은 무엇입니까?

보이저   그러니까 저… 전 안정된 생활을 원합니다. 그… 그리고 차… 착하고 현명한 여자와 결혼을 해서 사랑스럽고 건강한 아이들을 낳아 아… 아름답게 늙어가고 싶습니다.

면접관1   그러니까 평범한 삶을 원한다 이거군요.

보이저   절 여기서 일하게 해주신다면 정말 열심히 한 번 해보겠습니다. 자신 있습니다.

면접관3   죄송합니다. 불합격입니다.

면접관2   푸하하하.

면접관1,2,3이 퇴장한다.

작가가 보이저의 곁으로 다가간다.

작가   보통, 작가들은 자신이 체험한 일들을 추출해 글로 표현하죠. 지금 제 심리 상태는 보이저와 겹쳐져 있습니다. 보이저는 무척이나 실의에 빠져 있군요. 여기서는 제가 도움을 좀 줘도 상관없겠죠? 요새 참 어렵지요? 여기가 몇 번째 면접이십니까?

보이저   말 시키지 마. 죽고 싶으니까.

작가   본인의 장점에 대해 말씀해보세요.
보이저   잘 생긴 거?

     침묵.

작가   꿈을 한 번 말해보세요.
보이저   난 시를 쓸 거야.
작가   세상이 원하지 않는데도요?
보이저   상관없어. 아무도 모르게 나 혼자 쓸 거니깐. 아무에게도 보여주
         지 않을 거야.
작가   합격.
보이저   뭐?
작가   합격이에요.

     보이저는 기뻐서 퇴장한다.

6.

직장인들이 똑같은 움직임으로 사무를 보고 있다.

작가   열심히 일만 하면 그만큼의 대가가 주어진다는 자본주의의 거짓
         말을 여러분들은 믿으십니까? 혹은 기회란 공평하다는 것 따위
         의 사기를 믿습니까? 인생은 싸움의 연속입니다. 승리자에겐 기
         회와 명예가 제공되지만 패배자에겐 실패라는 낙인과 불명예가
         주어지지요. 실패와 성공의 사이에는 수많은 교묘한 함정과 음
         모가 도사리고 있습니다. 승리하기 위해 야합하고, 패배하지 않
         기 위해 타협합니다. (사이) 지금 보이저는 자신의 소신과 다른
         세상을 만나 고전합니다.

     직원1,2가 등장한다.

200

직원1   이번에 발령받은 신입사원 봤어?

직원2   완전 어리바리 하던데.

직원1   그래가지고 어떻게 입사시험에 통과했을까?

직원2   혹시 낙하산 아닐까?

직원1   세상 참 불공평하다. 어떤 놈은 대가리 피 터지게 공부하고 겨우
        회사 들어오는데, 어떤 놈은 낙하산으로 턱하니 자리 차지하고.

직원2   그러게 말야. 아, 누군가 나타나서 사실은 내가 너의 진짜 아버지
        다 그런 말 해줬으면 좋겠다.

직원1   누군가가 누군데?

직원2   음... 이건희?

직원1   미친 년. 꿈도 야무지다. 점심이나 먹으러 가자.

직원2   뭐 먹을 건데?

직원1   된장찌개 먹을까?

직원2   된장 싫어!

직원1,2가 퇴장한다. 직원 3,4가 등장한다.

직원3   이번에 온 들어온 신입사원 말이야. 소문 들었어?

직원4   뭔데?

직원3   재벌집 아들이래.

직원4   씨발, 좆 같은 세상.

직원3   뭐한다고 회사에 들어왔을까?

직원4   그러게 말이다. 나 같으면 예쁜 연예인들 데리고 해외 나가서 파
        티나 하면서 놀 텐데.

직원3   더러운 세상.

직원4   야, 점심이나 먹으러 가자.

직원3   그전에 로또나 한 판 긁자.

직원3,4가 퇴장한다.

직장인들은 똑같은 움직임으로 사무를 본다.
과장과 부도사업자가 등장한다.

부도사업자   제발 부탁드립니다.

과장   안 된다고 해도 그러시네.

부도사업자   이번 한 번만 도와주시면 저 반드시 재기할 수 있습니다.

과장   사장님, 제가 무슨 힘이 있다고 이러세요? 저도 여기서 근무하는 한낱 직원일 뿐입니다.

부도사업자   그래도 힘은 써주실 수 있잖습니까?

과장   아, 나 참. 정말 끈질기네.

부도사업자   저, 대학 다니는 자식이 두 명입니다. 지금 제가 무너지면 이 아이들은 어떻게 합니까?

과장   뭐, 아이들은 학자금 대출받으면 되겠네요.

부도사업자   제 마누라는요? 우리 집은요? 길거리에 나앉아 먹고 살 수도 없게 되었는데 학자금 대출만 받으면 뭐합니까? 제발... 제발 살려주십시오. (과장의 팔을 붙든다)

과장   (팔을 붙들고 있는 부도사업자를 쳐다보다 뿌리친다) 그러니까 왜 회사 운영을 그따위로 해?

부도사업자   예?

과장   난 당신 같은 사람들 보면 제일 짜증 나! 왜인 줄 알아? 능력도 없으면서 일만 크게 벌리니까. 뒷수습도 못할 거면서 왜 사업을 한다고 지랄이야? 왜 돈까지 빌려가면서 사업을 했느냔 말이야? 네 집 없어지는 거랑 네 마누라하고 아이들 굶는 게 내 탓이야? 내 탓이냐구! 다 네 탓이야. 누굴 원망해?

부도사업자   정말 너무하시는군요.

과장   너무하다니? 너무하다고? 웃기는군. 네가 병신 같아서 그런 건데 왜 내 핑계를 대? 내가 너 사업하는 데 무슨 해코지를 했냐? 너야말로 정말 나한테 왜 이래?

부도사업자   야, 이 개새끼야!

과장   이런 미친놈이!

부도사업자는 과장에게 달려든다.

과장   이거 놔. 나한테 이래봤자 아무 소용없어. 이미 끝난 게임이야.

부도사업자는 과장 앞에 무릎을 꿇는다.

과장   뭐하자는 거야?
부도사업자   (침통하게) 도와주십시오. 그러지 않으면 전 죽습니다. 부탁합니
           다. 절 좀 살려주십시오.
과장   (한참동안 부도사업자를 내려다보다가) I'm sorry.

부도사업자, 벌떡 일어나 뒤돌아 걸어간다.

과장   (부도사업자의 등을 바라보면서 한숨을 푹 내쉰다) 세상 참 살기
           힘들어.

직장인들이 등장한다. 과장은 직장인들과 섞여 퇴장한다.

        8.

복부인, 등장한다.

복부인   과장, 오라고 해.
보이저   무슨 일이십니까?
복부인   나 몰라?
보이저   누구십니까?
복부인   진짜 나 몰라?
보이저   모릅니다.
복부인   신입인가 보네? 과장이나 불러와.

보이저　　　그러니까 무슨 일이시냐구요?

복부인　　　아니, 불러오라면 불러올 것이지 무슨 잔말이 이렇게 많아?

보이저　　　번호표를 뽑고 기다리시죠.

복부인　　　뭐야? 야, 너 미쳤니?

복부인의 언성이 높아지자 과장이 부리나케 달려온다.

과장　　　　아이고, 사모님. 미리 전화라도 하고 오시죠. 그럼 제가 마중을
　　　　　　나갔을 텐데.

복부인　　　이 과장. (보이저를 보며) 얘는 뭐야? 신입이야?

과장　　　　아, 예. 이번에 입사한 신입사원입니다.

복부인　　　교육을 어떻게 했길래 이 모양이야? 정말 기분 나빠. 이런 식으
　　　　　　로 할 거면 나, 다른 은행하고 거래할 거야.

과장　　　　너그럽게 용서해주십시오. 아직 아무것도 모르는 햇병아리라 그
　　　　　　렇습니다. (보이저에게) 뭐해? 얼른 빌지 않고.

보이저는 엉거주춤하다.

복부인　　　안 되겠네. 나 갈게.

과장　　　　(보이저에게) 야! 뭐해? 싹싹 빌어. 이분이 어떤 분이신 줄 알아?
　　　　　　우리나라 땅값을 좌지우지 하시는 분이셔. 여사님이 한 번 보고
　　　　　　갔다고 소문만 나도 그 지방 땅값이 배로 뛴다구. 알아? 얼른 잘
　　　　　　못했다 사죄해.

복부인　　　사죄해.

보이저　　　(엉거주춤) 죄송합니다.

복부인　　　그럼, 그럼. 당연히 그래야지. 내가 누군데. 너의 죄를 사하노라.

과장　　　　헌데 오늘은 무슨 일로?

복부인　　　돈 좀 빼려고.

과장　　　　예? 어디 좋은 곳 투자하시게요?

복부인은 과장에게 눈치를 준다.

과장   자네는 가서 일 봐.

보이저는 퇴장한다.

복부인   이봐, 이 과장. 내가 확실한 정보만 취급한다는 거 알지? 큰 건수
          가 있거든. 이 과장도 한 번 껴볼 테야?
과장   예? 제가요? 제가 무슨 돈이 있다고.
복부인   친척이나 마누라 명의로 대출해. 한 5억 정도면 조그만 자리에
          끼워줄 수도 있는데.
과장   아유, 말이 5억이지 저 가랑이 찢어집니다.
복부인   그래가지고 언제 돈 모을래?
과장   그러게 말입니다.
복부인   봐. 5억을 대출을 내. 요새 대출 금리가 한 7~8% 하잖아? 그럼 이
          자랑 수수료 따지면 한 4천 정도 드는 셈이군. 이게 1년짜리 프로
          젝트인데, 내 예상엔 아무리 못해도 대략 20% 정도 수익은 나올
          거 같거든? 그럼 1년 뒤에 5억이 6억 되는 거야. 이자, 수수료 다
          떼도 6천은 남는단 말이지. 그런데 왜 안 해? 난 도대체 이해할 수
          가 없어. 눈먼 돈이 막 날아다니는데 사람들은 그걸 못 봐.
과장   그래도 빚으로 재테크하는 게...
복부인   아마추어 같은 소리하네. 어차피 다 빚이야. 빚으로 재산을 불리
          는 거야. 이 과장도 알잖아? 대한민국 기업들도 다 빚내서 활동
          을 하는 거 아냐? 증권이 뭐야? 주식이 뭐냐구? 말이 좋아 주식
          회사지, 그거 다 빚 얻어서 만드는 거 아냐? "내가 아이디어는 있
          는데 돈이 없으니 여러분들이 조금씩 도와주십시오." 이거잖아.
          대출이 무슨 범죄야? 빚낸 돈으로 슬기롭게 재산을 늘리겠다는
          데 누가 뭐래? 그게 싫으면 평생 개미같이 일해서 돈 모아. 얼마
          나 모을 수 있을지는 모르겠지만 말야.
과장   그럼 저도 한 자리 끼워주시겠습니까?
복부인   이 과장이 나한테 잘해주니까 나도 이 과장한테 특별히 신경을
          써주는 거야.

복부인   한참 떠들었더니 목이 칼칼하네. 뭐 마실 거 없어?
과장   이봐, 신입! 이리로 와봐!

보이저가 뛰어 들어온다.

과장   필요한 건 뭐든지 시키십시오.
복부인   이디오피아 아르가체페 모카 더블샷으로 부탁해. 벤티 사이
         즈로.
보이저   예?
복부인   넌 왜 이렇게 말을 못 알아듣니?
보이저   예?
복부인   저기 길 건너 카페 보이지? 거기서 제일 비싸고 큰 거 사오면 돼.
과장   뭐해? 얼른 뛰어가지 않고. 자, 귀빈실로 들어가시죠.

보이저는 뛰어서 퇴장한다.
직장인들이 등장했다 퇴장한다. 그 무리에 복부인과 과장도 섞인다.

9.

김밥할머니가 등장한다.

미스리   (김밥할머니를 제지하며) 할머니, 여기 들어오면 안 되세요. 다른
         고객분들이 불편해하시잖아요.

보이저가 컵을 들고 헐레벌떡 들어선다.

김밥할머니 (보이저에게) 김밥 하나 사 먹을 텐가?
보이저   예? 예. 얼마죠?
김밥할머니 천 원.
미스리   (보이저에게) 이봐요. 신입사원님. 지금 내가 이 할머니 나가주
         시라고 말하는 중이거든요

보이저   예.

미스리   그런데 지금 무슨 짓이에요?

김밥할머니   뭐긴 뭐야? 김밥 한 줄 사 먹는 거지. 시장에도 사람이 있고, 은
            행에도 사람이 있는 법이야. 사람은 밥을 먹지 않고 살 수 없지.
            난 햅쌀로 김밥을 말아. 내 김밥은 천 원이야.

미스리   무슨 뚱딴지 같은 소리예요? 나가요, 어서!

보이저   이거 맛있네요.

미스리   미치겠네.

김밥할머니   요 김밥이 조그마해 보여도 들어갈 건 다 들어갔어. 오뎅, 단무
            지, 소세지, 시금치, 당근, 계란.

보이저   김도 살짝 구웠네요.

김밥할머니   맞아. 잘 아네. 살짝 구우면 고소하지.

미스리   정말 보자 보자 하니까. 나가요!

김밥할머니   나 은행에 볼일이 있는데.

미스리   무슨 볼일요?

김밥할머니   돈 넣으려고. 여기 번호표도 있어. 내 차례는 아직 멀었나? 기다
            리고 있는 사람은 별로 없는 것 같은데 얼른 해줘.

미스리   그런 돈 입금은 ATM 기기로 하세요. 우리가 뭐 할머니 비서쯤
            되는 줄 알아요?

할머니   나 그거 할 줄 몰라. 돈 넣으면 계속 뱉어내던데?

미스리   참 나, 기가 차서. (보이저를 보며) 처리해요. 커피는 내가 갖다
            드릴 테니.

보이저   예.

    미스리, 퇴장한다.

김밥할머니   여기 통장하고 돈.

    김밥할머니는 통장과 돈을 건네준다.
    통장을 받아든 보이저는 깜짝 놀란다.

보이저	일 십 백 천 만 십만 백만 천만 억 십억... 할머니, 이 돈은...
김밥할머니	내 평생 모은 거야.
보이저	이렇게 돈이 많은데도 길거리에서 김밥 장사를 하세요?

복부인, 과장, 미스리가 등장한다.

과장	하하하하. 사모님 덕분에 제가 삽니다.
복부인	잘 되면 한 턱 쏴.
과장	당연히 그래야지요.
복부인	그런데 이건 무슨 냄새야? (김밥할머니를 본다) 여기가 시장 바닥이야? 정말 질 떨어져.
과장	할머니, 여기 계시면 안 됩니다. 얼른 나가세요.
미스리	미치겠네. 내보내라고 한 지가 언젠데 아직 이러고 있어요? 이리 줘요. 내가 직접 할 테니까. (보이저가 들고 있는 통장과 돈을 가로챈다)
김밥할머니	이 젊은이가 뭘 잘못했다고 그러시는가?
과장	아, 할머니는 잔소리 마시고 얼른 나가세요.
김밥할머니	김밥 한 줄 사줄텨?
과장	예?
복부인	아, 머리 아파. 은행에서 무슨 김밥 냄새야? 저질 싸구려 음식이 여기에 왜 있냐구?
김밥할머니	뭐? 저질 싸구려 음식? 야, 이년아. 내 보기에는 네년이 더 싸구려다.
복부인	어머, 어머. 지금 뭐라고 하셨어요? 기가 막혀. 이보세요!
과장	참으십시오.
미스리	(통장을 유심히 보다가 깜짝 놀란다) 어... 어... 어...
과장	정신 나갔어? 뭐가 어... 어... 어야?
미스리	억이에요.
과장	뭐?
미스리	억도 그냥 억이 아니라 수십억이라구요.
과장	뭔 소리야?

미스리   이것 보세요.

과장과 기스리는 통장의 돈을 센다.

과장   (할머니 곁으로 가서 공손하게 인사한다) 별 불편함은 없으셨는
          지요?
복부인   뭐야, 이 시츄에이션은?

미스리가 복부인에게 다가와서 귓속말을 한다.

복부인   뭐? 그럴 수가!
과장   (보이저에게) 아니, 이런 VIP고객께서 오셨으면 얼른 보고를 올
          려야지 말이야, 왜 그랬어?
보이저   아니, 저는... 여기가 어디지?

무대 위의 모든 등장인물들이 멈춰서 보이저를 응시한다. 보이저와 점점 멀어진다.

과장   고문관 새끼. 어쩌다가 저런 놈이 들어왔어?
미스리   눈치 없는 게 인간이야?
복부인   가진 것도 없으면서 뻣뻣하게 굴긴.
김밥할머니 야, 임마. 꼴랑 한 줄 사냐? 두 줄은 사줘야지. 쫀쫀한 놈.
보이저   제가 잘못한 게 있습니까? 왜들 이러세요?

직원들이 등장한다. 직원들 속에 작가가 있다.

과장   아직 어려.
직원1   융통성이 없어.
직원2   싸가지가 없어.
직원3   고지식하긴.
직원4   잘난 척하고 있어.
직원5   꼴불견이지.

미스리	회식 자리에 부르지 마. 술맛 떨어져.
보이저	나한테 왜 이러는 거야? 내가 무슨 잘못을 했다고 이러는 거야?
부도사업자	너도 네 상사 같은 쓰레기가 되겠지?
과장	너 같은 놈은 진급도 못하고 마흔 살 되자마자 명퇴당할 게 뻔해.
미스리	결혼도 못하고 평생 총각으로 늙어 죽겠지.
복부인	하는 일마다 다 꼬여서 무조건 망해.
김밥할머니	노숙자나 되라.
보이저	다 맞춰줬잖아. 하라는 대로, 시키는 대로 다 했잖아. 나한테서 뭘 원해? 더 이상 뭐 어떻게 하란 말이야? 내가 무슨 슈퍼맨이라도 돼? 지쳤어. 어떻게 살아야 할지 모르겠어. 뭘 해야 할지 모르겠다구. 누가, 누구라도 대답을 좀 해줘. 누구 아는 사람 없어? 누구 아는 사람 없냐구? 왜 이런 거야? 왜 이렇게 엉망진창이 되어버린 거야? 개 같아. 정말 미치겠어. 답답해서 돌아버리겠어. 속임수야, 속임수! 모든 게 다 속임수라구! 모두 거짓말이야. 어떤 개 같은 새끼가 날 이런 시궁창 속에 던져놓은 거야? (인물들을 붙잡으며) 너야? 너야? 너야?

보이저는 등장인물들을 붙잡으며 과격하게 묻는다.

| 작가 | 그렇게 소리 질러봤자 아무 소용없어. 세상은 말야, 아무런 대답을 해주지 않는다구. 나의 결론은 이것뿐입니다. 나를 믿자. 내가 옳다고 생각하는 것을 믿자. 내가 살아왔던 삶을 믿자. |

작가는 퇴장한다.

| 보이저 | 어릴 때 나는 별을 노래하고, 아름다움을 노래하는 시인이 되고 싶었다. 그건 포기하겠어. 대신 이 세상의 추악함과 더러움, 위선과 거짓말을 낱낱이 폭로하는 고발자가 되겠어. 두고 봐. 모조리 까발겨 주겠어. 듣고 있어? 발가벗기고 말 거라구! |

등장인물들이 규칙적인 몸짓을 하며 퇴장한다. 무대는 어두워진다.

10.

무대가 밝아지면 보이저가 종이 무더기 속에서 허우적대고 있다.
보이저의 상념들이 등장한다. 그 모습은 유령처럼 희미하다.
보이저의 주변을 맴돌면서 고통을 호소한다.

보이저 또다시 시작되었다. 아침이 오는 게 두려워. 끝나지 않을 것만 같
    은 이 새벽이 마치 감옥 같아.
상념들 (속삭인다) 하얀 백지, 텅 빈 백지. (반복)

작가가 등장한다.

작가   나는 그들의 팔다리를 붙이고 떼고 목숨을 주고 빼앗고, 운명적
    인 사랑을 부여하고 거룩한 시련을 내리고, 광기를 내뿜게 하고
    동시에 그 고독을 알게 하고, 영원한 시간을 주고 또한 돌이킬
    수 없는 선택을 강요하고, 눈물 흘리게 하고 그러나 미소 짓게
    만들고, 기억을 조작하고 행동의 규칙을 일러주고. (반복)
보이저 말하지 않으면 돌처럼 굳어지는 글을 쓴다. 말하지 않으면 하루
    살이처럼 죽어버리는 그런 글. 말하지 않으면 아무도 알아주지
    않는 그런 글. 말하지 않으면 쓰레기보다 쓸모없는 그런 글. 그런
    글조차 적어내지 못하는 이 블랙홀 같은 하얀 밤. 말하지 못하니
    나는 침묵하는 것과 다름 아니다.
작가   말할 수 없으니 나는 죽어 있는 것이다.
보이저 난 지금 숨을 쉬고 있는 걸까?
보이저 나의 글은 궤양을 뚫고 나와야 해. 양수를 터뜨리며 세상에 나오
    는 아기의 울음소리처럼.
작가   (노래) 아가야 나오너라 달맞이 가자
    앵두 따다 실에 꿰어 목에다 걸고
    검둥개야 너도 가자 냇가로 가자.

보이저	배를 부여잡고 식은땀을 흘리는 내 신음소리. 매일 밤 나는 아기 하나를 사산해낸다. 어제 저녁엔 어떤 기사를 읽었지? 어떤 미친 남자가...
상념1	아니 미친 아버지가 친딸을 17년간 강간했다.
보이저	어떤 미친 여자가...
상념2	아니 미친 여대생이 180 이하의 남자들은 패배자라고 선언했다.
보이저	어떤 친절한 남자가...
상념3	아니 친절한 도둑이 심장마비로 신음하고 있던 주인을 구했다고 한다.
보이저	어떤 친절한 여자가...
상념4	아니 친절한 할머니가 평생 모은 돈 30억을 자선단체에 냈다고 한다.
보이저	어떤 바보 같은 남자가...
상념5	아니 순진한 정치인이 낭떠러지 밑으로 몸을 던졌다고 한다.
보이저	어떤 바보 같은 여자가...
상념6	아니 순진한 여자가 영화배우로 성공하기 위해 제작자에게 몸을 바쳤다고 한다.
보이저	어떤 똑똑한 남자가...
상념7	아니 교활한 남자가 지은 죄가 명백한데도 감옥에서 풀려났다고 한다.
보이저	어떤 똑똑한 여자가...
상념8	아니 교활한 여자가 학력위조를 했다가 들켜 패가망신했다고 한다.
보이저	이걸로 이야기를 만들 수 있을까? 아니, 이야기를 만들 수 있는 게 이런 거밖엔 없을까?
작가	저 바깥엔 좀 더 밝은 게 있지 않을까? 저 바깥엔 좀 더 웃음이 가득하지 않을까? 저 바깥엔 좀 더 즐거운 노래가 흐르고 있지 않을까?
상념들	저 바깥엔.
작가	좋은 게 더 많이 살고 있을 텐데.
보이저	거짓말이야. (반복)

상념들   아니야. (반복)

상념들은 천천히 퇴장한다.

보이저는 여전히 가득 쌓인 종이 위에서 허우적댄다.

11.

출판업자가 등장한다.

출판업자   (서류봉투를 건네주며) 저기… 검토해봤는데 아무래도 힘들 것
          같습니다. 이거 참 죄송하게 되었습니다.
보이저   이유가 뭐죠?
출판업자   (원고를 읽는다) 나는 잿빛으로 삭았고
          시간과 세계는 무한 잿빛으로 가라앉았고
          그래서 나는 내 방 컴퓨터 모니터 앞에서 하루종일 노닥거렸다
          그러나 그 안에, 그 무한한 이진법의 세계 속에
          일렬로 늘어선 이상한 암호 너머로
          나는 또 하나의 세계를 이미 어렴풋이 예감하고 있었다
          나름대로 의미는 있어 보입니다만 너무 어려워요. 요새 독자들
          은 이런 글 안 읽습니다. 기본적인 글재주는 있는 것 같으니 밝
          고 명랑한 연애소설이나, 아니면 스릴러나 추리물을 한 번 써보
          시는 게 어떨까요?
보이저   왜죠?
출판업자   독자들을 무시하지 마세요. 그 사람들이 우리한테 돈을 주는 겁
          니다. 따라서 우리는 독자가 만족해하는 책을 만들 의무가 있는
          거죠.
보이저   됐습니다.
출판업자   진심으로 충고하는 겁니다. 재미가 없는 글은 누구도 읽지 않습
          니다. 글을 왜 씁니까? 누군가가 읽어주기를 바라고 쓰는 거 아
          닙니까? 본인의 이런 글은 한마디로 마스터베이션밖에 안 됩니
          다. 모두에게서 외면받는 글을 쓰고 싶지는 않으시죠?

보이저	됐다니까요.
출판업자	재주가 아까워서 이렇게 말씀드리는 겁니다.
보이저	꺼져, 씨발!

출판업자는 퇴장한다.

보이저는 원고를 한 장씩 찢는다.

| 작가 | 우주를 여행하는 보이저의 마음은 어떨까요? 목성에도, 토성에도, 천왕성에도 그리고 그 밖의 모든 행성에도 생명의 흔적을 발견할 수 없고, 또 그 고독한 여행을 끝낼 수조차 없다는 사실을 깨닫게 되면 그는 어떤 생각이 들까요? 자신을 태양계 밖으로 던져버린 인간들을 미워하겠죠? 멈출 수 없는 자신의 운명을 저주할 거예요. |

보이저는 쓸쓸한 표정으로 구겨진 종이를 펴본다.

12.

복부인과 과장이 등장한다.

복부인	난 몰라. 나도 어쩔 수 없었다구.
과장	그게 지금 할 소리야?
복부인	진정하고, 조금만 참아.
과장	확실한 정보랬잖아. 난 정말 큰 맘 먹고 대출을 했단 말이야. 당신 말대로 20년 동안 일해서 모은 돈으로 산 집을 저당잡히고 5억을 빌렸어. 1년 안에 두 배 가까이 오를 거라고? 이제 난 망했어. 어떻게 책임질 거야?
복부인	행정도시를 만든다고 했는데 그냥 없던 일로 해버린 걸 난들 어떡해? 그렇게 다급하면 다시 팔아.
과장	빨리 처분해야 하는데 팔리지가 않아. 대출이자가 눈덩이처럼 불어나. 갚을 수가 없어. 은행에서 저당 잡은 우리 집을 팔겠대.

20년 동안 고생해서 마련한 내 집을, 내 보금자리를.

복부인　재수가 없었다고 생각해.

과장　당신이 나한테 쓸데없는 바람만 넣지 않았어도!

복부인　지금 뭐하자는 거야? 나도 손해 엄청나게 봤다구. 넌 고작 5억이
지만 난 무려 50억이야.

과장　죽여버릴 테다! 내 돈 내놔!

과장이 복부인의 목을 조른다.

작가　방바닥에서 두리번거리고 있는 검은 개미 한 마리
힘겹게 더듬이를 끄며 식량을 찾아왔건만
너에게 이곳은 차라리 사막
죽음이 닥쳐올 사막 위에서
참으로 부지런히 두리번거리고 있구나

보이저가 종이를 찢는다.

13.

보이저가 다른 종이를 펴본다.
부도사업자가 터덜터덜 걸어 등장한다.

부도사업자　모든 게 부질없어. 다 끝났어. 아무런 가망이 없다구. 아내와 아
이들을 볼 면목이 없어. 내가 이런 무능한 남편이, 이렇게 무력
한 아버지가 될 줄은 차마 몰랐다. 그래, 죽자. 죽는 거야. 수면제
를 먹을까? 아니지, 시간이 걸려. 게다가 약국에서 죽을 만큼 수
면제를 팔지 않을 거야. 그러면 연탄가스를 마셔? 그런데 만약에
못 죽고 살아나면 어떡하지? 식물인간이나 바보가 되면 가족들
한테 더 민폐일 텐데. 차라리 목을 맬까? 어디서 매지? 산 속? 아
니다. 간단하게 지하철에 뛰어들자. 전동차에 깔리면 확실하게
죽을 수 있을 거야. 아니지, 그럼 기관사가 너무 충격을 받을 거

야. 나랑은 무관한 사람인데 그런 정신적인 피해를 입힐 수야 없지. 어떡하지? 그래, 그냥 눈 딱 감고 옥상에서 뛰어내리자. 여보, 미안해. 아이들을 부탁해.

부도사업자는 뛰어내린다.

작가　　　마누라와 자식들에게 밀려나
　　　　　베란다 한 귀퉁이
　　　　　담배 한 대를 태운다
　　　　　반대쪽의 베란다에서도
　　　　　쫓겨난 남자들의 담배연기가 피어오른다
　　　　　가여운 인생들이 불타고 있다

보이저가 종이를 찢는다.

14.

잡상인이 지하철에서 칫솔을 판다.

잡상인　　안녕하십니까? 제가 이렇게 여러분들 앞에 선 이유는 오늘 좋은 물건 하나를 저렴한 가격으로 소개해드리기 위해서입니다. 짠! 이게 무엇이냐? 바로 대한민국 실용신안 제 12475번으로 등록된 신개념 칫솔입니다. 본 제품의 칫솔모는 최신 바이오 공법을 이용해 만들어진 폴리보이저우라텍 소재를 채택했으며 치아 사이에 박힌 치석을 제거하는 데 탁월한 효능이 있음이 입증되었습니다. 자, 단돈 천 원입니다. 천 원짜리 한 장이면 이 폴리보이저우라텍 칫솔을 무려 세 개나 살 수 있습니다. 가격이 싸다고 품질을 의심하지 마십시오. 제조사가 부도나서 재고 처리하는 겁니다. 이것과 똑같은 제품을 마트에선 만 원에 팔고 있습니다. 자, 구입을 희망하시는 분께선 조용히 손만 들어주십시오. 바로 달려가겠습니다.

호루라기 소리 들리면서 누군가 달려 나온다.

단속공무원   아저씨, 지하철에서 이런 거 팔면 안 되는 거 모르세요? 미치겠
             네. 따라오세요.
잡상인   한 번만 봐주십시오.
단속공무원   뭘 봐줘요?
잡상인   살기가 어렵습니다. 오죽했으면 제가 이런 짓을 하겠습니다.
단속공무원   요즘 집중 단속기간이라구요. 저도 심정으로야 봐드리고 싶지만
             어쩔 수가 없습니다. 갑시다.

단속공무원이 잡상인의 팔을 잡아끈다.

잡상인   이거 놔.
단속공무원   뭐라구요?
잡상인   놓으라구.
단속공무원   이 사람이. 좋게 좋게 하려고 했더니 안 되겠네. 공무집행방해죄
             로 처넣어버린다.
잡상인   그래. 넣어라. 씨발.

단속공무원이 잡상인의 얼굴을 유심히 살핀다.

단속공무원   어!
잡상인   뭐?
단속공무원   너. 혹시 환규 아냐? 지환규.
잡상인   현우?
단속공무원   야, 이게 도대체 얼마만이야? (악수한다) 어떻게 지내?
잡상인   어떻게 지내긴? 보면 모르냐?

침묵.

잡상인   야, 칫솔이나 하나 사라.

무거운 침묵.

작가   우리는
            핸드폰을 만지작거렸다
            어떤 할아버지 술에 취해 고성방가를 부르는데
            핸드폰만 만지작거렸다
            젊은 여인이 노인에게 쌍욕을 해대는데
            핸드폰만 만지작거렸다
            어떤 남자 기름통과 라이타를 들고 있는데
            핸드폰만 만지작거렸다

보이저가 종이를 찢는다.

15.

보이저가 다른 종이를 펴본다.
전화가 온다.
아저씨가 전화를 받으면 피싱녀가 등장한다.

아저씨   아, 놀래라! 여보세요?
피싱녀   (어눌한 발음) 국민건강보험공단입니다. 귀하께서 과납부한 금
            액을 돌려드리고자 이렇게 전화를 드렸습니다.
아저씨   예?
피싱녀   확인을 위하여 주민번호를 불러주시겠습니까?
아저씨   어디라구요?
피싱녀   국민건강보험공단입니다.
보이저   어디요?
피싱녀   국민건강보험공단입니다.
아저씨   뭐라구요?

피싱녀　　국민건강보험공단입니다.

아저씨　　예? 거기가 뭐하는 뎁니까?

피싱녀　　국민건강보험공단입니다.

아저씨　　아, 의료보험.

피싱녀　　아니요. 국민건강보험공단입니다.

아저씨　　뭐 그렇다 치고. 그런데 무슨 일입니까?

피싱녀　　귀하께서 과납부한 백이십사만 칠천오백이십육 원을 돌려드립
　　　　　니다. 확인 가능한 계좌번호를 알려주십시오.

아저씨　　우와! 얼마요?

피싱녀　　백이십사만 칠천오백이십육 원입니다.

아저씨　　진짭니까?

피싱녀　　확인 가능한 계좌번호를 알려주십시오.

아저씨　　직접 받으면 안 됩니까? 저 신용불량이라서 은행에 돈 들어가면
　　　　　안 되는데요.

피싱녀　　에이 씨발!

전화가 툭 끊어진다.

아저씨　　여보세요? 여보세요? 어디로 찾아가면 됩니까? 여보세요?

작가　　　시계는 너무 고단하다
　　　　　인간들 또한 그러하다
　　　　　집을 나서고 다시 들어오고
　　　　　참으로 고단하다
　　　　　그러나 멈출 수 없어서 고단함을 잊는다
　　　　　어느 날 배터리가 다했던 날
　　　　　너무나도 속 시원해 펑펑 울었던 날
　　　　　자비로운 주인은 새로운 배터리를 넣어주었다
　　　　　똑딱똑딱 뚜벅뚜벅

보이저가 종이를 찢는다.

16.

보이저가 다른 종이를 펴본다.

미스리가 패션쇼를 하듯이 걸어 나온다. 부루루딩가는 삽 한 자루를 들고 주위를 경계하며 등장한다. 통역은 그런 부루루딩가를 안내한다.

미스리　　오늘은 가스텔 바작 니트 폴라 원피스를 입어볼까? 아니면 니나 리찌 칵테일 드레스?

부루루딩가　　@^*^%%@#$%!#%#$&^^%*

통역　　저는 부루루딩가라고 합니다.

미스리　　산뜻하게 안나 수이 데이지 스트라이프 드레스가 좋겠어. 그 위에 돌체 엔 가바나 샤이니 실크 코트를 걸치자. 또 구찌 엥글부츠 206776을 신어야겠어.

부루루딩가　　(*&^%$#%^&*(&^%$$%^&%&#$%^&*&^%$#$%^&*&

통역　　저는 아프리카 탄자니아의 한 탄광촌에서 살고 있습니다.

미스리　　프라다 네로 토드백을 들고 나갈까? 펜디 피카부백은 좀 싼 티가 나니까. 아니야, 샤넬 램스킨 플립백이 딱이야.

부루루딩가　　#@$%^%&%*(*&)%^#$@%#@!%&&*(〈〉〈〉〈$@#%^%&#@#!^$#&^*%&*(

통역　　탄광에서는 반짝반짝 빛나는 돌을 캐고 있지요. 딴 데서 왔다는 감독관은 그걸 다이아몬드라고 하더군요.

미스리　　시계는 크리스챤 디오르 크리스탈 우먼 크로노그래프 워치가 좋겠어.

부루루딩가　　(*&)+_&|+()*(^)&^$*(%#@#!))_$#!$^#^*&+|#$^#$!#%#!&$#!$&

통역　　저는 6살 때부터 지금까지 탄광에서 매일 18시간 일하고 있습니다.

미스리　　오늘 같은 날에는 베르사체 메달리언 림리스 쉴드 선글래스보다 장 프랑코 페레 스퀘어 스타를 쓰는 게 낫겠지?

부루루딩가　　@#!$&^&(*(*)$%^#$@&%^*&(*&_)(*(

통역　　그렇게 일한 보수로 1달러를 받습니다.

미스리	파텍 필립 투캐럿 다이아몬드 링, 오닉스 볼 큐빅 18K, 어머나?
	스와로브스키 빠루레 목걸이도 땡기는데?
부루루딩가	〈〉?+_|?)&%$@^&*##@^**〈〉!@#%O&^*&%$@
통역	1달러는 우리 가족의 하루 식사를 해결할 수 있는 큰돈입니다.
미스리	그리고 루이비통 포르트포일 사라 모노그램 에톨 지갑.
부루루딩가	!@%$@^^*(*&%$&&(*)^*&%$^$#^%$*&$^*
통역	제가 사는 곳에 탄광이 있어 정말 다행입니다.
미스리	이거 다 선물해줄 남자 구해요.
부루루딩가	*^&)@$!%^*)^&*{%*+|_)^$||^#^&*\
통역	부루루딩가씨께서 마지막으로 여러분께 전하고 싶은 말이 있답니다. &#%@@#^%&
부루루딩가	Lady and gentleman. Wonderful tonight. Thank you very much.

부루루딩가는 관객에게 격조 있게 인사한다.

작가	맹목이야말로 이 시대의 미덕
	맹신이야말로 이 시대의 진리
	밝은 시대를 바라는 믿음으로
	희열과 기쁨으로 충만한 세계를 거닐다가도
	다시 또 어둡고 침울한 한쪽 모퉁이를 느끼며
	꾸역꾸역 밀려 밀려 나아가게 된다

보이져가 종이를 찢는다.

17.

보이져가 다른 종이를 펴본다.

전화벨소리가 울린다.

아저씨가 전화를 받으면 세무서직원이 등장한다.

아저씨   여보세요?

세무서직원   아, 여기는 세무서입니다. 환급받으실 세금 안내를 해드리겠습
            니다.

아저씨   닥쳐! (끊는다)

세무서직원   아, 미치겠네. (다시 건다)

아저씨   여보세요?

세무서직원   ○○○ 씨. 여긴 진짜 세무서입니다. 환급액에 대한 안내를 받으
            세요.

아저씨   미친 새끼. 내가 속을 줄 알아? (끊는다)

        세무서 직원은 한숨을 푹 내쉰다. 다시 전화를 건다.

아저씨   전화하지 마. 계속 이러면 신고해버린다. 야, 사람을 보고 덤벼야
            지. 난 그런 거 안 속아.

세무서직원   저기요. 믿고 안 믿고는 그 쪽 사정인데요. 일단 안내는 받으세
            요. 그게 제 일이거든요. 제발 좀 부탁합니다.

아저씨   지랄하고 있네.

세무서직원   납부하신 종합소득세 중에 환급받으실 금액은 사십육만 이천
            이백오십팔 원입니다. 지금 거래은행 계좌번호를 가르쳐주시면
            따로 세무서를 방문할 필요 없이 바로 송금을 해드리겠습니다.

아저씨   너나 처먹어. 이 새끼야.

세무서직원   정말 여기 세무서 맞다니까요. 왜 이러십니까?

아저씨   좃 까. (끊는다) 까불고 있어.

        세무서 직원은 이글이글 타오른다. 분노의 포효.

작가   사람들은 이야기를 하지 않았다
            사람들은 다른 사람의 이야기를 듣지 않았다
            왜냐하면
            그들은 고통을 들으면 나눠야 한다는 사실을
            이미 알고 있었기 때문이다

보이저가 종이를 찢는다.

18.

보이저가 다른 종이를 펴본다.

김밥할머니가 등장하고 그 뒤를 아들이 쫓아나온다.

김밥할머니　김밥. 햅쌀로 만든 김밥. 한 줄에 천 원.

아들　　　　엄마, 나 이번엔 진짜 잘할 자신 있다니까! 5천만 원만 빌려줘. 엄마 돈 많잖아.

김밥할머니　김밥. 햅쌀로 만든 김밥. 한 줄에 천 원.

아들　　　　엄마!

김밥할머니　너 줄 돈은 단 한 푼도 없다.

아들　　　　이러고도 우리가 부모 자식 사이라 할 수 있어? 고작 5천만 원에 이러기냐구!

김밥할머니　망나니 같은 놈. 이미 넌 내 아들이 아니다. 썩 꺼져!

아들　　　　도대체 왜 이래?

김밥할머니　가게 차려주면 뭐해? 도박에, 술에 미쳐 다 탕진해버릴 건데.

아들　　　　이번엔 진짜야. 나 개과천선했어.

김밥할머니　일 없다.

아들　　　　아, 엄마!

김밥할머니　네 살 길은 네가 찾아. 나도 무일푼에서 여기까지 모은 거다. 너도 열심히 땀 흘려 일하면 부자가 될 수 있어.

아들　　　　그건 옛날 말이야. 이 좆 같은 세상에서 밑천 없이 어떻게 일어서? 그러지 말고 이번 한 번만 도와줘. 엄마.

김밥할머니　엄마라 부르지 마. 너 같은 후레자식놈 둔 적 없다.

아들　　　　씨발! 그 많은 돈 죽어서 다 가져갈 거야? 어차피 엄마 죽으면 다 내 돈이잖아. 그러니까 미리 좀 쓰라구.

김밥할머니　미친 놈. 내가 이 돈을 어떻게 모았는데. 난 죽을 때, 이 돈 다 불태우고 죽을 거다. 너한테는 땡전 한 푼도 안 남겨줄 거야.

아들   그 말 진심이야?

김밥할머니   내 눈을 봐라.

아들   엄창 찍고?

김밥할머니   흥! 김밥. 햅쌀로 만든 김밥. 한 줄에 천 원.

김밥할머니는 아들을 외면하고 다른 쪽으로 걸어간다.

아들은 김밥할머니를 노려보다가 쓰러뜨리고는 통장을 강제로 빼앗는다.

김밥할머니   강도야, 강도!

아들   엄마가 날 이렇게 만든 거야. 씨발!

김밥할머니   이 나쁜 놈. 네 뜻대로만은 안 될 거다.

아들   웃기지 마. 이제 이건 내 돈이야. 비밀번호도 다 알아. 내 생일이
              잖아.

김밥할머니   늦었다. 얼마 전에 비밀번호 바꿨다. 이리 내놔. 신고하기 전에.

아들   뭐? 씨발!

아들은 김밥할머니의 목을 조른다.

작가   늪을 지키고 선 수양버들에게는
              저마다 하나씩
              슬픈 이야기가 있다
              사람들 또한 제각기
              슬픈 사연들을 지니고
              이룰 수 없는 꿈들을 삭이며
              하루를 사른다

보이저가 종이를 찢는다.

19.

보이저가 다른 종이를 펴본다.

아빠와 엄마가 등장한다.

아빠	인생을 왜 그렇게 살아? 집안에 틀어박혀 그렇게 글을 쓰면 누가 알아주기라도 해? 내가 너 나이 때는 온 가족을 먹여 살렸다. 스무 살에 취직을 해서 네 삼촌들, 고모들 공부 내가 다 시켜줬어.
엄마	사람이면 땅에 뿌리내리고 살아야지. 허공에 붕 떠서 이게 뭐하는 짓이냐?
아빠	정말 세상 사는 낙이 없다.
엄마	너 하나 바라보고 모진 세월 견뎠는데. 난 말이다, 너 아니었으면 네 애비와는 진작에 이혼했을 거야.
아빠	뭐? 그게 지금 무슨 소리야?
엄마	네 애비가 얼마나 내 속을 썩였는지 아니? 그런데 이젠 네가 내 속을 다 뒤집어놓는구나.
아빠	이 사람이 보자보자 하니까! 내가 뭘?
엄마	당신 딴 짓 하고 다닌 걸 내가 모를 줄 알아?
아빠	귀신 씨 나락 까먹는 소리하네. 생사람 잡지 마.
엄마	네 애비 핸드폰에 문자메시지가 왔더라. "오빠, 나 오빠한테 완전 푹 빠진 거 같아. 연락 기다릴게."라고. 아이고, 내 팔자야.
아빠	그건 스팸문자잖아!
엄마	이 뻔뻔한 놈. 그러고도 네가 인간이냐?
아빠	아, 돌겠네.
엄마	남편이란 작자는 바깥에서 온갖 뻘짓거리나 하고 돌아다니고, 아들이란 놈은 집안에 틀어박혀서 죽은 사람처럼 자빠져 있고. 아이고, 이 웬수들아. 네 두 놈 때문에 내가 제명에 못 죽지.
아빠	이거 뭐, 적반하장도 유분수지. 야, 이 여편네야. 그동안 내가 뼈 빠지게 일해서 먹여 살려줬는데 그 보답이 고작 이거야? 좋아. 이혼해. 이혼하자고!
엄마	말 한 번 잘했다. 그래 가자, 법원으로 가자고!
아빠	어쭈? 이 여편네 봐라.
엄마	법원 가서 이혼도장 찍어!
아빠	어디서 협박이야? 내가 그런 걸로 쫄 인간으로 보이냐?

엄마	위자료나 준비해놔. 이 인간아.
아빠	뭐? 지랄하네. 한 푼도 못 줘.
작가	참으로 웃기는 세상이다
	죽을 수도 있고
	죽일 수도 있고
	참으로 재미있는 세상이다
	웃을 수도 있고
	웃길 수도 있고
	어제 죽어버린 천재는
	내일 다시 태어날 것이고
	내일 또 죽을 천재는
	어제 어디선가 만들어졌다

보이저가 종이를 찢는다.

20.

보이저가 다른 종이를 펴본다.
그녀가 등장해 보이저 곁에 다가온다.

그녀	안녕? 오랜만이다. 잘 지냈니?
보이저	어.
그녀	취직은 했어?
보이저	어. 그런데 지금은 관뒀어.
그녀	그랬구나. (사이) 아까 전화할 때 목소리가 안 좋더라. 무슨 일 있었니?

침묵.

보이저	가끔 네 생각 했어.

　　　　　　　침묵.

보이저　　　가끔씩 그 섬에 나 혼자 가보곤 했었어. 거긴 언제나 그대로
　　　　　　더라. 맑은 하늘, 푸른 바다. 우리가 손잡고 거닐었던 그 해
　　　　　　변도.

　　　　　　　침묵.

보이저　　　기억해? 같이 놀러 갔었잖아. 우리.

　　　　　　　침묵.

그녀　　　　너 왜 이래?

　　　　　　　침묵.

보이저　　　우리 다시 시작하자.
그녀　　　　미쳤구나.

　　　　　　　침묵.

보이저　　　그때 난 사랑하는 게 많이 서툴렀던 거야. 너에게 특별한 사람이
　　　　　　되고 싶었어. 너를 다 가지고 싶었어.

　　　　　　　침묵.

그녀　　　　나, 임신했었어.

　　　　　　　침묵.

보이저　　　왜 얘기 안 했어?

침묵.

그녀   괜찮아. 곧 지웠으니까. 내 몸에서 아기를 지우고 나니까, 내 마
         음 속의 너도 지우고 싶었어.

침묵.

보이저   미안해.
그녀   심각하게 받아들일 필요 없어. 다 지난 일이니까. 이런 얘기 하려
         고 했던 건 아닌데. 이제 와서 촌스럽잖아.

침묵.

보이저   행복하니?

침묵.

보이저   행복해? 대답해.

침묵.
그녀, 사라진다.

보이저   나만큼 힘들었다고 말해줘. 잊으려고 했던 시간이 견딜 수 없이
         고통스러웠다고. 또 그리웠다고. 마음 한 켠에는 끝을 알 수 없는
         그리움이 잠들어 있다고.
작가   그녀는 다른 섬으로 떠났다
         무수히 해가 뜨고 해가 져도
         풀이 돋고 낙엽이 지고 눈이 내리는 것을
         몇 번이나 반복해도
         그녀는 돌아오지 않았다

가끔씩 초인종이 울려도
거기엔 아무도 없었다
하늘은 푸른색이었고
구름은 천천히 흘러만 갔다
그녀는 다른 섬으로 떠났고
나는 이제 안다
그녀는 돌아오지 않는다

보이저가 종이를 찢는다.

21.

보이저 | 왜 우리는 이렇게 힘든 삶을 지속해야 하는 것일까? 왜 우리는 한정된 자원을 공평하게 나누는 기술을 가지지 못한 것일까? 왜 우리는 가난한 사람과 부자로 나뉘어져야 하는가? 왜 우리는 이런 근원적인 모순을 아직도 해결 못하고 있는가? 왜 우리는 이기적인 욕망을 제어하지 못하는 것일까? 왜 우리는 정작 우리 자신의 내면은 제대로 바라보지 못하는 것일까? 나는, 그리고 우리는 더 이상 고차원적인 생물로 진화할 수 없는 것일까? 인간이란 태양계가 정해놓은 운행궤도에 맞춰서 살아갈 수밖에는 없는 운명인 것일까?

작가 | 보이저 호가 그랜드 투어를 마치기까지는 사실 엄청난 시간이 걸립니다. 천왕성이나 해왕성은 우리가 생각하는 것 이상으로 아득한 거리죠. 이러한 문제점에 대한 해결책으로 NASA는 비행 중간에 목성의 큰 중력을 이용해 탐사선을 빠르게 가속시키는 동시에 비행 방향도 바꾸는 방법을 찾아냈습니다. 일명 스윙바이라 불리는 이 기술 덕분에 보이저는 초속 18킬로미터라는 엄청난 속도를 얻을 수 있게 되었고 태양계의 외행성과 그 위성들에 대한 놀라운 사실들을 차례차례 발견할 수 있었습니다.

경쾌한 스윙 음악.

작가와 배우들은 역동적이고 경쾌한 움직임을 구사한다.

무대 위에서 돈이 뿌려진다.

보이저   결론은 저것인가? 과연 아름답게 흩날리는구나. 하지만 저것은 우주의 질서에 위반된 물건이다. 세상의 모든 것은 잉태된 후에 성장하고, 그리고 사라진다. 그러나 저 자본, 돈이라는 것은 결코 썩어 없어지지 않는다. 관념 덩어리인 숫자로 둔갑해 죽음을 넘어 세대를 이어 영구히 건네지고 그리하여 폐해는 더욱 쌓여간다. 인간은 우주도 정복했건만 돈의 노예가 되어버렸다. 갑자기 나는 슬프다. 여기서는 그 어떤 미래도 볼 수가 없다. 지구 위엔 서로 물어뜯고, 할퀴고, 짓누르는 욕망만이 넘실거린다. 진실한 의미에서 우리는 모두 죽어 있다.

보이저의 대사가 진행되는 사이 사람들은 무대를 무미건조하고 우울하게 걷는다.

걸으며 돈을 줍는다. 다시 공중에 뿌린다.

그들은 쓰러질 듯 쓰러지지 아니하고, 멈춘 듯 멈추지 아니한다. 길을 잃은 듯 방황하고 있지만 전체적으로는 어딘가로 향하는 흐름이 느껴진다. 그것은 개인적으로 분명히 인식된 길이거나 혹은 안개 속처럼 전혀 아무것도 보이지 않는 가운데 가까스로 길만 따라 걷고 있는 행위일 수도 있다. 거대한 미로에 개미 한 마리가 빠져 안간힘을 쓰고 있는 것처럼 보이기도 한다.

점점 무거워진다. 모든 등장인물들이 제자리를 벗어나기가 힘들어진다.

보이저   모두 속고 있는 거야. 역사라는 허울 좋은 이름으로 포장된 이 똑같은 순환에. 이 가공할 사기극에. 이제는 알아야 해. 뭐라도 변화시켜야 해. 폭동이라도 일으켜야 해.

등장인물들   (교차하며 말한다) 피곤해.

사람들은 쇠붙이가 자석에 이끌리는 것처럼 천천히 무대 뒤로 걸어간다.

보이저   거기 서! 왜 이해를 못하지? 너희들은 속고 있는 거란 말이야. 누군가의 장단에 맞춰 춤을 추고 있는 거란 말이야. 멈춰! 돌아와!

등장인물들은 모두 퇴장한다. 보이저는 등장인물들을 쫓아간다.

작가　　저는 현실적인 글쓰기를 하는 작가가 되고 싶었어요. 현실을 꿰뚫는 명확한 인식을 바탕으로 한 글쓰기를 하고 싶단 뜻이죠. 연극의 배경이 달나라든, 안드로메다든, 원시세계든 상관없이 "지금, 여기"에 대한 것을 말하고 싶었죠. 그런데 사람들은 제 얘기를 너무나 피곤해하더군요. 삶이 피곤함 투성인데 굳이 극장까지 와서 또 피곤한 이야기를 봐야 하느냐고 투덜댔죠.

무대에 밧줄이 내려온다.

22.

작가는 내려온 밧줄에 올라탄다.

작가　　항해를 시작한 17년 후 지구의 과학자들은 보이저호에게 마지막 명령을 내려요. 카메라를 돌려 지구를 촬영한 사진을 보내라구요. 그 명령은 광속으로 다섯 시간 반이 걸려 보이저호에게 전달되었죠. 지구 쪽으로 몸을 돌린 보이저는 명령대로 한 장의 사진을 지구로 전송했어요. 보이저호가 보낸 사진 속에는 아무것도 없는 암흑만 담겨 있는 듯 보였죠. 그러나 아주 작은, 아주 조그만 점이 하나 찍혀 있었어요. 보이저가 보낸 사진에 천문학자 칼 세이건은 Pale Blue Dot, 즉 창백한 푸른 점이라는 이름을 붙이죠.

작가가 대사를 읊는 도중 보이저는 터덜터덜 무대로 걸어 들어온다.
보이저는 무대를 천천히 돌아본다.
뒤 이어 모든 배우들이 천천히 등장한다.

보이저   난 더 이상 속지 않아.

군중1   우리의 기쁨과 고통의 총합.

군중2   슬픔.

군중3   분노.

군중4   절망.

군중5   행복.

군중6   욕망.

군중7   저주.

군중8   외로움.

군중9   사랑.

군중10   확신에 찬 수많은 종교.

군중11   수많은 학교.

군중12   수많은 신념.

군중13   수많은 국가.

군중14   그리고 이데올로기들.

군중15   또한 경제적 독트린들.

작가   온갖 철학들.

보이저   모든 사냥꾼과 약탈자.

작가   모든 영웅과 비겁자.

보이저   패배자.

작가   문명의 창조자와 파괴자.

보이저   왕과 노예.

작가   부자와 거지.

보이저   사랑에 빠진 모든 이들. 모든 아버지와 어머니. 그리고 희망에 찬
         아이들. 모든 발명가와 탐험가. 모든 도덕적인 교사들. 모든 타락
         한 정치인들. 모든 슈퍼스타. 모든 최고의 지도자들. (한참 동안
         웃는다) 아무것도 남아 있지 않아. 모든 게 텅 비었어. 그토록 애
         쓰고 노력했지만 난 아무것도 알 수가 없었어. 세상은 나와 무관
         하게 돌아가고 난 그저 티끌만 한 점 하나에 지나지 않았던 거야.

작가   칼 세이건은 이렇게 말했죠. "우주공간에 외로이 떠 있는 한 점
         을 보라. 우리는 여기 있다. 여기가 우리의 고향이다. 사랑하는

남녀, 어머니와 아버지, 성자와 죄인 등 모든 인류가 여기에, 이 햇빛 속에 떠도는 티끌과 같은 작은 천체에 살았던 것이다." 그래요. 아름다운 시와 음악과 사랑이 있는가 하면, 다른 한편에서는 아직도 지독한 증오와 잔인한 행위가 그치지 않는 곳. 사람들은 이곳에서 영원히 살 것 같은 기세로 환경을 파괴하고 하늘을 찌를 듯한 콘크리트 건물로 아성을 쌓고, 우중충한 시멘트벽에 갇힌 채 불안한 삶을 살아가고 있죠.

작가는 밧줄에서 내려온다.

보이저	이렇게 엉망진창인 세계가 우연히 만들어졌을 리가 없지. 암, 그렇고말고. 모든 제도, 체계, 논리, 법칙들은 다 허위야. 다 가짜라고. 눈속임에 불과해.
작가	보이저호는 기나긴 시간을 가로질러 결국 다른 외계 문명이 사는 별에 다다를 테죠. 아마 그때쯤 우리 인류는 멸망하고 말았을지도 몰라요. 혹은 그 활동영역을 우주로 넓혔을지도 모르지요. 그때도 우리는 바흐와 베토벤을 듣고, 재즈의 스윙에 맞춰 춤을 출까요?
보이저	어디까지 더 난장판이 되어야 알 수 있을까? 꾸역꾸역 시간을 씹어 삼킨다 한들 어떤 의미가 있지?
작가	보이저 계획. 이 커다란 프로젝트는 알 수 없는 미지의 세계, 즉 미래라는 곳을 향하여 인간이 희망의 메시지를 쏘아 올린 거예요.
보이저	희망, 가능성? 웃겨. 그 따위 말은 이 부조리한 세계를 포장하는 거짓말일 뿐이야. 삶은, 피곤하고, 즐거움은 적고, 고통만이 가득해. 죽음이 오히려 구원인 거야. 죽음. 그것만이 이런 엄청난 짓을 해놓은 그 신이라는 놈에게 반항할 수 있는 유일한 무기지.
작가	제가 만약 보이저였다면 이런 생각을 하고 있었을 테죠. 난 다시 돌아갈 수 있을까? 내 삶의 궤도로.
보이저	난 돌아가지 않아. 절대로.
작가	도대체 난 어디로 가는 걸까. 겁이 나. 무서워.

보이저   이제야 알겠어. 내가 무엇을 해야 할 것인지. 나를 기다리고 있던
           운명이 무엇인지.

작가   보이저가 마지막으로 전송한 그 사진은 지구 위에 존재하고 있
           는 우리 인간들에게 보내는 어떤 충고 같은 게 아니었을까요? 우
           주적인 관점에서 보면 지구 위의 인간이란 아주 작은 소립자에
           불과할 따름이라는.

보이저   잘 있어라, 이 개새끼들아. 그 좁아터진 곳에서 평생 아귀처럼 서
           로 다투면서 아등바등 살아봐. 누군가 너희들의 꼬락서니를 보
           고 웃고 있을 거다.

        배우들은 움직임을 계속한다.
        보이저는 밧줄을 자신의 목에 건다.

작가   나의 우주는 나의 작품입니다. 이 안에서 나는 창조주입니다. 나
           는 소리들, 몸짓들, 과정들, 무리들, 색깔들을 내 마음대로 배치
           합니다. 그것은 단지 재미있는 이야기를 전해주기 위한 것만이
           아니라 세계의 구조를 무대 위에 추상적으로 펼쳐놓기 위함입니
           다. 그리고 그 속에서 진리를 발견해 객석으로 주제를 던지는 것
           이죠.

        밧줄은 보이저를 매달고 공중으로 올라간다.
        보이저는 바둥거리다 서서히 움직임이 그친다.
        축 늘어진다.

작가   전 가급적이면 보이저를 살리고 싶었습니다. 만약 제 희곡이 여
           러 사람들에 의해 공연이 계속된다면 내가 창조해낸 이 세계에
           서 보이저는 계속 죽어야 할 테니까요. 그게 가슴에 걸립니다. 햄
           릿의 어머니인 거트루드는 그 존재가 창조된 이후 수천 번도 넘
           게 독이 든 술잔을 마셨을 거예요. 만약에 창조된 캐릭터에게 생
           명이란 게 있다면 그 끔찍한 운명에 치를 떨겠죠. 물론 연기하는
           배우는 계속 바뀌겠지만요. 그러나 곰곰이 생각하면 그것만이

234

진실 아닐까요? 역사란 그렇잖아요. 연기하는 배우만 바뀔 뿐 언제나 되풀이되는 것이니까. 인간은 연극 속의 배우처럼 최선을 다해 살아가지만 결국 정해진 결말을 향해 달려가고 있는 것과 다름없잖아요. (표정이 경직된다) 맙소사! 그렇다면 이 연극도 내가 창조하게끔 누군가 조종하고 있는 것일까요? 그럴 리가! 내가 세상을 향하여 내뱉는 이 목소리가 결국은 아무에게도 보이지 않는, 아니 아무도 보려 하지 않는 작은 티끌에 불과한 건가요? (두리번거린다) 누구죠? 누가 있나요? 여보세요? 거기 누가 있나요?

배우들이 소리를 내고 움직이는 가운데 무대막이 내려온다.

작가　　　　멈춰. 아직 막을 내릴 때가 아냐. 누구 맘대로 이러는 거야? 멈춰!

Epilogue

객석등이 켜진다.

작가2　　　　안녕하세요. 전 이 연극의 작가 ○○○입니다. 오늘 특별히 부탁을 해서 마무리 인사를 드리러 나왔습니다. 사실은 이 작품을 마지막으로 더 이상 글을 쓰지 않을 작정이었거든요. 작가라는 직업은 굉장히 외롭답니다. 아무런 대답도 해주지 않을 것을 알면서도 뭔가를 계속 말해야 하죠. 게다가 세익스피어라는 건너기 힘든 거대한 바다가 있고, 입센과 체홉이라는 높은 산이 더욱 걸음을 더디게 합니다. 또한 이오네스코와 베게트라는 괴물이 여행 중간에 습격해 오기도 하죠. 저는 그 머나먼 여정 속에서 작품 안의 인물들을 수없이 죽이고 살렸습니다. 나에게서 생명을 부여받고 빼앗긴 그들의 원망이 귓가에 가득합니다. 내 희곡이, 내 글이 세상을 어떤 식으로든지 긍정적으로 변화시켰다면 그 원망이 들리지 않았겠죠. 그러나 전 괴테와 같은 위대한 작가가 아니라 그냥 그저 그런 극작가에 불과할 뿐입니다. 말을 장황하게 늘어놓았군요. 죄송합니다.

목소리 작가님이 굳이 괴테일 필요는 없잖아요. 삶의 아름다운 면을 찾아도 되고, 법칙 속에서 통용되는 즐거움을 누려도 됩니다.

작가2 의미가 문제의 핵심인 거죠.

목소리 작가님. 물어볼 게 있는데. 좋은 글을 쓴다는 건 어떤 거죠?

작가2 글쎄요. 워낙 다양한 의미라서... 전 이렇게 생각합니다. 좋은 글은 누구나 쓸 수 있어요. 훈련만 제대로 한다면 글을 잘 쓸 수 있죠. 그런데 진짜로 훌륭한 글은 어둠 속으로 머리를 들이밀 줄 아는 것이라고 생각해요. 허공 속으로 뛰어들 줄 아는 것. 글쓰기란 기본적으로 위험하고 많은 용기가 필요한 일입니다.

목소리 저는 작가님의 이번 희곡이 마음에 듭니다. 관객들은 공연을 보는 동안 극중 작가가 진짜 작가인 줄 알겠던데요.

작가2 그렇게 생각해도 별 상관은 없어요. 극중 작가는 내가 보는 나의 모습이죠. 극작가에게 있어 공연이란 자신을 비추는 거울이라고 할 수 있을 테니까요. 마지막 말을 하고 끝내도 되겠죠?

목소리 그러세요.

작가2 저기 바깥에서는 어떤 사람들이 별들의 빛을 꺼뜨리곤 지상으로 떨어뜨리고 있습니다. 그러나 또한 떨어진 별에 다시 불을 붙여 하늘로 던지는 사람들도 있지요. 저 별들은 당신에게 속삭일 겁니다. 더 뜨겁고 밝은 빛을 찬란하게 뿜어내라고. 관객 여러분, 이렇게 부탁합니다. 이 지구 위에 영원히 꺼지지 않는 횃불을 밝혀주지 않으시겠습니까? 아직 이 지구 내부에 있는 마그마가, 그리고 여러분 마음속에 잠들어 있는 열정이 다 식지 않았다고 생각한다면 말입니다. 잠시나마 다시는 글을 쓰지 않겠다고 결심했던 내가 부끄러워집니다. 저는 오늘 이 순간부터 멈춤 없이, 흔들림 없이 나의 글을 써나갈 것입니다.

무대막이 열린다. 배우들이 정렬하고 있다.

작가는 무대를 내려간다. 객석을 가로질러 퇴장한다.

막

등장인물

김정훈

김소진

김철진

이슬기

임성미

노재림

김훈단

무대설명

무대는 다섯 부분으로 나누어져 있다.

1. 정훈의 방- 낮은 책상의 컴퓨터, 옷걸이, 가구들

2. 철진과 슬기가 만나는 모텔방- 침대 및 모텔방 안의 집기들

3. 성미의 작업실- 그림들 (수묵화)

4. 술집- 테이블과 의자

5. 부두- 무대와 객석 사이

1. 어느 날, 오후

무대 밝아지면 어지러운 방이다.

나뒹구는 콜라병, 소주병, 맥주캔, 피자박스, 치킨상자. 담배꽁초 가득한 종이컵들. 넘어진 휴지통과 쏟아져 있는 티슈 뭉치들. 아무렇게나 던져진 무협만화책 몇 권과 잡지 등등.

그 속에 컴퓨터 게임에 몰두하고 있는 남자가 보인다.

왼손에는 담배를 들고 있는데 재가 떨어지는 줄도 모른다.

정훈   이 씹새끼, 뭐고? 겜 하자는 기가, 말자는 기가? 빈집 털어야 할 꺼 아이가? 아, 씨발 졸라 허접한 새끼. (담뱃재가 손가락에 떨어진다) 앗, 뜨거! 아씨, 와 일노! (급하게 재떨이를 찾아 담배를 끈다. 순간 컴퓨터에서 다크템플러가 SCV 죽이는 소리 들린다) 아, 미치뿌겠네. 마, 마! 오버로드 좀 보내라. 이 새끼야, 오버로드 보내라니까! 이 좃만한 새끼가! (채팅창에 메시지를 친다) "님, 오버로드 좀 보내주삼." (메시지가 온다. 메시지를 읽어보고) 이 씨발새끼가 뭐라카노? (메시지를 보낸다) "좀만아, 니나 잘해라. 좀만 딸딸이 새끼" (메시지가 온다. 읽는 정훈은 점점 약이 오른다) 이 씨발놈이! (메시지를 보낸다) "내가 투 칼라 막을 때 뭐했어? 하나 담구지도 못한 놈이." (메시지가 온다. 기가 찬 듯 메시지를 보낸다) "너 몇 살이야?" (메시지가 온다) 뭐? 열네 살? 와, 이 쥐방울 만한 놈이! (메시지를 보낸다) "내 서른세 살이거든. 니 삼촌뻘이야. 주둥이 함부로 놀리지 마." (메시지가 온다) 이 씨발놈이 뭐라카노? (메시지를 보낸다) "개새끼야, 느그집 어디야? 씨발놈!" (메시지가 온다. 그대로 읽는다) "우리 집 안드로메다야. 한 번 놀러 와." (한숨을 쉰다) 내가 지금 얼라 하고 뭐하는 짓이고? (메시지를 보낸다) "아가야. 공부나 열심히 하그라." (급하게 종료버튼을 누른다. 마음이 진정이 되지 않는 듯 누워서 씩씩거린다. 천정을 보며 담배를 꺼내 피운다. 옆에 뒹구는 만화책을 건성으로 몇 장 넘기다 던져버린다. 콜라 한 모금 마신다. 담배를 다 피우고 기지개를 쭉 켠 다음 앉는다. 멍하니 잠시 있다가 다시 컴퓨터에 시선을 준다. 방금 전과 같은 게임을 실행시킨다)

문 두드리는 소리.

정훈   열리가 있다.

소진, 들어온다. 양팔엔 불룩한 수퍼마켓 비닐봉지가 들려져 있다.

정훈   오늘 일 안 나가나?
소진   비번이다. (방 안을 둘러보고는 하나씩 치우기 시작한다)
정훈   우짠 일이고? 강 사장이 쉬라고 하던갑지?
소진   무슨 장사가 되야 말이지. 손님 많을 때는 쉬고 싶다, 쉬고 싶다
             그래 말해도 콧방귀도 안 뀌더만 요새 장사 좀 안 된다 싶으니까
             인심 쓰는 척하는 거 있제. (컴퓨터를 들여다보며) 또 오락하나?
정훈   아, 씨발, 와 이래 접속이 안 되노? 인터넷 강국? 한국통신 개씨
             발놈들 다 총살시키뿌야 돼. 졸라 개씹탱구리새끼들! 돈은 돈대
             로 다 처무면서 해주는 건 코떽까리만큼도 없어. 이봐라, 이봐라.
             니 보이제? 랙 걸리는 거. 이래가 우리나라가 선진국이 안 되는
             기라. 문제야, 문제!
소진   밥은 뭇나?
정훈   아니. 아직.
소진   이때까지 오락만 햇 기가? 그기 그래 재밌나?
정훈   꼭 우리 엄마 같은 소리 한다이.
소진   밥 차리주까?
정훈   치아라, 마. 생각 없다.

정훈은 여전히 컴퓨터 게임에 집중하고, 그런 정훈을 보는 소진은 행동을 멈추고 잠시 생
각을 한다.

소진   (정훈을 보고) 자기야.
정훈   와?
소진   자기야.

정훈   듣고 있다.

소진   자기야.

정훈   (버럭 성질을 내며) 와 부르노?

소진   내 좀 봐바라.

정훈   바쁘다.

소진   오락 좀 그만하고 내 좀 봐바.

정훈   아이, 씨! 가쓰나 귀찮게 와 그라노? 내 바쁘다 안 하나!

침묵. 다시 게임에 몰두하는 정훈. 그 모습을 잠자코 지켜보는 소진.

소진   갈란다.

상윤   삐짔나? 가쓰나, 그거 가꼬 삐지나! (소진이 걸음을 떼자 게임을
        그만둔다) 어디 가노? 여 앉아봐라. (소진, 멈춘다) 니, 말 안 들
        을 끼가?

소진   (다시 자리에 앉으면서) 왜 자기는 맨날 나한테 화만 버럭버럭
        내노?

상윤   내가 언제?

소진   항상 그렇다.

상윤   니가 화를 돋우니까 그런 기지.

소진   내가 언제?

정훈   항상 그렇다.

소진   (한숨 푹 쉬고) 좀 사근사근 대하면 안 되나?

정훈   내가 사근사근 안 한 게 또 뭐고?

소진   남자가 도량도 넓고 그래야지. 여자한테 꼬박꼬박 이기봤자 뭐
        할 낀데?

정훈   내가 언제 니한테 맨날 이깄노? 참고 또 참고, 마 그러려니 하고
        눈감아 준 게 훨씬 많다.

소진   밴댕이 소갈딱지.

정훈   잔소리 할마탕구.

소진   잔소리 진짜로 함 해보까?

정훈   고마 해라. (돌아앉아서 게임을 한다)

소진	(앉으며) 건너편 길에 슈퍼 총각 일 그만뒀다던데.
정훈	그래서?
소진	거기 월급 괜찮다던데. 사장 성격도 좋고.
정훈	내보고 거서 일하라고? 가오 상하게, 슈퍼 총각이 뭐고?
소진	자기는 언제까지 이래 살 낀데?
정훈	그깟 푼돈 번다고 뭐가 달라지나?
소진	일 안 나가면 맨날 오락질이나 하고. 안 그라면 만화책이나 보고...
정훈	시끄럽다. 조용히 해라.
소진	(가슴이 막히지만 정훈에게 내색하지 않는다) 청소라도 좀 해라. 방구석 꼬라지 좀 봐바. 이기 사람 사는 집이가?
정훈	니 오늘 따라 와 이래 떽떽거리노? 생리하나?
소진	뭐?
정훈	(능글맞게 웃으며) 성질 내지 마라. 농담이다.
소진	자, 자! 우리 같이 방 좀 치우자.
정훈	만다꼬? 어차피 또 어질러질 낀데. 그냥 있지.
소진	어질러지면 다시 치우면 되지.
정훈	귀찮다 아이가.
소진	그래 귀찮으면 숨도 쉬지 마라. 칵 죽으뿌라, 그냥.
정훈	숨 쉬는 건 안 귀찮거든.
소진	으이그!

소진은 방을 치우며 움직인다. 정훈은 담배를 꺼내 문다.

소진	청소하는데 담배는 또 왜 피노?
정훈	한 대만 묵고 하자. 안다 아이가? 내 뭐 할라카면 담배 한 대부터 태우고 해야 되는 거.
소진	진짜 어렵다. 어려워.
정훈	그라면 세상이 그래 쉬운 줄 아나? 세상, 만만찮다.

소진은 빗자루를 들고 방바닥을 쓴다.

소진   좀 비키봐라. (정훈이 다리를 하나 든다) 아니, 좀 비키봐바. (정
             훈, 다른 쪽 다리를 든다) 거기 쓸어야 된다. 좀 비키라.

정훈   아이, 씨! 가쓰나! (벌떡 일어나 다른 쪽에 앉는다)

소진은 방바닥을 쓸어간다. 쓸다 보니 다시 그 앞에 정훈이 앉아 있다.

소진   비키라.

정훈   니, 와 계속 내 따라 댕기노? 내 괴롭힐라고 그라는 거제.

소진   자기가 안 쓴 데 계속 앉아 있어서 그런 거 아이가. 빨리 비키
             봐라.

정훈   여는 안 쓸어도 된다. 봐라. 깨끗하다 아이가.

소진   좋은 말 할 때 비키라.

정훈   무슨 가쓰나가... 싹싹한 맛이 한 개도 없노. (손에 들고 있던 담배
             에서 담뱃재가 툭 떨어진다)

소진   야! 담배! 거긴 쓴 데란 말이다. 와 그래 말을 안 듣노?

정훈   아니, 내가 뭐? 떨어뜨릴라고 떨어뜨렸나? 치우면 될 꺼 아니가!
             (담뱃재를 후 분다. 담뱃재가 사라진다) 됐제?

소진   (분통이 터진다) 그걸 그래 흩트리면 우짜노?

정훈   됐다, 됐다, 됐다, 됐다. 마 대충 쓸고 끝내라. 청소 못하고 죽은
             귀신 붙은 것도 아이고. 깔끔 떨어봤자 주인 좋은 일만 하는 거
             아이가. 내 집도 아닌데 뭐 그리 삐까뻔쩍하게 닦아 샀노?

소진   으이그, 진짜 추줍으가 죽겠다.

소진은 방바닥을 다 쓸고 쓰레기통 주변을 정리한다. 주변의 휴지를 줍다가 유난히 티슈
가 많음을 눈치챈다.

소진   또 혼자 딸딸이 쳤나?

정훈   아, 씨! 또 무슨 소리 하노? 내가 지금 딸딸이 칠 나이가?

소진   이 휴지들은 다 뭔데?

정훈   코 푼 거다.

소진　　(티슈를 들고 냄새를 킁킁 맡는다) 뻥치고 있네. 자기는 콧구멍에서도 정액이 나오는 갑지?

정훈　　환장하겠네. 야, 그거를 또 냄새 맡아보나? 니는 우째 가쓰나가 부끄러운 것도 모르노?

소진　　자기나 쪽팔리는 줄 알아라. 으이구!

정훈　　그래서 냄새 맡으니까 좋나?

소진　　그래. 열라 환장하겠다.

정훈　　가쓰나, 밝히기는. (씨익 웃으며) 함 하까?

소진　　(눈을 흘기며) 됐다. 으이그, 나이 서른세 살에 딸딸이나 치고... 자기가 뭐 열다섯 살짜리 중학생이가? (쓰레기들을 종량제 봉투에 다 담는다) 와, 많기도 하다. 꼬라지 보니까 자기 또 야한 거 따운받아 봤제.

정훈　　그딴 거 안 본다.

소진　　지랄. 내 다 알거든? 컴퓨터 바탕화면에 까치 폴더. 마이도 넣어 놨데? 하이튼 머슴아 새끼들은 다 징그러버 죽겠다.

정훈　　지랄! 지는?

소진　　내가 뭐? 나는 야한 거 안 본다.

정훈　　니는 텔레비 보면서 징징 짠다 아이가? 무슨, 얼라가?

소진　　자기도 전에 울었잖아.

정훈　　내가 언제?

소진　　전에 영화보고 울었잖아. 손예진 나온 거.

정훈　　그거는 좀 특별한 거지.

소진　　뭐가 특별한데?

정훈　　그러면 손예진이가 닭똥 같은 눈물을 흘리면서 구슬프게 우는데 내가 그냥 멍 때리고 있어야 되겠나? 같이 울어주야지.

소진　　웃기고 있네.

정훈　　가쓰나, 질투하는 거 봐라. 니가 감히 손예진한테 질투하나?

소진　　내가 언제?

정훈　　지금.

소진　　참 나, 기똥이 메아리친다.

정훈　　분수를 알아라.

소진   으휴!

        소진은 방을 닦기 시작한다.

정훈   (비닐봉지를 들여다보며) 뭐 사 왔는데?
소진   반찬거리랑 과일이랑 이것저것.
정훈   과일은 만다꼬 사노? 돈 아깝게시리.
소진   과일도 먹어줘야지. 건강을 생각하면.
정훈   졸라 비싸던데.
소진   그래가 조금밖에 못 샀다.
정훈   그래도 과일은 사지 마라. 내 과일 별로 안 좋아한다. (뒤진다)
         뭐고? 에이, 이거 좀 지난 거네. 사과 멍든 거 좀 봐라. 뜨리미 하
         는 거 사 왔나? 쪽 팔리게. 하나를 무도 올바른 거를 무야지.
소진   (버럭) 니 돈이가? 내 돈 주고 샀는데 그냥 조용히 처무라.
정훈   알았다. 와 화를 내고 그라노?
소진   내가 언제 화냈다고 그라노.
정훈   (조그만 소리로) 화내고 있구마는... (소진이 째려본다) 알긋다.
         미안타.

        잠시 사이. 방바닥을 닦는 소진의 엉덩이를 발로 건드리는 정훈.

정훈   딩동, 딩동!
소진   하지 마라.

        정훈은 또 소진의 엉덩이를 발로 건드린다.

정훈   딩동, 딩동, 딩동!
소진   하지 마라 캤다.

        정훈은 굴하지 않고 건드린다.

정훈 딩동, 딩동, 딩…

소진 (벌컥 신경질을 내며) 하지 마라!

정훈 어쩔시구리?

소진 하지 말라는데 와 계속 만지샀노?

정훈 내 껀데 좀 만지면 안 되나?

소진 안 된다. 그리고 자기 꺼 아이다.

정훈 거 참, 야박하게 구네.

소진은 다시 방을 닦는다.

정훈은 소진의 엉덩이를 잠자코 보다가 이번엔 치마를 들친다.

소진 자기 진짜 와 그라노!

정훈 아싸! 분홍색에 빨간 땡땡이.

소진 (벌떡 일어나 걸레를 집어던진다) 야!

정훈 (얼굴에 걸레를 맞고) 이기! 어디 걸레를 서방한테 주 떤지노! 죽
    을래?

소진은 정훈 앞에 앉아 정훈의 머릴 잡고 느닷없이 키스한다.

정훈 (당황한다. 입술을 떼어내며) 니 너무 과격한 거 아이가? (다시
    머리를 소진에게 잡혀 키스를 당한다) 읍!

아주 긴 키스. 조용한 가운데 서로의 침을 삼키는 소리. 혀를 문지르는 소리. 입속의 공기
가 들어가고 빠지는 소리.

키스를 하면서 정훈은 소진을 천천히 눕힌다. 치마를 벗긴다. 애무한다.

소진 (입을 떼고) 오늘은 하면 안 된다.

정훈 괘안타. (다시 키스한다)

소진 (다시 입을 떼며) 따갑다. 면도 언제 했노?

정훈 그저께. 따가워도 좀 참아봐라. 까끌까끌한 데에 또 묘미가 있는
    법이다. (소진의 목에다 키스한다)

소진   자기, 면도 안 한 남자랑 키스해본 적 있나?

정훈   처돌았나?

소진   안 해봤으면서, 무슨 묘미!

정훈   으, 못 참겠다. 준비됐나?

소진   할라면 콘돔 끼라.

정훈   니 안 가지고 있나?

소진   없는데... 그런 거는 남자가 준비해야 되는 거 아니가?

정훈   마 그냥 하자.

소진   안 하면 안 할 거다.

정훈   안에다 안 하께.

소진   그걸 어떻게 믿노? 전에도 그라다가 잘못됐다 아이가.

정훈   제대로 하면 되지.

소진   (정훈을 밀쳐낸다) 오늘은 진짜 안 된다.

정훈   믿어봐라. (다시 끌어안는다)

소진   (두 손으로 정훈의 양 볼을 잡고 정면으로 응시한다. 음색을 바꾸
        어) 내, 병원 다시는 가기 싫다.

정훈   생기면 결혼하자. (입술을 소진의 목에 묻는다)

소진이 벌떡 일어난다. 서둘러 치마를 입는다.

정훈   와 그라노?

소진   자기는 진짜 나쁜 놈이다.

정훈   내가 뭐?

소진   개새끼.

정훈   도대체 와 그라는데?

소진   자기, 내하고 진짜 결혼할 수 있나?

정훈   못 할 건 뭔데? (잠자코 있는 소진을 보며) 뭐가 문젠데? 말해봐
        바. (여전히 잠자코 있다) 말을 해봐라.

소진   내 빚진 돈. 그거 갚기 전까진...

정훈   마, 됐다. 안 하면 될 거 아이가. 누가 뭐, 그거 못하고 죽은 귀신
        인 줄 아나?

정훈은 일어선다. 옷을 입는다.

소진   어디 가는데?
정훈   나도 모른다.
소진   밥은?
정훈   나가서 물끼다.

정훈은 나간다.
정훈의 뒷모습을 허망하게 바라보며 내쉬는 소진의 큰 한숨.
무대, 어두워진다.

2. 어느 날, 이른 밤

무대가 밝아지면 술집 테이블이다.
그들은 이미 술에 살짝 취한 상태다.

철진   억수로 오랜만이네. 마지막으로 같이 마신 때가 언제고?
정훈   글쎄.
철진   기억이 가물가물한다.
정훈   친구들은 좀 만나보나?
철진   서로 사는 게 바쁘이 뭐, 잘 지내고 있겠지 하고 생각만 하는 거
         지. 니는?
정훈   내야 뭐, 볼일도 없고. 봐봤자 마음만 심란하고. 쪽도 팔리고. 아!
         얼마 전에 내, 신재훈이 봤다.
철진   글마 뭐한다데?
정훈   인천에 있다 카던데.
철진   그서 뭐하노?
정훈   배 탄다더라.
철진   배?
정훈   어. 전화 함 해봐라. 얼마 전에 입항했으니까 아직은 배 안 나가

고 있을 끼다.

철진   배는 와 타노? 그래 할 끼 없나?

정훈   그라지 마라. 그래도 일 년에 한 삼천만 원 번다던데. 그래서 나
도 함 타볼까 생각 중이다.

잠시 침묵.

철진   힘드나? 일자리 좀 알아봐 주까?

정훈   무슨 소리고?

철진   니도 그냥 이래 노니, 뭐라도 해야 되지 않겠나?

정훈   씨발놈.

철진   와?

정훈   (정색하며) 내가 일자리 하나 못 구해가 놀고 있는 줄 아나?

철진   웃빵 잡기는. 씹새끼. 얼굴 피라. 자, 한 잔 받아라.

정훈은 말없이 한 잔 받아 마신다.

정훈   사실은...

철진   뭔데?

사이.

철진   임마, 말을 해라.

정훈   아이다.

철진   새끼야, 뭔데?

정훈   아이다. 술이나 한 잔 더 도. 소주 도수가 낮아지가 마시도 마신
거 같지가 않다. 안 글나?

철진   실없는 새끼.

철진은 정훈에게 술을 따라 준다.

철진   그 가시나하고는 아직이가?

정훈   어.

철진   오래가네.

정훈   요새는 마 징글징글하다.

철진   같이 사나?

정훈은 고개를 끄덕인다.

철진   그만해라. 술집 나가는 딸래미 뭐가 좋다고 그래 오래 만나노?
         함 따묵고 치우는 기지.

정훈은 멈칫하고 철진을 노려본다.

정훈   말 다 했나?

철진   그런 아 만나니까 니 인생이 안 피는 기다.

정훈은 철진의 멱살을 잡는다.

정훈   니가 뭐 안다고 지랄이고? 부모 재산 물려받아가 배불리고 사는
         주제에.

철진   놔라. 새끼야.

서로 노려본다.

정훈   미안하다. 내가 술 됐는 갑다.

정훈은 철진의 멱살을 힘없이 놓는다.

철진   됐다. 마 잊아뿌라.

철진은 흐트러진 옷을 바로 한다. 침묵.

정훈   가가 빚이 있다.

철진   봐라. 내 말이 딱 맞다 아이가. (매서운 정훈의 눈빛을 느끼고) 씹
       새끼, 눈에서 레이저 빔 나오겠다. 그래, 얼만데?

정훈   팔천만 원.

철진   뭐? 팔백 아이고?

정훈   팔천.

철진   씨발, 얼른 끝내라.

정훈   니가 나라면 끝낼 수 있겠나?

철진   나는 끝내지. 나는 제정신이거든.

정훈   나는 제정신이 아닌 갑다. 못 끝내겠다.

철진   니 인생 조진디. 가 때문에.

정훈   그래서 말인데...

철진   뭐?

정훈은 묵묵부답이다.

철진   이 새끼가 아까부터 와 이래 샀노?

정훈   아이다.

철진   이런 즈그므 뜨그랄. 뭔데?

정훈   담배나 하나 도.

철진   (주머니에서 담배를 꺼낸다) 어? 돗대다.

정훈   주봐라.

철진   돗댄데?

정훈   아깝나?

철진   개자슥이 돗대를 뺏들어 갈라 하노?

정훈   알았다. 안 피께. 꼴짭한 새끼.

철진   아, 씨발. 엿 같네. 있어 봐라. 사 오께.

정훈   아이다. 내가 갔다 오께.

철진   돈 있나?

정훈   (멈칫한다) 아니.

철진   앉아라. (일어서며) 니 뭐 피노?

정훈   아무거나.

철진   다른 거는 뭐 필요한 거 없제?

철진은 나간다.

정훈   (자신의 잔에 술을 부으면서) 필요한 거? 있지. 그냥 필요한 게
        아이고 진짜 절실하다. (술을 들이킨다) 임마, 떼이는 셈 치고 돈
        팔천만 원만 빌리도. 안 되겠나? 안 되겠제? 안 되지, 그럼. 말도
        안 했는데 니가 우째 빌리주겠노? (웃는다) 빙신 같은 새끼. 에라
        이, 씨발놈. (자신의 뺨을 계속 후려친다)

정훈은 일어서서 술집을 나간다.

3. 어느 날, 밤

성미의 작업실이 밝아진다.
전화를 걸고 있는 성미가 등장한다. 한참 동안 신호음이 울린다. 끊어진다.
술집에 철진이 들어온다.

철진   이 새끼 어디 갔노? 오줌 누러 갔나? (진동을 느끼고 호주머니에
        서 전화기를 꺼내어 받는다) 여보세요? (정훈을 찾는 듯 주위를
        기웃거린다)

성미   뭐해? 아직 안 들어가고.

철진   친구랑 술 마시고 있다. 니는 집이가?

성미   아니. 나 오늘 많이 늦을 것 같아서. 전시회가 모레라 준비할 게
        많네. 아직 내 그림 마무리도 다 못했어.

철진   그래가 우짜노?

성미   뭐, 잘 되겠지.

재림이 커피 두 잔을 들고 등장한다. 성미에게 한 잔을 건네준다.

철진   얼른 그리라.

성미   알았어. 자기도 적당히 마셔. 몸도 못 버티면서.

철진   알긋다. 니도 빨리 마무리하고 집에서 좀 쉬라.

성미   그래. 끊어. (전화를 끊는다)

전화가 끊기자 철진은 전화기를 손에 들고 바라본다. 짧은 한숨을 내쉰다.

재림   형부예요?

성미   응.

재림   여덟 시밖에 안 됐는데 되게 찾네. 칫. 흥. 뿡. 피.

성미   술 먹고 있대. 친구랑.

재림   그래요? 그렇담 우리도 한 잔 할까요? 어때요?

성미   넌 잘 되어가나 보지?

철진   이 새끼는 어디로 갔노? (전화를 건다) 마. 어디 있노? 뭐? 집에?
       뭔데? 술 됐나? 내 혼자 여서 뭐하라고? (전화가 끊어진다) 여보
       세요? 야! 김정훈! 아, 이 또라이 새끼. 환장하겠네. 나 참. (잔에
       술을 붓고 마신다) 크!

재림은 성미의 그림을 바라본다.

재림이 성미의 그림을 바라보고 있는 사이에 철진이 문자메시지를 넣는다. 버튼음이 크게
울린다.

재림   이 그림 제목이 뭐죠?

성미   공무도하가.

재림   다소 뜬금없는 제목인데요?

성미   나도 그렇게 생각하고 있어.

재림   공무도하가라... 언니답지 않은데요? 화가 임성미. 사랑에 대해
       서 고민하다. 어색하잖아요.

성미   내가 사랑에 대해 생각하는 게 그렇게 이상해? (사이) 넌 연애
       안 하니?

재림	에휴! 선배 작업실에 얹혀서 겨우겨우 그림 그리는 내가 연애 따위 눈에 들어오겠어요? 게다가 남는 시간은 온통 레슨이고. 연애도 시간이 있어야 하죠.
성미	왜? 전에 만나던 남자 있었잖아.
재림	유학 갔어요. 저보고 같이 가겠냐고 묻더라구요. 근데 난 돈이 없다. 그래서 못 간다. 그렇게 말했더니 며칠 후 비행기 타고 멀리멀리 바다 건너가 버렸어요.
성미	사랑했었니?
재림	글쎄요. 잘 모르겠어요.
성미	그 남자 어디가 그렇게 좋았어?
재림	키 크고, 돈 많고, 매너 좋고. 뭐...
성미	그게 다야?
재림	그럼 뭐가 더 필요한데요?
성미	운명적 일체감 같은 거?
재림	내가 뭐 사춘기 소녀예요? 그런 게 어디 있어요?
성미	알고 있었구나? 난 네가 운명이니 숙명이니 뭐 그런 거 여태까지 믿고 있는 줄 알았거든.
재림	있었으면 좋겠다고 생각하고는 있어요. 지구의 어느 한구석에는 그런 예쁘고 아름다운 사랑이 분명히 있지 않겠어요?
성미	그런 거 없어.
재림	에이. 무슨 화가가 낭만도 없고. 사람들에게 아름다움을 전해야죠.
성미	난 말야, 여태까지 내 작업 안에서 그런 기능을 가능한 한 배제해왔어. 그림은 통로야. 왜냐하면 보이는 것 그 너머를 볼 수 있게끔 해주니까. 그래서 무릇 그림은 사람들이 흔히 말하듯이 참 아름답구나, 잘 그렸구나, 그런 것에 방점을, 가치를 두는 게 아니라 그 그림의 의미가 어디까지 확장되는지, 그리고 그 끝은 어디인지, 그런 걸 생각하게끔 해야 해
재림	아, 예. 예. 어련하시겠습니까? 오늘, 철야작업 하실 거죠?
성미	아니, 지금 갈까 봐. 앉아 있어 봐야 별다른 뾰족한 수도 없을 것 같고. 집에 가서 잠이나 잘래.

재림	에이, 그러지 말고 족발 시켜서 맥주 한잔해요. 이 귀여운 후배를 위해서... (애교 부린다)
성미	(무덤덤하게) 간다.
재림	네.

성미, 나간다.
나가는 성미를 쳐다보는 재림, 그녀가 나가자 그림으로 시선을 옮긴다. 한숨을 푹 쉰다.

| 재림 | 아무리 그래도 그렇지. 어째 메일 한 통, 전화 한 번도 없냐? 개새끼. |

재림이 퇴장한다.
작업실이 어두워진다.

4. 어느 날, 늦은 밤

술집에 여자가 들어온다. 짙은 화장을 했지만 어린 티가 확 난다. 껌을 불량스럽게 씹고 있다.
의자에 앉아 있는 철진에게로 걸어온다.

슬기	왜 불렀는데요?
철진	보고 싶어서.
슬기	다시는 안 보기로 했잖아요. 저번 때가 마지막이라고 그라더니.
철진	마음대로 안 되더라. 니는 내 안 보고 싶더나?
슬기	내가 왜 아저씨 보고 싶어 해야 되는데?
철진	(앞의 의자를 가리키며) 거 앉아봐라.

슬기는 의자에 앉는다.

| 슬기 | 이라는 거 아저씨 마눌은 알아요? |
| 철진 | 모르겠지. |

슬기   괜히 죄짓지 말고 그냥 집으로 가지요.
철진   마누라, 집에 없다.
슬기   어디 갔는데?
철진   전시회 준비한다고 바쁘단다.
슬기   전시회? 우와. 화가예요?
철진   어.
슬기   아저씨랑 화가 부인이라... 참 안 어울린다.
철진   니도 그렇게 생각하나? 사실은 나도 그렇게 생각했는데. 그라고
        마누라도 그렇게 생각하겠지.

철진은 술을 들어마신다.

슬기는 철진을 물끄러미 바라본다.

슬기   저도 한 잔 주세요.

철진은 슬기에게 술을 따라 준다.

슬기   건배.

철진과 슬기는 서로의 잔을 부딪히고 술잔을 비운다.

슬기   여기 누구랑... 같이 왔었어요?
철진   어. 친구랑.
슬기   근데 어디 갔어요?
철진   몰라. 그냥 가버리더라.
슬기   싸웠어요?
철진   아니.
슬기   그 아저씨는 착한 아저씨네.
철진   왜?
슬기   술 취하니까 알아서 귀가한 거잖아요.
철진   그란 게 아이다.

슬기   그라믄요?

철진   글마 그게 내한테 할 말이 있었던 기라. 나는 다 알고 있었거든. 말 못한 글마가 한심한 놈인지 알면서 모른 척한 내가 나쁜 놈인 건지...

슬기   아저씨는 나쁜 사람 아닌데.

철진   글체? 내 나쁜 거 아이다. 맞제? 팔천만 원이 아 이름이가?

슬기   돈 빌려달라고 했는가 봐요.

철진   어.

슬기   팔천만 원?

철진   어.

슬기   아저씨 돈 많나 봐?

철진   살 만큼은 산다.

슬기   나도 돈 필요한데.

철진   뭐?

슬기   나는 한 삼천만 원 정도?

철진   뭐라고?

슬기   나한테 돈 좀 빌려줘요.

철진   미쳤나?

슬기   농담이에요.

철진   (진지하게) 니 진짜가?

슬기   왜요? 진짜로 빌려주게?

철진   필요하다면.

슬기   띵가물 낀데?

철진   괘안타. 떼묵고 도망가도. 안 아까울 거 같다.

슬기   됐어요. 아저씨 친구한테나 빌려줘요.

철진   안 빌리줄끼다.

슬기   (어이없다는 듯 웃으며) 왜요? 나한테는 떼여도 안 아깝다면서 친구한테는 아까운가 봐요?

철진   어. 아깝다.

슬기   의리하고는!

철진   그러게. 역시 난 나쁜 놈인갑다. (술을 들이킨다) 가라.

258

| 슬기 | 네? |
| 철진 | 이제 다시는 전화도 안 하고 문자도 안 보낼게. |

철진과 슬기는 서로 마주 본다.

| 철진 | 아참, 돈은 줘야지. (지갑에서 돈을 꺼내 슬기의 손에 쥐어준다) 잘 가라. 미안하다. 안 본다, 안 본다 하면서도 그게 잘 안 되네. |

손에 쥐어진 돈을 물끄러미 바라보는 슬기.

| 슬기 | 이번 한 번뿐이에요. 다시는 저 찾지 마세요. |

철진은 슬기를 와락 안는다.

슬기	(철진의 품에 안겨 있다가 조용히) 아저씨.
철진	와?
슬기	(철진의 아랫도리를 보며) 반응이 너무 빠른 거 아니에요?
철진	무슨 소리하노?
슬기	섰죠?
철진	알겠드나?
슬기	나가요.

철진과 슬기는 손을 잡고 나간다.
무대, 어두워진다.

5. 어느 날, 깊은 밤

정훈의 방.
어두운 가운데 소진이 앉아 있다.
문이 열리고 정훈이 들어온다.

정훈   야시시하게 불은 와 꺼놓고 있노? 꼴리구로.

정훈은 소진에게 다가와 키스한다.

소진   (정훈을 밀쳐낸다) 그마해라. 술 마시고 들어와서는 이렇게 다짜
           고짜 들이대는 게 어디 있노?
정훈   좋잖아?
소진   할 말이 있어서 기다리고 있었구마는.
정훈   뭔데?
소진   (뜸을 들이다가) 자기, 내 사랑하나?
정훈   (어이없어 하며) 그게 할 말이었나?
소진   말해봐바. 내 사랑하나?
정훈   그런 거는 자연스럽게 말이 나오는 거지. 말하란다고 곧바로 말
           할 수 있는 게 아이잖아.
소진   나는 억지로라도 들어야겠다.
정훈   그만하자.
소진   결국, 자기는 내를 사랑하는 기 아이다. 그렇제?
정훈   니는 말을 우째 그 따구로 하노?
소진   돈 때문에 그라나? 그거는 자기가 신경 안 써도 된다.
정훈   아, 씨발 미치겠네.
소진   자기보고 책임지란 말 절대로 안 한다. 자기한테는 돈 십 원도
           안 바란다. 그러니까 그런 거 신경 쓰지 말고...
정훈   (버럭 고함을 친다) 어떻게 신경이 안 쓰이겠노! 졸라 씨발, 비참
           하게 만드네. 그래, 니 말이 전부 다 맞다. 내 졸라 찌질하고 가난
           하거든. 그러니까 팔천만 원 딱 벌고 나면 니한테 그 말 해주께.
           그 전에는 바라지 마라. 제발, 부탁이다. 서로 힘들다 아이가. 안
           글나?
소진   그라면 내하고 와 사는데?
정훈   (귀찮은 듯, 짜증을 내며) 알았다, 알았다. 사랑한다. 됐제?

소진은 정훈의 따귀를 때린다.

260

소진   씹새끼야. 니는 꼬치만 서면 사랑하는 거가?

서로 노려본다. 침묵. 서로의 숨소리만 들린다.
긴 사이.
시선을 돌리는 정훈. 실망 가득한 눈빛의 소진.
정훈이 고개를 돌려서 무엇인가 말을 하려는 순간, 소진의 가방 안에 들어 있던 휴대폰의
벨이 울린다.

정훈   (숨을 한 번 내쉬고) 전화 받아라.

소진은 전화기를 꺼내 발신번호를 확인한다. 그리고 전화를 받지 않는다.
계속해서 울리는 전화벨. 이윽고 끊어진다.

정훈   와 안 받노?

소진은 말이 없다.

정훈   강 사장이가?

소진이 고개를 끄덕인다.

정훈   오늘 비번이라메?

다시 울리는 전화벨. 받지 않는다.
빨리 끊어지는 전화벨.

정훈   받아봐야 안 되나? 갑자기 손님이 많이 와서 전화하는 거 같
          은데.

어색한 침묵.

담배를 찾는 정훈. 그러나 담배가 없다.
소진이 자기 가방 속에서 담배를 꺼낸다.

정훈   끊었다고 안 그랬나?
소진   잘 안 되더라. (담배를 건넨다)
정훈   (담배를 받으며) 고맙다. (소진을 보며) 니도 한 대 피라.

담배를 꺼내 피우는 소진.
자욱한 담배연기와 침묵.
정훈은 담배를 다 태우고 끈다.

정훈   (천정을 보면서) 결혼하자.

정훈은 소진의 손 위에 자신의 손을 얹는다.

소진   (자신의 손 위에 놓인 정훈의 손을 보다가 그의 얼굴을 본다. 손을
         뺀다) 은다. 자기랑은 결혼 안 할 끄다.
정훈   난 진심이다.
소진   싫다. (정훈의 손을 잡는다)

정훈은 소진을 안는다. 소진도 정훈을 안는다.

소진   (안겨서 눈을 감은 채로) 사랑해.

잠시 사이.

정훈   (펄쩍 뛰며) 앗 뜨그라! 뭐고?
소진   미안! 담뱃불이...
정훈   아, 가쓰나! 내를 태아 지길라 하나?
소진   미안.
정훈   하필이면 등짝에다가 담배빵을 놓노? 손도 안 닿구로.

괴로워하는 정훈을 보고 소진은 웃는다. 정훈도 그런 소진을 보고 따라 웃는다.

소진   바보가?

정훈   맞다. 내 바보다.

소진   바보야.

정훈   뭐?

소진   바보라메?

정훈   가쓰나, 조금만 틈을 주면 고마 기어오를라 하제?

소진   와? 안 되나?

정훈   뭐, 내가 힘이 있나?

소진   치! (정훈의 가슴을 친다)

정훈   (벌러덩 쓰러지며) 으윽. 이 괴력!

소진   놀리지 마라.

문자 오는 소리.

소진은 문자를 확인한다. 어두워지는 표정.

정훈   뭔데?

소진   (웃으며) 친구다.

정훈   배고프다. 술 묵고 왔드만 배가 출출해지네.

소진   잠깐 기다리라. 내 비빔밥 해주께. (나가는 소진)

정훈   잠깐만! (소진이 선다) 참기름 마이 넣어라.

소진   알았다.

소진이 나가면 정훈은 방바닥에 있는 소진의 휴대폰을 들어 본다.

버튼을 누르는 소리. 한참을 휴대폰을 들여다본다. 표정이 몹시 어두워진다.

소진이 밥상을 들고 들어온다.

놀란 정훈은 휴대폰을 화닥닥 바닥에 내려놓는다.

소진은 그런 정훈을 잠시 바라보다가 밥상을 가지고 가까이 온다.

소진   봤나?

정훈   와 거짓말 하노?

소진   자기가 싫어하니까.

      침묵.

정훈   후딱 챙기서 나가봐라.

소진   오늘은 안 갈란다.

정훈   안 나가면 벌금 문다 아이가. 그마 나가라. 나는 괜찮다.

소진   벌금이사 물면 되지. (밥상을 가리키며) 자, 얼른 무 봐라. 자기
      말대로 참기름 팍팍 쳤다.

정훈   니는?

소진   나는 괘안타. 자기나 마이 무라.

      정훈은 밥상을 물린다.

정훈   (소진의 앞에 벌렁 드러누우며) 귀 파도.

소진   밥부터 무라.

정훈   난주 무면 되지. 귀 파도. 누가 내 욕하는지 귀가 졸라 간지럽네.

소진   그래. (서랍에서 귀후비개를 찾아온다) 자, 누워라.

      정훈은 소진의 다리를 베고 눕고, 소진은 정훈의 귀를 판다.

정훈   (아릇한 소리) 음... 아아... 어어... 우...

소진   좋나?

정훈   (인상 쓴다) 아!

소진   어! 미안. 아프나?

정훈   (인상을 찌푸리며 일어난다) 똑바로 몬하나? 고막 찢어지면 우짤
      긴데?

소진   미안. 근데 왕건이다.

정훈   진짜가? 파봐라. (눕는다)

소진   (귀에서 파낸다) 봐라. 왕건이제?
정훈   진짜네. 졸라 크다.
소진   이래 큰 게 귓구멍을 막고 있으니까 내 말 안 듣고 애를 믹이지.
정훈   말이 되는 소릴 해라.

소진은 계속해서 귀를 판다. 정훈은 돌아눕는다.

소진   내가 맨날 자기 귀 파주께.
정훈   음.
소진   자기 귀 하나는 참 잘 생깄다.
정훈   음. 귀만 잘 생깄겠나? 다 잘 생깄지.
소진   솔직히 그거는 아이다.
정훈   맞는데... (약간의 사이) 있다 아이가, 내, 배나 타까?
소진   무슨 소리고?
정훈   내 친구 중에 신재훈이라고 인천에서 배 타는 놈 하나 있는데,
        글마가 배 일 년만 타면 한 삼천은 번다더라. 눈 딱 감고 삼 년만
        고생하면 니 빚 완전 청산할 수 있지 않겠나.
소진   건너편 철물점 아저씨 못 봤나? 젊을 때 원양 타다가 무릎 다 나
        가가 지금 절뚝발이 됐잖아.
정훈   내 졸라 튼튼하다.
소진   그라면 함 타보던가? 근데 자기가 배 탈 수나 있겠나?
정훈   (씁쓸한 미소) 하긴 그렇제? 나는 나중에 피씨방 하나 했으면 좋
        겠다. 니는 카운터에 앉아서 돈 받아라.
소진   자기는 맨날 오락만 할라고?
정훈   어? 우째 알았노? 완전 귀신이네.
소진   척 보면 딱 이지.
정훈   (미소 짓는다) 꿈 깨야 되겠네. (눈 감고 하품한다)
소진   잠 오나?
정훈   음.
소진   그럼 자라. 내가 흰머리도 뽑아주께.
정훈   흰머리 아이다. 새치다.

소진	개당 10원.
정훈	검은 머리 뽑으면 벌금 100원인 거 알제?
소진	(뽑으며) 10원.
정훈	앞에 놔봐라. (소진이 뽑은 머리카락을 보여준다) 야, 이거는 반만 흰머리 아이가? 이거는 무효.
소진	그런 게 어딨노? 살짝 하얗기만 해도 다 흰머리다.
정훈	그래, 니 머리 아이라고 마 다 주 뽑아라.
소진	(뽑으며) 20원. 와, 여는 완전 퍼붓네.
정훈	그래 많나?
소진	어. (뽑으며) 30원.
정훈	잘 뽑네.
소진	자기 흰머리 다 뽑으면 몇천 원은 거뜬히 벌겠다. 40원.
정훈	그라다가 대머리 되면 우짜지?
소진	(웃으면서) 50원. 자기는 워낙에 숱이 많아가지고 이거 다 뽑아도 끼꾸도 안 한다. 60원.
정훈	니 지금 제대로 뽑는 거 맞나? 돈만 세고 있는 거 아이가?
소진	70원. 뽑아가 자기 앞에 놔뒀잖아. 의심나면 세어보던가. 80원.
정훈	웬지 억울한데.
소진	90원.

계속해서 머리카락을 뽑으며 돈을 세는 소진.

머리카락 뽑은 걸 처다보다가 스르르 눈을 감는 정훈.

약간의 시간.

| 소진 | 100원, 1000원, 10000원, 10만 원, 100만 원, 1000만 원, 1억, 10억, 100억. 자기야, 100억이다. 자기 지금 내한테 100억 빚진 거디. 히히히. 자기야, 많이 속 상하제? 실은 나도 그렇다. 그냥 자기하고 살림이나 하고 살았으면 원이 없겠다. 근데 내 꼬라지가 이래서... 그래서 자기한테 진짜로 미안하다. 그라고, 너무 고맙다. 맨날 울고, 밤만 되면 너무 무서워서, 너무 캄캄해서, 나는 뭘까, 어떻게 살아야 하나, 왜 살아야 하나, 그런 생각만 했었는데, |

이제는 그런 생각 안 해. 그냥 좋다. 자기만 내 곁에 있으면 난 좋아. 자기야... 자기야... 자나?

정훈이 잠이 든 것 같자 일어선다.
정훈에게 이불을 덮어주고 신문지로 밥상을 덮는다. 정훈을 물끄러미 쳐다본다.
문자메시지를 다시 확인한 후, 휴대폰을 챙기고 방을 나간다.
소진이 나가자 정훈은 눈을 뜬다. 몸을 일으킨다. 방을 본다. 밥상을 본다. 신문지를 걷는다. 밥을 먹는다. 먹으며 운다.

정훈   아, 맵다. 가시나, 고추장은 쪼매만 넣지.

꾸역꾸역 끝까지 밥을 다 밀어 넣는다. 물을 마시고, 코를 푼다.
무대, 어두워진다.

6. 어느 날, 더 깊은 밤

무대가 밝아지면 모텔방이다.
철진의 품에 슬기가 안겨서 누워 있다.

슬기   그러면 아저씨 친구, 아저씨한테 팔천만 원 빌려달라고 했단 말이가?
철진   아니. 빌리달라고 말하지는 않았지.
슬기   자살해뿌는 거 아이가?
철진   그랄 놈은 아이다.
슬기   돈 없으니까 사람이 변하던데.
철진   그래서 니도 변했나?
슬기   나? 난 진짜 많이 변했지.
철진   그럼 여기까지. 이제부터는 변하지 마라.

슬기는 쿡 웃는다. 철진의 품에서 빠져나오려고 한다.

철진	어디 가노?

슬기	가야 돼요.

철진	가지 마라. 돈 더 주께.

슬기	약속 잡아놔서 가야 되요. 안 가면 손님 끊어지거든요.

철진	내가 그 돈까지 다 준다니까.

슬기	이라지 마세요.

슬기는 팬티를 입고 브래지어를 찬다.

철진은 슬기가 옷을 다 입을 때까지 물끄러미 지켜보고 있다.

철진	(슬기를 끌어당긴다) 내랑 같이 살자.

잠시 침묵.

철진	장난 아이거든.

슬기	사모님은 어쩌구요?

철진	이혼하께.

슬기	말처럼 쉬운 게 아니잖아요.

철진	못 믿나?

슬기	믿을 리가 없잖아요.

철진	진짜다. 각서라도 쓰까?

슬기	책임질 수 있어요?

철진	어.

슬기	집 사주고, 학교도 보내주고, 차도 사주고, 목걸이, 반지, 가방, 구두, 옷 다 사줄 수 있어요?

철진	어.

슬기	꼬박꼬박 생활비도 넣어주고?

철진	물론이다.

슬기	불쌍해.

철진	니를 위해서 내 뭐든 다 할 수 있다. 절대 안 불쌍하다.

슬기	아니. 아저씨 말고.

철진 어?

슬기 아저씨 마누라. (철진, 침묵한다) 사랑했으니까 결혼 한 거 아닌가? 아직도 아저씨를 변함없이 사랑하고 있을지도 모르는데. 이렇게 모텔에서 다른 여자랑 섹스하는 아저씨를 아직 기다리고 있는지도 모르는데. 몸 파는 나랑 연애 한 번 해볼라고 이혼 들먹거리는 아저씨 아직 믿고 있을 텐데.

철진, 크게 한숨을 내쉰다.

슬기 가볼게요. 잡지 마요. (문으로 걸어간다)

철진 슬기야.

슬기 좋아요. 오늘은 특별히 서비스 해드리고 갈게요.

슬기는 이불 속으로 파고 들어가 오럴을 한다.

철진 진짜로 이혼하께. 내, 대쁘 아이고 진짜로 니뿐이다. 우째야 믿겠노? (이불 속의 슬기가 움직임을 멈춘다) 못 믿나? 진짜다. 내, 니 사랑한다.

슬기가 이불 속에서 나온다.

슬기 (인상을 쓰며, 침을 닦는다) 더러운 새끼. 한두 번 속은 줄 아나? 내가 좃밥 같이 보이는 갑지?

철진 니, 갑자기 와 이라노?

슬기 내가 어리다고 아무것도 모르는 줄 아나? 여태까지 니같이 말하던 놈이 얼마나 많았는데. 그런데 다 거짓말이다. 내 옷 벗겨 몸 따먹고, 마음까지 홀랑 다 태우고, 결국 폐인 되서 쓰러지니까 침 뱉고 가더라. 그런 것들이 남자더라.

철진 나는, 다르다.

슬기 좃 까. 나는 아저씨 니랑 사랑 안 해. 니한테 돈 받았고 그래서 섹스해준 거야. 그뿐이야. 제발 착각하지 마라. 우리는 사랑 같은 거 하는 사이가 아니라 거래상대일 뿐이다. 니는 나한테 돈 주고, 나는 니한테 몸 주고.

철진   제발. (침대에서 나와 무릎을 꿇는다) 이래 빌어도 안 되겠나?

슬기   쌩쇼하고 자빠짔네. 옷이나 주 입지?

슬기는 냉정하게 뒤돌아 문을 나간다.
허탈한 표정의 철진. 쓰리게 웃는다.

철진   역시 쪽 팔리네. 씨발.

무대, 어두워진다.

7. 다음 날, 낮

무대가 밝아지면 정훈의 방이다.
소진이 들어온다. 제법 말끔하게 정리되어 있는 방을 보고 살짝 놀라는 기색을 보인다.
상 위에 놓인 종이를 발견하고 들고서 읽는다.

소진   (웃는다) 제법 귀여운 구석도 있디. 편지 쓸 줄도 알고. (한껏 기대된 표정으로 접혀 있는 편지지를 펴 읽는다) 소진이에게. 이거 뭐라 써놨노? 한글로 쓴 기가, 영어로 쓴 기가. 글씨 꼬라지 봐라. (편지를 읽어가면서 표정이 점점 경직된다)

무대 한쪽에서 커다란 가방을 멘 정훈이 등장한다.
정훈은 독백처럼 말을 하고, 소진은 편지를 읽는다.

소진, 정훈   내, 생각 많이 해봤는데 이게 제일 좋은 방법인 거 같다. 내, 배 타러 간다. 돈 모아서 돌아올게. 그때까지 기다리도. 새 마음으로 태어난 싸나이 김정훈.

소진   (기가 찬다) 뭔 소리고? 배는 무슨 놈의 배. 아직도 정신 못 차렸나? (휴대폰 버튼을 누른다)

정훈   (자아도취) 씨바, 내가 생각해도 졸라 멋있다.

정훈의 핸드폰이 울린다.

정훈   어, 내다.
소진   자기 지금 어디고? 어딘데?
정훈   배 타러 왔다.
소진   왜?
정훈   편지 안 읽었나?
소진   니 진짜가?
정훈   내, 니 빚 다 갚아 줄 끼다. 오빠야만 믿어라.
소진   내가 그래라 하더나? 아니잖아!
정훈   내가 이렇게 하고 싶었다.
소진   당장 온나.
정훈   이제 금방 배 떠난다.
소진   지금 빨리 오라고!
정훈   시간 없다. 타야 된다.
소진   안 된다. 그냥 내 옆에 있어라.
정훈   니, 내 때문에 힘들었다 아이가.
소진   진짜 와 이라는데? 내 복장 터자 지길라 하나?
정훈   서랍 열어봐라. 봉투 있을 끼다.

소진은 서랍에서 봉투를 꺼낸다.

소진   이기 뭐꼬? 이 보험증서는 뭔데?
정훈   혹시 모르니까. 잘 갖고 있어라.
소진   씨발놈아. 니 미칬나?
정훈   걱정하지 마라. 내 죽으러 가는 거 아이다. 살기 위해서 가는 기다. 우리 좀 더 사람답게 살기 위해서 가는 기다. 그러니까 우리 둘 다 이 악물고 견디보자. 안에 봐바라. 보이제, 통장. 그 통장에 돈 꽉 채우면 돌아갈 끼다. 돈 다 모으면 그때는 우리 정말 재미

있게 살자.

소진   (통장을 손에 쥐고 울먹거린다) 내 칵 죽으뿔 끼다. 이래도 갈 끼
         가?

         잠시, 침묵.

정훈   (나직하게) 소진아. 어젯밤에, 내가 결혼하자고 했다 아이가. 기
         억하나?
소진   어.
정훈   내 니하고 진짜 결혼할 끄다.
소진   하면 되잖아. 배 같은 거 타지 말고 지금 바로 하면 되잖아.
정훈   지금 나는 니하고 결혼할 자격 없다.
소진   이 바보야. 내가 더 자격 없다. 내가 더...
정훈   아이가! 니 지금 우나? 울지 마라. 웃어라. 니, 웃게 할라고 내가
         이라는 긴데.
소진   자기 없으면 안 된다. 자기 없으면 나 죽어.
정훈   그런 약한 소리 마라. 내, 진짜로 힘들게 결정한 기다. 그러니까
         니도 내 돌아갈 때까지 꾹 참고 기다리도. 알겠제?
소진   안 기다릴 끄다. 자기 가면 딴 남자랑 콱 살림 살아뿔 끄다.
정훈   나는 니 믿는다. 멋있게 보내도.
소진   이게 뭐 멋있노? 치아라. 파이다.
정훈   아, 진짜 끝까지 징징 거리제. 그마해라. 갈 시간 다 됐다.
소진   야, 이 씨발놈아.
정훈   끊는다. 재수없구로 생선 디비 묵지 말고. 알았제?
소진   야, 야!

정훈은 전화를 끊는다.

소진은 휴대폰 버튼을 눌러 계속 전화를 건다.

정훈의 휴대폰이 계속 울린다. 정훈은 휴대폰의 전원을 끈다.

소진의 휴대폰에서 정훈의 휴대폰 전원이 꺼졌다는 안내멘트가 흘러나온다.

소진은 안절부절못하다가 방문을 열고 뛰어나간다.

철진이 등장한다.

철진   야, 김정훈!

정훈이 몸을 돌려 철진을 쳐다본다.

철진   꼬라지 봐라. 씹새끼. 니가 무슨 제임스 본드가? 배 타러 가는 놈
         이 무슨 바바리코트고?
정훈   우째 알고 왔노?
철진   신재훈이한테 전화왔더라. 니 배 타고 나가기로 했다고.
정훈   개자슥이... 비밀이라고 했는데 고새 촉새같이 소문냈나?
철진   고마 해라. 돈 빌리주께.
정훈   됐다.
철진   좃까지 말고.
정훈   다 생각하고 결심한 기다.
철진   야, 김정훈. 폼은 대빠 잘 잡았는데, 다 헛방이다. 오늘 배 안 뜬
         다. 호우주의보 내렸거든. (천둥이 구름을 긁는 소리가 들린다)
         그라믄 친구야. 잘 가라. 나도 간다. 아이고 비 억수로 오겠네. 태
         평양까지 동동 떠내리 가겄다.

         철진은 뒤돌아 걸어가고 정훈은 머뭇거린다.

정훈   마. 기다리라. (철진에게 뛰어가 어깨동무를 한다)
철진   치아라. 이거.
정훈   와 이라노, 우리 사이에.

철진과 정훈이 퇴장한다.
비 내리는 소리가 들린다. 점점 더 거세지며 무대는 어두워진다.
어둠 속에서 천둥소리가 크게 울린다.

8. 다음 날, 밤

빗소리가 조금 잦아들고, 무대가 밝아지면 모텔이다. 정훈과 철진이 들어오고 있다.

들어오는 정훈은 엉망진창으로 취해 있고 그 곁에서 철진이 정훈을 부축한다.

철진의 손엔 비닐봉지가 들려 있고 그 속에는 소주 몇 병이랑 안주거리가 들어 있다.

정훈   니는 그마 집에 들어가라.

철진   니 이래 놔두고 내가 들어갈 수 있겠나?

정훈   세상이 밉다.

철진   아, 이 새끼 골 때리네. 개아리 그마 들어라.

정훈   맘 잡고 뭐 해볼라고 해도 아무것도 안 된다.

철진   뭐가 그래 불만이고, 어?

정훈   내 사람구실 함 해볼라고 배를 탈라 했잖아. 인간 김정훈, 독기 품
        고 살아볼라고 했잖아. 근데, 이기 뭐꼬? 비 와가 배가 안 뜬다고?
        재수 없는 놈은 뒤로 넘어져도 코가 깨진다더니, 딱 내 꼴이다.

철진   자슥아. 그 배 타면 니 인생 진짜 쫑나는 기다. 내가 돈 빌리준다
        안 하나.

정훈   아! 그렇습니까? 졸라게 감사드립니다. 씹새끼야.

철진   이 씨발놈이! 콱 마 패지기뿔라.

정훈   (사이) 고맙다. 고마운데... (문간으로 가서 구토한다) 으웨엑!

철진   가지가지 한다. 으이그!

정훈은 계속 구토한다. 그대로 엎어져 기절한다.

철진   (생수병을 들이민다) 자자, 물 마시라. 야, 이 새끼 봐라. 자나?
        어? 아구지에 오바이트 다 묻는다. 일나라.

정훈   (신음한다) 내, 니 진짜 사랑한다, 안아도. (팔을 뻗는다)

철진   (정훈을 내려다보며 한숨 쉰다) 그 술집 딸래미 어디가 그래
        좋노?

정훈   안아도.

결국 철진은 정훈을 침대 위에 눕힌다.

철진   우와, 졸라 무겁네.

별안간 정훈은 철진을 잡아당겨 입 맞춘다.

철진   (정훈을 떼어내며) 이 씨발! 퉤퉤퉤! (입을 닦는다)
정훈   사랑한다니까.
철진   (정훈을 쳐다보며) 그래, 알겠다. 마이 사랑해라. 아, 이 새끼. 면
          도도 안 하고. 완전 빼빠 문지르는 줄 알았네. (엎어져 있는 정훈
          에게 이불을 덮어준다) 사실은 내 좀 마이 놀랬디. 니가 빚진 돈
          도 아인데 와 그래 갚아줄라고 하는지 이해도 안 되고. 고마 헤
          어지면 되는데. 어디서 그런 용기가 나노? 나도 좀 갈차주면 안
          되긋나? 푹 자고 내일 집에 들어가라. 집에... (자신의 집을 생각
          한다) 집. 집? 집이라... (한숨 쉰다. 퇴장한다)

철진이 나가자 정훈은 속이 아픈 듯 배를 부여잡고 일어나 앉는다. 허공을 멍하니 본다.

정훈   보고 싶다. 씨발. 술 먹으니까 더 보고 싶다. 니가 비비주는 그 졸
          라 맛없는 비빔밥 먹고 싶다. (구역질이 올라온다)

정훈이 화장실로 뛰쳐나가면 작업실에 성미와 재림이 들어온다.

재림   역시 노가다 할 때는 비빔밥이 최고야. 맛있었죠?
성미   응.
재림   이거 옮기는 거 맞죠? 제가 갖다 놓고 올게요.
성미   같이 가.
재림   있으세요. 사이즈도 작은데요, 뭘. 또 더 있어요?
성미   그게 마지막이야.

재림은 그림을 낑낑거리며 들고 나간다.

재림　(들어오며) 근데 형부는 어디 간 거예요? 내일이 전시회 날인데.

성미　글쎄 말야. 전화를 안 받네. 용건이 있는데. 네 건 다 옮겼니?

재림　네.

성미　그럼 내일 갤러리에서 보자.

재림　언니는 안 가요?

성미　좀 있다가. (휴대폰을 탁 끊으며) 아, 정말. 안 받을 거면 전화는 왜 들고 다녀?

재림　아, 참. 전해 드릴 거 있어요.

성미　응? 뭐?

재림　아까 갤러리에서 실장님이 줬어요. 대관료 영수증이라면서. (가방에서 영수증을 꺼낸다)

성미　(한숨을 쉰다) 네가 가지고 있었어?

재림　형부가 이런 돈 관련 일은 정말 칼이라니까요. 어느새 다 계산을 해놨잖아요. (공무도하가 그림을 보며) 근데 이건 왜 안 옮겨요?

성미　결국 완성을 못했어. 아직은 보여줄 때가 아닌가 봐.

재림　나는 이게 제일 좋았는데.

성미　왜?

재림　뭔가, 사랑이라는 이미지하고 절묘하게 들어맞는 것 같은 느낌이거든요. 여백이 많아서 그런가? 먹이 번진 게 멍처럼 느껴져서 아프기도 했고. 왜, 사랑이라는 건 비어 있는 거에서부터 하나씩 채워나가는 거잖아요.

성미　그런 의미에서라면 백지를 전시하는 게 훨씬 낫겠지.

재림　그럼 언니는 이 그림으로 뭘 나타내려고 한 건데요? 떠나가는 남자, 붙잡으려는 여자. 사랑밖에 더 있어요?

성미　글쎄. 난 좀 다르게 생각해. 백수광부는 어쩌면 절망을 본 게 아니었을까? 고착화된 현실, 변할 수 없는 관계. 사랑이라는 건 상대방의 목에 빨대를 꽂고 서로 피를 들이마시는 것과 같은 거야. 상처 입히고 또 입고 그리고 분노하고, 용서하고. 견디고 견뎌야 하는 것에 결국은 지쳤을 테지.

276

재림	언닌 너무 염세적이에요.
성미	사랑이 표방하고 있는 관념이 뭐지? 나에게 있어 나보다 네가 더 소중하다는 거잖아. 그런데 정말 그런 걸까? 그럴 수 있을까?
재림	그럴 수도 있죠.
성미	영화나 드라마에서처럼?
재림	네.
성미	그런 건 마취제야. 있을 수 없는 일들을 그럴 듯하게 포장해놓은 거지. 현실에서는 불가능해. 현실에서는 누군가의 희생일 뿐이야. 그러니까 흔히 사랑이라고 말하는 것은 스스로에게 희생이 아름답다고 최면을 거는 행위일 뿐이라구.
재림	언니는 참 복이 많은 거 같아요.
성미	그건 무슨 말?
재림	최소한 가까이에 있잖아요. 손 뻗으면 잡힐 만한 거리에.
성미	가까이에 있다구? 뭐가?
재림	모르겠어요?

철진이 우산을 접으며 술집에 들어온다.

성미	모르겠어.
재림	술 한 잔 사주면 가르쳐 드릴게요.
성미	그건 참 소모적인데? 이렇게 하자. 네가 가르쳐주고 싶은 마음이 들 때 나한테 말해줘. 됐지? 난 간다. (퇴장한다)
재림	(기가 막힌다) 언니, 언니! (뒤를 따라 퇴장한다)

철진의 핸드폰이 울린다. 철진은 핸드폰을 꺼내어 본다.

술집어 슬기가 들어온다. 화장을 하지 않은 모습으로 그야말로 학생처럼 보인다. 휴대폰을 물끄러미 쳐다보고 있는 태운을 발견한다.

슬기	전화 안 받아요?
철진	어. 어?
슬기	사모님이죠?

철진   아이다. 친구다.
슬기   거짓말.
철진   친구 맞다.
슬기   어디 봐요.
철진   맞다니까.

철진은 휴대폰을 집어넣는다.

슬기   안 볼 거라 했잖아.
철진   그랬지.

사이.

철진   좀 달라 보인다.
슬기   뭐가요?

슬기는 화장을 하기 시작한다.

철진   (슬기의 손을 잡으며) 하지 마라. 니한테는 지금 그 얼굴이 더 어
         울린다. 근데 그라고 있으니까 내하고는 안 어울리네. 정말로. 삼
         촌이랑 조카 같다.

슬기는 한참동안 화장품을 만지작거린다. 철진은 고개를 숙인 채 잠자코 있다.

슬기   아저씨.
철진   왜?
슬기   내가 진짜로 좋아?
철진   어.
슬기   왜요?
철진   그냥. 좋다.

둘 다 침묵을 지킨다.

철진　　　아, 참. 일단 돈부터 받아라. 불러냈으니 값을 치러야지.

철진은 지갑에서 돈을 꺼내 슬기에게 내민다.
슬기는 테이블 위에 놓인 돈을 가만히 바라본다.

슬기　　　이 돈 안 받을게요.
철진　　　와? 그냥 넣어라.
슬기　　　아저씨.
철진　　　왜?

슬기는 잠자코 있다.

철진　　　와 그라노?
슬기　　　사귈래요?
철진　　　나야 좋지. (깜짝 놀라) 어?
슬기　　　사귀자구요.
철진　　　니!
슬기　　　당황하기는. 왜? 겁나요? 미성년자랑 사귀는 게.
철진　　　그게... 너무 갑작스러워서.
슬기　　　귀여워.
철진　　　귀여버? 이기 어른한테 못하는 소리가 없네.
슬기　　　부탁이 있어.
철진　　　뭔데?
슬기　　　여행 가.
철진　　　뭐?
슬기　　　같이 여행 가요.
철진　　　그래, 까짓 거 가자.
슬기　　　지금.
철진　　　뭐? 지금?

슬기   응, 지금. 곤란해?
철진   어. 좀 곤란한데.

슬기는 한숨을 푹 쉬고 나가려 한다.

철진   좋다. 가자. 어디로 가꼬? 발리? 괌? 하와이?
슬기   캐리비안 베이.
철진   캐리비안 베이! 좋지! 근데 거는 어느 나라고?

슬기는 철진의 손을 잡는다.

그들이 나가는 사이에 무대는 아주 어두워진다. 어둠 속에 들리는 소리.

메시지 소리가 들리는 사이 소진이 방 안으로 터덜터덜 들어선다. 비를 맞아 온몸이 젖어

있다. 방 한가운데 눕는다. 이불을 덮는다. 누운 등이 흔들리고 있다.

멘트   확인하지 않은 6개의 음성메세지가 있습니다. 메시지를 청취하
          시려면 1번...
소진   (녹음된 소리) 아직 안 갔제? 내 지금 부두로 가고 있다. 기다
          리라.
멘트   오후 여섯 시 삼십이 분 오십육 초에 녹음되었습니다. (메시지를
          삭제하는 버튼음) 메시지가 삭제되었습니다. 다음 메시지... (버
          튼음)
소진   (녹음된 소리) 배 안 떴다메? 어디로 갔노? 개새끼야. 빨리 연락
          해라.
멘트   오후 일곱 시 사십칠 분 십사 초에 녹음되었습니다. (메시지
          를 삭제하는 버튼음) 메시지가 삭제되었습니다. 다음 메시지...
          (버튼음)
소진   (녹음된 소리) 니 진짜 내 속 이래 썩일 끼가? 잡히면 다리몽둥이
          를 주 뿌사뿔 끄다.
멘트   오후 일곱 시 오십구 분 오십이 초에 녹음되었습니다. (메시지를
          삭제하는 버튼음) 메시지가 삭제되었습니다. 다음 메시지... (버
          튼음)

소진	(녹음된 소리. 울고 있다) 자기야. 비도 오고, 내 윽수로 춥다. 전화 좀 받아라. 진짜...
멘트	오후 여덟 시 사십사 분 사십일 초에 녹음되었습니다. (메시지를 삭제하는 버튼음) 메시지가 삭제되었습니다. 다음 메시지... (버튼음)
소진	(녹음된 소리) 야, 이 개씨발놈아. 사람 좀 살자. 썹새끼. 니 생각만 하면 다가?
멘트	오후 아홉 시 이십일 분 사십구 초에 녹음되었습니다. (메시지를 삭제하는 버튼음) 메시지가 삭제되었습니다. 다음 메시지... (버튼음)
소진	(녹음된 소리) 자기야. 진짜로 이런 게 사랑이가? 사랑. 이렇게 힘들게 해야 되나? 그냥 손잡고 같이 있어 주면 안 되나? 보고 싶다. 얼른 온나. 얼른. 가슴이 찢어질 거 같다.
멘트	오후 열한 시 사십 분 칠 초에 녹음된 녹음되었습니다. (메시지를 삭제하는 버튼음) 삭제되었습니다. 더 이상 녹음된 모든 메시지가 없습니다.

빗소리 점점 줄어들고는 사라진다.

긴 시간의 경과.

9. 몇 개의 계절이 지나고 어느 날 저녁

무대가 밝아진다.

정훈과 철진이 만나고 있다.

성미는 작업실에서 그림을 그리고 있다.

철진	몸은 좀 괜찮나?
정훈	몸이야 별거 있나. 괜찮다. 요 어깨 밑으로가 허전해서 그렇지. 뭐, 날씨가 꾸무리 하면 좀 쑤신다.
철진	그래서 내가 배 타지 말라고 그래 말렸다 아이가.

정훈   이래 될 줄 알았나?
철진   (정훈을 쳐다보다가) 안 들어갈 끼가? 날도 춥은데.
정훈   내 꼴이 이렇는데 우째 들어가노?
철진   (사이. 조용히) 한 번 보기는 봤나?

정훈은 고개를 젓는다.

철진   뭐 한다데?

정훈은 쓴웃음을 짓는다.

철진   그거 봐라. 원래 가쓰나들은 다 그런 기다. 보이는 데서는 죽네
         사네 눈물 찔찔 짜사도 안 보이면 또 금방 잊어 묵는다. 세상에
         못 믿을 게 여잔기라.
정훈   아, 그래가 니는 이혼했는가베? 어린 여자한테 홀리가 조강지처
         버린 놈이 지랄 방구 뀌고 자빠졌네.
철진   씨발 새끼.

사이.

철진   들어가라.
정훈   이 꼬라지로? 반 빙신 되가 갈 수는 없다. 평생 짐만 될 낀데. 싸
         나이 김정훈, 가오가 있지.
철진   자슥아, 그거는 니 잘못이 아이다 아이가. 살아서 돌아온 것만 해
         도 천만다행이구만. 모터에 팔뚝 빨려 들어가가 그 정도 다쳤으
         면 완전 재수바리다. 그게 다 그 가시나 빚 갚아 줄라고 해서 생
         긴 일 아니가. 보험금 받아가 다 갚아줬으면 됐지. 그마 들어가서
         인자 좀 편안하게 살아라. 니, 그만한 자격 있다.
정훈   치아라. 절대 안 볼끼다.
철진   똥고집 좀 그만 부리고, 어?
정훈   내, 아파트 경비로 취직했다. 팔 하나는 잘리고 없지만 두 다리는

멀쩡하이, 받아주더라. 내, 사람 구실은 하고 사니까 걱정하지 마라. 니한테 빌린 돈도 조만간에 다 갚을 끼다.

철진 와 그래 답답하게 구노?

정훈 개새끼야. 내라고 와 안 들어가고 싶겠노? 고마 아가리 주 꼬메고 닥치라. 시간 있나? 술이나 무러 가자.

철진 어! 오늘은 안 되는데. 일 있다.

정훈 씨발. 무슨 일?

철진 있다. 딸아 한 명 불러주까?

정훈 됐다, 마. 꺼지라.

철진 있어봐라. (전화를 건다)

정훈 마, 됐다. 하지 마라.

철진 아, 여 참한 아가씨 하나 보내주소. 여가 어디냐면... (정훈에게 묻는다) 여 어디고?

정훈 물망초.

철진 물망초요. 2차까지. 롱 타임. 내가 아이고 내 친구 있소. 바바리 코트 입고 있으니까 오면 금방 찾을 끼요. (끊는다)

정훈 와 이라노?

철진 아무 생각 없이 그냥 하루 놀아라. 그라면 내 먼저 간다.

철진은 퇴장한다.

정훈은 주머니를 뒤적인다. 담배를 꺼낸다. 그러나 담배가 없다. 담뱃갑을 꽉 구긴다. 허공에다 대고 긴 한숨을 내쉰다.

정훈 아, 비빔밥 먹고 싶다.

정훈은 퇴장한다.

재림이 성미의 작업실에 들어온다.

성미는 그림을 그리는 데에 몰두하고 있어서 재림이 들어온 줄 모른다.

재림 웬일이래? 덮어놓고 손도 대지 않더니.

성미는 빙긋 웃는다.

재림 　　결론 내리셨어요?

성미 　　뭐, 결론이라기보다는... 이런 생각이 갑자기 들어서. 우리는 왜 그렇게 누군가를 갈구해야만 할까? 추하고 비참한 모습까지 보여주면서 말이야.

재림 　　음... 그건... 사랑하니까요.

성미 　　(그렇게 대답할 줄 알았다는 듯이 빙긋 웃는다) 나, 그이랑 이혼하고 나서 많이 힘들었어. 허탈하고 배신감 느껴지고.

재림 　　알아요.

성미 　　그런데 현실도 참 힘들더라. 그전까지는 몰랐는데. 돈 내야 하는 곳이 너무 많아서 놀랐어. 전기세, 수도세, 전화요금, 국민연금, 케이블시청료, 의료보험, 도시가스비, 지방세. 적십자회비.

재림 　　적십자 회비요? 그건 안 내도 되는데.

성미 　　고지서 날아오던데?

재림 　　그건 기부금 같은 거라서요, 내는 건 자유예요.

성미 　　진짜?

재림 　　바보.

성미 　　또 컴퓨터랑 프린트기 연결하는 거. 공유기 설치하는 거. 형광등 갈아 끼우는 거, 세탁기 균형 맞추는 거... 왜 웃어?

재림 　　남편이 아니라 마치 하인 같네요.

성미 　　그러게.

재림 　　(눈치를 본다) 미안해요.

성미 　　몰랐던 거지. 일상의 모든 것이 소중한 건데. 곁에 있을 때는 소중한 줄 몰랐던 거야. 과거는 현재로 귀결되는 것이고, 미래는 현재로부터 파생되는 법인데, 우리들은 현재를 너무 등한시 여겨. 나도 그렇고. 백수광부도, 또 그의 아내도 그래. 과거에 함몰되어 현재를 잃어버리거나 미래에 현재를 침식당하고 있잖아.

재림 　　백수광부가 그런 건 알겠는데 그 아내는 왜요?

성미 　　떠나려 하는 자, 즉 백수광부는 지금과는 다른 새로운 걸 보고자 함이고, 말리는 자는 과거를 유지하고자 함이겠지. 그의 아내가

현재를 인식하고 있다면 이별을 담담히 받아들여야 하지 않겠
어? 굳이 목 놓아 울 필요는 없을 테지.

재림   하지만 백수광부는 물에 빠져 죽잖아요. 그 아내도 따라 죽고.

성미   그래, 맞아. 현재를 잊었으니까. 현재를 잊은 자는 죽어 있는
거야.

재림   역시 염세적이야.

성미   그러니?

재림   혹시 형부랑 다시 시작하고 싶은 거예요?

성미   아니. 그럴 일은 없어. 절대로. (숨을 크게 들이마신다) 울타리를
나온 느낌이야. 바람은 차갑지만 상쾌한 기분이 들거든.

재림   그래도 외롭잖아요.

성미   있지. 난 누군가를 사랑할 수 있는 사람이 아냐. 일련의 사건들을
겪고 난 뒤 알게 되었어. 그럼에도 불구하고 굳이 나에게 사랑의
대상을 찾으라고 한다면 말이지...

재림   그림인가요?

성미   아니. 나야. 그림은 방법론적인 문제고.

재림   이거 또 슬슬 머리 아픈 얘기 나올 징조가... 전 이만 퇴근하겠습
니다. (물건들을 정리하고 챙긴다)

성미   왜 이렇게 일찍 가?

재림   친구가 소개팅 해주기로 한 날이라서요.

성미   좋은 친구 뒀네.

재림   나가기 싫은데 계속 보채서...

성미   잘 해봐.

재림   뭐, 잘 되겠어요? 연극하는 남자라던데.

성미   연극하는 남자가 뭐 어때서?

재림   세상에서 제일 가난할걸요?

성미는 웃는다.

재림   뭐 어쨌든 친구가 소개시켜주는 거니까 대충 얼굴만 들이밀고
오려구요. 그럼 가볼게요.

성미   그래.

재림은 퇴장한다.
나가는 재림을 배웅한 성미는 서서 자신의 그림을 들여다본다.

성미   (작업실을 거닌다) 公無渡河 公竟渡河 墮河而死 當奈公何(공무
            도하 공경도하 타하이사 당내공하). 그대, 저 강 건너서 날 떠나
            지 말아. 그러나 그대, 무심하게도 물속으로 발을 내딛는구나. 세
            찬 물길, 그대를 집어삼켜. 어떡해야 하나. 발만 동동 구르네.

성미가 공무도하가를 읊는 동안 무대는 천천히 어두워진다.

10. 다음 날, 새벽

무대가 밝아지면 성미는 의자에 앉아 그림을 그리고 있다.
소진은 방 안에서 잠을 자고 있다.
모텔의 침대 위엔 철진이 슬기를 감싸 안은 채 겹쳐져 누워 있다.
슬기는 무표정한 얼굴로 질문을 던지고 철진은 졸린 음성으로 대답한다.

슬기   아저씨. 자?
철진   아니.
슬기   행복해? 나 때문에 이혼했는데도?

철진은 대답 없다.
소진, 벌떡 일어난다. 악몽을 꾼 것처럼 헐떡인다.
소진의 옆에 누군가가 몸을 뒤척인다.

훈만   뭐고? 꿈 꿨나?
소진   어.
훈만   악몽?
소진   좀 더 자라. 아침 될라 카면 멀었다.

훈만   (걱정스럽게) 무슨 꿈 꿨길래?

소진   내가 누군가를 막 쫓아서 바다 밑으로 들어가는 꿈.

훈만   누구?

소진   몰라.

슬기   아저씨. 자?

철진   아니.

슬기   나중에 후회하지 않을까?

철진은 대답 없다.

부두로 설정된 곳에서 정훈이 비틀비틀 걸어나온다.

정훈   야, 김소진! 행복하나? 나는, 나는 졸라 행복하다. 니보다 백 배,
            천 배 더 행복하다. 그래서 니 미워 안 한다. 왠 줄 아나?

소진   꿈 말이다. 꿈속에서 목청이 터져라 불렀거든. 근데 안 보고 가는
            거라. 그 바다 속에 뭐가 있었을까? 뭘 보았을까?

훈만   이 방 터가 안 좋은 거 아이가? 여기 오고 난 뒤에 계속 몸이 뻐
            근하다. 이 참에 마 이사 가자.

소진   안 된다. 나는 여서 살끄다.

훈만   그 행님 기다리나.

소진은 대답이 없다.

훈만   우리 누나, 열녀문 세워줘야 되겄다.

소진   쓸데없는 소리. 더 자라.

슬기   아저씨. 자?

철진   아니.

슬기   나중에 아저씨, 나 미워하게 되는 건 아닐까?

철진은 대답 없다.

정훈   내, 니 미워 안 한다. 왠 줄 아나? 내, 사람 구실했거든. 내, 니 사

랑한다고, 사랑했다고 온 세상에 다 들리게 외칠 수 있거든.

슬기   아저씨. 자?

철진   아니.

슬기   이제 자.

슬기는 돌아누워 철진을 정면으로 오게 한 다음, 그의 품에 완전히 안긴다.

정훈   사랑한다.

소진   이제 그만 자라. 니는 아침 일찍 시장 보고 와야지.

훈만   누나야. 우리, 다른 장사하면 안 되나? 식당 너무 힘들다.

소진   글나? 근데 우짜노? 나는 비빔밥 만들어서 파는 게 재밌다.

재림이 등장한다.

성미   어. 웬일이야? 이렇게 늦게.

재림   언니 보려고 왔죠.

성미   소개팅은 어땠어?

재림   완전 대박.

성미   응?

재림   나 그 남자 보는 순간 운명적 일체감을 느꼈어요.

성미   연극하는 남자는 가난해서 싫다며.

재림   에이, 가난이 뭐 별건가요? 그까짓 돈, 사랑의 힘으로 다 헤쳐나
         갈 수 있어요.

성미, 웃는다.

재림   어? 공무도하가 다 그랬어요?

성미   응. 어때?

재림은 엄지손가락을 치켜든다.

훈만	아참, 누나야. 참기름 다 떨어졌던데.
소진	그래? 그럼 주문해야지. 우리 집 비빔밥은 참기름을 듬뿍 넣어야 된다.
정훈	좀만 더 일찍 말해줄 걸. 내 팔, 잊아묵기 전에 말해줄 걸. 니 잊아묵기 전에 말해줄 걸. 와 그랬을꼬? 내, 와 그랬을꼬?

정훈은 걸어 나간다.

소진과 훈만이 있는 방, 어두워진다.

성미는 붓을 놓고 그림을 걸고는 바라본다. 다시 그림을 내리고 붓을 든다.

서서히 암전.

막

메타

등장인물

연출

작가

대표

원로

에이스

선배

객원1

객원2

막내

늦깎이

무대

극단의 연습실. 어지러운 창고 같은 느낌의 공간이다.

어지럽게 널린 의자들. 탁자. 소품으로 쓰였음직한 물건들이 구석구석 쌓여 있다.

여러 사람들이 의자에 앉아 있고 가운데에는 연습을 하는 간이무대가 있다.

1.

무대 밝아진다.

간이무대 위에 배우 3명이 손에 대본을 든 채 의자에 앉아 있다. 그들은 대사를 연습하는 듯이 중얼거린다.

간이무대 밖의 의자에 앉아 있는 사람들은 대본을 한 장씩 넘기며 혼자 읽고 있다.

연출   자, 시작합시다. (지문을 읽는다) 프롤로그. 무대는 거대한 분자 모형의 형상을 하고 있다. 그 위에 연출, 배우, 작가 세 사람이 우뚝 서 있다. 사람들이 모형 사이로 나타났다가 숨었다가 한다.

에이스   (크게 헛기침을 한 후) 나는 알 수가 없다. 무엇이, 도대체 무엇이 이 공간을 결정하고 이 공간을 채우고 있는지… 생각한다. 고로 나는 존재한다. 충돌하는 의지, 교차하는 시간, 끝없이 팽창하는 우주. 내가 그 속에서 할 일은 과연 무엇인가? 나는 이 공간을 창조하는 자인가, 아니면 결국은 귀속되어 있는 자인가?

원로   나는 생각한다. 그리고 이 공간 속에서 날갯짓한다. 그리하여 여기 이 한 줄기 빛을 따라 나아간다. 그렇다. 나는 오직 한 마리의 새. 그 무엇보다 빠르게 날 수 있다면 이 목숨, 불꽃 되어 사라져도 좋으리라. 단 한 순간, 저 탐욕스런 눈동자 속에서라도 빛나는 존재로서 각인된다면 내 영혼은 분명 영원할 수 있을 것이다 아! 이 공간, 이 신비로운 공간. 나를 사람으로, 혹은 사람이 아닌 것으로 만드는 황홀하고도 아득한 고독.

막내   침묵. 태초에 조물주는 모든 것을 만들고 또 그 모든 것에 심판을 가하였다. 나는 이 공간을 만들었으나 심판하지는 못하니, 그리하여 나는 차라리 프로메테우스. 가슴 아픈, 쓰라린 좌절. 그러나 새롭고 경이로운 존재의 발견. 환희와 고통을 동시에 느끼며 이 공간을 지켜보던 나는 침묵한다. 더불어 또다시 침몰한다. 나에겐 묵비권이 있다.

연출   무대는 어두워진다. 예, 일단 여기까지요.

원로   (간이 무대에서 내려와 의자에 앉는다) 이게 다 무슨 말이야? 이렇게 어렵게 말하면 관객들이 힘들어할걸?

대표	원래 연극은 좀 어렵게 해야지. 쉽게 쉽게 하면 영화하고 다를 게 뭐가 있어?
원로	표 팔기 힘들 텐데?
대표	그런 건 전혀 걱정 마. 그런 부분은 배우들이 신경 안 써도 돼. 거, 연출은 어떻게 생각해? 이거 뭐 좀 되지 않겠어? 어때?
연출	(대본을 한 장, 한 장 넘겨보며) 좀 더 생각을 해봐야 되겠는데요. 일단 다들 한 마디씩 해보죠? 막내는 어떻게 생각해?
막내	아직 잘 모르겠어요.
원로	작가가 자리에 있다고 어려워하지 않아도 돼. 하고 싶은 말, 맘껏 하라구.
막내	그냥... 어려운데요.
연출	영호 네 생각은 어때?
에이스	글쎄요. 배우가 너무 많이 나오는데요.
연출	배우가 모자라면 구하면 되는 거고. 그런 거 말고 이 작품에 대해서만 코멘트를 해달란 거야.
에이스	뭐, 전 괜찮을 거 같다고 생각해요. 느낌도 독특하고.
연출	민규 형 생각은요?
선배	연극으로 연극을 이야기해서 어쩌자는 거지? 너무 궁상맞게 보이지 않을까?
연출	사실 내 생각도 그래요. 연극은 삶에 대해 말해야 하는 법인데.
대표	연극도 사람이 하는 거잖아.
연출	제 말은 자칫 잘못하다간 이 연극이 연극하는 사람들만의 이야기가 될 거란 거죠. 관객이 이 연극을 보고 난 뒤에 "이건 그들만의 리그잖아." 그렇게 느끼면 곤란하지 않겠습니까?
선배	우리들한텐 매력적인 소재지만 관객들한텐 그렇지 않지.
늦깎이	관객들도 연극을 하는 사람들이 어떤 생각을 가지고 있는지 궁금하지 않을까요?
선배	보통 사람들은 연극하는 사람들한테 별 관심 없어요. 연예인도 아니고.
원로	연출 생각은 어때? 어쨌든 우리 배우들은 연출을 따라가는 거니까.

연출   (곰곰이 생각한다) 저는 해볼 만하다고 생각이 드는데요. 몇 가
        지 부분들만 논의하면 충분히 가능성이 있겠어요.

에이스   그럼 언제부터 연습 들어가죠?

원로   이거 아무래도 표 팔기 힘들 거 같은데.

대표   그런 거는 신경 쓰지 말랬지. 배우는 연기에만 힘 써.

선배   작가님은 어디서 공연한 적 있어요?

작가   얼마 전에 학교에서...

선배   그럼 입봉작이겠네?

작가   예.

선배   기분이 어때요?

작가   뭐, 저...

원로   기분이 어떻긴? 좋겠지. 원래 희곡이란 건 딱 반이야. 나머지는
        공연이 채워주는 거지. 안 그래?

연출   그럼 계속해서 다음 씬 읽겠습니다.

원로   뭐 그리 빡세게 하려고 해? 작가도 왔으니 이야기나 하자고. 대
        본이야 집에서 읽어 오든가 하면 되고.

대표   또 버릇 나온다. 끽하면 술타령이야.

원로   내가 연극을 왜 하게 됐는 줄 알아?

대표   선배들이 맨날 술 사줬다고? 귀에 딱지 앉겠다.

원로   야, 임마. 넌 왜 맨날 나만 구박하냐?

대표   작가도 왔는데 열심히 하는 모습을 보여줘야지.

원로   그래서 이러는 거 아냐. 근데 그냥 하려니까 맨숭맨숭하잖아. 목
        이라도 좀 축이면서 하자는 거지. (모두를 보며) 안 그러냐?

선배   좋죠. 낮술 한 잔 할까요?

에이스   작가님은 술 좀 하시나요?

작가   잘은 못 마시는데...

원로   겸손은. 알고 보면 주당 아냐?

작가   아뇨. 진짜 잘 못 마십니다.

선배   그럼 나가서 자리 잡을까요?

원로   어. 요 앞에 막걸리집 있지? 이 시간이면 문 열어놨을 거야. 그리
        로 가자고.

대표   오늘은 각출이야. 민규야. 만 원씩 걷어라.

선배   예. 모두 저한테 만 원씩 주시기 바랍니다.

원로   자자, 가자구. 시간은 금이야.

에이스   작가님, 가시죠.

대표   이 친구하고 난 조금만 더 있다 갈게. 잠시 할 얘기가 있거든. 먼
         저 가.

연출과 원로, 에이스, 선배는 나간다.

막내와 늦깎이는 의자를 가지런히 하고 책상 위를 정리한다.

대표   너희들도 그만 하고 가 봐. 그다지 어지럽힌 것도 없는데.

막내   알겠습니다. (늦깎이에게) 나가요. 오빠.

늦깎이와 막내가 나간다.

대표   아직 좀 서먹서먹하죠?

작가   말씀 놓으세요. 한참 어른이신데, 제가 민망해요.

대표   아, 그럴까? 그래, 학교에선 무슨 작품을 했어?

작가   멜로극을 하나 했었어요.

대표   멜로극이라... 지금 쓴 거 하곤 꽤 거리가 있네?

작가   이건 예전에 좀 끄적거려놓은 건데 다시 한 번 보니 해보고 싶다
         는 마음이 들어서요.

대표   김 교수님은 잘 계시지? 작가 한 명 소개시켜달랬더니 자네 칭찬
         이 대단하던데?

작가   학교 다닐 때, 교수님께 맨날 혼났는데.

대표   그게 다 애정인 거야. 사실 지원사업 선정 때도 힘을 좀 써주신
         것 같아. 입봉작가 작품이 지원사업에 된다는 게 그리 흔치는 않
         거든. 뭐, 어쨌든 지금 이렇게 좀 보려고 한 건 다름 아니라 그...
         작가료 문제 때문에 말야. 사실 극단 사정이 그리 좋진 않거든.
         다른 극단에 비해서는 우리가 좀 낫지만. 그래도 요새 경기가 너
         무 어렵잖아. 관객들도 줄고 있는 추세고. 이런 때는 코메디 같

은 걸 해야 맞는 건데 말야. 그렇다고 해서 너무 질 나쁜 코메디를 할 순 없지. 극단 이름을 걸고 하는 건데. 아이고, 너무 두서없이 주저리주저리 했네. 그러니까 내 말은 어느 정도 선에서 작가료를 책정해야 하는데 말이야. 우리 사정이 어렵거든. 그런 부분에서 이해 좀 해달라고. 안 주겠다는 얘기가 아냐. 이리저리 돌아가는 사정을 보고 적당한 금액을 정하자는 거지. 김 교수 얼굴도 있고.

작가 저는 그냥... 주시는 대로... 작품만 잘 만들어지면 그걸로도 충분해요.

대표 잘 될 거야. 우리 연출이 성질이 좀 더러워서 그렇지 작품은 꽤 쓸 만하게 만드는 재주가 있어. 또 배우들도 빠지는 편이 아니거든. 워낙에 술 마시는 걸 좋아해서 그게 좀 걱정이긴 하지만. 그러니까 잘 의논을 해서 만들면 좋은 작품이 될 거야. 그리고 작가료도 너무 걱정하지 마. 내가 꼭 섭섭하지 않게 챙겨줄 테니까.

작가 예. 고맙습니다.

무대 밖에서 선배의 소리가 들린다.

선배 (소리만) 대표님, 작가님, 안 오세요?

대표 아이쿠. 먼저 안 가고 밖에서 기다리고 있는 모양이네. 자자, 나가자고.

제작자와 작가, 나간다.
무대, 어두워졌다가 잠시 후 밝아진다.
무대가 비어 있는 가운데 소란스러운 소리가 들린다.
배우들이 등장한다. 다들 제법 술이 올랐다.

에이스 꼭 연습실에서 이렇게 술을 마셔야 합니까? 2차는 맨날 연습실.

대표 다른 데는 비싸잖아. 게다가 시끄럽고. 이렇게 술 사들고 같이 모여서 한 잔 하는 게 낫지. 자자, 자리 깔아봐.

늦깎이와 에이스가 테이블 위에 술자리를 만든다.

모두들 의자를 가지고 모인다.

대표   막내는 안 왔어?

에이스   늦었다고 1차 끝나고 먼저 집에 갔습니다.

원로   자, 잔들 채우라구. 연극하는 사람들은 술을 잘 마셔야 해. 우리
              들은 디오니소스의 후예들이잖아. 디오니소스가 누구냐. 바로
              포도주를 만든 신이거든.

에이스   선생님, 근데 이건 소준데요.

원로   알콜 들어 있으면 다 똑같아. 어이, 연출. 안 그래?

연출   그래도 맛이 다르잖습니까?

에이스   기분도 다르구요.

대표   그렇지. 같은 사람이라 해서 다 같은 취급받는 건 아니거든 우리
              같은 사람들을 봐. 조국의 직업연감에 연극은 없다니까. 그러니
              우린 다 실업자들인 셈이지. 사람구실 못하는 백수집단.

늦깎이   그렇게 돈이 안 됩니까?

대표   안 되지.

늦깎이   뮤지컬 같은 거 보면 엄청나게 돈을 많이 번다고 하던데요. 배우
              들 개런티도 수천만 원 되고요.

대표   순진한 건지, 멍청한 건지. 그만한 돈은 조승우 같은 애들이나 받
              는 거야. 너 전에 은행에서 일했다고 했지? 근데 뭐한다고 연극
              판에 들어온 거야?

늦깎이   은행에서 3년을 일했습니다. 그런데 사는 게 아니었어요. 입사
              성적이 안 좋았는지 멀리 지방으로 발령이 난 데다 매일 야근을
              하니 쉬는 주말엔 하루 종일 곯아 떨어져 있고, 정신 차릴 만하
              면 다시 월요일. 정말 지긋지긋하더라고요. 그러던 어느 날, 휴가
              를 받아 집에서 쉬다가 우연히 대학로에 나와 연극을 보게 되었
              습니다. 무대 위에서 땀을 뻘뻘 흘리며 연기를 하는데 그렇게 폼
              나 보일 수가 없었어요. 다시 은행 근무하는데 계속 그 배우가
              생각나는 겁니다. 창구 안에서 고객 얼굴을 보면 다 배우처럼 보
              이고.

대표 씌였군, 씌였어.

원로 나 당구 배울 때 그랬지. 주변의 모든 게 다 당구공으로 보이
      더군.

대표 연극하고 당구하고 같아? 고작 100 놓고 치는 주제에.

원로 내가 워낙에 쓰리쿠션이 약해서 말야.

늦깎이 근데 작가님은 어쩌다가 글을 쓰게 되셨어요?

대표 그래. 우리 작가님 너무 말이 없어. 어디 목소리 좀 들어보자고.

밖에서 비닐 봉지를 든 누군가가 들어온다.

선배 자, 오래 기다리셨지요? 우리의 영원한 안주, 통닭이 왔습니다.

에이스 이제 오셨네. 이거 맛나 통닭 맞죠?

선배 그럼. 이 집이 이 근처 통닭집 중에서 최고야. 배달을 안 해서 탈
      이지만.

대표 자자, 얼른 까.

작가 저는 이만 일어나야 할 거 같은데.

에이스 에이, 작가님. 이왕에 늦었는데 좀 더 드시고 가요.

원로 그래, 맞아. 어차피 차도 끊어졌을걸? 이 시간엔 택시도 잘 안 잡
      힐 텐데.

작가 콜택시 부르면 돼요.

선배 제대로 이야기도 못 나눴는데 벌써 가신다고 하면 어떡합니까?

늦깎이 저, 질문했는데 아직 답변을...

대표 이거 봐. 김 작가. 다들 이렇게 말을 하는데 매정하게 그냥 가기
      있어? 앉아. 원래 연극이 말야, 사람이 하는 거라구. 그것도 여러
      사람이서. 혼자만의 예술이 아니란 말씀이야. 서로 소통하고, 대
      화하고 그래야 제대로 된 연극이 만들어져. 그러니 앉아.

작가 그럼, 조금만 있다가...

원로 그렇지, 그렇지. 그게 정답이거든.

에이스 자자, 다들 다시 잔들 채우시고.

모두, 종이컵에 술을 채운다. 건배한다. 무대, 왁자지껄한 상태에서 차츰 어두워진다.

밝아지면 작가와 연출, 선배를 제외하곤 잠을 자고 있다.

선배   (혀가 꼬였다) 배우는 말야. 한 마디로 불나방이지. 졸라게 힘들
       어. 그렇게 힘든 데도 또 해. 왜냐? 사랑받고 싶으니까.
연출   형. 혀 꼬였어요. 그만 자요.
선배   아냐, 난 안 취했어. 안 취했다구. 연출은 몰라. 연출은 다 새디스
       트야. 맞아. 다 변태 새끼들이지. 우리 사회는 연극에게 감사해야
       해. 연극이 없었다면 이놈의 연출들은 사회에서 다들 지독한 범
       죄자나 살인마, 사기꾼 같은 놈들이 되었을 테니까. 나쁜 놈들.
       배우가 지들 물건인 줄 알아. 언젠가는 내가 직접 연출해서 공연
       올릴 거야. 배우는 전부 연출들이 하고. 야, 넌 그때 주인공이다.
연출   그만 자라니까요.
선배   우와, 너 그렇게 안 봤는데. 너까지 나 무시한다 이거지? 한 딱가
       리 해야 되겠군. 너 임마, 선배 무서워해야 해. 내가 지금 당장 군
       기를 잡아주겠어. 아! 그전에 화장실부터 좀 다녀오고.

밖으로 나가다가 소파에 누워 뻗는다.

연출   죄송해요. 형이 주사가 좀 있어요.
작가   무서우신 분 같아요.
연출   술 깨면 또 안 그래요. (사이) 먼저 가시겠다고 해놓고 끝까지 남
       아 계시네요.
작가   극단의 배우가 선생님이고 선배니 많이 힘드시겠어요.
연출   전혀 그렇지 않습니다. 제 역할하고 배우의 역할이 다르니까요.
       작가님이야말로 제일 힘드시죠. 창작이라는 게 정말 힘든 작업
       인데. 저도 예전에 희곡 좀 써볼까 끼적거렸던 적이 있거든요. 예
       삿일이 아니던데요. 글로써 표현한다는 거 정말로 대단한 일이
       에요.
작가   전 연출이 더 대단하다고 생각해요. 글 적어놓은 걸 무대 위에
       만들어놓잖아요. 물론 배우들이 하긴 하지만. 활자에 생명을 불
       어넣는 것도 창작이죠.

연출	가끔 헷갈리기도 합니다. 무대 위의 세상을 내가 만들고 있는 건지, 이미 만들어진 것을 실행하는 건지.
작가	만들어져 있는 건 없어요. 언제나 새로운 작업이에요. 연극이란 건. 새로운 해석에 힘입어 완전히 새로운 작품이 나오잖아요. 그래서 작가들이 대부분 입을 다무는 거 아니겠어요.
연출	작가들이 침묵한다?
작가	왜요?
연출	저번에 한 작품이 생각나서요. 유명한 선생님 희곡이었는데 제가 두 장면을 임의대로 한 장면으로 축약해서 고쳤어요. 난리 났죠. 침묵하지 않는 작가들이 더 많아요. 제 생각엔 어린 작가들만 침묵을 강요당하는 것처럼 보이던데요. 어떤 힘의 논리가 적용되고 있는 거죠. 사람은 비겁할 수밖에 없으니까.
작가	그런가요?
연출	우리 작업에선 작가님, 침묵하지 마세요.
작가	아는 게 별로 없어서.
연출	이상한 부분 있으면 늘 말씀하세요. 그리고 뭐든 불만 있으시면 숨기지 말고 표현하시구요.
작가	네.
연출	건배할까요? 공연을 위해서.

작가와 연출은 잔을 맞댄다.

무대, 어두워진다.

2.

무대 밝아지면 간이 무대 위에 배우들이 연습하고 있고 그 광경을 밖에서 연출이 지켜보고 있다.

작가는 그 바깥에 따로 마련된 공간의 테이블에서 노트북을 보고 있다.

원로	누가?
대표	언제?

객원1   어디서?

선배   무엇을?

객원2   어떻게?

늦깎이   왜?

말들을 반복하며 서로 다툰다. 처음엔 고함만 쳐대지만 나중엔 몸싸움까지 불사하며 격렬
하게 싸운다.

무대 뒤가 밝아진다.

유리관 속에 에이스가 있다. 배우들은 에이스에게 시선을 돌리며 집중한다.

에이스   누가...

원로   봐! 행위의 주체가 언제나 먼저 오는 법이야.

에이스   언제...

대표   역시 시점이 중요한 법이지.

에이스   어디서...

객원1   장소야말로 제일 중요한 거야.

에이스   무엇을...

선배   목적! 그것이야말로 궁극의 도달점이지.

에이스   어떻게...

객원2   방법론에 대한 탐구 없이는 그 어떤 것도 무의미해.

에이스   왜?

늦깎이   나는 몰라. 그렇게 어려운 거 나한테 묻지 마.

단어가 끝날 때마다 해당 단어의 배우가 으시대다가 다시 난장판이 된다.

에이스   (버럭) 조용히 해, 이 개새끼들아!

배우들은 숙연해진다.

에이스가 배우들을 향하여 걸어나온다.

원로   (에이스의 눈치를 보며 장난스럽게 아주 큰 소리로) 멍! (모두들

박수를 친다)

에이스   좋아. 하지만 더 크게 할 수 있는 자는 없어?

대표   (더 크게) 멍! 멍! (역시 모두들 박수)

에이스   조금 더 안 될까?

객원1   (더 크게) 멍! 멍! 멍! (환호성과 박수)

에이스   무식한 짓이야. 그런 건 하드웨어의 혹사일 뿐이란 말이야. 인식의 전환이 필요하다구.

선배   (의기양양하게) 왈왈왈왈! (경이로운 놀라움이 섞인 탄성과 박수)

에이스   좀 더 다른 거, 좀 더 새로운 거!

객원2   (회심의 미소) 깨갱 깽! (유쾌한 웃음)

에이스   유쾌해. 본질을 유지하면서도 신선한 이미지.

늦깎이   아우! (일시 정적)

에이스   (늦깎이에게) 그건 개가 아니잖아! 이 씹새끼야!

배우들, 늦깎이를 밟는다.

에이스   꺼져!

연출   네, 거기까지요.

배우들, 모두 간이무대 위에 멈춘다.

선배   작가가 보기에는 이거 뭐 배우들이 다 등신 같은가 봐.

막내   왜요?

선배   다 저능아 같잖아.

대표   코믹하니 재미있는데 왜?

원로   (에이스를 가리키며) 너 평소에 나한테 감정 있었냐?

에이스   아뇨. 그게 무슨 말씀이세요?

원로   욕할 때 실감나던걸?

에이스   대본에 그렇게 나와 있는데 그대로 해야죠.

선배   그나저나 배우들이 너무 바보 같아. 연출이 배우를 바라보는 시각이 원래 이래?

연출　아니죠.

선배　뭔가 수정을 해달라고 해야 하지 않아?

연출　어떻게요?

선배　최소한 배우가 지능이 떨어지는 사람들처럼 묘사되지는 말아야 할 거 아냐.

연출　다들 어떻게 생각하십니까? 여기 나오는 인물들이 정말로 모자란 사람처럼 보입니까?

원로　좀 그런 경향이 있지. 잘못하면 아동극 같아질 수도 있겠어.

대표　욕도 좀 자제했으면 좋겠고.

객원1　너무 나열적이에요. 누가, 언제, 어디서, 무엇을, 어떻게, 왜 이런 거 다들 알고 있잖아요. 그런데 너무 일일이 설명을 하려 한다는 느낌?

에이스　제가 맡은 연출 역이 너무 폭력적이라는 생각이 들어요. 물리적인 충격을 주는 것만이 폭력은 아니잖아요. 또 연극이란 게 연출 혼자서 만드는 것도 아닌데.

선배　글 쓴 작가 말이야. 혹시 연출이란 존재에게 반감을 가지고 있는 건 아닐까?

늦깎이　저만 특히 더 저능아예요.

연출　그 부분은 오히려 더 괜찮다고 생각되는데요. 공연에서 어떤 포인트로써 활용 가능할 거 같아요. 현희는 어떠니?

객원2　글쎄요. 전 잘 모르겠어요.

선배　어쨌든 말이야. 이대로는 안 돼. 극 중에서 연출이 뭔가 새로운 시도를 하려는 것처럼 보이긴 하는데 그게 뭔지 알 수 없으니까.

연출　이렇게 생각하면 어떨까요? 어쨌든 현실의 연극에서 배우는 연출에게 많은 부분을 의지하고 있다. 그러니 자연적으로 권력이 부여된다. 그 권력이 폭력적으로 나타날 때도 있다. 어쨌든 이 극의 스타일이 일상적이지는 않으니까 우리 작업의 속성을 보여주는 부분이라고 생각할 수 있잖아요.

객원1　근데 균형이 맞지 않잖아요. 연출과 작가는 평행선을 이루는데 배우만 하등한 존재로 그려지고 있거든요. 제가 배우라서 기분 나쁘다고 이러는 건 아니에요.

에이스　맞아요. 그건 좀 문제가 있어요. 공연 제목도 메타인데 어떤 것을 은유하려고 한 것인지 분명히 밝혀야 한다고 생각합니다. 연출님 말씀대로 연출은 많은 책임을 지고 있는 사람이기 때문에 책임과 동시에 권력이 주어진다는 점은 동의를 하지만 본질적으로 배우들은 통제를 하지 않으면 제멋대로 군다, 연출이 지시를 하지 않으면 바보가 된다, 뭐 이런 시각은 좀 아니라고 보는데요.

원로　재미는 있겠어. 원래 극 속에 바보가 나오면 재미있거든. 관객은 언제나 조롱하고 싶은 대상을 찾고 싶어 해.

연출　오늘 연습은 여기서 마치도록 하죠.

모두　수고하셨습니다.

각자 자신의 물품들을 정리한다.

에이스　저희들은 먼저 가보겠습니다.

대표　둘이서 데이트 하냐? 그래, 잘 가.

에이스와 객원2가 퇴장한다.

원로　오늘은 술 한 잔 안 하나?

대표　매일 술이야? 오늘은 일찍 들어가.

원로　들어가 봤자 할 일도 없고.

대표　할 일이 왜 없어? 빨래도 좀 하고, 설거지도 좀 해주고. 마누라 돈 번다고 고생하는데 집안일이라도 좀 거들어야지.

원로　집안일은 잘 하고 있어. 아침밥도 늘 내가 짓는다구. 애들도 내가 밥 안 지으면 밥을 안 먹어.

선배　저도 먼저 가보겠습니다.

원로　뭔 일 있냐?

선배　친구 만나기로 했어요.

원로　그러냐? (객원1을 향해) 미순이는 어때?

객원1　저도 오늘은 일찍 들어가야 되요. 내일 수업 준비도 해야 하고 해서.

대표　　수업?

객원1　연극놀이 강사요.

대표　　어디 나가는데?

객원1　초등학교요. 멀어요. 홍천까지 가야 해요.

대표　　강원도 홍천? 거 참. 힘들구만.

객원1　수도권 안엔 티오가 없더라구요. 거기라도 가서 해야지 몇 푼이
　　　　라도 벌죠.

대표　　그래. 고생이 많네. 수고해.

객원1　안녕히 계세요.

객원1, 퇴장한다.

연출　　저도 먼저 가보겠습니다.

원로　　어디 가? 집? 시간 있으면 한 잔 하지?

연출　　오늘 작가하고 만나기로 했어요.

원로　　작품 때문에?

대표　　아니, 그럼 작품 때문이지 딴 일로 만나겠어? 머리하고는. (연출
　　　　에게) 오늘 연습했던 거 좀 잘 얘기해주고 다시 수정을 하든지
　　　　아니면 다른 복안을 한 번 찾아보라고.

연출　　가보겠습니다.

연출, 퇴장한다.

막내　　먼저 가겠습니다.

선배　　애인 만나러 가냐?

막내　　네.

원로　　조만간에 작가가 나오는 부분도 본격적으로 연습을 할 거니까
　　　　생각 좀 해 와.

막내　　네.

원로　　딕션에 신경 쓰고.

막내   헉! 네.

막내, 퇴장한다.

선배   애인이라... 좋겠다.
대표   너도 얼른 여자 하나 잡아서 장가나 가.
원로   이 자식 성격에 무슨 여자가 붙겠어? 넌 천상 평생 홀애비 팔
             자다.
선배   아닙니다. 저도 나름 인기 좋아요.
대표   인기는 개뿔.
원로   남은 사람들은 한 잔 하러 가지.
대표   난 안 돼. 오늘 마누라랑 만나서 마트에 같이 장보러 가기로 했
             어. 펑크 냈다간 죽음이야.
원로   아이고. 그러십니까? 공처가 나으리. (선배와 늦깎이를 보고) 역
             시 멤버는 우리뿐이구만. 가자고.

사람들 모두 퇴장한다.

3.

찻집.
전화벨이 울린다. 작가가 전화를 받는다.

작가   근처에 오셨어요? 4번 출구요? 앞에 베스킨라빈스 보이시나요?
             네, 베스킨라빈스 옆에 있는 골목으로 한 50미터 들어오시면 3
             층에 풍경이라는 커피전문점이 있어요. 네. 아, 왼쪽 건물 3층이
             에요.

전화기를 끊는다.
작가는 담배를 한 대 피워 문다.
몇 모금 빨고 난 뒤 연출이 등장한다.

작가　　　(담배를 끄고 자리에서 일어나며) 오셨어요? 찾기 힘들죠?

연출　　　아뇨. 설명을 잘 해주셔서 금방 찾았습니다.

작가　　　앉으세요.

작가와 연출은 자리에 앉는다.

연출　　　담배를 태우시는군요?

작가　　　네. 글 쓸 때는 담배가 꼭 필요하더라구요.

연출　　　작가분들껜 담배가 필수더라구요. 전에 뵈었을 땐 담배를 안 태
　　　　　우셔서 의외로 안 피우시는가보다 했죠.

작가　　　연습은 잘 되어가나요?

연출　　　잘 되고 말고가 없죠. 이제 시작했는데요. 저도 한 대 피워도 될
　　　　　까요?

작가　　　그럼요.

연출은 담배를 꺼내 태운다. 가방에서 대본을 꺼낸다.

작가는 재떨이를 연출 쪽으로 밀어준다.

연출　　　오늘 연습에 오셨으면 좋았을 텐데.

작가　　　죄송해요. 리딩하는 데 가봐야 하는데 시간이 없어서.

연출　　　2장의 내용이 배우들을 너무 하등한 존재로 묘사하고 있다는 지
　　　　　적이 나왔어요.

작가　　　그래요?

연출　　　그리고 연출의 성격이 폭력적인 것 같기도 하구요. 그래서 뭔가
　　　　　설명이 있어야 할 것 같더라구요.

작가　　　전 2장에서 배우들이 좀 놀았으면 좋겠다는 생각을 했어요. 그게
　　　　　하등한 존재로 보였다니 좀 의외인데요.

연출　　　공연 제목이 메타니까 무엇에 대한 은유인지 명확했으면 좋겠다
　　　　　는 의견도 있었어요. 그 은유의 대상이 명확하면 배우들도 놀이
　　　　　적 상황에 빠져들 수 있을 것 같구요. 지금은 그 상황이 분명하

지 않기 때문에 배우들이 단지 저능아처럼 보이거든요.

작가   인식의 문제로 들어가면 안 될까요? 아직은 아무것도 잡혀 있지
      않은 상태. 무중력. 거기서 희곡이 주어지고, 무대라는 공간이 주
      어지면서 사람이 배우가 되어가는 것.

연출   그렇다면 연출이나 작가도 마찬가지여야죠.

작가   그렇지만 현실적으로 봐선 연출이나 작가는 먼저 준비하는 사람
      들이잖아요.

연출   그렇긴 하죠. 또 제가 생각하는 문제점이 있어요. 2장의 배우들
      성격들이 별로 차이가 없어요. 배우6을 제외한 나머지 인물들은
      동일한 인물로 느껴지거든요. 한 사람의 말을 5등분 했다는 느낌
      이랄까? 좀 더 개성을 살리면 좋을 거 같다는 생각이 들어요. 물
      론 분장이나 의상으로 차이를 둘 수도 있겠지만, 그리고 배역을
      맡은 배우들의 생김새나 목소리가 다르기 때문에 무난하게 넘어
      갈 수도 있겠지만 극작의 차원에서 좀 더 변별성을 두었으면 하
      거든요.

침묵. 작가가 담배를 꺼내어 문다.

작가   2장은 제가 좀 더 생각해볼게요.

연출   그럼 이제 3장 이야기를 해볼까요? 아직 자세하게 연습이 들어
      가진 않았는데 며칠 내로 할 예정이거든요.

연출과 작가가 테이블 위에 대본을 놓고 서로 의논하는 사이 간이무대 위로 에이스와 막내
가 등장한다.

에이스 빛! (조명이 변화한다) 아니 틀려! (다시 변화한다) 틀려! (다시
      변화한다) 그래, 이거야. 음악! (음악이 나온다) 좋아, 아주 좋아.
      (박수)

에이스는 혼자 움직인다. 춤, 혹은 일종의 마임.

에이스	진리. 내가 이 공간에 심어놓은 절대적인 느낌. 공유하고자 하지만 결코 나눌 수 없는 선구적인 감성과 주관적인 정서. 아름다움, 추함, 역겨움, 경탄, 경외, 사랑, 뜨거움, 세상에 존재하는 모든 종류의 강렬함! 나는... 나는 꿈을 꾼다. 빌어먹을 현실과 돈과 명예, 거기에 현시욕이 한데 뭉뚱그려진다. 그러나 이 공간만은 오직 나의 것. 나의 세계. 누구의 것도 아닌 바로 내 존재의 진원지.
작가	연출이 무대 위에서 구현하려 하는 것을 혼자 털어놓아요. 연출은 자신의 예술관이 확고한 사람이죠. 그런데 연극은 오로지 배우를 통해서만 표현이 되는 거니까 자기 마음대로만은 되지 않고 그래서 그것에 갈등하는 거예요. 그리고 이 사람의 마음속엔 남보다 있어 보이고, 자신이 돋보이고 싶은 욕구가 존재해요. 이때쯤 작가가 등장하는 거예요.

에이스가 도취되어 무대를 누비고 있을 때, 막내가 등장한다. 막내는 에이스의 행위를 흥미로운 듯 지켜본다.

에이스가 움직임을 멈추고 무대에서 호흡을 가다듬을 때 앞으로 나선다.

막내	이기적이야. 진실하지 못해. 눈물이 없어. 그래서 아프지 않아.
에이스	지랄병! 비겁해지진 말아야지. 최소한 커튼 뒤에 숨진 말아야겠지.
막내	딸딸이 치지 마. 보기 힘들어.
에이스	좃물에 피가 섞여 나올 때까지야. 나는, 아니 너 또한 아직은 한참 멀었어.

둘은 침묵한 채 서로를 노려보고 있다.

연출	(크게 웃는다) 딸딸이. 그런 말은 어디서 아셨어요?
작가	교수님이 그렇게 말씀하시더라구요. 저보고 딸딸이 치지 마라고. 처음엔 무슨 말인지 몰랐죠.
연출	피가 섞여 나올 때까지. 무섭네요. 그만큼 열정적이란 말이겠죠? 그런데 연출은 왜 작가에게 비겁하다고 하죠?

작가	글 써놓고 뒷짐만 지니까요. 연출 입장에선 얄밉게 보이지 않겠 어요? 모호한 부분에 대해서 물으면 알아서 생각하라, 좀 다르게 장면이 만들면 분석을 잘못했다 그렇게 말하니까.
연출	꼭 그렇지는 않아요. 이제 싸우겠네요.
작가	결투를 하죠.
에이스	그래, 오늘은 무슨 일이신가?
막내	(에이스에게 칼을 던져준다. 그 자신도 칼을 든다) 결투신청.
에이스	(칼을 들고 보며) 왜?
막내	네 심장을 꿰뚫고 싶어. (휘두른다. 서로 교차한다)
에이스	(칼을 어루만지며) 칼날이 무뎌. (휘두른다. 다시 교차한다)
막내	남 탓하는 건 여전하군.
에이스	피차일반! (막내의 칼을 쳐낸다. 막내의 손에서 칼이 떨어진다)
막내	(비웃음) 독재자의 승리인가? 정말 당할 재간이 없어.
에이스	(막내의 목에 칼을 들이대고) 그 입! 으깨버리고 싶어.
막내	할 수 없을걸? (에이스에게 다가온다)
에이스	과연! (칼을 놓고 막내의 두 뺨을 붙잡아 키스한다)

에이스와 막내, 서로에게서 떨어진다.

막내	네 혀는 너무 공격적이야.
에이스	그러나 그게 나의 자랑이지.
막내	나는 아팠어.
에이스	누구도 아프지 않은 자는 없어. 그리고 그 언제든 아프지 않았던 시절은 없었어.

음악과 조명, 정지하고 에이스와 막내에게 스포트라이트.

에이스	(독백) 눈빛. 내 속을 빤히 들여다보는 저 처연한 눈빛. 그리고 침묵. 나를 미치게끔 만드는 저 눈빛과 침묵.
막내	(독백) 홀로 서 있는 그의 뒷모습. 이 공간의 그 어떤 쾌락도, 웃 음도, 즐거움도 그에게는 커다란 짐. 책임과 의무, 그리고 권리가

짓누르는 저 무시무시한 공포. 그걸 기꺼이 견뎌내는 위태로운
외로움.

에이스와 막내는 다시 천천히 키스한다.
조금 전의 음악과 조명.
음악, 사라지고 에이스와 막내는 퇴장한다.

연출　　연출과 작가의 키스라... 의미적으로는 일리가 있네요. 서로 칼
　　　　싸움 하는 것도 이해가 가고. 그래도 너무 비약이 크다는 생각이
　　　　듭니다. 제가 곰곰이 생각을 해본 건데 차라리 서로 칼을 찔러
　　　　버리는 게 어때요? 그리고 서로 자기가 더 아프다고 소리 지르는
　　　　건 어때요?
작가　　서로 자기가 더 아프다고 소리 지른다구요?
연출　　그렇죠. 어차피 인간은 이기적인데다가 고통에 더 민감하니까
　　　　요. 소통이 되지 않는다는 것을 나타내려면 지금 대본에 있는 것
　　　　보다는 이게 더 효과적이지 않을까요?
작가　　글쎄요.
연출　　그리고 키스라는 육체적 행위는 관객에게 있어서 어쨌든 간에
　　　　에로틱하게 느껴지니까요. 연출과 작가가 서로 사랑하는 사이라
　　　　는 건 이 극에서 별로 필요하지 않을 듯싶어요.
작가　　맞아요. 연출과 작가는 서로 사랑하지 않아요. 키스는 어떤 소통
　　　　의 방식을 은유하려고 했던 건데.
연출　　그럼 서로 찌르는 걸로?
작가　　(생각하다가) 아뇨. 그래도 키스가 더 좋을 것 같아요. 연출님이
　　　　말씀하신 부분도 공감하지만 키스라는 게 꼭 에로틱하게 보일
　　　　것이란 말씀에는 동의할 수 없거든요. 거기다가 키스라는 행위
　　　　는 아름다워요.
연출　　뭐, 그렇게 말씀하신다면. 아참! 식사하셨어요?
작가　　아뇨. 아직요.
연출　　배가 좀 출출한데, 뭐 먹으면서 할까요?
작가　　시간이 늦어서.

연출   그럼 맥주라도 한 잔?
작가   좋아요.

연출과 작가가 퇴장한다.
무대가 어두워진다.

4.

무대 밝아지면 에이스와 막내가 연습하고 있다. 키스하려고 한다.

에이스   너, 웃을래?
막내   안 웃었어요. 선배가 먼저 웃으셨잖아요.
에이스   무슨 소리야?
막내   눈빛이 웃고 있었다구요.
에이스   미치겠네.

배우들은 에이스와 막내를 물끄러미 지켜보고 있다.
사이.

대표   키스하기가 그렇게 어렵냐? 내가 대신 해주랴?
원로   아이고, 이참에 좀 쉬다 하자. 저것들 감정 잡으려고 하면 또 한
            참 걸릴 테니.
대표   연습 시작한 지 얼마나 되었다고 쉬어?
원로   연출도 아직 안 왔잖아. 배우도 오늘은 한 명 없고.
대표   연출한테 전화해봐. 늦으면 늦는다고 문자라도 하던가. 무단으
            로 안 오면 어떻게 해.

막내가 전화를 건다.
배우들 모두 의자나 소파에 앉아 쉰다.
전화벨 소리가 울린다.
연습실 바깥에 있는 침대의 이불이 걷히면서 연출이 벌떡 일어난다. 그 옆에 작가가 누워

자고 있다.

연출　　　　이런 젠장! 큰일 났네. (서둘러 일어나 옷을 입는다)

전화가 음성사서함으로 넘어간다.

막내　　　　(음성사서함에 녹음을 한다) 연출님. 언제 오세요? 전화나 문자
　　　　　　주세요.

작가가 꿈지럭거리며 일어난다.

작가　　　　몇 시예요?
연출　　　　미안해요. 저 먼저 가볼게요. 오늘은 낮부터 밤까지 연습하기로
　　　　　　했는데...
작가　　　　정말요? 어떡해요?
연출　　　　나중에 전화할게요.

연출이 뛰어나간다.
연출이 다시 들어온다.

연출　　　　내 가방, 내 가방! (가방을 찾아 든다)

연출이 다시 뛰어나간다.

작가　　　　정신없네. (이불 속에서 무언가 꺼낸다. 남자 팬티다) 어! 내 팬티
　　　　　　를 입고 갔네. 아, 속 쓰려. (다시 눕는다)

연출이 연습실로 뛰어 들어온다.

연출　　　　(숨을 몰아쉬며) 죄송합니다. 늦었습니다.
원로　　　　무슨 일 있었어? 자네답지 않게 말이야.

대표　　　연락이라도 해줘야 할 거 아냐?

연출　　　죄송합니다. 낮 연습인 걸 까먹고 그냥 잤지 뭡니까.

선배　　　어지간히도 급했구만. 머리 꼬락서니 봐.

연출　　　그럼 연습할까요?

에이스　　여태까지 우리끼리 연습하고 있었거든요.

연출　　　미안해.

선배　　　아이고, 술 냄새야. 평소엔 잘 마시지도 않으면서 웬 술을 이렇게 펐대?

막내　　　연출님. 목에...

연출　　　응?

막내　　　뭐 묻었어요.

연출의 안색이 급변한다.

연출　　　잠깐 화장실에 좀...

연출이 황급하게 나가자 사람들은 고개를 갸우뚱한다.

원로　　　왜 저래? 저 녀석.

에이스　　아까 목에 립스틱 자국 아냐?

객원2　　그런 것 같던데요.

선배　　　(깜짝 놀라며) 뭐?

대표　　　어제 작가 만나러 간다고 했지? 이것들이...

객원2　　어머머. 그럼 스캔들 난 거네요?

원로　　　괜히 넘겨짚지 마라. 무고한 사람 잡을라.

선배　　　밥이나 먹고 하죠. 슬슬 곱창이 시리시리한데.

대표　　　아직 밥 먹을 시간 멀었잖아.

선배　　　흐름도 끊겼고, 배우 한 명도 저녁이나 되어야지 오잖아요.

원로　　　요새 그 연극인 강사 때문에 배우들이 죄다 그쪽으로 가버렸어. 이거 뭐 연습이 제대로 안 되잖아. 지방 학교까지 가야 하니, 원. 배우들이 너무 바빠졌어. 공연하랴, 연습하랴, 수업하랴. 돈 몇

314

푼 버는 것까진 좋은데 이대로 가다간 주객이 전도되겠어.

연출이 들어온다.

연출	이제 연습하죠.
선배	밥 먹고 하자구. 미순씨도 좀 있어야 올 것이고.
연출	밥을 먹기엔 너무 이른 시간이잖아요.
선배	넌 재미가 좋았을지 모르겠다만 우린 빡세게 연습하고 있었거든?
연출	네?
대표	밥 먹으러 가자구. 해장도 할 겸.
연출	그럼 다들 다녀오십시오. 저는 밥 먹을 상태가 아닙니다. 식사하실 동안에 저는 누워서 잠이나 좀 더 자고 있죠, 뭐.
선배	어이고, 배가 불렀구나! (나간다)

모두들 퇴장한다.

연출	(늦깎이를 세우며) 무슨 일 있었어요?
늦깎이	다들 연출님이 작가님이랑... 아, 아닙니다. 가보겠습니다. (나간다)

연출은 늦깎이가 퇴장하는 걸 망연자실하게 바라본다.

연출	(머리를 감싸 쥐며 자책한다) 아! 아! 쪽 팔려. 그런데 왜 이렇게 찡겨? (바지 안을 들여다본다) 으, 잘못 입고 왔다.

무대, 어두워진다.

5.

무대가 밝아지면 간이무대에서 연극이 진행되고 있다.

에이스　　그러니까 어떠한 실험. 즉, 공간과 시간을 융합하는 새로운 법칙. 겪고 마주친 모든 것들을 예술적 대상으로 만드는, 즉 생명 없음에 의해 마비된 물질처럼 결국에는 딱딱하게 굳어버릴 체험의 대상들을 상상력의 불로 녹여 이미지라는 얼음 속에 냉동시키기. 즉 비열한 상태에 있기 쉬운 대상들을 정신의 현실적인 힘인 상상력에 의해 아름다움 속으로 해방시킴으로써 자신을 그 대상들로부터 해방하고, 그 해방된 공간 속에서 그것들과 자신을 지평이라는 울림의 공간 혹은 생명의 질서 속에 구속하기. 그게 모든 위대한 예술가들의 일. 나의 일.

막내　　네 앞을 봐.

에이스는 앞을 응시한다.

연출　　잠깐만. 영호야. 좀 더 몽환적으로 해봐. 그 부분은 연출자의 고뇌를 단적으로 드러내는 부분이잖아. 자아도취된 느낌으로, 몸짓도 좀 섞어주면 좋겠고. 그런데 몸짓은 배우만큼 유연하지는 않았으면 좋겠다. 뭔가 엉성하게 하는데, 혼자서 도취된 느낌으로.

에이스　　(다시 대사를 친다) 그러니까 어떠한 실험. 즉, 공간과 시간을 융합하는 새로운 법칙. 겪고 마주친 모든 것들을 예술적 대상으로 만드는...

연출　　아냐, 아니라구. 그 느낌이 아냐. 다시 해보자.

에이스　　(멍하니 있다가) 마치 오브제가 된 거 같아요.

연출　　뭐?

에이스　　한 마디로 이 극 속의 연출은 작품을 잘 만들고 싶다고 말하는 거 아니에요? 그런데 그 말을 꼭 이렇게 어렵게 말해야만 해요?

연출　　극 스타일이잖아.

에이스　　마음이 가닿지 않아요. 그리고 싶은 마음이 안 든다구요.

연출　　맙소사. 네가 학생이야? 투정 부릴 시기는 지났잖아.

에이스　　미안해요, 형.

316

연출   생각을 좀 해. 의미를 파악하면 연기도 달라질 거야. 좀 쉬자.

연출은 담배를 피러 밖으로 나간다.

선배   (에이스에게 다가와) 사실 보고 있는 나도 좀 답답해. 짐작을 못
        하겠어.
에이스   그런데요. 일단 우리는 어떻게든 납득을 한다 쳐요. 하지만 관객
        에게 과연 어필될까요?
객원1   맞아요. 이 부분은 좀 심각하게 되짚어봐야 해요.
대표   그런 부분까지 생각해서는 진행이 힘들어. 여기까지 와서 엎어
        버릴 수는 없잖아. 어쨌든 연출을 믿고 가자고. 나름대로 복안이
        있을 거야.
원로   관객 고문시키겠단 거군. 고문 중에서 문화고문 당하는 게 제일
        힘든 법인데.
늦깎이   문화고문이 뭐죠?
원로   너 앉아 있기 힘들 만큼 힘든 연극 본 적 없냐?
늦깎이   전 어떤 연극도 힘들지 않습니다. 그 힘든 직장생활도 버텼는
        데요.
원로   에라, 미친 놈.
객원1   전엔 이렇게 안 봤는데. 연출 은근히 독단적이네요.
원로   그렇지? 춤 넣은 장면만 해도 그래. 여건을 봐가면서 해야지. 그
        냥 막무가내로 밀어붙이니. 난 허리디스크가 있단 말이야. 움직
        일 때마다 허리가 끊어질 것같이 아파.
대표   몸이 안 좋은데 왜 배우를 하고 있어? 배우 때려 치워.
원로   뭐?
대표   몸이 아파서 안 움직이는 게 아니잖아. 몸치에, 박치에, 잘하지
        못하는 걸 안 하려고 하는 것뿐이잖아.

연출이 들어온다.

연출   자자, 다른 부분 연습합시다. 4장은 영호야, 시간을 두고 조금 더

고민해보자. 자, 5장요.

배우들 간이무대로 움직인다.

막내   제 몫으로 지고 있는 짐이 너무 무겁다고 느껴질 때 생각하라.
          얼마나 무거워야 가벼워지는지를. 내가 아직 자유로운 영혼, 들
          새처럼 날게 편 영혼의 힘으로 살지 못한다면, 그것은 아직 내
          짐이 충분히 무겁지 못하기 때문이다.
에이스   꺼져! (모두에게) 다 꺼지란 말이야! 내 눈 앞에서 사라져!

간이무대에 멈춰 있던 배우들 동작과 함께 움직이기 시작한다.

원로   채워지지 않는 감정. 해소되지 않는 갈등. 뻔한 스토리에 목매는
          나는 가미가제.
대표   반복되는 구조, 수미상관의 뻔뻔스런 유치함.
선배   공간 속에서 편안함을 추구하지 마라. 긴장, 또 긴장.
객원1   나태함은 죄악이다. 빈곤한 상상력은 범죄다.
객원2   실험은 도전을 빙자한 강간. 내 팔다리를 동강동강 잘라버리는
          능욕.
늦깎이   일회용 쓰레기처럼 소모되고 다시 재활용 쓰레기로 분류되는 허
          탈감.
원로   결국 나는 누구인가?
대표   나는 누구인가?
선배   어디서 왔고 어디로 가야 하는가?
객원1   내가 누구인지 아는 사람?
객원2   나를 찾아야 해.
늦깎이   내가 아는 나, 네가 나는 나. 무엇이 진짜지?
원로   높이, 저 높이.
에이스   잘 나가다가 왜 딴 데로 새?
대표   날아야 해.
에이스   그만!

318

선배   날개가 있었으면 좋겠어.

에이스   그만하란 말이야!

객원1   푸른 바람, 새하얀 빛. 박하사탕 맛 공기.

에이스   그런 말 허락하지 않았다.

객원2   더 높이, 누구보다도 더 빠르게! 더 강하게!

에이스   다시! 다시 처음부터! 전부 무효야.

늦깎이   손을 뻗어라. 좀 더 태양과 가깝게!

에이스   아니야! 아니란 말이야! 왜 멋대로들 구는 거지? 뭘 잘못 먹었
         어?

배우들은 음악에 맞춰 군무를 춘다.

늦깎이가 선배와 부딪혀 비틀거리며 넘어진다.

늦깎이   어이쿠!

연출   괜찮으세요? 잠시 스톱!

음악이 끊어지고 모두들 늦깎이 근처로 모여든다.

원로   (헉헉대며) 아이고, 죽겠다.

선배   (정강이를 아픈 듯 부여잡고) 야, 연출. 이거 꼭 이렇게 해야 해?
         딴 방법 없어?

연출   모두들 동의한 거 아닙니까? 제대로 한 번 해보지도 않고 포기할
         셈입니까?

늦깎이   별거 아닙니다. 제가 틀려서 부딪힌 것뿐이에요. 아직 익숙하지
         가 않으니까. 계속 하면 괜찮아질 거예요.

객원2   맞아요. 반복해서 하다 보면 동작에 익숙해지겠죠.

객원1   간만에 관절을 쓰는데. 척추에서 뚜드득 소리가 나.

원로   조심하라고. 그러다가 나처럼 디스크가 와.

막내   진짜요?

연출   며칠 뒤에 안무 선생님 다시 오시기로 했으니까 이 장면은 그때,
         좀 더 정밀하게 맞추도록 하죠.

원로   이거 뭐 뮤지컬도 아니고. 연극에 무슨 춤이야?

대표   군소리 좀 하지 마. 맨날 술이나 퍼마시니까 체력이 나빠진 거 아냐.

원로   물론 이렇게 몸을 쓰는 연극도 있지만 말야, 그것보다는 이 작품에 적합한가 아닌가를 좀 더 따져봐야 하는 거 아냐?

연출   이렇게 가기로 했잖습니까? 몸이 힘드니까 못 하겠다는 거 너무 비겁하지 않습니까?

선배   안 하겠다는 게 아니야. 좀 더 효과적인 방안을 찾아보자는 거지.

연출   그게 어떤 겁니까? 몸이 안 힘든 방안요? 아니면 땀 좀 덜 흘리는 방안요?

선배   에이, 씨발. 말을 말자.

대표   자자, 다시 연습하자고. 연습뿐이야. 살아남을 길은.

원로   연습할 맛이 나야 연습을 하지. 작품이 산으로 가고 있는데. 지문에도 움직임 같은 건 나와 있지 않잖아. 이건 연출의 독선이라고.

대표   철딱서니 없는 소리 그만하고...

원로   뭐? 철딱서니?

대표   그럼 이 장면 어떻게 표현할 거야? 분자모형이 변하고 하는 이 스펙터클을 어떻게 표현할 거냐고?

원로   무대가 변하면 되지.

대표   이런 밥통아. 너 돈 많냐?

원로   없지.

대표   없으니까 이렇게라도 표현하고자 하는 거잖아. 배우의 몸으로. 불평 좀 그만해. 그리고 다들 너무 자신의 몸을 사랑하는 거 아냐?

객원1   우린 몸이 재산인데. 무리하지 않는 거뿐이잖아요.

대표   그래가지고 예술 하겠어? 목숨 걸고 해야 해.

객원1   (조그맣게) 예술? 얼어죽을.

연출   자자, 10분간 휴식할게요. 숨 좀 돌리시고. 10분 후에 이 장면 한 번 더 해봅시다.

원로   뭐? 한 번 더 한다고? 그래, 하자. 해. 내 대줄게. 맘대로 해봐. 에라!

배우들, 모두 뿔뿔이 흩어진다.

연출을 비롯한 남자들은 담배를 꺼내들고 밖으로 나간다.

객원1   예술? 목숨을 걸어? 미친 거 아냐?

객원2   언니. 왜 그래요? 다 들리겠어요.

객원1   들리라지. 자기는 예술이랍시고 이러고 있는 건가, 뭐. 쥐꼬리만
         한 개런티 주면서 주제에 예술하자고? 웃기고 자빠졌네.

객원2   그만 속 푸세요.

객원1   연극정신. 예술혼. 그런 거 다 헛소리야. 지갑에, 통장에 돈 떨어
         져봐. 그런 소리 나오나. 예전엔 극단에서 먹을 거 주고 재워주
         고 다 같이 가난하게 했지만 이젠 아니잖아. 배우도 먹고 살 길
         은 있어야지. 그나마 배우 각자가 아르바이트나 소일을 해서 연
         극을 계속 할 수 있게 해주는 게 어딘데?

객원2   좀 더 열심히 하자는 거겠죠.

객원1   내가 열심히 안 하는 게 뭐니? 나 그래도 이 중에선 몸 움직이는
         거 제일 나아. 자기들이 못 해내는 걸 가지고 괜히 남한테 트집
         이야. 그리고 여기서 다치기라도 해봐. 자기들이 치료비 대줄 거
         야? 아니잖아. 그러니 스스로 몸을 지키면서 하는 것뿐이라고.
         정말 웃기고 있군. 자기들이나 제대로 좀 하라고 그래.

객원2   사람들 들어와요.

남자들이 들어온다.

원로   (짜증을 낸다) 아, 언제까지 잔소리할 거야?

대표   그러니까 담배를 끊으라고. 춤출 때 숨차서 죽으려고 하잖아. 옆
         에 있으면 무슨 좀비가 숨 쉬고 있는 거 같다니까. (거친 숨소리
         를 낸다) 흐에에, 흐에에.

원로   그건 스미골이고.

뒤이어 연출과 선배가 들어온다.

선배　내 말 알지? 그러니까 그걸 부정하지는 않아. 그리고 머리로도 충분히 이해해. 단지 배우 맘에 와 닿아야지. 그게 중요한 거라구.

연출　알아요.

선배　그래, 좀 부탁하자. 너무 조급해하지 말고. 다 잘 할 거야.

연출　네. 자 다음 장면 준비합시다.

배우들, 장면을 준비한다. 에이스와 늦깎이도 급히 들어온다.
간이무대 위에 모두 위치한다.

막내　제 몫으로 지고 있는 짐이 너무 무겁다고 느껴질 때 생각하라. 얼마나 무거워야 가벼워지는지를. 내가 아직 자유로운 영혼, 들새처럼 날게 편 영혼의 힘으로 살지 못한다면, 그것은 아직 내 짐이 충분히 무겁지 못하기 때문이다.

에이스　꺼져! (모두에게) 다 꺼지란 말이야! 내 눈 앞에서 사라져!

간이무대에 멈춰 있던 배우들 동작과 함께 움직이기 시작한다.

원로　채워지지 않는 감정. 해소되지 않는 갈등. 뻔한 스토리에 목매는 나는 가미가제.

대표　반복되는 구조, 수미상관의 뻔뻔스런 유치함.

선배　공간 속에서 편안함을 추구하지 마라. 긴장, 또 긴장.

객원1　나태함은 죄악이다. 빈곤한 상상력은 범죄다.

객원2　실험은 도전을 빙자한 강간. 내 팔다리를 동강동강 잘라버리는 능욕.

늦깎이　일회용 쓰레기처럼 소모되고 다시 재활용 쓰레기로 분류되는 허탈감.

원로　결국 나는 누구인가?

대표　나는 누구인가?

선배　어디서 왔고 어디로 가야 하는가?

객원1   내가 누구인지 아는 사람?

객원2   나를 찾아야 해.

늦깎이   내가 아는 나, 네가 나는 나. 무엇이 진짜지?

원로   높이, 저 높이.

에이스   잘 나가다가 왜 딴 데로 새?

대표   날아야 해.

에이스   그만!

선배   날개가 있었으면 좋겠어.

에이스   그만하란 말이야!

객원1   푸른 바람, 새하얀 빛. 박하사탕 맛 공기.

에이스   그런 말 허락하지 않았다.

객원2   더 높이, 누구보다도 더 빠르게! 더 강하게!

에이스   다시! 다시 처음부터! 전부 무효야.

늦깎이   손을 뻗어라. 좀 더 태양과 가깝게!

에이스   아니야! 아니란 말이야! 왜 멋대로들 구는 거지? 뭘 잘못 먹
         었어?

배우들은 음악에 맞춰 군무를 춘다. 이전과는 다르게 완성도 있는 군무다.

무대를 누비는 배우들. 그걸 바라보는 막내.

무대가 푸른빛으로 바뀐다. 빛으로 이뤄진 반짝이는 물결이 공기 중에 찰랑거린다.

연출   (막내에게) 앞으로 나와.

막내   여기요?

연출   그래. 여기에 탑 들어갈 거야. 기억해라. 계속.

막내   고요한 파란 달빛 바다. 짐승들, 달빛에 취해 그 위에서 춤춘다.
         저 송곳니, 물결에 빛나고, 눈물 날 것 같은 이 오묘한 기분 속에
         나는 차가운 노래 부른다. 마음속에 간직했던 이미지, 꿈. 그것은
         그들을 만나 현실이 되었다. 이 공간, 무한한 가능성이 펼쳐진 공
         간. 샘물같이 퐁퐁 솟는 창작의 날개. 아니, 활화산 같이 마그마
         를 뿜으며 폭발하는 욕망이라 말하는 게 옳겠다. 나는 곧 그들이
         고, 그들은 바로 나. 저 무수한 시선들을 멀게 만드는 찬란한 빛.

어떤 의미의 창조. 그러니 나는 바로 절대자. 이 신비한 공간을 만든 가슴 벅찬 희열과 감동. 아! 이제 나는 알겠다. 침묵은 바라보는 자의 특권. 그 침묵이야말로 내가 누릴 수 있는 최대의 자유로움이라는 것을. 그렇다. 나는 이제 더 이상 프로메테우스가 아니다. 나는 이미 너희들에게 횃불을 넘겨주었다.

연출　　(지문을 읽는다) 배우들이 작가의 주위에 모여든다. 배우들은 작가의 신체를 파먹기 시작한다. 선혈이 흐르는 고깃덩어리가 된 작가의 모든 것이 배우들의 입속으로 사라진다. 게걸스럽게, 탐욕스럽게 작가를 씹어 먹는 배우들. 이 장면도 안무로 처리할 겁니다. 알고들 계세요. 자자, 오늘 전체 연습은 여기서 마치죠. 영호하고 정은이는 나랑 연습 좀 더 하고.

배우들이 간이무대에서 내려온다.

대표　　무대디자인은 아까 얘기했던 대로 그렇게 갈 거냐?
연출　　네. 거의 픽스했습니다.
대표　　그럼 견적 빨리 내어 오라고 해. 그래야지 이래저래 계산기를 두드려보지.
연출　　안 그래도 오늘 미팅하기로 했습니다.
대표　　돈도 없고, 네 욕심 못 채워줘서 미안하다.
연출　　아닙니다. 형편대로 해야죠. 욕심은 무슨 욕심요.
원로　　먼저 간다.

대표를 제외한 다른 사람들, 공손하게 인사한다.
사람들은 자신의 물품들을 정리하고 의자를 바로 놓으며 무대를 정리한다.

에이스　　(연출에게 다가온다) 저... 형.
연출　　왜?
에이스　　오늘은 먼저 가봐야 되겠는데요.
연출　　뭐?
에이스　　레슨이 있어요.

연출		무슨 레슨?

에이스		입시 봐주기로 한 학생이 있는데요. 일주일에 두 번 수업하는데 그게 오늘이라서요.

연출		네 코가 석자다. 아이고...

에이스		미안해요.

연출		가봐. 내일 좀 일찍 오고.

에이스		예.

연출		막내야, 내일 좀 일찍 올 수 있니?

막내		내일요? 얼마나요?

연출		세 시까지 와.

막내		저 내일 다섯 시까지 아르바이트가 있어요.

연출		아, 커피숖에서 일한댔지.

연출은 의자에 주저앉는다.

선배		뭘 그렇게 조급해하냐? 연극 한두 번 해? 막이 오르면 다 돌아가게 되어 있어. 힘내라. 간다.

연출		안녕히 가세요.

다른 사람들도 차례로 인사하면 연습실을 나선다.

늦깎이		저, 연출님. 전 더 연습할 수 있는데요.

연출		형은 혼자서 연습할 게 없어요.

늦깎이		그런가요?

연출		일단 대사나 좀 빨리 외워줘요.

늦깎이		죄송합니다. 익숙하지 않은 일이라 영 잘 안 되네요.

연출		들어가서 쉬세요.

늦깎0 , 퇴장한다.

연습슬에 홀로 남은 연출, 담배를 꺼내 피운다. 대본을 펼쳐본다.

전화기· 울린다. 담배를 끄며 전화를 받는다.

연출	예. 연출입니다. 맞아요. 분자 모형. 보통 하얀색과 빨간색으로 구분되어 있지 않나요? 색깔은 좀 더 다양하게 했으면 좋겠어요. 빨간색에 구애받지 말구요, 흑백의 명암을 주는 것도 좋겠는데요. 직접 보지 않으니까 상상이 잘 안 되네요. 아, 메일 보내셨다구요? 잠시만요. 확인해볼게요. (노트북 앞에 앉아 익스플로러를 실행시킨다. 메일을 확인한다) 예. 있네요. (첨부파일을 실행시킨다. 노트북 화면으로 무대의 그림이 보인다) 이거 분자 동그라미 재질은 스티로폼입니까? 전체적으로 위쪽이 좀 더 풍성했으면 좋겠는데요. 그러니까 위에서 쏟아지는 느낌요. 아, 그럼 조명이 걸리겠구나. 이런. 네, 방법을 좀 찾아주세요. 그리고 견적서는요? 아, 첨부파일에 있군요. (첨부파일을 열어본다. 심각하게 들여다본다) 이건 좀 문제가 있는데요. 무대에 이 정도 예산을 배정할 수는 없어요. 일단 대표님과 상의를 해봐야 될 거 같아요. 그래도 줄일 수 있는 부분을 살펴봐 주시겠어요. 무대설치는 우리 배우들이 좀 도와드릴 겁니다. 그리고 철거비용은 빼셔도 되구요. 사정이 안 좋아요. 스폰서해주기로 했던 분들 사정이 다 어려우신가 봐요. 요즘 경기가 워낙에 안 좋으니까요. 그리고 읽어보셨으니까 아시겠지만 이 연극이 흥행을 목적으로 제작되는 게 아니잖아요. 관객수익에 기대를 가질 만한 것도 아니니까. 예. 그쪽 사정을 제가 왜 모르겠습니까? 여태까지도 많이 도와주셨지요. 그러게요. 신세를 갚는다 갚는다 하면서도 매번 빚만 늘어가네요. 네. 대표님과 회의를 해보고요, 방법을 어떻게든 찾죠, 뭐.

전화를 끊고 연출은 담배에 다시 불을 붙인다.

전화벨이 울린다.

무대 뒤편에 마련된 장소에 작가가 전화기를 들고 들어온다.

연출은 전화기를 들여다보고는 전화를 받는다.

연출	여보세요?
작가	잘 지내셨어요?

연출   덕분에요.

작가   연습은 잘 되어가나요?

연출   퍼펙트합니다.

작가   다행이네요. 많이 바쁘신 거 같아서. 연락도 없으시고.

연출   미안해요.

작가   대본 살짝 수정했어요. 가져가실래요?

연출   그래야죠.

작가   그럼 언제? 오늘?

연출   오늘은 다른 일이 있는데.

작가   그래요? 그럼 할 수 없죠. 메일로 보내드릴까요?

연출   네. 그렇게 하죠.

작가   네. 그럼 수고하세요.

연출   네,

전화를 끊는다.

무대가 어두워진다.

6.

무대가 밝아지면 간이 무대에 배우들이 모여 있고, 그 앞에 작가와 연출이 앉아 있다.

에이스   작가님이 와 계시니까 왠지 뭔가 검사를 맡는 기분인데요.

선배   연극 한두 번 하냐? 초짜 같은 말 할래?

늦깎이   저는 진짜 떨리는데요.

선배   형님은 대사 다 외우셨어요?

늦깎이   예.

대표   김 작가. 아직 연습 단계니까 너무 큰 기대는 하지 말고. 알았지?
       만들어가는 중이니까.

작가   알아요.

막내   (커피를 들고 온다) 커피요.

작가   고맙습니다.

연출   자, 집중하시고 7장은 맥시멈으로 가볼게요.

    배우들, 움직인다.

원로   나는 날개를 부여받는다. 이 공간 안에서 어디든지 갈 수 있는...
대표   튼튼한 날개. 무서운 속도로 팽창하는 사유마저도 따라잡을 수
         있는 날개.
선배   특별하고 특별한 존재들. 불가능을 가능으로 만드는 불가사의한
         존재.
객원1   3차원을 극복하고 4차원을 여는...
객원2   끝없이 진실을 말하면서 끝없는 거짓말을 하는 자.
늦깎이   이카루스의 후예. 한계를 뛰어넘으려는 의지를 가진 자.

    유리관 속에 에이스가 보인다.

에이스   자유로움이라 말하는 그 모든 것. 다 거짓이다. 세상 그 어디에
         자유가 있다는 말인가? 심지어 이 공간 안에서도 자유란 없다.
         한계와 부닥치고 나면 결국 죽음뿐.

    무대 위에서 배우들이 하나씩 주저앉는다. 주저앉을 때마다 에이스는 몸서리를 친다.

에이스   나는 일찍이 한계를 알았어. 그런데 너희들은 그걸 무시했지. 서
         로의 모가지에다 날카로운 이빨을 깊숙이 박아 넣고는 그래, 한
         다는 소리가 고작 사랑해, 사랑해... 그리고 벌컥벌컥 피를 들이
         켰어. 그게 사랑하는 건가? 그게 자유로운 건가? 너희들이 말한
         사랑과 자유는 그런 건가? 한데 뭉쳐 손에 손을 맞잡고 저 끝닿
         을 데 없는 절벽 아래로 다 같이 떨어지는 거, 그걸 두고 사랑이
         라 일컫는 건가? 자유라 이름 지었던 건가?
원로   아파...
대표   하지만 봤어.
작가   (커피를 쏟는다) 악!

328

| 선배 | 조금만 더 손 뻗으면... 어! 괜찮으세요? |
| 작가 | 괜찮아요. 죄송합니다. |

막내가 휴지를 가져와 테이블을 닦는다.

대표	다행히 옷엔 안 묻었네.
객원1	작가님한테 드린 대본 다 버렸네.
연출	(대본을 내민다) 제 거 보세요.
작가	괜찮아요. 신경 쓰지 마시고 계속 연습하세요.
연출	자자, 이어서 갑시다.

배우들 다시 간이무대로 올라간다.

선배	조금만 더 손 뻗으면 닿을 수 있을 것 같았는데...
객원1	멀어져갔어.
객원2	다시 한 번...
늦깎이	그곳으로 가고 싶어.

군무를 시작한다. 연습이 덜 된 듯 엉망진창이다.

에이스	그런 피투성이가 되어서 뭘 봤다는 거야? 그러고도 또다시 가고 싶다구? 모두 미쳐버린 거 아냐?
원로	그것이 이 공간을 채우는 나의 사명.
대표	다시 이 공간을 날고 싶어.
선배	누군가 나에게 날개를 부여한다면...
객원1	다시 저 하늘로...
객원2	저 눈부신 빛을 향하여...
늦깎이	몇 번이라도 좋아.
에이스	이 돌대가리들, 병신들, 밥통들아! 불나방이야? 왜 죽을 곳으로 뛰어들어? 왜 포기할 줄 몰라!

배우들이 하나씩 멈춘다.

에이스 가지 마. 죽지 마. 혼자 남겨두지 마. 나도 데려가! (긴 사이) 결국 혼자가 되었다. 아무도 없고 남은 건 무겁고 어두운 사색들. 그 누구도 나를 대신하진 못한다. 나는 다시 몰두한다. 언젠가 저들은 언제 그랬냐는 듯이 재생된 신체와 정신을 들고 다시 나타날 것이고 그때 나는 내 할 일을 다시금 되새겨야 할 것이다. 상처. 나는 저들에게 다시는 재생시키지 못할 상처를 남기고 싶다. 영혼에 끔찍한 흉터를 그려놓고 싶다. 나는 다시 사색한다. 분명한 것은 내가 아픈 만큼 그들도 아파야 한다는 것이다. 내가 느끼는 이 몸서리 쳐지는 상실감을 한줌의 가감 없이 그대로 기억시켜야만 한다. 이 공간, 이 신비로운 공간. 아뿔싸! 그것이었구나. 그렇다. 결국엔 현실과 다르지 않다. 새는 울고 꽃은 핀다. 중요한 건 그것밖에 없다. 그 어디서든지. 언제든지. 또 누구든지.

에이스가 대사를 하는 동안 작가는 중간 중간에 조용히 한숨을 쉰다.
연출은 작가의 눈치를 본다.
배우 중에서도 몇 명은 작가의 한숨을 눈치챈다.

연출 조명 딤 아웃. 5분만 쉽시다.

배우들이 간이무대에서 내려온다.

대표 김 작가. 오늘 연습 마치고 같이 술 한 잔 하자고.
작가 네.
원로 작가님 표정이 안 좋은데?
선배 생각했던 거 하고는 좀 다른가 보죠.
에이스 제가 대사를 잘 못 쳤나요?
작가 아뇨.
늦깎이 제가 또 틀려서... (자책한다)
연출 형이 실수하는 건 다 계산에 들어 있으니까 너무 그러지 마세요.

330

(연출의 휴대폰 벨이 울리고 받는다)

객원1   어머, 그 말이 더 비정하게 들리는데요.

에이스   마지막 대사는 참 좋아요. 그전까지의 대사들은 너무 관념적이라서 사실대로 말하면 감을 못 잡겠더라구요.

원로   나도 그랬어 마지막 장면에서의 코러스들 대사는 뭔가 목적이 있어 보인단 말이지. 작가님이 잘 고쳐줬어.

대표   배우들이 그렇지. 힘든 줄 알지만, 어떻게 보면 망가질 줄 뻔히 알지만 여기 이 무대에 모여들거든.

연출   저기 휴식 중에 죄송하지만 지금 의상이랑 소품들이 왔다는데 좀 가지러 갑시다.

에이스   오, 드디어 의상이 왔군.

모두들 우르르 몰려 나간다.

연출   (원로에게) 계세요. 선생님.

원로   아냐. 바람 쐴 겸 나가보는 거야. (작가에게) 김 작가. 앉아 있어요.

작가   그래도.

원로   가지러 간 사람들 많아. 삐딱구두 신고 계단 오르락내리락 하려면 힘들잖아. 연출! 작가님이랑 같이 앉아 있어.

다들 사라지고 연출과 작가만이 남는다. 어색한 침묵이 흐른다.

연출   저...

작가   (나직하게) 이게 어떻게 된 거죠? 이건 제가 드린 게 아닌데요?

연출   제가 좀 고쳤어요. 전체적인 의미가 크게 어긋나는 게 아닌 듯해서요.

작가가 벌떡 일어나 연습실 밖으로 나간다.

연출   정연씨! (작가를 쫓아 나간다)

배우들, 박스를 들고 들어온다.

대표   재들, 왜 저래?
객원1   싸웠나 보죠.
선배   그 사이에?
막내   연습은 어떻게 되는 거죠?
에이스   뭐 문제가 있나?
대표   자자, 신경 쓰지 말고 남자들은 한 바리 더 하러 가자고.

       남자들은 다시 연습실을 나간다.

객원2   마지막 부분 수정한 거 때문에 그런가 봐요. 연출님이 많이 바꿔
          왔잖아요.
객원1   역시 작가란 알 수 없는 동물이야. 머릿속에 뭐가 들어 있는지
          종잡을 수가 없다니까. 뭐 좀 바꿀 수도 있지. 그걸 가지고 저렇
          게 뛰어나가다니.
막내   저도 바꾼 게 더 좋긴 하지만. 처음 거랑 말하고자 하는 바가 많
          이 바뀌었잖아요. 원래 마지막 부분은 작가에게 초점이 가 있었
          는데 바뀌고 나니 연출에게 초첨이 가 있었어요.
객원1   너 대사 날아간 거 때문에 맘 상했니?
객원2   대사 날아가고 나서 맘 상하지 않을 배우가 어디 있겠어요?
막내   아니에요. 저 대사 짤린 거 때문에 이러는 거 아니라구요. 사실
          좀 아쉽긴 하지만. 그래도 작품 전체를 봤을 땐 바뀐 게 더 좋
          아요.

       원로가 들어온다.

원로   의상 다 왔냐?
객원1   의상은 오고 작가는 가고요.
원로   뭐?

남자들 소품상자를 들고 온다.

객원2	소품은 오고 연출은 가고.
원로	뭔 소리야?
객원1	대표님 이제 어떻게 하죠?
대표	연출한테 전화 좀 해보고.

대표는 휴대폰의 버튼을 누른다.

원로	도대체 무슨 일이야?
에이스	작가님이 뛰어나가 버렸어요.
선배	연출은 그 뒤를 쫓아 나가구요.
원로	왜? 둘이서 좀 잘해보라고 일부러 둘이 남겼구만.
객원2	아무래도 마지막 장면 수정 때문인 거 같아요.
원로	마지막 장면이 왜?
객원2	연출님이 수정했잖아요.
선배	작가가 수정해준 거 아니야?
막내	연출님이 수정했어요.
에이스	이런! 난 작가님한테 바꾼 게 더 좋다고 그랬는데.
원로	네 대사잖아. 그걸 누가 바꿨는지도 몰라?
에이스	그걸 제가 일일이 어떻게 알아요? 주는 대로 대사를 치는 것뿐인데.
대표	작가가 공연 엎어버리면 어떻게 하지?
원로	에이, 설마 그렇게까지 하겠어? 연습을 얼마나 했는데.
늦깎이	아니면 다른 거 아닐까요?
원로	뭐?
늦깎이	성추행 같은 거?
막내	말도 안 돼.

모두들 늦깎이를 보며 한숨 쉰다.

책상 위에서 전화벨이 울린다.

대표   이런, 전화기도 놓고 갔네. 이를 어쩐다.
선배   일단 의상 한 번 입어보죠.
원로   연출이 없는데 입어봐서 뭘 해?
대표   그래도 한 번 입어보자고. 사이즈는 맞는지, 움직이는 데 불
        편한 건 없는지는 스스로 체크할 수 있잖아. 소품도 꺼내서
        정리하고. 자자, 움직여. 조금 있다가 의상스태프도 여기 올
        테니까.

배우들 모두 박스를 뜯고 분주하게 움직인다.

7.

연습실 너머 따로 마련된 무대로 작가가 들어오고 곧이어 연출도 따라온다.

연출   (헉헉거리며) 무슨 달리기를 그렇게 잘해요? 하이힐 신고서. 죽
        는 줄 알았네.

작가가 기가 찬 듯 웃는다.
연출의 호흡이 어느 정도 정리된다.

연출   미안해요. 먼저 말해야 되는데 그러지 못했어요. 공연은 다가오
        고, 배우들에게도 시간은 줘야 하고, 제작비는 딸리고.
작가   그런 평계를 듣고 싶은 게 아니에요.

분주히 움직이는 무대 속에서 원로와 대표가 의자에 앉는다.

원로   이거 너무 쫄리는데? 사이즈 잘못 들은 거 아냐?
대표   살 좀 빼. 맨날 술만 마시지 말고. 운동도 좀 하란 말이야.
원로   의상이 너무 적나라해. 가릴 곳은 좀 가려줘야지. 관객들에게 민

폐야, 이건.

| 대표 | 너도 나이 참 많이 먹었다. 예전엔 그래도 꽤 멋있었는데. |

대표　너도 나이 참 많이 먹었다. 예전엔 그래도 꽤 멋있었는데.

원로　남 말 하시네.

대표　나야 늘 감초역만 했었잖아. 주인공은 죄다 네가 다 하고.

원로　그랬지. 그런데 그러면 뭐해? 남은 건 아무것도 없는데. 연극사에 남을 멋진 연기를 한 것도 아니고, 고만고만한 작품 속에서 고만고만한 연기만 해온 거지. 피곤해. 요새 들어서는 특히. 뭔가 강력한 걸 해보고는 싶은데 몸이 안 따라줘. 마음도 그렇고. 젊을 때 좀 더 힘을 낼 걸 그랬어.

대표　야, 그래도 넌 연속극에도 몇 번 출연하고 영화에도 나왔잖아. 그만하면 배우 인생 성공한 거 아냐?

원로　하긴 거긴 돈은 좀 많이 주더라.

대표　돈?

원로　왜?

대표　연극으로 돈을 벌 수 있을까? 이 나이까지 연극을 했는데, 항상 느끼는 거지만, 제자리야.

원로　그래도 너니까 극단을 여기까지 끌고 오지 나 같으면 말아먹어도 백 번은 더 말아먹었을 거야.

대표　말아먹을 때는 말아먹더라도 제대로 한 번 해보고 싶어. 요샌 지원금 안 받으면 공연할 엄두가 나지 않아. 모든 게 다 돈이야. 손이 오그라들 수밖에 없어. 애들한테 미안하지.

막내　대표님. 제 의상 어때요?

대표　네 나이엔 뭘 입어도 다 예쁘지.

막내　살 좀 빼야겠어요. 쫄려요. 숨을 못 쉬겠어요.

대표　(원로를 가리키며) 네가 숨을 못 쉬면 이 양반은 산소 호흡기를 달고 다녀야겠다.

원로　아이고, 죽겠다. 왜 스판으로 만들어가지고 개고생을 시켜? 볼품도 없고.

대표　볼품없는 게 컨셉이야. 네가 멋있어지면 애는 어떻게 해? (에이스를 가리킨다)

에이스　운동 좀 더 해야 되겠는데요. 근육이...

원로   야, 그만하면 충분하다. (대표에게) 담배 있냐?

대표   그만 좀 피워.

원로   또 잔소리.

대표   으이그, 같이 가자.

원로와 대표는 밖으로 나간다.

작가   움직임을 넣은 건 좋은 거 같아요. 내가 쓴 글, 내가 보지만 좀 어
        려운 감이 있었어요. 움직임이 대사의 난해함을 많은 부분 희석
        시키고 있다는 느낌을 받았어요.

연출   배우들이 힘들어하죠. 움직이는 거 때문에. 오브제가 된 느낌이
        라고 하더군요.

작가   그러고 보면 배우들은 참 알 수 없는 동물 같아요. 그래서 좋기
        도 해요. 오늘 마지막 장면은 좀 그랬지만. 다른 부분들은 내 생
        각, 내 말들을 그들이 쏟아내는 거 보면서 신기하단 생각을 했어
        요. 분명히 내가 만든 대사를 하고 있는데 쓸 때의 내 느낌과는
        약간씩의 괴리가 있더군요.

막내   오빠.

에이스   왜?

막내   내가 대사 치는 거 그렇게 맘에 안 들었을까?

에이스   마지막에 바뀐 부분 때문에 그러니?

막내   내가 잘했으면 연출님이 바꾸지 않았을 거 아니에요.

에이스   소심하기는.

막내   작가님이 나가는 거 보니까 속상하더라구.

에이스   연출님 나름대로 생각이 있었으니까 그런 거지. 연기력이 딸린
        다고 대사를 막 자를 사람은 아니잖아.

막내   그건 그렇지만요. 여하튼 속상해.

에이스   근데 너 왜 헷갈리게 반말하다가 존대말하다가 그러냐?

막내   예? 아! 죄송합니다.

에이스   괜찮아. 앞으론 편하게 해.

막내   죄송합니다.

에이스	나한테 뭐 하고 싶은 말은 없어?
막내	별로... 아 참!
에이스	뭐?
막내	면도...
에이스	면도?
막내	따가워요.
에이스	아! 키스 장면. 음... 알았어. 미안하다.

막내, 얼굴이 붉어진 채 뛰어나간다.

| 연출 | 마지막 장면 바꾼 게 그렇게 충격적인 일이었어요? |
| 작가 | 살이 아팠어요. 강제로 성형당한 느낌? 이전보다 예뻐지긴 했는데 내 얼굴이 아닌 것 같은 느낌. 내 희곡의 주인공은 작가였어요. 그런데 연출로 바뀌어 있더군요. |

선배가 에이스에게로 다가온다.

선배	쟤 왜 저렇게 뛰어가냐?
에이스	매일 면도 좀 하래요.
선배	뭐?
에이스	키스 때 따가웠던 모양이더군요.
선배	너네들 진짜로 키스하냐?
에이스	무슨 말을! 그냥 입만 붙이고 있죠.
선배	그래도 따가운가 보지?
객원1	이 사람들이. 남자들은 이래서 문제라니까. 진짜 무감각해.
선배	우리가 뭐?
객원1	수염 따가운 건 당연한 거죠. 상대 배우에게 배려를 좀 하라구요. 두 사람 키스 한 번 해볼래요? 그럼 얼마나 따가운지 단번에 알 건데.
선배	이놈이랑? 오바이트 난다.
객원2	그리고 여자들 피부는 민감해서 수염에 긁히면 트러블이 생기기

도 한다구요.
에이스   알았어. 알았어. 매일 면도 하고 올게. 아니, 지금 당장하고 올게.
          가방에 면도기가 있으니까.

에이스, 가방 속에 면도기를 꺼내 밖으로 나간다.

막내   (멀리서) 선배님. 신발요.
선배   아. 알았어. 뭔가 허전하더라. (막내에게로 간다)
객원2   오늘 연습은 이대로 끝나나 봐요.
객원1   의상 스태프 오면 잠깐 미팅하고 끝내겠지.
객원2   마지막 부분 다시 원래대로 돌아오는 거 아니에요?
객원1   우리야 이렇게 바뀐들 저렇게 바뀐들 별 상관이 없잖아. 영호나
          정은이가 큰 문제지.
연출   원래대로 다시 돌아갈까요?
작가   지금 그럴 수는 없잖아요.
연출   불가능한 건 아니에요. 작가님이 원하신다면 원래대로 바꿔서
          하겠습니다.
객원1   원래대로란 건 없어. 나도 원래대로라면 옛날로 돌아가서 다시
          시작하고 싶어. 처음 연극하던 때로 말야.
객원2   왜요?
객원1   난 사실 지금 배우를 하고 있는 게 아니야. 초등학교 연극 강사
          지. 그 연극 강사를 계속하기 위해서 밤엔 배우를 하는 거야.
객원2   무슨 말씀을 그렇게 하세요?
객원1   어쨌거나 시간을 되돌린 순 없어. 여태까지 난 이렇게 살아왔고
          그래서 이런 사람이 된 거잖아.
객원2   네?
객원1   아냐. 넌 뭣 때문에 연극을 하고 있니?
객원2   글쎄요. 연극과 졸업했으니 연극을 해야겠죠.
객원1   너 그렇게 무르게 생각하면 안 돼.
작가   그냥 이대로 고친 대로 가요.
연출   정말 그래도 괜찮아요?

작가	애초에 내 글들이 당신에게 영향을 끼친 것이고 그 글로 인해 지금의 대사들이 나온 것일 테니까. 또 배우들도. 열정적라는 사실이 저를 위로해주네요. 하지만 알아두세요. 열정이 있다고 해서 다른 것들을 함부로 대하진 말아요. 나도 누구에게도 뒤지지 않는 열정을 가지고 글을 쓰거든요.
객원1	차라도 한 잔 마실까? 다른 일도 없는데.
객원2	선배님 녹차 드시죠?
객원1	응.

간이무대 위로 늦깎이가 올라가 있다. 대사연습을 하는 것처럼 보인다.
선배가 다가간다.

선배	형. 뭐 하십니까?
늦깎이	저 때문에 연습이 맨날 방해되는 거 같아서요.
선배	아니에요.
늦깎이	다들 잘 하는 데 저만 잘 못하니까.
선배	처음엔 다 그렇죠. 그래도 처음 치고는 아주 잘하고 계세요.
늦깎이	그렇습니까?
선배	어때요?
늦깎이	뭐가요?
선배	직장 그만두고 이렇게 연극하는 거.
늦깎이	좋아요.
선배	돈도 못 버는데 좋아요?
늦깎이	돈이 인생의 전부는 아닌 거죠. 물론 필요하긴 하지만.
선배	안 불안해요?
늦깎이	불안하죠. 보험 들어놓은 거 이제 실효됐고. 그간 계속 넣고 있던 적금도 깨야 할 판이고. 그렇지만 그런 불안감보다는 편안함이 더 커요.
선배	편안함?
늦깎이	내가 하고 싶은 일을 하고 있다는 거요. 무언가에 열정적이 된다는 거. 살면서 그리 많이 느낄 수 있는 게 아니라는 생각이

듭니다.
선배   그렇게 착각하고 있는 건 아닐까요?
늦깎이   착각이면 어때요. 그 순간은 행복한데.
연출   이제 마음 푸세요.
작가   다음엔 연출이 절대 고칠 수 없는 완벽한 희곡을 쓸 거예요.
연출   윽!
작가   그리고 팬티 찾아가세요.
연출   네? 아!
작가   제 것도 돌려주시고요.
연출   ...!! 죄송합니다.

작가의 휴대폰이 울린다.

작가   여보세요? 아, 대표님. 네. 여기 있어요.

대표가 무대 밖에서 들어온다.

대표   김 작가. 너무 마음 쓰지 마. 연극을 하다 보면 그런 일도 있는 거
         야. 연출이 작가 글을 무시해서 그런 게 아니라는 거 잘 알잖아?
         잘하려고 하다 보니 의욕이 넘쳐서 그렇게 된 거라구.
작가   네.
대표   김 작가가 이해를 좀 해줘. 연출은 내가 따로 좀 야단을 칠게.
연출   대표님이신가요?
작가   예. 바꿔드릴까요?
연출   네.

연출이 전화를 받는다.

연출   대표님 접니다.
대표   야! 잘 달래놨겠지?
연출   네.

대표 작가가 틀어버리면 안 돼. 수단과 방법을 가리지 않고 마음을 풀
     어놔. 알겠지?

연출 네.

대표 내가 같이 갔어야 되는데. 너같이 뻣뻣한 놈은 되려 울컥하게 만
     들 수가 있으니까. 혼신의 힘을 다해서 달래.

연출 네.

대표 똥구멍을 살살 간질이란 말이야. 간에 쓸개까지 다 내어주라고.

연출 알았습니다.

대표 아무래도 불안한데. 거기 어디야?

연출 연습 뒷정리만 좀 잘 해주세요. 의상스태프한텐 제가 내일 따로
     전화를 드린다고 전해주시구요. 사람들 의상 사이즈랑 불편한
     거 좀 체크해주시구요.

대표 알았어. 야, 진짜로 잘 달래라. 공연 엎어지면 우리 모두 죽는 거
     야. 알았지?

연출 알겠습니다.

     전화를 끊는다.

작가 다 들리던데요?

연출 네?

작가 어떻게 달래줄 건데요?

연출 헉!

대표 자자, 다들 모여봐. 연출이 작가를 잘 달래고 있다니까 우리도 마
     무리하자고.

원로 옷이 너무 작아.

대표 그건 살을 빼면 아무 문제없는 거고. 다른 사람들은?

     침묵.

     무대 어두워진다.

8.

무대가 밝아지면 연출, 작가, 배우가 등장해 있다.

연출　　나는 알 수가 없다. 무엇이, 도대체 무엇이 이 공간을 결정하고 이 공간을 채우고 있는지... 생각한다. 고로 나는 존재한다. 충돌하는 의지, 교차하는 시간, 끝없이 팽창하는 우주. 내가 그 속에서 할 일은 과연 무엇인가? 나는 이 공간을 창조하는 자인가, 아니면 결국은 귀속되어 있는 자인가?

원로　　나는 생각한다. 그리고 이 공간 속에서 날갯짓한다. 그리하여 여기 이 한 줄기 빛을 따라 나아간다. 그렇다. 나는 오직 한 마리의 새. 그 무엇보다 빠르게 날 수 있다면 이 목숨, 불꽃 되어 사라져도 좋으리라. 단 한 순간, 저 탐욕스런 눈동자 속에서라도 빛나는 존재로서 각인된다면 내 영혼은 분명 영원할 수 있을 것이다 아! 이 공간, 이 신비로운 공간. 나를 사람으로, 혹은 사람이 아닌 것으로 만드는 황홀하고도 아득한 고독.

작가　　침묵. 태초에 조물주는 모든 것을 만들고 또 그 모든 것에 심판을 가하였다. 나는 이 공간을 만들었으나 심판하지는 못하니, 그리하여 나는 차라리 프로메테우스. 가슴 아픈, 쓰라린 좌절. 그러나 새롭고 경이로운 존재의 발견. 환희와 고통을 동시에 느끼며 이 공간을 지켜보던 나는 침묵한다. 더불어 또다시 침몰한다. 나에겐 묵비권이 있다.

세 사람의 대사가 진행되는 동안 인물들이 등장해 가지런히 선다.

대사를 마치면 모두 객석 쪽으로 몸을 돌린다.

조명이 서서히 어두워진다.

막

오레스테이아

원작: 아이스킬로스

등장인물

오레스테스

클리타임네스트라

엘렉트라

아가멤논

아이기스토스

메넬라오스

이피게네이아

킬리사

카산드라

필라데스

펠리피아

아킬레우스

코러스 (시녀들, 병사들, 장군들, 시민들, 원혼들, 가면들, 무녀들, 복면들)

1-1.

클리타임네스트라와 이피게네이아를 시녀들이 보호하고 있다.
메넬라오스와 병사들은 여인들로 이루어진 무리들을 위협한다.

클리타임네스트라　이게 무슨 짓이란 말이냐! 물러서시오.
메넬라오스　　　이피게네이아를 얼른 내놓으십시오.
클리타임네스트라　(이피게네이아에게) 얼른 도망쳐라. 잡히면 죽는다.

이피게네이아는 도망친다.

메넬라오스　　　(병사들에게) 잡아라.
클리타임네스트라　메넬라오스!

메넬라오스는 클리타임네스트라를 밀치고 이피게네이아를 쫓는다.
달려드는 클리타임네스트라를 병사들이 제지한다.
메넬라오스가 이피게네이아의 머리채를 잡아끌고 온다.

이피게네이아　　(울부짖는다) 어머니!
클리타임네스트라　이피게네이아! 내 딸아.

클리타임네스트라는 붙잡힌 이피게네이아에게 달려가려 하지만 옆의 시녀들이 그녀를 말
린다.

메넬라오스　　　어서 가자.

메넬라오스와 병사들은 퇴장한다.
클리타임네스트라와 시녀들이 뒤쫓는다.

1-2.

무대가 밝아지면 아가멤논이 서 있고 그 뒤에서 장군들이 내려다보고 있다.

아가멤논의 표정은 결연하나 가끔씩 탄식이 섞인 한숨이 배어나온다.

장군1   (아가멤논에게 손가락질하며) 그리스 연합군의 총사령관 아
             가멤논은 그 자신의 투지와 희생에 대한 본보기를 보이시오.
장군2   앞장선 자로서의 용기를 증명하시오.
장군3   전쟁을 반대하는 자는 모두 반역자다.
장군4   자식이라는 이유로 반역자를 처단하지 않는다면 그리스의
             병사 그 누구도 총사령관의 명령을 따르지 않을 것이오.

메넬라오스와 일단의 무리들이 이피게네이아를 끌고 등장한다.

아가멤논 앞에 이피게네이아를 무릎 꿇린다.

이피게네이아   (아가멤논을 올려다보며 간절하게) 아버지, 아버지!
메넬라오스   형님. 때를 놓치면 모든 것이 허사가 되는 법. 마음을 약하게
             먹어선 안 됩니다. 시간이 없습니다. 전쟁을 반대하는 세력
             들을 징벌하고 서둘러 트로이로 출정해야 합니다. 자, 형님.
             어서 칼을 내리치십시오. 모두가 지켜보고 있습니다.
이피게네이아   아버지, 제발요. 생각을 바꿔주세요. 제물이 되라고 명하시
             면 기꺼이 그리 하겠어요. 그러나 저는 이 전쟁을 피하기 위
             한 제물이 되고 싶어요.
아가멤논   (천천히 이피게네이아에게 시선을 주며) 이피게네이아. 너는
             진정 이 전쟁을 반대하느냐? 대답하거라. 네 목숨은 오직 그
             대답에 달려 있다.
이피게네이아   저는 전쟁을 반대합니다.
아가멤논   (안타깝게) 이피게네이아. 다시 말하거라.

     침묵.

이피게네이아	저는 평화를 사랑하고 그래서 전쟁을 반대합니다.
메넬라오스	(비웃음) 평화를 사랑한다고? 그 평화가 무엇으로부터 만들어졌다고 생각하나? 더없이 용맹한 전사들의 피와 죽음으로 이 그리스의 평화는 지켜져 온 것이다. 너희들은 아무짝에도 쓸모없는 신의 이름을 외치며 거짓 평화를 부르짖고 있을 뿐이지. 평화를 입에 담을 자격이 과연 된다고 생각하는가?
이피게네이아	여자들과 아이들은 남편과 아버지를 잃고 고통스러워할 거예요. 전사들의 피와 죽음이라구요? 그렇다면 남겨진 여인들의 눈물은 어쩌죠? 굶주리는 아이들의 울음소리는요? 왜 전쟁을 하려고 하죠? 슬픔만이 가득할 뿐인데. 아버지, 분명 다른 해결책이 있을 거예요. 트로이에게 협상을 제안하세요.
메넬라오스	답답하군. 애초에 협상을 할 수 있었다면 했겠지. 그러나 트로이는 우리의 협상을 받아들이지 않아. 왜냐하면 그들이 우리보다 우위에 있기 때문이지. 흑해의 입구에 자리를 잡고는 동쪽과 서쪽의 교역로를 모두 독차지하고 있어. 세계의 재물은 모두 트로이로 몰려가고 우리 그리스인들은 푼돈 몇 닢 가지고 서로 아등바등 싸우고 있는 형국이란 말이야. 이런 판국에 교활하기로 명성이 자자한 트로이인들이 우리와 협상을 하려고 들 거 같아?

클리타임네스트라가 등장한다.

클리타임네스트라	메넬라오스! 간교한 그 입으로 폐하를 부추기지 말아라.
메넬라오스	형수님이야말로 사사로운 정을 내세워 형님의 발목을 잡지 마십시오. 드높으신 아가멤논 왕의 명예에 흠집이 생길 겁니다.
아가멤논	사랑하는 내 딸, 이피게네이아. 난 너무나도 괴롭구나. 그렇지만 결심했다. 나는 너를 죽이고 그리스를 구할 것이다.
클리타임네스트라	(아가멤논과 이피게네이아 사이에 끼어들며) 그만둬요! 자신의 딸을 제물로 바치겠다니! 아무리 전쟁이 중요하다고는 하나 이피게네이아는 폐하의 딸입니다. 이럴 수는 없습니다.

메넬라오스   (사람들을 선동하듯이) 지금은 그리스 전체를 위협하고 있
             는 트로이와 한 판 전쟁을 벌여야 하는 중요한 시기다. 대
             의를 펼치기 위해서 따르는 약간의 희생은 감수할 수밖에
             없다.
클리타임네스트라 닥쳐라, 메넬라오스!

    다가오는 아가멤논을 바라보며 이피게네이아는 천천히 뒷걸음질 친다.

이피게네이아   아버지. 영원한 승리란 없어요.

    아가멤논이 이피게네이아를 살해한다.

클리타임네스트라 아!

    병사들은 이피게네이아의 주검을 둘러메고 행진하며 퇴장한다.

아가멤논   (행진을 바라보며) 트로이는 그리스 전체의 미래를 암울하
             게 하는 적. 우리는 우리가 가진 정당한 힘으로 그들을 응징
             할 것이다. 전쟁에 반대하는 자들을 색출해 모두 처단하라.
             그 어떤 이름으로도, 그 어떤 명분으로도 그리스 연합군의
             정의로운 원정을 방해하는 자는 나, 아가멤논이 용서치 않
             으리라.
클리타임네스트라 끔찍하구나. 아버지가 자식을 죽이다니.
아가멤논   클리타임네스트라, 언젠가는 당신도 날 이해할 테지.
클리타임네스트라 당신을 저주하겠어요. 당신을 용서하지 않겠어요.
아가멤논   왕으로서의 책무가 내 온몸을 무겁게 짓누르는구나.
클리타임네스트라 반드시 승리하고 돌아오세요. 내 딸의 피를 잔인하게 흩뿌
             리고 전쟁을 나갔으니 그 죽음이 헛되지 않도록.
아가멤논   그렇게 하지. 내 꼭 승전보를 가지고 돌아오겠소.

    아가멤논은 퇴장한다.

클리타임네스트라   아가멤논! 아가멤논! 내 딸 이피게네이아. 이피게네이아.

클리타임네스트라의 절규가 울려 퍼지는 가운데 무대는 천천히 어두워진다.

1-3.

무대가 밝아지면 무녀들이 의식을 준비하고 있다.
이윽고 의식이 시작된다.
무녀들은 트로이 전쟁의 경과에 대해 설명한다. 각각의 말들과 의식 사이에는 1년의 세월
을 둔다.

무녀1   아가멤논이 이끄는 그리스 연합군은 트로이 해안에 상륙하
였다. 트로이 성을 단숨에 포위하고는 섬멸전을 펼쳤지만
트로이군은 튼튼한 성벽 안에 두더쥐처럼 숨어 잘도 버텨냈
다. 압도적인 병력으로 단숨에 승리의 영광을 차지하려 했
던 그리스군은 점차 사기가 꺾여만 갔다. 가지고 갔던 식량
이 떨어지자 그리스군은 트로이 주변의 도시국가를 침략하
여 보급문제를 해결했다. 하지만 그로 인하여 트로이 주변
국가들의 불만은 커져만 갔고, 수탈에 참다못한 그들은 그
리스 연합군에 반기를 들고는 트로이군에 속속 합류했다.

의식이 멈춘다.

클리타임네스트라   마음은 산산이 부서지고, 육체는 슬픔에 젖은 채 절망의 나
락으로 가라앉고 있다. 나는 숨을 쉬고는 있지만 죽은 것과
다름없구나.

엘렉트라가 등장한다.

엘렉트라   (클리타임네스트라 곁에 가서 걱정스레 바라본다) 언제까지

이렇게 지낼 거야? 이제 정신 좀 차려, 엄마. 아버지 잘못만
은 아니잖아. 아버지도 많이 힘드셨을 거야.

클리타임네스트라 그 악마 같은 자를 너는 아버지라 부르는구나. 네 언니 이피
게네이아를 죽인 그 자를 너는 아직도 아버지라 여기고 있
구나. 네가 그 인간을 아버지라 부를 때마다 나는 그날이 생
생하게 떠올라 몸서리친단다. 이피게네이아, 이피게네이
아...

엘렉트라 엄마, 제발!

의식이 다시 시작된다.

무녀2 그리스 연합군엔 식량 부족보다 더 심각한 위기가 닥친 상
태였다. 맹장 아킬레우스와 총사령관 아가멤논이 서로 반목
하고 있는 것이다. 전쟁이 길어지자 아킬레우스는 극도로
날카로워졌다. 아킬레우스는 보이는 적을 모조리 박살내고
싶어 했지만 트로이의 성벽은 그의 뜻대로 되지 않았다. 반
면 아가멤논은 좀 더 느긋하게 버티고 있었다. 포위한 상태
로 트로이군을 말려 죽이려는 심산이었다.

의식이 멈춘다.
클리타임네스트라는 술에 취해 몸을 가누지 못하고 흐트러져 있다.

엘렉트라 술 좀 그만 마셔. 아무리 그래도 언니는 돌아오지 않아.

클리타임네스트라 넌 정말 감정이 메말랐구나. 슬프지도 않니? 냉혈한 같으니
라구. 네 아버지와 똑같아. 닮지 말았으면 하는 건 어쩌면 그
렇게 똑 닮았니? 너무나 냉정하고, 자비와 따뜻함은 찾아볼
수도 없는 눈, 그리고 한 마디 한 마디 마음을 후벼 파는 무
심하고도 차가운 말들. 그만 눈앞에서 사라져.

엘렉트라 죽은 사람은 잊어야 해. 산 사람은 살아야지.

클리타임네스트라 그래, 넌 어쨌든 살아 있구나. 넌 햇빛을 느끼지만 네 언니는
차가운 지하에서 떨고 있어.

엘렉트라   바깥이 시끄러워. 엄마가 이렇게 정신줄을 놓고 있으니까
            사람들이 수군거린다구.
클리타임네스트라 내가 어떻게 이피게네이아를 잊을 수 있을까?
엘렉트라   답답해 미치겠네.
클리타임네스트라 캄캄한 어둠의 나날들. 침묵과 단절의 나날들. 무엇이 우리
            를 이렇게 만들었을까? 어떻게 하면 뒤엉킨 실타래를 풀 수
            있을까?

       의식이 다시 시작된다.

무녀3   그러나 트로이군이 말라죽는 것보다 성질 급한 아킬레우스
            가 답답함 때문에 먼저 죽을 것만 같았다. 그리고 결국 일은
            일어났다. 아킬레우스의 젊은 혈기를 아가멤논이 크게 나무
            란 것이다. 자존심이 몹시 상한 아킬레우스는 회군을 하겠
            다고 선언해버렸다. 또한 그를 따르는 젊은 장군들도 아킬
            레우스를 지지했다. 아가멤논은 앞으로는 트로이군을 상대
            해야했고 뒤로는 아군인 아킬레우스까지 상대해야 했다. 이
            래저래 피곤한 아가멤논이었다.

       의식이 멈춘다.
       오레스테스와 시녀 두 명이 등장한다.

오레스테스   내가 왕이 되면 넌 첫째 부인, 넌 둘째 부인.
엘렉트라   (책망한다) 오레스테스.
오레스테스   야, 빨리 나가. 죽기 전에. 우리 누나 눈에서 불 나온다.

       두 시녀, 서둘러 피신한다.

오레스테스   서 계신 모양이 마치 꼭 지옥문지기 개, 켈베로스 같네.
엘렉트라   한심해. 아버지가 이 꼴을 보셨으면 넌 아마...
오레스테스   영웅은 원래 미녀를 탐하는 법이야. 아버지도 여자 좋아하

352

잖아. 엄마 속을 무던히도 썩였지.

엘렉트라 네가 영웅이니? 햇병아리 주제에.

오레스테스 (클리타임네스트라의 흐느낌을 듣고) 엄마는 아직도 저러고 있어? 이피게네이아 누나가 죽은 지도 벌써 3년이 지났어.

엘렉트라 우리 중에 누가 그렇게 되었어도 저러셨을 거야. 언젠가는 기운을 차리시겠지.

클리타임네스트라 타들어 가는 가슴, 분노와 슬픔, 증오와 고통. 외로움과 갈증. 누군가, 누군가가 날 좀 일으켜 세워줬으면.

의식이 다시 시작된다.

무녀4 트로이의 왕자이자 대장 헥토르는 수적 열세에도 불구하고 트로이의 단단한 성벽을 밑천으로 나름 잘 버티고 있었다. 대낮엔 꼭꼭 틀어박혀 있다가 어두워지면 살그머니 나가 야습을 시도했다. 이 방법은 꽤 효과적이었다. 아가멤논은 한밤중의 모기와 같은 공격을 감행하는 트로이군의 별동대 덕택에 골머리를 앓고 있었다. 이들은 그리스 연합군에게 있어서 황금보다 더 소중한 식량을 불태우기도 했고, 물에 독을 타서는 싸움 없이도 그리스 연합군의 병사들을 질병으로 하나둘씩 쓰러뜨렸다.

의식이 멈춘다.
아이기스토스가 조심스레 등장한다.

오레스테스 좋지 않은 소문이 있어. 시녀들이 말하던데 밤중에 아이기스토스가 엄마 방에 은밀하게 들어갔다가 새벽이 되면 나간대.

아이기스토스 (은밀하게) 참새.

클리타임네스트라 짹짹.

엘렉트라 국사에 관한 걸 의논하는 거겠지.

오레스테스 그 깊은 밤에? 어린아이라도 믿지 않을걸.

아이기스토스가 클리타임네스트라의 곁에 이른다.

아이기스토스   (암구어를 묻듯이) 오리.
클리타임네스트라   꽥꽥.

아이기스토스가 클리타임네스트라에게 손을 내민다. 클리타임네스트라는 그의 손을 잡
는다.

아이기스토스   그녀는 가라앉고 있었다. 영혼은 다 타버리고 빈껍데기만
                    남은 육체를 곧추세우기 위해 안간힘을 쓰고 있었다. 마음
                    이 흔들린다. 이 여자는 아가멤논의 여자다. 아가멤논의 여
                    자. 그러나 참을 수 없는 충동과 연민이 내 운명을 이끈다.
클리타임네스트라   (아이기스토스의 손을 뺨에 부비며) 따뜻한 손이야.

아이기스토스와 클리타임네스트라가 키스를 한다.
의식이 다시 시작된다.

무녀5   헥토르가 이끄는 별동대는 아킬레우스의 진영을 습격하게
                    되었다. 조금 있으면 고국으로 돌아갈 거라 생각하며 푹 자
                    고 있던 아킬레우스군은 큰 피해를 입었다. 그리고 아킬레
                    우스의 사촌 동생인 파트로크로스가 전사하였다. 아킬레우
                    스는 분노했다. 야습을 당해 상처 입은 자존심과 그가 아끼
                    던 파트로크로스의 죽음은 이 전쟁의 판도를 다시금 뒤흔들
                    었다. 저돌적으로 돌진하는 아킬레우스를 막을 군대는 없었
                    다. 헥토르는 분노한 아킬레우스에 의해 죽음을 맞이했다.

의식이 멈춘다.
아이기스토스가 클리타임네스트라와 헤어져 퇴장하려 하는데 오레스테스가 길을 막는다.
아이기스토스는 도망치고 오레스테스가 뒤쫓는다.
엘렉트라가 클리타임네스트라에게 다가간다.

엘렉트라	엄마, 미쳤어? 이 사실을 알면 아르고스 시민 모두가 비웃을 거야.
클리타임네스트라	상관없어.
엘렉트라	정신 나갔어? 이러다가 아버지가 알면?
클리타임네스트라	날 용서하지 않겠지. 각오하고 있어.

오레스테스가 아이기스토스를 구석에 몬다.

아이기스토스	냉정을 찾고 대화로 풀자.
오레스테스	대화는 사람들끼리 하는 것이지. 넌 짐승이다. 난 짐승과는 대화하지 않아.
엘렉트라	이성을 찾아. 이건 짐승들이나 하는 짓이야.
클리타임네스트라	나는 아이기스토스를 사랑해.
엘렉트라	그자는 반역자의 아들이야.
클리타임네스트라	이미 용서를 받았잖니?

아이기스토스는 잽싸게 오레스테스를 피해 달아난다.

오레스테스	아이기스토스. 도망만 치지 말고 나와 정정당당히 겨루자. 아버지의 이름을 대신하여 나 오레스테스가 너를 심판하겠다.
아이기스토스	어디 네가 무서워서 도망치는 줄 알아? 가소롭구나.

오레스테스는 아이기스토스를 추격하고 아이기스토스는 달아난다.

의식이 다시 시작된다.

무녀6	트로이 전쟁의 최후가 다가오는 듯싶었다. 그러나 트로이의 왕자 파리스가 쏜 화살이 아킬레우스를 쓰러뜨렸다. 그리스 연합군은 최고의 전사를 잃고 우왕좌왕했다. 아가멤논의 뇌리에도 후퇴라는 단어가 떠올랐다. 패배의 그림자

가 그리스 연합군에 드리워지는 순간이었다. 그러나 이때, 이 위기의 시기에 지장 오디세우스는 기발한 계책을 생각해내었다. 그것은 후세에 널리 알려진 대로 버려진 목마 작전이다.

의식이 멈춘다.

엘렉트라　　　　엄마는 함정에 빠진 거야. 아이기스토스는 위험한 사람이야. 그의 눈은 야심으로 가득 차 있어. 의도적으로, 계획적으로 엄마를 유혹한 거야.

클리타임네스트라　그런들 어쩌겠어? 내 마음은 오직 아이기스토스뿐이야.

엘렉트라　　　　그럼 아버지는?

클리타임네스트라　난 아이기스토스와 함께 이 나라를 떠날 거야. 네 아버지가 보이지 않는 곳으로, 네 아버지의 이름이 들리지 않는 곳으로. 아르고스는 오레스테스와 네가 다스려. 네 아버지가 돌아올 때까지.

비명소리. 아이기스토스가 오레스테스의 칼에 찔린다.

엘렉트라　　　　오레스테스?

아이기스토스는 쓰러진다.

클리타임네스트라　(아이기스토스에게 달려가며) 멈춰! 이를 어째? 아이기스토스, 괜찮아? 왜 이러는 거지, 오레스테스?

오레스테스　　　둘 중에 한 명은 반드시 죽어야만 했어.

클리타임네스트라　왜 모두들 서로 죽이지 못해 안달인 거야? 엘렉트라, 오레스테스, 아이기스토스.

엘렉트라　　　　어차피 아버지가 돌아오면 이렇게 될 일이야. 나중에 죽든 지금 죽든.

의식이 다시 시작된다.

무녀7   트로이인들은 그리스 연합군이 해변에 버려두고 간 목마에
            대해 궁금해했다. 누군가는 저주라 했고, 누군가는 공물이라
            고 했다. 그들은 목마를 성 안으로 가지고 들어갔다. 그러나
            목마 안에는 그리스 정예병이 숨어 있었다. 아무리 내리쳐
            도 끄덕하지 않던 성벽은, 그리스인의 숱한 공격에도 결코
            침범을 허락하지 않았던 트로이의 성문은 이토록 간단하게
            열렸다.

        의식이 멈춘다.

아이기스토스   오레스테스는 멀리 북쪽 포키스 땅으로 추방한다.
클리타임네스트라   엘렉트라는 아르고스에 남되 모든 외출을 금지하고 유폐하
            도록 한다.
엘렉트라   눈을 떠. 엄마는 아르고스의 위대한 왕 아가멤논의 아내야.
            그리고 거룩하게 희생된 이피게네이아 언니의 어머니이며,
            아버지의 명예를 지키려고 한 용감한 아들 오레스테스의 어
            머니야. 그리고... 그리고... 내 엄마잖아.
클리타임네스트라   그래도 이게 아무도 죽지 않는 방법이야. 너희들도 소중하
            지만 나에겐 아이기스토스도 역시 소중한 사람이야.
오레스테스   좋아요. 떠나드리죠.
엘렉트라   후회하게 될 거야,

        오레스테스와 엘렉트라가 퇴장한다.
        클리타임네스트라는 천천히 아이기스토스를 부축해 일으킨다.
        의식이 다시 시작된다.

무녀8   밤이 되자 목마에 숨었던 그리스 정예병들이 하나둘씩 그
            모습을 드러냈다. 물러가는 것만 같았던 그리스의 함선도
            뱃머리를 돌려 다시 트로이로 진격하고 있었다. 자, 이제 성

문은 열리었으니 침략자의 날카로운 송곳니는 사냥감의 목
덜미를 잔인하게 물어뜯을 것이다. 승리의 축제는 약탈의
아비규환으로 뒤바뀌었고, 기쁨의 노래는 고통의 비명으로,
달콤한 포도주 대신에 비릿한 유혈이 낭자했다. 우뚝 서 있
는 목마는 승리자의 전리품인 줄 알았건만 노예의 족쇄가
되어 온몸을 칭칭 감는구나.

의식이 멈춘다.

아이기스토스　　트로이 전쟁이 끝났다는군. 아가멤논이 곧 돌아올 거야.

클리타임네스트라　(겁에 질려) 우리는 죽게 되겠지?

아이기스토스　　어리석긴. 그래서 가만히 앉아서 죽음을 기다리자고?

클리타임네스트라　(놀라서) 그럼 반란을?

아이기스토스　　아가멤논의 개선을 빈틈없이 준비해. 그의 마음을 들뜨게
　　　　　　　　만들어서 방심하게끔 해야 해. 날카로운 칼끝을 그가 알아
　　　　　　　　차리지 못하게.

클리타임네스트라　성공할 수 있을까?

아이기스토스　　성공 못 하면 죽는 거야. 우리는 해야 하는가, 말아야 하는
　　　　　　　　가의 문제가 아니라 사느냐, 죽느냐의 절박한 갈림길에 서
　　　　　　　　있어.

의식이 다시 시작된다.

무녀9　　　　　그리스 연합군이 출정한 지 10년, 트로이는 파괴되었다. 아
　　　　　　　가멤논은 트로이의 공주 카산드라를 노예로 삼아 아르고스
　　　　　　　로 돌아오고 있다. 아가멤논의 함대에 앞서 승리의 봉화가
　　　　　　　아르고스로 전달되었다. 남편과 아버지를 보낸 여인과 아이
　　　　　　　들은 환호하고 도시는 긴긴 밤을 휘황찬란하게 밝힐 승리와
　　　　　　　영광의 축제를 준비한다.

의식이 멈춘다.

오레스테스가 등장한다.

오레스테스   트로이 전쟁이 끝났다. 끔찍한 유배의 시간이 끝나는 거야.
                  아르고스로 가자. 아버지를 배웅하러 가자. 아버지께 아이
                  기스토스의 불충과 나의 무고함을 아뢰어 이 기나긴 방랑을
                  끝내리라.

엘렉트라가 등장한다.

엘렉트라   아버지가 돌아오시는 거야. 모든 것이 제자리를 찾아갈 거
                  야. 오레스테스도 돌아올 거고, 나도 풀려날 거고, 어머니의
                  마음도 중심을 되찾겠지. 어서 오세요, 아버지.
아이기스토스   때가 무르익었구나. 죽이지 않는다면 다만 죽임을 당할 뿐.
클리타임네스트라   가슴이 뛴다. 모든 것이 준비되었지만 정작 내 마음을 다잡
                  지 못했어.

오레스테스와 엘렉트라는 퇴장한다.
의식이 다시 시작된다.

무녀1   이다 산의 봉화대에서 처음 밝혀진 불빛은 렘노스 섬에 있
                  는 헤르메스 신전으로.
무녀2   그리고 아토스 산의 정상으로.
무녀3   그리고 가파른 마키스토스의 절벽으로.
무녀4   기나긴 에우리포스 해협을 건너 메파시온의 봉화대로.
무녀5   또한 아소포스 강을 뛰어넘고는 키타이론 산의 낭떠러
                  지에.
무녀6   잠시 고르고피스 호수 위에서 별빛과 더불어 빛나다가.
무녀7   곧바로 아이기플란크토스 산의 정상으로.
무녀8   그리고 사로니코스 만을 굽어보는 벼랑 위에서 숨을 고르
                  다가.
무녀9   드디어 아르고스 근처 아라크누스의 가파른 암벽에 도달하

였도다.

모든 사람 퇴장하고, 무대엔 클리타임네스트라와 아이기스토스만이 남는다.

1-4.

클리타임네스트라 (온몸을 떨며) 아이기스토스. 정말로 미칠 것만 같아. 두려움을 물리칠 수 없어. 불안해서 죽을 것만 같아.

아이기스토스 (클리타임네스트라를 붙들고는) 나를 봐. 내 눈을 봐.

클리타임네스트라 죄책감이 들어.

아이기스토스 마음이 약해지는 거야? 지금은 나약한 여자의 속성을 내보일 때가 아니야. 아가멤논이 모든 것을 알아차리기 전에 신속히 일을 추진해야 해.

클리타임네스트라 그냥 우리 같이 멀리 떠나. 아가멤논이 절대로 찾을 수 없는 곳으로.

아이기스토스 도망치는 건 현명하지 못한 짓이야. 운명에 맞서 싸워야 해.

클리타임네스트라 아가멤논은 신 다음으로 강한 사람이야. 그는 자신에게 맞서는 모든 것을 다 부숴버려. 우린 무사하지 못할 거야.

아이기스토스 떨지 마. 나만 믿어. 내가 당신을 지켜주겠어. 그 누구도 당신을 해칠 수 없게 당신 곁에서 든든한 방패가 되어줄게. 맹세해.

클리타임네스트라 아이기스토스. 당신이 있어서 참 다행이야.

아이기스토스 당신은 이토록 약하고 가녀린데. 하지만 이상하게도 이렇게 약한 당신을 보고 있노라면 내 안에서 끝없이 용기가 솟아올라. 내 마음 깊은 곳에 잠자고 있는 사자가 포효하며 나를 전진하게 해. 그래, 나는 이길 거야. 두려움을 걷어내고 아가멤논에게 필사적으로 도전할 거야. 늙은 사자 같은 아가멤논을 왕좌에서 반드시 끌어내릴 거야.

클리타임네스트라는 아이기스토스를 격하게 포옹한다.

1-5.

시민들이 등장한다.

개선 의식이 펼쳐진다.

아가멤논이 걸어 들어온다. 카산드라가 뒤를 따른다.

카산드라	(중얼거린다) 피비린내가 나. 개새끼, 아가멤논 네놈이 나를 죽이려고 이곳으로 끌고 왔군. 개 같은 내 인생. 아트레우스가 자기 동생 티에스테스에게 고기를 대접한 곳이다. 그 고기는 티에스테스의 아들을 죽여 그 시체로 만든 거야. 아들의 살을 친아버지가 먹었어. 씨발, 생각만 해도 좆 같은 일이지. 그래, 다 죽여라. 아가멤논 너도 칼 맞아 죽어라. 이런 젠장할! 그 옆에 나도 누워 있겠군. 저주의 여신이 만면에 웃음을 띠고 이곳을 내려다보고 있다. 어딜 쳐다봐? 눈알을 뽑아버리겠어. 복수의 여신들이 숨차게 뛰어오고 있어. 거기서 뒈져라, 이년들아. 아내가 남편을 죽일 거야. 아들이 어머니를 죽일 거야. 불륜과 패륜이 랄랄라 쿵짝쿵짝 축제를 벌이고 있어. 씨발. 돌아가자, 아가멤논. 여기 있으면 죽어. 씨발 놈아, 내 말 들으라고. 바람난 년한테 왜 가? 안 보이냐? 칼을 품고 있잖아. 씨발, 졸라 날카로운 칼이다. 저기에 찔리면 얼마나 아플까? 이런 씨발! 너보다 내가 먼저 찔리겠구나. 왜 하필 나냐고? 이년 팔자가 참으로 개 같다. 피비린내가 나. 개새끼, 아가멤논 네놈이 나를 죽이려고 이곳으로 끌고 왔군. (반복)
클리타임네스트라	(무릎을 꿇으며) 어서 오세요. 왕이시여. 빛나는 승리의 소식은 먼저 들었습니다.
아가멤논	(지친 듯한 표정) 당신의 말대로 승리하고 돌아왔소. 너무나 오래 걸렸지만. 이젠 이피게네이아의 넋도 편안히 잠들 수 있겠지.
클리타임네스트라	10년 동안 당신이 어서 돌아오기를 신께 매일 기도했습니다.

아가멤논   당신의 정성이 하늘에 닿아 어려운 전쟁을 승리로 이끌게
            한 것이군.
클리타임네스트라 과찬이십니다. 어서 안으로 드세요. 먼 길 오시느라 피곤하
            실 텐데.
아가멤논   왕비도 내가 없는 동안 고생이 많았소.
클리타임네스트라 (카산드라를 바라보며) 이 여인은 누구죠? 전쟁터에 있을 만
            한 사람은 아닌 것 같군요.
아가멤논   트로이의 왕 프리아모스의 딸 카산드라 공주요.
카산드라   (크게 고함을 친다) 피비린내가 진동을 한다. 신의 저주를
            받은 곳이다. 여기서 입을 뗀 자들은 다 죽을 것이다. 다 죽
            을 거야. 다!
아가멤논   당신이 잘 살펴주어야 할 거요. 낯선 나라에 왔으니 많이 혼
            란스러울 거요.
클리타임네스트라 노예로군요. 노예는 노예에 걸맞는 차림새와 행동을 해야
            하죠.
아가멤논   (근엄하게) 비록 노예지만 공주로서의 예우를 갖춰 대접하
            도록 하시오.
클리타임네스트라 (눈을 내리깔며) 들어가시지요.

    카산드라는 등장할 때와 마찬가지의 말을 중얼거린다.

아가멤논   (외친다) 승전의 영광은 아르고스 모두의 것이니 오늘 밤은
            모두 술과 고기를 마음껏 먹고 즐겨라. 밤의 어둠을 물리치
            고 잠의 속삭임을 쫓아내라. 기쁨의 축제를 벌여라.

    아가멤논은 카산드라와 함께 퇴장한다.

아이기스토스   (나직한 목소리로) 오늘 밤이야. 각오를 단단히 해야 해.

    아이기스토스는 퇴장한다.

클리타임네스트라　내 마음속에 희미하게나마 남아 있었던 한 줄기 망설임이
점점 사라져간다. 가족 모두의 마음에 씻을 수 없는 치명적
인 상처를 안겨놓고 정작 자신은 다른 여자를 품고 있었던
거였어. 내 마음은 이제 사사로운 복수에서 벗어나 정당한
응징의 환호를 받는구나. 피는 피로써 갚아줘야지. 죄는 벌
로써 씻어 낼 수밖에. 나는 남편을 살해하는 죄를 짓겠지만
그 누구에게서도 비난을 듣지 않으리라.

무대가 어두워진다.

1-6.

무대가 밝아지면 아가멤논이 잠들어 있다.
카산드라가 길을 잃은 듯 방황하고 있다.

카산드라　　　（잠들어 있는 아가멤논에게 천천히 다가가며） 애초에 트로
이와 그리스는 왜 싸워야 했을까요? 똑같은 사람인데. 똑같
은 감정을 느끼고, 똑같은 것에 화를 내고, 눈물을 흘리는데.
그리고 결국엔 똑같이 죽을 텐데. （어떠한 경련） 씨발 다 뒈
져버려라. （부드럽게） 모두들 연하고 약한 속을 들키지 않으
려 겉모습을 딱딱한 껍질로 무장하고 있어요. 그냥 다 보여
주면 알 수 있을 텐데. 그게 아니라면 껍질 속을 꿰뚫어 볼
수 있는 눈이라도 인간에게 있다면 좋을 것을. 신은 인간에
게 그것을 허락하지 않으셨죠. 그러니 어리석게도 피 흘리
며 싸울 수밖에요. 그리곤 모두가 상처 입고 난 다음에야 깨
닫게 되죠. （경련） 씨발년 지랄하고 있네. （부드럽게） 후회와
한숨, 슬픔과 눈물. 또한 반복, 또 반복. 신이시여. 제 기도를
들어주세요. （경련） 듣긴 뭘 들어? 씨발! （부드럽게） 더 이상
인간이 어리석은 학살을 반복하지 않도록 도와주세요. 미천
한 인간들을 용서하세요. （경련, 아가멤논을 들여다보며） 넌
죽을 거야. 조금 있으면 네 배때기에 칼이 꽂힐 텐데 팔자 편

한 돼지처럼 엎어져 잠이나 처자냐? 잠이 와? 씨발놈아. 잠
이 와? 좆 같은 새끼. 나까지 죽게 만드는 개새끼. 내가 왜 죽
어야 해? 억울해! 억울해! 씨발 졸라 억울해!

클리타임네스트라와 아이기스토스가 등장한다.

아이기스토스   때가 무르익었어. 아가멤논이 잠들었어. 무방비 상태야.

클리타임네스트라   이 칼로?

아이기스토스   그래. 아가멤논의 심장을 찌르는 거야.

클리타임네스트라   아이기스토스, 난 할 수 없을 거 같아. 실패할 거야. 네가 해.

아이기스토스   아무에게도 의심받지 않고 아가멤논 곁으로 갈 수 있는 사
                   람은 오직 당신뿐이야.

클리타임네스트라   이 칼이 아가멤논의 살갗을 뚫고 심장에 닿을 수 있을까?

아이기스토스   충분해. 바라보고만 있어도 베어질 것 같은 예리한 이 칼날
                   은 오직 당신의 복수를 위해 준비된 거야. 가녀린 여자의 힘
                   으로도 마치 말랑말랑한 치즈를 자르는 것처럼 간단히 목숨
                   을 빼앗을 수 있어.

클리타임네스트라   난 두려워.

아이기스토스   이피게네이아를 생각해. 아가멤논에게 죽임을 당하던 이피
                   게네이아를. 당신은 할 수 있어. 아니, 해내야만 해. (손에 든
                   단검을 클리타임네스트라에게 건네준다)

클리타임네스트라   (단검을 바라보며) 이 칼로 아가멤논의 심장을.

아이기스토스   아가멤논 곁엔 지금 카산드라밖에 없어. 난 일이 벌어진 다
                   음을 수습할 병사들을 움직일 테니 당신은 카산드라를 따돌
                   리고 아가멤논을 해치워.

아이기스토스 퇴장한다.
클리타임네스트라는 칼집에서 단검을 뽑아 날카로운 날을 응시한다.

클리타임네스트라   내 마음속에서 갈 길을 잃은 증오의 심지를 찾아 불을 붙이
                   자. 매우 짧은 순간이라도 좋다. 이 복수를 위해서라면 그 어

떤 불길한 것도 기꺼이 이 몸으로 받아들일 수 있으니. 아르
고스를 헤매는 원혼들이여, 나에게 오라. 멸망한 트로이의
망령들이여, 그대들의 복수를 대신해줄 이 칼에 머물러라.
내 딸 이피게네이아야. 그날의 끔찍한 비명소리를 내 귀에
흘려 넣어 주려무나. 네가 흘린 붉은 피를 다시금 내 눈앞에
그려다오.

클리타임네스트라는 퇴장한다.

1-7.

원혼들이 등장해서 천천히 아가멤논에게 다가간다.

카산드라   (기척을 느끼고) 누구죠? 거기 누가 있나요?

원혼들의 움직임이 멈춘다.
카산드라는 일어나 원혼들 속으로 들어간다.
원혼들이 격하게 움직인다.
아가멤논이 비명을 지르며 벌떡 일어난다.

아가멤논   (거친 호흡) 언제까지 이 악몽이 계속되는 걸까? 국가와 전
                 쟁의 승리를 위해서 어쩔 수 없이 선택할 수밖에 없었건만
                 그 대가는 이렇게 참혹하고 고통스럽구나. 카산드라! 카산
                 드라는 어디 있느냐? 카산드라! (원혼들을 발견한다) 네놈
                 들은 뭐냐? 어서 정체를 드러내어라! 내 말이 들리지 않느
                 냐? 이 아가멤논의 호령소리가 들리지 않느냐?

원혼들 속에서 이피게네이아가 나타난다.

아가멤논   (두려움이 엄습한다) 이피게네이아? 설마!
이피게네이아   아버지. 다녀오셨어요? 트로이는 어땠나요?

아가멤논	내 눈에 보이는 것이 진짜인가? 정말 이피게네이아 너냐?
이피게네이아	제가 아버지의 사랑스러운 딸 이피게네이아가 아니라면 누구란 말인가요?
아가멤논	믿을 수가 없다. 지금 내가 보고 있는 것이 정녕 실제란 말인가?
이피게네이아	제 목덜미를 보세요. 아버지가 짓누르던 목덜미예요. 아직도 아파요. 죽어서도 숨을 쉴 수가 없어요.
아가멤논	어쩔 수 없었다. 난 그때 어쩔 수가 없었어. 그게 나로선 최선의 방법이었다.
이피게네이아	왜요? 아버진 왕이시잖아요. 저를 지켜주실 수 있었어요.
아가멤논	(발악을 한다) 내가 죽이고 싶어서 죽인 건 아니잖느냐? 네가 전쟁을 반대한다는 말만 하지 않았어도, 그 말만 하지 않았어도, 난 널 지킬 수 있었어. 나는 널 정말로 사랑했다. 내 자식들 중에 제일 사랑했어.
이피게네이아	거짓말.
아가멤논	왕이라고 뭐든지 다 할 수 있는 줄 아느냐? 왕이야말로 무력해. 혼자 할 수 있는 일이 아무것도 없단 말이다. 자유는 없고 책임, 의무, 희생, 인내, 헌신! 지긋지긋하다. 지긋지긋해!
이피게네이아	거짓말. 평화 대신 전쟁을 선택한 침략자. 가족의 사랑과 아버지의 성스런 의무 대신 헛된 명예와 그릇된 공명심을 선택한 위선자.

카산드라의 비명소리가 들린다.

아가멤논	(주위를 두리번거린다) 카산드라! 카산드라! 어디 있느냐? 카산드라!
이피게네이아	운명의 수레바퀴가 굴러가고 있어요. 저주와 증오에 가득 찬 심판의 때가 다가오고 있어요.
아가멤논	물러가라.
이피게네이아	보이지 않으세요? 아르고스에 울부짖는 영혼들이 가득해요. 죽음으로 고통받는 이들이 비명을 질러요. 남편을 잃고 아

버지를 잃은 이들의 슬픔이 통곡하고 있어요. 아버지를 쫓아온 죽은 트로이인들의 영혼이 온 아르고스를 저주하고 있어요.

아가멤논　　　나는 승리자다 나에겐 승리의 영광만이 존재할 뿐이야. 밖에 아무도 없느냐?

원혼들 속에서 피투성이가 된 카산드라가 튀어나온다.

아가멤논　　　(카산드라를 부여잡으며) 카산드라! 이게 도대체 어떻게 된 영문이냐? 누가 널 이렇게 만든 것이냐? 내 가만두지 않으리라. 감히 나, 아가멤논의 침실에서 피를 흘리게 하다니!

아가뎀논은 원혼들 속으로 들어간다.
클리타임네스트라가 원혼들 속에서 나온다.

클리타임네스트라　이제 한 걸음만 더 내딛으면 돼. 끝이 멀지 않았어. 복수의 칼이 비통하게 울고 있다. 이피게네이아 네 목소리가 들리는구나. 사랑하는 내 딸아. 이제 이 엄마가 편히 눈 감을 수 있게 해주마.

클리타임네스트라가 천천히 칼을 높이 든다.
원혼들이 격렬한 움직임을 보인다.
클리타임네스트라가 칼을 휘두른다.
아가멤논의 처절한 비명소리.
아가멤논이 원혼들 사이에서 피를 흘리며 기어 나온다.

아가멤논　　　(힘겹게, 그러나 일면 후련하게) 내가 지은 죗값을 이렇게 받는구나. 클리타임네스트라. 하지만 너 또한 무사하지 못하리라. (숨을 거둔다)

클리타임네스트라 칼을 떨어뜨린다.

클리타임네스트라 끝났어. 모든 게 끝났어.

1-8.

클리타임네스트라 모두들 들으세요. 아가멤논 왕은 죽었습니다. 복수의 여신이
사주한 칼날에 쓰러졌습니다. 내가...

이이기스토스가 등장한다.

아이기스토스 (큰 소리로 클리타임네스트라의 말을 덮어버린다) 노예 카산
드라의 짓이다. 그녀가 멸망한 트로이의 복수를 실행한 것
이다. 아가멤논 왕과 우리들을 안심시키고는 기회를 엿봐
가공할 살인을 저지른 것이다.

아이기스토스가 클리타임네스트라에게 다가온다.

클리타임네스트라 왜 거짓말을 했지?
아이기스토스 진실을 밝혔다간 당신은 죽음을 면키 어려웠을 거야.
클리타임네스트라 난 나의 심판이 정당했음을 밝혀야 해.
아이기스토스 아가멤논은 죽었어. 그냥 이대로 덮어.
클리타임네스트라 언젠가 진실은 드러나고 운명은 더 거대한 복수를 우리에게
되돌려줄 거야.
아이기스토스 그때는 그때야. 지금 나는 당신을 잃을 수 없어.
클리타임네스트라 아이기스토스.

사람들은 웅성거리며 퇴장한다.

아이기스토스 클리타임네스트라. 이제부터 우리의 시대야. 아가멤논이 행
했던 폭압적이고 팽창적인 치세는 이제 끝났어. 아르고스에
는 새로운 바람이 불 거야. 고개를 들어 세상을 봐. 이제 곧

368

모두 당신 발아래 무릎을 꿇을 거야. 우리가 해낸 거야. 우리가 진정으로 승리자야. 자, 내 손을 잡아.

클리타임네스트라는 천천히 아이기스토스의 손을 잡고 퇴장한다.
엘렉트라가 등장한다.
아가멤논의 시체를 발견한다.

엘렉트라   모든 게 거짓이야. 알 수 있어. 가공할 음모가 아버지를 덮친 거야. 누가 이 끔찍한 진실을 찾아줄까? 도대체 누가? 아!

엘렉트라는 아가멤논의 시체를 부둥켜안은 채 울부짖는다.
무대는 어두워진다.

2-1.

무대가 밝아지면 오레스테스가 보인다.

오레스테스   (주변을 살펴보며) 왜 이렇게 조용한 것인가? 승전의 기쁨이 온 아르고스를 뒤덮고 있어야 하는 게 정상일 텐데. 불길하고 어두운 기운이 모든 것의 생기를 다 빨아먹고 있는 듯하구나. 대체 무슨 일이 있었단 말인가?

필라데스가 등장한다.

필라데스   어서 오십시오, 왕자님.
오레스테스   나의 오랜 벗, 필라데스. 대체 아르고스에 무슨 일이 있는 것인가?
필라데스   제 입으로 고하기가 정말 두렵습니다.
오레스테스   말하라.
필라데스   (비통하게) 아가멤논 폐하께서 피살당하셨습니다.
오레스테스   (놀란 목소리로) 뭐? 누가 그런 끔찍한 일을 저질렀단 거지? 멸망한 트로이의 잔당인가, 아니면 어리석은 역적의 소행인가?

필라데스	트로이의 왕인 프리아모스의 딸, 카산드라가 폐하를 시해하였습니다. 전승에 취해 모두가 잠든 밤, 마음속에 꼭꼭 감추어 둔 증오의 칼을 꺼내 들어 폐하를 무참히 난도질하였습니다.
오레스테스	어이가 없는 일이다. 전 세계를 호령하던 지상의 왕이 가냘프기 짝이 없는 한 여인의 손에 맥없이 쓰러지다니. 카산드라는 어디에 있는가? 원통한 아버지의 복수를 아들인 내가 대신해야겠다.
필라데스	그럴 수 없습니다. 그날 밤, 도망치던 카산드라를 클리타임네스트라님께서 직접 처단하셨다 합니다.
오레스테스	아! 이 슬픔을 무엇으로 끊어내야 한단 말인가.
필라데스	일단은 엘렉트라님을 만나보셔야 할 거 같습니다.
오레스테스	누님은 어디에 계시지?
필라데스	돌아가신 왕의 넋을 위로하는 제의를 준비하고 계십니다.

필라데스와 오레스테스가 퇴장한다.

2-2.

클리타임네스트라와 아이기스토스가 등장한다.

클리타임네스트라	(아이기스토스를 외면하며) 싫어.
아이기스토스	내 말 좀 들어.
클리타임네스트라	오레스테스는 왕위를 이을 수 있는 정당한 혈통을 지녔어. 그런데 어째서 나더러 그 애를 버리라고 하는 거지?
아이기스토스	우리에게 원한을 가지고 있잖아. 그 녀석이 왕위에 오르고 나면 나와 당신을 그냥 잠자코 내버려둘 거 같아?
클리타임네스트라	난 그 애의 어머니야.
아이기스토스	그래. 그렇겠지. 하지만 나는? 나는 오레스테스의 아버지

가 아니야. 그 녀석은 나를 증오해. 예전엔 날 죽이려고까
지 했지.

클리타임네스트라 오레스테스는 다 이해해줄 거야.

아이기스토스 (옆구리를 만지며) 그 녀석이 찌른 상처가 아직도 아파. 몸
에 난 상처도 이러한데 마음에 담겨진 원한과 증오는 오죽
하겠어?

클리타임네스트라 좌우지간 안 돼.

아이기스토스 여태까지 잠자코 있다가 왜 하필 지금 와서 착해 빠진 어머
니 노릇이야? 미치겠군.

클리타임네스트라 (차분하게 설득한다) 아이기스토스, 그냥 우리 모든 걸 잊고
떠나자. 우리 둘만 있으면 되잖아. 오레스테스를 불러 자기
아버지의 뒤를 잇게 하고 너와 난, 여길 떠나서 우리 둘만의
새로운 삶을 살도록 해.

아이기스토스 헛된 꿈이야. 자기를 추방한 어머니와 그 애인을 내버려둘
아들은 이 세상이 없어. 모든 자식들이 어머니의 재혼을 그
리 쉽게 허락했다면 그리스의 모든 사람들은 서로 형제자매
였을 거야. 누가 자기 아버지인지 알 수도 없을 걸.

클리타임네스트라 이 일을 어떻게 하지?

아이기스토스 클리타임네스트라, 잘 들어. 당신이 이 아르고스 최초의 여
왕이 되는 거야.

클리타임네스트라 내가? 왕이 된다구? 여자인 내가?

아이기스토스 왕을 죽인 자가 새로운 왕이 되는 건 당연한 일이야.

클리타임네스트라 내가 아가멤논을 죽인 건 왕이 되고자 해서가 아니야. 그건
이피게네이아의 넋을 위로하고 또, 너와 내가 살기 위한 어
쩔 수 없는 방책이었어.

아이기스토스 이 또한 우리가 살아남기 위한 거야. 귀족회의가 곧 있을 거
야. 그리고 트로이 원정을 마친 장군들도 줄지어 아르고스
로 귀환할 것이고. 그들은 틀림없이 아가멤논의 아들인 오
레스테스를 새로운 왕으로 옹립하려 들 테지. 오레스테스가
왕이 된다 생각해봐. 그 첫 번째 명령은 당신과 나의 축출이
될 거야. 당신은 엘렉트라처럼 유폐되어 혼자 늙어갈 것이

고 나는 개죽음을 당하겠지. 그때가 되어서 땅을 치고 후회를 한다 해도 이미 늦어.

클리타임네스트라 (탄식하며) 운명이 실타래처럼 꼬였어.

아이기스토스 클리타임네스트라. 끊어버리자. 내가 당신의 힘이 되어 줄 거야. 내가 있잖아.

클리타임네스트라 간밤에 꿈을 꿨어. 맹독을 품은 뱀 한 마리가 나에게 달려들었어. 내 젖가슴을 물어뜯었어. 예사롭지 않은 꿈이야. 불길해.

아이기스토스 개꿈이야, 개꿈... 아무 의미 없어. 마음이 진정되지 않은 탓이라구.

클리타임네스트라 킬리사를 만나봐야겠어. 지혜로운 그녀에게 꿈이 예지하는 바를 물어봐야겠어.

아이기스토스 그따위 미신에 현혹될 시간이 없다니까.

클리타임네스트라는 퇴장한다.

아이기스토스 정말 환장하겠군.

클리타임네스트라를 쫓아 퇴장한다.

2-3.

오레스테스와 필라데스가 등장한다.

오레스테스 실감이 나지 않는구나. 금방이라도 "네 이 녀석, 오레스테스!" 하시며 나타날 것만 같아.

필라데스 (먼 무대를 바라보며) 저기 무녀들의 행렬이 보이는군요. 엘렉트라님의 모습도 보입니다.

오레스테스 그래, 내 눈에도 누님이 보이는구나. 고생이 심했을 텐데도 고고한 자태를 잃지 않으셨어. 당장이라도 달려가 누님께 인사를 드리고 싶구나.

| 필라데스 | 하지만 아직은 때가 아닙니다. 보는 이들이 많습니다. 눈에 띄기 전에 어서 몸을 숨기시지요. |

필라데스와 오레스테스가 퇴장한다.
무녀들이 등장해서 제의를 지낸다.

| 킬리사 | 저승의 왕 하데스여, |
| 간절히 원하노니 우리의 기도에 응답해주소서. |
| 여기 아버지의 죽음을 애통해하는 자녀가 |
| 그의 이름을 부르고 있나이다. |
| 아르고스의 왕, 그리스 연합의 총사령관, 지상에서 가장 강력했던 왕, |
| 아가멤논을 부르고 있나이다. |
| 죽음의 사자 타나토스에게 그의 혼백을 맡겨 잠시 인도하게 하소서. |
| 엘렉트라 | 킬리사, 아버지의 혼령은 아직도야? |
| 킬리사 | 쉿! 조용히 하세요. 부정 탑니다. |
| 망각의 강 레테를 건너 |
| 증오의 강 스틱스를 넘어 |
| 불길의 강 플레게톤을 날아 |
| 시름의 강 코키토스를 지나 |
| 비통의 강... 비통의 강... 비통의 강... (생각이 잘 나지 않는 듯 머리를 긁적거린다) |
엘렉트라	(나직하게) 아케론.
킬리사	알고 있었습니다. 아케론을 거슬러 오게 하소서.
무녀1	(갑자기 비명을 지르며 주저앉는다) 아악!
킬리사	(무녀1에게 다가가 공손하게) 오셨습니까?
무녀1	나의 죽음을 적들에게 알리지 말라.

킬리사와 엘렉트라는 실망한다.

무녀2   (주저앉으며) 꺄악!
킬리사   (반색한다) 누구십니까?
무녀2   내가 조선의 국모니라.

　　　엘렉트라가 킬리사를 한심한 눈초리로 쳐다본다.

킬리사   이럴 리가 없는데.
무녀3   (주저앉는다) 어억!
킬리사   드디어 오셨군요. 누구십니까?
무녀3   니 에미다.

　　　침묵.
　　　엘렉트라가 한숨을 쉰다.

킬리사   이상하군요. 신께서 제 기도를 들으려 하지 않습니다.
엘렉트라   아버지의 혼백을 꼭 불러줘. 난 아버지를 반드시 만나뵈어
　　　　　　　야겠어.
킬리사   다시 의식을 올리겠습니다.

　　　클리타임네스트라가 등장한다.

클리타임네스트라   그만둬. 죽은 자의 혼령을 불러내서 뭘 어쩌겠다는 거지?

　　　무녀들은 의식을 중단하고 클리타임네스트라에게 고개를 조아린다.

엘렉트라   아버지의 혼백을 불러 어떻게 된 일인지 자세하게 여쭤보아
　　　　　　　야겠어.
클리타임네스트라   신의 노여움을 받을 거야. 그만둬.
엘렉트라   뭘 그렇게 두려워하는 거지?
클리타임네스트라   엘렉트라, 네 거처로 돌아가거라. 난 너에게 내린 벌을 아직
　　　　　　　거둬들이지 않았다.

엘렉트라	아버지께서 돌아가셨어. 자식더러 아버지의 장례식에 참석하지 말라니.
클리타임네스트라	내가 있으니 걱정하지 않아도 돼. 네 아버지의 장례식은 내가 알아서 잘 치러줄 터이니.
엘렉트라	신바람이 나셨군. 바람난 아내의 죄는 감추어지고 처벌을 내릴 자는 사라지니 내심으론 쾌재를 불렀을 거야. 그렇지?
클리타임네스트라	못 하는 소리가 없구나.
엘렉트라	아이기스토스와 배를 잡고 웃었을 테지. 더러운 침대 위에서 서로 알몸으로 뒹굴면서. 거긴 원래 아버지의 자리인데, 죄책감 하나 없이 도둑질을 하다니.
클리타임네스트라	그만해. 넌 오늘 당장 네가 있어야 할 자리로 돌아가. 킬리사? 나를 따라오도록 해. 긴히 물어볼 게 있으니.

클리타임네스트라와 킬리사, 무녀들이 퇴장한다.

| 엘렉트라 | 너무나도 무력하구나. 할 수 있는 게 아무것도 없어. 이럴 때 오레스테스라도 있었다면. 아버지, 제 목소리를 들을 수 있으시다면 단 한 가지 제 소원을 들어주세요. 오레스테스를 이 땅으로 무사히 돌아오게 해주세요. 아버지의 아들 오레스테스를 이 아르고스로 무사히. |

2-4.

오레스테스와 필라데스가 엘렉트라의 뒤로 등장한다.

오레스테스	(필라데스에게 장난스럽게) 내가 왕이 되면 넌, 음... 그래, 셋째 부인이 되거라. 투기가 심하겠지만 견뎌내야 하느니라.
엘렉트라	누구냐?
오레스테스	(놀리듯) 날 알아보지 못하는 거야? 방금 전까지 찾고 있었으면서.

엘렉트라	설마.
오레스테스	이제야 알겠어?
엘렉트라	오레스테스, 정말 너니?
오레스테스	그래, 누나. 나야. 오레스테스. 내가 돌아왔어.
엘렉트라	(오레스테스에게 와락 안긴다) 신이시여. 감사드립니다. 죽은 줄로만 알았던 내 동생이, 위대하신 아버지의 용감한 아들이 이렇게 돌아왔습니다.
오레스테스	잘 있었어?
엘렉트라	잘 있었냐니? 잘 있었냐구? 넌 마치 어제 집을 나갔다가 오늘 돌아온 것처럼 아무렇지 않은 듯이 태연한 얼굴로 내 안부를 묻는구나. 이 짓궂은 녀석. 어디서 무얼 하고 있었니? 아버지가 돌아가셨다는 소식을 듣지 못했니? 즉시 아르고스로 왔었어야지.
오레스테스	포키스에서 트로이 원정이 승리로 끝났다는 소식을 들었어. 그래서 바로 아르고스로 돌아오려 했지. 헌데 누군가가 내 목숨을 노리고 있었어. 자객을 따돌리고 오다 보니 늦어졌는데 이런 일이... 아버지께서...
엘렉트라	자세한 이야기를 당장 다 듣고 싶지만 일단 이 자리를 벗어나자꾸나. 혹시라도 아이기스토스의 눈에 띄면 안 되니까.

엘렉트라와 오레스테스, 필라데스가 퇴장한다.

2-5.

아이기스토스와 복면들이 등장한다.

| 아이기스토스 | (씩씩거린다) 뭐? 일을 그따위로밖에 못해? 이런 밥통 같은 자식들을 보았나? 오레스테스를 눈앞에서 놓치다니 그게 말이 될 법한 소리야? 대가리 박아, 이 새끼들아! |

복면들은 머리를 박는다.

아이기스토스는 차츰 냉정을 회복한다.

아이기스토스   그래서 오레스테스 그놈은 어디로 갔단 말이냐?
복면   (얼어나며) 네, 아무래도 아르고스에 돌아온 거 같습니다.
아이기스토스   한 번 습격당한 쥐는 쉽사리 구멍에서 머리를 내밀지 않는
                다. 천재일우의 기회를 놓치다니. 이럴 줄 알았으면 그때 포
                키스로 멀리 추방하는 게 아니었어. 근처에 가둬놓고 내 손
                아귀 안에 잡아두고 있었어야 했는데.
복면   왕자가 갈 곳이야 뻔하지 않겠습니까? 엘렉트라와 접촉을
                시도하거나 그렇지 않다면 아가멤논의 측근이었던 귀족들
                과 만나겠지요.
아이기스토스   그래, 그렇겠지. 그런데 넌 언제 일어선 거냐?
복면   저, 조금 전에...
아이기스토스   꺼져, 이 새끼야.

        복면들은 퇴장한다.

아이기스토스   한시가 급한 상황이다. 오레스테스가 이곳으로 돌아왔다면
                반드시 왕권을 노릴 텐데. 클리타임네스트라는 아직 정신
                을 차리지 못하고 있어. 자식에겐 어미에 대한 연민과 그리
                움이 있겠지만 권력을 향한 욕망은 그 무엇보다도 중독성이
                강한 법. 그 아비에 그 자식이라 하지 않는가. 오레스테스가
                더 큰 힘을 모으기 전에 처단해야만 한다. 다시 한 번 클리타
                임네스트라를 설득해야만 한다. 달래는 것이 먹히지 않는다
                면 이번엔 협박을 하는 수밖에.

아이기스토스가 퇴장한다.

2-6.

한 무대 위에 두 개의 장면이 교차로 진행된다.

클리타임네스트라와 킬리사가 등장한다.

킬리사   뱀이 가슴을 물어뜯었다고 하셨습니까?

클리타임네스트라 상서로운 꿈이 의미하는 바가 무엇일까?

킬리사   뱀은 자식을 의미하는 것입니다.

클리타임네스트라 그럼 내 자식이 나를 공격한단 말이야?

오레스테스와 엘렉트라가 등장한다.

엘렉트라   아무리 생각해봐도 아버지께서 이리 쉽게 돌아가실 리가 없
               어. 분명히 드러나지 않은 흑막이 있어.

오레스테스   차라리 어머니를 뵌 후 모든 것을 낱낱이 조사해보는 게
               어때?

엘렉트라   그건 안 돼. 난 그 여자도 의심스러워.

오레스테스   어머니가 아버지의 죽음에 관계되었다는 거야?

엘렉트라   그 여잔 아버지께서 트로이 원정을 떠난 동안 딴 남자와 정
               을 통했어. 아버지께서 돌아와 아르고스를 다시금 통치하는
               게 싫었겠지. 더러운 부정을 들키고 처벌을 받는 게 두려웠
               을 거야.

오레스테스   아무리 그래도 아내가 남편을 죽일 순 없어.

킬리사   원래 꿈이라는 것은 내재된 심리를 반영하는 것입니다.

클리타임네스트라 그렇다면 나의 죄책감이 그런 꿈을 꾸게 한 거란 말인가?

엘렉트라   오레스테스, 아버지의 죽음을 간절히 바라는 자가 있다면
               누구일까?

오레스테스   수도 없이 많겠지. 무수한 전쟁을 치르는 동안 많은 적들이
               아버지에 의해 죽임을 당했으니까.

엘렉트라   그렇다면 아버지의 죽음으로 가장 이득을 볼 자는?

킬리사   혹여 모두에게 뭔가 숨기고 있는 것이 있습니까?

오레스테스   아버지의 지배에 반감을 품고 있었던 귀족들, 멸망한 트로
               이의 잔당들, 그리스 연합의 맹주 자리를 노리는 다른 그리
               스 국가의 왕들.

엘렉트라	네가 말한 자들은 멀리 있어. (사이) 아버지가 돌아오면 가장 먼저 징벌을 받을 자. 그런데 아버지의 죽음으로 인해 그 자는 아직도 궁전에 머무를 수 있을 뿐만 아니라 여태까지 누리던 영화와 권력을 유지할 수 있어.
오레스테스	아이기스토스?
킬리사	저에게도 숨겨야 할 일입니까?
클리타임네스트라	아무에게도 발설하지 말아야 할 일이야.
킬리사	어둠은 빛에 의해 쫓겨나기 마련입니다. 세상의 그 어떤 음침한 비밀도 결국엔 다 드러날 수밖에 없지요.
클리타임네스트라	그렇게 되어선 안 돼.
킬리사	저를 믿으세요. 저는 진실을 바꾸지는 못하지만 그것이 어떤 모습으로 드러나는 게 바람직한 것인가는 조언해드릴 수 있답니다.
오레스테스	아이기스토스가 아버지를 죽였다는 증거가 있어?
엘렉트라	아니, 없어. 그러나 모든 정황이 아이기스토스가 범인임을 가리키고 있어. 더 끔찍한 것은 아이기스토스가 정말로 아버지를 살해했다면 그 여자도 이 일과 결코 무관하지만은 않을 거라는 사실이야. 죽은 아버지를 발견한 최초의 목격자가 바로 어머니야. 도망치던 카산드라를 죽인 것도 어머니지.
오레스테스	설마! 그럴 리가 없어.
클리타임네스트라	너에게 사실을 말하면 내 마음은 좀 편해질 수 있을까?
킬리사	마음의 짐을 덜 수는 있겠지요.
오레스테스	어머니를 만나야겠어.
엘렉트라	만나서 어쩌려구?
오레스테스	물어볼 거야. 누가 아버지를 살해한 것인지.
엘렉트라	그래서 범인을 알게 되면? 감당하기 힘든 진실이 네게 닥쳐오면?
오레스테스	나는... 난...
클리타임네스트라	내가 아가멤논을 죽였어.
킬리사	오, 신이시여.

엘렉트라	어머니를 만나러 가는 건 좋아. 그러나 그전에 맹세를 해. 아버지를 죽인 범인이 밝혀지면 그자가 누구든 반드시 죽이겠다고 말야. 아가멤논의 아들로서 지켜야 할 의무이자 권리로 용서 없는 복수를 행하겠다고. 온몸에서 피를 뿜으며 돌아가신 아버지의 모습과 똑같은 모습으로 만들어 죽이겠다고.
클리타임네스트라	아가멤논은 이피게네이아를 죽였어. 그래서 나도 그를 죽인 거야. 피는 피로써, 죽음은 죽음으로 갚는 게 신의 섭리잖아.
오레스테스	그만해!
엘렉트라	내 말에 대답해. 오레스테스?

오레스테스는 퇴장한다.

엘렉트라	오레스테스!
킬리사	아가멤논 왕의 피를 이어받은 자가 왕비님을 목숨을 빼앗으러 올 것입니다.
클리타임네스트라	내 자식이 날 죽인다고?
킬리사	부모의 원수를 갚는 것은 자식의 의무이며 권리니까요.

필라데스가 등장한다.

필라데스	제가 오레스테스 왕자님을 모셔 오겠습니다.
엘렉트라	놔 둬. 그 애의 마음속에는 지금 사나운 폭풍이 휘몰아치고 있어. 그건 스스로 이겨내야만 해. 넌 그보다 다른 일을 해주었으면 좋겠구나.
필라데스	분부를 내리십시오.
엘렉트라	메넬라오스 숙부님의 행방을 찾아 한시바삐 아르고스로 모셔 왔으면 해. 메넬라오스 숙부님이라면 능히 아이기스토스와 어머니를 상대할 수 있을 거야.
필라데스	하지만...
엘렉트라	네 걱정이 뭔지 나도 알아. 숙부님 또한 야심이 큰 사람이니.

아이기스토스 등장한다.

아이기스토스　　(클리타임네스트라와 킬리사를 바라보며) 내 이럴 줄 알았
　　　　　　어. 무덤까지 가져가야 할 비밀이라고 했잖아. 누가 여자 아
　　　　　　니랄까 봐.
클리타임네스트라　(울먹거린다) 혼자서는 도저히 견딜 수가 없었어.
아이기스토스　　오레스테스가 아르고스로 돌아왔어.
클리타임네스트라　정말이야? 오레스테스가?
아이기스토스　　(킬리사에게) 대단한 신통력이야. (클리타임네스트라에게)
　　　　　　당신도 들었지? 자식이 부모의 원수를 갚는다고. 때마침 오
　　　　　　레스테스가 돌아왔으니 이거 완전 딱 들어맞는데? (킬리사
　　　　　　에게) 자, 이제는 내 물음에 대답해봐. 복수를 면하기 위해서
　　　　　　우리 둘은 어떻게 해야 하지?
엘렉트라　　　지금 오레스테스는 어머니와 아이기스토스를 이기기 힘들
　　　　　　어. 누구보다 다정하고 올곧은 아이니까. 어머니의 눈물 한
　　　　　　방울이면 칼을 놓을 게 분명해. 그러니 메넬라오스 숙부님
　　　　　　이 그 역할을 대신해주셔야 해.
필라데스　　　알겠습니다. 제가 반드시 메넬라오스님을 찾아 모시고 오겠
　　　　　　습니다.
엘렉트라　　　서둘러 줘.

필라데스는 퇴장한다

킬리사　　　　지혜로운 프로메테우스께서 전하신 말이 있지요. 복수의 여
　　　　　　신과 분노의 여신은 제우스도 막지 못한다고 말입니다. 인
　　　　　　과는 신이 지닌 권능으로도 조작할 수 없습니다.
아이기스토스　　그럼 결국 우리는 죽어야 한단 말야?
킬리사　　　　모든 사실을 털어놓고 용서를 비세요. 자비를 기대하시는
　　　　　　수밖에 없습니다.
아이기스토스　　(미소를 지으며) 위대한 예언자치고는 정말 멍청한 대답이

로군. 그럼 이것도 예언해보시지. 네가 언제 죽을까?
클리타임네스트라 (겁에 질린다) 아이기스토스!

아이기스토스는 말리는 클리타임네스트라를 뿌리치고 킬리사를 끌고 가 죽인다.
킬리사의 비명 소리.

클리타임네스트라 그만! 그만하란 말이야.
엘렉트라 피의 복수극이 시작될 거야. 누구도 막을 수 없는 세찬 비바람이 되어 이 아르고스를 뒤흔들 거야. 그러나 그 모든 혼란이 가고 난 뒤는 오레스테스, 너의 세상이니 너는 슬픔을 가슴속에 묻고 분노를 키우렴.

엘렉트라는 퇴장한다.

클리타임네스트라 왜 죄 없는 사람까지 죽이는 거야?
아이기스토스 당신이 죽인 거야. 발설하지 말아야 할 것을 털어놓았으니.
클리타임네스트라 살인자!
아이기스토스 웃기는군. 당신 손은 깨끗한가 보지? 아가멤논을 죽인 게 누구지? 바로 당신 아닌가? 누가 누구보고 살인자라고 하는 거야?
클리타임네스트라 그때, 모든 걸 말했어야 했어. 나의 심판이 정당하고 정의로운 것이었다고 모두에게 말했어야 했어. 그래서...
아이기스토스 (클리타임네스트라의 말을 끊으며) 이피게네이아의 복수를 한 거라고? 어머니로서의 분노가 칼을 들게 했다고? 그러나 가슴에 손을 얹고 곰곰이 한 번 생각해보도록 해. 아가멤논을 죽인 게 그것 때문이야? 나와의 불륜이 탄로 날까 봐 두려워 그랬던 거 아니었어? 아가멤논이 트로이에서 데려온 카산드라를 보고 질투심이 불타올라 그런 짓을 한 게 아니었어?
클리타임네스트라 아니야, 아니야!
아이기스토스 어쨌든 잘 들어둬. 오레스테스가 이 아르고스에 와 있어. 당신이 아가멤논을 죽인 걸 그놈은 모르고 있으니 아직은 어머니로 대접을 받을 수도 있을 거야. 하지만 제 아버지의 진짜 살인범이 누구인지 알게 되면 사정은 달라질걸.

클리타임네스트라 (애원한다) 그러니 오레스테스에게 왕위를 내어주고 우리 둘만 떠나면 되잖아.

아이기스토스 나더러 비참한 패배자가 되라고?

클리타임네스트라 우린 사랑하잖아? 난 당신을 사랑해. 당신도 날 사랑하잖아.

아이기스토스 나를 탄탈로스처럼 만들려고?

클리타임네스트라 (아연실색한다) 탄탈로스! 그 이름을 내 앞에서 들먹거리다니.

아이기스토스 당신의 사랑은 목숨을 연명하기 위한 수단이야. 당신의 사랑은 마치 독사의 송곳니가 품고 있는 맹독과 같아. 사랑한다 속삭이며 온몸을 칭칭 감고는 비참하게 남자를 파멸시킬 뿐이지. 당신은 맨 처음 탄탈로스를 사랑했고, 그를 죽인 아가멤논을 사랑했고, 또 이제는 나 아이기스토스를 사랑한다고 말하는군. 하지만 그중에 어느 것이 진짜인 거지?

아이기스토스 퇴장한다.

클리타임네스트라 언제나 늘 행복한 여자가 되고 싶다는 소망을 품고 있었지만 난 행복과는 거리가 멀었어. 내 손으로 아가멤논을 단죄하면 모든 것이 평화로워질 거라고 믿었지만 그건 달콤한 사탕 같은 거짓말. 나는 헤어날 길 없는 더 큰 괴로움의 수렁에 빠지고 말았어. 아이기스토스, 아이기스토스! 계절이 변하듯이 사람의 마음도 바람결에 따라 흔들리지. 달콤하게 속삭이던 그의 음성은 세월이 지날수록 점점 차가워지고 무덤덤해졌다. 그래도 나는 아직 사랑할 수 있는가, 아닌가, 사랑해야만 하는가, 아니, 이젠 지워야 하는가. 대답해. 아이기스토스. 대답해!

무대는 천천히 어두워진다.

무대가 밝아지면 오레스테스가 보인다.
가면들이 등장한다.

가면1   아가멤논이 클리타임네스트라에게 죽임을 당했대.
가면2   진짜야?
가면1   진짜야!
가면2   외간 남자와 바람이 나서 전쟁에서 돌아온 자기 남편을 죽
            였대.
가면3   진짜야?
가면2   진짜야!
가면3   클리타임네스트라가 아가멤논을 난도질했대.
가면4   진짜야?
가면3   진짜야!
가면4   피를 뒤집어쓰고는 미친 듯이 웃었대.
가면5   진짜야?
가면4   진짜야!
가면5   남자한테 미쳐서 자식들을 쫓아냈대.
가면6   진짜야?
가면5   진짜야!
가면6   아들을 추방하고도 모자라 자객을 불러 죽이려고 했대.
가면7   진짜야?
가면6   진짜야!

가면들은 말을 반복한다.

오레스테스   시끄러워, 이 망령들아! 사라져, 사라지라고!

가면들은 천천히 사라진다.

오레스테스   (괴로워한다) 아버지. 저는 어떻게 해야 합니까? 도대체 무엇이 진실인지 모르겠습니다. 꿈에도 그리워하던 아르고스에 천신만고 끝에 돌아왔는데 저를 진심으로 환영해주는 이는 아무도 없습니다. 여기는 음모와 간계가 난무하고 모두들 복수와 살인을 부추기기만 할 뿐입니다. 아버지께서 이 피게네이아 누님만 죽이지 않았더라면, 트로이 전쟁이 없었더라면, 애초에 아버지가 왕이 아니었다면 이런 불행은 없었을 겁니다. 뒤틀려진 이 모든 운명을 바로잡을 방법이, 힘이 저에겐 없습니다.

좌절하고 있는 오레스테스는 뒤에서 움직이고 있는 그림자를 발견한다.

오레스테스는 가면들 속에서 손을 넣어 잡아당긴다.

복면을 쓴 아이기스토스가 끌려나온다.

오레스테스   네놈은 누구냐? 누구길래 감히 내 목숨을 계속해서 노리는 것이냐? 정체를 밝혀라.

아이기스토스   (정체를 들키지 않기 위해 가면을 꼭 붙잡고) 제기랄!

아이기스토스는 가면들 속으로 달아나고, 오레스테스는 뒤쫓는다.

2-8.

클리타임네스트라가 등장한다.

클리타임네스트라   (두려움에 빠져 있다) 모든 죄악이 나에게 와서 욕설을 퍼붓는구나. 악독한 여자, 피도 눈물도 없는 비정한 여자, 정결치 못한 부덕한 여자, 안식과 평화는 어디론가 멀리 사라져버리고 고통과 비명만이 가득하다. 나는 어디로 가야 하나? 나는 누구를 믿어야 하나? 나는 내 자식들에게 뭐라고 변명해야 하나?

피투성이의 아가멤논이 나타난다.

아가멤논   클리타임네스트라!

클리타임네스트라 아가멤논!

아가멤논   내가 한 말을 기억하고 있겠지?

클리타임네스트라 지옥에 있어야 할 자가 왜 여기에 나타난 거지?

아가멤논   당신 또한 무사하지 못하리라.

클리타임네스트라 사라져!

아가멤논   인과응보의 때가 멀지 않았다.

클리타임네스트라 지옥의 망령아, 네가 속해야 할 곳으로 돌아가라. 여긴 네가
                머물 곳이 아니야.

아가멤논   당신에게 지옥의 초대장을 보냈으니 어서 나를 만나러
                오라.

클리타임네스트라 왜? 내가 왜 지옥으로 가야 한단 말이야?

아가멤논   외간 남자와 정을 통하고 남편을 죽인 부정한 아내. 아들을
                추방하고 딸을 버린 비정한 어머니. 거짓말로 세상을 속인
                부덕한 여자.

클리타임네스트라 사실이 아냐. 내 진심이 아니었어.

클리타임네스트라는 웅크리고 신음한다.

아가멤논이 서서히 사라진다.

클리타임네스트라 진실은 언젠가 햇빛 아래 드러나기 마련이다. 옛말이 하나
                도 틀리지 않는구나. 내가 아가멤논을 죽였다는 소문이 온
                아르고스에 퍼졌다. 지금은 단지 소문일 뿐이지만 의혹은
                꼬리에 꼬리를 물고 확산되어가겠지. 그리고 난 진실 아래
                발가벗겨져 타락하고 말 거야. 결국 심판을 받겠지? (흐느
                낌) 무서워. 운명이 나의 영혼을 갉아먹고 있어. 보이지 않는
                증오가 복수의 피를 원하고 있어. 모두들 엿보며 나를 비웃
                고 있구나.

가면1	오레스테스를 죽여서 후환을 없애야 해.
가면2	엘렉트라 그년을 살려두는 게 아니었어.
가면3	나라고 아르고스의 왕이 되지 못할 게 뭐야?
가면4	아르고스 최초의 여왕이 되는 거야.
가면5	아가멤논을 죽인 건 정당했어.
가면6	딸을 잃어 극심한 슬픔에 빠진 어미로 보여야 해.
가면7	나는 무슨 수를 써서라도 살아남을 거야.
가면8	남편의 심장에 비수를 꽂고서라도.
가면9	자식을 목 졸라 죽이고서라도.

가면들의 말 속에 기괴한 웃음소리가 들린다.

클리타임네스트라 내가 무슨 생각을 하고 있는 건가? 끔찍한 일이다. 클리타임
네스트라, 클리타임네스트라. 너의 이름은 여인이 저지를 수
있는 모든 악덕을 한꺼번에 짊어진 저주스런 이름이 되어
모든 사람들의 입방아에 오르겠구나.

클리타임네스트라는 가면들 속으로 걸어 들어간다.

2-9.

.

복면을 쓴 아이기스토스와 오레스테스가 나타난다.
오레스테스는 아이기스토스의 목에 칼을 겨누고 있다.

오레스테스 누구냐? 누구의 사주를 받았느냐? 바른대로 말해.

아이기스토스가 가면을 벗는다.

아이기스토스 오래간만이구나.
오레스테스 역시 아이기스토스 너였군.
아이기스토스 돌아오지 말았어야지. 넌 아르고스에 발을 딛지 말았어야

	했다.
오레스테스	여긴 내 아버지 아가멤논의 나라다. 그 누구도 날 이 나라에서 쫓아낼 순 없어.
아이기스토스	그러나 네 아버지는 죽었다.
오레스테스	간교한 네놈이 음모를 꾸몄겠지. 이 자리에서 그 원수를 갚겠다.
아이기스토스	칼을 잘못 겨눴어. 네 아버지를 내가 죽였다고 생각하고 있나 본데 내가 아니야.
오레스테스	아이기스토스, 칼을 들어라. 너와 정정당당히 승부를 내고 싶다.
아이기스토스	승부? 지금? 내가? 너랑? 정정당당히? (사이) 왜?
오레스테스	아르고스의 왕권을 걸고 결판을 내잔 말이다.
아이기스토스	왕위가 마치 이미 너의 것인 양 큰소리를 치는구나. 이 햇병아리야. 너는 왕이 아니야.
오레스테스	아이기스토스!

아이기스토스가 가면들 속으로 퇴장한다.
오레스테스가 아이기스토스를 쫓아 퇴장한다.
클리타임네스트라가 가면들 속에서 등장한다.

클리타임네스트라	이 망령들아! 사라져라. 내게서 뭘 더 바라는 거야? 난 너희들에게 내 운명 전부를 빼앗겼다. 빈껍데기만 남은 나한테서 뭘 더 빨아 먹겠다고.
가면1	그래, 오레스테스를 죽이자.
가면2	그 애만 죽으면 이 쓸데없는 모든 고민이 한꺼번에 해결되잖아?
가면3	귀찮게, 시끄럽게 구는 엘렉트라도 죽이는 거야.
클리타임네스트라	그만해.
가면4	여태까지 그렇게 해 왔잖아.
가면5	지금 와서 양심이니 뭐니 그런 것에 휘둘릴 것 없어.
가면6	아가멤논을 죽이던 그때의 기분을 되살려봐.

클리타임네스트라	안 돼, 싫어.
가면7	오레스테스를 죽이자.
가면8	죽여서 제 아비 곁에 묻어줘.
가면9	그리고 왕이 되는 거야.
클리타임네스트라	아! 악령들의 속삭임이 점점 가까워진다. 극심한 두통이 나를 전율케 하는구나.

피를 뒤집어쓴 카산드라가 등장한다.

카산드라	왜 그런 불쌍한 모습으로 주저앉아 있는 거죠?
클리타임네스트라	카산드라. 너까지 나타나 날 괴롭히는 것이냐?
카산드라	이렇게 될 줄 모르고 그러셨어요?
클리타임네스트라	그때는 그게 내가 할 수 있는 최선이었어.
카산드라	피는 피를 부르고, 복수는 복수를 낳죠.
클리타임네스트라	그래, 다 아가멤논이 뿌린 씨앗이었어. 내 첫 남편 탄탈로스를 죽인 것도 아가멤논. 나와 탄탈로스의 아이인 이피게네이아를 제물로 희생시킨 것도 아가멤논.
카산드라	그리고 다른 여인을 취해 당신의 질투심을 불러일으킨 것도 아가멤논이겠죠. 오레스테스를 낳게 하고, 엘렉트라를 낳게 한 것도 아가멤논! 당신으로 하여금 아이기스토스와 통정을 하게 만든 것도 결국 아가멤논!! 아가멤논!!! 아가멤논!!!! 모든 것이 다 아가멤논 탓이군요. 당신은 이미 없었어요. 당신 인생엔 아가멤논이라는 변명 외에는 아무것도 남아 있지 않군요.
클리타임네스트라	아가멤논! 그 저주스런 이름은 죽어서도 사라지지 않는구나.
가면들	아가멤논. (불규칙적으로 속삭인다)

피를 뒤집어쓴 아가멤논이 등장한다.

카산드라가 사라진다.

가면들의 소리가 점점 빨라지고 커지면 클리타임네스트라는 아가멤논을 발견하곤 비명을 지른다.

2-10.

아이기스토스와 오레스테스가 등장한다.
클리타임네스트라는 다가오는 아가멤논을 피해 도망치며 무대를 뛰어다닌다.

클리타임네스트라   저리 가! 떨어져! 따라오지 말란 말이야! 사라져!
아이기스토스   (클리타임네스트라를 보며 혀를 끌끌 찬다) 결국 미쳐버렸군.
오레스테스   어머니.
아이기스토스   남편 살해의 죄를 받는 거지.
오레스테스   다 네가 사주한 것이란 걸 알아.
아이기스토스   그 모든 것이 다 내 의도인 양 몰아세우는군. 그러나 클리타임네스트라의 마음속에, 저 여자의 드러나지 않은 마음 깊은 곳에 아가멤논에 대한 지독한 원망과 차디찬 증오가 자리 잡고 있었기 때문에 가능한 일이었지. 또한 아가멤논의 자식들인 너와 엘렉트라를 저주하고 있었던 마음이 없었더라면 결코 나 혼자서는 할 수 없는 일이었어.
오레스테스   어머니를 모욕하지 마라. 어머니는 자식들을 끔찍이 사랑하셨어. 그래서 이피게네이아 누님이 죽은 후 그리도 슬퍼하셨지.
아이기스토스   이피게네이아에 대해 네가 모르고 있는 사실을 하나 알려줄까?
오레스테스   헛수작 마.
아이기스토스   네 어미가 원래 탄탈로스의 아내였다는 사실은 알고 있겠지? 네 아버지가 탄탈로스를 죽이고 클리타임네스트라를 강탈했을 당시 그녀는 아기를 가지고 있었어. 그 애가 바로 이피게네이아야. 자식들 중에서도 왜 특별하게 이피게네이아만 사랑했는지 이제 알겠어? 그 애야말로 사랑했던 남자와의 진짜 자식이니까.

오레스테스	시끄러. 입을 찢어버릴 테다.
아이기스토스	(놀리듯이) 너와 엘렉트라는 클리타임네스트라의 입장에서
	본다면 고름을 잔뜩 품은 종양에 불과해. 아가멤논이라는
	세균을 잔뜩 머금은 종양. 한마디로 떨. 거. 지.
오레스테스	닥쳐!

오레스테스는 아이기스토스에게 달려든다.

아이기스토스는 가면들 사이로 사라진다.

클리타임네스트라　이 징그러운 괴물아! 따라오지 마. 오지 말라구! 저리 가!

아가멤논은 클리타임네스트라에게 다가간다.

클리타임네스트라　오레스테스?

오레스테스　그래요. 어머니, 접니다. 오레스테스. 어머니의 아들 오레스
테스라구요.

클리타임네스트라는 멍한 채 서 있다.

클리타임네스트라　그래, 네가 왔구나. 네 아버지의 복수를 하러 내 앞에 나타났
구나. 나를 끝끝내 죽이려고 왔구나. 뱀처럼 내 가슴을 물어
뜯으려고 여기에 서 있구나.

오레스테스　어머니, 제가 왜 어머니를 해하겠습니까?

가면들이 요동친다.

가면1　원래의 것이 제자리를 찾으러 돌아온 거야.

오레스테스　뼈에 사무치게 보고 싶었습니다. 어머니가 너무나도 보고
싶었어요.

가면2　아가멤논의 자식이 제 아버지의 복수를 하려고 온 거야.

오레스테스　포키스 땅에서 기다리면서 수도 없이 되뇌었어요. 어머니는

자식을 버릴 분이 아니다.

가면3　쫓겨나 있던 세월 동안 칼을 갈아왔겠지.

오레스테스　아이기스토스의 간교한 사심을 꿰뚫어보고 곧 나를 부르실 것이다.

가면4　이를 갈면서 원한을 키워왔겠지.

오레스테스　그러는 사이에 한 달 두 달 시간은 흘러갔고, 기다려도 기다려도 어머니가 보낸 사자는 오지 않았어요.

가면5　죽이지 않는다면 죽는 거야. 탄탈로스처럼.

오레스테스　육체에 난 상처였다면 시간이 아물게 해주었겠지요. 그렇지만 마음에 새겨진 상처는 아물 줄 모르고 더 크게 벌어졌어요.

가면6　죽이지 않는다면 죽는 거야. 아가멤논처럼.

오레스테스　내 마음은 아직도 피를 흘리고 있어요. 아직도요!

클리타임네스트라　그래서 그 피를 씻으러 내게로 온 거니?

오레스테스　무슨 말씀이세요?

클리타임네스트라　내가 아가멤논을 죽였어. 내가 그 저주스런 인간을 죽였어. 내 인생을 모조리 망쳐버린 그 인간을 내 손으로 직접 죽였어.

오레스테스　(절망한다) 정말로 어머니께서 아버지를? 하늘이 무섭지 않으세요? 아내가 남편을 죽이다니!

클리타임네스트라　하늘이 무서울 게 뭐냐? 난 단 한 번도 아가멤논을 내 남편이라 여긴 적이 없어.

오레스테스　그럼 저는요? 저는 어머니의 자식입니까? 엘렉트라 누님은 어머니의 자식인 겁니까? 말씀해보세요.

클리타임네스트라　네 아비의 복수를 하겠다고 내 앞에 나타났잖니? 내 남편은 아가멤논이 아니니, 너는 아가멤논을 아버지라 부르는 동안엔 내 아들이 아냐.

오레스테스　그랬군요. 그래서 저를 쫓아내고, 누님을 가둬놓고.

클리타임네스트라　(불쌍한 모습으로 눈물까지 흘리며) 아니다. 오레스테스, 연약한 이 어미를 보살펴 다오. 아이기스토스도 떠나버렸어. 내 안은 텅 비었다. (이를 으드득 갈며) 네 아버지를 죽인 건 카산드라야.

오레스테스   어머니.

클리타임네스트라   (광포하게) 어머니라 부르지 마!

오레스테스   정신 차리세요.

클리타임네스트라   (다시 온화한 표정으로) 아, 내 정신 좀 봐. 아들아, 오랜만에
                  보았으니 맛있는 식사라도 하러 가자꾸나.

오레스테스   (흐느낀다) 제발.

클리타임네스트라   (패악을 부린다) 죽일 거 같으면 뜸 들이지 말고 죽여!

오레스테스   (자리에 주저앉는다) 오, 신이시여.

멈춰 서 있던 아가멤논이 다시 움직여 오레스테스의 뒤에 선다.

클리타임네스트라   (겁에 질려) 망령이 다시 움직이는구나. 아가멤논! 하지만
                  네 뜻대로만은 되지 않을 것이다. 나는 너에게 복수할 기회
                  를 영원히 주지 않을 것이다.

클리타·임네스트라는 아가멤논에게 달려든다.
오레스테스가 클리타임네스트라를 찌른다.
클리타·임네스트라는 오레스테스에게 안겨 천천히 가라앉는다.

오레스테스   어머니.

클리타임네스트라   오레스테스, 내 아들아. (오레스테스의 얼굴을 바라보다가 천
                  천히 늘어진다)

오레스테스   어머니! (절규한다)

가면들이 사라진다.

2-11.

아르고스의 시민 모두가 흐느끼는 오레스테스와 죽은 클리타임네스트라를 쳐다보고
있다.

아이기스토스가 시민들 사이에서 나타난다.

아이기스토스   (호통을 친다) 오레스테스, 너의 만행을 모두가 지켜보고 있
다. 자식이 어머니를 살해하다니. 자신을 열 달 동안 품고서
사람의 형상으로 만들어준 어머니를, 세상의 빛을 구경시켜
준 어머니를 잔인하게 살해하다니. 사람의 아들이라면 저지
를 수 없는 끔찍한 악행이다. 오레스테스, 너는 아가멤논 왕
의 혈통을 이어받았으나 그 자격을 스스로 부정하였구나.
모두들 들으시오. 오레스테스는 이 시간부터 왕자가 아니라
죄인으로 심판받을 것이오.

엘렉트라가 등장한다.

엘렉트라   누가 누구를 심판한다는 거지?

아이기스토스   나, 아이기스토스가, 클리타임네스트라의 남편으로서, 그리
하여 그녀가 낳은 자식들의 아버지로서 오레스테스를 벌할
것이다.

엘렉트라   닥쳐.

아이기스토스   여기 있는 자들은 내 말을 잘 듣고 판단을 해보시오. 나와 클
리타임네스트라의 관계를 모르는 자가 이 아르고스에 있소?

엘렉트라   불륜을 죄악시 여기기보다 도리어 자랑스레 드러내다니. 너
에겐 부끄러움이란 것이 없느냐?

아이기스토스   모든 건 끝났어. 나의 승리이며, 너희들의 패배야. 아가멤논
은 쓰러졌고, 클리타임네스트라는 죽었다. 이 아르고스에 그
누가 있어 나를 막겠는가? (웃는다)

필라데스와 메넬라오스가 등장한다.

메넬라오스   간덩이가 부었구나, 아이기스토스.

엘렉트라   숙부님! 필라데스 정말 적절한 시간에 도착해주었구나.

메넬라오스   반역자 아이기스토스를 당장 포박하라.

병사들이 아이기스토스에게 다가가 구속한다.

아이기스토스는 반항한다.

아이기스토스   나는 죄가 없어. 내가 죽인 게 아니란 말이야. 아가멤논은 클
              리타임네스트라가, 클리타임네스트라는 오레스테스가 죽였
              단 말이야. 나는 무죄야. 나는 깨끗해. 이것 놓지 못해?

아이기스토스는 병사들에게 끌려 나간다.

메넬라오스   이 무슨 변괴란 말인가? 형님이 돌아가시고, 뒤이어 형수님
              마저도 돌아가시다니. 트로이 원정의 승리가 무색해질 만큼
              참담한 일이다. (시민들을 향하여) 모두 들어라. 아가멤논 왕
              의 동생인 내가, 이 메넬라오스가 처참하고도 끔찍한 살인
              을 면밀히, 단 하나의 의혹도 없이 파헤칠 것이다. 그리하여
              죄는 벌로써 다스릴 것이고, 공은 상을 내려 치하할 것이다.
              형수님의 시신을 모셔라.

무대는 천천히 어두워진다.

3-1.

무대가 밝아진다.

시민들이 오레스테스를 손가락질하고 있다.

시민들   오레스테스.
시민1   낳아준 어머니를 죽인 살인자.
시민들   오레스테스.
시민2   끔찍한 패륜의 장본인.
시민들   오레스테스.
시민3   꿈도 희망도 의지도 없는 나약한 패배자.

시민들	오레스테스.
시민4	운명을 피해 달아나는 비참한 도망자.
시민들	오레스테스.
시민5	용맹한 아버지의 허약하고 나약한 아들.
시민들	오레스테스.
시민6	어둠 속에 몸을 숨긴 겁쟁이.
시민들	오레스테스.

시민들은 오레스테스를 외치며 퇴장한다.

오레스테스   어두운 외로움만이 나를 위로하고 있구나. 이 마음은 참을 수 없이 들끓고 있지만 나는 할 수 있는 게 아무것도 없어. 무력해. 뜨거워진 가슴만 움켜쥐고 있을 뿐. 천하에 몹쓸 살인자가 되어 세상의 지탄을 한몸에 받고 있다. 무엇을 해야만 하는 것일까? 제발 누구든 대답해줘.

3-2.

엘렉트라가 등장한다.

엘렉트라   (오레스테스를 측은하게 바라본다) 언제까지 그러고 있을 거니? 망령은 그만 떨쳐버려.

오레스테스   사람들이 욕하는 소리가 다 들려. 밤마다 찾아와서는 내 귀에 대고 속삭여. 패륜아, 비겁자, 살인자. 귀를 막아도 소용없어.

엘렉트라   그러고 있을 때가 아냐. 메넬라오스 숙부님이 아르고스를 다 장악하고 있어. 시간이 더 이상 지체되면 넌 아르고스의 왕위를 물려받을 수 없게 돼.

오레스테스   난 왕의 자격이 없어.

엘렉트라   오레스테스! 넌 아가멤논 왕의 유일한 아들이야.

오레스테스   누나, 그만 날 내버려둬.

엘렉트라	무엇이 널 괴롭히고 있는 거니? 아버지의 복수를 이루었으니 넌 자랑스러운 아들인 것이 분명해. 누구도 이의를 제기할 수 없어.
오레스테스	내가 날 도저히 용서할 수 없는 거야. 나는 아버지의 아들이지만 또한 어머니의 아들이기도 해.
엘렉트라	우릴 버린 여자야. 게다가 그 여자는 끔찍스런 음모를 꾸며서 아버지를 시해했어. 외간 남자와 더러운 불륜을 저질렀어. 그러니 네가 심판을 한 거야. 죄책감을 느낄 필요가 없어.
오레스테스	아무리 그렇다고 해도 어머니를 죽인 내 죄가 씻겨지진 않아. 피비린내가 나. 내 손에 묻은 피가 씻기지가 않아. 아무리 물로 씻어내어도 두 손에 스며든 냄새가 사라지지 않아.
엘렉트라	왜 이렇게 내 속을 썩이는 거니?
오레스테스	누나, 나 때문에 괴로워하지 마. 내 죄가 더 깊어져.

오레스테스는 퇴장한다.

| 엘렉트라 | 어디 가는 거니? 오레스테스! 오레스테스! |

필라데스가 등장한다.

필라데스	엘렉트라님, 큰일입니다. 메넬라오스님께서 귀족회의를 소집했습니다.
엘렉트라	그건 알고 있어.
필라데스	상황이 급박하게 돌아가고 있습니다. 이대로라면 왕위는 메넬라오스님께 갈 겁니다. 서둘러 오레스테스 왕자님을 모시고 가야 합니다.
엘렉트라	아직은 안 돼. 오레스테스는 준비가 되지 않았어. 거기 가봤자 자신의 정당한 권리를 주장하지 못해.
필라데스	제가 오레스테스님과 대화를 진지하게 한 번 해보겠습니다.
엘렉트라	관둬. 일단 귀족회의가 열리는 곳으로 가보자.

3-3.

메넬라오스　　형님과 난 언제나 비교대상이었다. 그러나 승리는 늘상 형님의 몫이었지. 달리기 시합을 해도 난 최선을 다해 달렸지만 형님은 곧잘 지름길을 찾아내 종내는 나를 앞섰다. 내가 약소국 시라쿠사를 점령하면 형님은 강대국인 스파르타와 싸워 이겼다. 내가 도적 떼를 소탕하면 형님은 오디세우스 같은 걸출한 영웅을 굴복시켰다. 나는 탄탈로스의 목을 베었지만 형님은 그의 아내인 클리타임네스트라를 취했다. 형님은 내가 넘어서지 못했던 강대한 벽이었고 나보다 더 환한 빛을 뿜어내는 항성이었으며 내 마음속 단 한 명의 위대한 왕이었다.

엘렉트라　　메넬라오스 숙부님.

메넬라오스　　웬일이냐, 엘렉트라?

엘렉트라　　귀족회의에서 왕이 되겠다고 한 말이 사실이에요?

메넬라오스　　아르고스가 나아갈 새로운 질서를 제시한 것뿐이다. 새삼스러운 일은 아니지.

엘렉트라　　오레스테스는 어쩌구요?

메넬라오스　　그 녀석은 제 어미를 죽였다. 모친살해라는 죄를 지은 자를 왕으로 삼자고? 처벌을 받지 않는 것만으로도 감사해야 할 것이다.

엘렉트라　　어째서 숙부께서 왕이 되고자 하는 거죠?

메넬라오스　　나는 아가멤논 형님의 동생이다. 형님에게 흐르는 핏줄은

나에게도 있어. 나와 형님은 아버지 아트레우스의 피를 공
평하게 나눠 가졌다.

엘렉트라   어째서 찬탈자의 오명을 뒤집어쓰려고 하세요?

침묵.

메넬라오스   엘렉트라, 잘 생각해보거라. 아가멤논 형님께서 돌아가시고
나서 아르고스는 심각한 위기에 직면했다. 누군가 나서서
질서를 유지해야만 해.

엘렉트라   그 누군가가 왜 하필이면 숙부님인 거죠?

메넬라오스   강력한 왕이 필요해. 오레스테스는 글렀어.

엘렉트라   곧 마음을 다잡을 거예요.

메넬라오스   기다릴 수 없다.

엘렉트라   저는 인정할 수 없어요.

메넬라오스   또다시 내 손에 친족의 피를 묻히긴 싫구나.

엘렉트라   아버지께서 살아계실 때는 도대체 어떻게 그 욕망을 숨기고
계셨나요? 누구보다 먼저 아버지를 제거하고 왕이 되고 싶
었을 텐데.

메넬라오스   그만. 내 인내심을 시험하지 마라.

엘렉트라   사자가 사라진 숲엔 여우가 왕이 된다죠?

메넬라오스   (엘렉트라의 목을 움켜쥔다) 똑똑히 새겨들어라. 난 네 언니
이피게네이아도 죽였다. 하물며 너 따위! 어차피 피로 얼룩
진 내 손이다. 거기에 피 한 방울 더 묻는다고 해도 별 상관
없지. 알겠느냐? 함부로 입을 놀리지 않는 게 좋을 게다. 너
를 위해서, 네 동생을 위해서도 말이다.

엘렉트라   아직은 아냐. 아직은 아르고스인 모두가 당신을 정당한 왕
으로 인정하고 있는 건 아냐.

메넬라오스   내가 선택한 이 길이 틀렸다고 말하는 자도 있겠지. 그러나
괘념치 않는다. 이 길이 틀릴지언정 나, 메넬라오스의 길인
것이다.

엘렉트라 기회는 있어. 모든 건 오레스테스에게 달려 있는데... 아무래도 기다림이 내 운명인 모양이다. 아버지를 기다리고, 오레스테스를 기다리고. 애가 타. 정말 시시하고 보잘것없는 내 운명이구나.

3-4

필라데스가 등장한다.

필라데스 (엘렉트라를 부축하며) 엘렉트라님. 자신도 생각을 하십시오.

엘렉트라 뭐?

필라데스 지켜보고 있자니 안타까워서 그럽니다. 본인의 행복은 내팽개치고 오직 동생만을 생각하시니까요.

오레스테스가 등장한다.

오레스테스 버러지만도 못한 내가 이 세상에 존재하는 이유는 무엇일까? 그냥 이 세계에서 사라지고 싶다. 흔적조차 남기지 않고, 소멸되고 싶어.

엘렉트라 마음이 어지러울 때는 치성을 드리는 게 최고지. 신전에 가서 기도를 드려야겠어.

엘렉트라가 퇴장한다.

필라데스 바람아, 내 맘을 전해다오.

오레스테스 밤의 어둠아.

필라데스 아득하게 멀리서 꽃향기를 가득히 머금고 불어오려무나.

오레스테스 나를 감싸 이 세상에서 날 지워다오.

| 필라데스 | 그녀에게 속삭여다오. 내 사랑을. |
| 오레스테스 | 어머니를 죽인 나의 죄를 제발 가져가다오. |

필라데스가 오레스테스를 쳐다보고 다가온다.

필라데스	오레스테스 왕자님.
오레스테스	나의 벗, 필라데스.
필라데스	이제 어리광은 그만 부리십시오.
오레스테스	너는 나의 괴로움을 잘 모른다.
필라데스	왕자님의 고통이 어떤 종류의 것인지는 모르겠지만 이제는 그만해두십시오.
오레스테스	너는 나의 오래된 친구다. 왜 나를 비난하는 거지? 그 누구보다도 나를 쓰다듬어줘야 할 네가.
필라데스	무릇 왕의 고통은 국가의 안위에서 비롯되어야만 하는 것입니다. 그런데 지금의 왕자님은 오로지 개인적인 일로 고통의 늪을 헤매고 있습니다. 아버지, 어머니의 죽음으로 상심이 큰 줄은 알지만 그보다 더 큰 임무가 왕자님께는 주어져 있습니다.
오레스테스	그렇게 왕의 임무를 잘 알면 차라리 네가 해.
필라데스	그래요. 차라리 제가 왕자님을 대신해 왕위에 오를 수 있으면 좋겠습니다. 그러나 그럴 수 없습니다. 왜냐하면 저에겐 그럴 만한 자격이 주어지지 않았기 때문입니다. 제가 왕의 자리에 오른다면 아르고스가 어떻게 될 거 같습니까? 저를 왕으로 인정하지 않는 수많은 귀족들이 벌떼처럼 들고 일어날 겁니다. 혼돈이 아르고스에 가득하게 될 것이고, 그로 말미암아 시민들은 크나큰 고통의 수렁 속에 빠질 겁니다. 작금의 아르고스가 그런 형편이란 걸 아셔야 합니다.
오레스테스	나더러 어쩌란 말이냐?
필라데스	이 나라를 구하셔야 합니다.
오레스테스	나 하나도 구원하지 못하는데 무슨 수로 내가 이 나라를 구할 수 있겠어?

필라데스	어머니의 죽음을 잊으십시오. 어차피 부왕의 복수를 행한 것. 명분은 충분합니다.
오레스테스	난 인간이다. 인형이 아니야. 괴로움을 회피할 수 없고, 내 안에 있는 내가 내는 소리를 외면할 수 없어.
필라데스	더 이상 자책하거나 도망치지 마십시오. 많은 사람들을 불행에 빠뜨리지 마십시오.
오레스테스	나 때문에 많은 사람들이 불행해진다고?
필라데스	왕 한 명의 슬픔으로 수많은 시민들의 슬픔을 대신 씻을 수 있습니다. 그렇기에 왕은 추앙받으며, 경배받는 것입니다.
오레스테스	나는 모르겠다. 네가 하는 말들은 나에게 어울리지 않는다. 그만 물러가라. 혼자 있고 싶다.
필라데스	운명과 정면으로 맞닥뜨리십시오. 그리고 받아들이십시오. 아니면 차라리 대항을 하시던가요. 도망치면 도망칠수록 운명은 왕자님을 더 괴롭힐 것입니다.
오레스테스	(고함을 친다) 물러가. 썩 꺼지란 말이다.

필라데스는 퇴장한다.

| 오레스테스 | 한껏 몸부림을 쳐도 결국은 한 바퀴 돌아 제자리일 뿐이다. 운명이 내모는 대로 숨이 찰 정도로 뛰어도 기껏해야 조금 더 큰 원을 그릴 뿐이지. 어머니를 죽인 죄책감과 어머니를 잃은 비애가 한데 엉켜 싸우고 있다. 증오스럽습니다. 그러나 또 보고 싶습니다. 아! 아! |

3-5.

망령들이 우두커니 서 있고 엘렉트라가 그 사이를 헤맨다.

| 엘렉트라 | 나는 오랫동안 기다려왔다. 나는 정의가 승리하고, 정당한 것이 그에 합당한 대우를 받는 세계를 원한다. 오레스테스는 아버지 아가멤논의 적통이며, 아르고스의 유일한 왕인 |

것이다.

클리타임네스트라가 등장한다.

클리타임네스트라 정의? 정당한 것? 합당한 대우? (웃는다)

엘렉트라 왜 비웃는 거지?

클리타임네스트라 너는 진실을 몰라.

엘렉트라 진실?

클리타임네스트라 오로지 복수심에 불타 그것 외에 다른 것들은 전혀 받아들이려 하지 않지.

엘렉트라 불결한 당신의 입에서 들을 만한 소리는 아닌데.

망령들의 속삭임이 들려온다.

망령1 현재는 과거가 낳은 열매이며.

망령2 과거가 저질러놓은 죄악의 배설물이며.

망령3 과거가 부활시킨 아들이며, 딸이다.

망령4 과거는 현재로.

망령5 현재는 미래로.

망령6 미래는 다시 과거를 회상한다.

망령7 연결된 고리, 운명.

망령8 거울에 비친 자기 자신의 모습이다.

아가멤논이 등장한다.

엘렉트라 아버지?

메넬라오스가 등장한다.

메넬라오스 형님. 죽여야 합니다. 살려둬선 안 됩니다. 인정에 휘말리지 마십시오.

클리타임네스트라   왜 이러시는 거예요? 당신은 내 남편과 절친한 친구였잖
             아요?
메넬라오스   형님!

       아가멤논은 천천히 칼을 든다.

클리타임네스트라   아! 도대체 왜?
메넬라오스   시민들은 아르고스에 두 명의 영웅이 있다고 말하지. 아가
             멤논과 탄탈로스. 그러나 아르고스엔 단 한 명의 영웅만 있
             으면 돼.
클리타임네스트라   그래서 우정을 헌신짝처럼 내버렸나요? 무수한 전투를 같이
             치르며 쌓은 형제 같은 우애를, 서로의 피를 섞은 포도주를
             마시며 신께 맹세한 믿음을 저버렸나요?
메넬라오스   우리가 먼저 선수를 친 것뿐이다. 탄탈로스도 마찬가지로
             움직였을 걸? 조금만 결단이 늦었어도 나와 아가멤논 형
             님이 피를 뿜으며 쓰러졌을 것이다. 형님, 마무리를 지으
             시지요.

       아가멤논은 들었던 손을 천천히 내린다. 그리고 클리타임네스트라에게 손을 뻗는다.

메넬라오스   형님!
아가멤논   클리타임네스트라. 마지막 기회다. 내 손을 잡아다오.

       클리타임네스트라는 아가멤논을 올려다보며 떨리는 팔을 뻗어 그의 손을 잡는다.

메넬라오스   무슨 짓입니까?
아가멤논   메넬라오스, 나는 클리타임네스트라를 죽일 수 없다.
메넬라오스   그게 무슨 말도 되지 않는 소립니까? 형님이 못하시겠다면
             제가 하겠습니다.
아가멤논   물러서라! 너의 형이자 이 나라의 왕인 내가 명령하는 것
             이다.

메넬라오스	물러 터졌어. 죽이지 않으면 결국 자신이 죽는다는 것을 왜 몰라?
엘렉트라	나에게 왜 이런 광경을 보여주는 거지?
클리타임네스트라	운명이란 인간들 사이에 실타래처럼 얽혀 있어. 한 사람의 시선으로 모든 방위를 다 살필 수는 없는 거야. 운명이란 건 거미줄 같은 거야.
메넬라오스	이피게네이아, 그 아이는 탄탈로스와 클리타임네스트라의 아이였다. 형님은 그 아이까지 자식으로 품으려 했지만 나는 트로이 전쟁이라는 국가적 중대사를 앞둔 시점에 아르고스 안에 불안의 씨앗을 남길 수는 없었다.

아이기스토스와 이피게네이아가 등장한다.

이피게네이아	아이기스토스, 당신이 말한 것, 그것이 모두 진정 사실인가요?
아이기스토스	내가 아는 진실 전부다. 이제부터 어떻게 행동할 것인지는 너에게 달려 있는 거야.
이피게네이아	나는 내 탄생의 비밀을 알게 되었다. 나는 아가멤논의 딸이 아니라 탄탈로스의 딸. 처참하게 살해당한 내 아버지 탄탈로스, 그러나 나를 사랑하고 또한 길러준 아버지 아가멤논. 아! 갈피를 잡을 수가 없구나.

아킬레우스가 이피게네이아 곁으로 다가온다.

이피게네이아	내 사랑하는 아킬레우스. 당신은 내가 어떤 선택을 하길 원하나요?
아킬레우스	당신의 약혼자로서 말하겠소. 나는 아르고스의 왕이 되고 싶소. 나 정도 되는 사내로서 그만한 야심을 가진다는 것은 당연한 일 아니겠는가?
이피게네이아	나에게 돌이킬 수 없는 선택을 하라 강요하시는군요.
엘렉트라	그래서 이피게네이아 언니가 전쟁을 반대하는 자들을 모아

아버지께 반역을 꾀했단 말이야?

클리타임네스트라 반역을 말렸지. 그러나 듣지 않았어. 나는 그 애를 잃고 싶지 않았는데 잃어버렸다. 영원히.

망령1 무엇이 진실이고 무엇이 거짓인가?

망령2 무엇이 선이며 무엇이 악인가?

망령3 무엇이 실제이며 무엇이 꿈인가?

망령4 무엇이 원인이며 무엇이 결과인가?

망령5 무엇이 욕망이며 무엇이 행동인가?

망령6 무엇이 희망이며 무엇이 절망인가?

아이기스토스 아버지의 복수라니요? 아트레우스는 죽었어요.

펠로피아 그의 아들, 아가멤논이 살아 있지 않느냐? 너는 네 아버지, 티에스테스의 원한을 갚고 몰락한 가문을 일으켜야 해.

아이기스토스 이제 와서 복수가 무슨 의미가 있죠? 아버지는 돌아가셨고, 원수인 아트레우스도 죽었잖아요. 아가멤논을 죽인다고 과연 아버지의 원한이 풀릴까요?

펠로피아 못난 놈.

아이기스토스 전 아가멤논과 싸워 이길 자신이 없습니다. 그냥 어머니와 함께 소나 양을 키우면서 평범한 사람의 삶을 살고 싶어요. 저는 그러고 싶어요.

펠로피아 아르고스의 왕궁으로 잠입해. 아가멤논은 곧 전쟁을 떠난다. 텅 빈 궁전엔 어린 자식들과 왕비밖에 남아 있지 않아.

아이기스토스 어머니. 제발요.

펠로피아 마음을 단단히 먹거라. 나의 죽음이 너의 각오를 다지는 초석이 될 거야.

아이기스토스 어머니! (사이) 복수하라. 이 유언을 남기고 어머니는 아득한 절벽으로 몸을 던졌다. 나는 어머니의 유언대로 아르고스의 왕궁에 들어왔다. 그리고 클리타임네스트라를 만났다. 어둠 속에서 증오심을 키우며 복수의 칼을 들었지만 자식의 죽음을 슬퍼하고 있는 그녀에게 나는 굴복하고 말았다. 나는 클리타임네스트라에게서 내 어머니 펠로피아의 모습을 발견하고 말았다.

엘렉트라	그만해. 망령들아, 나를 미혹하려 들지 마. 내가 너희들의 속 삭임에 귀를 기울일 것 같아? 내가 너희들의 거짓말을 믿을 거 같아!
카산드라	가지 말아요. 가면 죽을 거예요. 제발, 내 말을 믿어요.
아가멤논	아르고스엔 내 아내와 내 아이들이 있다. 나는 돌아가야만 해. 그리고 지켜야 한다.
카산드라	죽을 줄 알면서도 가겠다는 말인가요?
아가멤논	아직 네가 보는 미래가 완성된 것은 아니지 않느냐? 나 아 가멤논은 운명 따위 믿지 않는다. 오직 나 자신만을 믿을 뿐 이지.
카산드라	피의 저주를 받아들이겠단 말씀이세요?
아가멤논	저주할 테면 하라고 해. 나는 굴복하지 않는다.
카산드라	모든 인간의 왕 아가멤논이시여. 하지만 당신은 신이 아니 에요.
아가멤논	내 의지는 네가 예지한 미래보다 더 강하다. 이 황폐한 트로 이엔 더 이상 볼일이 없구나. 카산드라, 같이 가겠느냐?
카산드라	두려워요.
아가멤논	그렇다면 여기에 남겠느냐?
카산드라	아뇨. 가겠어요. 신이 설계해놓은 운명을 파괴해보세요. 저 는 기대하며 지켜보겠어요.
망령1	정해진 운명이 있는가?
망령2	인간은 단지 신의 인형일 따름인가?
망령3	우리가 느끼는 모든 감정, 행동, 충동조차도 이미 정해진 것 인가?
망령4	되돌릴 수는 없는 것인가? 바꿀 수 없는 것인가?
망령5	거역할 수 없는 것인가?
망령6	현재는 과거가 낳은 열매이며.
망령7	과거가 저질러놓은 죄악의 배설물이며.
망령8	과거가 부활시킨 아들이며, 딸이다.
망령9	과거는 현재로.
망령10	현재는 미래로.

망령11	미래는 다시 과거를 회상한다.
망령12	연결된 고리, 운명.
망령13	거울에 비친 자기 자신의 모습이다.
엘렉트라	그만! 그만둬!

망령들이 퇴장한다.

오레스테스가 비틀거리며 걸어나온다.

오레스테스	나는 기억하고 있다. 분명히 길이 있었는데, 뛰고 뛰던 길이 있었는데. 길이 없어졌어. 사라졌어. 끊어진 길 속에서 나의 시간은 멈추고 어둠만이 들끓고 있구나. 영혼들이 동요하고 있다. 꿈은 떠내려가고 산은 가라앉는다. 구름은 땅 밑에서 빨리 흐르고, 어릴 때 돌로 쳐 죽인 뱀이 나를 칭칭 감고 있다. 썩은 나무를 감는 덩굴손처럼 죽음이 꼬리를 흔들며 나를 반기고 있다. 아들아, 미안하구나. 아들아, 제발 살려다오. 아들아, 내 아들아. 이 어미의 원수를 갚아다오. 이 어미의 원수, 오레스테스를 죽여라. (흐느낀다) 갈 수 있을까?
엘렉트라	몸도 마음도 아프지 않은 곳으로.
오레스테스	미소 짓는 어머니, 날 반겨주고, 그 옆에 마음씨 다정하고 어여쁜 내 누이들.
엘렉트라	따뜻한 모닥불을 지피는 근엄하지만 인자한 아버지.
오레스테스	노랫소리가 저녁 하늘을 가득 메우고.
엘렉트라	발을 담근 냇가에는 저주의 피 대신 맑은 물이 흐르고.
오레스테스	흐르는 물에 모든 죄악이 씻겨지는 그곳에, 갈 수 있을까?
엘렉트라	죽은 사람도 일어나 따뜻한 차 한 잔 권할 수 있는.
오레스테스	그런 아름답고 고요하며 평화로운 곳.

오레스테스는 주저앉아 신음한다.

엘렉트라가 오레스테스에게 손을 내밀어 쓰다듬는다.

엘렉트라	오레스테스.

오레스테스	누나.
엘렉트라	내 원한과 저주의 집념이 널 이렇게 망가뜨렸구나.
오레스테스	뭐가 어디서부터 잘못된 걸까?
엘렉트라	난 어머니가 우리에게 사랑을 주지 않는다고 느꼈을 때부터라고 기억해. 어머니가 돌이킬 수 없는 어둠 속으로 빠져 들어갈 때, 너와 나는 발을 동동 구르며 부서지기 시작했지.
오레스테스	부끄러워. 가슴이 답답해. 죽어버릴 용기도 없어. 한심해.

엘렉트라는 오레스테스를 꼭 끌어안는다.

사이.

| 엘렉트라 | (결연하게) 떠나자. |

오레스테스는 엘렉트라의 손을 꼭 잡는다.

| 오레스테스 | 미안해. |
| 엘렉트라 | (고개를 가로젓는다) 원망을 내려놓고, 야망도 버리고, 복수는 잊고, 안식을 찾아서, 평화를 찾아서 가자. 너와 나에게 더 이상 괴롭기만 한 이곳, 아르고스를 떠나서 평온한 삶을 회복하자꾸나. |

오레스테스와 엘렉트라는 퇴장한다.

3-6.

메넬라오스와 병사1,2가 등장한다.

| 병사1 | 메넬라오스님, 시민들이 광장에 삼삼오오 모여 불평불만들을 쏟아내고 있습니다. |
| 메넬라오스 | 나를, 이 메넬라오스를 왕으로 인정하지 못하겠단 뜻인가? 모조리 색출해서 목을 베어라. |

병사2	귀족들이 메넬라오스님에 대한 지지를 철회하였습니다.
메넬라오스	아가멤논 형님의 명령에는 군소리도 없이 따르던 자들이 어째서 내 말은 거역한단 말인가? 내가 그렇게 우스워 보이는 건가? 발칙한 놈들의 재산을 몰수하고 집안 식구 모두 노예로 삼아라.
병사2	일단은 시민들과 대화를 시도해보심이 어떻겠습니까?
메넬라오스	내가, 이 메넬라오스가 무지몽매한 시민들과 같은 자리에 위치해서는 고개를 숙여 그들에게 왕의 자리를 구걸해야 한단 말인가? 그런 굴욕을 내가 감당해야 한다고? 당치 않다. 모두들 벌떼같이 일어나 내가 할 일을 방해하는구나. 모든 장애물을 한 번에 제거하고 목적을 성취할 수 있는 방법이 필요해.
병사2	어떠한 결정을 내리시던 간에 저희들은 메넬라오스님을 따를 것입니다.
메넬라오스	물러가라.

병사1,2는 퇴장한다.

메넬라오스	내가 왕이야! 바로 내가! 아가멤논 형님이 아니라 바로 내가, 이 메넬라오스가 아르고스의 왕이야. 빌어먹을 놈들. 내가 형님보다 못한 게 뭐야? 키도 커! 인물도 훨씬 낫지. 암, 그렇고말고! 수많은 정적들을 숙청하고 이 나라를 안정적인 기틀 위에 올려놓은 사람이 바로 나야. 형님은 마지막 순간에 꼭 마음이 약해졌었거든. 아르고스의 위대한 역사가 될 트로이 원정을 계획한 것도 나였어! 모든 게 다 나 메넬라오스 덕택이란 말이야! 그런데 왜 궁시렁거리는 거지? (사이) 형님, 아무도 믿지 못하겠습니다. 모두가 이상한 눈으로 저를 쳐다봅니다. 저에게 충성을 바치려 하지 않습니다. 내 안에 있는 것을 모조리 다 빼먹으려고 합니다. 굶주린 승냥이 떼처럼 눈을 번뜩이며 저기 멀찌감치 물러서서 내가 쓰러지기만을 기다리고 있습니다. (차츰 진정한다) 오레스테스를

제거해야겠다. 그 애가 살아 있는 한 시민들은 나에게 충성을 바치지 않을 거야. 오레스테스를 죽임으로써 형님의 망령을 걷어내고, 나, 메넬라오스의 새로운 아르고스로 만들 것이다.

메넬라오스는 퇴장한다.

3-7.

오레스테스와 필라데스가 등장한다.

필라데스　　　(안타까워한다) 정말 이대로, 이렇게 떠나실 겁니까?

오레스테스　　여기에 더 이상 나의 행복은 없다. 나는 어머니를 죽였다. 그 이유가 어떠하든, 그 과정이 어찌되었든 사실은 변하지 않는다. 내 칼에 찔려 어머니는 돌아가셨다.

필라데스　　　다시 한 번 생각해주실 수 없으십니까?

오레스테스　　미칠 것 같다. 밤이 깊어지고 있어. 원혼들이 감고 있던 눈을 뜨고 활동하기 시작하는 시간이다. 어서 벗어나야만 해. 누님은 아직이야? 왜 이렇게 늦는단 말인가! (초조해한다)

엘렉트라가 등장한다.

엘렉트라　　　자, 모든 집착, 속박들을 홀가분하게 내려놓자. 이제부터 나도, 오레스테스도 자유야. 마음이 설레인다. 저 바깥엔 어떤 세상이 우리를 맞이할까? 나를 키워준 아르고스의 공기여, 이제 작별이야. 그러나 너는 이 세상 어디든 갈 수 있는 존재이니 언제든 우리가 보고 싶으면 바람 되어 날아오려무나.

메넬라오스가 등장한다.

오레스테스에게 가려는 엘렉트라의 앞을 막아선다.

엘렉트라	어쩐 일이세요?
메넬라오스	사랑하는 나의 조카, 엘렉트라. 네 동생 오레스테스는 어디에 있느냐?
엘렉트라	오레스테스는 갑자기 왜 찾으시는 거죠?
메넬라오스	긴히 할 말이 있으니 불러오도록 해라.
엘렉트라	오레스테스는 저와 함께 이 나라를 떠날 거예요. 앞으로 숙부님께는 그 어떤 위협도 되지 못할 거예요.
메넬라오스	허락하지 않았다.
엘렉트라	우리 자유예요.
메넬라오스	난 이 나라의 왕이야.
엘렉트라	그러니 떠나려는 거예요.
메넬라오스	말 한 마디, 지는 법이 없구나.

메넬라오스는 엘렉트라의 머리채를 잡아끌고 퇴장한다.

필라데스는 한숨을 쉬고 난 후 발걸음을 뗀다.

| 오레스테스 | 어딜 가는 거지? |
| 필라데스 | 희망이라는 것은 땅바닥에 아무렇게나 굴러다니는 돌멩이 따위가 아닙니다. 그냥 주어지지 않습니다. 쟁취해야죠. 더 이상 왕자님에게서 미래를 느낄 수가 없습니다. 엘렉트라님이 배를 준비하라고 하셨을 때에도 저는 설마 했었습니다. 지금 현재는 괴로워도 결국엔 고통과 번민을 이겨낼 것이라 믿었지요. 그런데 아니군요. 제가 받들 만한 분이 못되십니다. 왕자님은. |

필라데스는 퇴장한다.

| 오레스테스 | 그래, 맞다. 난 고작 이 정도의 남자다. 그래서 그게 뭐 어떻다는 거야? 아무것도 모르는 네놈이, 네놈들이 왈가왈부 떠들 만한 게 아냐! 시끄러! 시끄럽다구! 입 닥쳐! 네 놈들 할 일이나 잘하란 말이야. 참견하지 말고. 내 귓가에 대고 소리 |

지르지 말란 말이야! 저리 가, 이놈들아! 지옥에나 가버리란
말이야! (주저앉아 몸부림치며 괴로워한다)

3-8.

사자들이 등장한다.

그들은 가면을 들고 서 있다.

오레스테스   맙소사! 왔다. 끈질기게 따라붙는 저놈의 망령들. 숨자. 나를
            찾을 수 없는 곳에 몸을 숨겨야 해. 어둠의 그림자야, 나를
            숨겨다오. 저 놈들이 날 볼 수 없게 해다오.

아가멤논이 등장한다.

아가멤논   한심한 놈. 너 같은 녀석이 내 아들이라니.
오레스테스   그래요, 맞아요. 아버지가 다 하셨죠. 아버지가 모든 걸 다
            하셨어요. 그리스를 통일했고, 트로이를 정복하셨죠.
아가멤논   하지만 너를 제대로 키우지 못했구나.
오레스테스   제대로 클 리가 없지요. 단 한 번도 따뜻하게 안아주신 적이
            없었습니다.
아가멤논   하지만 알고 있지 않느냐? 나의 시선은 언제나 너의 주변에
            머물고 있었다는 것을. 내... 비록 밖으로 드러내지는 못했으
            나 마음속에 너에 대한 신뢰와 사랑은 간직하고 있었다.
오레스테스   표현을 하지 않는데 내가 어떻게 알겠어요? 그나마 이피게
            네이아 누님만 좋아했죠. 엘렉트라 누님과 저는 늘 뒷전이
            었어요. 하지만 아버지도 그 출생에 대해선 모르셨겠죠? 아
            니면 알고 있으면서도 그렇게 차별하셨던 겁니까?
아가멤논   오레스테스. 내 아들아.
오레스테스   제 이름을 부르지 마세요. 저는 아버지의 부름에는 대답하
            지 않을 겁니다.

아이기스토스가 등장한다.

아이기스토스	오랜만이야. 죽이고 나니까 속이 시원해? 날 없애고 나니 세상 살맛이 좀 나?

아이기스토스   오랜만이야. 죽이고 나니까 속이 시원해? 날 없애고 나니 세
             상 살맛이 좀 나?
오레스테스   망령이 되어서도 제일 밉상이구나.
아이기스토스   내가? 너한테? 아직도? 어째서?
오레스테스   너를 내 손으로 직접 처단하지 못한 게 천추의 한이다.
아이기스토스   그것보다 성문에 걸려 있는 내 머리 이제 그만 땅에다가 좀
             묻어줘. 아침마다 눈이 부셔서 미치겠어.
오레스테스   웃기지 마라. 혐오스런 대머리 독수리가 네 눈알, 네 귀, 네
             머리카락 한 올 한 올까지 다 쪼아 먹을 때까지 걸어놓을 것
             이다.
아이기스토스   야, 임마. 나는 죽음으로 내 죗값을 치렀어. 죽은 자는 안식
             을 누려야 할 권리가 있는 거야.
오레스테스   허락할 수 없다.
아이기스토스   그래? 그럼 좋아. 죽을 때까지 널 뒤쫓아 다닐 테다. 오레스
             테스~ 오레스테스~
오레스테스   저리 가. 꺼져!

카산드라가 등장한다.

오레스테스   (카산드라를 보고) 누구냐 너는?
카산드라   복수는 복수를 낳는다는 걸 모르시나요? 미친년아, 그런 너
             는 그리도 잘 알아서 뒈졌냐? 미안해요. 당신한테 하는 소
             리가 아니에요. 아니긴 뭘 아니야? 씨발, 그놈의 영감탱이
             를 믿는 게 아니었어. 사슬을 끊으셔야 해요. 살아 있는 당신
             만이 사슬을 끊을 수 있답니다. 야 이 멍청아, 그게 쉽게 끊
             어지는 거니? 끊겠다고 해서 끊을 수 있었다면 그게 사람이
             야? 신이지! 뭣도 모르는 년이 깝치고 있어. 졸라 씨발 답답
             해 죽겠네. 죽으면 이년하고도 헤어질 줄 알았는데 이 지경
             이 되어서도 같이 지내야 하니. 아이고, 내 팔자야. 미안해

요. 오레스테스.

오레스테스는 어이가 없는 듯 웃는다.

이피게네이아가 등장한다.

이피게네이아	오레스테스.
오레스테스	누나까지 날 찾아온 거야? 이제 날 좀 그만 내버려둬.
이피게네이아	늠름하게 자랐구나. 어른이 다 되었어.
오레스테스	무슨 말을 하려고?
이피게네이아	아버지, 어머니를 미워하지 마. 모든 건 운명이 내린 거야. 거역하기 힘들거든 거기에 몸을 내맡기는 것도 좋은 방법이야.
오레스테스	그래서 누나는 죽음 속으로 걸어 들어갔어? 차라리 도망을 치지 그랬어. 차라리 살기 위해서 발악이라도 하지 그랬어. 누나가 제물이 되는 것을 거부했더라면 아버지는 트로이 원정을 떠나지 못했을 거야. 어머니는 아이기스토스와 불륜을 저지르지 않았을 것이고, 나도 추방당하는 일을 겪지 않았겠지. 또한 내 손으로 직접 어머니를 죽이는 일도 생기지 않았을 거야.
이피게네이아	오레스테스, 무엇보다도 먼저 너 자신을 용서하렴.
오레스테스	헛소리!

오레스테스는 이피게네이아에게서 벗어나 클리타임네스트라 쪽으로 간다.

클리타임네스트라	그래, 이 어미의 품으로 오려무나. 오레스테스.
오레스테스	거짓말! 날 미워하잖아. 날 원망하잖아. 날 안아줄 리가 없잖아.
클리타임네스트라	난 내 인생을 살았다. 나는 선택했고, 그래서 그 길을 걸어갔고, 그리고 끝에 다달아 죽었다. 네 탓이 아냐. 내 인생이었지. 네가 내 인생을 결정한 게 아니란다.
오레스테스	나를 원망하는 게 아니라고?

클리타임네스트라   내가 왜 널 원망하겠니? 내 사랑하는 아들아...
오레스테스   저를 용서하신단 말씀이세요?

　　　　클리타임네스트라와 다른 망령들 천천히 사라진다.

오레스테스   대답해주세요. 어머니! 절 용서하신다고 말씀해주세요. 어
　　　　　　　　　머니! 가지 마세요. 가지 말아요. 조금만 더 같이 얘기해요.
　　　　　　　　　조금만 더요. 한 마디만 더요.

　　　　시민들이 나타나 오레스테스에게 손가락질을 하며 키득거린다.

시민들   오레스테스.
시민1   낳아준 어머니를 죽인 살인자.
오레스테스   그렇다. 나, 오레스테스는 어머니 클리타임네스트라를 칼로
　　　　　　　　　찔러 죽였다.
시민들   오레스테스.
시민2   끔찍한 패륜의 장본인.
오레스테스   그렇다. 나, 오레스테스는 패륜을 저지른 몹쓸 자식임을 인
　　　　　　　　　정한다.
시민들   오레스테스.
시민3   꿈도 희망도 의지도 없는 나약한 패배자.
오레스테스   아냐! 나의 꿈과 희망은 평화로운 아르고스의 하늘 아래서
　　　　　　　　　다시금 어머니, 아버지, 내 누님들을 만나는 것이다. 나의 의
　　　　　　　　　지는 더 이상 이러한 비극이 되풀이되지 않게 하는 것이다.
시민들   오레스테스.
시민4   운명을 피해 달아나는 비참한 도망자.
오레스테스   이제부터는 내가 그 운명이라는 놈을 사냥할 것이다.
시민들   오레스테스.
시민5   용맹한 아버지의 허약하고 나약한 아들.
오레스테스   그렇지 않다. 나, 오레스테스는 더 이상 아버지의 이름을 욕
　　　　　　　　　되게 하지 않는다.

시민들	오레스테스.
시민6	어둠 속에 몸을 숨긴 겁쟁이.
오레스테스	껍질을 깨고, 어둠을 뚫고 분연히 날아올라, 역사가 이어지는 한 영원토록 기억되는 찬란한 빛이 될 것이다.
시민들	오레스테스.
오레스테스	물러가라. 망령들아! 이제 너희들의 역할은 끝났다. 너희들이 있어야 할 곳으로 돌아가서 그만 쉬어라.

오레스테스는 퇴장한다.

3-9.

병사들과 메넬라오스가 엘렉트라를 끌고 들어온 뒤 바닥에 내팽개친다.

엘렉트라	떠나지도 못하게 하는 이유가 뭐죠?
메넬라오스	책임감이라고는 찾아볼 수조차 없는 행동 아닌가? 왕족이면 왕족답게 죽이 되든 밥이 되든 이 나라에 뼈를 묻어야 하는 것이다.
엘렉트라	우릴 그냥 내버려두세요.
메넬라오스	오레스테스는 어디 있느냐?
엘렉트라	제가 대답할 거 같나요?
메넬라오스	다시 한 번 묻겠다. 오레스테스는 어디 있느냐?

침묵.

메넬라오스	(칼을 빼든다) 목숨을 잃고 나면 후회해도 소용없다.
엘렉트라	베어보세요. 내가 피를 뿜는 순간 숙부는 영원히 왕의 자격을 잃어버릴 거예요.
메넬라오스	배짱 하나는 알아줘야겠군. 여자로 태어난 것이 아깝구나. 오레스테스와 반대가 되어야 했어.
엘렉트라	오레스테스를 얕보지 마세요. 그 애는 반드시 내 복수를 할

거니까.

메넬라오스   그 나약한 놈이? 벌벌 떨며 어두운 방구석에 처박혀 있는 그 놈이 너의 복수를 위해 칼을 든다고? 지나가던 개가 웃고 소가 춤출 일이다.

엘렉트라   하지만 아버지의 복수를 위해 친어머니를 직접 죽인 남자라는 걸 잊지 마세요.

침묵.

메넬라오스   할 말은 다했느냐? (칼을 든다)

필라데스   (무대 밖에서) 멈춰라.

메넬라오스   웬 놈이냐?

필라데스가 등장해서 메넬라오스를 밀쳐낸다.

엘렉트라   필라데스!

필라데스는 엘렉트라를 이끌고 달아난다.

메넬라오스   쫓아라!

병사들은 퇴장한다.

메넬라오스   발악을 하는구나. 그러나 결국 너희들은 나를 인정하고, 받들게 될 것이다. 생쥐처럼 요리조리 숨으면서 도망치는 것도 이젠 끝이다. 자격이 없는 너희들을 처단하고 이 모든 혼란을 잠재울 것이다. 새롭고도 위대한 역사가 펼쳐질 거야.

메넬라오스가 퇴장한다.

필라데스와 엘렉트라가 등장한다.

필라데스	상한 곳은 없으십니까?
엘렉트라	넌 오레스테스와 함께 있어야 해. 그 애를 지켜야지.
필라데스	오레스테스님은 배를 타고 아르고스를 무사히 떠나셨습니다.
엘렉트라	신이시여, 오레스테스에게 가호를 베푸소서.

병사들이 등장한다.

| 필라데스 | 이러고 있을 때가 아닙니다. 추격을 따돌려야 합니다. |

필라데스와 엘렉트라가 퇴장한다.

병사들이 퇴장한다.

메넬라오스가 등장한다.

| 메넬라오스 | 어디 갔니? 엘렉트라? 내 사랑하는 조카야. 삼촌 앞으로 오려무나. 거기 숨었니? 우리 엘렉트라는 숨바꼭질을 잘 하는구나. 내가 널 찾아내면 무슨 상을 달라고 할까? 그래, 네 목숨을 나에게 다오. 그게 좋겠다. |

시민들이 등장한다.

메넬라오스	웬 놈들이냐?
시민1	트로이 전쟁에서 가져온 전리품은 누가 다 차지했는가?
메넬라오스	공과를 따져 정확하게 배분하도록 하였다.
시민2	부자는 더욱 부자가 되고 가난한 자들은 더욱 가난해진다.
메넬라오스	능력 있는 자가 더 많은 것을 차지하는 것은 자연의 법칙이야.
시민3	불륜을 저지른 아내가 남편을 죽였다.
시민4	아들이 어머니를 살해했다.
메넬라오스	그러니 부정과 패륜을 끊어내야만 해. 오레스테스는 자격이 없어.

시민5	삼촌이 조카의 것을 빼앗았다.
메넬라오스	빌어먹을! 빼앗은 게 아니야. 형님께 물려받은 것이다. 정당하게, 합법적으로!
시민6	물가가 하늘 높은 줄 모르고 치솟는다.
시민7	세금은 이것저것 늘어만 간다.
메넬라오스	불평불만을 앞세우는 자들아, 쥐새끼처럼 숨어 있지만 말고 나와서 외쳐라. 그리고 겨뤄보자.
시민8	정의는 무너지고 불법과 편법과 꼼수가 난무한다.
메넬라오스	이기는 것이 정의야. 살아남는 게 바로 정의다.

병사들이 허둥거리며 등장한다.

병사1	메넬라오스님. 지금 궁전 밖에 시민들이 잔뜩 몰려왔습니다.
병사2	모두 다 부숴버리겠다고 합니다. 제압할 수가 없습니다.
병사1	병사들도 자리를 이탈해 시민들에게 합류하고 있습니다.
병사2	막을 수가 없습니다. 피하십시오.
메넬라오스	험난하고 길었던 트로이 전쟁도 헤쳐온 나다. 고작 네놈들 같은 벌레들을 감당하지 못할 거 같으냐? 모조리 다 처죽이리라. 썩 꺼져라. 아가멤논 형님, 나의 승리입니다. 나는 이제 형님을 넘어섰어요. 모두들 보고 있느냐? 아르고스의 왕, 나 메넬라오스의 모습을!

메넬라오스와 병사들이 퇴장한다.
오레스테스가 등장한다.

| 오레스테스 | 여기는 분노와 증오의 독기가 가득 느껴지는구나. 화난 군중들이 궁전 앞으로 몰려들고 있다. 병사들과 시민들이 서로 창과 칼을 겨누며 대치하고 있어. 욕설과 저주가 신성한 아르고스의 하늘을 가득 채우고 있다. 메넬라오스 숙부는 도대체 무슨 생각인 거지? 누님은 또 어디로 간 거야? |

필라데스의 비명소리.

오레스테스   필라데스?

메넬라오스가 엘렉트라를 붙잡고 등장한다.

오레스테스   (메넬라오스와 엘렉트라를 발견하곤) 어떻게 된 일이야?
엘렉트라   (놀라서) 오레스테스? 네가 여기엔 왜? 떠났다고 했잖아.
오레스테스   그럴 수 없었어. 난 어둠의 끝에서 진정한 나를 찾았어.
메넬라오스   (흐뭇하게 웃음을 짓는다) 스스로 죽을 자리를 찾아왔구나.
                   과연 기특한 내 조카다.
오레스테스   그만하세요. 피는 흘릴 만큼 흘렸습니다.
메넬라오스   그러나 아무것도 시작되지 않았다. 역사라는 놈이 피를 더
                   원하고 있는 거야.
오레스테스   그렇지 않아요. 증오와 복수, 광기로는 그 어떤 것도 이룰 수
                   없어요.
메넬라오스   지금 나에게 훈계를 하는 것이냐?
오레스테스   칼을 내려놓으십시오.
메넬라오스   내 자리를 강탈하려고? 하지만 내가 그리 호락호락하게 당
                   할 듯싶으냐? 나는 아르고스의 왕이다.
오레스테스   더 이상 피를 흘리지 말아요. 내가 먼저 칼을 놓겠습니다. 그
                   러면 숙부님도 칼을 놓으세요. 죽음을 담보로 하는 칼을 서
                   로 맞대기 보다는 삶을 전제로 하는 대화가 훨씬 더 유익할
                   거예요.

오레스테스는 바닥에 칼을 놓는다.

엘렉트라   안 돼, 오레스테스. 왜 이러는 거야? 죽으려고 작정했어?
오레스테스   나는 여기서부터 시작할 거야. 나는 내가 추구할 가치를 화
                   해와 용서를 통해서 증명할 거야.
메넬라오스   화해와 용서라. 너무나도 듣기 좋은 말이군. 마치 마약과 같

은 중독성이 있어. 그러나 난 그걸 믿지 않는다. 너의 신념은
더없이 훌륭하지만 허무한 메아리에 불과해. 오늘 너는 되
려 그것 때문에 이 자리에서 죽음을 맞이할 것이다. 오레스
테스, 너는 차라리 무력으로 나를 제압해야 했었다.

메넬라오스가 오레스테스에게 다가선다.
시민들과 필라데스가 등장한다.

필라데스   (메넬라오스에게 달려들며) 메넬라오스!
시민들   (칼을 뽑아 휘두르며) 메넬라오스!

메넬라오스는 칼을 맞은 듯 휘청거린다.

오레스테스   (안타깝게) 그만둬. 모두 그만둬. 죽이지 말란 말이야! 필라
              데스, 칼을 내려놓아라. 어서!
엘렉트라   어차피 이렇게 될 일이었어. 나중에 하든, 지금 하든.
오레스테스   필라데스! 내 말이 들리지 않는 거냐?

필라데스는 천천히 칼을 내려놓는다.

엘렉트라   분노한 군중들이 보이지 않니? 처단하지 않으면 네가 당할
              거야. 빨리 죽여. 마무리를 해.
오레스테스   그러지 않을 거야. 나는 더 이상 누군가를 미워하고 저주하
              는 역사를 만들지 않을 거야.
엘렉트라   그렇지 않아. 그대로 갚아줘야지. 네가 떠나 있던 세월 동안
              내가 어떻게 살아온 줄 알아? 피눈물을 삼키면서 모욕과 경
              멸을 웃음으로 견뎠어. 힘들고 고통스러울수록 아니야, 괜찮
              아. 오레스테스가 돌아와서 모두 다 해결해줄 거야. 이렇게
              견뎠어. 살아남기 위해서. 힘이 없었으니까. 힘이 없는 자는
              화를 낼 자격이 없으니까. 참고, 참고, 또 참고, 또 참았어. 그
              런데 이게 뭐야? 더 고통스럽잖아. 왜 승리한 자가 더 괴로

운 거지? 왜? (힘없이 흐느낀다)

필라데스가 엘렉트라를 감싸며 위로한다.

오레스테스   분노로 이성을 잃은 시민들이여, 하지만 이 나라를 깊이 사랑하고 있는 아르고스의 모든 시민들이여. 다들 진정하세요. 어머니를 죽인 나는 시민들과 귀족들과 그리고 이 나라를 구성하는 모든 이의 앞에서 재판을 받을 것입니다. 준엄한 판결이 나에게 죄를 묻는다면 나는 그 벌을 달게 받겠습니다.

시민들은 들었던 칼을 서서히 내려놓는다.

엘렉트라   왕의 아들이 재판을 받는다니 그건 있을 수 없는 일이야.

오레스테스   하지만 우리도 사람이야. 신이 아니야. 사람인 거야. 사람이라는 거, 그게 중요한 거지. (메넬라오스에게) 괜찮으세요?

메넬라오스   앞을 봐라. 저 눈동자들을 믿을 수 있겠느냐? 너무나 감정적이다. 또한 충동적이지. 모두가 만족할 수 있는 길이 있을 것 같으냐? 없어. 조금만 빈틈을 보여도 저것들은 네 여린 속살을 잔인하게 물어뜯을 거야. 쉬운 길을 놔두고 공연히 어려운 길을 택하다니. 어리석구나.

메넬라오스는 퇴장한다.

오레스테스   알아요. 목적지에 늦게 도착하겠죠. 그러나 그 어려운 길 속에서, 느리게 가는 길의 과정에서 좀 더 많은 사람들을 만날 수 있을 겁니다. 빨리 달리다 보면 느끼지 못하고 지나쳐버릴 소중한 풍경도 볼 수 있을 테죠. 나는 비로소 그 길이 내 인생, 내 운명임을 이제 알았습니다.

시민들이 등장한다.

3-10.

오레스테스   나는 묻는다.
시민들   나는 묻는다.
시민들   나는 묻는다.
오레스테스   묻노니 그대들은 답하라.
엘렉트라   대답하라.
아가멤논   대답하라.
이피게네이아   대답하라.
메넬라오스   대답하라.
카산드라   대답하라.
아이기스토스   대답하라.
킬리사   대답하라.
필라데스   대답하라.
클리타임네스트라   대답하라.
오레스테스   진정한 화해는 과연 요원한 일인가? 나는 다시 묻는다. 어째
                  서 그대들은 침묵하는가!
시민들   묻는다.
시민들   대답하라.
시민들   어째서 그대들은 침묵하는가?

          막

지금...여기!

원제: Ce formidable bordel!
원작: 외젠 이오네스코

등장인물

박찬영	사회자1,2	동료1,2,3,4	부동산업자
백수	공무원	부르카	포주
유니세프	노인1,2	박카스 아줌마	연상녀
연하남	성모상	아내	딸
아들	청소부1,2	PD	기자
반장 아줌마	의사	친구	시한부
첫사랑	코러스 (인간들, 시계들, 군중들, 비둘기들, 택배기사들, 이웃들)		

무대설명

전체적으로는 텅 빈 무대다. 배경에 현대적인 느낌을 주는 상징이 있으면 좋다. 그 상징은 어떤 특정한 장소를 의미하는 것이 아니라 현대사회의 성격이나 현대인이 영위하고 있는 삶의 속성을 나타내는 추상적인 것이다.

상자들이 여러 개 보인다. 등장인물 별로 전용으로 쓰는 자신들의 상자다. 상자의 육면체에 캐릭터의 속성을 의미할 수 있는 디테일이 마련되어 있다. 일인 다역일 경우 상자의 면을 돌려서 사용한다. 상자는 기본적으로 의자로 사용할 수 있으나 상황에 따라 여러 용도로 활용한다.

인물들의 분장은 왜곡되어 있다. 한쪽 눈이 찌그러져 있다든가, 다른 부분에 비해 입이 굉장히 크다든가 하는 방식으로 표현한다.

의상은 전체를 통일시키며 일인 다역일 경우 캐릭터의 특징을 부각시켜 필요한 부분만을 갖춰 입는다.

PROLOGUE.

막이 오른다.

가늘게 이어지는 음.

탄생의 울음소리.

날개가 퍼덕이는 소리.

공장의 기계가 돌아가는 소음.

전쟁의 포성.

우주선이 발진하는 소리.

우주인이 교신하는 소리.

미지의 공간이 열리는 듯한 순간과 소리의 증폭.

다시 가늘게 이어지는 음.

무대 천천히 밝아진다.

인간1	태초에 인간이 만들어졌다.
인간2	처음으로 '엄마'라고 말하게 되었다.
인간3	인간에게 불을 건넨 자, 그는 프로메테우스.
인간4	두 발로 일어서서 걸었다.
인간5	인간이 짐승의 종류에서 벗어날 수 있었던 힘, 엄지손가락.
인간6	학교에 가게 되었다.
인간7	욕망하라. 그리하면 얻을 것이다.
인간8	시험이란 것을 보았다.
인간9	한정된 자원, 끝없는 욕망. 해답은 투쟁과 전쟁.
인간10	점수대로 번호가 매겨졌다. 반 인원 45명, 난 중간 23번.

인간11	좌우는 동서를 나누고 상하는 남북을 가른다.
인간12	졸업을 했고 취직을 했다.
인간13	인간, 다시 가축으로 회귀하다.
인간14	이 지구는 끔찍한 사창가! 모두 엉망진창, 뒤죽박죽, 개판이야!
박찬영	난 지금 무엇을 보고 있는가? 여기는 어디인가?
남자들	난 지금 무엇을 보고 있는가?
여자들	여기는 어디인가?

증폭되는 소리와 더불어 배우들은 극심한 두통을 느낀다.

극장을 흔드는 소리와 더불어 이어지는 음악.

멈춰 있던 사람들은 기회를 잡기 위해 안간힘을 쓰는 모습으로 변한다.

협동, 경쟁, 배신, 방해, 제거.

한동안 혼란이 휩쓴 뒤 무대에 정적이 흐른다.

사회자1	신사 숙녀 여러분, 안녕하십니까? 인생은 기회! 기회는 곧 성공! 추첨 현장에 잘 오셨습니다. 이돈희입니다. (격식을 차린 인사)
사회자2	(간단하게 목례) 정행심입니다. (사회자1을 보며) 선생님? 오늘 그 역겨운 복장은 도대체 어떻게 된 건가요?
사회자1	장난칩니까? 그러는 그쪽은요?
사회자2	어머, 어머, 어머, 어머! 정말 무례하기 이를 데가 없군요. (사이) 그런데 이거 아세요?
사회자1	뭘?
사회자2	부산시립극단이란 곳에서 박찬영이라는 창단단원이 정년퇴임을 하는데 그 기념공연을 한다고 하던데요.
사회자1	그 사람들 참 할 짓이 없구만.
사회자2	왜요? 아름답잖아요.
사회자1	아름답기는 개뿔. 정년이래 봤자 육십도 안 되었을 텐데. 이제 뭐 먹고 살아? 그리고 배우한테 정년이 어디 있어?
사회자2	그래도 뭐 국가가 법으로 정해놓은 건데.
사회자1	참 부조리해. 아직 한창 일할 수 있는 사람더러 나가라니. 사회적 으로 노인문제가 심각하다고 말들만 하지 실제로 해결하려는 시

도가 없단 말이야.

사회자2　　좀 찔리시는가 보네요.

사회자1　　뭐?

사회자2　　선생님께서도 몇 년 안 남으셨잖아요.

사회자1　　히히히히.

사회자2　　실성하셨어요?

사회자1　　당신도 얼마 안 남았어. 세월 금방 간다구.

사회자2　　(헛기침) 추첨이나 하자구요.

사회자1　　그러자구.

음악과 함께 배우들은 제자리에서 달리기 시작한다.

한 명씩 탈락하기 시작한다.

사회자1,2는 "더 빨리!"를 외치며 독려한다.

죽을 둥 살 둥 모르고 달리던 배우들, 다 탈락하고 박찬영만 남는다.

사회자1　　오! 당첨자가 드디어 나타났습니다.

사회자2　　당첨을 축하드립니다. 지금 심정이 어떠신가요?

박찬영은 숨을 몰아쉬느라 답변하지 못한다.

사회자2　　앞으로 활동계획은요?

사회자1　　일단 직장을 그만둘 거고, 세계여행이나 하면서, 또 불우한 이웃
　　　　　　들도 좀 돕고, 맛있는 거 먹으러 다니겠지?

사회자2　　뭔가 다른 하실 말씀은요?

박찬영은 여전히 숨을 몰아쉬느라 답변하지 못한다.

사회자1　　이 자식 이거, 당첨되어도 뭐 한 마디 할 줄을 모르네. 에라, 빙신
　　　　　　쪼다 새끼야.

사회자2　　어머, 그런 경박한 말을!

사회자1　　당신 옷차림이 더 경박해.

| 사회자2 | 별꼴이야. 그럼 여기서 추첨을 마치도록 하겠습니다. 안녕히 계십시오. 지금까지 아리따운 정행심. |
| 사회자1 | 싸나이 이돈희였습니다. |

사회자1,2는 공손히 인사하고 퇴장한다.

호흡을 가다듬은 박찬영은 기분 좋은 듯 웃기 시작한다.

박찬영의 웃음 속에 무대가 어두워진다.

1.

사무실.

동료1	(분통을 터뜨린다) 씨발, 좆 같은 세상.
동료2	남은 평생 떵가떵가 놀고 지내겠죠. 복 터졌네, 말년에 완전 복 터졌어. 이럴 줄 알았으면 나도 복권이나 꾸준히 살 걸 그랬어요.
동료3	(동료2를 삐딱하게 보며) 순수한 마음으로 축하해줘. 무슨 밴댕이 속도 아니고...
동료2	(동료3을 못마땅하다는 듯이 쳐다본다) 속 편해서 좋겠네. 떡고 물이라도 떨어지길 기대하나 본데 꿈 깨셔.
동료3	(동료2를 외면하면서) 미친 새끼.
동료2	(동료1에게 다가가서) 그 양반 성격으로 봐서는 퇴직금도 악착같이 받아내려고 할 겁니다.
동료1	에이, 설마 그렇게까지 하겠어? 당첨금이 얼만데...
동료2	모르는 소리 마세요. 얼마나 교활한데. 요즘 세상, 정년퇴직까지 버티기가 얼마나 힘든지 다들 잘 아시잖아요? 그걸 이뤄낸 분이시라구요. 거기다가 쌩박히기의 귀재 아닙니까? 점심 먹고 오후 되면 감쪽같이 사라졌다가 마칠 시간이 되면 칼같이 퇴근해버리는 거. 정말 독보적인 스킬을 보유한 최강 캐릭터예요.
동료3	(동료2에게) 사돈 남 말 하시네.
동료2	(버럭 화를 낸다) 뭐? 내가 언제!
동료1	(탄식한다) 완전 대박 터뜨렸어. 정년퇴직 얼마 남기지 않고 복

권당첨이라...

동료2   (뒷목을 잡으며) 아, 혈압이...

동료1   내가 정말 잘해줬는데, 입 싹 닦겠지?

동료3   이제 올 때가 됐는데? (밖을 쳐다본다)

동료1   (동료3에게) 옷이라도 한 벌 쫙 빼입고 오는가 보지. 얼마나 뻐
          기고 싶겠어?

동료3   그럴 분은 아니에요.

동료1   김은희 씨는 잘 모르나 본데 돈이 생기면 사람은 다 똑같아져.
          과시하고 싶어하고 거만해지지.

동료2   씨발, 난 그 꼴 못 봐. 무능한 만년 부장 주제에.

동료1   복권에 미친 놈 치고 제대로 된 놈 없지. 돈이란 건 원래 땀 흘려
          서 벌어야 하는 거라구. 정신 상태가 썩었어.

          동료4, 황급하게 들어온다.

동료4   떴어요. 박 부장님께서 오고 있어요.

          무대 위의 인물들은 다들 자신의 옷매무새를 바로 한다.

동료3   아, 이런! 축하 케잌이라도 준비할 걸 그랬어.

동료2   (비아냥거린다) 놀고 있네.

          박찬영이 들어온다. 검소한 표정과 검소한 옷차림으로.

동료2   (호들갑) 박 부장님! 왜 이제 오시는 거예요? 기다리다 목이 빠
          지는 줄 알았잖아요. 이거 봐요. 내 목이 한 10센티미터는 늘어
          났을걸?

동료1   (들리지 않게, 아니꼬운 듯) 10센티미터? 에라, 십새끼야. (박찬
          영을 보고 얼굴색이 환하게 변한다) 이렇게 일부러 인사를 하러
          오시다니요, 부르시면 저희들이 잽싸게 달려갈 텐데요. 전 예전
          부터 선배님을 진정으로 존경해왔습니다.

430

동료4   소식 듣고 너무 너무 너무 기뻤어요.

동료2   그건 아무것도 아닙니다. 난 덩실덩실 춤까지 췄어요. 월드컵 4
          강보다 기쁘고 통쾌한 순간이었지요. (춤을 춘다)

동료1   (춤을 추는 동료2를 보고는 목소리를 가다듬고) 역시 정의는 살
          아 있었습니다. 고생 끝에 낙이 온다고 하였습니다. 박 부장님,
          그걸 직접 몸소 증명해주셨습니다. 고맙습니다, 정말 고마워요.
          민주주의여, 만세! 만세!!

박찬영   다들 왜 이러는 거지? 늙은 퇴물 취급할 때는 언제고 갑자기 이
          렇듯 친절하다니. 당황스럽구만. (자신의 자리에 앉는다)

어색한 침묵.

사람들, 모두 멀찍이 물러서서 뒤돌아 앉는다.

박찬영   세상은 이유 없는 호의를 베풀지 않는다.

동료4, 돌아선다. 박찬영에게 다가온다.

동료4   박 부장님 정신이 하나도 없겠어요. 제가 냉커피 한 잔 타드릴
          게요.

동료3   (삐딱하게 고개 돌려서) 부장님, 원래 커피 안 마셔.

동료4   부장님. 오빠라고 불러도 되죠?

동료2   (삐딱하게 고개 돌려서) 김주연 씨, 그러면 안 돼요. 오빠라니! 아
          빠지.

동료4   부장님, 예전에 저 좋아하셨죠? 맞죠? 그럴 거예요. 제 엉덩이랑
          가슴 몰래 흘끔흘끔 훔쳐보던 부장님의 느끼한 시선이 아직 기
          억나요. 제가 그렇게 매력적이었나요? 지금도 그런가요?

동료2   (삐딱하게 고개 돌려서) 무슨, 너 변태냐?

침묵.

박찬영   언제나 김주연 씨 옷차림이 하도 희한해서 좀 쳐다본 것뿐이야.

동료4   그랬군요. 미안해요. 제가 주책을 떨었군요. 제가 이상한 여자처
        럼 보이겠네요. 절대 돈 때문에 이런 건 아니었어요. 전 그냥, 부
        장님께서 이제 일을 그만두니까, 서운해서. 장난친 건데... (웃으
        며 또 한숨을 쉬며 안절부절못한다) 씨발 쪽 팔려.

동료4, 뒤돌아 의자에 앉는다.
동료2, 돌아선다.

동료2   기억나세요? 저랑 의형제 맺기로 하셨잖아요. 부장님은 형, 저는
        동생.

동료1   (삐딱하게 고개 돌려서) 형? 동생? 웃기고 있네. 제일 싸가지 없
        이 대했으면서. 대놓고 회사 언제 그만둘 거냐고 놀려댔잖아.

동료2   (울먹인다) 아직도 원망하고 있어요? 씨발, 난 미움받기 싫은데.
        난 사랑받고 싶은 남자예요. 아세요? 내가 한 발 다가가면 부장
        님은 언제나 두 발 도망가셨어요.

동료4   (삐딱하게 고개 돌려서) 야, 이 거지 같은 놈아. 입에 침이나 바르
        시지.

동료2   우린 형제죠. 형제는 용감하고 영원한 겁니다. 절대 돈하고 바꿀
        수 없는 거죠. 돈이란 건 진짜 별거 아니죠. 어디 세상이 돈으로
        다 됩니까? 절대 아니죠. 돈이 있다고 해서, 멍청한 놈이 똑똑해
        지고, 못생긴 놈이 잘 생겨지진 않거든요. 안 그래요? 아, 부장님
        이 그렇다는 게 아니고요, 내 말은 세상이 그렇다는 소립니다. 좋
        아요. 내, 졸라 쌈박한 여자 하나 소개해주겠습니다. 아는 동생인
        데 정말 끝내줘요. 밤일도 최고지. 아마 만족할 겁니다. (박찬영
        의 등을 한 대 치면서) 형!

동료2, 뒤돌아 앉는다.
동료1, 돌아선다.

동료1   난 언제나 부장님을 끔찍하게 아끼고 있었습니다. 아시죠? 이렇
        게 헤어지려고 하니 참 섭섭합니다. 그래, 이제 당첨금으로 뭘 할

지 계획은 세우셨어요? 전 말이죠, 조만간에 독립할 겁니다. 더 이상 회사에 노동력을 착취당하고 살 수만은 없어요. 부장님도 생각이 있다면 합류하시는 게 어떻습니까? 제가 특별 고문으로 모시겠습니다. 아니군요. 부장님께서 그렇게 할 이유가 없네요. 가진 게 돈뿐인데, 더 벌어서 뭣하겠습니까? 아무튼 전 회사를 차릴 겁니다. 그리고 떼돈을 벌고 말겁니다. 두고 보세요. 이 사회에는 눈먼 돈이 정말 많아요. 부장님 당첨금도 그중 하나죠. 하지만 난 내가 일하고 땀 흘린 대가로 떼돈을 벌 겁니다. 진짭니다. 못 믿으십니까? 부장님의 경우와는 차원이 다르단 말입니다. 부장님 돈은 더럽지만, 내 돈은 정의롭고 정당해요. 그렇게 생각하지 않으십니까?

박찬영   ...

동료1   생까냐? 잘났다. 이 쓰레기 자식아! 네가 아무리 비방해도 난 해낼 거야. 아무도 못 말려. 뭐? 비웃냐? 감히 너 같은 개새끼가 날 비웃어? 너 때문에 내가 얼마나 피해를 입었는지 알기나 해? 늙어가지고 진급도 못하고 버벅거리니까 나도 덩달아 진급을 못했잖아. 내 나이면 벌써 부장을 달고도 남았다구. 그런데 너 때문에 아직도 과장이야. 이 억울한 심정을 알아? 씨발놈이. 이 좆만 한 새끼. 내, 진짜 더러워서. 좋아, 내 보여주지. 내일부터 나, 출근 안 하겠어. (흐뭇하게 웃는다) 대단하다, 유성주. 훌륭하다, 훌륭해.

동료1, 뒤돌아 앉는다.

동료4   좀만 딸딸이 새끼.

동료3, 돌아선다.

동료3   얼떨떨하죠? 우리 예전에 말예요. 난 늘 미안하게 생각하고 있었어요.

박찬영   다 지난 일이야.

동료3   오늘 밤, 같이 있을래요?

동료2   (삐딱하게 고개 돌려서) 미친 년. 이 쓰레기 같은 년.

동료3   그때 난 확실히 보이지가 않았어요. 우리의 미래가 잘 보이지 않
          았단 말이에요. 부장님은 언제나 대답을 해주지 않으셨잖아요.
          침묵. 그 진저리나는 침묵뿐이었죠. 그러다 토요일이 되면 모텔
          에 들어가 짐승처럼 섹스에 몰두했었죠. 그러나 날이 저물면 부
          장님은 집으로 돌아가셨죠.

박찬영   씨발, 좋아했잖아. 넌 미친 듯이 소리를 질러댔었어.

동료3   그리고 그 사람이 다가왔죠. 그 사람에겐 활기찬 기운과, 가득 찬
          의지에, 확실한 미래가 있었어요. 그 사람은 모든 걸 약속했었어
          요. 결국 다 지키지는 않았지만 그래도 그 사람은 적어도 한동안
          내가 행복한 인생을 기대할 수 있게 만들어줬어요.

박찬영   어디로 갈까? 최고급 호텔로 갈까?

동료3   그때 난 부장님이 날 정말 사랑하지 않는다고 생각했었어요. 날
          진심으로 사랑했었다면 어떤 말이라도 해줬을 테죠. 뭔가 표현
          을 했을 거예요.

박찬영   그럼 그때, 내가 이혼이라도 했어야 했던 건가?

동료3   진실로 날 사랑했다면요.

박찬영   모든 걸 엉망진창으로 만들자고? 철없는 어린 것들처럼 앞뒤 안
          가리고 연애를 하자고?

동료3   진짜로 그랬다면 내가 말렸겠죠. 그래도 흉내라도 내주길 원했
          어요.

박찬영   가슴 만져도 돼?

동료3은 박찬영의 손을 자신의 가슴에 가져다 댄다.

동료3   이제 부장님은 부자예요. 우리를 제일 옥죄고 있는 현실로부터
          자유를 얻은 거예요. 나도 자유를 얻고 싶어요.

박찬영   우리 이제 서로 사랑해도 되는 건가?

동료3   물론. 부장님은 부자잖아요. 그러니 날 가져도 되요. 난 부장님과
          달라요. 난 당장이라도 남편과 헤어질 수 있어요. 부장님도 부인

434

이 진절머리 난다고 하셨잖아요. 헤어지고 저랑 같이 살아요. 참
된 사랑을 찾아요.

침묵.

박찬영   넌 얼마짜리야? 네 남편은 얼마지? 네 아이는 또 얼마지?
동료3   (따귀를 때린다) 안녕.

동료3, 뒤돌아 앉는다.

박찬영   (쓴웃음) 사랑이라고? 사랑한다고? 사랑했다고?

모두 돌아선다.

동료2   부장님 송별회 안 합니까?
동료1   해야지. 얼마나 정들었던 시간인데. 매정하게 그냥 보낼 수야 없
지. 난 언제나 부장님을 자랑스럽게 생각할 거야.
동료4   종종 놀러 오세요. 양손은 무겁게, 아시죠? 우린 기다리고 있을
테니까.
동료3   저를 기억할 거죠? 저를 완전히 잊지는 않으시겠죠?
박찬영   역겨워.
동료4   네?
박찬영   (기분 나쁘게 웃는다) 미친놈들.

박찬영 퇴장.

동료4   뭐야? 축하해주겠다는데, 왜 신경질이야? 결국 본색을 드러내
네요.
동료2   나 원 참 더러워서. 메스꺼워 죽는 줄 알았습니다.
동료1   내가 말하지 않았어? 돈이 생기면 거만해진다고.
동료3   예전엔 저러지 않았는데, 이상해졌어요.

동료1 치사한 새끼.

동료4 위선자.

동료3 정말 형편없어.

동료2 개좆만도 못한 놈.

박찬영에 대한 욕을 연신 해대지만 서로의 눈치를 본다.

잠시 정적의 순간.

모두 (누가 먼저랄 것 없이) 박부장님!

모두, 박찬영을 뒤쫓아간다.

2.

무대가 밝아지면 사람들, 시계추처럼 흔들리고 있다. 그들은 흔들리면서 하루, 이틀, 사흘, 나흘 하며 속삭인다.

술병을 든 박찬영은 안절부절하지 못하고 서성거린다. 술을 들이킨다.

알람소리가 울리면 사람들은 몸을 떤다. 알람소리는 멈췄다가 다시 반복되고 멈췄다가 또 다시 반복된다.

박찬영은 무대 끝에서 끝까지 전력질주한다. 반복한다.

제자리뛰기를 한다. 쭈그리고 앉아 토끼뜀을 뛴다.

숨을 헐떡이다가 술을 들이킨다.

앞구르기를 한다. 大자로 뻗는다

박찬영 나는 아무도 믿지 않아. 아무것도 믿지 않고 아무도 사랑하지 않아. 내 속엔 어떤 공허가, 어떤 무시무시한 사막이 있어. 그 사막 끝에 괴물이 도사리고 있어. 탈출하지 못하도록 지키고 있다. 죽여야 해. 죽어. 죽어!

박찬영, 땅을 구른다. 땅을 무너뜨리려고 하는 것처럼 난폭하게 무대바닥을 짓누른다.

사른들, 시계추처럼 흔들거리는 폭이 점점 커진다.

박찬영   빌어먹을 시간. 멈춰. 그만! 멈추란 말이야. 나는 아직 답을 내리
         지 않았어. 거기 서! 이놈들아, 내 말 안 들려? 거기 서라고! 개새
         끼들, 저렇게 잘 가면서. 좀 가라고 부탁할 땐 그렇게도 안 가더
         니. 씹어 먹어도 시원찮을 개자식들.

사른들 퇴장한다.

박찬영   망할 놈의 시간. 내 숨통을 틀어박고, 내 사지를 잡아 묶고, 내 눈
         을 감기게 해. 하루가 지나고, 이틀이 지나고, 나는 먹고 또 자고
         또 싸고…

3.

부동산업자, 백수와 공무원, 등장한다.
박찬영은 무대의 어두운 구석에 앉아 멍하니 허공을 본다.

부동산업자   반갑습니다.
백수   안녕하세요.
부동산업자   결혼하신 지 얼마 되지 않으셨나 보군요?
백수   곧 할 겁니다.
부동산업자   그럼 아직… (웃는다) 그럼요, 그럼요. 서두를 건 없지요. 일단 한
              번 살아보고, 속궁합도 맞춰보고…
공무원   어디 좋은 집 있나요? 전세 나와 있는 아파트를 좀 봤으면 하는
              데요.
부동산업자   전세 나온 아파트라… 요샌 주택 매입가격과 전세가격이 거의 비
              슷하다는 거 아시죠? 게다가 전세만 놓으려는 주인들이 거의 없
              어요. 다들 월세를 받으려고 하죠. 그러니까 기왕이면 조금 더 무
              리해서 한 채 마련하시는 게 좋을 텐데. 재테크 차원에서도 주택
              을 구입하시는 게 훨씬 좋거든요.

백수   그래도 일단은 전세부터 알아보죠.

부동산업자   아, 예. 그러지요. 그럼 신도시 쪽의 임대아파트는 어떻습니까?

백수   (떨떠름하게) 임대아파트요?

부동산업자   교통편이 조금 불편하긴 한데.

공무원   안 돼요. 교통편이 제일 중요해요. 아침마다 출근 전쟁하는 건 정
               말 싫거든요.

부동산업자   아, 직장을 다니시나 보군요. 실례지만 무슨 일을?

공무원   (의기양양하게) 공무원인데요.

부동산업자   (눈을 빛내며 반색한다) 아, 그렇습니까? (백수를 쳐다보며) 그럼
               이쪽도 공무원?

백수   아직 학생...

공무원   백수예요. 괜찮은 곳이 있을까요?

부동산업자   걱정하지 마세요. 없으면 만들어서라도 보여드릴 테니. 그런데
               가지고 계신 돈은 얼마나?

공무원   제 원룸 빼면 천 오백쯤요. 자기 방은?

백수   오백이야.

부동산업자   천오백에 오백이면 이천. (비웃듯이) 그 돈으로 시내에 전세집을
               구하신다구요? 이거 완전히 날로 먹으려 하는구만.

공무원   (기분 나쁜 듯이) 네?

부동산업자   젊으신 분들이라 물정을 잘 모르시는 것 같은데 그 돈으론 어림
               반푼 어치도 없어. 집주인들이 모두 개념을 안드로메다에 출장
               보냈나?

공무원   저금해 놓은 돈도 한 삼사백 정도 있어요.

부동산업자   (퉁명스럽게) 딴 데 가서 알아보슈.

백수   (부동산업자의 태도가 마음에 들지 않는다) 전셋값이 그렇게나
               비쌉니까?

부동산업자   말했잖아. 전셋값이나 사는 값이나 비슷비슷하다고.

공무원   그럼 집을 사려면 얼마 정도 필요하죠?

부동산업자   이제야 말이 통하네. 일단 가지고 있는 돈으로는 아파트를 절대
               못 사. 알겠지?

공무원   네.

부동산업자	자, 그럼 어떻게 해야 하느냐? 주택을 산다고 하고 은행에서 대출을 받자구.
백수	하지만 이자가 엄청날 텐데?
부동산업자	학생. 그래가지고 어디 벌어먹고 살겠어?
백수	죄송합니다.
부동산업자	잘 들어. 이자보다 집값이 더 빨리 뛰어. 그러니까 한 오 년, 빠르면 삼 년 정도면 이자는 물론 집값도 다 갚을 수 있어. 대출받는 게 문제지 갚는 건 문제가 안 돼.
백수	근데 집값이 안 오르면요?
부동산업자	(정곡을 찔려 기분이 나빠진다) 너 이 새끼. 일어서! 앉아! 일어서! 복창한다. 앉으면서 집값은. 일어서면서 오른다. 실시. 더 빨리! (공무원의 손을 잡고 한곳으로 가서) 비리비리한 놈 만나서 고생이 참 많구만. 그래도 어차피 결혼할 거면 지금부터 재테크에 들어가야지. 안 그래?
공무원	그래도 우린 아직...
부동산업자	(백수에게 고함친다) 속도 느려진다. 더 빨리 못해! (공무원에게) 시기를 놓치면 아무 소용없어.
공무원	그래도 빚을 지면서까지.
부동산업자	(백수에게) 이 자식 봐라. 여태 정신 못 차리지? 안 되겠어. 그만! 쪼그려 뛰기 준비! 하나에 지금이. 둘에 기회다. 실시! 하나! 둘! 하나! 둘!
공무원	(안절부절하다가) 사... 살게요. 집 살게요.
부동산업자	(함박 미소) 진즉에 이렇게 나왔어야지.
공무원	(아파하는 백수를 부축하며) 자기야 괜찮아?
부동산업자	읽어봐. 대출약정서야.

부동산업자가 던진 종이 한 장을 백수와 공무원이 같이 눈으로 읽는다.

박찬영	40세 초중반까지 월급의 대부분은 주택융자금 갚는 데 쓴다. 그리하여 내 집 마련의 꿈을 이룬다. 헌데 그 사이에 자식들이 커버렸네. 좀 더 큰집으로 옮길 결심을 한다. 다시 은행 융자를 받

는다. 등골이 휜다. 아이들이 대학에 입학하니, 학기마다 천만 원
씩 깨진다. 50세 갓 넘기고 명예퇴직. 생활고를 감당할 수 없으
니 다시 집을 판다. 그러나 이걸 어쩌나 살 때보다 집값이 떨어
졌어. 피눈물이 흐른다. 평생 집을 위해 일을 하였다. 등에 집을
이고 사는 불쌍한 달팽이와 다를 게 없네.

박찬영이 말을 하는 동안 부동산업자는 공무원과 백수의 등에 상자를 올려 달팽이와 같은
형상으로 만든다.

공무원   (대출약정서를 들여다보며) 우리 행복해질 수 있겠지?
백수   물론이지.
부동산업자   (일어서며) 그럼 여러분의 행복의 보금자리를 한 번 보러 갈
             까요?
백수, 공무원   네.

백수와 공무원, 퇴장한다.

4.

포주와 유니세프, 부르카가 등장한다.
부르카는 포주와 유니세프에 대해 각각 소통한다.

포주   (위협적으로) 우리나라엔 왜 왔어?
유니세프   (사무적으로) 우리나라엔 어떻게 오게 됐죠?
부르카   나 부르카, 돈 벌러 한국 왔다.
포주   우리나라가 너희들 밥벌이 장소야? 안 그래도 실업자가 넘쳐나
             는데.
유니세프   고생이 심하셨겠네요.
부르카   나 부르카, 돈 많이 많이 벌어야 한다. 파키스탄에 우리 가족 있
             다. 배 많이 많이 고프다. 나 부르카, 돈 보내줘야 한다.
포주   쯧쯧쯧.

유니세프   무슨 일을 하셨죠?

부르카   나 부르카, 가정부 했다. 하루 종일 일했다. 주인 돈 안 준다. 나 부르카, 그 집에서 나왔다.

유니세프   그런 짓은 현행법에 의해 불법체류로 분류됩니다.

포주   도망친 거냐? 돈은 좀 들고 나왔어?

부르카   나 부르카, 돈 없었다. 지하철역에 신문지 구해다 누웠다. 바람이 쌩쌩 들어왔다. 엄마 보고 싶었다.

포주   여권은?

부르카는 품에서 여권을 꺼내 포주에게 건넨다.

유니세프   여권은요?

부르카   아저씨 줬다.

유니세프   누굴 줬다구요?

포주   (여권을 건성으로 살펴보고 주머니에 넣는다) 이제 이 아저씨만 믿어. 내가 돈 벌게 해줄 테니까.

유니세프   무슨 일을 했죠?

부르카   나 부르카, 아저씨 따라갔다. 그리고 청소하고 설거지하고 빨래 했다.

포주   부르카. 대한민국에서 돈 버는 제일 쉬운 방법 가르쳐줄까?

부르카   돈?

포주   내가 하라는 대로만 하면 넌 반드시 성공할 수 있어.

부르카   부르카 성공한다.

포주   사실 처음엔 좀 힘들어. 그래도 힘든 만큼 돈이 생기니까 견딜만 할 거야. 참을 수 있지? (부르카의 옷을 벗긴다)

부르카   (당황스럽지만 진정한다) 부르카 참는다. 부르카 인내심 많다.

포주   부르카 그렇게 엉거주춤하게 서 있으면 어떻게 해? 손님들을 불러야지. 저기 남자들이 지나가잖아. 따라해. (음탕해 보이는 동작을 한다)

부르카   (포주를 따라하며) I will be successful. I have a lot of patience.

포주   뭐... 뭐라고 중얼대는 거야? 웃어! 미소! 스마일! 그리고 마지막

결정타! 따라해. (성행위가 연상되는 모션)

유니세프   (따라하는 부르카를 보고) 어머머, 미쳤어.

부르카는 동작을 멈춘다.

부르카   부르카 여기 나간다. 여권 돌려달라.

포주   (주먹을 치켜들고는) 이 쌍년이. 오갈 데 없는 걸 불쌍하게 여겨 데려와줬더니! 뭐? 여권? 그래, 알았다. 내, 바로 신고해줄게. 그냥 파키스탄행 비행기에 태워주지.

부르카   (놀라서 엎드려 빈다) 잘못했어요.

유니세프   그래서 그곳에 얼마 동안이나 있었어요? 불법체류기간을 산정해야 하는 데 필요하거든요.

포주   그래, 고분고분하게 구니 얼마나 좋아. 부르카 넌 내 말만 잘 들으면 되는 거야. 가만 보자, 일한 지 두 달쯤 됐지? 이렇게 인기가 좋을 줄 생각도 못했어. 남자들이 어째 너만 찾아? 뭐 특별한 게 있나? (부르카의 몸을 더듬는다)

부르카   어느 날부터 여기가 가려웠다. 가려워서 긁었더니 털 빠지고 피도 나고 너무너무 무서웠다. 아저씨, 나보고 욕했다. 엄마 보고 싶었다.

포주   아, 씨발 골 때리네. 누구 장사 망하는 꼴 보려고 그러냐? 왜 쓸데없이 병 걸리고 그래? 야, 짐 싸. 병원 가자.

유니세프   병원에서 신고가 들어왔죠. 외국인 불법체류자 같은데 성병이 걸려 있다고.

포주   에이, 좆 같네. (도망친다)

유니세프   그래서 부르카 씨를 이렇게 만나게 된 거예요. 이제 안심하셔도 됩니다. 부르카 씨는 이제 안전하게 본국으로 돌아가실 수 있어요.

부르카   (깜짝 놀란다) 아니다. 나 부르카, 한국에서 살 거다. 파키스탄엔 안 돌아갈 거다. 나 여기서 살 거다. 나 부르카, 한국 여자 되어서 한국에서 살 거다.

유니세프   그건 법률상 불가능합니다.

부르카	안 된다. 나 죽는다. 파키스탄가면 남자들이 날 죽일 거다. 알라신께서도 날 용서하지 않으실 거다.
유니세프	(안타까운 표정으로) 어쩔 수 없습니다.
부르카	예쁜 언니. 부탁이다. 나 부르카, 여기서 일하게 도와줘. 나 부르카, 어떤 일이든지 한다. 나 부르카, 대한민국 사랑한다.
유니세프	부르카 씨는 대한민국 사람이 될 수 없어요.
부르카	나 부르카, 대한민국 사람이다. 나 부르카, 한국어 잘한다. 나 부르카, 애국가도 잘 부른다. 손님들 다 박수쳤다. (발랄한 율동과 함께 애국가를 부르기 시작한다)

유니세프, 낄낄대며 웃다가 점점 웃음이 커진다. 몸을 주체하지 못할 정도로 웃는다.

노래를 다 부르고 유니세프를 보는 부르카, 무표정이다. 점점 눈동자에 적의가 짙어진다.

분노가 온몸을 휩쓴다.

부르카	Black people who are living on welfare. Black people who can't eat. Black people who don't know no knowledge of themselves. Black people who don't have no future.
유니세프	네?
부르카	Fuck!
유니세프	어머! 지금 저한테 욕을 하신 건가요, 부르카씨?
부르카	Fuck you! A hell of a mess. Fuck! Fuck! Fuck! Fuck! Fuck! Fuck!
유니세프	나 참 기가 차서. 적반하장도 유분수지. 야, 이 미친년아. 그러니까 너희 나라에 돌아가라고.

유니세프, 퇴장한다.

부르카	(무대 앞을 멍하니 응시하며) 엄마 보고 싶다.

부르카, 퇴장한다.

5.

노인1과 노인2, 자리를 잡고 장기를 둔다.

대사는 경상도 사투리로 적혀 있으나 배우의 상황에 따라 인물별로 각 지방의 사투리를 쓰는 것도 좋다.

노인1   자장면 내깁니다이, 행님.

노인2   소주는?

노인1   소주예? 에이, 그거는 행님이 사이소.

노인2   처돌았나? 내가 와? 니가 뭐시 이쁘다고 내가 사노?

노인1   그라면 소주까지 얹어가 한 판입니다이.

노인2   오냐. 깔아라.

노인1   뭐 한 수 물리도 이런 소리 일체 없습니다이.

노인2   니나 하지 마라.

노인1   아따 오늘도 고마 쌔리 마 공짜밥 얻어 묵게 생깄네. (한 수를 둔다)

노인2   문디 지랄 빵구 뀌고 자빠짔네. 어쭈구리? (장기판을 보며) 가만 있어 봐라. 이기 뭐꼬? 요 자슥 요게 싸가지 없구로 면상장기를 두는 기가? (한 수를 둔다)

노인1   장기하고 싸가지하고 뭔 상관인교? 내는 마 요 쌍포로 조지뿔라요. (한 수를 둔다)

노인2   (한 수를 둔다) 쓸데없는 소리 그만하고 얼른 두라. 시간은 금이다.

노인1   쪼우지 마소.

노인2   퍼뜩 안 하나. 되게 시라샀네.

노인1   원래 고수는 열 수 앞까지 내다보고 말을 움직이는 법이요. (한 수를 둔다)

노인2   (바로 한 수를 둔다) 말은 잘한다. 고마 콱 조디를 쌔리뿔라.

노인1   이걸 여다가 놓으면... (말을 집어 놓으려 한다)

노인2   딱 놔봐라. (말을 든다)

노인1   (집었던 말을 제자리에 놓는다) 안 되고...

노인2   이 자슥이 놀리나? (들었던 말을 제자리에 놓는다)
노인1   요걸 요기에 놓으면... (다른 말을 집어 드는데 바로 노인2가 든
          말을 보고는 다시 내려놓는다) 그것도 안 되고...
노인2   (들었던 말을 제자리에 놓으며) 빨리 안 두나?

노인1은 곰곰이 생각한다. 노인2는 애가 타 다리를 달달달 떤다.

노인1   여기요. (한 수를 둔다)
노인2   (한 수를 둔다) 니하고 장기 두다가 숨넘어가굿다.
노인1   벌써 됐는교? 으음...

사이.

노인2   빨리해라.
노인1   음...

사이.

노인2   빨리.
노인1   이걸... 음...

사이.

노인2   (자리에서 벌떡 일어나며) 에라이! 고마 내 혼자 묵고 올란다.
노인1   좀 기다려 보이소. (말을 움직인다) 장이요.
노인2   (미소를 지으며) 함부로 장 때리는 거 아이다. 잘못 때리면 뒤
          통수 맞을 수가 있거든. (자신의 말을 움직여 노인1의 말을 집어
          낸다)
노인1   어! 내 포! 이거 참...
노인2   졌제? 그마 돌 던지라. 해봐야 뻔하다.
노인1   아, 씨 미치겠네. 비장의 일격이었는데. (한 수를 둔다)

노인2   비장의 일격? 지랄하네. 비장의 일격이란 바로 이런 기다. 장군!
            (한 수를 둔다)
노인1   으악!

            박카스 아줌마, 등장한다.

박카스아줌마 여 계십네예.
노인2   어서 오이라.
박카스아줌마 우리 젊은 오빠는 와 이래 울상입니꺼?
노인2   마, 그만 들이다봐라. 장기판 빵꾸 나겠다.
박카스아줌마 내기 장기 두셨는교?
노인2   상대를 보고 뎀비야지. 니, 내 따라 올라카문 안즉 10년은 이
            르다.
박카스아줌마 요고! (노인1의 말을 하나 가리키며) 요고 움직이면 안 돼요?
노인1   아, 맞네. 아싸. (박카스 아줌마가 가리킨 말을 움직인다) 행님요.
            멍군 했십니더.
노인2   뭐라카노? 판 끝났는데 뭔 소리고? (박카스 아줌마를 노려보며)
            죽을래?
노인1   남자가 꼬치 달리가 쪼잔하이 와 그라요?
노인2   가쓰나가! 콱 마! 와 쓸데없는 짓을 해가지고! (말을 움직인다)
박카스아줌마 내가 뭐 알고 그랬으예. 함 봐주이소. (애교) 오빠.
노인2   에이, 씨발! 징그럽다. 저리 가라.
박카스아줌마 치!
노인2   (말을 움직인다) 장 받아라. 이놈아!
노인1   이건 또 뭐고? 오늘 진짜 안 풀리네, 안 풀려.
박카스아줌마 요건 요래 요래 움직이면 되잖아요. (노인1의 말을 대신 움직여
            준다)
노인2   (벌떡 일어서며) 이년이!
노인1   야, 니는 암만 봐도 천재인 거 같다.
박카스아줌마 내가 소싯적에 공부는 좀 못했어도 머리는 디게 좋았어예.
노인2   이것들이 딱 붙어먹어서는... 이래가지고는 2대 1이잖아. (박카스

446

아줌마를 보며) 야, 백상회! 니는 거들지 마.
박카스아줌마 박카스 하나 사주면예. (가방에서 병 하나를 꺼낸다)
노인2   까분다이. (한 수를 둔다)
박카스아줌마 참말로 야박하이 군다. 어려운 사람끼리 서로서로 돕고 살아야
         지. (노인1의 말을 움직인다)
노인2   지랄한다. 니가 하는 말은 서로서로 돕는 게 아이고 서로서로 모
         가지에 이빨 꽂고 피 빨자는 기다. 아나? (말을 움직인다)
박카스아줌마 무신 말을 그래 숭악하게 합니꺼? (말을 움직인다)
노인2   못살고 가난한 사람이 굴레를 벗어날라 카면 뭐가 제일 빠른 방
         법인 줄 아나?
박카스아줌마 글쎄예.
노인2   지보다 더 가난하고 못 사는 사람 등치묵는 기다.
박카스아줌마 엄마야, 얄궂데이.
노인1   아무리 그래도 사람 맘에는 정이란 게 있는데. 꼭 그렇게까지 비
         관적으로만 봐야 되겠소?
노인2   정? 미친놈. 그런 게 있었으면 세상이 이렇게 미쳐 돌아가지는
         않지.
노인1   내 보기에는 잘 돌아가고 있구마는. (자신의 말을 움직인다)
노인2   (미소 지으며) 그래가 니는 장기를 그래밖에 못 두는 기다. 장기
         판 함 봐바라. 똑같다 이 세상하고. (말을 움직인다)
박카스아줌마 아이고, 영감들. 이라다가 결판이 나겠십니꺼? 우째 장기를 입으
         로 둘라고 합니꺼?
노인2   니가 중간에 방해만 안 했어도 벌씨로 끝난 판이다.

    박찬영, 다가온다. 장기판을 내려다본다.

노인2   무슨 일이요?
박카스아줌마 여 앉으이소. 박카스 한 뱅 마실란가? 크아! 술냄시야. 젊은 사람
         이 낮부터 술 디게 빨았나베.
노인1   (장기판을 보며 혼잣말) 이거를 뭐 우째야 되노? 갑갑하네.
박찬영   이거 이렇게 움직이면.

박찬영이 장기말을 가리킨다. 노인1의 얼굴에 화색이 돈다.

노인1   어! 아싸, 장군!
노인2   (어이없다) 일마 뭐꼬?
박카스아줌마 아이고, 다 이긴 판 놓쳤네예.
노인2   놓치긴 뭘 놓치? (말을 움직인다) 이라면 되지. 멍군!

박찬영이 장기판을 보고는 말을 움직인다.

노인1   우와! 보소. 끝났소.
노인2   (장기판을 뚫어지게 쳐다보다가 비굴한 웃음을 지으며) 한 수만
             물리주면 안 되겠나?
노인1   (고개를 흔든다) 물리는 거 없다고 안 그랬소?
박카스아줌마 (장기판을 넌지시 보며) 쯧쯧쯧쯧... 외통수네예. 끝났네예.
노인1   오예! 자장면하고 소주 한 병.
박카스아줌마 그거는 길이 없으예. 마 지뿟십니더.

노인2는 장기판을 엎는다.
박찬영은 흩어진 장기말을 줍는다.

노인2   에이, 씨발! 무효야. 무효!
노인1   우와, 이라는 게 어딨습니까?
노인2   반칙이야, 반칙. 난 인정 못 해.

노인2, 씩씩거리며 퇴장한다.

노인1   행님요. 어디 갑니까? 자장면하고 소주는 사주고 가야지요. (따
             라간다)
박카스아줌마 밴댕이 소갈딱지. 몇천 원 아까워서 저 지랄이가? 같이 가입시
             더. (따라간다)

박찬영은 장기판에 말을 놓고는 골똘히 바라본다.

6.

성모 마리아상 앞에 연상녀와 연하남이 자리한다.

연상녀   (울먹거린다) 우리, 왜 헤어져야 해? 우리, 왜 헤어져야 하는 거
         야? 왜 하필 여기야? 여기가 어딘 지 알아? 여긴...
연하남   여기 성모상 앞에서 내가 고백을 했었지. 그러니 이곳에서 마무
         리하자.
연상녀   아니, 난 너하고 절대로 헤어질 생각 없어. 헤어지려면 설득
         해 봐.
연하남   (귀찮은 듯이) 왜?
연상녀   왜라니? 다른 여자가 생겼니?
연하남   아니.
연상녀   내가 널 힘들게 했어? 언제나 너한테 맞췄잖아. 네가 싫다는 일
         하지 않았고, 네가 좋아하는 것만 했어.
연하남   그건 네가 원했기 때문에 한 것들이지 나하고는 상관없어.
연상녀   어떻게... 어떻게 상관이 없어!
연하남   누나는 의지가 없어? 누나가 선택한 것들이고, 누나가 하고 싶어
         서 한 일이잖아. 왜 내 핑계를 대?
연상녀   오늘 우리 만난 지 487일째야. 이렇게 어이없이 끝낼 수는 없어.
         아니, 488일째인가? (손가락을 움직이며, 세며 생각한다)

사이.

연하남   (한숨을 쉬고는) 누난 착한 여자야. 나한테 모든 걸 맞춰줬었지.
         그건 알아. 그런데 그게 정말 날 위해서 한 일이었을까? 잘 생각
         해봐. 누나야말로 이기적이었어. 난 언제나 무슨 일을 하든 너한
         테 고마워해야 했고 넌 그걸 즐긴 거야.

연상녀   그런 말이 어디 있어?

연하남   질렸어. 날 위해 모든 걸 희생하고 있다는 그 미소.

연상녀   그럼 내가 어떻게 해야 해?

연하남   그냥 이제 그만하면 돼.

연상녀   싫어. 난 그만하지 않을 거야. (연하남을 부둥켜 안는다)

연하남   끝까지 진절머리 나게 하는구나.

연상녀   너무 갑작스럽잖아. 마음이 너무 아파.

연하남   (연상녀를 떼어낸다) 까짓 거 견디면 그만일 뿐.

연상녀   난 못 견뎌. 난 못 견뎌.

연하남   할 말 더 있니? 행복하길 바래.

연하남, 일어서서 제자리로 돌아간다.

연상녀, 나가는 연하남을 망연자실하게 바라본다.

연상녀   죽어버릴까? (상자 위에 올라가서 바닥을 내려다본 후) 우와 진
　　　　　 짜 무섭다.

박찬영   아가씨, 우리 장기나 한 판 둘까?

연상녀   (설움에 북받혀) 야, 이 씨발놈아.

연상녀, 도망치는 것처럼 퇴장.

7.

박찬영   (사라져가는 연상녀를 멍하니 바라보다가) 아파하고, 슬퍼하고,
　　　　　 그럼에도 불구하고 삶을 끊어내진 못해. 비극이야. 인생을 부정
　　　　　 할 수 있지만 생명을 부정하진 못하지. 그러니 하루하루 꾸역꾸
　　　　　 역 살 수밖에. 오, 신이시여. 당신이야말로 완전하시나이다. (성
　　　　　 모상의 발에 키스한다)

성모상은 간지럼을 타는 듯이 흔들린다.

450

성모상   간지럽구나. 간지럽다고 했다. 간지러워!

박찬영, 놀라서 키스하던 발을 놓고 떨어진다.
성모 마리아상은 주저앉고 지체부자유자의 모습으로 변화된다.

성모상   아... 아저씨... 왜... 왜 그래?
박찬영   ...
성모상   괘... 괜찮아... 더... 더 해도 조... 좋아.
박찬영   ...
성모상   내... 내가... 이... 이런 모습이라 시... 싫어? 내... 내가 지... 징그러
          워? 나... 나도 사... 사람이야. 이... 이리 와.

박찬영은 성모상에게 돈을 건네준다.

성모상   (준 돈을 힘겹게 찢으며) 우... 웃겨. 이... 이... 이... 벼... 변태새끼
          야. 도... 돈이면 다... 단 줄 알아?
박찬영   아니, 난...
성모상   아... 알았어. 요... 용서해줄게. 그... 근데 대... 대신 나한테 해줬으
          면 하는 게 이... 있어.
박찬영   ...
성모상   (망설이다가) 키... 키스.
박찬영   ...
성모상   시... 싫어? 부... 부탁이야.

박찬영은 성모상을 바라보다가 천천히 다가간다. 성모상을 안고 깊은 숨을 쉰 다음 키스
한다.
키스하는 동안 성모상은 소리를 낸다. 해방의 기쁨을 느끼며. 쾌락 같은 고통을 느끼며.
박찬영는 천천히 입을 뗀다.
성모상은 발작을 일으킨다. 아드레날린이 과도하게 분출되었다.

성모상   (감정과 발작과 흥분을 진정시키려 노력하지만 뭉클뭉클 솟아나

와 좀처럼 제어해내지 못한다) 세... 섹스해. 나... 나... 처녀야.

박찬영은 성모상에게 다가간다. 쓰러져 있는 성모상의 멱살을 잡고 일으켜 세운다.

박찬영 사람답게 살고 싶어? 사람이 되고 싶어? 넌 불가능해. 꿈도 꾸지
마. 섹스를 하고 싶다고? 제 몸 하나 가누지 못하는 주제에 누구
등골을 휘게 하려고? 네가 살도록 허가된 구역 안에서 살아. 넘
어올 생각 하지 말고. 그 울타리 안으로 만족하란 말이야.

숨을 몰아쉬는 성모상.

성모상 사... 상자야. 세... 세계는 사... 상자. 그 바깥에 또 상자. 그 바깥
에 또 사... 상자. 끝없이 상자. 끝이 어... 없어.
박찬영 상자 속의 상자, 상자 속의 상자. 그런 식으로 절망을 말해봤자
무슨 쓸모 있을까? 시시해. 시시하다구.

성모상은 다시 성모 마리아상의 모습으로 돌아간다.

성모상 미안해.

성모상은 퇴장한다.

8.

박찬영 (쓸쓸하게 웃으며) 결국 혼자인 거야. 다가가려 해도 절대 다가
갈 수 없는 무중력. 절대0도의 장벽. (객석을 향해서) 자, 당신과
나는 지금 약 1미터 정도의 거리를 두고 있어. 맞지? 그걸 10분
의 1로 줄이면 10센티가 돼. 또 10분의 1로 줄이면 1센티, 그런
식으로 계속 줄여나가면 1밀리미터, 0.1밀리미터, 0.01밀리미터,
0.001. 0.0001, 0.00001, 그렇게 계속돼. 이렇게 손을 잡으면 우
린 결국 접촉한 거잖아. 그런데 무한으로 이어지는 고리에 따르

면 결국 우린 손을 잡은 게 아니야. 몇 백만 분의 일, 몇 천만 분의 일, 아니 몇 억만 분의 일이라도 우린 거리를 두고 있는 셈이지. 결국 손을 잡은 건 현상처럼 보이는 허위에 불과했어. 마음도 그와 같은 거야. 사랑, 믿음, 헌신 그 어떤 관념을 갖다 붙여도 결국 닿지 않는 거야. 닿지 않아. 벽! 그 미세한 틈! 절망적인 장벽. 고독! 이럴 수가, 세상이 이 따위로 만들어졌다니. 신은 멍청해. 이토록 불완전한 세계를 왜 만들었을까? 왜!

쿵쿵거리는 강한 비트의 음악이 반복적으로 무대를 덮는다.
군중들이 들이닥친다. 얼굴을 두건이나 마스크로 가리고 있다

군중1	유가 상승, 물가 상승, 서민경제 붕괴!
군중2	쓰나미, 방사능!
군중3	인플레이션! 스태그플레이션!
군중4	인턴사원! 비정규직! 청년실업!
군중5	날치기 통과! 국회난동!
군중6	우울증, 자살!
군중7	세종시 백지화, 신공항 백지화.
군중8	부정부패, 학연, 지연, 성상납!
군중9	영어몰입교육!
군중10	수구꼴통! 좌빨!
군중11	임금님 귀는 당나귀 귀!
군중12	한반도 대운하! 4대강 정비사업!
군중13	조류독감! 돼지독감! 구제역!
군중14	등록금 인상 결사반대!
군중15	보이스 피싱! 마늘밭 100억 원!
박찬영	이 바보 같은 자식들아. 그렇게 소리 질러봤자 아무런 소용 없어. 세상은 더 이상 전진하지 않아.

음악이 점점 축제 분위기로 바뀐다.
군중들 더욱 환호한다. 광란의 축제가 펼쳐진다.

군중들은 모두 제정신이 아닌 듯이 몸을 떨어대고 발작한다. 마치 좀비 같다.

무대 위에 쓰레기와 뒤엉켜 쓰러졌다가 일어났다가 달리다가 정신없이 두리번거린다.

군중들은 천천히 멈춘다. 그리고 주위의 사람과 짝을 이룬다.

혀를 내밀어 상대방의 내민 혀를 문지른다.

곤충 혹은 그 이하의 하등한 생물이 촉수를 내어 서로 접촉하는 모양새다.

행위를 하는 도중에 짝이 바뀌기도 하며 둘 이상의 사람들이 접촉을 하기도 한다.

박찬영   아직도 알지 못해? 변화라는 것은 없어. 그 어떤 것도 손톱만큼도 나아진 게 없어. 절망적이야. 그런 것도 모르고 사람들은 행복을 찾고 있어. 아무것도 모른 채 아름다운 삶을 강요당하고 있지. 거짓투성이야. 착각 속에서, 망상 속에서 살아가고 있는 거야.

박찬영의 손길이 스치고 나면 무너지듯 제자리에 주저앉는다.

박찬영은 바닥에 엎드려 토악질을 한다.

그동안 모두는 서서히 다시 일어선다.

이윽고 박찬영은 일어선 사람들을 발견한다.

박찬영   보여? 달이 빛나고 있어. 지구가 떠오르고 있어. 들려? 이 종소리. 심장이 고동치고 있어. 불덩이들이 내 온몸을 꿰뚫고 지나가. 난 세계의 깊은 틈으로 빨려 들어가고 있어. 마침내 나는 해방된 거야. 끔찍한 사슬로부터. 이제 나는 태양 아래 가장 오만한 짐승, 태양 아래 가장 영리한 짐승! 승리의 노래를 부르자. 포효하라! (미친 듯이 웃는다)

무대는 천천히 어두워진다.

9.

무대가 밝아지면 군중들은 사라지고 없다.

박찬영은 기지개를 켜고 하품을 한다.

아내 등장.

아내　　　(박찬영을 한심하다는 듯 쳐다보면서) 여보, 제발 정신 좀 차려.
　　　　　언제까지 이렇게 틀어박혀 지낼 거야? 맨날 집에서 빈둥빈둥거
　　　　　리지만 말고 나가서 뭔가 소일거리라도 좀 알아봐. 아파트 경비
　　　　　를 하든가, 주유소에서 기름이라도 넣든가. 직장 그만두면 인생
　　　　　이 끝이야? 동네 사람들 보기 창피해 죽겠어. 그리고 낮에 집 밖
　　　　　에 나가 주위에서 어슬렁거리지 좀 마. 실업자 티 내는 것도 아
　　　　　니고. 나가려거든 아예 어디 멀리 다녀오든가. 도대체 며칠 째
　　　　　야? 빈둥거린 지가 벌써 3주나 지났잖아.
박찬영　　여보, 나, 사실은 복권 샀는데...
아내　　　또 그 놈의 복권 타령이야? 언제 철이 들래?
박찬영　　아니 그게 글쎄...
아내　　　당신 복권은 바로 나야. 나 아니었으면 당신 인생 벌써 종쳤어.
　　　　　돈도 못 모으고, 여기저기 술이나 마시면서 헤프게 쓰다가 길바
　　　　　닥에 나앉았을 걸? 나, 이현주와 결혼한 게 당신한테는 바로 복
　　　　　권당첨이야. 그러니까 이제 정신 좀 차리고 밖으로 좀 나다녀봐.
박찬영　　내 말 좀 들어보라고! 왜 네 말만 계속해?
아내　　　어디서 말대꾸야?
박찬영　　씨발.
아내　　　당신 지금 나한테 욕한 거야? 그런 거야?

　　　딸 등장.

딸　　　　뭐? 아빠가 엄마한테 욕을 했어?

　　　아들 등장.

아들　　　정말이야? 아빠가 엄마한테 욕을? 엄마가 아빠한테 한 게 아
　　　　　니고?
아내　　　아이고, 내 팔자야. 내가 저 인간 때문에 얼마나 고생을 했는데.
박찬영　　(괴성을 지른다) 닥쳐!

모두 어안이 벙벙하다.

박찬영   나, 복권 당첨됐어. 나, 이제 부자야. 아무도 나 무시하지 마,
         씨발!
아내   이 양반이 실성을 했나?
아들   아빠, 돌았어?
딸   어쩜 좋아. 아빠가 미쳐버렸어.
박찬영   진절머리 나는 것들. 식구라는 것들이 어떻게 남들이 하는 짓하
         고 똑같을 수 있지? 텅 비었어.
아내   여보, 힘들지?
박찬영   아무것도 없어.
아내   기대도 돼. 우린 부부잖아.
박찬영   여보.
아내   우린 부부야, 맞지? 검은 머리 파뿌리 될 때까지 같이하기로 한
         부부야.
박찬영   그래.
아내   그러니까 당신 이러고 있으면 안 돼. 가장 노릇을 해야지. 힘내.

    아내와 아들, 딸 합창한다.

아내, 아들, 딸 아빠 힘내세요 우리가 있잖아요
         아빠 힘내세요 우리가 있어요
아들   아빠 힘!
아내   사랑해.
딸   아빠 사랑해요.
박찬영   사랑? (껄껄껄 웃는다)

    등장인물들 노래 부르며 퇴장한다.
    박찬영, 허탈하게 웃는다.
    소음이 들린다.

456

자동차 경적이 울리는 소리, 수많은 군중이 걸어가는 소리, 기차가 달리는 소리, 군중들이 내는 둔한 울림.

복사기 돌아가는 소리, 알람벨 소리, 컴퓨터 키보드 두드리는 소리.

박찬영   또 하루가 시작되려고 한다. 그런데 모두들 자신이 어디로 가고 있는 줄은 알고 있을까? 나도 얼마 전까지 출근했었는데. 나도 얼마 전까지는 쓸데없는 생각 하지 않고 앞만 보고 살았는데... 괴로워. 시간이 많고 생각이 흘러넘친다는 것은 정말 힘든 일이야. 아무것도 변하는 게 없는데, 내 속에서는 폭풍이 휘몰아치고 있어. 누구 하나 알아주는 사람 없는데.

박찬영은 퇴장한다.

박찬영이 사라지면 무대 뒤편에서 출근하는 사람들이 등장한다. 그들은 똑같은 옷, 똑같은 표정을 짓고 있다. 똑같은 동작으로 서서히 무대 앞까지 다가온다.

10.

청소부1과 청소부2가 들어온다.

청소부2는 큰 소리를 내어 무대에 비둘기처럼 서성이고 있는 사람들을 쫓아낸다.

사람들은 괴성을 지르며 뒤뚱거리며 퇴장한다.

청소부1은 뭔가 못마땅한 것처럼 이리저리 살펴보고 둘러보고 있는 반면 청소부2는 열심히 바닥에 떨어진 종이들이 치운다.

청소부1   이게 뭐야? 도대체 누구야? 어떤 놈들이 이딴 식으로 난장판을 벌려 놨어? 이런 개좆만도 못한 새끼들. 완전 아수라장을 만들어 놨네. 어지럽히는 놈 따로 있고 치우는 놈 따로 있다 이거지? 나 참 기가 막혀서. 온 세상이 쓰레기장이 되어버렸어. 이걸 언제 다 치우나. 이젠 허리가 아파서 잘 움직이지도 못하는데. 세상이 이렇게 불공평해서야! (종이들을 치우고 있는 청소부2를 보면서) 아이고 이 화상아! 그렇게 굼벵이처럼 움직이면 어떻게 해! 빨리 빨리 좀 하지 못해? 얼른 치우고 들어가야지. (울화통을 터뜨린

다) 아이고, 이년 팔자도 참 사납다, 사나워. 어쩌다가 저런 영감탱이를 만나가지고. 젊어서는 딴 살림 차려 속 썩이더니, 돈 떨어지고 늙고 나니 집에 떡 하니 들어오네. 저 뻔뻔한 낯짝 좀 봐. 이 화상아, 젊을 때 그렇게 돈 갖다 바치며 쫓아다니던 그 여편네는 어디다가 잃어버리고 날 찾아오냐? 이 개보다도 못한 놈아. 호강이란 호강은 그년한테 다 해주고, 나는 이 나이 되도록 고생만 잔뜩 시켜. 에라, 더러워서! 내가 세상을 뜨던가 해야지. 겨우 모아놓은 돈도 이 화상 약값으로 다 들어갔어. 자식놈들한테 돈 좀 달라고 해도 제 놈들 먹고 산다고 거들떠도 안 봐. 얼마나 애비가 미웠으면 그러겠어? 인과응보야, 인과응보! (청소부2를 측은하게 바라본다) 그래도 지 애비인데, 야 이놈들아, 세상에서 제일 무서운 게 천륜이야. 그래도 네 놈들 낳아준 애비인데 좀 살펴봐 줘. 이제 난 나이가 들어서 힘이 떨어졌거든. 내 인생은 왜 이리 낙이 없을까? 어디 제대로 한 번 놀지도 못하고 매일 남이 버린 쓰레기나 치우고 있으니. 저 영감쟁이까지. 이 세상이나 내 인생이나 쓰레기장 하고 진배없네, 그려. 치우다가 인생 쫑 나는 거지. (청소부2에게) 아, 빨리 빨리 못해? 으이그, 속 터져! 그렇게 게으름 피우면 저녁 굶긴다. 빨리 빨리 하라고! (같이 줍는다)

무대가 깨끗해진다.

청소부1　　　(청소부2에게) 저기 저기! 종이가 떨어져 있잖아. 얼른 주워! (주위를 둘러보며) 이제야 좀 깨끗하네.

청소부1, 퇴장한다.
홀로 남은 청소부2는 울화통이 터지는 듯 종이가 가득 든 자루를 발로 찬다.

청소부1　　　(무대 밖에서) 빨리 안 와!

청소부2는 화들짝 놀라며 자루를 들고 퇴장한다.

11.

PD와 기자가 사방을 두리번거리며 등장한다.

PD   여기 맞아?

기자   맞는데요. 주소가 여기로 되어 있어요. 아무도 안 계세요?

PD   근데 복권 당첨된 사람이 왜 이런 곳에서 살아?

기자   모르죠. 아무도 안 계세요?

박찬영이 등장한다.

기자   혹시 박찬영 선생님이세요?

박찬영 퇴장.

기자   처음 뵙겠습니다. 부산방송에서 나온 염지선 기자입니다.

PD   어! 어디 나가는 거 같은데? 야, 잡아.

기자   박찬영 선생님!

기자 퇴장.

PD   아, 진짜 돈 벌기 힘들다.

박찬영이 기자에게 붙들려 등장.

박찬영   이거 왜 이래? 놓으라구.

기자   선생님, 잠시만 시간 내어주시면 됩니다. 괜찮으시죠? 제발 부탁입니다. 저 혼나요.

PD   거기 앉히고. 약간 오른쪽. 앞으로 조금 더. 어, 거기. 시선 좀 드시고. 웃으세요. 시작해.

기자   저는 한 달 전 100억대의 복권에 당첨된 인생역전의 사나이 박

	찬영 씨를 찾아왔습니다. 안녕하세요, 박찬영 씨? 박찬영 씨?
PD	맛이 갔네, 저 양반.
기자	선생님? 어디 가세요?
박찬영	술. 술을 마셔야겠어. 술이 필요해.

박찬영 퇴장한다.

| PD | 이상한데? 저 사람 맞아? 도저히 복권에 당첨된 것처럼 보이지 않는데? |

반장아줌마 등장.

반장아줌마	찬영이 아저씨, 계세요? (PD와 기자를 발견한다) 누... 누구세요?
기자	아, 저는 부산방송 염지선 기자라고 합니다. 잠시 인터뷰 좀 해주실 수 있나요?
반장아줌마	무슨 일로?
기자	여기 사는 박찬영씨 말인데요. 100억이 넘는 복권당첨자라는 거 알고 계신가요?
반장아줌마	배 배 배 배 백 억요?
PD	잘 모르시는 사인가 보죠?
반장아줌마	그럴 리가 있나요. 여기 같이 산 지 오 년이 넘었는데.
기자	어떤 분이셨죠?
반장아줌마	소박하고, 언제나 밝고, 인사도 자주 하고 그러셨던 분이죠.
PD	설마요. 전혀 다른데요?
반장아줌마	일 년 전인가? 다니던 직장에서 정년퇴직 하고 난 뒤부터 표정이 무척 어두워졌죠.
기자	정년퇴직요?
반장아줌마	가족들도 힘들어했어요. 아저씨가 워낙 우울증도 심했고, 또 매일같이 술만 마셔대고 그래서.
기자	가족들은 다 어디로 갔나요?
반장아줌마	저야 모르죠. 뭐 아들이랑 딸 유학 뒷바라지 한다고 다 같이 외

국으로 떠났다고 하던데. 그런데요, 진짜로 100억 당첨된 거 맞
아요?

기자 인터뷰에 응해주셔서 감사합니다.

반장아줌마 이거 텔레비전에 나가나요? 이럴 줄 알았으면 화장 좀 하고 나오
는 건데. 이상하게 나오진 않겠죠?

박찬영 등장.

반장아줌마 어머, 찬영이 아저씨. 좋은 아침이에요. 우편함에 신문이 가득 쌓
여 있더라구요. 신문 안 보시나 봐요?

박찬영 꺼져. 이 시끄러운 딱따구리 넌아.

반장아줌마 어머머머! 별꼴이야.

반장아줌마 퇴장.

박찬영 신문을 본 지가 오래됐어.

기자 네?

박찬영 좋지 않은 소식만 담겨 있지. 사람들은 그런 걸 왜 돈을 내고
볼까?

기자 저희들은 방송국에서 나왔어요. 신문이 아니에요. TV요. TV 아
시죠?

박찬영 그건 저 혼자서 떠들잖아. 시끄럽기만 하다구.

PD 선생님? 괜찮으세요? 어디 아프세요? 병원에 모셔다 드릴까요?
말씀 좀 해보세요.

기자 선생님? 다른 식구들은 다 어디에 계시나요? 혼자 계세요?

박찬영 인간은 혼자 살 수 없어. 고독을 참을 수 없기 때문에 한계를 알
면서도 서로 대화를 나누는 거야.

기자 그래요, 선생님. 그러니까 우리 대화를 해요.

박찬영 무슨 대화를 할까?

기자 선생님 꿈은 뭐였죠? 많은 돈을 가졌으니 이제 그 꿈을 위해 살
아도 되지 않나요?

박찬영 그래, 여태까지 다른 사람들이 계속 나한테 질문을 했었지. 부모님, 선생님, 면접관. 네 꿈은 뭐야? 자네 꿈은 뭔가? 부모님에게는 판사, 검사, 의사라고 했어. 그렇게 대답하면 부모님께서 정말 좋아했거든. 선생님께는 서울대에 가는 것이라고 대답했지. 선생님은 날 쓰다듬으며 흐뭇해하셨어. 입사시험 때 면접관도 내게 꿈을 묻더군. 난 CEO라고 대답했어. 껄껄 웃더군. 잘해보라는 말을 곁들여서 말야.

기자 100억이 넘는 돈을 가지셨어요. 뭔가 특별한 계획이 있다면요?

박찬영 다 불태워버릴 거야.

기자 뭐라구요?

PD 이거 완전 미친 사람 아냐?

박찬영 모든 문제는 돈이야. 한낱 종이에 불과한데 거기다가 숫자를 새겨 넣어서는 사람을 우습게 만들지. 넌 연봉이 얼마야?

PD 사천 오백.

박찬영 그럼 넌 사천 오백만 원짜리 인간. 넌 얼마나 받아?

기자 전... 수습기간이고 인턴사원이라... 아직... 한 달에 칠십만 원 정도 받아요.

박찬영 칠십만 원? 크흐흐흐... 흐하하하하! 멋지게 속아 넘어갔어. 눈 뜨고 코 베이고 있는 거야.

기자 피디님. 저 기분 나빠서 더 이상은 못하겠어요.

PD 좀 참아 봐. 분량은 뽑아 가야지. 응?

기자 처음 당첨되었을 때 기분이 어떠셨어요?

박찬영 좆 같았지.

기자 네?

　　　사이.

박찬영 모두가 나를 사랑한대. 나는 아무도 사랑하지 않는데 모두가 나를 사랑한댔어.

기자 사랑받는 건 좋은 거 아닌가요?

462

박찬영은 엄지선의 멱살을 잡는다.

박찬영　　　사랑한다는 말은 그렇게 함부로 할 수 있는 말이 아냐. 그 말에
　　　　　얼마나 많은 책임이 들어가 있는 줄 알아? 그 말이 얼마나 무거
　　　　　운 것인지 모르고 있군.
PD　　　　뭐야, 이 새끼! 야, 짐 싸. 철수해. 누가 이런 놈 인터뷰 따오라고
　　　　　한 거야?
기자　　　　하지만...
PD　　　　뭐해? 빨리 따라와.
박찬영　　　가지 마. 내가 따로 천만 원 주지.
PD　　　　미친 놈, 지랄하네.

　　　PD, 기자 퇴장.

박찬영　　　돈이면 다 되는 거 아닌가? 내가 알기로는 그런데. 돈이면 다 되
　　　　　는데. 이상하다.

12.

택배기사1　　(무대 밖에서 소리만) 박찬영 씨 계십니까? 택배 왔습니다.

　　　택배기사가 물건을 들고 들어온다.

택배기사1　　(무대 밖에서 소리만) 박찬영 씨 계십니까? 택배 왔습니다.

　　　다른 택배기사가 물건을 들고 들어온다.
　　　무대 밖에서 계속 또 다른 택배기사가 "박찬영 씨 계십니까?" 소리 치고 물건을 들고 들어
　　　온다.
　　　택배기사는 등퇴장을 반복한다.
　　　박찬영은 들어오는 물건에 별 관심이 없고 정면만 응시하고 있다.
　　　무대에 물건들이 가득 들어찬다.

박찬영	필요한 건 뭐든지 살 수 있어.
택배기사1	박찬영 씨, 저희 제품을 구입해주셔서 감사합니다.
박찬영	원하는 것은 그게 뭐든 할 수 있어.
택배기사2	박찬영 씨, 친절과 미소로 모시겠습니다.
박찬영	난 돈이 무지 많으니까.
택배기사3	박찬영 씨, 철저한 애프터서비스로 봉사하겠습니다.
박찬영	내가 가지지 못할 것은 이 세상에 없어.
택배기사4	박찬영 씨, VIP 고객으로 등록되셨습니다.
박찬영	난 부자야.
택배기사5	박찬영 씨, 더욱 더 향상된 서비스로 만족을 드리겠습니다.
박찬영	세상을 다 가졌어.

사람들, 접대하고 업무를 보는 움직임.

사슬에 묶인 것처럼 부자연스럽고 힘겹다.

톱니바퀴와 같이 움직인다. 한 사람이 움직임을 이어가는 한 전체는 계속 움직여야 한다.

절망스럽지만 분노를 적중시킬 주체를 찾지 못한다.

| 박찬영 | 벌레 같은 놈들. 개미같이 살아가는구나. 재미없는 TV 프로그램 같군. 의미 없이 떠드는 그런 프로그램. 수면 음악 대신 틀어놓는 TV 소리 말이야. 시시껄렁한 토크쇼 같은... 술이 다 떨어졌군. 술을 어디다 놔뒀더라? 기억력이 떨어졌어. (퇴장한다) |

13.

시계소리가 계속 들린다.

사람들은 앞의 움직임을 계속하다 자리를 잡고 정지한다.

다 같이 유쾌하게 웃는다.

박찬영이 등장한다. 박수를 치며 환호한다.

| 부르카 | 드디어 오셨네요. |

성모상   어서 오세요.
의사   편히 앉으십시오.
동료1   오늘의 주인공이죠.

말을 거는 사람이 있는가 하면 악수를 청하는 사람도 다수 있다.

박찬영   무슨 일이야? 아, 토크쇼를 하고 있군. 그런데 여긴 내 집인데.
           내 집에서 다들 뭐하고 있는 거지? 왜 토크쇼를 내 집에서 하는
           거지? 시끄러워. 텔레비전을 없애버리던가 해야겠어.

자리에 털썩 앉는다.
박찬영에 개의치 않고 토크쇼는 진행된다.

의사   선생님 접니다. 닥터 황.
박찬영   그래 오랜만이군.
의사   언제부터 병원에 발길을 뚝 끊으셨더군요. 우울증에서 회복이 되
           신 건지 아니면 더 심해지신 건지. 제가 몇 번이나 말한 거 기억하
           세요? 일을 하라구요. 선생님은 쓸모없는 사람이 아니에요. 명예
           퇴직은 여태 하지 못한 새로운 일을 찾을 수 있는 기회인 겁니다.
박찬영   거짓말하지 마.
의사   지금이라도 늦지 않았어요. 다시 일을 하세요. 아주 조그만 거부
           터 시작해보세요. 아무도 선생님을 무시하지 않아요. 모두가 선
           생님을 사랑하진 않겠지만 또한 모두가 선생님을 증오하는 것도
           아니에요.
박찬영   닥터 황. 애썼지만 난 위로받을 가치조차 없어.
동료1   잘 지내셨습니까? 접니다, 저요.
박찬영   진급은 했나?
동료1   선배님께서 회사를 그만둔 뒤 저도 많이 고민을 했습니다. '난 무
           얼 하고 있는 거지? 난 어디로 가는 거지?' 그런 생각들 말입니다.
박찬영   일찍 고민을 시작했군. 그런 생각 많이 하면 마음이 먼저 늙어.
동료1   제가 말했던가요? 독립하겠다고. 레스토랑을 열었습니다. 선배

님이 한 번 들러주시면 좋을 텐데요.

박찬영	내가 왜?

동료1	참 보고 싶습니다. 박부장님.

동료2	형님! 세계여행이라도 하고 계시는 겁니까? 도통 연락이 없으시네요. 기억하고 있으시죠? 우리는 의형제! 부장님은 형, 나는 동생.

박찬영	싸가지 없는 새끼.

동료2	요새 등골이 빠질 지경입니다. 무슨 구조조정이다, 비용절감이다 해서 회사에서 사람들을 채용을 안 합니다. 과장님, 김은희 씨, 주연 씨 다 회사 그만두고 저만 남아 있어요. 힘들어 죽겠어요.

박찬영	원래 직장생활이란 그런 거야.

동료2	어떻습니까? 얼굴 한 번 봤으면 하는데.

박찬영	룸살롱은 언제 갈 거냐?

동료2	아, 과장님이 회사 그만두고 레스토랑을 차렸다는 소식은 들었는지 모르겠네요. 거기서 옛날 직원들 다 모여서 같이 식사라도 한 끼 합시다. 물론 돈 많으신 형님이 쏘시고.

박찬영	귀찮아.

백수	주인 아저씨. 어디 가셨어요? 연락이 안 되네요. 그동안 신세 많이 졌습니다. 저희들 이제 집을 구입하게 되었거든요. 신도시 쪽에 새로 지은 아파트를 분양받았어요. 다 아저씨 덕분입니다. 그동안 저렴한 세로 신세지고 있었잖아요. 그리고 저 5급 시험은 안 되고 9급 붙었어요.

박찬영	축하한다.

공무원	아저씨 아니었으면 부동산 업자에게 완전 속을 뻔했어요. 그때 대출받았더라면 아직도 그 돈 갚느라 허덕이며 살았을 거예요. 뭔가 감사 인사라도 하고 싶어요.

박찬영	됐어.

백수,공무원	고맙습니다.

박찬영	됐다니까.

친구	야, 박찬영. 죽었나, 살았나?

박찬영	저... 누구신지?

친구	나다, 나. 정원이. 고등학교 때 친구. 진짜 소식 한 번 없고 너무

466

하네. 요새 뭐하냐? 난 다니던 회사 때려치우고 연극한다.

박찬영 쯧쯧쯧...

친구 집안 발칵 뒤집히고 마누라는 가출한다고 협박하고, 내 돌아버리겠다. 그래도 어떡하냐? 나는 연극하는 게 즐거운데. 아 참! 너 복권 당첨됐었다며? 야, 이 씨발. 돈 못 버는 이 가난한 친구를 위해 뭐 좀 해줘야 될 거 아냐? 한 턱 쏴라. 소고기 좀 먹여줘. 수입 말고 한우로.

부르카 부르카예요. 당신 찾고 있어요. 한국에서 만난 제일 착한 사람. 제일 좋은 사람. 부르카 이제 창녀 아니에요. 병도 다 나았어요. 부르카한테 준 그 돈으로 귀걸이 목걸이 장사해요. 단골들 무지무지 많아요. 부르카 당신 많이 많이 보고 싶어요. *I dedicate all my best to thanks.*

박찬영 (박수친다)

시한부 저 승현이에요. 기억하시겠어요? 사실은 오래전부터 아저씨를 짝사랑했어요. 그런데 아저씨에게 말할 용기가 나지 않았죠. 내가 조금만 더 용기가 있었더라면 우리는 행복하게 잘 될 수도 있지 않았을까요?

박찬영 설마.

시한부 날 받아줄 수도 있지 않았을까 하는 생각이 드네요.

박찬영 네버.

시한부 난 병이 들었어요. 의사 말로는 반년밖에 못 산대요. 죽음이 내 일상을 휘감고 나니 뒤늦게 용기가 생기네요. 이제 말할게요.

박찬영 하지 마.

시한부 사랑해요. 아저씨.

박카스아줌마 아제, 요샌 와 공원에 놀러 안 오노? 할배들이 총각이랑 장기 두는 걸 얼매나 좋아했는데. 괜히 허전해한다 아이가.

박찬영 장기 실력은 좀 늘었는지 모르겠군.

박카스아줌마 아 참! 내는 박카스 인생 청산하고 요 공원 모퉁이에 쪼매난 매점 하나 차렸다. 근데 점빵 앞에 맨날 할배들이 죽치고 앉아가 미치고 팔딱 뛰겠다. 영감쟁이들 죽도 않고 마 엉성시럽다. 우야튼 놀러 오이라이. 내 서비스로 음료수 하나 공짜로 줄게. 알았제?

유니세프　박찬영 귀하. 유니세프에서 감사의 말씀을 전해드리고자 합니다. 그동안 귀하께서 기부하신 돈은 아프리카 어린이들의 기아 구제를 위해 사용되었고 150명의 어린이에게 총 16만 4432끼의 식사를 제공하셨습니다. 다시 한 번 한없는 존경과 깊은 감사의 말씀을 드립니다.

연상녀　저 기억하세요? 실연당해서 자살하려고 했던 여자예요.

박찬영　아!

연상녀　당신 때문에 죽지 않고 살게 되었죠. 뭐, 당신이 나를 구하려는 의도로 했던 건 아니었지만, 아무 말 없이 날 빤히 쳐다보는 바람에 죽고 싶은 마음이 싹 사라졌거든요. 그 후로 다시는 타인의 마음으로 나를 채우려고 하지 않았어요.

성모상　저 아시겠어요? 아저씨가 날 보고 성모 마리아상을 닮았다고 했잖아요. 나한테 그런 말을 해준 사람은 아저씨가 처음이었어요. 모두들 날 피하고, 겁내고, 욕만 했죠. 나도 똑같은데. 나도 사람인데. 아저씨가 해준 키스 죽어서도 영원히 잊지 않을 거예요.

첫사랑　나야. 잘 지내니? 어제 우연히 학교 근처를 지났어. 우리가 같이 자주 걸었던 그 길을 혼자 걸었지. 거긴 변한 게 별로 없더라. 그래, 맞아. 대학교 안에서의 연애와, 졸업하고 나서의 연애는 달랐어. 그때는 현실이 너무 무거웠지. 우리는 같은 시기에 각각 서로의 삶에 너무 바빴어. 목표는 불투명했고 취업하기도 힘들었어. 우리는 그때 그 시절을 이겨내지 못했던 거야. 너와 내가 좀 더 강했더라면, 좀 더 용감했더라면 하는 생각이 드네. 그랬으면 아마도 지금쯤… (미소를 짓는다) 과거에 함몰되는 것은 건강하지 못한 거겠지? 하지만 계속 생각나. 영화를 보러 간 일, 바다를 거닐던 일, 술을 마시고 손을 잡고 키스를 하고 섹스를 했던 그 모든 일.

박찬영　그랬었나?

첫사랑　분명히 우리는 아름다웠어. 서로 사랑했었지. 이제 다시 보기가 두려워질 만큼.

박찬영　미안해. 난 잘 생각이 나지 않아. 우리가 어땠었는지. 물에 번진

잉크자국처럼 너와의 기억은 초점을 잃어버렸어. 미안해,

아들   아버지! 저 얼마 전에 입사시험에 합격했어요. 뭐 그렇게 큰 회
         사는 아니지만요, 사람들도 참 좋구요, 일도 마음에 들구요. 오늘
         첫 월급 받는 날이에요. 아버지, 같이 식사해요. 제가 맛있는 거
         사드릴게요.

박찬영   괜찮다. 난 돈 많다.

아들   이렇게 키워주셔서 감사합니다.

아내   여보. 밥은 잘 먹고 있어? 어디 아픈 덴 없고? 퇴직을 하고 나서
         이혼하자는 당신 말, 난 너무 당황스러웠어. 그리고 화가 났고.
         그런데 시간이 지나니까 점점 당신 심정이 이해가 돼. 정말 외로
         웠었구나. 그때 난 왜 그걸 몰랐을까? 왜 매일 투덜거리고 잔소
         리만 해댔을까? 여기 뉴욕은 정말 심심해. 아는 사람이 아무도
         없어. 아무도 내 말을 들어주는 사람이 없어. 나, 당신 참 보고 싶
         다. 당장 당신한테 가고 싶어.

박찬영   문은 열려 있어. 외출할 땐 늘 그랬듯이 화분 받침대 안에 키를
         넣어두고 있어.

딸   아빠. 요즘 뭐하면 지내? 나 사랑하는 사람이 생겼어. 아빠만큼
         듬직한 사람이야. 소개시켜주고 싶은데. 아빠도 이 사람, 스미스
         보면 되게 마음에 들어 할 거야. 우리 보고 싶지 않아?

박찬영   왜 안 보고 싶겠니?

딸   아빠 사랑해. 보고 싶어.

청소부2   (말없이 우두커니 있다가 미소 짓는다)

동료1   오늘 참 유익한 시간이었습니다.

백수   다음에 또 만날 것을 기약하죠.

아내   반가웠습니다.

첫사랑   잘 가세요.

동료2   살펴가세요.

유니세프   고맙습니다.

모두 인사를 하면서 아쉬운 듯 자리를 하나둘씩 뜬다.

무대 밖으로 나가기 전 한 명씩 박찬영에게 다가가 포옹을 하거나 키스를 하거나 손을 쓰

다듬거나 말없이 땀을 닦아준다.
모두 퇴장하고 무대엔 박찬영 홀로 서 있다.

박찬영   나 이제 나가도 될까? 그래도 될까? (사이) 아니야. 거짓말일 거
            야. 세상은 이유 없는 호의를 베풀지 않으니까.

14.

박찬영   때때로 난 사람들이 도망가고, 내가 그 사람들을 잡기 위해서 뛰
            어야 하는 꿈을 꿨지. 그 반복되는 꿈은 나를 더욱 지치게 했어.
            인생이 아주 짧은 순간처럼 느껴져. 깜빡 졸다 일어난 것 같아.
            영원할 거 같았는데. 이게 새로운 삶이었길 바랐는데. 나는 또 상
            자 속에 갇혀버렸다. 상자, 상자! 이놈의 상자!

상념들이 등장한다.
상념들은 박찬영을 둘러싼다. 박찬영의 고통스러움이 상념들을 통해 드러난다.

박찬영   그만 괴롭혀. 날 그냥 내버려두라고! 아무 상관없이 살고 있잖
            아. 건드리지 말란 말이야. 바보 같은 놈들! 꺼져버려! 꺼지라고!
            도대체 이게 다 어찌된 일이야? 아무 소용없어. 이제 와서 이게
            무슨 헛지랄병이야!

상념들이 박찬영의 머리 위로 쓰레기를 들이붓는다.

박찬영   지옥같이 뒤엉킨 세상! 혼탁한 세계! 미쳐버린 지구! 발악을 하
            는구나. 지랄발광을 하는 거야! 개새끼들. 꺼져! 그렇지 않을 것
            같으면 본색을 드러내! 날 기만하지 말고! 너희 자신을 기만하지
            말고!

박찬영이 부르짖는 동안 무대 밖에서 안으로 온갖 쓰레기들이 쏟아진다.
박찬영이 쓰레기 속에서 허우적대는 동안 무대가 서서히 어두워진다.

박찬영 아, 이 망할 자식들아! 이 나쁜 새끼들아! (쓰레기를 주워 집어던
진다) 좀 더 일찍 깨달았어야 했는데. 웃기는군! 아주 황당해! 뭐
이렇게 웃기는 일이! 뭐 이렇게 웃기는 일이 다 있어! 뭐 이렇게
웃기는 일이 다 있냐고! (쓰레기 더미에서 뒹군다. 무대 뒤쪽으로
얼굴을 돌린다) 웃기고 있네! (무대 오른쪽을 본다) 뭐, 이런 웃
기는 일이 다 있어! (무대 왼쪽을 본다) 웃기는 일이야. (울고 있
다) 웃겨 죽겠어. (흐느낀다)

긴 사이.

박찬영 내 삶을 돌려줘. 내 일상을 다시 회복시켜달라고. 이 쓰레기 같은
놈. 박찬영, 이 멍청한 놈. 왜 이렇게 살았을까? 왜 꼭꼭 틀어박
혀서 벌벌 떨고만 있었을까? 이 병신 같은 놈!

EPILOGUE

흐느낌이 멎는다.

박찬영 이 질긴 목숨의 끈. 그래도 더 오래 살고 싶어. 이제야 알 것 같
아. 이 세상이, 살아 있다는 것이 왜 그렇게 좋은 것인지. 살아 움
직이는 모든 것들이 아름다워. 모든 어린 것들이 아름다워. 싱싱
한 젊음이 탐스럽게 아름다워. 오래된 것들은 오래될수록 더욱
아름다워. 그런데 누가 시작과 끝을 만들어놓았을까? 언젠간 끝
이 온다는 걸 난 왜 몰랐을까? 이럴 줄 알았다면 사람들에게 좀
더 잘해주는 건데. 아껴두었다 뭘 하겠다고. 다시 사랑하고 싶다.
아직도 사랑이 뭔지 몰라. 그러나 사랑하고 싶어. 차라리 꿈이었
으면. 아픈 기억을 다 잊어버릴 수 있을까? 즐겁고 좋은 일만 생
각할 수 있을까? 시간이 얼마 남지 않았어. 날이 다 저물어버렸
어. 아직 빛이 남아 있을까? 왜 이렇게 보고 싶은 얼굴이 많을
까? (크게 숨을 들이쉰다) 지금 여기, 난 백척간두 위에 섰다. 이

앞은 끝이 보이지 않는 아득한 절벽. 한 발 내딛으면 죽음일까? 아니면 휴식일까? (관객에게 미소를 지으며 시선을 던진다) 여태까지 많은 사람들을 만났어. 그들이 가지고 있는 중력이 나를 이끌었고, 내가 가진 중력 또한 그들을 간섭했지. 우리는 갈 길이 멀고, 그만큼 급해. 제도는 허점투성이고 형식은 낡았으며 의식은 자본에 침식당하고 있어. (큰 숨) 나와 이 땅의 모든 사람들이 좀 더 고차원적인 생물로 진화했으면 좋겠어. 주식 시세에 일희일비 하지 않았으면 좋겠고, 강남 땅값이 오르는 데에 너무 분개하지 않았으면 좋겠고, 공무원 시험 합격한 것이 가문의 영광처럼 평가되지 말았으면 하고, 세금을 떼먹었다는 기사가 더 이상 나오지 말았으면 좋겠어. 그보다는 저 멀리 몇백만 광년 떨어진 은하에 사는 외계인이 보낸 우호적인 메시지가 들렸으면 좋겠고, 멸종되었다는 생물이 다시 출현했다는 반가운 소식이 전해졌으면 좋겠고, 암을 극복하는 혁신적인 치료법이 개발되었으면 좋겠어. 정말로 그랬으면... 정말로. 나 이제 나가도 될까? 늦지 않았을까? 모두에게 하지 못한 말. 내 심장 깊은 곳에 숨겨두었던 말... 사랑합니다. 여러분, 모두.

음악과 함께 배우들은 미래로 걷기 시작한다.
무대는 아주 천천히 어두워진다.

막

페드르

원작: 장 밥티스트 라신

등장인물

페드르

히폴리투스

테세우스(=테제)

아리시

제논

메네스테우스

테라멘

외논

이스멘

세미라미스

파노프

키몬

리코메데스

네스토르

코러스 (병사들, 시녀들, 귀족들, 무녀들, 자객들)

1-1

무대가 밝아지면 세미라미스가 무대 가운데에 있다.

모든 배우들이 가면을 쓰고 등장한다.

합창, 그리고 군무.

정지. 정적.

세미라미스　하늘의 달이 사라지고 땅에는 바람이 불지 않으니
　　　　　사람들은 소리를 잃고 마음도 죽어간다.
　　　　　오십시오, 테제여.
　　　　　당신은 이제 오실 때가 되었습니다.
　　　　　기다림은 마치 가뭄과 같아
　　　　　대지가 말라가듯이 이 아테네도 삭막해져갑니다.
　　　　　올림포스의 왕, 제우스여.
　　　　　우리의 왕 테제를 서둘러 아테네로 보내주십시오.
　　　　　신께 향한 공경은 영원불멸한 것,
　　　　　테제에 대한 우리의 사랑을 질투하지 마옵소서.
　　　　　테제를 이 아테네의 품으로.
　　　　　테제를 부디 이 아테네의 품으로.

군무와 합창.

세미라미스는 주문을 외며 퇴장한다. 등장인물들은 제사장을 따라서 퇴장한다.

1-2

무대엔 히폴리투스와 테라멘만이 남는다.

테라멘　　（퇴장하는 사람들을 지켜보며） 폐하의 무사귀환을 비는 기도가
　　　　　벌써 한 달째 계속되고 있습니다. 신들께서도 무심하시지. 저렇
　　　　　게 정성을 쏟는데도 이렇듯 응답이 없으니.
히폴리투스　테라멘, 나는 떠나기로 결심했어. 이 도시를. 더 이상은 견딜 수

없어. 모두가 날 한심한 눈으로 쳐다봐. 그 모멸감과 수치심을 더이상 배겨낼 자신이 없어.

테라멘　왕자님, 참으십시오. 고난과 위기를 정면으로 맞닥뜨리지 않으신다면 운명은 결코 왕자님 손에 쥐어지지 않을 것입니다.

히폴리투스　그러면 나더러 어쩌란 말이지? 이렇게 궁궐에 눌러앉아 사라진 아버지를 찾지도 않는 부덕한 아들이 되란 소린가?

테라멘　왕께서는 종종 큰 모험을 떠나셨지요. 그렇지만 아무 일 없이 무사히 귀환하셨습니다.

히폴리투스　부왕께서 실종되신 지 벌써 여섯 달이 넘었어. 계신 곳은커녕 생사조차도 모르고 있잖아.

테라멘　신하로서 외람된 말이지만 과거 폐하께서는 여인에 심취하시면 궁궐과 연락을 끊고 한 달이고 두 달이고 머물다 오셨습니다. 이번에도 그런 게 아닐까 싶습니다. 그러니 너무 성급하게 생각하지 않으셨으면 합니다.

히폴리투스　(사이) 테라멘, 너는 나를 왕으로 만들고 싶은가?

히폴리투스가 칼을 뽑는다.

테라멘　　그렇습니다.

테라멘도 칼을 뽑는다.

히폴리투스　왜?

둘은 칼을 휘두르며 대련을 시작한다.
절도 있고 격식 있는 동작으로, 마구잡이로 휘두르는 것이 아니라 정해진 양식에 따라서.

테라멘　왕자님만이 이 나라의 적통이기 때문입니다.

히폴리투스　그것으론 부족해. 네가 나를 왕으로 만들려고 하거든 나로 하여금 누구도 부인할 수 없는 공적을 세우도록 해야 해. 아버님을 봐. 여러 부족의 난립으로 혼란스럽던 아티카 지방을 통일시키고 이 아테네에 수도를 세우셨지. 프로크루스테스, 케르퀴온, 스키론, 신니스, 페리페테스, 그 이름만 들어도 알 만한 영웅호걸들이 아버지께 고개 숙이고 충성을 맹세했어. 적수가 없다는 미노타우로스 장군의 군대까지 패퇴시키고 저 멀리 크레타까지 토벌하셨지. 그에 비하면 난 온실 속에서 자라난 보기 좋은 화초일 뿐이야. 아테네는 유구한 역사의 정점에서 아버지를 영원히 기억할 테지만 나는 아니야. 나는 영웅 아버지의 보잘것없는 아들이지.

테라멘　　그러나 폐하께서도 한 인간입니다. 불로불사의 존재가 아니란 말씀입니다. 영원히 아테네 곁에 계실 수는 없습니다. 아테네는 세운 지 얼마 되지 않은 나라입니다. 아직 국가로서 기초가 미약하지요. 따라서 적통인 히폴리투스 왕자님께서 왕권을 최대한 빨리 이양받아 안정적인 나라로서의 기초를 다져야 할 필요가 있는 것입니다.

히폴리투스　　원로원이 납득을 할까?

대련이 잠시 멈춰진다.

테라멘　　모르죠. 속이 시커먼 놈들만 가득하니까요. 왕비가 원로원에 손을 뻗고 있습니다. 그들의 권력을 흡수해서 왕자님의 정통성에 도전하고자 함이겠지요.

히폴리투스　　어쨌든 페드르 왕비는 내 어머니이다. 그 같은 말은 어울리지 않아.

테라멘이 대련을 재개한다.

테라멘　　왕비의 두 아들도 왕자님께 매우 큰 위협입니다. 아직은 어린 아이지만 성장하면 왕자님의 등 뒤로 날카로운 송곳니를 드러낼 겁니다.

히폴리투스　　테라멘. 너의 눈에는 세상 모든 사람이 반역자나 불순분자, 야심가로 보이는 모양이로군.

서로 칼을 맞댄 채 정지한다.

다시 떨어지려는 찰나 테라멘은 히폴리투스의 빈틈을 노려 칼을 목에 들이댄다.

테라멘   사람을 믿지 마십시오. 아무리 친한 친구에게라도, 아무리 사랑
          하는 사람 앞이라도 마음 한 켠엔 왕자님만의 구역을 만들어서
          그 누구에게도 보여주지 마십시오.
히폴리투스 나의 스승께서 아주 훌륭한 가르침을 내리시는군.

          히폴리투스가 테라멘의 칼을 쳐낸다.

          대련의 속도가 빨라지고 점점 격렬해진다.

          시간이 지날수록 테라멘의 검은 공세를 취하고 히폴리투스의 검은 수세에 몰린다.

테라멘   약할 때, 빈틈을 보일 때, 가장 먼저 나에게 타격을 주는 이들이
          바로 내가 믿는 자들입니다. 평소엔 돈독한 우애를 과시하다가
          도 위기가 닥치면 자기 몸을 지키느라 방패를 찾지요. 그들은 왕
          자님에게 다가오는 칼을 막아주는 게 아니라 도리어 왕자님의
          심장을 서슬 퍼런 칼날 앞에 내어놓습니다. 제 말을 꼭 명심하십
          시오. (칼을 내려 칼집에 집어넣는다)
히폴리투스 가슴속에 새겨들을게. (칼을 거둔다) 왕자라는 지위를 가지지 않
          고 태어났더라면 얼마나 좋았을까? 그렇다면 이런 복잡한 일들
          때문에 고통받지 않아도 되고, 그냥 한적한 풀밭에서 소나 양을
          키우며 여유로운 삶을 살아도 되었을 텐데.
테라멘   투정을 부릴 나이는 지나셨습니다.
히폴리투스 나와 비슷한 또래의 소녀가 내 어머니가 되다니. 어릴 땐 아버지
          를 무척 많이 원망했었어. 그러나 지금 내가 괴로운 건 페드르
          때문만은 아냐. 내 마음속에는 어떤 커다란 의문이 자라나고 있
          어. 그래서 두려워.
테라멘   그 의문이 무엇입니까?
히폴리투스 (망설인다) 난 사랑이라는 것을 믿지 않아. 그것은 세상에서 가
          장 하잘 것 없는 거야. 언제나 되돌아오는 건 상처와 고통뿐이었

지. 그런데 난 또 그 부질없는 것에 마음을 쓰기 시작했어. 테라
멘, 이 세상에 진정한 사랑이 과연 있을까?

테라멘 인간은 사랑을 하지 않고는 살아갈 수 없습니다. 동료들 사이의
신뢰, 기쁨에 찬 웃음, 거룩한 생명, 성스런 빛, 이 모든 것이 사
랑에 포함되는 것입니다.

히폴리투스 테라멘, 그대도 사랑을 하고 있는가?

테라멘 물론이지요.

히폴리투스 그런데 왜 여태 결혼을 하지 않은 거지?

테라멘 예? 아, 네... 그게 그러니까... 음... 모르겠습니다.

히폴리투스 (웃음)

테라멘 (웃다가 밖에서 들어오는 누군가를 발견한다) 저기 재수 없는 놈
이 오는군요.

히폴리투스 (밖을 보고 얼굴을 찡그린다) 동감이야.

1-3

제논, 등장.

제논 (시건방진 표정과 행동) 안녕하십니까, 왕자님. 안녕하시오, 테
라멘.

테라멘 (무뚝뚝하게) 폐하의 생사조차 확인할 수 없는 이 마당에 안녕은
무슨 안녕인가?

제논 거 참, 테라멘 경께서는 어째 고슴도치보다 더 까칠하시오? (장
난스럽게 웃으며) 그 표정은 내가 내 마누라한테 보석을 안 사줄
때 짓는 표정이랑 비슷한데요.

히폴리투스 말을 삼가라. 테라멘은 폐하의 친구이자 나의 스승이시다.

제논 아, 예. (사이) 왕자님, 소문을 듣고는 참으로 감복했습니다. 폐하
를 찾으러 곧 이 도시를 떠나신다구요? 시민들 사이에 칭찬이 자
자합니다. 정말 효자라구요.

테라멘 근거 없는 헛소문을 공연히 떠들고 다니지 마시게.

제논 어라? 아테네의 모든 시민이 그렇게 알고 있는데...

테라멘	왕자님은 떠나지 않으실 것이다. 폐하께서 계시지 않은 이상 왕자님께서 궁궐을 지키는 것이 순리.
제논	그렇다면 아버지를 찾지 않는 불효자가 되는 것도 도리겠군요.
테라멘	무엄하다.
제논	(여태까지의 태도와 달리하여 진지하게) 궁궐엔 페드르 왕비가 계십니다. 남편이 집을 비우면 부인이 모든 것을 총괄하는 게 순리지요. 왕자님께서는 안심하고 폐하를 찾으러 떠나도 될 겁니다.
테라멘	그 시커먼 속을 모를 줄 알고?
제논	제 속요? 시커멓다구요? 어제도 목욕을 했습니다. 갈리아에서 온 장미를 목욕물에 섞었는데 그 향이 끝내주더군요. 은은한 향이 좋지 않습니까? (사이) 시민들은 테제를 원합니다. 히폴리투스 왕자님이 아니라 테제를요. 왕자님은 권력을 탐하기 이전에 시민들을 만족시키는 법을 먼저 아셔야 할 것 같습니다.
테라멘	권력을 탐하는 건 바로 네놈이다.
제논	에이, 설마요?

1-4

페드르, 외논, 시녀들 등장.

히폴리투스, 테라멘, 제논, 예를 갖춘다.

페드르	왜들 소란이지?
제논	왕자님께서 폐하를 찾기 위해 길을 나설 예정이라 하여 보기 드문 효성이다 그런 담화를 나누는 중이었습니다.
페드르	그게 정말이야, 히폴리투스? 그렇다면 넌 폐하께서 어디 계신 줄 알고 있어?
히폴리투스	아직 모릅니다. 허나 몇몇의 군사를 거느리고 바다를 건너 아버지의 행적을 쫓아볼까 합니다.
페드르	그만둬. 폐하께서 계시지 않은데 너마저 변괴를 당할까 봐 두려워.

히폴리투스   하지만... 어머니...

        사이.

페드르   (표정이 굳어) 그만두어라. 네가 나가서 찾을 수 있다면 벌써 다
        른 이들이 그이의 소식을 듣고 전해주었을 터. 네가 그이를 찾아
        나서는 건, 소용없는 짓이다.
히폴리투스   하지만 저는 아들입니다.

        사이.

페드르   부디 네 아버지와 함께 돌아오너라. 그이가 위기에 빠져 있다면
        너의 용맹을 발휘해 그이를 구출하고, 그이가 다른 여자에게 빠
        져 있다면 여기 이 아테네에 당신을 기다리는 수많은 사람이 있
        다 일깨운 후 그이의 정신을 건져오너라.

    히폴리투스, 테라멘 퇴장.

1-5

제논   (페드르에게 다가가서 걱정스레) 왕비님, 안색이 좋지 않습니다.
        무슨 다른 일이 있습니까?
페드르   의식을 치르느라 피곤해서 그런 것뿐이야. 그보다 내가 부탁했
        던 일은?
제논   예. 제가 크레타의 심복들에게 일러 폐하의 행적을 이 잡듯이 뒤
        졌습니다. 그들의 보고로는 원정에서 승리를 거둔 후 돌아오는
        길에 폐하의 절친한 친구 페리토스의 연락을 받고 급히 어디론
        가 떠나셨다고 합니다.
페드르   그럼 페리토스가 사는 곳엔 가보았니?
제논   ...
페드르   어쨌든 아무런 행방을 알 수 없던 때와는 달리 안심이 되는구나.

최소한 페리토스가 폐하를 해할 리는 없으니까. 다만... 아냐, 그 만하자.

제논   저도 역시 그게 걱정입니다. 워낙 미색에 심취하시는 분이니. 저 번에도 어떤 여인을 데리고 돌아오셨지 않습니까? 아이까지 떡 하니 낳아가지고. 왕비님께서 마음고생이 심하셨지요.

페드르   그만!

제논   이후를 생각하십시오. 폐하께서 저렇듯 여인을 밝히시는 한, 그 래서 계속해서 그분의 혈통을 이은 아이들이 태어나는 한, 왕비 님과 두 자제분의 장래엔 어둠이 점점 짙어질 수밖에 없을 것입 니다.

페드르   그만하거라.

제논   유일한 방법은 힘을 키우는 것뿐입니다. 폐하께서 생존해 계시 는 한 어쨌거나 왕비님께서 두 번째의 지위를 유지할 것입니다. 그동안 크레타의 군사력을 키워야 합니다. 부왕이신 미노스 왕 께서 구가했던 강성한 국력을 되찾으셔야 합니다. 제가 원로원 에 손을 쓰고는 있지만 여기 아테네엔 왕비님의 편이 되어줄 세 력이 별로 없습니다.

제논이 말을 하는 동안 페드르는 고개를 절레절레 흔들고는 무대 바깥으로 오른다.

시녀들 퇴장.

페드르, 무대 바깥을 걷는다.

1-6

제논은 페드르가 사라졌음을 뒤늦게 알고 겸연쩍어한다.

외논은 그런 제논을 한심한 듯 바라보고 있다.

제논   (짐짓 근엄하게) 왕비님의 안색이 좋지 않다. 무슨 일이 있는 게냐?

외논   달포 전부터 음식을 드시지를 못하십니다. 드시면 바로 토해버 리고. 그러니 저렇듯 수척해질 수밖에요.

제논	원인이 무엇이냐?
외논	저로서는 알 도리가 없습니다. 다만 주무시면서 헛소리를 하는 것을 들었습니다.
제논	뭐라 하시더냐?
외논	그게 그러니까...
제논	바른 대로 말하거라.
페드르	(괴로운 듯) 히폴리투스.
외논	히폴리투스의 이름을 계속 부르고 계셨습니다.
제논	악몽을 꿨던 것인가? 또 다른 것은 없느냐?
페드르	(웃음, 울음)
외논	가끔 실성을 하신 듯이 웃다가 또 구슬프게 우실 때가 있습니다.
제논	마음병이 더 커지기 전에 폐하께서 얼른 돌아오셔야 할 터인데. 그래야지 우리의 가장 큰 적 히폴리투스 왕자를 다시 트레젠으로 돌려보낼 수 있을 것이고.
외논	전 이만 왕비님께 가봐야겠습니다.
제논	그러도록 해라. 무슨 일이 있으면 즉시 나에게 와서 보고하도록 해라. 알겠느냐?
외논	예.

제논 퇴장.

외논, 페드르에게 간다.

1-7

페드르	모든 것이 날 해치려고 하고 있어. 괴롭히고 있단 말이야. 누가 내 머리 위에 이런 장식을 올렸지? 너무나 무거워.
외논	그런 말씀 마세요. 조금 전만 하더라도 예쁘게 보이고 싶다고 치장해줄 것을 명하셨잖아요.
페드르	내가 그렇게 말했다고? 예쁘게 보이고 싶다고? 대체 누구에게? 누가 날 예쁘게 봐줄까?
외논	모두가요. 왕비님은 아름다우십니다.

페드르	모두의 사랑은 필요 없어. 난 단 한 명의 사랑을 원해.
외논	폐하께서는 곧 무사히 귀환하실 것입니다.
페드르	(자조 섞인 웃음)
외논	도대체 무슨 일입니까? 저에게만은 털어놓으실 수 있잖아요. 말씀해보세요. 왕비님이 근래 들어 이렇게 괴로워하시는 이유를.
페드르	(한숨)
외논	저를 못 믿으시는 건가요?
페드르	너를 믿지 않고 세상 누구를 믿겠니?
외논	말씀해보세요. 걱정이 되어서 그래요. 잠도 제대로 주무시지 못하고, 음식도 드시질 못하고. 그 마음속에 무엇이 있길래요?
페드르	털어놓기엔 너무나도 끔찍한 일이야. 내 마음 안엔 괴물의 알이 들어 있어. 소리 내어 말했다간 그 무시무시한 괴물이 알 껍질을 깨부수고 나올 거야. 견딜 수가 없어. 차라리 죽어버리는 것이 편할 것 같아.
외논	스스로 목숨을 끊는다는 것은 신의 의지를 거역하는 것이에요. 또한 남편을 배반하는 행위이며 자식들을 불행하게 만들죠. 힘을 잃은 아이들을 히폴리투스 왕자가 가만히 놔두겠어요?
페드르	아, 그만! 그 이름을 내 앞에서 말하지 마.
외논	이제 아시겠어요?
페드르	죽을 것 같은 고통을 주면서 또한 살아야만 하는 이유도 동시에 존재하게 하다니. 하늘이 원망스럽구나.
외논	도대체 무슨 말씀이십니까? 무엇 때문에 왕비님은 그토록 괴로워하십니까?
페드르	더 이상 묻지 마. 네가 내 가슴속의 번민을 알면 두려워서 몸서리칠 거야.
외논	전 왕비님을 위해 있는 사람입니다. 우린 기쁠 때나 힘들 때나 늘 함께 있었잖아요. 말씀해보세요. 왕비님을 위해서라면 전 그 무엇도 두려워하지 않습니다.
페드르	무슨 말부터 해야 할까? 어디서부터 시작해야 할지 모르겠구나.
외논	천천히 다 말씀해보세요.
페드르	그래, 미칠 것만 같아. 눈을 감아도, 눈을 떠도 오직 그의 생각뿐

이야.

외논   누군가를 사랑하고 계십니까? 누구죠?

페드르   놀라지 마. 내가 사랑하는 사람은... 그 이름을 말하려고 하니 내
          가슴이 떨려. 내가 사랑하는 사람은...

외논   어서 말씀하세요.

페드르   너는 알겠지. 그 아마조네스족 여왕 안테오페의 아들! 그토록 내
          가 핍박했던 그 왕자!

외논   (아연실색한다) 히폴리투스 왕자를? 맙소사! 그를 증오했던 것
          이 아니었어요? 언제부터요?

페드르   오래되었지. 테제와 혼인을 맺은 후, 아테네에 오니 그가 나타난
          거야. 그이를 보자 얼굴은 달아오르고 이내 창백해졌지. 난 정신
          을 잃은 채 혼란에 빠진 거야. 눈은 멀고, 입은 막혀버렸어. 온몸
          이 떨리고 불타오르는 것을 느꼈지. 난 너무 무서웠어. 신께 기
          도하면 괜찮아지겠지 했어. 그리하여 사원을 짓고 정성껏 장식
          했어. 또한 제물을 바쳐, 잃어버린 이성을 되찾으려고 했지. 그러
          나 아무런 소용이 없었어. 아무리 제단에 향을 피운들 헛일이었
          지. 입으로는 신의 이름을 불렀지만, 마음은 히폴리투스를 숭배
          하고, 그에게 달려갔어.

외논   전 전혀 눈치채지 못했어요.

페드르   그랬을 거야. 난 언제나 그를 피해 다녔으니까. 하지만 어느 날,
          테제의 모습에서 그를 보고 말았어. 아버지와 아들이니 둘은 닮
          았잖아. 폐하과 잠자리를 하면서도 난 늘 왕자를 상상했어. 쾌락
          에 들떠 신음소리를 내는 그 순간에도 나를 범하고 있는 남자는
          테제가 아니라 히폴리투스였어. 그가 날 다정하게 안아줬어.

외논   맙소사.

페드르   그러나 행복한 순간은 잠시뿐. 어둠이 걷히고 날이 밝아 아침이
          되어 일어나면 난 두려웠어. 내 옆엔 그가 아니라 테제가 있었으
          니까. 마침내 난 결심을 했어. 몰아내자. 내 마음속에 있는 그를
          몰아내자. 그리고 그를 보지 말자. 못된 계모로 가장하여 우상처
          럼 숭배했던 히폴리투스를 멀리 트레젠으로 보냈지. 그가 없는
          동안 나의 혼란은 가라앉았고, 순결한 마음으로 세월을 보냈어.

484

고통을 감춘 채 폐하께 순종하고, 자식들을 보살폈지. 허나 그 모든 것이 허망할 뿐, 운명은 잔인한 것! 히폴리투스가 오고 6개월간 난 지옥 속에 있었다. 뜨거운 불꽃은 나를 삼키고, 이제 더는 버틸 수가 없어. 외논, 난 이제 어떻게 하면 좋겠니?

웅장한 나팔소리가 울린다.

외논　　　　이게 무슨 소리죠?
페드르　　　뭔가 긴박한 일이 일어난 모양이구나. 원로원 회의가 소집된 것 같아.
외논　　　　가보시죠.

페드르, 외논 퇴장.

1-8

제논 패거리 등장한다. 이어 메네스테우스 패거리 등장한다.
두 패거리는 가벼운 언쟁을 벌이다 히폴리투스와 테라멘이 등장하자 멈춘다.
곧이어 페드르가 등장한다.

페드르　　　무슨 일인가?
파노프　　　(무릎을 꿇고 비통한 어조로) 테제께서 운명하셨다 합니다.
제논　　　　파노프, 그게 무슨 말인가? 폐하께서는 페리토스와 함께 계신 걸로 아는데.
히폴리투스　파노프. 자세히 말해. 아버님께서 어쩌다가 운명하셨다는 말인가?
파노프　　　폐하께서는 초대를 받아 페리토스의 성에 도착하여 몇날 며칠이고 연회를 즐기셨습니다. 모두가 취해 잠든 사이 플루토니우스라는 자가 폐하와 페리토스를 해하였다고 합니다.
히폴리투스　도대체 왜? 그리고 그 플루토니우스란 자는 누구야?
파노프　　　페리토스에게 아내를 빼앗긴 자라고 합니다. 그는 원한에 차 이 같은 짓을 저지른 것으로 보입니다.

제논   (탄식하며) 이럴 수가. 아테네에 큰 불행이 닥쳤습니다.

메네스테우스 (비웃음) 그렇게 여자를 밝히더니 결국 비참하게 죽는구나.

제논   (메네스테우스에게) 닥쳐라. 국왕 폐하에 대해 그 무슨 불경한
              말이냐?

메네스테우스 웃기고 있군. 너희들의 국왕이지 애초에 우리들의 국왕은 아니
              었다.

      페드르, 쓰러진다.

외논   (당황한다) 왕비님!

제논   (시녀들에게 명령한다) 어서 페드르 왕비를 모셔라.

      페드르, 외논 퇴장.

메네스테우스 여러분. 테제가 죽었습니다. 무법으로 아테네를 점령한 우두머
              리가 죽었습니다. 아테네는 이제 제 주인을 찾아야 할 때입니다.

제논   뭣이! 저런 처죽일 놈을 봤나!

      제논 패거리가 메네스테우스 패거리에게 달려들어 격렬한 싸움을 벌인다.

      메네스테우스 일행이 제논 일행을 제압한다.

      메네스테우스, 네스토르는 의기양양하게 퇴장. 이어 제논, 파노프는 절룩거리며 퇴장.

테라멘   (두 패거리의 하는 짓거리를 지켜보다가) 아테네에 극심한 혼란
              이 닥치겠군요. 분열이 일어날 겁니다. 왕자님, 이제 선택을 하셔
              야 할 겁니다. 운명을 피해 가만히 계실 겁니까? 아니면 운명 속
              으로 발을 내딛으실 겁니까?

히폴리투스   아버님께서 이뤄놓은 아테네의 평화를 망가뜨릴 수는 없어. 서
              로 물어뜯지 않을 방법을 찾아야만 해. 아리시 공주를 만나봐야
              겠어.

테라멘   잘 생각하셨습니다.

히폴리투스와 테라멘이 퇴장한다.

2-1

아리시, 이스멘, 메네스테우스, 네스토르 등장.

아리시　　　 테제가 죽었으니 이제 저는 자유의 몸이 되는 건가요?

메네스테우스 그렇습니다. 부당하게 아가씨를 억압하던 법이 사라졌습니다. 뿐만 아니라 아가씨께선 더 위의 것을 취할 수 있는 기회도 잡은 것입니다.

아리시　　　 더 위의 것이라니요?

메네스테우스 아테네의 왕권 말입니다.

아리시　　　 (놀란다) 입조심 하세요. 누군가 엿듣고 있을지도 몰라요.

메네스테우스 (호탕하게 웃으며) 염려 놓으세요. 테제는 이미 죽었습니다. 그 누가 우리를 처벌한단 말입니까?

아리시　　　 난 혼란을 원하지 않아요. 평화로운 아테네에 다시 피바람을 불러일으키긴 싫어요. 그저 나에게 조그만 자유가 생기길 원할 따름이죠.

메네스테우스 (이를 갈며) 숙청당한 형제들을 다 잊으셨습니까? 그들의 처참한 죽음을 기억하십시오.

아리시　　　 하지만 제가 이렇듯 살아 있는 것도 다 테제 덕분이잖아요. 그가 관용을 베풀지 않았던들...

메네스테우스 그건 다 계략입니다. 테제의 권력은 시민들의 인기로부터 비롯된 것. 그에게는 돈도, 지지해줄 귀족도, 아무것도 없었습니다. 그저 타협에 능한 협잡꾼일 뿐. 어리석은 대중들은 테제의 부풀려진 전공에 환호했고, 그가 뿌리는 수많은 여인들과의 스캔들에 열광했던 겁니다.

아리시　　　 난 평화가 중요하다고 생각해요. 우리 가문은 테제와 아테네의 패권을 놓고 싸웠지만 졌어요. 만약에 우리가 이겼다면 아버지는 테제와 그의 가족들을 살려두지 않았을 거예요. 테제도 마찬가지죠. 그는 우리 가문의 남자들을 모조리 죽일 수밖에 없었어요. 그래도 유혈을 최소화했다고 생각해요. 우리 가문과 관계된 다른 귀족들까지 모조리 다 죽이진 않았잖아요?

메네스테우스 그가 그렇게 한 것은 두려웠기 때문입니다.

아리시 두려워했다구요?

메네스테우스 그렇습니다. 원로원을 남겨둔 것도, 장차 화근이 될 아가씨를 죽이지 않은 것도. 생각해보십시오. 무엇이겠습니까? 바로 시민들이 거기까지 원하지 않았기 때문입니다. 테제는 그런 시민들의 심리를 귀신같이 읽어낸 겁니다. 테제는 우리를 용서했고, 아가씨는 그의 관용에 눈물을 흘리며 감사했다. 이것이 시민들이 바라는 이야기였죠. 아까도 말씀드린 바와 같이 테제는 시민들의 인기를 기반으로 권력을 차지했습니다. 따라서 시민들의 눈치를 살필 수밖에 없었던 것입니다.

아리시 저는 겁이 나요.

메네스테우스 피눈물을 흘리며 죽은 형제들의 원한을 생각하십시오. 아테네는 원래 아가씨 것이었습니다. 다시 찾아야지요. (사이. 시선으로 네스토르를 가리킨다) 본 적 있으시죠? 제 아들 녀석입니다. 인사 드리거라. 전에 한 번 아가씨를 본 후로 이 녀석이 꼭 다시 한 번 더 보게 해달라고 조르는 통에 데려왔습니다. 테제가 죽었으니 아가씨의 혼인에 대한 금제는 곧 효력을 잃을 터. 아가씨께서는 이제 가문의 중흥을 생각하셔야 합니다.

아리시 무리에요. 전 아무런 힘이 없어요. 저에겐 여기 있는 이스멘뿐이에요.

메네스테우스 (고개를 조아린다) 제가 큰 힘이 되어드릴 것입니다. 그리고 저의 가문은 옛 아테네의 영광을 다시 찾기 위해 아가씨께 충성을 다할 것입니다. (사이) 다만 아가씨께서 한 가지 약조만 해주신다면요.

아리시 약조라뇨?

메네스테우스 혼인입니다.

아리시 네?

메네스테우스 제 아들과의 혼인이죠. 권력은 혈연으로 완성되는 법입니다. 아

가씨는 아테네의 정통 후계자로서의 핏줄을 가졌습니다. 저의
　　　　　　　가문은 흑해를 누비면서 모은 재물과 약간의 군대가 있지요.
이스멘　　　너무 하시는군요. 당신의 야심을 채우기 위해 아가씨를 이용하
　　　　　　　시겠다는 건가요?
메네스테우스　(인상을 구기며) 천한 종복이 함부로 입을 놀리는구나.
아리시　　　(메네스테우스를 말린다) 왜 이러세요?
메네스테우스　선택할 수밖에 없습니다. 페드르와 히폴리투스가 이 아테네를
　　　　　　　양분하고 있습니다. 어느 쪽이 승리하든 간에 아가씨는 결국 죽
　　　　　　　거나 추방당할 겁니다. 아시겠습니까? 제 손을 잡으십시오.
이스멘　　　무엄하오!

　　　이스멘이 메네스테우스 앞을 막아선다.
　　　메네스테우스는 피식 웃고는 이스멘의 목덜미를 거칠게 잡는다.

아리시　　　이스멘!
메네스테우스　함부로 입을 놀리지 말라고 하지 않았느냐!

　　　아리시는 메네스테우스에게 달려들려고 하지만 네스토르가 아리시를 막는다.

아리시　　　(메네스테우스에게) 그만둬. (네스토르에게) 이거 놔!

　　　메네스테우스가 이스멘을 바닥에 내팽개친다.

메네스테우스　(강경한 어투) 명심해서 잘 들으십시오. 왕족의 혈통만 아니었으
　　　　　　　면 아가씨는 아무 데도 쓸모가 없습니다. 아가씨의 역할을 딱 하
　　　　　　　나입니다. 내 아들과 결혼을 해서 아들을 생산하는 것. (사이) 조
　　　　　　　만간에 결심을 하리라 믿습니다. 살아남으셔야지요. 가자.

　　　메네스테우스, 네스토르 퇴장.

2-2

아리시	(부축하며) 이스멘, 괜찮아?
이스멘	전 괜찮습니다.
아리시	어쩌다가 너와 내가 이런 신세가 되었을까? 서글프기 그지없구나. (울먹거린다)
이스멘	아가씨, 눈물을 거두세요. 이럴 때일수록 정신을 더 바짝 차리셔야 합니다. 자칫 잘못하다가는 아가씨의 운명이 야심가들의 꼭두각시로 전락하고 말 거예요.
아리시	그렇지만 방법이 없잖아.
이스멘	아테나 여신께서 아가씨를 굽어살필 것입니다.

2-3

히폴리투스 등장.

히폴리투스	(침묵) 무슨 일입니까?
아리시	(뒤돌아서서 눈물을 훔친다) 아무것도 아닙니다.
히폴리투스	여기로 오는 길에 메네스테우스와 그의 아들을 보았습니다. 설마 그들이...
아리시	(따지듯이) 왕자님께서는 또 어떤 일로 절 핍박하시려구요? 위대한 왕 테제의 적통이신 히폴리투스 왕자께서도 저의 혈통을 원하시는 건 설마 아니겠죠? 그만 돌아가 주세요. 이 이상 비참한 꼴을 보여드리긴 싫군요.
히폴리투스	내 아버지께서 돌아가셨다는 소식을 들었습니까?
아리시	네. 위대한 왕의 죽음에 애도를.
히폴리투스	아버지를 원망하고 있다는 거 잘 압니다. 하지만 아버지께서는 아테네의 평화를 위해 많은 노력을 하셨습니다. 전 아버지께서 힘들게 이룩한 평화를 지키고 싶습니다. 그래서 공주를 만나러 온 겁니다. 난 공주에게 자유를 드리고 싶습니다. 부당하게 공주를 억압하던 법을 폐지하겠습니다.

아리시	그 대가로 저는 무얼 드려야 할까요?
히폴리투스	믿기 힘드시겠지만 저는 진심입니다.
아리시	왕자님은 마치 야심이라고는 전혀 없는 순수한 사람인 양 말씀하시는군요. 그러나 저는 솔직히 왕자님의 말씀을 곧이곧대로 믿기 힘듭니다. 차라리 테제가 살아있을 때가 훨씬 편하군요. 그때는 아무도 절 괴롭히던 사람이 없었는데.
히폴리투스	저를 도와주십시오.
이스멘	왕자님도 결국엔 공주님을 이용하겠단 말씀이군요.
히폴리투스	아르테미스 여신께 맹세합니다. 내가 이렇게 나서는 것은 아버지께서 공을 들여 가꾼 이 아테네를 사분오열시킬 수는 없기 때문입니다. 평화로운 아테네를 유지하는 것, 그것이 내가 누리고 있는 왕자라는 지위에 부여된 신성한 의무라 믿기 때문입니다.
아리시	왕자님의 뜻은 잘 알았어요. 곧 회답을 하도록 하겠습니다.
히폴리투스	그럼.

히폴리투스 무대 바깥을 걷는다.

2-4

이스멘	(히폴리투스의 뒷모습을 살피다가) 히폴리투스 왕자의 손을 잡으세요.
아리시	그는 내 원수의 아들이야.
이스멘	아가씨를 쳐다보는 왕자의 두 눈을 보았습니다. 아가씨를 연모하고 있는 것이 분명합니다.
아리시	(놀라서) 뭐? 나를?
이스멘	저같이 늙은 사람에겐 보입니다. 사랑에 빠질 때 남자의 눈은 깊어집니다. 사랑하는 여인을 눈동자 속에 담으려 하기 때문이지요. 비록 말은 없었지만 왕자의 눈빛은 분명 사랑을 품고 있었어요.
아리시	지하에 계신 내 아버지, 오빠들이 용납지 않으실 거야.
이스멘	그렇다면 메네스테우스의 저능아 아들과 결혼하세요. 평생 그 밑에서 눈치 보며 벌벌 떨면서 사세요. 그걸 원하는 게 아니라면 우

리로서는 다른 방법이 없어요. 메네스테우스는 이용가치가 없어
지면 아가씨의 안위 따위는 전혀 염두에 두지 않을 사람이죠. 하
지만 히폴리투스 왕자는 최소한 아가씨를 해치진 않을 거예요.

아리시   그만해, 이스멘.

이스멘   도모하는 일이 잘못된다 하여도 히폴리투스 왕자는 우릴 그의
영지인 트레젠으로 같이 데려가 줄 거예요.

아리시   나더러 왕자를 유혹하라고? 그럴 수는 없어.

히폴리투스 (혼잣말) 왜 이렇게 마음이 진정되지 않는 걸까? 정말 미쳐버릴
것만 같아.

아리시   난 무서워.

이스멘   아가씨, 운명은 스스로 만들어나가는 거예요. 한 발자국 앞에 운
명이 기다리고 있지요. 발걸음을 내딛지 않으면 운명을 만날 수
가 없답니다. 히폴리투스가 비록 원수의 아들이긴 해도 아가씨
에겐 새로운 기회가 될 수 있어요. 용기를 내서 문밖으로 나가세
요. 아가씬 할 수 있어요. 아직 멀리 가진 않은 듯하군요. (아리시
의 등을 떠민다)

아리시는 히폴리투스의 뒤를 쫓는다.

이스멘   지혜의 여신 아테나시여, 부디 우리 아리시 아가씨께서 혼돈
스런 시기를 무사히 잘 지나게 도와주소서. (눈을 감고 기도
한다)

2-5

아리시는 멍하니 하늘을 올려다보고 있는 히폴리투스에게 다가간다.
히폴리투스는 아리시의 기척을 느낀다. 그녀를 황홀하게 바라본다.

아리시   왕자님, 히폴리투스 왕자님. 믿을게요. 왕자님 계획에 따르겠
어요.

히폴리투스 정말입니까?

아리시	네. 제가 할 수 있는 모든 걸 다 해드리겠어요.
히폴리투스	맹세합니다. 나의 명예를 걸고 공주님께 이 아테네의 왕권을 되돌려 드리도록 하겠습니다. (무릎을 꿇는다)
아리시	어서 일어서세요. 당신에게 전 원수의 딸이에요. 이런 건 우리 사이에 어울리지 않아요.
히폴리투스	아리시 공주, 당신은 나에게 그럴 가치가 있는 여인입니다.
아리시	하지만 저는 펠리아스 왕가의 마지막 남은 혈통이라는 것 외엔 아무것도 가진 게 없어요.
히폴리투스	아무것도 필요 없습니다.
아리시	무슨 뜻이죠?
히폴리투스	진심을 말하자면... 솔직한 내 진심을 말씀드리자면... 난 공주의 사랑을 원합니다. 그 외엔 모든 것이 무의미합니다.
아리시	불쾌하군요.
히폴리투스	갑작스럽다는 거 알아요. 원수 집안의 아들이 사랑을 말하다니. 그저 내 마음이 그렇다는 겁니다.
아리시	그만하세요.
히폴리투스	공주가 나의 사랑을 받아들이지 않는다 해도 탓하지 않겠습니다. 허나 아테네의 왕권은 반드시 당신께 돌려주겠습니다.

2-6

테라멘 등장.

테라멘	페드르 왕비가 왕자님을 찾습니다.
히폴리투스	나를? 무슨 일이지?
테라멘	무슨 일인지는 잘 모르겠습니다만 왕자님을 뵙고 싶어 합니다. 제 짐작엔 아마도 장례 절차 때문이 아닐까 합니다만.
아리시	얼른 가보세요. 다른 문제도 아니고 선왕 폐하의 장례 문제이니까요. 저는 이만 물러갈게요.
히폴리투스	저... 아리시 공주. 조심해서 들어가십시오.

아리시 퇴장.

2-7

무대 중앙엔 아리시와 이스멘이 만나 대화한다.
무대 바깥엔 테라멘과 히폴리투스가, 무대 바깥의 다른 쪽엔 제논과 파노프가 은밀한 대화를 진행한다.

테라멘   아리시를 만난 일은 어찌되었습니까?
히폴리투스 그녀가 나를 돕기로 했어.
테라멘   든든한 지원군을 만드셨군요. 두 분이 맺어지면 정통성을 갖춘
           새로운 왕가가 탄생될 겁니다.
이스멘   어떻게 됐나요?
아리시   날 좋아한대.
이스멘   그것 보세요. 제 말이 맞죠?

아리시가 다리에 힘이 풀린 듯 비틀거린다.

이스멘   왜 그러세요, 아가씨? 어디 불편하신 데라도?
아리시   아냐, 그냥 기분이 이상해. 심장이 마구 요동치는 게.
파노프   일이 다급하게 돌아가고 있습니다. 메네스테우스 놈이 용병을
           모집하고 있다는군요. 또한 그놈의 세력권인 흑해에서 병사들을
           데리고 오고 있습니다.
제논   역모를 꾀한단 말이야? 감추어뒀던 송곳니를 드디어 드러냈군.
           넌 지금 크레타로 가서 내 말을 전해라. 당장 군대를 파견하라고.
파노프   알겠습니다.
제논   히폴리투스는 뭘 하고 있지?
히폴리투스 최대한 빨리 페드르 왕비와 제논을 축출해야 해.
테라멘   쉽지 않을 겁니다. 왕비의 심복인 제논은 쉽게 제거할 수 있는
           상대가 아닙니다. 그의 뒤엔 크레타가 버티고 있습니다. 쇠락하
           긴 했어도 무시할 수 없는 국력을 가진 나라입니다.

히폴리투스 메네스테우스는 어때?

아리시 이렇게 하는 게 정말 옳은 걸까? 정의롭지 못해. 아테나 여신께
서 분노하실 거야.

이스멘 우선은 살아남는 거예요.

제논 감시는 하되 마찰을 일으키진 마라. 당장 눈앞의 적은 히폴리투
스가 아니야.

아리시 왕자의 눈빛을 봤어. 거짓말하는 눈빛이 아니었어. 진지하고, 그
래서 믿음이 가. 하지만 외롭고 슬픈 눈이었어.

이스멘 아가씨. 그를 신뢰하는 건 좋지만 마음까지 주진 마세요. 다칠 거
예요.

이스멘, 아리시 퇴장.

테라멘 싸움을 붙이십시오.

테라멘, 히폴리투스 대화를 하며 퇴장.

제논 아리시의 동태를 잘 감시해. 메네스테우스는 반드시 아리시에게
손을 뻗칠 거야. 그래야 역모의 대의명분이 생기거든.

파노프 퇴장.
무대 안으로 외논과 페드르, 시녀들이 등장한다. 제논은 잠깐 지켜보다가 무대 바깥에서
중앙으로 걸어 들어온다.

외논 왕비님, 좀 더 누워 계시지 않으시구요. 건강을 해칠까 염려됩
니다.

페드르 누워 있을 수가 없어. 너도 원로원에서 벌어진 그 해괴한 일을
보았잖느냐? 불안해. 나에게는 제논이 있지만 우리를 몰아내려
하는 세력들도 그 힘이 만만치 않아. 폐하께서 서거하셨으니 그
들은 응당 나를 몰아내려 할 거야.

제논, 페드르.

페드르	제논, 난 어떻게 해야 하지?
제논	제 말을 잘 들으십시오. 왕비님은 우선 히폴리투스를 만나십시오.
페드르	(급하게) 싫어. 지금 히폴리투스를 봤다간 내 심장이 터지고 말 거야.
제논	왜 이러십니까? 벌써 제가 왕비님의 이름으로 왕자를 불렀으니 이리로 오고 있을 겁니다. 왕자에 대한 적개심은 잘 알고 있지만 최대한 친절하고 부드럽게 대하세요. 딴 마음을 품지 못하게 말입니다.
페드르	하지만...
제논	괴로우시겠지만 잠시만 참으면 됩니다. 제가 메네스테우스를 제압할 때까지.

제논 퇴장.

페드르	(안절부절못하며) 외논. 이 일을 어떻게 하면 좋을까? 지금 히폴리투스를 봤다간 난... 망가져버릴 거야. 들리니, 내 심장의 고동소리가?
외논	제발 진정하세요. 두 자제분을 생각하세요.
페드르	그래, 그래야겠지. (마른 침을 삼킨다)
외논	저기 히폴리투스 왕자님께서 오고 계시네요.
페드르	(놀란다) 안 돼. 아직 안 돼. 준비가 되지 않았어. 외논. 나가서 왕자를 막아. 잠시만 시간을 끌어줘. 내가 준비를 마칠 때까지.
외논	알겠어요.

외논 퇴장.

2-10

페드르   내가 직접 하겠다. 너희들은 모두 나가거라.

시녀들 퇴장.

페드르   (화장을 한다) 자, 마음을 가라앉히자. 정념의 노예가 되지 말아
           야 해. 페드르, 넌 강한 여자야. 지금까지 비밀을 잘 지켜왔잖아.
           약해지지 말자. (사이) 그에게 남편을 잃어 슬픔에 빠진 여인의
           모습을 보여주자. 그의 마음에 연민을 일으켜야 해. 페드르, 넌
           할 수 있어. 넌 아름다워. 아! 히폴리투스도 날 아름답다고 여길
           까? 히폴리투스. 히폴리투스.

2-11

히폴리투스 등장.

히폴리투스 부르심을 받고 왔습니다.
페드르   아! (거울을 떨어뜨린다)
히폴리투스 괜찮으십니까? 다치진 않으셨습니까? (떨어진 거울을 주워 페드
           르에게 건넨다)
페드르   괜찮아.
히폴리투스 무슨 일로 절 보자고 하셨는지?
페드르   폐하의 장례를 치르기 전에 위령제를 먼저 지냈으면 싶어.
히폴리투스 어머니 뜻대로 하십시오.

사이.

페드르   날 많이 원망했지?

히폴리투스   이해합니다. 괘념치 마세요. 다 지나간 일입니다.

페드르   내 아들들을 지켜주겠지? 너와 마찬가지로 내 아들들은 아버지를 잃었어. 그 애들의 슬픔은 너도 알 수 있지?

히폴리투스   예.

페드르   벌써부터 수많은 적들이 내 아이들을 공격하고 있어. 그 아이들을 지켜줄 수 있는 사람은 오직 히폴리투스, 너뿐이야. 그런데 걱정이 돼. 난 너에게 좋은 사람이 아니었으니까

히폴리투스   같은 아버지로부터 피를 이어받았으니 나와 왕비의 아들들은 형제입니다. 저는 형제를 절대 해치지 않을 것입니다.

페드르   날 미워한다 해도 불평하지 않겠어.

히폴리투스   아들을 위한 마음 때문에 저에게 차갑게 대한 걸 알고 있습니다. 그건 세상 어떤 어머니라도 당연하게 품는 감정이죠. 모든 것은 아버지의 재혼으로 말미암은 것. 왕비님의 잘못이 아닙니다. 오히려 고마운 것도 있습니다. 트레젠으로 보내주신 덕택에 저는 왕자로서의 온갖 의무에서 벗어나 자유로운 생활을 할 수 있었죠.

페드르   그렇게 말해주니 고마워.

히폴리투스   너무 심란해하지마십시오. 폐하께서는 우리 마음속에 살아계십니다.

페드르   (공포스러운 표정) 아니, 죽었어. 아테네는 혼란스럽고, 그가 남겨놓은 모든 것들이 뿌리째 흔들리고 있어.

히폴리투스   (단호하게) 제가 지킬 겁니다. 아버지가 이뤄놓은 모든 업적이 사라지게 하진 않을 것입니다.

페드르   (넋을 잃고 히폴리투스를 바라본다) 아, 히폴리투스. 너를 보니 마치 폐하를 뵙는 것 같아. 폐하와 대화를 나누는 것 같은 착각이 들어. 이 용모, 너의 목소리.

히폴리투스   아버지를 진정으로 사랑하고 계시는 군요.

페드르   그래. 내 마음속엔 사랑이 가득해. 땅속에 있는 용암보다 더 뜨겁게 타오르고 있어. 하지만 이 사랑은 테제를 위한 것이 아니야. 그는 내 사랑을 받을 자격이 없어. 수많은 여자를 탐하던 그 호색한을 나는 사랑한 적이 없어. (사이) 내가 진정으로 사랑하는

사람은, 내 마음을 이렇게 주체 못할 정도로 들끓게 만드는 사람은 바로, 신께 충실하여 자세에 흐트러짐이 없고, 하늘같이 높은 긍지를 가지고 있으며, 거칠지만 매력적이고, 운명에 맞서 물러서지 않는 패기를 지니고 있는, 그래서 모든 여인들이 선망하는 남자야. 바로 너. 히폴리투스.

히폴리투스 (불쾌한 표정) 헛소리! 왕비께선 이성을 잃으셨군요.

페드르 히폴리투스! 날 봐. 나를. 나, 페드르를 똑바로 쳐다봐. (사이) 내 모든 걸 던져서 널 아테네의 왕으로 만들어줄게.

히폴리투스 왕비님, 테제께서는 나의 아버지이며 당신의 남편입니다.

페드르 알아.

히폴리투스 더 이상 얘기할 가치가 없군요. 저는 추잡한 추문에 휩싸이기 싫습니다.

페드르 제발, 가지 마. 너뿐이었어.

히폴리투스 놓으십시오. 그리고 일어서세요. 왕비의 위엄에 손상이 갑니다.

페드르 널 사랑하고 있어. 나 스스로도 수없이 부정하고 참았지만 도저히 막을 수 없어. 천벌을 받겠지?

히폴리투스 놓으세요. 누가 볼까 두렵습니다.

페드르 난 정말 노력했어. 지난날을 돌이켜봐. 난 너를 피하는 것으로도 모자라 외딴 섬 트레젠으로 추방했었지. 너에게 비정하고 나쁜 계모로 보이길 원했어. 너에게 빠져드는 걸 막으려고 네가 날 미워하도록 했어. 그런데 아무 소용이 없었어. 네가 날 미워하면 할수록 난 널 더욱 더 사랑했어. 널 괴롭히면 괴롭힐수록 난 너에게 자석처럼 이끌렸어. 거짓말이 아냐. 내 가슴을 만져봐. 터질 것 같은 심장의 박동을 느껴보면 알 수 있을 거야.

히폴리투스 닥쳐! (칼을 뽑는다)

페드르 (히폴리투스에게 다가서며) 네가 날 받아들이지 않는다면 난 죽은 목숨과 다름없어. 여기 아테네엔 온통 나의 적들뿐이거든. 차라리 빼든 칼로 날 찔러 죽여줘. 너에게 죽임을 당한다면 편안하게 눈 감을 수 있을 거 같아. 자, 어서 찔러.

히폴리투스 (뒷걸음질친다) 물러서.

페드르 (더 가까이 다가간다) 히폴리투스, 칼끝이 떨고 있어. 너도 나와 같은 심정인 거야. 그렇지?
히폴리투스 더 이상 나를 모욕하지 마십시오.

히폴리투스가 꺼내 든 칼끝이 페드르의 가슴에 닿는다.

페드르 내 모든 것을 다 보여줬어.
히폴리투스 불결해.
페드르 추악한 생을 이어가느니 차라리 죽어버리겠어.
히폴리투스 그만둬.

페드르와 히폴리투스는 실랑이를 벌인다.
페드르는 죽을 각오로 히폴리투스의 칼에 몸을 던지지만 히폴리투스는 페드르를 제압한다.
페드르는 두 손을 잡힌 채 바닥에 눕혀지고 히폴리투스가 그 위에 올라탄 모습이다.

페드르 왜 날 말리는 거니?
히폴리투스 오늘 일은 없던 것으로 하겠습니다. 아버님의 서거로 실의에 빠져 어머니는 잠시 제정신이 아니었던 겁니다.

외논이 등장한다.

외논 왕비님!

히폴리투스는 당황하며 퇴장.

페드르 히폴리투스.

2-12

외논 (페드르를 부축하며) 왕비님, 이게 무슨 일입니까?
페드르 아무것도 아니다.

외논   왕비님.
페드르   피곤하구나. 좀 쉬어야겠다.

페드르는 퇴장한다.

외논은 바닥에 떨어져 있는 히폴리투스의 칼을 줍는다.

무대는 어두워진다.

3-1

무대가 밝아지면 제논이 연단에 올라 연설을 하고 무대 바깥에서 사람들이 그를 내려다보고 있다.

제논   아테네의 귀족 여러분. 멀리서 와주셔서 감사드립니다. 바쁘신
            와중에도 여러분들을 이렇게 모신 까닭은 하루빨리 아테네의 새
            왕을 선출해야 하기 때문입니다. 아테네의 주위에는 적이 많습
            니다. 그렇기에 한시라도 왕좌를 비워놓을 수는 없습니다. 그동
            안 아테네를 훌륭하게 통치하시던 테제께서 애석하게도 붕어하
            셨습니다. 하늘이 무너지는 슬픔이 밀려와 눈을 가리고 허탈함
            이 해일처럼 마음을 덮쳐 아무 일도 손에 잡히지 않지만 그분께
            서 이뤄놓은 크나큰 업적을 훼손시킬 수는 없기에 저는 겨우 용
            기를 내어 감히 새로운 왕을 추대하려고 합니다. 새로운 왕은 폐
            하와 페드르 왕비의 친아들이신 아카마스 왕자와 데모폰 왕자
            두 분 중에 결정되어야 할 것입니다.
귀족1   어째서요? 적통인 히폴리투스 왕자가 있질 않소?
제논   히폴리투스 왕자는 트레젠의 총독입니다. 그는 이 아테네를 사
            랑하지 않습니다. 그는 오직 그의 영지에서의 안온한 삶을 원하
            고 있습니다. 그리고 그의 유약한 성격은 모두가 익히 알고 계실
            것입니다. 한 국가를 이끄는 데 적합한 인물이 아닙니다. 그러므
            로 저는 아카마스 왕자와 데모폰 왕자 두 분 중에 한 명을 모시
            자는 겁니다.
귀족2   하지만 그 두 왕자는 너무 어리지 않소?

제논   하지만 페드르 왕비가 계십니다. 왕자가 장성할 때까지 섭정을
         맡으면 아무 문제가 없을 것입니다. 그리고 물론 여러분들께서
         도 물심양면으로 지원을 해주셔야지요. 그만한 보답이 따를 것
         입니다.

         메네스테우스 등장.

메네스테우스 아테네의 귀족들이여. 모두 눈을 뜨시오.
제논   메네스테우스, 이게 무슨 짓이냐?
메네스테우스 아테네의 시민들이여. 그리고 귀족들이여. 잘 생각해보십시오.
         테제가 과연 우리의 왕이었습니까? 테제는 침략자에 불과합니
         다. 불법으로 이 아테네를 점령하고 지배한 독재자입니다. 원래
         이 아테네는 펠리아스 왕가가 대대로 통치해왔습니다. 저는 여
         러분께 눈물로 호소하려고 합니다. 아테네의 독립을 되찾아야
         합니다. 외적의 무리에게 아테네를 내어줄 순 없습니다.
귀족1   하지만 펠리아스 왕가는 대가 끊어지지 않았소?
메네스테우스 유일한 혈통, 아리시 공주가 있습니다.
제논   아리시 공주는 결혼할 수 없소.
메네스테우스 그건 누가 정한 법이지? 테제가 정한 법에 따를 필요는 없어. 아
         리시 공주는 결혼을 할 것이며, 그 대상은 여기 있는 귀족 중 누
         군가가 될 것입니다.
제논   네가 감히 반역을 꾀하느냐?
메네스테우스 잃어버린 것을 되찾으려 하는 것뿐이지. 너와 페드르는 너희들
         의 땅으로 돌아가라.
귀족2   히폴리투스 왕자다.

         히폴리투스 등장.

히폴리투스   존경하는 아테네의 시민 여러분. 제가 이 자리에 선 이유는 저의
         정당한 권리를 주장하기 위함입니다. 저, 히폴리투스는 폐하의
         뒤를 이어 이 아테네를 평화와 번영으로 이끌 것입니다. 아버지

의 뒤를 이을 자는 오직 저뿐입니다.

메네스테우스　틀렸소. 여긴 왕자의 땅이 아니오. 여긴 아테네 인들의 땅이오.

히폴리투스　나, 히폴리투스는 머리부터 발끝까지 아테네 인입니다. 아테네
에서 태어났고 아테네에서 자라났습니다. 트레젠의 총독직을 수
여받기까지 이 아테네의 신성한 공기를 마시며 꿈을 키웠습니
다. 내가 아테네 인이 아니라면 그 누구도 아테네 인이 아닙니다.

메네스테우스　왕자의 어머니는 아마조네스족의 여왕 안티오페요. 야만인의 더
러운 피를 이어받은 자가 어찌 아테네 인일 수 있소?

히폴리투스　맞습니다. 제 어머니는 아마조네스족의 여왕이었습니다. 그러나
아버지 테제를 따른 이후로는 철저하게 아테네에 충성을 바쳐왔
습니다. 어머니께선 아마조네스족이 아테네를 공격했을 때 최선
봉에 서서 그들을 막아내다 전사하셨습니다. 아테네를 위해 목
숨을 바쳤단 말입니다.

메네스테우스　여러분, 왕자의 교활한 세치 혀에 속으시면 안 됩니다. 아테네 왕
의 자리는 오직 펠리아스 왕가의 마지막 혈통인 아리시 공주에
게 그 자격이 있습니다.

히폴리투스　아리시 공주는 저를 지지합니다.

메네스테우스　거짓말 마라.

히폴리투스　직접 들어보십시오.

　　　아리시 등장.

메네스테우스　아리시 아가씨!

아리시　히폴리투스 왕자의 말이 맞습니다. 저는 아테네의 영원한 평화
와 번영을 위해 히폴리투스 왕자를 선택하였습니다.

메네스테우스　이건 반역이다. 반역이야!

아리시　메네스테우스 경. 펠리아스 왕가의 마지막 혈통을 이어받은 나,
아리시가 그대에게 명령하겠어요. 닥치세요. 이 이상 그대의 야
심을 드러냈다간 목숨을 부지하기 힘들 거예요. (사이) 그리고
아테네의 모든 귀족들은 들으세요. 테세우스 왕은 나의 원수요,
우리 가문이 누려야 할 왕위의 찬탈자이지만 그 업적 또한 무시

할 수 없어요. 그는 싸움이 끊이지 않은 이 아테네에 평화를 가져와줬어요. 또한 유혈로 권력을 유지한 게 아니라 원로원을 유지시켜 아테네 시민들을 성숙한 정치로 이끌었어요. 그래서 나는 그의 아들에게 대신 존경을 표하며 선대의 위대한 업적을 이어나가도록 하려는 것입니다. 이 순간부터 히폴리투스 왕자는 히폴리투스 왕이 될 것입니다. 이 아테네에 새로운 왕이 탄생했음을 모두 축하합시다.

귀족들 모두 박수를 친다.
히폴리투스, 아리시, 귀족들 퇴장.

제논   제기랄, 죽 쒀서 개 준 격이군.
메네스테우스 이대로는 끝나지 않을 것이다.

메네스테우스, 제논 퇴장.

3-2

위령제를 시작한다.
위령제가 진행되다가 세미라미스는 충격을 받은 듯이 휘청거린다.

세미라미스 살아 있어. 폐하께서는 살아 계신다. 죽은 자들의 무리 속에 폐하
           의 영혼이 보이지 않는다. 분노에 휩싸인, 상처를 가득 입은 그의
           영혼이 느껴진다. 죽음의 문턱에서 간신히 부활하여 바다를 건
           너 이 아테네를 향하고 있다.
페드르   이건 말도 안 돼. 죽었다고 했잖아. 모든 정황이 폐하의 죽음을
           나타내고 있어. 거짓말이야. 이 페드르를 절망의 나락으로 떨어
           뜨리려고 하는 간계야.
세미라미스 왕비님, 저는 진실만을 이야기합니다.
페드르   (고함을 친다) 누구의 사주를 받았느냐? 누가 너더러 이런 끔찍
           한 거짓말을 내게 고하라고 했느냐?

504

외논　　　왕비님. 고정하세요.

페드르　　너도 들었지 않니? 저 가공할 말을. 나를 파멸의 구렁텅이로 밀
　　　　　어 넣으려는 추악함 음모를.

세미라미스　눈앞에 보이지 않으니 왕비로서는 알 수 없겠지요. 그러나 저는
　　　　　눈이 보이지 않는 대신 남들이 보지 못하는 다른 것들을 더 볼
　　　　　수 있답니다. 아폴론 신께서 주신 은총이지요.

페드르　　(떨리는 음성으로) 정녕 맹세할 수 있어?

세미라미스　폐하께서는 분명히 살아 계십니다. 믿기 힘드시겠지만 시간이
　　　　　제 말을 증명해줄 겁니다. 얼마 남지 않았습니다.

페드르　　아! (쓰러진다)

외논　　　왕비님!

세미라미스　왕비님의 주위에 두 개의 그림자가 어른거리는군요. 한 명의 남
　　　　　자로부터 뻗어 나온 두 개의 그림자. 다가오는 그림자를 잡으세
　　　　　요. 멀어지는 그림자를 쫓지 말고.

세미라미스, 무녀들 퇴장.

3-3

외논　　　왕비님, 정신을 차리세요.

페드르　　계속되는 악재에 도저히 버텨낼 수가 없어. 그이가 살아 있다니.
　　　　　살아 있다니. 살아 있으면 안 돼.

외논　　　정말로 폐하께서 살아 계신 걸까요?

페드르　　이제 난 끝장이야. 부덕하고 정결치 못한 여자로 낙인 찍혀 내
　　　　　두 아들과 함께 이 아테네에서 쫓겨날 거야.

외논　　　그렇지 않아요.

페드르　　내뱉은 말은 주위 담을 수 없어. 난 히폴리투스에게 이미 내 마
　　　　　음을 고백해버렸어. 그는 나에게 멸시의 눈빛을 보이고 떠났지.
　　　　　자기 아버지에게 고발할 거야. 나의 파멸은 이제 멀지 않았다. 타
　　　　　락한 여인으로 모두에게 경멸을 받을 바엔 그냥 스스로 죽어버
　　　　　리는 게 나을지도 모르겠어.

외논　　　　무슨 말씀을 그리 하십니까? 제논 경이 계시잖아요. 뭔가 방법이
　　　　　　있을 거예요. 곧 원로원에서 돌아오실 거예요.

페드르　　외논, 이 지옥 속에서 날 건져줘.

3-4

제논 등장.

페드르　　오, 제논. 잘 왔어. 제사장이...

제논　　　원로원에서 히폴리투스가 왕으로 선출되었습니다.

페드르　　뭐?

제논　　　아리시가 원로원에 나타나 히폴리투스의 편을 들었습니다. 아테
　　　　　　네의 주요 귀족들이 모두 히폴리투스와 아리시의 발밑에 무릎
　　　　　　꿇었습니다.

페드르　　(탄식한다) 결국 히폴리투스가 왕이 되는구나.

제논　　　파노프가 크레타의 군대를 몰고 올 겁니다. 그때까지 이대로 숨
　　　　　　죽이면서 복종하는 척해야겠지요.

페드르　　왕위를 찬탈하겠다는 말이야?

제논　　　아직 정식으로 대관식을 하지는 않았으니 찬탈은 아닙니다. 왕
　　　　　　위에 등극하기 전에 왕비께서 정당한 권리를 되찾아 오는 것뿐
　　　　　　입니다.

페드르　　전쟁이 일어날 거야.

제논　　　억울하게 자리를 빼앗길 순 없습니다.

페드르　　왕의 분노는 어쩌구?

제논　　　히폴리투스는 아직 애송이입니다. 그런 애송이가 화를 내봤자...

페드르　　아니. 테제 말야.

제논　　　(어리둥절하다) 예? 그게 무슨 뚱딴지같은 소립니까?

외논　　　제사장이 예언했어요. 테제께서 아직 생존해 계시고 지금 아테
　　　　　　네로 돌아오고 계시다구요.

제논　　　(코웃음 친다) 말도 안 되는 소리. 설마 그럴 리가. (외논의 진지
　　　　　　한 표정을 보고는 곰곰이 생각한다) 그렇다면? 오히려 잘된 일이

아닙니까? 히폴리투스는 왕이 되지 못할 것이고 따라서 우리에
겐 한 번의 기회가 더 주어지는 겁니다.

페드르　　　그게 아냐. 난 벌써 히폴리투스에게...

외논　　　　(말리듯이) 왕비님!

페드르　　　(두려움에 몸서리친다) 그가 오고 있어. 서서히 조여 오는 이
　　　　　　공포.

　　페드르는 무대 바깥으로 향한다.

외논　　　　왕비님, 어딜 가세요.

페드르　　　잠시도 가만히 있을 수가 없다. 움직이지 않고 멈춰 있으면 미칠
　　　　　　것 같아. 외논, 술을 가져오너라.

외논　　　　진정하세요.

페드르　　　너마저 내 이 불안함을 이해하지 못하는 거니?

외논　　　　왕비님!

　　페드르는 무대 바깥을 걷는다.

3-5

제논　　　　(어리둥절하다) 이게 무슨 일이냐? 어떻게 된 영문인지 갈피를
　　　　　　잡을 수가 없군.

외논　　　　실은...

제논　　　　어서 말해.

페드르　　　(흐느낀다) 결코 해서는 안 될 말을 하고 만 거야.

외논　　　　(결심한 듯) 페드르 왕비께선 히폴리투스 왕자를 연모하고 있습
　　　　　　니다.

제논　　　　뭐?

페드르　　　이 수치감! 치욕스런 사랑의 굴레에 묶여 겨우 숨만 쉬고 있
　　　　　　구나.

외논　　　　얼마 전 왕자를 만났던 날, 그에게 그를 향한 자신의 사랑을 고

백하셨어요.

제논   미쳤구나. (자리에 털썩 주저앉는다)

페드르   모멸스럽게 내려다보던 그의 얼굴이 자꾸만 떠올라.

외논   왕자는 왕비님을 경멸하며 떠났구요. 왕비님께서 괴로워하고 계
         세요.

제논   그게 문제가 아니잖아. 나 원 참, 기가 차서! 이 일이 알려지기라
         도 한다면 우린 모두 끝장이야. 난리 났군.

페드르   아프로디테 여신이여. 나의 수치를 보고 있습니까? 당신은 정말
         냉혹하고 잔인하군요. 당신이 쏜 화살이 내 심장을 꿰뚫었습니
         다. 완벽한 승리를 거두었어요.

제논   넌 왕비를 막지 않고 뭘 한 거야?

외논   어쩔 수 없었어요.

제논   폐하께서 돌아온다길래 실낱같은 희망을 가졌건만.

페드르   이제 그 화살을 돌려 저 히폴리투스를 맞춰주시지 않겠습니까?
         여자 따위는 안중에도 없는, 당신을 전혀 공경하지 않는 저 오만
         한 히폴리투스의 가슴을 과녁으로 삼아 당신의 화살을 날려주세
         요. 그가 날 사랑할 수 있게끔.

외논   제사장의 예언이 틀릴 수도 있어요.

제논   그러길 빌어야지. 이 무슨 망측한 일이란 말인가? 사리를 분별해
         야지.

페드르   히폴리투스!

제논   넌 어서 가서 왕비를 모셔라. 왕비가 실성해서 허튼소리라도 퍼
         뜨렸다간 종잡을 수 없는 일이 발생할 거야.

페드르   히폴리투스!

외논   예.

         외논 퇴장.

제논   돌아버리겠구만.

         제논 퇴장.

508

3-6

페드르	히폴리투스!
외논	왕비님. 그만 번민을 끝내세요.
페드르	죽음은 나를 편하게 만들어줄까?
외논	죽음이라뇨? 끔찍한 소리 하지 마세요.
페드르	그래. 죽기에는 너무나 화창한 날씨로구나. 먹구름이 가득한 내 마음에는 아랑곳없이 세상은 너무나도 평온하고 아름답구나. 억울해. (오열한다)
외논	그래요. 저한테 기대세요. 마음껏 우세요. (페드르를 안는다)

무대가 어두워진다.

3-7

무대가 밝아지면 대관식이 거행되고 있다.
히폴리투스 왕좌에 앉는다.

히폴리투스	아테나 여신께 경의를. 경들은 들으시오. 오늘부로 아버님의 뒤를 이어 내가 이 아테네의 왕이 되었소. 내 한 몸 바쳐 아테네의 항구적인 평화를 지키도록 하겠습니다. 그러기 위해 몇 가지의 명을 내리겠습니다. 메네스테우스. 그대는 나와 선왕 폐하의 정통성을 인정치 아니하고 역심을 품었으니 이 아테네에서 추방하겠소. 그리고 페드르 왕비와 그녀의 두 아들 아카마스와 데모폰은 크레타 섬으로 돌아가도록 하십시오.
페드르	히폴리투스! 나한테 이럴 수 없어.
제논	왕비님, 참으십시오.
히폴리투스	제논. 그대 역시 왕비를 모시고 크레타로 돌아가라.
제논	예? 저한테 왜 이러십니까?
페드르	왕이 되어서 처음 하는 일이 치졸한 복수란 말이니?

히폴리투스   아테네를 위해서입니다. 그리고 여러분 모두를 위해서죠.

페드르   넌 왕이 아니야.

히폴리투스   어머니. 제 인내력을 시험하지 마십시오.

페드르   네가 왕이 된 줄 알겠지? 하지만 착각이야. 테제께선 살아계셔.
지금 아테네로 오고 계셔.

히폴리투스   아버지께서는 돌아가셨습니다.

페드르   천만에.

히폴리투스   외논. 어머니를 모셔라. 많이 편찮으신 듯 보이구나.

페드르   이거 놔.

외논   왕비님. 여기서 이래 봤자 아무런 득이 없습니다.

히폴리투스   나, 히폴리투스, 아테네의 왕이 명한다. 조만간 나는 아버님의 유
해를 찾으러 갈 것이다. 그리고 돌아오는 즉시 아버지를 모시는
신전을 세우리라. 업적을 널리 기리고, 아테네의 영광스러운 역
사가 선왕의 치적으로부터 비롯된 것임을 후세에 알리겠노라.

합창.

3-8

테세우스   (바깥에서 소리만) 페드르! 히폴리투스!

페드르   (벌벌 떤다) 왔어. 그가 왔어. 그가 살아 있었어. 우리 모두는 파
멸할 거야.

테세우스   페드르!

페드르   끔찍하구나. 외논, 저 목소리가 들리지 않게 내 귀를 막아줘.

외논   왕비님, 정신을 차리세요.

히폴리투스   (당황하여) 이게 어찌된 일인가?

메네스테우스   (놀라서) 망령이다. 테제의 망령이 아테네에 온 것이다. 저주와
증오의 피가 흩뿌려질 것이다.

제논   (환호한다) 제사장의 말이 옳았어. 역시 폐하께선 살아계셨어.
왕위 계승은 무효야. 우리의 진짜 왕이 돌아오셨다. 대관식은 무
효다.

아리시   (절망한다) 이럴 리가 없어. 이럴 수는 없는 거야. 신이시여. 왜
            이런 장난을 치시는 겁니까? 희망을 주시고 용기를 불러일으키
            어 움직이게 하시더니 이렇듯 크고 깊은 절망으로 운명을 내리
            찍으시다니! 너무나 가혹합니다.
이스멘   아가씨!
히폴리투스   아리시 공주!
테세우스   히폴리투스!

      테세우스, 리코메데스, 키몬 등장.

테세우스   페드르! 히폴리투스! 내가 왔다. 죽음의 강을 거슬러 헤엄쳐 왔
            다. (사이) 페드르. 고개를 들라. 그대의 남편이 돌아왔노라. (사
            이) 이 수상한 공기는 어찌된 연유인가? 히폴리투스, 네가 어찌
            하여 왕좌에 있는 것이냐? 이 아테네에 나의 자리를 찾을 수가
            없구나. 히폴리투스. 나의 자리는 어디인가?

      왕좌에서 내려와 무릎을 꿇고 고개를 조아린다.

히폴리투스   여기가 폐하의 자리입니다.

      테세우스가 왕좌에 오른다.
      모두 고개를 조아린다.

테세우스   모두 안심하라. 아테네의 시민들이여. 그대들의 테제가 돌아왔
            노라. 모든 것은 제자리로 갈 것이다. 혼돈 속에서 불안에 떨던
            모든 것들이 이제 평화를 얻으리라.

      무대는 어두워진다.

4-1

무대가 밝아지면 왕좌에 테세우스가 앉아 있고 시녀들이 상처를 감싼 붕대를 갈고 있다.
그 앞에 키몬이 머리를 조아리고 있다.

테세우스   알아보았느냐? 내가 없던 사이 이 아테네에 무슨 일이 일어났었
        던 것이냐?
키몬   폐하와 연락이 끊긴 여섯 달 동안 이 아테네는 제논과 메네스테
        우스 간의 싸움이 끊이지 않았다고 합니다.
테세우스   그래. 늘 그 둘이 말썽이었지. 둘은 앙숙이었으니 그럴 만도 해.
키몬   폐하의 소식이 오래도록 끊긴 탓에 급기야는 후계자 문제를 놓
        고 원로원에서 크게 한바탕 붙었다고 합니다.
테세우스   (유쾌하게 웃으며) 볼 만했겠는걸?
키몬   헌데 그 모든 혼란을 히폴리투스 왕자께서 수습하셨다고 합니다.
테세우스   히폴리투스 녀석 제법 많이 컸구나. 메네스테우스, 제논 모두 만
        만치 않은 상대였을 텐데.
키몬   그렇습니다. 은둔하는 걸 좋아하시어 나서는 걸 모를 줄 알았었
        는데 저에게도 큰 놀라움이었습니다.
테세우스   이제 내가 물러나도 되겠어. 이 아테네를 히폴리투스에게 물려
        주고 나의 고향 트레젠으로 왕비와 함께 돌아가 여생을 즐기고
        살아도 되겠어.
키몬   어찌 그런 말씀을 하십니까?
테세우스   키몬. 나는 이제 늙었다. 지쳤어. 쓸모없는 수다만 지껄여대는 저
        원로원의 늙은이들과 싸우는 것에 정말이지 신물이 나.
키몬   허나 폐하를 기다리지 않고 대관식을 한 것은 짚고 넘어가야 할
        문제입니다.
테세우스   무슨 문제가 되겠는가? 원래 자식은 아버지를 밟고 일어서는 법
        이다. 영웅은 어려움을 극복하고 난세를 평정하여 세상을 얻는
        거야. 테라멘을 불러 큰 상을 내려야겠다. 히폴리투스를 잘 가르
        쳤구나.
키몬   그러나 저는 아리시가 왕자님을 지지했다는 것이 마음에 걸립니다.

테세우스   (미간에 주름이 잡힌다) 아리시가?
키몬   펠리아스 왕가의 부활을 꿈꾸는 것인지도 모릅니다.
테세우스   아리시라...

4-2

페드르, 외논, 시녀들 등장.

테세우스   (키몬에게) 나가보아라.

키몬 퇴장.
페드르가 시녀들로부터 붕대를 받아 테세우스의 상처를 감싼다.

테세우스   페드르, 얼마나 당신을 그리워했는지 모르오. 전신을 덮쳐오는
           고통 속에서도 오직 당신을 보기 위해 이를 악물고 견뎠지.
페드르   어쩌다가 이렇게 큰 상처를 입으셨나요? 전쟁이 그토록 힘들었
           나요?
테세우스   나에게 전쟁은 삶과 같은 것이오. 쳐들어온 적은 우리 군대의 단
           한 번 발길질에 나가떨어졌소. 나로서도 길게 끌고 싶은 싸움은
           아니었소. 페드르, 그대 곁으로 하루 빨리 돌아오고 싶었기에 개
           선을 서둘렀었지. 헌데 내 절친한 친구 페리토스가 연락을 해왔
           소. 새로운 부인을 맞아 축하연을 연다는 것이었소. 오래된 친구
           의 의리를 못 본 척할 수 없었소.
페드르   깊은 의리가 도리어 폐하를 불행에 빠뜨렸군요.
테세우스   플루토니우스는 아주 영리한 놈이었소. 모두가 취해 잠든 틈에
           성에 불을 지르고 자기 아내를 데리고 가버렸지.
페드르   어떻게 불 속에서 살아나오셨나요?
테세우스   리코메데스가 날 살렸소. 스키로스 출신의 그 젊은이는 불이 붙
           은 나무기둥에 깔린 나를 구한 후 화염을 뚫고 나왔지. 그가 아
           니었으면 난 이미 이 세상 사람이 아니었을 것이오. 장차 난 그
           를 스키로스의 왕으로 만들어줄 것이오.

페드르   폐하를 구했으니 그만한 보답은 있어야겠지요.

테세우스   죽음의 그림자가 드리웠었지만 이제 운명은 나의 편이오. 페드
          르, 이리로, 나에게 오라. (팔을 벌린다)

페드르   (외면하며) 저는 자격이 없어요. 죽음을 넘어오신 당신을 맞아들
          일 수 없는 더럽고 불결한 여자예요.

테세우스   영문 모를 말을 하는군. 내 몰골이 이렇게 흉측하게 변한 탓
          인가?

페드르   아닙니다. 진실을 말하자면 폐하의 모습보다 제가 더 흉측합니
          다. 저는 폐하를 떠나야 합니다. 더 이상 죄를 짓지 않기 위해. 용
          서하세요. (그 자리에 주저앉아 고개를 숙인다)

테세우스   페드르, 페드르! 외논. 왕비가 왜 이러는 것이냐? 어째서 나를 반
          겨주지 않는단 말이야? 너는 알고 있겠지? 왕비에게 어떤 일이
          있었기에?

외논   폐하. 저는 알지 못합니다. (페드르를 부축해 일으킨다)

4-3

테라멘, 히폴리투스 등장

히폴리투스   아버님, 상처는 어떠하신지요?

테세우스   잘 왔다. 안 그래도 네 얘기를 하던 중이었다. 잘 왔소. 테라멘.

테라멘   폐하. 이렇게 다시 뵈오니 감개가 무량하옵니다.

테세우스   왕비, 우리 아들의 늠름한 모습을 보시오.

히폴리투스   말씀드릴 것이 있습니다.

페드르   아!

테세우스   왕비! 왜 그러는가?

페드르   전 죄 많은 여자예요. 안 그래, 히폴리투스? 차라리 그때 죽여버
          리지 그랬어?

외논   왕비님!

페드르   어차피 다 알려질 텐데. 여기 히폴리투스가 왔잖아. 자기 아버지
          에게 다 말하려고 왔잖아. 나를... 이 페드르를 파멸시키려고 왔

잖아.

테세우스   히폴리투스, 말해 봐라. 죽이다니! 페드르가 왜 이러는 것이냐?

히폴리투스 (침묵) 저는 잘 모릅니다. 왕비님 스스로가 말해야 할 문제입
            니다.

페드르   (웃음)

테세우스   외논, 왕비를 데리고 가라.

외논, 페드르 퇴장.

테세우스는 퇴장하는 페드르의 뒷모습을 근심스럽게 바라보고 있다.

4-4

히폴리투스 아버님. 제가 여기에 온 것은 간청을 드릴 것이 있어서 온 것입
            니다.

테세우스   무엇이냐?

히폴리투스 아리시 공주에 대한 금제를 풀어주십시오. 이미 펠리아스 왕가
            는 절멸했습니다. 그런데도 아리시 공주의 혼인까지 금지한 것
            은 너무한 처사라 생각됩니다.

테세우스   나는 아리시까지 죽이고 싶었다. 펠리아스 왕가는 오랫동안
            이 아테네를 다스려온 가문이다. 그들의 저력을 쉽게 보아서
            는 안 돼.

히폴리투스 관용을 베풀어주십시오.

테세우스   그만.

히폴리투스 아버지.

테세우스   내 눈에 흙이 들어가기 전까지 아리시의 금제가 풀리는 일은 없
            을 것이다.

히폴리투스 아버지의 명성에 누가 될 것입니다.

테세우스   그만하라지 않느냐? 잠시 왕좌에 앉아보니 눈에 보이는 것이 없
            느냐? 넌 왕이 아니다. 아직까지 이 아테네의 왕은 바로 나야,
            나! 건방진 녀석.

테라멘   폐하, 왕자님의 말씀대로 해주십시오.

테세우스   테라멘. 너도 나의 분노를 사고 싶은 것이냐?

테라멘   왕자님과 아리시 공주는 서로를 사랑하고 있습니다.

테세우스   뭐? 아리시가 너를 사랑한다고? 그게 정말이냐?

히폴리투스   제 마음 역시 그러합니다. 저는 아리시 공주를 사랑합니다.

테세우스   원수의 자식들이 서로를 사랑하다니. 피 튀기면서 싸워도 시원
          찮을 판에. 웃기는 일이로군. 시인들에게는 좋은 이야깃거리가
          되겠어.

히폴리투스   허락해주십시오.

테세우스   나를 똑바로 쳐다보지 마라. 고개를 숙여.

히폴리투스   아버지.

테세우스   아직 모자라. 한참 멀었어. 왕족의 결혼이란 너처럼 개인적인 감
          정으로 이루어지는 것이 아니다. 국가 간의 거래인 거야. 또한 무
          엇보다도 세력의 안배를 염두에 두어야 한다.

히폴리투스   그렇다면 사랑하지도 않는 사람과 결혼을 해야 한다는 말입
          니까?

테세우스   사랑? 그런 허무맹랑한 감정 따위는 지우거라. 그것이 왕자의 책
          무다.

히폴리투스   그럴 수 없습니다.

테세우스   히폴리투스!

히폴리투스   지금 저는 처음으로 페드르 왕비가 불쌍하다는 생각이 듭니다.

테세우스   뭣이!

테라멘   폐하!

테세우스   물러가거라. 내 몸이 불편하구나.

히폴리투스, 테라멘, 키몬 퇴장.

4-5

테세우스   아리시를 사랑한다고? 사랑이라니! 그 원수의 딸을 사랑한다고?
          용납할 수 없다. 그놈들에게 입은 상처가 아직도 아프다. 히폴리
          투스 이놈은 늙은 이 애비의 마음을 조금도 생각하지 않는단 말

516

인가? 사랑에 눈이 멀어 이 애비를 무시한단 말인가? 아냐, 히폴리투스가 그럴 리가 없다. 지금까지 여자 보기를 돌같이 하지 않았던가? 정신을 곧추세우자.

제논과 외논이 무대 바깥에서 조우한다.

제논   왕비께선 무얼 하고 계시느냐?
외논   약을 드시고 겨우 잠이 드셨어요.
테세우스   페드르의 알 수 없는 행동.
제논   폐하께선 아직 히폴리투스와 왕비님의 일을 모르시지?
테세우스   히폴리투스의 전에 없이 반항적인 말.
제논   폐하의 용태는 어떠한가?
외논   쉽게 나을 상처는 아니었습니다. 온몸에 불에 데인 화상이 가득했습니다.
테세우스   아테네의 수상한 공기.
제논   천하를 호령하던 폐하시지만 이젠 노쇠해진 몸. 이대로 가다간 결국 히폴리투스가 왕위를 계승하게 될 거야.
테세우스   분명히 뭔가가 있어. 내가 알지 못하는 끔찍한 음모가 느껴지는구나.
외논   안 그래도 왕자에게 왕위를 넘겨주고 트레젠으로 가 여생을 누리겠단 말씀을 하셨어요.
테세우스   내가 없던 사이 아테네에 무슨 변고가 있었던 말인가?

테세우스는 왕좌에 앉아 생각에 잠긴다.

4-6

외논이 제논에게 칼을 보여준다.

제논   그 칼은 뭐냐?
외논   히폴리투스 왕자가 떨어뜨리고 간 칼입니다. 이 칼을 폐하께 들고 가세요. 그리고 왕자가 왕비를 범하려 했다고 고하세요.

제논   뭐?

외논   아무리 생각해도 이 방법뿐이에요.

제논   날더러 그런 참혹한 거짓말을 하란 말이냐? 신의 노여움을 사게
          될 거야.

외논   그럼 어쩌라구요? 이대로 가만히 있다가는 모두 다 죽습니다.

제논   네가 하면 안 되겠니? 난 심장이 약해서 그런 짓을 못해. 아, 어
          지러워.

외논은 제논을 한심한 눈초리로 쏘아본다.

제논   그래, 어서 가거라. 허리 펴고! 어깨 펴고! 고개 들고!

제논, 퇴장.

4-7

외논이 테세우스에게 다가간다.

외논   폐하, 폐하, 폐하.

테세우스   (외논의 등장을 알아차리지 못하다가 그제야) 무슨 일인가?

외논   긴히 말씀드릴 게 있어 왔습니다. 왕비님에 대해서입니다.

테세우스   왕비의 저런 행동을 난 도저히 이해할 수가 없구나.

외논   바로 이것 때문입니다. (칼을 보여준다)

테세우스   이리 가까이 가져오라.

외논은 테세우스에게 다가가 칼을 건넨다.

테세우스   이건 칼이 아닌가? 가만, 이것은 내 칼이다. 내가 히폴리투스에
          게 물려준 칼.

외논   그러한 칼이 부정한 일에 사용되다니.

테세우스 자세히 말해보아라.

외논 너무 겁이 나 입을 열 수가 없습니다.

테세우스 괜찮다. 모든 책임은 내가 질 것이다. 이 칼과 왕비가 무슨 상관
이 있지?

외논 그 칼은 왕비님을 위협하는 데에 사용되었습니다.

테세우스 위협이라고?

외논 히폴리투스 왕자님께서...

테세우스 히폴리투스가 왕비를 겁주었다는 말이냐? 왜지? (사이) 왕좌 때
문인가? 페드르와 나 사이에 난 아카마스와 데모폰이 장애가 되
었단 말인가? 하지만 왜 그렇게 성급히 행동했던 거지? 가만히
있으면 내가 알아서 이 자리를 물려주었을 텐데.

외논 저도 자세한 것은 잘 모르겠습니다.

테세우스 이치에 맞지 않다. 히폴리투스가 굳이 페드르를 위협할 이유가
없지 않은가? 혹시 페드르가 히폴리투스를 해하려 한 것은 아니
냐? 페드르야말로 제논과 결탁해 히폴리투스를 배재한 채 자신
의 아이들을 왕으로 삼으려 한 것은 아니냔 말이다.

외논 절대 아닙니다. 왕비님은 그러신 적이 없습니다. 그저 제 눈에
는...

테세우스 네가 본 바 그대로 나에게 말하거라.

외논 저의 눈에는... 저의 눈에는 욕정에 불타는... 그러니까 욕정에 불
타는... 왕자님이 보였습니다.

테세우스 그래서?

외논 그 칼로 왕비님을 위협하셨습니다.

테세우스 그래서!

외논 위협을 당한 왕비님은 더 큰 모욕을 당하기 전에 명예를 지키고
자 그대로 그 칼에 몸을 던져 목숨을 끊으려고 하셨습니다.

테세우스 설마!

외논 왕비님의 비명을 듣고 제가 나타났고 왕자님은 놀라 그 칼을 떨
어뜨리고 황급히 자리를 떠나셨지요.

테세우스 그럴 수가, 세상에 어떻게 이런 일이 가능하단 말이냐? 설마 거
짓은 아니겠지?

외논	어느 안전이라고 함부로 거짓을 고하겠습니까?
테세우스	히폴리투스, 이놈이 미쳤구나. 계모이긴 하나 제 어미를!
외논	왕비님이 왕자님을 살갑게 대하지 않으셔서... 그 증오심이...
테세우스	안다. 나도 잘 안다. 페드르가 과거에 히폴리투스를 트레젠으로 보내라고 떼를 썼었지. 난 못마땅했지만 그 부탁을 들어줬다. 맞아. 그때부터 페드르는 눈치를 채고 있었던 거야. 히폴리투스의 음침한 마음을. 그래서 그 위험으로부터 벗어나고자 나에게 히폴리투스를 멀리 보내라고 했던 것이었어. 이 어리석은 놈. 그걸 이제야 깨닫다니. 자식에 대한 사랑과 믿음에 눈이 멀어 진실을 보지 못했구나.
외논	왕비님을 살펴주세요.
테세우스	왕비의 처소로 갈 것이다. 나와 가족의 명예에 먹칠을 하지 않기 위해 어디 하소연할 곳도 없었을 터. 왕비를 위로해야겠다.

테세우스 퇴장.

| 외논 | 심장이 떨려 움직일 수가 없어. 신이시여, 용서하세요. 전 오직 왕비님을 위해 거짓말을 했습니다. |

외논 퇴장.

4-8

히폴리투스, 아리시 등장.

아리시	어떻게 이럴 수가 있죠? 여태까지 한 모든 일들이 다 수포로 돌아가 버렸어요. 메네스테우스까지 용서한 테제를 도저히 이해할 수가 없어요. 이게 말이 되나요? 메네스테우스는 역적이에요.
히폴리투스	저도 아버지의 이번 처사는 쉽게 납득이 가질 않습니다. 어떻게 그러실 수가 있는지...
아리시	메네스테우스가 계속 찾아와요. 어제는 저에게 복수하겠다 외치

고 돌아갔어요. 메네스테우스는 잔인한 남자예요. 진짜 절 죽이
고 말 거예요.

히폴리투스 그런 말 하지 마세요. 공주는 내가 꼭 지킬 겁니다. 무슨 수를 써
서라도.

아리시 그 말을 믿어도 될까요? 왕자님은 저에게 남은 유일한 희망이에
요.

히폴리투스 모든 일이 잘 될 거예요. (사이) 아버지께 공주의 금제를 풀어달
라 간청했습니다.

아리시 청을 들어주실까요?

히폴리투스 답은 아직 하지 않으셨지만 계속해서 간청을 드릴 겁니다. 그러
니 부디 안심하세요.

아리시 왕자님의 말을 들으니 마음이 놓여요. 왕자님의 음성은 내 마음
을 차분히 가라앉혀요. 마치 신의 말씀과 같은 위력이 있어요. 왕
자님의 음성엔 진심이 담겨 있고 믿음이 가득해요. 당신의 목소
리를 들으면 난 한없이 젖어들어요. 빗물이 대지에 스며들 듯이
내 온몸이 왕자님께 녹아들어가는 것만 같아요.

히폴리투스 나 역시 공주의 심정과 같아요. 공주를 보고 있을 때, 비로소 내
가 살아 있다는 것을 느낍니다. 공주의 머리칼을 스치는 바람이
나에게 속삭입니다. 사랑이여, 영원하라. 당신은 싱그런 오월의
햇살보다 더 따스합니다. 시월의 가을하늘보다 더 푸릅니다.

아리시 아, 왕자님.

히폴리투스 사랑합니다. 아르테미스 여신께 맹세하건대 지금 이 내 말에는
조금의 거짓도 없습니다.

아리시 맹세를 어서 취소하세요. 여신께서 질투하실 거예요. 여신의 질
투는 무섭고 또 잔인해요. 왕자님께서 해를 입을까 전 두려워요.

히폴리투스 두려워 말아요. 진실한 마음은 신성한 것입니다. 그 누구도 침범
할 수 없죠.

아리시 권력도, 가문도 다 내려놓고 당신과 나, 단 둘만 살았으면 좋겠어
요. 아무도 우리를 알아보지 못하는 곳에서 지냈으면 좋겠어요.

히폴리투스 우리는 지위에 부여된 책임이 있어요. 나는 왕자로서, 공주는 공
주로서.

아리시   알아요. 하지만 원망스럽군요. 나, 아리시보다 책무가 더 소중하
            단 말씀은 왠지 섭섭해요.
히폴리투스   아리시 공주, 나에게 그대보다 소중한 것은 없어요. 다만 책무를
            회피한 삶은 결코 행복할 수 없어요. 나는 왕자로서의 책임을 다
            할 겁니다. 그리고 공주와 더불어 행복해질 거요.

            히폴리투스와 아리시는 키스한다.
            손을 잡고 퇴장한다.

            4-9

            페드르 등장.

페드르   히폴리투스. 히폴리투스. 히폴리투스. 아냐! 테제야. 테제의 여
            인으로 돌아가야 해. 난 테제의 아내이고, 이 아테네의 왕비이
            며, 히폴리투스의 어머니야. 히폴리투스의 어머니... 아! 너무나
            괴로워.
테세우스   페드르!
페드르   (비명을 지르며 괴로워한다)
테세우스   페드르!
페드르   (귀를 막는다)

            테세우스 등장.

테세우스   왕비. 이렇게 초췌한 몰골로 신음하고 있다니... 얼마나 마음고생
            이 심했을까? 그러나 이제 안심하시오. 왕비는 죄책감을 털어버
            려도 되오. 외논이 이 칼을 들고 와서 나에게 모든 것을 다 고하
            였소. 이 칼로 왕비를 위협하다니... 난 히폴리투스를 절대로 용
            서하지 않을 것이오.
페드르   폐하.
테세우스   정신이 좀 드는 것이오? 어서 기운을 차려야지. 가엾은 페드르.

그 가증스러운 히폴리투스가 왕비를 이렇게 만들었구려.

페드르 모든 사실을 말씀드리겠어요. 사실은...

테세우스 다 알고 있소. 그 금수 같은 놈은 왕비를 욕보이려고 했지만 실패했지.

페드르 아니에요. 폐하, 분노를 그만 내려놓으세요. 사실을 말하겠어요.

테세우스 더 이상 감싸려고 하지 마시오.

페드르 제 말을 들으세요. 누구도 아닌 저의 말을 먼저.

테세우스 나는 이미 모든 사실을 다 파악하고 있소.

페드르 아니에요.

테세우스 놈은 내가 내린 칙령까지 깨려고 했지.

페드르 아니에요.

테세우스 왕좌에 눈이 어두워 아리시와 결혼하려고 했어.

페드르 네?

테세우스 나와 우리 가문의 원수인 그 아리시와 결혼을 하려 마음먹다니! 그녀에게도 우리 가문은 철천지원수일 터. 분명 히폴리투스가 세치 혀로 꼬여낸 것일 테지. 가증스럽게도 히폴리투스는 아리시를 사랑한다고 나에게 고하였소. 그녀와의 결혼을 원한다고 했소. 이놈, 히폴리투스!

페드르 히폴리투스가 아리시를 사랑한다구요?

테세우스 그렇소. 그놈의 흔들림 없는 눈빛에 나도 깜빡 속아 넘어갈 뻔했지만 신들이 도우서서 냉정을 회복하고 진실을 직시할 수 있게 되었소.

페드르 아리시를 사랑한다니. 여인을 가까이하지 않던 히폴리투스가 그런...

테세우스 모두 연극이었던 것이지. 나와 왕비뿐만 아니라 온 아테네가 그놈에게 감쪽같이 다 속았던 것이오.

페드르 아! (쓰러진다)

테세우스 왕비. 기운을 차리시오. 왕비, 왕비! 누구 없느냐?

외논, 리코메데스 각각 등장.

외논   왕비님!

테세우스   (외논에게) 왕비를 눕히고 지극으로 보살피거라. 그놈이 스스로
          자기 죄를 털어놓게 해야겠다. 리코메데스, 히폴리투스를 당장
          불러와라.

리코메데스 퇴장.

테세우스 퇴장.

4-10

외논   고정하세요. (부축하려 한다. 그러나 페드르는 외논의 손길을 뿌
          리친 후 그녀의 뺨을 때린다) 악!

페드르   외논, 왜 그런 거짓말을 한 거야?

외논   왕비님.

페드르   이 나쁜 것. 왜지?

외논   왕비님, 저를 용서하세요. 이렇게 바싹 말라가는 것을 더 이상 두
          고 볼 수만은 없었어요.

페드르   모든 빛이여, 사라져라. 칠흑처럼 컴컴한 어둠아, 나를 녹이거라.
          관심 주는 것도, 관심 받는 것조차도 귀찮아하던 그 무뚝뚝한 사
          람이 한 여자에게 굴복하고 무릎을 꿇었어. 가까이 가기조차 어
          려웠던 그 가시넝쿨 같은 사람이 말이야. 아리시가 그의 마음을
          훔치다니. 아! 언젠가는 이렇게 될 줄 알고 있었지만 막상 닥치
          니 죽을 것만 같아. 심장을 쥐어짜는 것만 같아. 내가 살아오면서
          겪은 모든 일들, 나의 두려움, 타오르는 정열, 몸서리치는 후회,
          거절이라는 참을 수 없는 모욕, 이 모두가 지금의 고통과는 비교
          할 수 없이 가벼운 것이었구나. 히폴리투스와 아리시가 서로 사
          랑하고 있다니! 어떻게 내 눈을 속인 거지? 어떻게 만났을까? 언
          제부터지? 어디서 만났을까? 외논. 넌 알고 있으면서 일부러 말
          하지 않은 거지? 왜 내가 조롱당하도록 내버려두었느냐? 그들의
          관계를 내게 차마 말할 수 없었더냐? 그들이 서로 자주 소곤거
          리고, 찾았느냐? 숲 속 깊은 곳으로 몰래 함께 들어가더냐? 서로

524

발가벗고 그 짓까지 했겠지?

외논   왕비님, 제발 고정하세요. 냉정을 찾으세요.

페드르   난 억울해. 그들은 너무 당당하잖아. 아무런 거리낌 없이 서로를
사랑한다고 말하고 있잖아. 테제도 결국 그 둘의 결혼을 인정할
거야. 아아! 그들의 미래는 언제나 밝고 빛나는 나날이겠지. 하
지만 난 크레타를 정복한 테제에게 볼모로 보내져 억지로 그와
결혼해야만 했어. 진짜 마음은 저 깊은 곳에 숨겨두고. 테제를 사
랑하는 척 연기해야 했단 말이야. 차라리 죽고 싶었어. 너무나도
고통스러웠지만 실컷 울 수도 없었어. 차가운 어둠 속에서 무거
운 사슬에 묶인 채 꼼짝도 할 수 없었어. 테제의 거친 손길이 내
몸을 유린했어. 난 떨면서 죽음의 쾌락만을 맛보았지. 죽음의 쾌
감을 몸서리치며 탐미했어. 태연한 표정으로 비통함을 감추며,
솟아오르는 눈물을 억지로 참아야 했어. 그런데 그들은!

외논   그들의 사랑은 헛된 것일 뿐입니다. 폐하께서 금지하셨으니 그
런 사랑에서 무엇을 얻겠어요? 그들은 더 이상 만나지 못할 거
예요.

페드르   그들은 영원히 사랑할 것이다. 내가 말하는 이 순간에도 말이야.
사랑해요, 히폴리투스. 사랑해, 아리시. 사랑해요, 히폴리투스.
사랑해, 아리시. 사랑해요, 히폴리투스. 사랑해, 아리시. 아! 생각
만 해도 미칠 것 같구나! 두 사람은 불붙은 내 맘에 기름을 끼얹
고 있는 거야. 히폴리투스 왕자가 추방당하면, 그들 둘은 헤어질
것이 분명한데도, 두 사람은 결코 떨어지지 않으리라 수천 번 맹
세하고 있을 거야. 지금 이 순간에도 그들은 사랑을 맹세하는 키
스를 하고, 숲 속 깊은 곳에서 서로의 몸을 부비고, 탐닉하고 있
겠지? 안 돼! 싫어! (외논의 목을 잡아 조른다) 개 같은 년! 그년
의 목을 부러뜨릴 거야. 히폴리투스의 입술이 닿은 그년의 혀를
뿌리째 뽑아버리고 두 손이 닿은 유방을 잘라낼 거야. 그 년의
천박한 자궁을 도려내 굶주린 개에게 던져줘야지. 죽어서도 절
대 히폴리투스를 보지 못하게 두 눈을 뽑아버릴 거야. 히폴리투
스의 목소리를 듣지 못하게 펄펄 끓는 쇳물을 귀 안에 들이부을
테다. 그리고 여자에 굶주린 노예들에게 그 몸뚱아리를 던져 죽

을 때까지 멈추지 않고 범하게 만들 것이다. (외논이 죽는다. 웃다가 운다. 이윽고 정신을 차린다) 용서해, 외논. 아냐, 내가 한 게 아냐. 이 모든 게 다 아리시 때문이야. 아니야. 죽지 않고 살아온 테제 때문이야. 아니야, 아니야. 내 마음을 송두리째 흔든 히폴리투스 때문이야. 모든 빛이여, 사라져라. 칠흑처럼 컴컴한 어둠아, 나를 녹이거라. 나를...

흐느끼는 페드르를 남겨둔 채 무대는 서서히 어두워진다.

5-1

무대가 밝아지면 테세우스와 히폴리투스가 있다.

히폴리투스　부르심을 받고 왔습니다.

테세우스　페드르가 죽어가고 있다. 그 연유를 아느냐?

히폴리투스　모릅니다.

테세우스　나는 안다. 너에게 치욕을 당했기 때문이지.

히폴리투스　그건 거짓말입니다.

테세우스　그렇다면 이게 무엇이냐?

히폴리투스　그건... 아버지께서 저에게 주신 칼입니다.

테세우스　이토록 명확한 증거 앞에서 발뺌할 작정이냐?

히폴리투스　아버님. 무엇이 아버님의 눈을 가리고 있는지 모르겠습니다.

테세우스　내 눈은 진실을 보고 있다. 패륜을 저지른 내 아들을 보고 있고, 왕좌에 눈 먼 찬탈자를 보고 있다.

히폴리투스　오해이십니다. 전 패륜을 저지른 적이 없고, 왕좌에도 뜻이 없습니다.

테세우스　부정한 놈, 진작에 벼락을 맞아 죽었을 이 괴물아. 넌 내가 아직 없애버리지 못한 더러운 도적이다. 추잡한 격정을 애비의 침대까지 몰고 가 놓고 그 얼굴엔 조금도 뉘우치는 기색이 없구나.

히폴리투스　이 히폴리투스가 왕비님께 불륜의 사랑을 품었다고요? 왕비님이 그렇게 고하셨단 말입니까! 터무니없는 모함입니다.

테세우스　　그래, 변명은 그것뿐이냐?

히폴리투스　저를 믿어주십시오.

테세우스　　사라지거라. 너를 보고 있으면 증오가 끓어올라 당장이라도 죽여버리고 싶으니.

히폴리투스　왕비를 불러주십시오. 저의 결백을 증명하겠습니다.

테세우스　　나를 시험하지 마라. 이토록 죄 많은 자식을 낳았다는 치욕만으로도 내게는 충분하다. 어서 꺼지지 않고 뭘 하느냐!

히폴리투스　억울합니다. 페드르는 진실을 알고 있습니다. 차마 제가 말씀드리지 못한 진실을 알고 있습니다.

테세우스　　이 배은망덕한 놈, 페드르가 짐승 같은 네놈의 파렴치를 묻어둘 수밖에 없을 거라 생각했겠지. 허나, 네놈은 증거가 되는 칼을 왕비의 손에 남겨놓지 말았어야 했다. 아니, 부정한 짓을 은폐하기 위해 단번에 그녀의 생명을 빼앗아버렸어야 했다.

히폴리투스　아버님, 분노를 좀 가라앉히시고 저를 믿어주십시오. 작은 죄를 지어야 큰 죄도 지을 수 있는 법. 왕비에게 욕정을 느꼈다면 과거의 저도 수많은 여자들에게 그랬을 것입니다. 순결한 정신이 불현듯 극심하게 타락하는 법은 없습니다. 저는 제 명예와 양심을 더럽히는 짓은 추호도 하지 않았습니다. 제가 정의를 숭상하고 명예를 소중히 여기는 사람이라는 것은 온 그리스 인이 알고 있습니다. 아버님, 믿어주십시오. 빛조차도 제 마음보다 더 투명할 순 없습니다. 하온데 제가 아버님을 능멸하는 패륜을 저지르다니요?

테세우스　　가소롭구나. 넌 애초부터 페드르를 노리고 있었던 거야. 가슴속에 페드르를 품고 있었어.

히폴리투스　그렇지 않습니다. 제 마음은 오로지 아리시 공주뿐입니다.

테세우스　　그걸 나더러 믿으란 거냐?

히폴리투스　어떻게 아버님의 오해를 풀어드릴 수 있을까요? 그 어떤 맹세를 통해 아버님을 확신시켜드릴 수 있을까요?

테세우스　　네 맹세 따위는 믿을 수 없다. 언제나 큰 죄를 지은 자는 거짓으로 맹세하는 법. 구차한 변명은 더 이상 하지 마라.

히폴리투스　페드르 왕비를 불러주십시오. 그녀 앞에서 저의 무죄를 증명하겠습니다.

테세우스   네 이놈! 뻔뻔스럽기 짝이 없구나!

히폴리투스   그 모든 말이 소용없군요.

테세우스   내가 죽어서 시체가 되어 돌아오길 바랐겠지?

히폴리투스   그 무슨 끔찍한 말씀이십니까?

테세우스   내가 죽은 줄 알고 왕좌에까지 않지 않았더냐?

히폴리투스   오로지 아테네를 안정시키기 위함이었습니다.

테세우스   네 교활한 혀를 잘라버리고 싶구나. 왕좌를 차지하고, 페드르를 겁탈하고, 또 나에게서 뭘 더 훔쳐가려고 하였느냐?

히폴리투스   훔치다니요?

테세우스   몹쓸 놈. 더 이상 너에게 내 것을 빼앗길 순 없다. 어서 내 앞에서 꺼져라. 내 눈에 띄지 말란 말이다.

히폴리투스   저를 아테네에서 추방하시는 겁니까?

테세우스   당장 죽이지 않는 것만도 감사하게 생각해.

히폴리투스   언젠가 진실은 밝혀질 것입니다. 어둠은 빛을 이길 수 없고 거짓은 진실을 영원히 가리지 못합니다. 저의 충심이 아버지를 지켜드릴 것입니다.

테세우스   꺼져, 꺼지란 말이야! 아테네는 내 나라야. 내 꺼라고. 너에게는 한 뼘의 땅도 절대 주지 않을 것이다.

테라멘 등장.

히폴리투스 퇴장.

5-2

테라멘   (바닥에 무릎을 꿇고 조용하게 테세우스를 부른다) 폐하.

테세우스   (노여움이 가시지 않은 목소리) 돌아가라. 테라멘.

테라멘   어찌하여 왕자님을 추방하려 하십니까?

테세우스   그 금수만도 못한 놈의 이름을 내 앞에서 말하지 마라.

테라멘   왕자님은 죄가 없습니다.

테세우스   내 오랜 친구, 테라멘이여. 너도 왕자에게 감쪽같이 속은 것이다.

천진한 얼굴을 하고서 태연하게 내뱉은 거짓말에.

테라멘 아닙니다. 왕자님은 그 누구보다 아버지를 그리워하고 존경해 왔습니다.

테세우스 그런 놈이 왕비를 겁탈하려고 했단 말이냐?

테라멘 그것이야말로 왕비의 음모입니다. 왕자님을 제거하려고 하는.

테세우스 네 이놈! 테라멘, 넌 왕자로부터 무엇을 약속받았느냐? 그놈을 옹호하고 왕으로 세우는 대신에 무엇을 받기로 했느냐?

테라멘 폐하, 부디 고정하십시오. 폐하의 부재 때 혼란한 아테네를 수습한 왕자님의 공을 생각하십시오.

테세우스 테라멘, 너도 변했구나. 젊은 날 생사고락을 같이하며 수많은 역경을 함께 넘어온 너마저 이렇게 변하다니.

테라멘 변한 건 폐하이십니다. 무엇을 그리 두려워하십니까?

테세우스 나는 아테네의 왕 테제다. 그리스를 평정하고 발밑에 둔 지배자 테제다. 내가 두려워하는 건 없다.

테라멘 간청드립니다. 한 번만 더 냉정히 생각해주십시오.

테세우스 난 히폴리투스를 용서할 마음이 없다.

테세우스는 무대 바깥으로 걸어간다.

테라멘 폐하. 왜 그렇게 움켜쥐려고만 하십니까?

히폴리투스가 무대 바깥에 등장한다.

히폴리투스 (하늘에 대고 부르짖는다) 왜 저를 믿어주지 않으십니까! 저는 아들입니다. 아버지의 아들. 위대한 테제의 아들!

테라멘 오래된 것들은 언젠가는 결국 한쪽 문으로 사라지는 것입니다. 허나 또 다른 문으로는 새로운 것들이 들어오지요. 그렇게 해서 세상은 단 한 번도 멈춘 적 없이 돌아가는 법입니다.

히폴리투스 이럴 거면 트레젠에서 절 왜 부르셨습니까? 그냥 거기서 조용히 살게 해주시지 왜 이 답답하고 음모가 횡행하는 아테네로 부르셨습니까?

테라멘　　마침내 다가올 생의 끝에 폐하께서는 무엇을 보았다 말할 작정
　　　　이십니까? 무엇을 이루었다고 말할 작정이십니까?

히폴리투스　왜!

테세우스　테라멘, 너도 이제 이 아테네를 떠나라.

테라멘　　폐하.

히폴리투스　왜!!

테세우스　오늘로써 우리의 오랜 우정은 끝난 것이다. 가거라.

　　　　테라멘 퇴장.

5-3

히폴리투스　왜!!!

　　　　아리시 등장.

아리시　　왜 바로 진실을 말씀드리지 않았던 거죠?

히폴리투스　폐하의 은밀한 부분에 대한 것을 폭로할 수 없었습니다. 부상을
　　　　입고서 돌아온 아버지께 페드르는 큰 의지가 되고 있습니다.

테세우스　한때는 너를...

아리시　　폐하를 정말로 깊이 사랑하시는군요.

테세우스　정말 사랑했었다.

히폴리투스　나는 아버지처럼 되고 싶었습니다. 수많은 적들을 굴복시킨 아
　　　　버지처럼요. 거칠 것 없는 기상을 지니고 악에 맞서는 용감한 영
　　　　웅이 되고 싶었어요.

아리시　　히폴리투스 왕자님도 이미 영웅이세요. 조각조각 찢어질 뻔한
　　　　아테네의 혼란을 잘 가라앉히셨잖아요.

테세우스　히폴리투스, 너야말로 내 뒤를 이어받을 수 있는 유일한 자격을
　　　　지녔다고 생각했었지.

히폴리투스　페드르 때문에 저를 트레젠으로 보낼 때 전 난생 처음으로 아버
　　　　지의 젖은 눈을 보았습니다.

테세우스   조금만 참고 기다리거라.

히폴리투스   조금만 참고 기다리거라.

테세우스   내 곧 너를 부를 것이다.

히폴리투스   내 곧 너를 부를 것이다.

테세우스   그때까지 이 칼을 맡아주겠니?

히폴리투스   그때까지 이 칼을 맡아주겠니? 그랬는데 모든 것이 엉망진창
              이 되어버렸습니다. (사이) 미안해요. 못난 모습을 보이고 말았
              군요.

테세우스   하지만 제 어미를 욕보이려고 하다니...

아리시   왕자님께서 떠나시면 전 이제 어떻게 해야 하죠? 메네스테우스
              가 절 가만히 놔둘까요? 그 전에 폐하의 분노가 저를...

히폴리투스   절대 그럴 일은 없을 것입니다. 아버지는 드높으신 명예를 가진
              분입니다.

테세우스   잘못이 명백하게 밝혀졌는데도 반성의 빛을 보이지 않다니...

히폴리투스   지금은 상처를 입어 그 혜안이 잠시 흐려지신 것 뿐, 곧 모든 진
              실을 단박에 파악하실 거요.

테세우스   진실이 이토록 고통스럽다니...

          테세우스는 무대 바깥을 향한다.

아리시   이제 왕자님께선 어디로 가시나요?

히폴리투스   트레젠으로 돌아갈까 합니다. 아니면 스파르타를 여행할 수도
              있구요, 아르고스로 모험을 떠나볼까 생각도 합니다. 아버지께
              서 젊어서 그러했듯이 저도 여행과 모험을 통해 좀 더 강한 인간
              이 되고 싶습니다.

아리시   헤어지는 게 싫어요. 영원히 왕자님 곁에 있고 싶어요.

히폴리투스   같이... 가겠습니까?

아리시   네?

히폴리투스   공주만 내 곁에 있다면 그 곳이 어디든지 나의 왕국이 될 것입
              니다.

아리시   전... 여기 아테네를...

히폴리투스   그래요. 떠날 수 없다는 거 잘 알아요.

아리시   미안해요.

히폴리투스   전 오늘 밤에 이 아테네를 떠날 겁니다. 항구에 제가 탈 배가 준
            비되어 있어요. 안녕히 계십시오. 다시 만날 때까지.

히폴리투스는 아리시에게 인사를 하고 걸어 나간다.

아리시는 멀어져가는 히폴리투스를 바라보다가 뛰어간다.

아리시   (와락 껴안으며) 잠깐만요. 같이 가요. 저도 같이 가요. 저도 데려
            가세요.

히폴리투스   (감동을 받는다) 오늘 밤 항구에 있는 나의 배로 와요. 기다리겠
            습니다.

아리시   준비하는 대로 바로 갈게요.

히폴리투스 퇴장.

5-4

아리시는 무대 안으로 들어선다.

아리시   이스멘, 이스멘!

테세우스   리코메데스!

이스멘 등장.

리코메데스 등장.

테세우스   리코메데스, 넌 나의 충직한 수족이다. 나의 부탁을 들어주겠
            느냐?

리코메데스   말씀하십시오. 어떠한 분부라도 충심으로 받들 것입니다.

테세우스   이 일을 잘 마무리한다면 너를 반드시 스키로스의 왕으로 만들
            어주마.

이스멘   부르셨어요, 아가씨?

아리시   난 히폴리투스 왕자님과 함께할 거야. 아테네를 떠날 준비를
해줘.

이스멘   위험합니다. 아가씨.

아리시   여기 있는 것이 더 위험할 거야. 너도 알지 않니? 메네스테우스
가 날 가만두지 않을 거야. 날 해치거나 아니면 그 괴물 같은 아
들과 억지로 결혼을 시키겠지.

테세우스   아무도 몰래 히폴리투스의 뒤를 밟아라. 그리고...

이스멘   아가씨께서 아테네를 떠나시면 다시는 왕위를 찾지 못할 거
예요.

테세우스   척살하라.

리코메데스 퇴장.

테세우스   히폴리투스. 죽음의 숨결이 너를 내 자식으로 다시 돌아오게 할
것이다.

테세우스 퇴장.

아리시   아테네의 왕위? 이제 그런 건 나에게 더 이상 아무런 상관없어.

5-5

메네스테우스, 네스토르 등장.

메네스테우스 어딜 가시려구요? 곤란합니다.

이스멘   썩 물러서세요.

메네스테우스 왕가의 수치로 남고 싶으십니까?

아리시   아무리 날 협박해도 얻을 수 있는 것은 없을 거야. 왕위는 당신
이 가져도 좋아. 그러니 메네스테우스, 날 놓아줘. 부탁이야. 이
렇게 고개 숙이고 간청할게.

메네스테우스 부친께서 저승에서 눈물을 흘리시겠군요. 원통함에 지하에서도
        눈을 감지 못하실 겁니다.
아리시   아니야. 아버님도 내가 행복하길 바라실 거야.
메네스테우스 어쨌든 아가씨는 이 아테네를 떠나실 수 없습니다. 제가 허락하
        지 않을 거니까요.
이스멘   비키시오!
메네스테우스 비천한 종년이 어디서 명령이냐!

메네스테우스가 이스멘을 바닥에 패대기친다.
네스토르는 아리시를 붙잡아 둘러멘다.

이스멘   아악!
아리시   네스토르, 하지 마! 이스멘! 이스멘!
메네스테우스 아가씨도 이리 되지 않으시려면 제 말을 순순히 따르세요.
아리시   네 이놈, 메네스테우스! 이거 놔, 네스토르. 날 어디로 데려가는
        거야?

아리시, 메네스테우스, 네스토르 퇴장.

이스멘   아가씨.

이스멘 퇴장.

5-6

페드르 등장.
제논 등장.

페드르   (천진난만하게) 외논? 외논? 어디 있는 거니, 외논? 내가 부르고
        있지 않느냐? 그만 놀리고 어서 나오렴. 외논? 외논!
제논   왕비님, 왜 이러십니까?

페드르	외논이 없어. 아무리 불러도 대답을 하지 않아.
제논	외논은 왕비님이 죽였습니다. 제발 정신 좀 차리십시오.
페드르	죽였다구? 아, 그랬지. 나쁜 거짓말을 했으니까. 내가 죽여버렸어.
제논	이제 정신이 좀 드십니까?
페드르	우린 모두 죽을 거야. 외논이 죽었고, 히폴리투스도 죽고, 테제도 죽고, 나도 너도 모두 다 죽을 거야.
제논	맙소사, 미치겠군. 제 말을 똑똑히 들으십시오. 저는 곧 아테네를 나가 파노프가 데려온 크레타의 군함으로 갈 겁니다.
페드르	가지 마. 죽을 거야.
제논	전 죽지 않습니다.
페드르	나도 죽고 싶지 않아.
제논	그러면 제 말대로 하십시오. 이건 메데이아의 독입니다. 이 독약을 테제에게 먹이십시오. 전 그 어수선한 틈을 타서 급습하겠습니다.
페드르	테제를 독살하라고?
제논	그렇습니다.
페드르	외논? 외논! 어디 있니?
제논	왕비님!
페드르	외논을 찾아야 해. 외논은 내가 숨을 곳을 알고 있어. 외논뿐이야. 외논, 외논!

제논은 페드르를 억지로 의자에 앉힌다.

| 페드르 | 악! |
| 제논 | 아카마스 왕자와 데모폰 왕자, 왕비님, 그리고 크레타의 운명이 왕비님의 손에 달려 있습니다. 아시겠습니까? 우리에겐 정말 마지막 기회입니다. |

제논 퇴장.

페드르	이걸로 테제를 독살하라고? 더러운 정념을 품은 죄로도 모자라 외논까지 죽이고 이젠 남편까지 독살하라는 건가? 신께서는 내가 어디까지 타락하길 바라시는 걸까?
테세우스	페드르.
페드르	저 끔찍한 소리가 또 들려오기 시작하는구나. 온몸의 털이 다 곤두서는 듯하다.
테세우스	페드르.
페드르	신이시여. 저 목소리를 내 귀에서 제발 지워주소서.
테세우스	페드르.
페드르	그래, 이건 신께서 주신 기회일 수도 있어. 이 약을 먹이면 테제는 사라져. 저 목소리도 사라지겠지? 그래, 맞아. 절망으로 떨어진 이 페드르를 구원해주시려고 이 독약을 내 손에 쥐어주신 거야. (웃음) 포도주가 어디 있지? 그에게 술을 권해야지. 이 지독한 약이 지닌 악취를 숨기기엔 포도주가 제격이겠지?

테세우스 등장.

테세우스	페드르.
페드르	폐하.
테세우스	내가 어찌하여 신께 이런 노여움을 사게 되었는지 모르겠구려.
페드르	노여움이라뇨? 당치도 않습니다. 신들께선 언제나 폐하를 축복하였습니다.
테세우스	왕비, 내 가슴이 찢어지는 듯하오. 내 가슴이 쓰디쓴 독약을 삼킨 듯 고통스럽소. 술을 좀 가져다줄 수 있겠소? 술이라도 들이키지 않으면 이 고통을 참을 수 없을 것만 같소.
페드르	그러지요.

페드르 퇴장.

5-8

키몬 등장.

키몬   아리시 공주의 유모라고 하는 자가 폐하를 뵙기를 청합니다. 어
          떻게 할까요?
테세우스   들라 하라.

이스멘이 등장한다.

이스멘   폐하. 메네스테우스가 아리시 아가씨를 납치했습니다. 메네스테
          우스는 자기 아들과 아리시 아가시를 강제로 혼인시키려고 하고
          있습니다. 폐하, 부디 우리 아가씨를 구해주세요. 아리시 아가씨
          는 히폴리투스 왕자님과 미래를 약속하셨습니다.
테세우스   그건 히폴리투스의 거짓말이다.
이스멘   아닙니다. 히폴리투스 왕자님은 진심이셨습니다. 두 분에겐 왕
          위도, 아테네도 필요 없습니다. 그저 서로에 대한 영원한 사랑을
          원하고 있지요. 사실 두 분은 오늘 함께 떠나기로 약속하셨습니
          다. 왕자님은 결백하십니다. 모든 유혹은 페드르 왕비가 한 것입
          니다.
테세우스   닥쳐라!

페드르가 술병과 잔을 들고 등장한다.

페드르   히폴리투스가 아리시와 같이 떠나기로 했다고? (웃음과 울음이
          교차된다)

테세우스는 페드르의 반응에 어리둥절하다. 그리고 드디어 깨닫는다.

테세우스   (궁전을 한 바퀴 천천히 돌아본다) 키몬! 어서 가서 리코메데스
          를 막아라. 어서!

테세우스, 키몬, 이스멘 퇴장.

페드르　　　종막이 다가왔어. 더러운 정념의 끝이 보이는구나. 파멸을 받아
들일 준비를 해야겠어.

페드르 퇴장.

5-9

리코메데스, 자객들 등장.
군무.
히폴리투스 등장.

히폴리투스　그토록 있기 싫은 아테네였건만 막상 떠나려고 하니 아쉬워지는
구나. 그나저나 아리시 공주는 왜 이리 늦는 걸까? 혹시 나와 같
이 가는 게 마음이 걸려 발걸음이 무거워진 것은 아닌가? 아니
다. 의심을 품지 말자. 그녀의 사랑과 결정을 존중해야지.

자객이 히폴리투스를 둘러싼다.

히폴리투스　누구냐, 너희들은?

히폴리투스는 자객들과 싸움을 벌인다.
리코메데스가 히폴리투스의 뒤로 은밀하게 다가가 그를 찌른다.

히폴리투스　누가 시킨 짓이냐? 그것만은 가르쳐다오. 페드르냐? 아니면, 메
네스테우스냐?

리코메데스, 자객 퇴장.
히폴리투스 죽는다.

테세우스, 키몬, 이스멘 등장.

테라멘 등장.

테세우스가 무너진다.

무대가 어두워진다.

5-10

무대가 밝아지면 히폴리투스가 누워 있고 그 곁을 테세우스가 지키고 있다.

테세우스   그때 너의 눈을 진심으로 들여다보았더라면... 한 번이라도 너의 소리에 귀를 기울여주었다면... 좀 더 빨리 네 눈물에 담긴 호소를 알아차렸다면 이런 처참한 비극은 없었을 것인데. 내 아들아. 나의 히폴리투스. 내가 너를 죽이다니... 내가 너를 죽이다니...

테라멘, 아리시, 이스멘 무대 바깥으로 등장.

아리시   왕자님은요?

테라멘   떠나셨습니다. 공주님을 끝까지 기다리다, 못내 떨어지지 않는 발걸음을 옮겨 배에 오르셨지요.

아리시   절 얼마나 원망하셨을까요?

테라멘   먹구름이 한 순간 밤하늘을 가린다 해도 별빛은 결코 사라지지 않지요. 사랑은 죽음을 넘어 영원히 빛나는 것입니다.

페드르 등장.

테세우스   왜 거짓말을 했지?

페드르   거짓말은 한 적 없어요. 단지 모든 것을 폐하께서 오해하셨을 뿐.

테세우스   이 뻔뻔한!

페드르   실컷 욕하세요.

테세우스   언제부터였지?

페드르   히폴리투스를 처음 본 순간부터였어요.

테세우스   그럼 나는? 나는 너의 남편이다. 넌 날 사랑한 게 아니었던가?

페드르   폐하를 왕자라고 항상 생각했지요. 폐하를 통해 저는 히폴리투스를 봤어요.

테세우스   제논과 파노프가 반역을 일으켰어. 크레타의 함대가 이 아테네로 다가오고 있다. 이것 또한 너의 흉계인가? 그렇게 왕의 자리가 탐이 났나?

페드르   저에게 왕위는 아무 의미 없어요. 저에게 준엄한 진리이며 빛나는 가치이자 유일한 세계는 단 하나. 당신의 아들. 내 심장을 뛰게 만드는 존재. 내가 살아 있음을 온몸과 마음으로 느끼게 만드는 존재. 히폴리투스예요.

테세우스   신이시여, 저에게 왜 이렇게 큰 괴로움을 주십니까?

테세우스 무대 바깥으로 이동한다.

페드르가 히폴리투스를 내려다본다.

아리시   탈출할 거야. 히폴리투스 왕자님을 쫓아가야겠어. 테라멘 경, 날 데려가줄 수 있죠?

이스멘   아가씨. 히폴리투스 왕자님은 사실...

테라멘   왕자님은 혼자만의 긴 여행을 떠나신 것입니다. 아무에게도 행선지를 알리지 않으셨습니다.

아리시   기약 없는 기다림을 언제까지 이어가야 하나?

테라멘 이동. 메네스테우스 등장.

메네스테우스 테라멘, 쓸데없는 짓은 하지 않는 게 좋을 거요. 어차피 히폴리투스는 영원히 사라졌으니.

테라멘 퇴장.

메네스테우스 아가씨, 이렇게 제멋대로 돌아다니시면 안 됩니다. 몹시 위험합니다. 크레타의 군함이 아테네로 다가오고 있습니다. 곧 전쟁이 시작될 것 같습니다. (이스멘에게) 아가씨를 안으로 모셔라.

아리시 메네스테우스, 천벌이 내릴 거야!

메네스테우스 이동. 테세우스와 조우한다.

메네스테우스 저를 부르신 연유가 무엇입니까?

테세우스 크레타의 군대가 오고 있다.

메네스테우스 알고 있습니다.

테세우스 아테네를 지켜야 하지 않겠는가?

메네스테우스 당연합니다. 이 아테네의 신성한 땅에 외적이 발을 딛게 할 순 없지요. 제가 가진 군사를 총동원하겠습니다. 그 대신...

테세우스 아리시의 금제를 풀겠다.

메네스테우스 또한 폐하께선 이 아테네를 떠나주십시오.

테세우스 이동. 메네스테우스 퇴장.

아리시 왕자님은 나와 함께 바다를 건너 여행하며 모험을 할 것이라 하셨어요. 젊은 날의 아버지를 동경하며 잔뜩 기대에 차 계셨죠. 자신에게 내려진 아버지의 의심이 곧 풀릴 거라 확신하며 활짝 웃으셨어요.

테세우스 아, 히폴리투스.

테세우스 이동. 아리시, 이스멘 퇴장.

테세우스 페드르, 너의 승리다. 이렇게 내 아들은 죽었어. 히폴리투스는 너를 위한 제물이 되었어.

페드르 아리시라는 아이는 참으로 행복했겠죠? 이렇게 빛나고 고결한 히폴리투스의 사랑을 한 몸에 받았으니까. 행복한 삶을 약속했겠죠? 정말 부러워요. 난 그러지 못했어요. 내 온몸을 던진 유혹에도 히폴리투스는 꿈쩍도 하지 않았어요. 그의 삶 속에 내가 파고들어 갈 부분은 없었죠. 하지만 히폴리투스의 죽음만은 내 거예요. 아리시가 히폴리투스의 삶을 함께했다면 난 그의 죽음을 가지겠어요. 지금 누워 있는 히폴리투스는 오로지 나만의 것. 이것 봐요. 히폴리투스가 웃고 있어요. 히폴리투스. 이렇게 내 앞에 왔구나. 사랑해. 그 어떤 모습이라도 상관없어. 너만을 사랑해.

테세우스 페드르. (칼을 뽑아 든다)

페드르 이제 절 죽여줘요. (사이) 왜 내리치지 못하시나요? 어서 내려쳐요. 어서! 왜죠? 왜 망설이는 거죠?

테세우스 페드르... 당신을... 당신을... 사랑하니까.

페드르 (웃는다) 폐하의 냉정한 가슴에도 사랑이라는 나무가 자라고 있었나요? 전 몰랐어요.

테세우스 난 두려웠다. 히폴리투스에게 당신을 빼앗길까 봐.

페드르 어깨를 펴세요. 폐하는 우리의 위대한 왕이세요.

테세우스 페드르. 함께 아테네를 떠나자. 아들을 잃은 슬픔을 서로 위로하며 남은 목숨을 이어가자.

페드르 아뇨. 메데이아의 독약이에요. 전 이걸 폐하께 먹이려 했죠. (잔을 들이킨다)

테세우스 페드르. 안 돼!

페드르 난 사랑을 했어. 심장이 펄떡이며 고동쳤고, 뜨거운 피는 온몸의 혈관을 타고 돌며 사랑을 갈망했어. 나는 살았고, 끝없이 사랑했고, 그러므로 이제 죽는다. 지옥의 불길도 내 사랑보다 뜨겁진 못할 거야. (쓰러진다. 히폴리투스의 품에 안겨 눈을 감는다)

테세우스 페드르, 페드르, 페드르! (절규한다)

모든 인물 등장.

테세우스 이 세상이 지옥과 같구나.

키몬 크레타의 함대가 다가오고 있습니다. 폐하, 어서 명령을 내려주십시오.

테세우스 오늘로써 나의 전설은 막을 내리겠다. 나의 시대는 이제 종결되었다. 히폴리투스가 부탁한 대로, 그의 소망대로, 아리시, 오늘부터 그대가 이 아테네를 다스리도록 하라. 메네스테우스, 그대는 아리시의 충직한 신하로서 이 아테네를 수호하라. 크레타의 군대를 섬멸하라. 키몬, 나의 군대를 아리시에게 주어라.

테라멘　폐하께선 어쩌시려구요.

테세우스　약속한 대로 리코메데스에게 스키로스의 왕위를 줄 것이다. 나는 그에게 의탁해 남은 여생을 뉘우치며 살겠노라. 히폴리투스, 페드르. 페드르!

막

정의의 사람들

원작: 알베르 까뮈

등장인물

도라벨라 "도라" 둘레보프

이반 "야네크" 칼리아예프

스테판 페도로프

보리스 "보리아" 아넨코프

알렉세이 "알렉시스" 보이노프

푸카체프 "포카" 루빈스키

아나스타샤 블라디미로브나 세르게이

미하일로비치 스쿠라토프

1

무대가 밝아지면 테러리스트들의 아지트.

아침. 고요 속에 막이 오른다.

문에서 한 번의 노크소리가 난다. 두 번 더 노크소리가 난다.

아넨코프		왔군.

아넨코프가 문을 열어주러 나간다.

도라는 두 남자의 발자국 소리에 초조함과 기대감이 동시에 묻어 있는 눈빛을 보인다.

아넨코프가 스테판과 같이 들어온다.

아넨코프		도라, 스테판이 돌아왔어.

스테판		잘 있었어, 도라?

도라		어서 와. 3년 만이지?

스테판		그래, 3년. 너희들을 만나러 가던 그날, 그놈들이 날 덮쳤지.

도라		기다렸어. 그런데 안 오더라. 심장이 찢어질 것만 같았어. 겁도 나고. 모든 걸 빨아들이는 침묵, 침묵뿐이었어.

아넨코프		망설였지만, 우린 결국 아지트를 옮겨야만 했지. 그 상황 속에서 도저히...

스테판		알고 있습니다. 모두들 나만큼 두려웠을 테니까.

도라		어떻게 지냈어?

스테판		그놈들, 좀 괴롭히더니 곧 석방을 시켜주더군.

아넨코프		스위스로 건너간 건 현명한 판단이었던 것 같아. 거기는 그래도 자유가 있었을 테니까.

스테판		아니오, 그곳도 결국은 또 다른 감옥에 불과했습니다. 스위스는 자유로운 나라였지만 전 조금도 자유로울 수 없었습니다. 이 땅 위엔 여전히 억압받는 사람들이 있었으니까. 나의 조국 러시아 와 이 땅에서 신음하고 있는 노예들이 계속 떠올랐습니다. (침묵)

도라		(침묵 속 독백) 역시 그는 내 생각 따위는 하지 않았습니다. 그래요, 원래 그는 그런 사람이었지요. 그래도 그런 그를 난 한동안 많이 좋아했었습니다. 그 어린 시절엔....

스테판　　(침묵 속 독백) 그 어린 시절의 눈으로 그녀가 저를 봅니다. 저 눈빛. 나를 들여다보는 저 눈빛.

아넨코프　여기로 와줘서 정말 기뻐. 비록 위원회의 명령이었지만...

스테판　　여기로 보낼 수밖에 없었을 겁니다. 계속해서 청원서를 보냈거든요. (아넨코프를 보며) 우린 그놈을 죽일 겁니다, 그렇죠?

아넨코프　물론이야.

스테판　　우린 그 살인자를 반드시 처단할 겁니다. 보리아, 전 무슨 명령이라도 따르겠습니다.

아넨코프　스테판, 맹세 따윈 필요 없어. 우린 이미 한 형제가 아닌가.

스테판　　보다 엄격한 규율이 필요합니다. 감옥에서 그걸 느꼈죠. 우리 혁명사회당은 흔들리지 않는 노선을 반드시 찾아야만 한다고 말입니다. 그 노선이 확립될 때에야 비로소 우리는 저 세르게이 공작을 처단하고 이 흉악한 전제정치를 종식시킬 수 있습니다.

도라　　　(그에게로 다가가며) 좀 쉬어. 먼 길을 왔잖아. 지쳤을 거야.

스테판　　아니, 난 지치지 않았어. 지쳐선 안 돼. (침묵)

아넨코프　(침묵 속 독백) 지칠 수 없다. 그 한마디가 스테판의 마음을 그대로 보여줍니다. 난 짐작이 갑니다. 그가 어떤 고난을 겪었었는지, 그리고 어떤 마음으로 이곳으로 돌아왔는지...

도라　　　(침묵 속 독백) 그의 마음은 왠지 조급해 보입니다. 그는 성격이 급하긴 해도 준비만큼은 철두철미한 사람이었습니다. 그런데 오늘은 서두르는군요.

스테판　　보리아, 준비는 다 끝난 겁니까?

아넨코프　(어조를 바꾸어) 한 달 동안, 우리 동지 중 두 사람이 세르게이 공작의 동태를 지켜봐 왔지. 그리고 그동안 도라는 필요한 폭탄을 만들었고.

스테판　　선언서는?

아넨코프　물론 준비되어 있지. 곧 모든 러시아인은 알게 될 거야. 러시아의 자유를 쟁취하기 위하여 우리 혁명사회당 결사대가 세르게이 공작을 처단하였다는 것을. 황궁에서도 알게 될 테지. 모든 주권이

국민에게로 이양되지 않는다면 우리의 테러는 절대 멈추지 않을
거라는 것을 말이야. 그래, 스테판, 맞아. 모든 게 다 준비되어 있
어. 이젠 실행만이 남아 있을 뿐.

스테판　　제 임무는 뭐지요?

아넨코프　　당장은, 도라를 도와줘. 자네는 도라와 함께 일했던 슈바이처의
후임으로 온 거니까.

스테판　　죽은 겁니까?

아넨코프　　그래.

도라　　사고였어.

　　　　스테판은 도라를 쳐다본다.

스테판　　그리고 나서는?

아넨코프　　지금 보는 바와 같아. 비상시를 대비해서 우리 모두의 임무를 필
히 숙지해둬. 때에 따라선 자네가 그 일을 대신해야 할 경우도
있으니까. 그리고 중앙위원회와 항상 연락할 수 있도록 하고.

스테판　　다른 사람들은 보이질 않는군요.

아넨코프　　슬슬 올 때가 되었어. 스위스에서 보이노프를 한 번 만난 적이
있지? 아직 어리지만 믿음직한 친구야. 그리고 야네크는 아마 처
음 보지 싶은데…

스테판　　야네크? 괴상한 이름이군요.

아넨코프　　이반 야네크 칼리아예프. 우린 그 녀석을 '시인' 이라 부른다네.

스테판　　테러리스트와는 어울리지 않는 별명이군요.

아넨코프　　(웃으며) 아마 야네크는 그렇게 생각하지 않을걸? 시야말로 혁
명적이라고 말하니까.

스테판　　틀렸습니다. 오직 폭탄만이 혁명적입니다. (침묵)

도라　　(침묵 속 독백) 무엇이, 도대체 무엇이 스테판으로 하여금 저리
도 확신하게 만드는 걸까요? 난 저 말을 수긍할 수 없지만 또한
반박할 수도 없습니다. 그리고 이 어색한 침묵.

아넨코프　　(침묵 속 독백) 침묵.

스테판　　(침묵 속 독백) 침묵이 흐릅니다. 저들과 나 사이를 가로막는 이

차가운 침묵. 난 이 침묵을 깨야 합니다. (도라에게) 도라, 뭘 도와주면 되는 거지?

도라　　폭탄을 만들어야 해. 위험하지만 뇌관만 망가지지 않게 조심하면 돼.

스테판　　그게 망가지면 어떻게 되는데?

도라　　슈바이처처럼 되겠지. (짧은 사이. 침묵 속 독백) 스테판을 봅니다. 그는 웃고 있습니다. 생각에 잠길 때 나오는 그의 버릇임을 난 알고 있습니다. 무슨 생각을 하는 걸까요? 난 그를 한참 동안 바라봅니다.

스테판　　(침묵 속 독백) 그녀가 날 보고 있습니다. 그녀는 생각에 잠길 때 웃는 내 버릇을 잘 알고 있습니다. 그리고 내 생각을 알고 싶어 합니다. (도라에게) 도라, 이 집을 날려버리는 데 폭탄 하나로 될까?

도라　　하나로는 불가능해. 그래도 꽤 피해는 줄 수 있겠지.

스테판　　모스크바를 다 날려버리려면 얼마만큼의 폭탄이 있어야 할까?

아넨코프　　미쳤군. 도대체 무슨 생각인가?

스테판　　아닙니다, 아무것도.

노크소리. 모두 기다린다. 노크소리가 두 번 더 들린다.

도라가 나가서 보이노프와 함께 들어온다.

보이노프　　스테판 형! 오랜만이에요.

스테판　　잘 있었나?

아넨코프　　알렉시스, 일은 순조롭게 되고 있나?

보이노프　　예.

아넨코프　　마차가 달리는 경로는 다 숙지했겠지?

보이노프　　그럼요.

스테판　　비밀경찰들은?

보이노프　　(망설이며) 사방에 널렸어요.

스테판　　겁나나?

보이노프　　긴장은 되죠.

아넨코프　　그놈들 앞에서 긴장하지 않는 사람은 아무도 없어. 걱정하지 마.

보이노프　　어떤 것도 겁나지 않아요. 단지 들킬까 봐 다소 불안할 따름이죠. 난 감정이 얼굴에 잘 드러나는 편이라서요.

스테판　　감정이 얼굴에 잘 드러난다구? 혁명가로서는 치명적인 약점이군. 그런 습관은 얼른 고치는 게...

도라　　알렉시스는 순진해. 그래서 거짓말도 잘 못해. 그렇지만 그게 알렉시스의 매력인걸.

아넨코프　　매력치고는 좀 바보스럽구만.

보이노프　　맞아요. 그래요. 대학생 시절 내 친구들은 날 더러 순진한 놈, 멍청한 놈 하면서 놀려댔었죠. 하지만 난 어떤 경우라도 솔직해야 한다고 믿고 있었기 때문에 별로 개의치 않았어요. 그런데 결국 퇴학을 당했죠.

아넨코프　　왜?

보이노프　　역사 시간에 교수가 나에게 질문을 했어요. 피터 대제가 상트페테르부르크를 어떻게 건설했냐구요.

아넨코프　　좋은 질문이야.

도라　　뭐라고 대답했는데?

아넨코프　　뻔하지.

보이노프　　난 피와 채찍으로 건설했다고 대답했죠.

도라　　알렉시스, 그건 아니야. 그건 순진하고 정직한 게 아니라 눈치가 없는 거야. 그래서 어떻게 되었어?

보이노프　　그 자리에서 쫓겨났죠.

스테판　　나라도 쫓아냈겠다. 눈치 없는 게 인간이야?

보이노프　　그런가요? 하지만 난 그땐 몰랐어요. 그 후, 난 정의라는 것은 말하는 것만으로는 충분하지 않다고 생각하게 됐어요. 그걸 위해 내 삶을 걸기로 한 거죠. 그러므로 지금 난 행복합니다.

스테판　　그렇다면 지금 넌 우리의 목적을 위해 거짓말도 할 수 있는 건가?

보이노프　　그렇죠, 합니다. 그러나 내가 폭탄을 던진 날부터는 더 이상 거짓말을 하지 않아도 될 거예요.

두 번의 노크소리, 그리고 한 번의 노크소리.
도라가 서둘러 문으로 간다.

아넨코프   야네크가 왔군.
스테판   (바짝 경계하며) 신호가 다릅니다.
아넨코프   야네크는 정해놓은 신호를 거꾸로 하는 습관이 있어. 그래서 종
            종 우리를 헷갈리게 만들지.

도라와 칼리아예프가 들어온다. 칼리아예프가 웃는다.

도라   야네크, 스테판이야. 슈바이처의 후임으로 왔어.
칼리아예프   환영합니다.
스테판   고맙군. (침묵 속 독백) 그는 나에게 손을 내밀었습니다. 하지만
            난 이 손을 잡기 싫었습니다. 난 나에게 호의를 보이는 사람이
            싫습니다. 하지만 난 손을 잡았습니다.
칼리아예프   (침묵 속 독백) 그가 내 손을 잡았습니다. 망설임이 가득한 눈빛,
            흔들리는 눈동자. 그리고 문득 깨닫습니다. 이 남자는 나와 정반
            대라는 것을.
도라   (침묵 속 독백) 두 사람이 손을 잡은 채 무언의 대화를 합니다.
            둘은 불편합니다. 어색함. 그리고 침묵. 마치 폭풍전야의 고요함
            같습니다. 무언가 터질 것 같은 극도의 긴장감.
아넨코프   야네크, 마차는 잘 알아볼 수 있겠지?
칼리아예프   걱정 붙들어 매세요. 아주 자세한 부분까지 빠짐없이 살펴뒀습
            니다. 예를 하나 들까요? 마차바퀴 가운데에 장미가 새겨져 있지
            요. (옷 속에서 장미를 꺼내 향기를 맡은 후 우아한 동작으로 도라
            에게 준다)
도라   (기쁜 표정) 아, 야네크!
보이노프   비밀경찰은요?
칼리아예프   쫙 깔렸지, 뭐. 하지만 걱정 안 해도 돼. 그놈들 눈엔 사람들이 죄
            다 반역자로 보일걸. 나만 의심받을 이유가 없지. (웃는다) 세르
            게이 공작은 이번 주에 극장에서 연극을 볼 예정이랍니다. 일정

이 잡히는 대로 파벨에게 연락이 올 겁니다. 극장 수위니까 누구
보다도 정확한 정보겠지요. (도라를 향해 돌아서며 웃는다) 도라,
절호의 기회야.

도라   그럼 이제 더 이상 허름한 장사꾼이 아니겠네? 지금 모습은 근사
한 귀족 같아 보여. 멋져. 변장했을 때가 그리워지진 않겠니?

칼리아예프   아마 그리울 거야. 정말 보람 있었어. 난 두 달 동안 노점상 노릇
을·했습니다. 그리고 거의 한 달 이상을 그 조그만 공간 속에 틀
어박혀서는 물건만 팔았죠. 내가 테러리스트라고는 누구도 상상
하지 못할 겁니다. '타고난 장사꾼' 이라는 별명도 얻었죠. 나더
러 '황제에게도 바가지를 씌울 놈' 이라지 뭡니까? 난 황제에게
바가지를 씌우기 보다는 폭탄을 먹이고 싶은데 말이죠.

도라   눈에 보듯 선해. 넌 속으로 통쾌해 웃었을 테지.

칼리아예프   맞아. 그랬어. 변장, 새로운 생활. 나에겐 모든 게 즐거웠어.

도라   나도 너처럼 변장하고 정탐하는 일을 해보고 싶어. (그녀는 그녀
의 옷을 내려다본다) 그런데 이 옷은 아냐. 보리아, 내게 예쁜 옷
한 벌 사주지 않으실래요?

아넨코프   글쎄... (지갑을 꺼내 속을 본다)

도라   돈이 있는 거예요? 이리 줘봐요.

도라는 아넨코프의 손에서 지갑을 뺏으려 달려간다.

아넨코프는 얼른 지갑을 보이노프에게로 던진다.

도라는 보이노프에게로 돌아선다.

보이노프는 지갑 속의 돈을 보고 놀란 척한다.

도라   이리 줘, 알렉시스!

도라는 보이노프에게로 돌진한다.

보이노프는 지갑을 칼리아예프에게 던진다.

도라는 칼리아예프에게서 지갑을 뺏으려 한다.

두 손을 높이 드는 칼리아예프. 뺏으려는 도라. 품에 안긴 형태가 되고 어색해진다.

도라와 칼리아예프, 부끄러워한다.

도라	(침묵 속 독백) 난 변장을 하고 아름다운 여배우가 되고 싶습니다. 그리고 인기를 얻어 고위 각료들의 파티에 초청이 됩니다. 난 춤을 추고, 또 귀족들을 유혹해 정보를 얻어낼 겁니다. 아름다운 옷만 있다면... (지갑을 열어본다) 그런데 텅 비었네요.
칼리아예프	(침묵 속 독백) 그녀는 아름답습니다. 지금 이 옷으로도 눈부시게 아름답습니다. 난 넋을 잃고 쳐다봅니다.
도라	(침묵 속 독백) 그가 날 바라봅니다. 가슴이 설렙니다. 심장이 터질 것만 같습니다. 하지만 나는, 아니 우리는 아름다움 같은 걸 생각해선 안 됩니다. 갑자기 슬퍼집니다.
칼리아예프	(침묵 속 독백) 갑자기 그녀의 눈빛이 슬프게 변합니다. 난 그녀를 슬프게 만들고 싶지 않습니다. (도라를 보며 배우처럼) "이 고요한 곳에서 내 심장은 너를 그리며..."
도라	(웃으며) "영원한 여름이길 기도하리니."
칼리아예프	멋져, 도라! 그 대사를 기억하고 있었다니.
칼리아예프, 도라	(함께) "바람은 수풀 속에 잠들고 시간은 침묵 속에 눈을 감도다." (도라는 지갑을 스르륵 떨어뜨린다)
칼리아예프	너 웃는 거야? 웃는 거지? 맞지? 난 지금 너무 행복해. 난...
스테판	(그들의 말을 가로막으며) 꼴값들 하는군. (지갑을 주워 아넨코프에게 준다) 보리아, 우리에게 이럴 시간이 있습니까?
아넨코프	그렇지. 도라, 가서 파벨을 기다려줘. 알렉시스는 도라의 방에 폭탄 재료를 옮기도록 하고. (도라와 보이노프는 나간다. 스테판은 힘차고 결연한 걸음걸이로 아넨코프에게 다가간다)
스테판	제가 폭탄을 던지겠습니다.
아넨코프	그건 안 돼. 이미 정해진 사람이 있어.
스테판	부탁드립니다. 그게 저한테 어떤 의미인지 잘 알고 계시잖습니까?
아넨코프	안 돼. 규칙은 규칙이야.
스테판	누가 첫 번째 폭탄을 던집니까?
칼리아예프	나야. 알렉시스는 두 번째로 던지기로 되어 있고.
스테판	네가?

칼리아예프   뭘 그리 놀라는 거지? 날 못 믿는다는 거야?

스테판   경험이 없어 보이니까.

칼리아예프   경험이라고? 어이가 없군. 누구도 폭탄을 두 번 던지지는 못해.
목숨은 하나뿐이니까.

스테판   흔들리지 않을 만큼 튼튼한 팔 힘이 필요해.

칼리아예프   (팔을 보여준다) 봐, 이 팔이 떨릴 것 같나? 절대 흔들리지 않아.
뭐? 내가 세르게이 공작을 죽이는 걸 주저할 거라고? 두려움에
떨어 폭탄을 던지지 못할 거라고? 어떻게 그런 생각을 할 수 있
지? 설사 내 팔이 진짜로 떨려서 폭탄을 던지지 못해도 난 다른
방법으로 세르게이 공작을 죽일 수 있어.

아넨코프   어떻게?

칼리아예프   폭탄을 안고 마차 밑으로 몸을 던질 겁니다.

아넨코프   안 돼, 그럴 필요는 없어. 우선은 살아남아야지. 조직은 자네를
필요로 해. 목숨을 아껴.

칼리아예프   알겠습니다, 보리아. 사실 세르게이 공작은 피라미일 뿐이죠. 그
위의 놈들을 죽여야만 해요.

아넨코프   우선은 세르게이 공작이야.

칼리아예프   만일 폭탄을 던졌는데 실패하면 어떻게 합니까?

아넨코프   무슨 뜻인가?

칼리아예프   실패하면 제 스스로 목숨을 끊어야겠지요?

아넨코프   안 돼. 자살 따윈 생각하지도 마. 살아남아 다시 기회를 노려
야지.

스테판   (무대 뒤편에서 말한다) 자살을 하기 위해서는 자기 자신을 굉장
히 사랑해야 해. 그러나 진정한 혁명가는 자기 자신을 사랑할 수
없어.

칼리아예프   진정한 혁명가? 그럼 난 진정한 혁명가가 아니란 소리야? 왜 날
그렇게 생각하는 거지? 내가 너한테 뭐 잘못한 거라도 있어?

스테판   내가 제일 경멸하는 인간이 누군 줄 아나? 그건 바로 할 일이 없
어서 혁명에 뛰어든 족속들이야.

아넨코프   스테판!

스테판   그렇죠. 제 성격이 지랄 같다는 건 저도 잘 압니다. 그러나 나에

게 있어 증오라는 것은 결코 심심풀이 놀이 따위가 아닙니다. (다른 이들을 둘러보며) 장난이 아니라구! 똑바로 들어. 우리는 서로 칭찬이나 하려고 여기 모인 게 아냐. 성공하기 위해서지.

칼리아예프 (부드럽게) 왜 날 욕하는 거지? 내가 할 일이 없어서 혁명에 뛰어든 거라고 누가 그래?

스테판 난 이해할 수 없어. 넌 신호를 제멋대로 바꾸고, 노점상의 임무를 아무 고민 없는 듯 즐거웠다고 했어. 또한 시 따위나 주절거리고, 마차 밑으로 몸을 던지겠다는 등 헛소리를 지껄였지. 게다가 지금은 자살까지... 난 너를 믿을 수가 없어.

칼리아예프 넌 날 잘 모르니까. 난 인생을 사랑해. 할 일 없이 혁명에 뛰어든 게 절대 아니야. 너무나 인생을 사랑하기 때문에 혁명을 원하는 거야.

스테판 난 인생을 사랑하지 않아. 그보다는 정의를 사랑하지. 그것은 인생보다 더 높은 곳에 있어.

칼리아예프 (화를 억지로 억누른다) 우린 우리가 서로 차이가 있음을 인정해야 해. 서로 다르다는 것을 이해한다면 그 각각의 정의를 좀 더 사랑할 수 있지 않겠어?

스테판 난 이곳에 한 남자를 죽이러 왔다. 사랑에 대한 의견을 말하거나 인간은 서로 차이가 있다는 따위의 웃기는 철학에 대해 토론하려고 온 건 아니야.

칼리아예프 (난폭하게) 아무런 명분을 가지지 않고서 세르게이 공작을 죽일 순 없어. 넌 우리와 모든 러시아인의 이름하에서만 그 인간을 처단할 수 있는 거야. 그것만이 네가 가질 수 있는 정당한 대의명분이야.

스테판 그런 거 필요 없지. 난 그 밤, 그 어둠, 3년 전 감옥의 그 시커멓고 치욕스런 밤에 영원한 대의명분을 세웠어. 이제 난 더 이상...

아넨코프 이제 그만들 해. 둘 다 미쳤나? 저 압제자들을 처단하고 러시아의 해방을 이루어낼 때까지 단결해야 해. 한 덩어리가 되어야지. 힘을 합쳐야 돼. (침묵)

칼리아예프 (침묵 속 독백) 난 마음을 가라앉힙니다. 스테판을 용서해야 합니다.

스테판　(침묵 속 독백) 용서할 수 없습니다. 하지만 지금은 잠시 덮어두겠습니다. 때가 되면 내가 옳다는 걸 알 테니까.

아넨코프　(스테판이 나가는 것을 확인하고) 신경 쓰지 마. 스테판은 감옥에서 너무 고생이 심했어. 내가 그를 잘 타이르도록 하지.

칼리아예프　(매우 창백해져서) 스테판은 저를 깔아뭉갰습니다, 보리아. (도라가 들어오고 아넨코프 나간다)

도라　(칼리아예프를 보며) 무슨 일이야?

칼리아예프　싸웠어. 스테판은 날 싫어하더군.

도라　거칠지? 하지만 예전엔 그렇게 심하진 않았어. 모든 게 끝나면 스테판도 좀 더 행복해질 거야. 그렇게 괴로워하지 마.

칼리아예프　스테판은 날 이해하려 하질 않더군. 비단 스테판뿐만 아니라 다른 이들에게서도 느껴지는 게 있어. 이 사람들은 날 이해하지 못하는구나, 이 사람들은 날 오해하는구나 이런 느낌이지.

도라　다른 사람들 모두 널 이해하고 사랑하고 있어. 단지 스테판만 조금 다른 것뿐이야.

칼리아예프　아니, 난 알 수 있어. 죽은 슈바이처가 나한테 한 말이 있지. 혁명가로서 살기에는 너무 감상적이라고 말이야. 난 그렇지 않다는 것을 말해주고 싶어. 사람들이 날 더러 지나치게 즐거움을 추구한다는 거, 또 너무 충동적이라는 것, 그래, 이게 다른 사람에게 비춰지는 나인 걸 알아. 하지만 난 같이 길을 간다고 생각하고 있어. 그래서 그 길에 나를 희생하려고 해. 물론 나도 속마음을 말하지 않고, 때로는 거짓말로 깊이 숨길 수 있어. 충분히 할 수 있어. 그렇지만 세상은 아름다운걸. 내 눈엔 언제나 멋져 보여. 그걸 어쩌겠어? 난 아름다움을, 그리고 인생과 행복을 사랑해. 그렇기 때문에 저 전제정치를 미워하는 거야. 이런 마음을 어떻게 설명해야 좋을까? 혁명! 당연히 해야지. 하지만 그것은 언제나 인생을 위하고 인생의 행복을 가져오는 것이어야만 해. 이해하겠어?

도라　(빠져들어서) 알아. (조금 조심스럽게) 그런데 말이야... 왜 이번에 폭탄을 던지겠다고 했어?

칼리아예프　내가 가진 이 모든 생각들, 결국엔 실천해야 할 것들이야. 삶

의 무게, 고통, 온몸으로 짊어지지 않는데 진실하다고 할 수
있을까?

도라　　　없지.

칼리아예프　그래서 난 숨을 수 없었어. 맨 앞에 서야만 했어. 추구하는 이상
을 위해 날아오르는 것, 결국은 추락할 수밖에 없을지라도 우린
그걸 포기해서는 안 된다는 생각이었던 거야. 그랬어. 그것만이
내가 살아가는 이유였어.

도라　　　나도 그렇게 할 수 있었으면 좋겠어.

칼리아예프　밤이 되면 난 잠을 이룰 수 없었지. 어떤 생각, 그러니까 나를 괴
롭히고 분노에 떨게 만드는 그런 생각과 항상 맞서 싸워야 했어.
저 독재자들이 우리를 살인자로 만들고 있어, 나를 살인자로 만
들고 있어 하는 생각 말이야. 그런 생각에 한번 빠지면 어둡고
차가운 밤은 내 내면에서 불덩어리보다 더 뜨겁게 타올라 온 잠
을 뒤척이도록 했어. 하지만 나 역시도 죽을 거라는 생각을 하면
신기하게도 마음에 평온이 찾아왔지. 그리고 어린애처럼 다시
잠이 들었어.

도라　　　그래, 죽이고 난 다음 자신도 죽는 것. 그렇게 생각하면 편안해
지겠지. 야네크, 하지만 난 그보다 더 큰 행복을 알 수 있을 것 같
아. (침묵. 칼리아예프가 도라를 본다. 도라는 고개를 숙인다)

칼리아예프　(침묵 속 독백) 그녀는 위험한 말을 하려고 합니다. 하지만 난 들
어줘야 합니다. 그녀가 날 진심으로 사랑함을 알고 있기 때문입
니다.

도라　　　(침묵 속 독백) 내 마음속 진실을 말한다면 그는 나를 경멸할 겁
니다. 하지만... 하지만... (간절한 목소리로) 약속해. 그 자리에서
죽지 않겠다고, 살기 위해 온 힘을 다하겠다고 말이야.

칼리아예프　온 힘을 다해 공작을 죽이겠어. 그렇게만 되면 난 모두의 마음속
에서 영원히 사는 거야. (침묵)

도라　　　(침묵 속 독백) 그는 내 진심을 알고 있습니다. 그런데 모른 척합
니다. 이대로 그냥 흘려버리면 되는 걸까요?

칼리아예프　(침묵 속 독백) 이대로 그냥 흘러가기를... 죽음으로 걸어가는 내
발길, 그 끝자락을 잡고 매달리지 않기를... 그녀가 나를 당긴다

면 난 주저앉고 말겁니다

도라　　　넌 용기 있는 사람이야. 웃으며, 희생을 향해 열정적으로 돌진하
　　　　　고 있어. 그러나 몇 시간 내에 넌 그 꿈에서 깨어나야 해. 그리고
　　　　　행동해야만 할 거야. 아마도 말해주는 게 낫겠지? 그래야 예기치
　　　　　않은 일로 놀라도 실수를 안 할 테니...

칼리아예프　난 결코 실수하지 않아. 말해봐.

도라　　　암살, 두 번 죽는 것, 이것들은 오히려 쉬운 일이야. 어쨌거나 네
　　　　　가 마음만 굳게 먹으면 되니까... 그렇지만 아까 네가 말한 대로
　　　　　맨 앞에 선다는 거... 그 의미... 그건... (그녀는 조용해진다. 그를
　　　　　쳐다보고 망설이고 있다)

칼리아예프　(침묵 속 독백) 그녀가 무슨 말을 할지 이미 난 알고 있습니다.
　　　　　넌 정면에서...

도라　　　넌 정면에서

칼리아예프　(침묵 속 독백) 그 사람을 보아야 한다.

도라　　　그 사람을 본다는 거야.

칼리아예프　순식간에 지나갈 거야.

도라　　　그래, 순식간이지만 넌 그 사람을 봐야 해! 그 사람을! 그 눈, 그
　　　　　입, 그 표정, 그는 절대 괴물이 아니야. 야네크, 세르게이 공작은
　　　　　어쩌면 자비로운 눈을 가졌을지도 몰라. 귓불을 긁거나 혹시 기
　　　　　분 좋은 일이 있어서 환하게 웃는 모습일 수도 있어. 그런 사람
　　　　　을 넌 봐야 하는 거야. 누가 알까? 면도날에 살짝 벤 상처가 있을
　　　　　수도 있어. 그런데 그 순간 그 사람이 널 쳐다본다면...

칼리아예프　(격하게) 난 그자를 보지 않을 거야.

도라　　　어떻게? 눈이라도 감게?

칼리아예프　아니. 그러나 고통받는 러시아를 생각할 거야. 그러면 증오심이
　　　　　불타올라 아무것도 보이지 않을 테지.

도라　　　하지만 난 말이지... (노크소리)

스테판　　파벨에게서 연락이 왔다는군. 세르게이 공작이 내일 저녁에 극
　　　　　장으로 갈 거야. 고결하신 시인 선생.

칼리아예프　(스테판을 향해 돌아선다) 난 세르게이 공작을 죽이겠어. 기
　　　　　꺼이!

무대 어두워진다.

2.

무대 밝아진다.

다음 날 저녁. 같은 장소. 아넨코프는 일어서서 초조한 듯 서성거리고 있고 도라는 불안해하며 앉아 있다.

도라   앉아서 진정해요.

아넨코프   지금 몇 시지?

도라   앉으라니까요. 더 이상 우리가 할 수 있는 일은 없어요.

아넨코프   그런가? 저 녀석들이 부럽구만...

도라   리더시잖아요. 계실 곳은 이곳이에요.

아넨코프   그래, 내가 리더지. 나이가 제일 많으니까. 하지만 나보다는 야네크가 생각은 더 깊어. 또한 스테판은 나보다 더 결단력이 있지. 젠장.

도라   위험한 것은 여기 있는 누구에게나 다 마찬가지예요. 폭탄을 던지든지, 그렇지 않든지...

아넨코프   그래, 위험은 똑같아. 그렇지만 지금 당장은 야네크와 알렉시스가 제일 앞에 있는 거야. 그 녀석들이 있는 곳과 내가 있는 곳은 엄연히 다른 곳이지. 암, 그렇고말고, 다른 세계야. 가끔 이런 생각이 들곤 해. 내 스스로가 내 역할에 너무 만족하고 있는 건 아닐까? 맞아, 젊은이들을 사지에 내보내는 대신 난 좀 더 오래 살아남게 된 거야. 이제 폭탄을 던질 용기나 있을까?

도라   모든 일을 책임지고 끝까지 완수하는 것. 그게 리더의 일 아닌가요?

아넨코프   넌 정말로 침착하구나. 나보다 나아.

도라   (침묵 속 독백) 난 알 수 있습니다. 나 역시 그와 같습니다. 지나간 과거, 영광, 현재의 현실, 눈물, 후회, 다가올 미래의 희망 혹은 절망. 그의 눈빛에 아직도 남아 있는 그 옛 시절의 욕망.

아넨코프 (침묵 속 독백) 잊지 못합니다. 화려했던 생활, 여자들... 그렇습니다, 난 여자와 술을 정말 좋아했었습니다. 그땐 끝나지 않을 것만 같았습니다, 그 기나긴 밤, 장미향 가득한 여인의 몸을 안고 쾌락의 끝으로 달리던 밤, 그 끝없는 밤. 아직도 잘라낼 수 없습니다. 가여운 도라. 그리고 젊은이들. 그들은 모릅니다. 아무것도 모른 채 혁명의 길로 내몰리고 있습니다.

도라 (침묵 속 독백) 귀족인 그가 왜 혁명을 하겠다고 나선 걸까요? 난 그 이유를 모릅니다. 다만 이건 압니다. 러시아에 보리아와 같은 귀족들만 있었다면 혁명은 필요치 않았을 거라는 것. 난 보리아를 좋아하고 존경합니다.

아넨코프 (침묵 속 독백) 조금 후면 야네크는 도라와 영영 이별하는 폭탄을 던지게 됩니다. 안타깝습니다. 그들은 사랑을 위해서 사랑을 포기합니다.

도라 (침묵 속 독백) 두 가지의 마음이 존재합니다. 폭탄을 던지고 야네크가 명예로워지기를, 폭탄을 던지지 않고 나와 함께하기를... 난 신을 믿지 않지만 신에게 기도해봅니다. 도와주소서.

침묵 속에서 두 사람은 가만히 귀를 기울인다. 멀리서 들려오는 성당의 종소리 일곱 번.

도라 폭탄이 터지지 않았어요.
아넨코프 어떻게 된 거지?

보이노프가 문을 열고 급하게 들어온다. 들어오는 보이노프, 인상을 쓰고 있다.

아넨코프 알렉시스, 어서 말해봐. 무슨 일이야? 알렉시스!
보이노프 저도 모르겠어요. 전 첫 번째 폭탄이 터지길 기다리고 있었어요. 마차가 모퉁이를 도는 것을 봤는데 아무 일도 일어나지 않았어요. 정신이 없었습니다. 갑작스럽게 계획이 바뀐 줄 알았습니다. 그래서 던질까 말까 망설이게 된 겁니다. 그리고 황급하게 여기로 뛰어 왔지요.
아넨코프 그럼 야네크는?

| 보이노프 | 보지 못했어요. |
| 도라 | 잡힌 거예요! |

칼리아예프가 등장한다.

아넨코프	(문을 쳐다보며) 야네크, 자네!
칼리아예프	(눈물을 흘리고 있다) 형제들, 절 용서하십시오. 할 수가 없었습니다. (도라, 칼리아예프의 앞으로 가서 손을 잡는다)
도라	괜찮아. 때로는 마지막 순간에 모든 일이 뒤틀려버릴 때도 있어.
아넨코프	하지만 그리 되어선 안 돼.
도라	내버려 둬요. 너뿐만이 아니야, 야네크. 슈바이처 역시 처음엔 던지지 못했어. (정해진 신호. 보이노프가 아넨코프의 손짓을 보고 문을 열어주러 나간다. 칼리아예프는 풀이 죽은 모습이다. 스테판이 들어온다)
아넨코프	어떻게 된 건가?
스테판	마차에 어린아이들이 있었습니다.
아넨코프	어린아이들?
스테판	세르게이 공작의 조카들요.
아넨코프	파벨의 정보에 의하면 혼자라고 했는데...
스테판	애완견도 함께 있었습니다. 우리의 고귀한 시인에겐 죽일 생명이 너무 많았나 보죠. 다행히 비밀경찰들에겐 들키지 않았지만...
칼리아예프	예기치 않은 일이었어. 어린 애들, 그 어린 애들 말이야. 그 애들을 봤나? 그 조금 전만 해도 난 광장의 조그만 모서리에서 행복해하고 있었는데... 마차 등불이 멀리서 보일 때 내 심장은 기뻐서 두근거렸단 말이야. 진짜야. 바퀴소리가 커질수록 내 심장의 고동소리도 점점 커졌어. "바로 지금, 지금이야" 속으로 외쳤지. 그 기분을 알 수 있어? 그 느낌을 알 수 있냐구! (침묵 속 독백) 저는 마차로 달려갔습니다. 바로 그때 그 어린애들을 보았습니다. 그 애들은 무표정하게 허공을 바라보고 있었습니다. 너무나도 쓸쓸한 표정. 화려한 예복 속에 작은 몸을 웅크리고는 그 조그만 손을 무릎 위에 올려놓고 있었습니다. 제 눈은 그 어린애들

에게서 눈길을 돌릴 수가 없었습니다. 만약에 그 어린애들이 절 발견하고 쳐다보았더라면 아마 폭탄을 던져버렸을 겁니다. 그 쓸쓸한 표정을 지우고 싶었습니다. 하지만 아이들은 계속해서 앞만 바라보고 있었습니다. (주위를 돌아본다) 아무도 말을 하지 않습니다. 이 고독한 침묵.

아넨코프　(침묵 속 독백) 침묵.

보이노프　(침묵 속 독백) 침묵.

스테판　(침묵 속 독백) 침묵.

도라　(침묵 속 독백) 침묵. 하지만 난 그에게 뭔가 말하고 싶습니다. 걱정 마. 괜찮아. 무사해서 다행이야. 그러나 내 입은 열릴 줄 모릅니다. 이 무거운 침묵이 내 혀를 굳게 하고 내 입을 누릅니다. 계속되는 침묵.

칼리아예프　(다른 사람들을 쳐다본다. 낮은 목소리로) 그다음엔 무슨 일이 있 었는지 알 수가 없어. 내 팔은 힘을 잃었고, 다리는 후들후들 떨렸어. 이 모든 과정들은 단 일초 사이의 일이었는데 그 일초가 흐르고 나니 늦어 있었어. (침묵 속 독백) 침묵. 아직도 아무도 말을 하지 않습니다. 나의 실패는 모두의 실패입니다. 난 모두를 쳐다봅니다. 살려달라고, 도와달라고, 구해달라고. 그러고는 깨 닫습니다. 모두들 나만큼 두려워한다는 것을... 저 스테판조차도.

칼리아예프는 고개를 다시 들고 모든 사람의 시선이 자신에게 집중되어 있는 것을 본다.

칼리아예프　나를 봐, 형제들. 보세요, 보리아. 난 비겁한 게 아니었습니다. 무 서워서 꽁무니를 뺀 게 아니란 말이야! 애들이 타고 있을 줄은 정말로 몰랐어. 정말 눈 깜빡할 사이에 일어난 일이었다구. 그 쓸 쓸한 표정의 조그마한 두 얼굴, 그리고 내 손에 쥐어진 폭탄! 난 그걸 그 아이들의 얼굴에 던져야 했던 거야. 그 아이들의 얼굴 에! 안 돼, 난 할 수 없어! (한 사람씩 본다) 옛날에 내가 고향 우 크라이나에 살 때, 난 마차를 몰고 다녔지. 마치 바람처럼. 거칠 게 없던 시절이었어. 아무것도 무서울 게 없었지. 어느 날, 난 어 린애를 치고 말았어. 순식간에 피가 솟구치더군. 그 약한 머리에

서 피가... 피가 멈추질 않았어. 잊을 수가 없어. 도저히 잊혀지지가... (조용해진다)

보이노프 (침묵 속 독백) 그가 폭발하듯이 말을 쏟아냅니다. 그는 침묵을 두려워합니다. 나 역시 그렇습니다.

스테판 (침묵 속 독백) 그러나 침묵은 이 폭발적인 말 뒤에 더 거대한 모습으로 도사리고 있습니다. 그는 혼자서 그 공포를 감당해야 합니다.

칼리아예프 왜 그랬을까?

도라 (침묵 속 독백) 저 말이 모호합니다. 왜 그랬을까? 그때 아이를 친 것? 아니면 폭탄을 던지지 못한 것?

칼리아예프 전 자살하려고 했습니다. 하지만 실패에 대한 보고를 모두에게 들려줘야 하는 의무 때문에 돌아왔습니다. 여러분만이 날 심판할 수 있습니다. 내 행동이 옳았는지 아니면 틀렸는지 가르쳐주세요. 어서요.

아녠코프 (침묵 속 독백) 누가 알 수 있겠습니까? 누가 그에게 심판을 내릴 겁니까?

칼리아예프 (침묵 속 독백) 아무도 가르쳐주지 않습니다. 결국 내가 일어서야 합니다. 침묵, 공포, 운명, 사랑, 혁명, 그리고 그 모든 것. 다 내가 짊어지고 감당해야 하는 것임을 깨닫습니다. (도라가 다가와서 그를 토닥여준다. 그는 모두를 바라본 후 낮은 목소리로) 내가 제안을 하지. 모두가 그 어린애를 죽여야 한다고 결론 내리면 난 극장의 공연을 마치길 기다려서 혼자 폭탄을 던지겠어. 이번에는 실수하지 않아. 결론만 내려주면 난 모두의 뜻을 따르겠어.

스테판 결론은 이미 내려진 거야. 세르게이 공작을 죽이는 것!

칼리아예프 옳은 말이야. 그러나 아이들을 죽이라고 하진 않았지.

스테판 죽였어야 했어. 그것 이외엔 다 무의미해.

아녠코프 책임은 나에게 있어. 모든 상황에 대한 대처방안을 미리 마련해야 했었는데. 어쨌거나 시간을 되돌릴 순 없는 일. 지금 우리가 결정해야 할 것은 깨끗이 포기하느냐, 아니면 세르게이 공작이 돌아가는 길에 다시 시도를 하느냐, 이것들이야. 도라, 네 생각은 어때?

도라   (격하게) 저도 야네크처럼 했을 거예요. 자기가 할 수 없는 일을
          어떻게 다른 사람에게 강요할 수 있죠?

아넨코프   알렉시스?

보이노프   모르겠어요. 하지만 내가 야네크 형 같았어도 그때는 그렇게 했
          지 싶어요. 확실하진 않지만요.

스테판   이번 테러가 의미하는 바가 어떤 것인지 모두들 알고는 있나?
          두 달 동안 세르게이 공작을 미행하고, 첩보를 캐내기 위해 위
          험스런 잠입을 한 건 어떻게 되는 거지? 그 끔찍스러웠던 두 달
          을 그냥 날려 보내잔 말야? 에고르가 체포된 건 무엇 때문이지?
          리코프가 왜 교수형을 당했는지 잊었어? 이런 기회는 흔하게
          오는 게 아니야. 이번에 성공하지 못하면 우리는 또다시 시작해
          야 해. 다시 기회가 올 때까지 몇 달 동안 머리를 짜내며 끝없는
          긴장 속에서 살아가야 한단 말이야. 그게 말이 돼? 모두 미쳐버
          린 거 아냐?

아넨코프   이틀 후에 세르게이 공작은 다시 극장을 방문하기로 되어 있어.

스테판   그 이틀 사이에 우리가 모두 다 잡혀가면? 그럼 누가 폭탄을 던
          집니까?

칼리아예프 모두 그만들 둬. 보리아, 그만두세요. 오늘 다시 제가 폭탄을 던
          지겠습니다.

도라   기다려! (스테판에게) 스테판, 너는, 너는 할 수 있니? 눈 똑바로
          뜨고 어린애에게 총을 쏠 수 있어? 어린아이를 죽일 수 있어?

스테판   당에서 내리는 명령이라면.

도라   거짓말 마! 내 말을 새겨들어. 만일 우리가 아이들이 상처 입는
          것을 상관하지 않는다면, 그리고 당이 그것을 묵인한다면, 그때
          우리의 혁명은 모든 힘을 잃을 거야. 아무도 따르지 않을 거야.

스테판   너처럼 생각해서 언제 혁명을 완성할까? 목적! 그 이외엔 다 쓰
          레기야. 아이가 있든 없든 목적을 향해 치열하게 나아갈 때, 그
          때가 바로 우리가 세상의 주인이 되는 날이고 혁명이 승리하는
          날이지.

도라   천만에! 그날이야말로 혁명이 온 인류에게 저주를 받는 날일
          거야.

스테판	저주? 상관없어. 대다수는 모르지. 자신의 눈앞만 보고 힘들다 불평을 해. 나는 달라. 난 그들이 가야 할 곳으로 인도할 거야. 그 길이 거칠다 힘들다 불평해도 난 개의치 않고 그들을 데려갈 거야.
도라	그러나 모든 사람들이 혁명을 받아들이지 않는다면? 넌 사람들을 위해서 그들을 혁명으로 인도한다 했지만, 만약에 그 사람들이 혁명보다 자신의 아이들을 더 생각한다면 어떻게 하겠어? 그럼 그 모든 사람들을 다 죽여버릴 작정이야?
스테판	그럴 수밖에 없다면 다 죽일 수밖에... 혁명이 승리하도록 하는 것! 그것이 내가 러시아를 사랑하는 방법이야.
도라	사랑은 그런 모습이 아니야.
스테판	누가 그런 말을 했지?
도라	나야. 나, 도라벨라 둘레보프가 그렇게 말해.
스테판	너도 결국 여자로군. 사랑에 대해 잘못된 생각을 가지고 있어.
도라	(격하게) 하지만 난 부끄러운 게 뭔지는 알아.
스테판	부끄러움? (쓴웃음) 난 단 한 번 부끄러웠던 적이 있었어. 3년 전, 누군가의 밀고로 나와 내 아내 베라는 비밀경찰에게 붙잡히고 말았지. 감옥에서 우리는 발가벗겨져서 기둥에 묶인 채 매질을 당했어. 그 차가운 기둥, 살갗을 찢는 채찍. 실오라기 하나 걸치지 않은 이 수치스런 몸뚱아리. 내 아내는 견뎌내지 못하고 결국 죽고 말았지. 임신 삼 개월째였어. 하지만 나는 살았어. 내 아내와 아기는 죽고... 네가 뭘 알아? 당신들이 뭘 알아? 내가 더 이상 뭘 부끄러워해야 하지?
아넨코프	스테판, 자네가 겪은 고충은 알겠어. 하지만 그렇다고 해서 무슨 말이든 다 할 수 있다고 생각하지는 마.
스테판	뭐든지 할 수 있습니다. 우리의 목적에 부합된다면!
아넨코프	(화내며) 그럼 경찰이 되어 이중첩자라도 해보지 않겠나? 낮에는 혁명가들에게 매질을 하고, 밤엔 정보를 팔고... 자네라면 그런 일을 할 수 있겠나?
스테판	필요하다면 합니다.
아넨코프	(일어나며) 스테판, 너, 너! 좋아, 한 번은 용서하지. 여태까지 해

온 일을 생각해서 못 들은 걸로 하지. 하지만 이것은 기억해둬. 지금 우리가 해결해야 하는 문제는 '조금 뒤에 그 두 아이에게 폭탄을 던질 것인가 말 것인가'야.

스테판　　아이들, 아이들! 정말 화가 치밀어 미치겠군. 내 말이 그렇게도 이해가 안 가십니까? 야네크가 그 두 아이를 죽이지 않았기 때문에 수천 명의 러시아 어린이들이 몇 년 사이에 굶어 죽을 겁니다. 어린애가 굶어 죽는 걸 본 적 있습니까? 없겠죠. 하지만 난 봤습니다. 그런 죽음에 비한다면 폭탄에 죽는 건 차라리 축복입니다. 아이, 아이, 아이! 야네크는 굶어 죽는 아이를 본 게 아닙니다. 세르게이 공작의 귀여운 두 똥강아지를 본 것뿐이란 말입니다. 너희들은 도대체 머리로 뭘 생각하나? 그러고도 사람이라 할 수 있어? 눈앞에 보이는 것만 보려거든 차라리 자선사업을 해. 배고픈 이들에게 매일매일 음식이나 주란 말이야. 혁명은 거칠고 힘든 길! 과거와 현재와 미래의 모든 부조리를 바로잡으려는 굳건한 의지가 없다면 혁명은 그만 때려 치워! 꺼지란 말이야!

도라　　테러에도 지켜야 할 선이 있고 한계가 있어.

스테판　　(흥분하여) 한계란 없어. 확실해졌군. 모두들 혁명을 믿지 않는 거야.

칼리아예프를 제외하고 모두 자리에서 벌떡 일어난다.

스테판　　믿지 않아. 조금도 믿지 않는 거야. 만약 혁명을 완전히 믿는다면, 만약 우리의 희생과 승리가 전제정치를 종식시키고 자유를 쟁취한 러시아를 건설할 것이라 믿는다면, 만약 이 세상 모두를 자유로 넘쳐나게 만들 것이라 믿는다면, 그래서 진정으로 인간이 해방되어 신과 같은 시선으로 하늘을 볼 수 있게 될 거라고 믿는다면, 그깟 어린애 둘 죽이는 게 뭐 그리 큰 문제가 되지? 다시 말하지만 한계란 없어. 어린애 앞에서 망설이는 것은 혁명이 승리할 것이란 확신이 없기 때문이야. 너희들은 혁명을 믿지 않아.

아넨코프　　(침묵 속 독백) 위험합니다. 그의 혁명은 진보와 개혁, 발전과 생산을 향하는 게 아니라 파괴와 분노란 걸 느낍니다.

도라　　(침묵 속 독백) 그의 분노가 이리도 깊은 줄 몰랐습니다. 하지만 이 분노는 깊은 슬픔을 가지고 있습니다. 그리고 매우 아픕니다. 나도 아픕니다.

보이노프　　(침묵 속 독백) 상처 입은 짐승의 발광. 난 무서워집니다. 또 생각합니다. 절실한가? 절실하다면 난 용감해질 수 있을 겁니다.

칼리아예프　　(일어선다) 스테판, 난 내가 부끄러워. 하지만 더 이상은 네 말을 들을 수가 없군. 나 역시 이 전제정치를 종식시키기 위해 사람을 죽이리라 마음먹었어. 그런데 너의 말들은 전제정치의 폭군이 하는 말보다 더 독선적이야. 난 정의로운 심판자가 되고 싶어. 한낱 살인자가 아니라.

스테판　　정의로운 심판? 꿈꾸고 있군. 나한테는 살인자나 범죄자가 세르게이 공작을 죽이든 네가 죽이든 그 차이는 없어. 과정은 결과에 따르는 법. 혁명의 완성만이 내가 이 세상에 존재하는 유일무이한 이유지.

칼리아예프　　그렇지 않아. 우리는 혁명에 지배당하는 게 아냐. 명예와 자존심을 지키기 위해 혁명을 선택한 거지. 너도 그럴 거야. 지금 이렇게 소리치는 것도 네 명예와 자존심을 위해서일 거야.

스테판　　명예? 자존심? 그딴 건 개한테나 줘. 나의 혁명은 인간의 반항을 위해, 또 그 인간 위에 군림하는 부조리를 타도하기 위해 있는 거야. 그게 전부야.

칼리아예프　　명예가 빠진다면 그건 혁명이 아냐. 정의도 아냐.

스테판　　좋아, 누군가 빵을 빼앗아 갔다고 쳐. 그럼 돌려달라고 쳐다만 봐야 하나? 네가 말한 명예와 자존심은 그런 건가?

칼리아예프　　어려운 질문이군. 힘들겠지만 그래도 우리는 정의로워야 해. 순수한 마음을 지켜야만 해.

스테판　　그 뜻은 참 갸륵하군. 하지만 난 그런 걸 무시하고 살아가기로 작정했어. 너의 순수는 지금 당장의 변명거리밖에 안 돼. 그러나 나의 순수는 혁명이 승리하는 날을 위하여 존재하는 거야.

칼리아예프　　너와 나, 어느 쪽이 옳은 것인가를 따지려면 삼대에 걸친 희생과 피비린내 나는 전쟁과 혁명이 필요할 거야. 시체로 산을 쌓고 붉은 피는 강이 되어 흐를 거야. 그 피 냄새가 사라질 즈음에는 우리 역시 흙이 되어 있을 테지.

스테판   그땐 또 다른 사람들이 있어. 나의 뜻을 이어받은 사람들.

칼리아예프   (소리 지른다) 다른 사람들이라구? 그래. 하지만 나는 나와 함께 이 지구 위에서 살아가고 있는 오늘날의 사람들을 사랑해. 그리고 내가 존경하는 사람도 바로 그들이고. 난 그들을 위해서 싸울 거고 그들을 위해 죽을 거야. 확신할 수 없는 먼 미래의 도시를 위해 내 목숨을 바칠 순 없어. (낮게, 확신에 차서) 내가 지금 하고 싶은 말은 이거야. 이 러시아의 무지렁이 농부도 할 수 있는 말. 어린아이를 죽이는 것은 명예롭지 못한 짓이다. 이거야. 내가 살아 있는 동안 우리의 혁명이 명예를 저버린다면 난 혁명을 그만두겠어. 이제 결정을 내려줘. 그럼 난 마차바퀴 밑으로 몸을 던지던가 아니면 폭탄을 터뜨리겠어.

스테판   명예... 명예란 건 마차를 가지고 있는 자들만이 누릴 수 있는 사치야.

칼리아예프   아니. 명예야말로 가난한 자들의 마지막 재산이야. 스테판, 너도 알고 있을 거야. 그래서 혁명이 명예로운 일이란 것도... 왜 우리는 목숨을 던지려 하지? 네가 그 감옥에서 채찍을 맞은 것도, 그리고 살아서 이 자리에 있는 것도, 나에게, 우리에게 이렇게 핏대를 세워 부르짖는 것도 다 명예를 위해서인 거야.

스테판   (울부짖는다. 칼리아예프의 멱살을 움켜쥔다) 헛소리 집어치워! 네가 뭘 안다고 그따위 개소리를 해!

칼리아예프   왜 개소리라는 거지? 네가 날더러 혁명을 믿지 않는다고 했을 때도 난 가만히 있었어. 혁명을 믿지 않는데 내가 어떻게 공작을 죽일 수 있지? 나는 살인하는 기계가 절대로 아니야.

스테판   (거칠게 멱살을 놓으며) 겁에 질려 폭탄을 던지지 못한 건 너야. 주둥이만 살아서 나불대지 마.

칼리아예프와 스테판이 몸싸움을 한다. 다른 사람들은 말리려고 뛰어든다. 스테판이 휘두른 팔에 밀려 아넨코프가 바닥에 나뒹군다.

아넨코프   (보이노프의 부축을 받으며 천천히 일어선다) 스테판, 자네 말에
          찬성하는 사람은 아무도 없는 듯하군. 결론은 났어.
스테판   좋습니다. 따르지요. 그러나 다시 한 번 말하겠습니다. 테러는 시
          인에게 어울리지 않습니다. 우리는 다 살인자들이죠. 우린 그 길
          을 이미 선택한 겁니다.
칼리아예프   아냐. 난 더 이상 살인이 일어나지 않는 세상을 위해 죽음을 선
          택한 거야. 이게 내가 선택한 정의야.
아넨코프   야네크, 스테판. 그만들 해. 리더로서 내가 결론을 내리지. 우린
          그 어린애들을 죽이지 않을 거야. 알렉시스, 세르게이 공작을 다
          시 미행하도록 해. 이틀 후에 다시 테러를 시도할 거야.
스테판   아이들이 또 있으면?
아넨코프   그다음 기회를 다시 노려야겠지.
스테판   (비웃으며) 애완견이 타고 있으면?
칼리아예프   멋대로 생각하시지. (스테판과 눈빛을 맞부딪힌다)
보이노프   (자신을 바라보는 도라에게 다가서서) 다시 시작이네요, 도라...
스테판   (냉소하며) 그래, 알렉시스, 또 다시 시작하는 거야. 하지만 그 잘
          난 명예를 위해서라도 이번엔 꼭 성공했으면 좋겠군.

무대는 어두워진다.

3.

무대 밝아진다. 같은 장소, 같은 시간. 이틀이 지난 후다.

스테판   알렉시스는 어디에 있습니까? 이미 여기에 있어야 하지 않습
          니까?
아넨코프   푹 자도록 내버려둬. 아직 삼십 분 정도 남아 있잖아.
스테판   데리고 오겠습니다.
아넨코프   그냥 있게. 늦진 않을 거야. (침묵)
스테판   (침묵 속 독백) 가만히 있을 수 없는 이 불안함, 그리고 침묵.
도라   (침묵 속 독백) 초조함. 아무 말도 하지 않고 앉아 있는 야네크.

그의 침묵. 또 나의 침묵.

아넨코프   (침묵 속 독백) 이 어색한 침묵. 팽팽한 침묵.

노크 소리.

칼리아예프   왔군요.

보이노프가 들어온다.

아넨코프   잠은 좀 잤나?
보이노프   뭐, 조금요.
아넨코프   밤잠은 푹 자뒀어야지.
보이노프   피곤해서 그런지 잘 안 되더군요. (침묵, 과장된 목소리, 동작) 왜
             요? 왜 다들 나를 쳐다보죠? 난 좀 피곤하면 안 되나요?
아넨코프   피곤할 수 있지. 다 널 걱정해서 그런 거야.
보이노프   (갑자기 성내며) 걱정해주려면 이틀 전에 하셨어야죠. 그날 폭탄
             을 던졌다면 피곤할 일이 없었을 거 아닙니까?
칼리아예프   그래. 다 내 잘못이야. 내가 일을 더 어렵게 만들어버렸어.
보이노프   (침묵 속 독백) 이럴 의도는 아니었습니다. 흔들리는 그의 눈동
             자. 난 겁쟁이고 비겁한 놈입니다. 내가 해야 할 일이 이제 생각
             납니다. 보리아 선생님, 드릴 말씀이 있습니다.
아넨코프   나한테만?
보리아   예, 선생님만 들어주셨으면 좋겠어요.

모두 보이노프를 본다. 아넨코프가 눈짓을 하자 세 명 나간다.

아넨코프   무슨 일이지? (보이노프는 조용하다) 자, 편하게 말해.
보이노프   부끄러워요, 선생님. (침묵) 면목이 없어요.
아넨코프   폭탄을 던지기 싫은 건가?
보이노프   싫은 게 아니라 도저히 던질 수가 없어요. 무서워요. 내가 무서워
             한다는 게 또 부끄러워요.

아넨코프	하지만 이틀 전만 해도 기뻐했잖아. 기운도 넘쳤고. 여길 나갈 때 네 눈이 반짝반짝 했었어.

보이노프	항상 무섭다고 느끼고 있었어요. 그날은 내가 가진 모든 용기를 쥐어짠 것뿐이었죠. 멀리서 마차가 달리는 소리가 들려올 때 전 제 자신에게 말을 했어요. 자, 가자. 딱 1분만 견디자. 1분만! 전 이를 악물었습니다. 온몸에 힘을 잔뜩 넣어서 한 방에 세르게이 공작을 죽여버리려고 그랬어요. 첫 번째 폭탄이 터지기만 했다면 그때 제 몸속에 꾹꾹 눌려진 힘은 단번에 폭발했을 테죠. 하지만 아무 일도 일어나지 않았습니다. 그 대신 마차가 내 앞으로 달려오고 있었죠. 놀랄 만큼 빠른 속도로... 정신을 차릴 수가 없었습니다. 멍한 상태가 계속되었는데 그때서야 저는 야네크 형이 폭탄을 던지지 않았다는 걸 알게 되었어요. 내 차례야. 던져야 해. 던져야 해. 던져. 던지란 말이야! 온몸이 덜덜 떨렸습니다. 팔에 힘이 들어가지 않았어요. 마차가 저를 지나가 버렸습니다. (자괴감) 아니, 내가 지나쳤는지도 모릅니다. 전 정말 한심한 놈이에요.

아넨코프	그렇게 자책할 필요 없어. 알렉시스, 다시 기운을 차릴 수 있을 거야.

보이노프	그때부터 지금까지 계속 방황하고 있어요. 좀 전엔 거짓말까지 한걸요. 어젯밤엔 정말 한 숨도 못 잤어요. 쿵쿵 뛰는 이 심장을 주체할 수 없었거든요. 보리아 선생님. 전 절망하고 있습니다.

아넨코프	우리 모두 마찬가지 심정이야. 좋아, 이번 테러에서는 빠지도록 해. 한 달 정도 쉬다 오면 될 거야.

보이노프	아니에요. 그런 문제가 아니네요. 이번에 폭탄을 던지지 못하면 난 아마 영영 폭탄을 던지지 못할 거예요.

아넨코프	그게 무슨 뜻이지?

보이노프	전 테러리스트가 아닌가 봐요. 다른 곳에서 일하겠습니다. 저로서는 결사대의 일은 무리예요. 선전부 같은 곳이 훨씬 적성에 맞을 것 같아요.

아넨코프	위험하기는 매한가지야.

보이노프	그렇겠죠. 그러나 그곳에서는 눈으로 보지 않고 행동할 수 있어요. 현실 같은 거 몰라도 괜찮을 겁니다.

아넨코프   무슨 의미지?

보이노프   (열띤 목소리로) 뭐가 어떻게 되는지 몰라도 할 수 있다는 겁니
다. 회의를 하고, 상황분석을 하고, 실행 명령을 내리는 건 쉽다
는 거예요. 물론 그 일도 목숨을 걸고 하는 일이겠지만... 그렇지
만 그건 현실이 어떤지는 몰라도 할 수 있는 일이거든요. (이틀
전을 상상한다) 거리 위로 어둠이 깃들 때, 사람들은 바삐 걸어갑
니다. 그 사람들은 따뜻한 저녁식사와 사랑스러운 아내, 귀여운
아이들이 있는 집으로 돌아가는 길일 테지요. 저는 그 사이에서
폭탄의 무게를 느끼며 말없이 가만히 서 있어야 해요. 3분, 2분,
이제 몇 초만 있으면 그 마차를 향해 폭탄을 던져야 할 겁니다.
그게 테러였어요. 몸속의 피가 다 타버릴 것 같아요. 내 주제도
모른 채 너무 높은 곳을 동경했던 거죠. 이제 제자리를 찾아가야
겠습니다. 저한테 알맞은 아주 조그만 자리 말입니다. 그게 좋을
겁니다. 저를 위해서도, 모두를 위해서도...

아넨코프   조그만 자리가 있을 리 없어. 어떤 일을 하든지 결국은 감옥에
가거나 교수형에 처해질 뿐이야.

보이노프   그러나 죽일 사람을 직접 보지 않아도 됩니다. 전 스테판 형이나
야네크 형처럼 단단한 사람이 못 돼요. 굳건한 믿음이 없어요. 또
증오심도 부족해요. (신경질적으로 웃는다) 난 비밀경찰들이 있
다는 걸 알았지만 그 실체에 대해선 까막눈이었죠. 만약에 그들
이 날 끌고 가서 매질이라도 하면 난 당장에 모든 사실을 다 불
어버릴 겁니다. 손톱, 발톱을 뽑고 이빨을 뽑고... 난 견딜 수 없
을 거예요. 난 겁쟁이예요. 겁쟁이.

아넨코프는 울부짖는 보이노프의 따귀를 때린다.

아넨코프   그런 고통이 밀려올 때는 모든 러시아인이 받는 고통을 생각해.
그럼 편안해질 거야.

보이노프   쉽게 말씀하시는군요. 그럴 수 없는 저라는 걸 잘 알고 계시면
서... 전 여기서도 스스로 결정한 게 없어요. 모든 일을 누군가의

지시에 따라 수행했을 뿐이에요. 이번 테러도 그랬죠. 전 앞장을 서는 체질이 못 됩니다. 앞장서는 누군가를 따르고 보조하는 건 잘 할 수 있지만...

아넨코프 그 앞장 선 누군가가 너더러 세르게이 공작을 죽이라고 한다면 어떡하겠나? 그건 따를 수 있나?

보이노프 (절망하며) 그런 명령을 내릴 수도 있겠네요. 그래도 그건 억지로라도 할 수 있겠죠. 내가 결정을 내린 게 아니라 다른 사람의 지시였으니... 난 그 이유에 대해 생각하지 않아도 되는 거잖아요. 타인의 생명을 내 손 안에 거머쥐고 그 불꽃을 꺼뜨리는 결정을 하는 건 나로서는 도저히 불가능해요. 보리아 선생님. 제가 속죄하는 방법은 저한테 알맞은, 분수에 맞는 일을 찾아가는 것입니다. 이런 겁쟁이라도 할 수 있는 일이 뭔지 찾아서 최선을 다할 뿐입니다.

아넨코프 그렇게 말한다면 우리 모두 겁쟁이야. 야네크와 스테판에겐 두려움이 없을 것 같나? 그들 역시 너와 마찬가지로 겁쟁이지. 나도 그렇고, 도라도... 네 생각이 그렇다면 이 모스크바를 떠나도록 해. 내가 당에 연락을 해두겠어.

보이노프 지금 떠나겠습니다. 모두의 얼굴을 보면 저는 정말 고개를 들 수 없을 것 같습니다.

아넨코프 그러도록 해. 내가 모두에게 잘 말해주지. (침묵 속 독백) 그가 떠나갑니다. 하지만 그가 밉지는 않습니다. 왜냐하면 그는 이제 진실로 자신의 길을 찾았기 때문입니다. 최초로 용기를 내어 우리를 떠나겠다고 말합니다. 나도 용기를 내야 합니다. 용기를...

보이노프 (침묵 속 독백) 떠납니다. 내 어디서 이런 용기가 났는지 모르겠지만 떠나겠다고 말해버린 겁니다. 그러나 나는 확신합니다. 과거는 내 것이 아니었습니다. 현재도 내 것이 아닙니다. 다만 이제부터 미래는 나의 것입니다. 나는 내 용기와 내 결정에 책임을 져야 합니다. 난 후회하지 않겠습니다.

보이노프 야네크 형에게 전해주세요. 내가 떠나는 건 형 때문이 아니라구요. 그리고 내가 모두를 사랑하듯이, 형도 마찬가지로 사랑하고 있다구요. (침묵)

보이노프는 고개 숙이고 문으로 걸어간다.

아넨코프   알렉시스! (알렉시스에게 다가가 포옹한다) 잘 가. 알렉시스. 우
리 조국 러시아는 분명 행복해질 거야.

보이노프   당연해요. 러시아는 행복해질 겁니다. 살기 좋은 나라가 될 거예
요. (보이노프가 퇴장하고 아넨코프가 문으로 다가간다)

아넨코프   (침묵 속 독백) 용기를 내야 합니다. 다짐해봅니다. 이 혁명은 분
명 저 젊은이들만의 것은 아닙니다. 이제 나에게도 용기가 필요
한 때가 왔습니다. (스테판이 들어온다)

스테판   무슨 일입니까? 알렉시스가 지금 어디로 가는 거죠?

아넨코프   그 앤 당 중앙위원회나 선전부에서 일하게 될 거야.

스테판   그 자식이 그렇게 해달라고 했습니까? 제 입으로? 뻔뻔한 새끼!

아넨코프   속단하지 말게. 내가 빠지라고 말한 거야. 그 애는 너무 지쳐 있
더군.

스테판   이제 한 시간 남았습니다. 여기서 한 사람을 뺀다는 게 말이 되
는 소립니까? 돌겠군. 왜 모두에게 말하지 않았습니까?

아넨코프   한 시간밖에 남지 않았기 때문에 나 혼자 결정한 거야. 모두와
회의를 하기에는 너무 늦은 시간 아닌가. 내가 알렉시스가 빠진
자리를 대신하도록 하지.

스테판   리더가 폭탄을 던지다니요. 리더의 임무는 이곳에 머물러 상황
을 살피는 겁니다. 제가 하겠습니다. 그게 합리적입니다.

아넨코프   때때로 리더는 임무라는 미명 아래 비겁해지는 걸 정당화하지.
그러나 그건 상황에 따라 언제든지 자신의 용기를 증명할 수 있
다는 전제하에서만 허용되는 특권 같은 거야. 지금 난 단단히 결
심을 했어. 스테판, 내가 가고 난 뒤엔 자네가 내 자리를 대신하
도록 해. 날 따라와. 알아둬야 할 일들이 있으니까. (그들은 나가
려 하는데 칼리아예프가 들어오다 마주친다)

스테판   (칼리아예프를 보며 냉소적으로) 너도 안 되겠으면 일찌감치 포
기해. 그리고 여길 떠나!

아넨코프   스테판! (스테판이 나간다) 야네크, 알렉시스가 자네에게 사랑한

다고 전해달라고 했네. (퇴장한다. 칼리아예프가 들어와 자리에 앉는다)

칼리아예프 (머리를 감싸 쥐고 괴로워한다. 사이. 도라가 들어오지만 눈치채지 못한다. 조용한 한마디) 젠장!

도라 그 앤 다시 돌아올 거야.

칼리아예프 과연 그럴 수 있을까? 내가 알렉시스라고 생각하면 끝없는 절망에 빠졌을 거야.

도라 넌 어때?

칼리아예프 (슬프게) 나? 난 괜찮아. 어쨌든 내 곁에는 네가 있으니까.

도라 (침묵 속 독백) 그는 무심코 한 말이겠지만 내 심장은 뜁니다. 행복합니다. 하지만 그의 얼굴은 어둡습니다. (천천히) 이틀 전에 네 얼굴은 축제 구경이라도 가는 듯 무척이나 밝았는데... (칼리아예프는 도라에게서 떨어진다)

칼리아예프 오늘, 난 예전에 알지 못한 것을 알게 되었어. 네가 옳았지. 간단한 일이 아니더군. 죽이는 일이 쉬울 거라 생각했어. 믿음이 있다면, 용기만 있다면 말이야. 그런데 난 그렇게 위대한 사람이 아니었어. 시간이 점점 다가오고 있어. 나를 갉아먹고 있어.

도라 아네크! 딱 한 시간만이라도 이 세상에 일어나는 모든 일을 잊고 그냥 가만히 우리 둘만 바라보며 살았으면 좋겠어. 우리 둘만...

칼리아예프 그런 말, 해서는 안 돼.

도라 왜 안 돼? 나는...

칼리아예프 거기서 멈춰. 말하지 마, 제발.

도라 그래, 우린 정의를 사랑하기로 했으니까. 하지만 난 네가 죽는다고 생각하니 미칠 것 같아. 나는... 나는... 견딜 수 없어. 넌? 너도 그러니? 넌 우리를 이별하게 만드는 저 정의를 사랑할 수 있니? (칼리아예프, 침묵한다)

칼리아예프 (침묵 속 독백) 아니라고, 아니라고, 저 정의는 내팽개치고 오로지 너만을 사랑하겠노라고, 그렇게 말을 하고 싶습니다. 그러나 그럴 수 없습니다. 난 그럴 수 없습니다.

도라 너는 나를, 러시아만큼, 러시아 사람들만큼 사랑하니? (칼리아예프는 침묵을 지킨다)

칼리아예프   (침묵 속 독백) 그녀의 말은 나를 격렬하게 흔듭니다. 난 나를 지
             키려 안간힘을 씁니다. 이 자리를 그만 벗어나고 싶습니다. 누군
             가 들어와 이 대화를 끊어주길 빕니다. 제발, 더 이상은... 더 이
             상은...

도라   (칼리아예프에게 다가가서 아주 작은 목소리로) 나를... 나를 진심
             으로 사랑해? (칼리아예프는 도라를 본다)

칼리아예프   (침묵 속 독백) 아무도 나만큼 그녀를 사랑할 순 없습니다.

도라   대답하지 않는구나. 누구나 다 할 수 있는 말로, 평범한 사람이
             하는 말로, 그렇게 말해줬으면 했어. 정의보다도, 당보다도 날 더
             사랑한다고. 세상 그 무엇과도 상관하지 않고 진심을 다해 날 사
             랑한다고.

칼리아예프   (침묵 속 독백) 이제 한계입니다. (망설이다가 아주 작은 목소리
             로) 그렇게 말하고 싶지만...

도라   (울부짖으며) 그러면 그렇다고 말하면 되잖아! 진정 그렇게 생각
             한다면, 그게 진실이라면, 그렇게 말해봐. 정의를 앞에 두고서라
             도, 사슬에 묶인 비참한 러시아인들 앞에서라도 하등 부끄러울
             이유가 없는 거야. 어린아이들이 비참하게 굶어서 죽어가도, 사
             람들이 교수형을 당하고 채찍에 맞아 죽어도 넌 그렇게 말할 수
             있어야 해.

칼리아예프   그만둬, 도라.

도라   싫어. 끝까지 말 할 거야. 숨기지 마. 모두 다 보여줘. 나는 말이
             지, 네가 날 불러주길, 부조리가 만연한 이 세상을 넘어서 네가
             날 불러주기를 간절히... 간절히 기다렸어.

칼리아예프   그만 해. 내 마음은 항상 너를 부르고 있어. 그러나 조금 뒤면...
             나는 절대 흔들려선 안 돼.

도라   (갑자기 어리둥절해진다) 조금 뒤? 아, 그렇지. 깜빡했어... (우는
             것처럼 웃는다) "이 고요한 곳에서 내 심장은 너를 그리며 영원
             한 여름이길 기도하리니..."

             아넨코프와 스테판이 들어온다.

아넨코프	(들어오며, 둘의 상태를 보지 못했다) 야네크! (도라와 칼리아예 프가 흠칫 놀라 서로 떨어진다. 아넨코프 무안해서 다시 나가려 한다)
칼리아예프	(나가려는 아넨코프에게) 괜찮습니다. 들어오세요.
스테판	(비아냥거린다) 멋지군. 테러리스트의 죽음을 앞둔 사랑. 그 자 체가 소설이야. 완벽해. 하지만 해피엔딩으로 끝맺진 마. 난 코메 디는 싫어.
칼리아예프	(스테판의 말에 반응하지 않는다. 그는 숨을 깊이 내쉰다) 이제... 이제 드디어... (도라에게 돌아선다) 잘 있어, 도라. (도라가 그에 게 다가간다. 가까이 있지만 서로 몸이 닿지는 않는다)
도라	아냐. 잘 있으란 말 하지 마. 다시 만나자고 해야지. 다시 만날 때 까지 건강해, 그렇게 말해야지. 우린 다시 만날 거야. (칼리아예 프는 도라를 본다. 침묵)
칼리아예프	(침묵 속 독백) 우린 다시 만날 수 없습니다. 그건 그녀도 알고 있습니다. 이 슬픔, 이 한없는 슬픔.
도라	(침묵 속 독백) 슬픔. 두 번 다시는 그를 만나지 못한다는 이 한 없는 슬픔, 그리고 눈물.
스테판	(침묵 속 독백) 끈적거리는 이 불쾌한 감정. 쓸데없는 이 감정. 아직도 내 마음에 들러붙어 떨어지지 않는 이 찐득찐득한 괴물.
아넨코프	(침묵 속 독백) 야네크를 봅니다. 도라를 봅니다. 스테판을 봅니 다. 왜 이 땅의 젊은이들은 저리도 큰 짐을 짊어져야 하는 겁니 까? 누구의 잘못입니까? 마음이 무겁습니다.
칼리아예프	"나는 죽어 어둡고 차가운 땅속에 파묻히겠지만 너만은 저 환한 빛으로 환한 태양으로 걷게 하리라." 랭보의 시야. 기억 나?
도라	(눈물범벅) 응, 그래. 환한 빛으로. 저 환한 태양으로!
스테판	(칼리아예프가 나가려는데 길을 비키지 않는다) 네가 이곳에 다 시 돌아와 울보가 된다에 내 전 재산을 걸겠어.
칼리아예프	(미소 지으며) 그럼 넌 거지가 되겠군. 축하해.
스테판	(다급하게) 야네크!
칼리아예프	(돌아서며) 괜찮아. 도라를 부탁해. (스테판은 머리를 위로 향하 고 눈을 감는다. 깊은 숨을 내쉰다)

무대가 어두워졌다 밝아진다. 스테판과 도라만 침묵을 지키고 있다.

스테판   괜찮은 건가?

도라   괜찮지 않으면? 우리는 정의를 위해서만도 시간이 모자라.

스테판   네 말이 맞아. 할 일이 너무도 많아. 이 세계를 완전히 뒤엎어버려야 하니까. 그러고 나서...

도라   그러고 나서는 어떻게 되는데?

스테판   그때는 서로 사랑할 수 있겠지.

도라   그날까지 목숨을 부지할 수 있다면. 하지만 그전에 우린 다 죽을 거야. 사랑은 너무나도 요원해. 혁명이 성공하고 나면 너 같은 사람밖에 남지 않겠지. 사랑을 할 줄 모르는 사람들만 살아남을 거야.

스테판   확신할 수 있나? (어색한 침묵) 너희들은 모두 사랑이란 비열한 이름 하에 자신이 행한 모든 일을 합리화시키는군. 그런데 나는 말이야, 그래, 네 말대로 아무것도 사랑하지 않아. 그래, 난 모든 걸 증오해. 남들이 사랑하든 말든 나하고는 상관없지. 3년 전에 난 감옥에서 증오를 알게 되었어. 거기서 나는 너무 많은 걸 알았고, 봤어. (그녀를 보고 부드럽게) 용서해, 도라. (잠시 후 눈길을 돌린다) 아마 피곤해서 그럴 거야. 몇 해에 걸친 투쟁, 고통, 밀고자들, 감옥, 사랑할 힘을 내가 어디서 찾을 수가 있었겠어? 다만 증오할 힘은 남더군. 아무것도 느끼지 못하는 것보다는 그게 더 나은 게 아니었을까?

도라   그래, 그게 더 나을 수도 있겠구나. (스테판은 몸을 돌려 도라를 쳐다본다. 시계가 일곱 시를 울린다)

스테판   (갑자기 돌아서며) 세르게이 공작이 올 때가 되었어. 이제 조금 후면... (무서운 폭음. 도라가 그녀의 머리를 손으로 감싼다. 긴 침묵)

스테판   들어봐. 보리아는 폭탄을 던지지 않았어. 야네크가 해낸 거야! 성공이라구! (광적으로) 러시아여, 기뻐하라!

도라   우리가 그를 죽였어! 우리가 그를 죽인 거야! 내가 죽였어!

스테판	우리가 누굴 죽였다는 거지? 야네크?
도라	죽였어! 죽였어! 모두가 야네크를 죽였어!
스테판	헛소리 집어치워! (거친 숨소리) 우리가 죽인 게 야네크라고? 말해봐, 우리가 죽인 게 누구지?
도라	세르게이 공작.

무대 어두워진다.

4.

부키르키 감옥 안의 푸카체프 탑 안에 있는 독방. 아침.
음악 잦아들며 철창이 열리는 소리, 그리고 닫히는 소리. 조명 밝아진다.
알몸의 칼리아예프가 쇠사슬에 거꾸로 매달려 있다.
스쿠라토프가 칼리아예프의 곁을 왔다 갔다 하고 있다.

스쿠라토프	뭐가 널 이렇게 끈질기게 버티게 하는 거지? 정말 궁금하군.
칼리아예프	너 같은 바퀴벌레 같은 놈이 곧코 알 리가 없지. 권력에 빌붙은 기생충.
스쿠라토프	살고 싶지 않나?

매질을 한다. 칼리아예프의 비명소리.

스쿠라토프	난 인내심이 많은 편이야. 넌 순교자처럼 거룩한 모습으로 단숨에 죽고 싶은 모양이지만 유감스럽게도 난 그럴 의향이 없거든. 천천히, 자신이 살아 있는지 아니면 죽어 있는지 모를 때까지 아주 천천히, 느리게 숨통을 조일 거야.
칼리아예프	마음대로 해보시지. 폭탄을 던졌을 때 이미 내 목숨은 버렸던 거야.
스쿠라토프	내가 그를 죽였으니 나도 내 목숨을 내놓겠다? 그런데 그런 마음이 과연 죄의식을 덮을 수 있을까?
칼리아예프	더 이상은 무의미해. 나한테서 얻어낼 수 있는 건 아무것도 없어.

난 내 동지들을 배반하지 않아. 그러니까 차라리 날 죽여.

스쿠라토프 그러면 안 되지. 러시아는 법치국가거든. 재판이라는 절차를 거치지 않으면 그 어떤 형벌도 부여할 수 없어.

칼리아예프 지금 이것도 재판이라는 건가?

스쿠라토프 재판에 앞서서 사건에 관한 조사를 하는 거라고 보면 되겠지. 보통의 경우엔 이런 심문을 통해서 재판에 유효한 정보들이 마구 쏟아져 나오거든. 처음엔 완강하게 버티다가도 조금 있으면 묻지도 않은 소소한 사실들까지도 죄다 고백하며 살려달라고, 자비를 베풀어달라고 애걸복걸하지. 인간은 고통에 약한 법이니까. 그런데 이번엔 별 소득이 없구만. 정말 화가 치밀어 미쳐버리겠군.

스쿠라토프는 매질을 한다. 지칠 때까지 몽둥이를 휘두른다. 숨을 크게 헐떡인다. 칼리아예프도 숨을 헐떡인다.

칼리아예프 (웃으며) 이 정도로는 어림없어.

스쿠라토프 닥쳐!

칼리아예프 부족해. 이 정도의 매질로 러시아의 모든 사람들을 누를 수 있으리라 생각하지 마. 엄청난 착각이야. 우리의 분노는 발밑 저 아래 지옥까지 닿을 만큼 깊어. 우리의 증오는 저 강렬한 태양빛을 모조리 가릴 만큼 어둡지. 너의 이따위 서툰 매질로는 절대로 우릴 막지 못해.

조소가 담긴 칼리아예프의 웃음소리가 감방 안을 채운다.

스쿠라토프가 매질을 한다. 칼리아예프가 급소를 맞은 듯 숨을 쉬지 못한다.

스쿠라토프 오늘은 이만하지. 네 놈을 만나고자 하는 분이 계셔서 말이야.

칼리아예프 난 누구도 만나지 않아.

스쿠라토프 만나야 해. 그리고 넌 그분께 참회를 드려야 할 거야.

스쿠라토프는 칼리아예프를 쇠사슬에서 풀어준다.

칼리아예프　참회?

스쿠라토프　세르게이 공작 각하의 영애께서 널 보고자 하신다. 아버지를 죽인 살인자를 직접 대면하는 것은 바람직하지 않다고 여겨 반대했지만 그분의 뜻이 워낙 완강해 특별히 면회시간을 가지기로 했지.

칼리아예프　돌려보내. 난 만나지 않아.

스쿠라토프　너에겐 선택권이 없어. 입어. (죄수복을 칼리아예프 앞에 던진다) 불경하게 대하거나 그분이 충격을 받을 만한 언행은 삼가해주길 바란다. (걸어나간다)

칼리아예프　너희들은 어떻게 해서든지 내가 죄를 지었다고 시인하길 원하나 본데 절대로 그럴 일 없을걸. 그의 딸이 와서 눈물을 흘리며 항의한다고 한들 나는 꿈쩍도 하지 않을 거야.

스쿠라토프　(나가던 걸음을 멈추고) 진심으로 말하지만 세르게이 공작 각하께서는 좋은 분이셨다. 섬세한 분이셨지. 아무 말씀도 드리지 않았는데도 우리 집에 어떤 일이 있었는지 눈치채실 정도였어. 그리고 사람들을 좋아하셨지. 불쌍한 사람들을 보면 하인을 보내 동전 몇 닢이라도 꼭 베푸셨어. 또한 신분에 따른 책임을 굉장히 중요하게 생각하셨지. 그래서 대다수의 귀족들을, 베풀지 않고 피둥피둥 자신들의 살만 찌우고 있는 귀족들을 혐오하셨다. 신분의 귀천을 가리지 않고 능력 있는 사람을 우선적으로 등용하셨어. 난 귀족이 아니다. 너와 같은 평민이지. 그럼에도 불구하고 공작 각하의 추천으로 경시총감이라는 자리에 이르렀다. 내 능력을 높이 사주셨지.

칼리아예프　너의 능력? 폭력으로 진실을 억지로 누르는?

스쿠라토프　나는 법질서를 수호하는 사람이다. 정의를 위반하는 행위를 절대 용납하지 않아.

칼리아예프　정의라고? 미쳤군.

스쿠라토프가 퇴장하면 숨어 있던 그림자가 들어온다. 그는 포카다.

포카는 겁을 먹은 듯 하지만 참을 수 없는 호기심으로 칼리아예프를 슬쩍 건드린다.

포카	야, 임마! 죽은 거냐. 산 거냐? (반응이 없다) 내 말 안 들려? 어이! 신참. 죽었으면 그냥 있고 살았으면 대답해! (그래도 반응이 없다. 가까이 가서 칼리아예프를 뒤집는다. 그리고 가슴에 귀를 댄다) 살아 있잖아! 이거 완전 만신창이로 당했구만... 쯧쯧!
칼리아예프	(힘겨운 목소리) 날 가만 내버려둬.
포카	안 건드린다, 이놈아. 곧 죽을 몸 같아 보이니 그냥 푹 자둬. (칼리아예프 안간힘을 써서 일어난다) 그냥 누워 자래두.
칼리아예프	당신 이름은?
포카	얼씨구, 이거 뭐야? 나를 심문하려는 거야?
칼리아예프	그냥 물어보는 거요.
포카	포카라고 해.
칼리아예프	무슨 죄로 여기에 들어왔지?
포카	그건 왜 물어?
칼리아예프	궁금해서 물어보는 거요.
포카	살인이지, 뭐. 히히히. 왜 겁나나?
칼리아예프	겁나진 않아. 나도 사람을 죽였으니까. 여기에 있은 지 얼마나 됐지?
포카	궁금한 것도 많군. 까먹었어. 하도 오래된지라... 근데 너 아까부터 계속 반말이다. (사이) 그래, 몇 명이나 죽였어?
칼리아예프	한 명.
포카	푸히히히... 겨우 한 명이야? 한 몇 년 살다 나가겠군.
칼리아예프	그럴까?
포카	이놈이... 무게 잡네. 이봐, 재판이라는 게 그래. 여러 가지 변수가 작용하지. 정상참작이라는 것도 있고. 말하는 걸 들어보니 꽤 유식한데? 피치 못할 사정이 있었으니 살인을 했겠지. 안 그래?
칼리아예프	그렇지, 피치 못할 사정이었지.
포카	왜? 마누라가 바람이라도 피웠나? 그래서 기둥서방을 때려눕혔어?
칼리아예프	세르게이 공작을 죽였어.
포카	이 자식이 반말하지 마라 해도 계속 반말이네. 그래, 그 세르게이

라 하는 놈이 누구야?

칼리아예프   황제의 숙부.

포카   뭐?! (멀찍이 떨어진다) 이거, 이거 엄청난 거물이구만! 너 귀족이야? 여자 문제인가?

칼리아예프   난 혁명사회당원이야.

포카   쳇! 쓸데없는 데 목숨을 걸었구만...

칼리아예프   그게 왜 쓸데없지?

포카   그놈이 다 그놈이니까. 국민들 피 빨아먹는 건 다 똑같아.

칼리아예프   그렇지 않아!

포카   뭐, 알아서 생각해. 곧 죽을 몸이니 뭐라 한들 상관없지. 뭣 하러 그런 짓을 해? 그냥 가만히 있으면 만사태평 아냐? 이 세상은 어차피 저 높은 놈들을 위해 있는 건데 말이야.

칼리아예프   아니지. 이 세상은 너 같은 사람을 위해 만들어진 거야. 세상에는 비참한 사람들과 그 비참한 사람들을 양산하는 부조리가 너무 많아. 세상이 평화롭고 자유로웠다면 너도 여기에 올 리가 없었을 거 아냐?

포카   성당의 신부 같은 말을 하는군. 이것 봐, 세상은 천국이 아니라구.

칼리아예프   난 천국을 얘기하는 게 아니야. 바로 정의지.

포카   (미친 듯이 웃는다) 푸히히히... 크크크... 하하하...

칼리아예프   왜 웃지?

포카   네가 말하는 게 너무 웃겨. 정의? 정의라구?

칼리아예프   그래, 정의야.

포카   귓구멍 후비고 잘 들어. 세상에 정의라고 외치는 놈치고 올바른 놈 없어. 정의가 뭐지? 배고픈 자에게 빵을 주는 거야. 근데 정의를 말하는 놈들은 배고픈 자에게 빵 대신 총을 줘. 그리고 죄를 짓게 하지.

칼리아예프   틀려. 우리가 총을 쥐는 이유는 모두의 빵을 독점하는 저 흉악한 전제정치를 없애기 위해서야.

포카   몰라도 한참 모르는군. 그럼 네가 말하는 저 흉악한 전제정치에는 정의가 없는 건가?

칼리아예프   결단코 없어.

포카   순진하군. (철창 쪽을 바라보며) 자, 저기 누가 널 만나러 오는
데? 얘기 잘해봐. 너의 정의가 다른 사람의 정의보다 높이 있는
것일까? 너의 정의가 누군가를 심판할 자격이 있을까?

칼리아예프   넌... 넌 누구야? 도대체...

포카   아까 말했지 싶은데? 난 포카야. 그리고 한 번 더 말하는데 반말
하지 마.

철창 밖으로 공녀와 스쿠라토프가 등장한다.
칼리아예프, 공녀임을 알아보고 외면한다.

공녀   나를 보세요.

칼리아예프   원하는 게 뭐지?

공녀   나를 봐요.

포카   임마, 보래잖아! 아니, 나 말고. 저 여자.

공녀   한 사람이 죽으면 같이 사라져 없어지는 게 많죠.

칼리아예프   나도 알고 있어.

공녀   살인자가 그걸 알 수 있나요? 그걸 안다면 어떻게 사람을 죽일
수 있죠? (침묵)

칼리아예프   날 만나보았으니 이제 그만 가시오. 난 혼자 있고 싶습니다.

공녀   날 보지 않을 건가요? 난 당신 얼굴을 보고 싶은데... (의자에 앉
는다) 저 사람과 둘이서만 이야기하고 싶어요. 자리를 좀 피해주
시겠어요, 미하일?

스쿠라토프   아가씨의 뜻이 그러하시다면. 허나 오래는 안 됩니다. 여기저기
에서 쑥덕대며 보고 있는 눈이 많습니다.

공녀   알겠어요. 고마워요.

스쿠라토프는 퇴장한다.

칼리아예프   이것 봐! 저 여자도 데리고 가. 내 말 안 들려?

포카   야야. 그냥 좀 있어봐. 내가 얼마 만에 여자를 보는 건지나 알아?

공녀	세상에 가족이란 아빠와 나밖에 없었어요.
포카	오호호, 예쁘장하게 생겼는데?
칼리아예프	쓰잘데없는 소리.
포카	미안하다, 이놈아.
공녀	그래요. 당신에겐 쓸데없는 소리겠죠.
포카	나 참, 째려보기는! 밴댕이 소갈딱지. (밖을 보고 눕는다)
공녀	하지만 난 아니에요. 이제 세상에 나 혼자 남겨졌네요.
칼리아예프	러시아엔 부모 잃은 고아들로 넘쳐나고 있어.
공녀	그래서 당신은 내 아버지를 죽여야 했나요?
칼리아예프	난 정의에 따라 처단한 것뿐이지. 다 러시아를 위한 일이었어.
공녀	그렇다면 차라리 황제를 죽이지 그랬어요?
칼리아예프	황제도 죽일 거야. 내가 아닌 다른 누군가가...
공녀	다 죽일 생각이군요.
칼리아예프	전제정치를 죽이는 거지.
공녀	그럼 이건 어때요? 아버진 의회를 만들려고 했어요. 영국처럼. 국민이 뽑은 대표자들로 이뤄진 의회를요. 황제의 권력을 제한하려 하셨죠.
칼리아예프	그리고는 귀족들이 권력을 쥐겠지. 변함없이 고통받는 건 대다수의 러시아 국민들이야.
공녀	당신들은 아무것도 모르는군요. 그저 지금 살기가 힘들다고 불평만 해댈 뿐이에요. 분노에 눈이 멀어 모든 걸 다 부숴버리려고만 하지요. 그러나 세계를 봐요. 유럽의 강국들은 세계 각지로 그 영향력을 넓혀가고 있어요. 서로 식민지를 확보하기 위해 혈안이죠. 아프리카와 아시아로. 그런데 우리 러시아는 사분오열되어 점점 그 힘을 빼앗기고 있어요. 왜 우린 아직도 이 땅을 벗어나지 못하는 거죠? 이대로 가다간 러시아는 만신창이가 될 거예요. 저 열강들의 틈바구니 속에서 거대한 영토는 쪼개지고 분열되어 그들이 즐기는 체스판이 되고 말 거예요. 우린 일본에게도 졌어요. 아시아 끄트머리에 있는 조그만 나라에게요. 자랑하던 발트 함대가 전멸했죠. 아시나요?
칼리아예프	그래서, 국부를 위해 국민들이 희생해야 한다 이건가? 그럼 이건

어떡하지? 과중한 노동과 착취에 항의해서 황제에게 청원서를 제출하려던 시민들에게 경찰들이 발포한 거 말이야. 그 일요일, 그 피의 일요일 말이야. 행진하던 사람들은 무장도 하지 않았어. 여자와 아이들, 그리고 젊은 청년들. 그들은 무슨 죄가 있지? 부강한 러시아가 되기 위해 국민들은 하루에 열여덟 시간씩 쉬지 않고 일하고 있어. 하지만 그러고도 끼니 걱정을 해야 하는 이 부조리는 어떻게 설명할 거지? 수백 명이 죽었어. 그들의 목숨은 어떻게 보상을 받아야 하지? 분노에 눈이 멀어 모든 걸 부숴버리려고만 한다구? 너희 귀족들이 그 분노에 대해 제대로 이해하기나 해? 감히 분노란 말을 입에 담을 수 있어? 그 뻔뻔함이야말로 진짜 죄악이라고 생각해본 적은 없겠지.

공녀   개혁은 서서히 이루어져야 해요. 황제의 정치가 아니라 국민의 정치로. 하지만 모두가 살 수 있게, 모두가 적응할 수 있는 시간이 필요해요. 물론 힘든 시간이겠죠. 그러나 참아내야 해요. 그것이 조국 러시아를 사랑하는 방법이에요. 이런 파괴가 이 땅을 사랑하는 방법이 될 순 없죠. 사람의 마음에 상처를 주는 이런 짓, 두 눈에 피눈물이 흐르게 하는 이런 짓! 난 사람이 아닌가요? 귀족은 러시아인이 아닌가요?

칼리아예프   너희완 다르게 우린 이미 상처 입을 마음도 없어. 눈물조차 말라버렸어.

공녀   권력을 잡고 나면 당신들은 변하지 않을 거란 확신을 할 수 있나요? 모든 걸 다 파괴하고 나면 정말 새로운, 밝은 세상을 세울 수 있다고 믿나요?

칼리아예프   믿어야 하지.

공녀   당신은 나쁜 사람이 아니에요. 난 알아요. 그 전에 아버지를 죽이려 할 때 당신은 아버지와 같이 있었던 내 어린 사촌들 때문에 죽이지 않았죠.

칼리아예프   그걸 어떻게...

공녀   당신들이 정부에 정보통을 심어놓듯이 정부 역시 그렇죠. 그런데 왜 그랬나요? 그 애들 역시 귀족인데... 당신이 말하는 정의를 위해서라 해도 아이들만큼은 죽일 수 없었나 보죠? 하지만 그 애들이야말로 제거해도 될 만한 애들이었어요. 그 애들은 농부들을 싫어해요. 하인들을 막 부리기도 하죠. 욕도 잘하고, 머리는 텅 비어서 공부도 못해요. 그 애들이야말로 죽였어야 하지 않나요?

칼리아예프   그만 가시오. 더 이상 이야기하고 싶지 않군.

공녀   왜요? 당신의 정의를 난 더 듣고 싶은데... 나에게서 아버지를 빼앗아 갈 만큼 소중한 당신의 정의를...

칼리아예프   그래도 당신 아버지는 아무것도 모른 채 불시에 죽음을 당했어. 그런 죽음이면 행복했다고 할 수 있어.

공녀   (소리친다) 닥쳐요! 감히 누가 죽음을 일러 행복하다 말할 수 있죠? 당신에겐 당신의 죽음을 슬퍼할 누군가가 보이지 않나요?

    스쿠라토프 등장.

공녀   당신은 곧 끌려갔지요. 경찰들 사이에 포박된 채로 뭐라 뭐라 소리 높여 외쳤죠. 이해할 수 있어요. 당신도 무서웠을 테니까! 그렇게 소리를 질러야 했을 거예요. 난 그곳에 조금 뒤에 도착했죠. 난 다 봤어요. 주워 담을 수 있는 것은 다 모아서 들것 위에 올려 놓았더군요. 끔찍했어요. 아버지의 팔이 보였어요. 무릎 위로 아무것도 없는 아버지의 다리. 짓이겨진 몸. 그런데... 그런데...

스쿠라토프   그만하십시오, 아가씨.

공녀   아무리 찾아도 아버지의 머리가 보이지 않았어요.

스쿠라토프   아가씨!

공녀   난... 그 현장을 헤매고 다녔어요. 그런데도 아버지의 머리가 없었어요. 아버지의 머리를 찾을 수 없었어요. 끝내 찾지 못했어요. (흐느껴 운다)

칼리아예프   이제 그만해. 그만둬. (스쿠라토프에게) 저 여자, 그만 데리고 나가.

공녀   용서를 빌어요.

칼리아예프   용서? 내가? 누구에게? 너에게?

공녀   나에게 용서를 빌지 않아도 돼요. 하나님께 용서를 빌어요. 그분만은 용서해주실 거예요.

칼리아예프　(소리 지른다) 웃기는군. 난 당신들 머리 위에 있어. 당신은 날 죽일 수는 있어도 날 심판하지는 못해. 당신의 의도가 뭔지 난 다 알고 있어. 내 약점을 찾아내 내가 비굴한 태도로 후회하는 꼴을 기대하고 있겠지. 소용없어. 난 그렇게 하지 않아. 절대 그렇게 하지 않아!

공녀　(울부짖는다) 내 아버지를 빼앗았잖아! 돌려줘, 살려내란 말이야! 사랑하는 내 아버지, 불쌍한 내 아버지. 아버진 극장에 가기 전에 잠시 낮잠을 주무셨어. 의자 위에 다리를 올리고. 자신이 죽을 거란 걸 생각도 못한 채. (사이) 제발... 살려줘요. 제게 아버지를 돌려주세요.

칼리아예프　그만 돌아가! (공녀는 의자에 앉은 채 머리를 숙이고 잠자코 흐느끼고 있다)

스쿠라토프　아가씨. 절 용서하십시오. 제가 공작 각하를 지켜드리지 못했습니다. 제가 죄인입니다.

공녀　일어나요. 미하일은 잘못한 게 없어요.

스쿠라토프　아닙니다. 예전처럼 제가 공작 각하 옆에 붙어 경호했더라면 이런 일은 없었을 겁니다.

공녀　그럼 전 두 분을 한꺼번에 잃어버렸을 수도 있었겠네요. 다행이에요. 하나님께서 지켜주신 거예요.

스쿠라토프　(힘겹게 말을 잇는다) 아가씨, 죄송합니다.

포카　머리통을 찾을 수가 없었대.

칼리아예프　그래서 어쩌란 말이야! 제발, 날 좀 내버려둬.

포카　산산조각이 난 거지. 머리통이 사라진 시체. 세르게이 공작은 유령이 되어 아직도 그 거리에서 자기의 머리를 찾고 있을지도 몰라. 내 머리 좀 찾아줘. 내 머리 좀 찾아줘. 이렇게 말이야. 근데 머리가 없으면 볼 수가 없잖아. 자기 머리 찾는데 수십 년이 걸리겠군, 쯧쯧... 아! 내 머리... 내 머리! (사라진다)

공녀　사랑하는 여인이 있나요? 당신이 죽으면 슬퍼할 누군가가 있나요?

칼리아예프　난 러시아를 위해 이 목숨을 내던진 거야. 그녀가 날 위해 슬퍼하기보다는 이 러시아를 위해 기뻐해줬으면 좋겠어.
공녀 애매한 대답이군요. 갑자기 당신이 가엾다는 생각이 드네요. 당신은 사랑하지 않아요. 아니, 사랑할 줄 몰라요. 난 당신을 위해 하나님께 기도드리겠어요.
칼리아예프 뭐? 쓸데없는 짓 하지 마.
공녀 그녀는 당신과 함께 살고 함께 죽을 거예요.
칼리아예프 틀려. 난 이 러시아와 그녀를 위해 죽을 것이고 그녀는 이 러시아와 나를 위해 살아갈 거야.
공녀 당신은 정말로 순진한 사람이에요. 마치 시인 같군요. 어쩌다 당신이 테러를 하게 됐을까요? 당신같이 감상적인 사람이...
칼리아예프 뭐? 뭐라구?
공녀 그녀는 당신으로 인해 이 러시아를 더욱 증오하게 될 거예요. 당신을 위해 이 러시아에게 복수하려 할 테죠. 결국 당신은 세상에 증오만을 하나 더 남긴 셈이에요.
칼리아예프 그럴 리가 없어. 절대로 그럴 리가 없어. 나하고 약속을 했어. 저 환한 빛으로 걸어가겠다고!
공녀 불쌍한 사람. 내 아버지의 사지를 찢은 것처럼 그녀의 마음도 산산이 부숴놓았군요. 어리석은 사람. 온 세상을 구원하려 들면서 어째서 한 여자의 마음은 그리도 잔인하게 찢어놓았나요? 당신과 그 여인의 영혼을 위해 기도하겠어요. (고개를 숙이고 눈을 감고 기도한다)
칼리아예프 아냐. 도라가... 도라가 그럴 리가 없어. 그럴 수 없어. 그렇게 되어선 안 돼. 대답해줘, 도라. 그렇지 않다고! 아름다운 세상에서 자유를 느끼겠다고, 그렇게 말해줘.
포카 (포카가 노래를 부르며 도라를 데리고 등장한다) 네 애인이지? 얼마나 울어대는지... 온 러시아가 다 슬퍼하는 듯하군. (도라가 벽에 기대어 정신을 잃은 듯 멍하니 있다. 칼리아예프의 이름을 들릴락 말락 하게 읊조리고 있다)
칼리아예프 (도라를 향해 간다) 아, 도라! 도라! 너 거기에 있었니?
스쿠라토프 전 한동안 뭘 해야 좋을지 알 수가 없었습니다. 그분의 죽음과 함께 제 삶의 의미도 송두리째 사라져버렸습니다.

공녀　　　　미하일. 삶의 의미는 자신이 찾는 거예요. 세르게이 공작이라는
　　　　　　사람 자체가 살아가는 목적이 되어선 안 돼요. 그보다는 아버지
　　　　　　의 삶이 품고 있는 의미를 생각하셔야 해요. 평소에 아버지께서
　　　　　　하셨던 말씀들을 기억해봐요.
스쿠라토프　이 광활한 러시아의 구석구석까지 사랑하라. 모든 러시아인을
　　　　　　사랑하라. 하지만 저는 저런 놈까지 사랑할 수는 없습니다. 저놈
　　　　　　은 인간이 아닙니다. 미친 살인마입니다.

　　　아넨코프가 등장한다.

아넨코프　　(무대를 횡단하며) 우릴 배반해선 안 돼.
칼리아예프　난 배반하지 않았습니다.
스쿠라토프　증오심으로 똘똘 뭉쳐진 살인마!
아넨코프　　약한 마음을 먹어선 안 돼.
칼리아예프　절 못 믿습니까?
스쿠라토프　저놈 하나 때문에 러시아의 역사는 미래를 잃어버렸습니다.
아넨코프　　비굴하게 살지 마. 우리 아지트의 위치를 말하지 마.
칼리아예프　보리아, 절 믿지 못하시는 겁니까?
스쿠라토프　러시아의 역사가 100년은 후퇴할 겁니다.
아넨코프　　동지들을 팔아넘기지 마.
칼리아예프　제가 무슨 잘못을 했습니까?

　　　보이노프가 등장한다.

스쿠라토프　그런데도 저놈을 사랑해야 한다구요?
보이노프　　당신 잘못이야. 당신 때문에 난 겁쟁이가 되었어.
칼리아예프　미안해. 네 잘못이 아니야. 내가 겁쟁이였어.
스쿠라토프　저런 놈을 이해해야 한다구요? 아닙니다. 제 마음속에는 오직 증
　　　　　　오만이 가득합니다.
보이노프　　처음에… 처음에 성공했었더라면!
칼리아예프　그것 때문에 날 미워하고 있어?

스쿠라토프   지옥보다 더 끔찍한 광경을 저놈에게 보여줄 겁니다.

보이노프   당신이 제대로 던졌다면 난 떠나지 않아도 됐어.

칼리아예프   날 미워하지 마. 난 그때 던질 수가 없었어. 너와 마찬가지로.

스테판이 등장한다.

스테판   던졌어야 했어. 그 최초의 시도 때 던졌어야 했어.

스쿠라토프   가죽을 벗겨내고!

스테판   네 마음이 쓸데없는 잡념 속에 있지 않았더라면.

스쿠라토프   뼈를 으깨고!

스테판   우리의 혁명을 보다 완전히 믿었더라면.

스쿠라토프   살을 갈아서!

스테판   간절히 혁명을 원했다면 그런 일은 없었을 거야.

스쿠라토프   세르게이 공작 각하의 영전에 바칠 것입니다. 내 이름과 명예를
              걸고 맹세합니다.

칼리아예프는 무언가 잃어버린 걸 찾는 듯이 무대를 헤맨다.

포카   미안, 미안! 여자만 데려온다는 것이 다 몰려나와 버렸군. (사람
              들은 무대를 걸으면서 말들을 쏟아낸다. 적막하지만 날카로운 말
              들이 무대에 넘쳐흐른다. 칼리아예프는 신음소리를 내며 고통스
              러워 한다)

아넨코프   혁명. 과거, 행복, 여자, 술, 고독, 영혼, 믿음, 조직, 진리, 진보, 후
              회, 탐욕, 선택, 의심, 해방, 쾌락, 갈등, 금욕, 기억... (반복)

보이노프   책임. 비겁, 자백, 도피, 공포, 포기, 진실, 미래, 경험, 성공, 시간,
              꿈, 실존, 의지, 용기, 지혜, 자유, 믿음, 자아, 노력... (반복)

스테판   분노, 파괴, 피, 고문, 흉터, 비명, 살인, 폭탄, 고통, 창살, 감옥, 폭
              력, 죽음, 학살, 전쟁, 증오, 권위, 해방, 비명, 신념... (반복)

칼리아예프   (말의 홍수 속에서) 그만해! 그만! 이제 그만해. 머리가 터질 것
              같아. 날 내버려둬. 날 살려줘. 난 죽고 싶지 않아. 난 살고 싶어.
              사라지기 싫어. (무너지며 흐느낀다. 사람들 걸음을 멈춘다)

포카　　　　　그래, 결국 그게 네 본심이었나? (아넨코프, 보이노프, 스테판 경
　　　　　　　멸하는 눈으로 칼리아예프를 내려다본다)

공녀는 천천히 일어선다.

공녀　　　　　미하일. 당신도 저 사람과 같군요.
스쿠라토프　　제가 저 살인마와 같다구요?
공녀　　　　　증오에 몸과 영혼을 내맡기지 말아요. 제발. 아버지가 만들려고
　　　　　　　하던 러시아는 그런 나라가 아니었어요.
스쿠라토프　　그러면 어떻게 해야 합니까? 가슴속에 스며든 이 슬픔은, 답답하
　　　　　　　고 쓰라린 이 울분은 도대체 무엇으로 풀어내야 합니까?
공녀　　　　　용서예요.
스쿠라토프　　용서라 하셨습니까? 아가씨께서는 저놈을 용서하실 수 있습니
　　　　　　　까? 저놈을 살려주잔 말입니까? 저놈을! (나지막하게 웃기 시작
　　　　　　　한다)

스쿠라토프의 웃음소리가 점점 커져간다.
도라는 서서히 걸어 나간다.

칼리아예프　　(다급하게 도라에게 달려가며) 넌... 넌 왜 아무 말도 하지 않지?
　　　　　　　도라! 너는 왜?
도라　　　　　(나가는 걸음을 멈춘다. 서서히 뒤돌아 칼리아예프를 본다. 흐르
　　　　　　　는 눈물, 웃음 띤 얼굴) 날 사랑했니?
칼리아예프　　(충격을 받은 듯 뒷걸음친다) 나... 난... 나는... (도라, 다시 천천
　　　　　　　히 몸을 돌려 퇴장한다) 사랑해. 사랑했고, 지금도 변함없이 사랑
　　　　　　　해. 사랑해, 사랑해! 들리지 않니? 내 마음... 이 마음... 한 번도 너
　　　　　　　에게 하지 못한 말, 지금은 말하고 싶어. 널 사랑해. 내 온 마음을
　　　　　　　다해서... 너만을... 사랑해.
포카　　　　　이미 가버렸어. 들리지 않아. 네가 하는 말, 그녀에겐 닿지 않아.
칼리아예프　　어떻게 하지? 난 어떻게 해야 하지? 난 도라에게 다 말하지 못했
　　　　　　　어. 끝까지 말하지 못하고 왔어.

포카　　　　　그럼 어떻게 해야 할까?

칼리아예프　　말해야 해. 말해줘야 해.

포카　　　　　맞아. 그러고 싶나?

칼리아예프　　하지만 방법이 없어. 난 살 수 없으니까. 죽어야 하니까.

포카　　　　　네가 생각하는 정의를 위해서?

칼리아예프　　정의는... 나의 정의는... 모르겠어. 아무것도 모르겠어. 뭐가 뭔지... 뒤죽박죽이 되어버렸어.

스쿠라토프　　(웃음을 멈춘다) 틀렸습니다. 용서라니요? 저런 살인마는 목숨을 연명할 가치가 없습니다.

공녀　　　　　사랑은 누구에게나 평등해요. 그건 하나님께서 이 땅에 세운 법이죠. 우린 그 법을 따르고 지켜야 해요. 정의로운 세상을 만들기 위해서.

스쿠라토프　　도대체 그 정의가 뭐란 말입니까?

포카　　　　　정의가 뭘까?

칼리아예프　　부조리를 넘어서려는 마음.

포카　　　　　글쎄... 부족하군.

칼리아예프　　상처와 아픔을 딛고 앞으로 나아가려는 마음.

포카　　　　　그것도 부족해.

칼리아예프　　죄악과 범죄를 용서하려는 마음.

포카　　　　　모두 틀렸어. 내가 가르쳐주지. 간단해. 정의는 살아남는 거야.

칼리아예프　　살아남는 게 정의라구?

포카　　　　　내가 있기에 타인에게 기쁨이 되는 것. 나의 존재가 상대방으로 하여금 삶에 의미를 부여토록 하는 것. 그거 외에 이 세상에 또 어떤 정의가 필요하지?

칼리아예프　　내가 있음으로 상대방에게 기쁨이 되는 것. 그래, 도라는 늘 나한테 그걸 알려주려고 했었지. 나란 인간이 자신의 삶에 얼마나 큰 기쁨인지 항상 말하고 있었어. 그걸 도라에게 처음 가르쳐준 건 바로 나였는데... 어느새 난 잊어버리고 있었구나. (회한에 차 있지만 벅차게) "이 고요한 곳에서 내 심장은 너를 그리며 영원한 여름이길 기도하리니..."

포카　　　　　"바람은 수풀 속에 잠들고 시간은 침묵 속에 눈을 감도다."

칼리아예프   (아연실색) 네가... 네가 그걸 어떻게 알지? 넌 누구야?

포카   아까도 말했지. 난 포카라고. 이 멍청아. (칼리아예프에게서 등을
          돌린다. 공녀가 기도를 끝내고 고개를 든다)

공녀   황제 폐하께 당신을 석방시켜주라는 청원서를 제출하겠어요.

스쿠라토프   아가씨!

칼리아예프   (놀라서 공녀를 본다) 뭐? 왜지?

공녀   당신을 죽이더라도 아버진 돌아오지 않을 테니까.

칼리아예프   넌 나를 용서하는 건가? 네 아버지를 죽인 이 원수를?

공녀   (거칠게) 난 용서하지 않아요. 어떻게 내가 당신을 용서하겠어
          요? (슬프게) 그러나 러시아는 당신을 용서하겠죠. 아니, 아니에
          요. 당신을 잊겠죠. 역사책 속에 당신 이름 "이반 칼리아예프"를
          조그맣게 새겨놓고는 그대로 덮어버리겠죠. 당신은 당신 몫을
          충분히 했어요. (망설이며) 사면이 되면 당신의 그녀에게로 돌아
          가세요. 이제 저는 가겠어요.

칼리아예프   멈춰. 날 살리려 들지 마. 이건 양심의 문제가 아니야. 내가 살아
          남는다면 내 행동은 거짓이 될 것이고, 그건 내가 스스로 내 존
          재를 부정하는 짓이 돼.

공녀   (화를 내며) 당신은 스스로 죄를 범하고 스스로 자신을 판결하
          는군요. 그렇게 위대한 사람인가요, 당신은? (사이. 처연한 눈빛)
          내가 듣고 싶은 말을 단 한마디뿐인데...

     공녀는 퇴장한다.

스쿠라토프   별로 기대하지 않는 게 좋아. 아가씨께서 너의 석방을 청원한다
          고 해도 황제 폐하께서는 받아들이지 않으실 테니. 결국 널 기다
          리는 건 오직 차가운 교수대의 밧줄뿐이야.

     스쿠라토프는 공녀를 따라간다.

칼리아예프   이봐! 가지 마! 내 말을 끝까지 들어! (공녀가 완전히 나간 걸 알
          아차린다. 조용히) 난 당신에게도 미안하단 말을 하고 싶었어.

포카   쯧쯧쯧… 병신 같은 놈. (일어서서 밧줄을 들고 노래를 부르며 천
            정에 매달기 시작한다)

칼리아예프   (노래를 한동안 듣다가) 죽음이란 어떤 것일까? 캄캄한 어둠? 끝
            닿을 데 없는 허무? 이제 곧 알게 되겠지. 밧줄이 내 목에 감기는
            순간에 알게 되겠지. 난 내 동지들을 배반하지 않았어. 그리고 끝
            까지 혁명을 믿어. 또 언젠간 이 지구 위에 테러가 영원히 사라
            지길 바래. 나 때문에 슬퍼하는 자가 없었으면 좋겠어. 더 나아가
            저 먼 미래에는 나란 존재를 기억하는 자가 아무도 없었으면 좋
            겠어. 부조리가 사라지고 세상엔 오직 사랑만이 충만했으면 좋
            겠어. (밧줄을 향해 걸어간다) 초조해하지 말자. 어느 누구도 아
            닌 내가 내 스스로를 처형하는 것이니 두려워 말자. 의연하게 걸
            어가자. 평화가 온다는 걸 믿자. 마음껏 웃자. 죽음보다 치열했던
            내 삶을 기억하자. 정의를 믿자. 못 다한 내 사랑을 용서하자. 지
            금 나를 지켜보고 있는 이 수많은 우주를 느끼자. 신, 제도, 법률,
            우리를 구속하려 드는 그 모든 것에 반항하며 가자. 가슴을 펴라.
            나는 이반 야네크 칼리아예프. 나는 정의로운 심판자. (밧줄에 손
            을 뻗으며) 실존! 나의 길. 인간의 길.

천천히 무대 어두워진다. 포카의 노래만이 무대에 남는다.

5.

같은 구조의 다른 아지트. 일주일 후의 밤.
무대 한쪽에서 도라가 서성이고 있다.

도라   (침묵 속 독백) 이 답답한 공기, 무거운 침묵들. 만남, 호감, 사랑,
            고백, 키스, 폭탄, 테러, 교수대, 두려움, 슬픔, 기억, 안타까움, 후
            회, 정의, 명예, 생명, 죽음, 그리고 절망.

보이노프가 들어와 앉는다. 숨을 고르는 사이, 잠시 후 아넨코프가 등장한다.

아넨코프 일찍 돌아왔군.

보이노프 네, 걸음이 점점 빨라졌어요. 심장이 들끓어서 마구 달리고 싶었지만 비밀경찰 눈에 뜨일까 봐 참았어요. 스테판 형은요?

아넨코프 차가운 공기를 들이마시고 싶다고 하더군. 곧 돌아올 거야.

보이노프 처형장에서 스테판 형의 눈을 봤어요. 눈물이 흐르고 있었어요. 전 스테판 형이 우는 거 처음 봤어요.

아넨코프 스테판도 인간이야. 다른 사람들과 마찬가지로 그의 몸 안에도 뜨거운 피가 흐르고 있어.

보이노프 (침묵 속 독백) 교수대 위에서 한 야네크 형의 마지막 말. 죽음은 눈물과 피로 얼룩진 세계에 대한 내가 할 수 있는 최고의 반항이 될 것이고, 그리하여 나는 정의와 더불어 명예로울 것이다.

아넨코프 (침묵 속 독백) 나의 혁명은 정녕 세계를 구원할 것인가? 끝없는 의문. 아무 대답도 들을 수 없는 이 고독.

스테판 들어온다.

스테판 (침묵 속 독백) 괴로움과 증오, 움켜진 주먹, 악다문 입. 맙소사! 나는 고작 이 정도의 인간이었던가?

보이노프 도라 누나는 어때요?

아넨코프 그날 이후 방에 틀어박혀 나오지 않고 있어. 흐느끼는 소리가 오랫동안 들리더니 지금은 잠잠해졌어. 아마도 지쳐서 잠든 듯해.

보이노프 그때 마지막 인사도 나누지 않은 채 떠나는 게 아니었어요. 형이 정말 보고 싶어요.

스테판 (들어서며) 제대로 웃겨주는군. 알렉시스. (과격하게) 다시 돌아오면 내가 "어서 와." 하고 반갑게 맞이할 줄 알았나?

보이노프 죄송해요.

아넨코프 너무 탓하지 마, 스테판. 충분히 괴로워했네.

스테판 우리에게 괴로워할 틈이 어디 있습니까? 그럴 사이에 혁명은 또 한 발 멀어질 뿐입니다.

보이노프 확실히 저에겐 괴로움도 두려움도 아직 남아 있습니다. 그러나 그렇기 때문에 이제 진정한 용기를 낼 수 있습니다.

스테판   흥! 시인 동지가 한 명 더 늘었구만... 야네크가 보면 아주 흐뭇해
            하겠어.

아넨코프   그만해둬, 스테판.

스테판   이런 게 혁명인 겁니다. 죽어야만 변하는 역사. 파괴 뒤에 세워질
            새로운 러시아. 그 첫발을 야네크가 내딛은 겁니다.

아넨코프   그렇지만 죽음 앞에서는 모두 경건해야만 해. 잠시 걸음을 멈
            추고 목숨을 던진 이를 위해 눈물을 흘릴 시간도 가질 줄 알아
            야 해.

            도라가 걸어 나온다. 모두 경직된다.

보이노프   누나, 몸은 좀 괜찮아요?

도라   가여운 알렉시스. 여긴 뭘 하러 다시 돌아왔어? 죽음의 그림자가
            가득한 이곳에... 왜?

아넨코프   상심이 크다는 건 잘 알아. 하지만 약해져선 안 돼. 혁명을 의심
            해선 안 돼.

스테판   야네크는... (단호하게) 죽었어.

아넨코프   야네크는 배신하지 않았어.

보이노프   (힘겹게) 명예로운 죽음이었어요. 하늘을 한 번 쳐다보고 사람들
            을 천천히 둘러봤죠.

도라   시선은? 뭘 보고 있었지?

아넨코프   내 느낌엔 사람들과 자신 사이의 허공을 바라보는 것 같았어.

도라   분명히 날 찾았을 거야. 나를 찾았을 거라구! 그런데 난 그 자리
            에 없었어. 그의 마지막을 지키지 못했어. 얼마나 떨었을까? 얼
            마나 추웠을까? 얼마나 무서웠을까?

스테판   그만해! 견딜 수가 없군. 죽음이 두렵다면 테러는 왜 했지? 우리
            의 혁명을 성공으로 이끄는 힘은 슬픔이 아니야. 슬픔을 딛고 넘
            은 단호한 결의야. (사이) 보리아, 다음은 누굽니까? 누굴 죽이면
            되는 거죠?

아넨코프   이제 아무도 죽이지 않아. 야네크의 처형 소식과 함께 당에서 새
            로운 지령이 내려왔어. 마침내 의회가 생길 모양이라더군. 우리

결사대는 곧 해산할 거야. 그리고 밝은 세상에 나가서 폭력이 아닌 평화적인 길을 걷게 될 거야.

보이노프　그럼 혁명이 성공한 건가요? 야네크 형이 해낸 건가요?

스테판　이럴 수가... 이건 함정입니다. 함정! 우리를 끌어내어 한꺼번에 말살하려는 술책이란 말입니다. 저 귀족 놈들이 이렇게 순순히 권력을 양보할 거라고 보십니까? 보리아, 그 말을 믿습니까? 모든 걸 쓸어버려야 합니다. 오직 그것만이 혁명입니다.

아넨코프　알아. 그러나 언제까지 이런 지하에서 숨어 있을 수만은 없지 않은가?

스테판　이제 보니 모두 겁쟁이가 되었군요.

보이노프　그렇지 않아요. 누구를 죽일 수 있는 것만이 용기는 아니라고 봐요.

스테판　뚫린 입이라고 함부로 지껄이지 마. 네 말 따위 듣고 싶지 않아! (사이. 스테판은 모두를 둘러본다) 떠나겠습니다, 보리아. 이곳은 더 이상 내가 머물 곳이 못 됩니다. 난 내 방식대로 이 러시아를 바꾸겠습니다.

아넨코프　어떻게 하려고?

스테판　나는 조국 러시아를 수술대에 올리겠습니다. 그리고 총과 칼로써, 피와 눈물과 투쟁으로써 내 조국의 썩은 부분을 도려낼 겁니다. (나간다)

아넨코프　알렉시스, 스테판과 같이 가. 그를 도와줘.

보이노프　선생님.

보이노프는 아넨코프에게 인사를 하고 스테판을 쫓아 뛰어나간다.

아넨코프　(아지트 안을 향한다. 천천히 걸어가며) 혁명에 뛰어든 지 십 년. 그 무렵, 그녀와 헤어졌지. 그래, 맞아. 이제야 알겠군. 항상 헷갈렸었어. 당에 들어온 이후 헤어진 것인지, 헤어지고 나서 당에 들어온 것인지... 다만 한시도 잊은 적은 없었어. 힐데가르트... 그래, 힐더라고 불러달랬지.

도라　보리아, 우린 형제죠? 그러니 저를 도와주시겠죠?

아넨코프	그래.
도라	그럼 저에게 폭탄을 주세요. 다음엔 제가, 반드시 제가 던지겠어요. 제가 첫 번째 폭탄을 던지겠어요.
아넨코프	그럴 필요 없어, 도라. 이제 우린 더 이상 폭탄을 던지지 않아. 야네크도 원하지 않을 거야.
도라	아뇨. 난 던질 거예요. 폭탄과 혁명, 테러만이 나와 그를 이어주는 유일한 통로인 걸요. 그게 우리 사랑의 전부인 걸요.

아넨코프는 도라를 한동안 바라보다가 한숨을 쉰 뒤 안으로 향한다.

아지트가 매우 낯설게 느껴진다.

야네크가 사라지고 없는 공간. 모든 사물들이 더 크게 보인다.

모든 소리들이 더 크게 다가온다.

추억도 기억도 그리움도 점점 더 커진다.

눈을 들어 바라보면 그가 웃으며 앉아 있을 것 같은 기분. 설레임.

설레임이 커질수록 더 잔인하게 다가오는 이 상실감.

| 도라 | 세상이 멈추었습니다. 나의 시계가 멎었습니다. 끊임없이 에너지를 주던 빛이 사라지고 나는 암흑 속에 길을 잃은 채 홀로 있습니다. 숨을 쉬기가 힘듭니다. 이 끔찍한 절망과 반복되는 잔인한 시간들이 싫습니다. 나는 그저 주저앉아 화석이 되고 싶습니다. 그러나... 그러나... 그러나... 마음 깊은 곳에 있는 야네크가 나에게 속삭입니다. 일어나, 걸어가, 멈추지 마, 내가 기다리고 있어. 여러분에게 묻습니다. 좌절과 상실에 빠진 인간이 다시금 일어서려면 어떤 힘이 필요할까요? 도대체 무엇이 주저앉은 나를 일으켜 세워줄까요? |

조용히 읊조린다. 무의식 속에서 자연스럽게 흐르는 말.

| 도라 | 나는 죽어 어둡고 차가운 땅속에 파묻히겠지만 너만은 저 환한 빛으로 환한 태양으로 걷게 하리라. |

기억이 현재를 지배하는 시간.

춤을 춘다. 예전 야네크를 비롯한 동지들과 추던 춤.

지나간 추억. 생각하면 즐겁지만 가슴 한 켠이 허물어지는 기억.

도라   나는 죽어 어둡고 차가운 땅속에 파묻히겠지만 너만은 저 환한
          빛으로 환한 태양으로 걷게 하리라.

아지트 안에서 들려오는 총소리. 끔찍한 소리지만 끔찍하게 느껴지지 않는다.

회상에서 깨어나기 싫다. 현실을 지운다. 그리고 과거를 잡아당긴다.

그와 걷던 길을 다시 걷는다. 손을 잡고 바이런과 랭보의 시를 읊고 셰익스피어의 로미오
와 줄리엣을 말하고 체홉의 갈매기, 니나와 뜨레쁠로프를 이야기한다.

도라   이 고요한 곳에서 내 심장은 널 그리며 영원한 여름이길 기도하
          리니 바람은 수풀 속에서 잠들고 시간은 침묵 속에 눈을 감도다.

추억에 잠겨 미소를 띠고 있는 자신을 발견한다.

그러나 환한 빛, 태양은 없다. 어디서 빛을 내고 있는지 가늠할 수가 없다.

그가 사라진 빈자리의 무게. 걷는 걸음이 너무나 힘겹다.

도라   이 고요한 곳에서 내 심장은 널 그리며 영원한 여름이길 기도하
          리니 바람은 수풀 속에서 잠들고 시간은 침묵 속에 눈을 감도다.

한 걸음 내딛기가 어째서 이렇게도 힘든 것일까?

흐느낌. 가슴에서 끓어오르는 울음소리. 그것은 차라리 비명.

추억이 흘리는 피눈물.

그리고 서서히 다가오는 고요. 정적. 모든 것이 정지하는 새하얀 시간들.

오열한다.

도라   야네크는 나에게 자신을 잊고 살아가라고 했습니다. 나는 유언
          같은 그 말을 계속 되뇌입니다. 그러나 내가 어떻게 그를 잊을
          수 있겠어요? 구멍 뚫린 이 가슴은 그 무엇으로도 메울 수가 없

는 걸요. 아주 오랜 시간이 지나면 무덤덤해질 수 있을까요? 다른 사람을 만나서 결혼하고 아이를 낳으면 다 괜찮아질까요? (사이) 고통은 육체를 구속하고 절망은 영혼을 잠식합니다. 나는 이제 북쪽에서 내려오는 차가운 바람을 쐬러 여길 나가려 합니다. 또한 러시아의 창백한 겨울 하늘을 한 번 쳐다볼 것입니다. 그런 다음 사람들이 오고 가는 번잡한 모스크바의 거리를 천천히 걸어볼 거예요. 야네크는 그 사람들 속에 있겠다고 했거든요. 야네크가 정말로 그 속에 있다면 난 더는 울지 않을 거예요. 그러나 그가 없다면… (사이) 로미오를 잃은 줄리엣이 이렇게 말했습니다. 사랑이여, 내 사랑이여! 비록 생명의 축복을 함께 얻지는 못한다 해도 죽음의 저주는 같이 받을지어니, 우리 사랑, 삶 속에서 피워내지는 못한다 해도, 죽음 속에서는 영원하리라. 내 사랑, 야네크. 그래! 나는 이제 정말 너의 곁으로.

서서히 어두워진다.

막

현실의 버거움을 지탱하는 사랑의 힘

김지용 희곡을 해독하는 키워드

김문홍(극작평론가)

연극은 사라져도 희곡은 남는다

희곡은 태생적으로 연극이 되어야 한다는 운명을 가진다. 희곡은 연극 공연을 위한 텍스트이니 당연히 연극이 되어야 한다. 그러므로 공연(연극)은 희곡의 불가피한 운명이다. 뒤집어 말하면 공연이 되지 못하는 희곡은 그 존재가치가 없다고 해도 틀린 말은 아니다. 물론 태생적으로 공연보다는 문학이라는 운명을 택하는 희곡도 있기는 하다. 읽기 위한 희곡, 문학으로서의 희곡, 이른바 '레제 드라마'이다. 작가가 처음부터 아예 공연을 전제로 하지 않고 문학으로서의 읽기만을 위한 희곡을 말한다. 대표적인 작품이 괴테의「파우스트」, 하우푸트만의「조용한 종」등이다.

희곡은 또한 공연되기 전에는 그 문학성으로 평가받는다. 그러나 일단 연극으로 공연이 되면 '연극성'의 차원에서 평가받는다. 연극은 공연과 함께 사라져버리는 일회성의 특징을 지니고 있다. 공연이 사라지고 나면 그 자리에는 희곡만이 오롯하게 남아 있게 마련이다. 그러면 그 희곡은 공연을 떠나 다시 문학성으로 가치를 평가받는다. 이처럼 희곡은 태생적으로 문학성과 연극성의 이중적 특성을 지니고 있다. 그러므로 좋은 희곡은 이러한 두 가지 특성을 동시에 지니고 있어야 한다.

부산지역에는 희곡을 쓰는 사람들이 제법 있다. 이런 작가들을 두 부류로 나눌 수 있는데 하나는 희곡만을 전문적으로 쓰는 작가이고, 다른 하나는 연출과 희곡 창작을 병행하는 부류이다. 필자와 이흔주는 희곡만을 전문적으로 쓰는 작가이고 나머지는 희곡 창작과 연출을 병행하고 있다. 두 가지를 병행하는 사람들의 희곡은 희곡의 문학성이라는 측면에서 더러 문제점을 가지고 있다. 아무래도 희곡만을 전문으로 쓰는 작가들의 작품보다 문학성이라는 측면에서 작품성이 덜할 수 있다는 개연성을 지니고 있다. 그중에서도 정경환, 김지용, 오치운, 심문섭 등은 연극성과 문학성이라는 측면에서 나름대로의 좋은 평가를 받고 있다고 볼 수 있다.

김지용의 희곡은 연극성과 문학성의 측면에서 모두 좋은 평가를 받고 있다. 그는 이미 부산일보와 한국일보 신춘문예 희곡 부문에 당선하여 희곡의 문학성을 좋게 평가받고 있다. 거기다 그는 한국예술종합학교 극작과 전문사 과정에서 희곡 창작을 제대로 수학한 경력도 가지고 있다. 연출과 희곡 창작을 병행하는 다른 이들의 희곡은 문학으로서의 희곡보다는 연극 공연으로서의 공연 대본의 성격이 강하다. 그들은 아직 희곡집을 출간하지 않았기 때문에 희곡이 정당한 평가를 받지 못하고 있는데, 김지용은 이번에 거의 두 권 분량을 한데 묶어 희곡집을 간행하여 자신의 희곡을 문학적으로 정당하게 평가받고자 시도하고 있다.

상징과 우화적 기법을 통한 현실의 은유

김지용의 희곡은 거의 대부분이 '지금 이곳'이라는 현실을 관객 앞에 드러내놓는 직설적인 반영으로서의 작품보다는 상징과 우화의 기법을 통해 일그러진 현실을 반영하는 작품들이 많다. 그들 중에 대표적인 작품이 「가출소녀 우주여행기」, 「오아시스」, 「Mankind History」 등의 일련의 작품들이다. 이런 작품들은 상징과 비유 등이 많아 명확하고 구체적인 스토리와 재미를 좇는 독자나 관객들에게는 다소 낯설게 다가올 수밖에 없을 것이다. 그러나 김지용은 이런 작품들을 날것으로서의 문학성을 그대로 무대 위에 제시하지 않고 'play'라는 연극적 놀이의 형식으로 쉽게 풀어 무대 위에 펼쳐놓는 방법론으로 관객들에게 다가가고 있다.

「가출소녀 우주여행기」는 부산일보 신춘문예 희곡부문 당선작이다. 이 작품은 비루한 현실을 탈출하여 우주를 여행하는 로드 무비 형식으로 진행되고 있다.

①

아빠　(무대 한쪽으로 등장) 얘야, 진정하고 내 말을 들어보렴. 세상은 아
　　　직 너 같은 어린 여자아이가 나다니기에는 무서운 곳이란다.
소녀　왜요? 그곳엔 괴물이 있나요?
아빠　얘야, 아빠가 하는 말을 잘 들으렴. 동화책 속에 나오는 초록색 피부
　　　에 뿔이 달린 괴물이나 뱀의 머리를 한 검은 고양이 괴물은 없단다.
　　　하지만 세상 사람들은 살아가기 위해서 그 괴물들을 마음속에 키우
　　　고 있지.
소녀　그럼 아빠 마음속에도 그 괴물이 살아요?
아빠　얘야, 아빠 마음속에는 그런 괴물이 없단다.
소녀　그럼 뭐가 있어요?
아빠　얘야, 아빠 마음속에는 너를 사랑하는 마음만 풍선같이 부풀어 가득
　　　들어 있단다.
소녀　치이...
아빠　얘야, 시간이 늦었구나. 아이들은 어른보다 꿈꾸는 시간이 더 많이
　　　필요하단다. 자, 먹으렴. (알약을 준다)
소녀　아빠, 이걸 먹으면 언제나 머리가 어지럽고 잠이 와요.
아빠　얘야, 그걸 먹고도 어지럽지 않고 잠이 오지 않으면 어른이 된 거
　　　란다.

–「가출소녀 우주여행기」, 150쪽

②

해적　오호, 그거 의외인걸? 그런 것까지 알고 있다니 대단한데? 그렇지.
　　　원래 안드로메다에는 일곱 개의 달이 있었지. 그런데 요즘은 한 개
　　　밖에 없어. 가장 크고 빛나는 황금색 달만이 있을 뿐이지.
소년　뭐라구? 왜 그렇게 된 거야?
해적　사람들이 황금색 달밖에 보질 않으니 그런 거야. 다른 여섯 개의 달
　　　은 사람들에게 잊혀져서 없어지거나 희미해져버렸지.
소년　말도 안 돼.

소녀	왜 사람들은 황금색 달만 바라본 거죠?
해적	황금색 달은 풍요롭게 해줬거든. 황금색 달의 주성분은 황금이야. 한번이라도 황금색 달을 탐험하게 되면 수많은 황금을 가지고 올 수 있게 되니까 사람들은 황금색 달만을 바라보게 된 거지. 안드로메다행 은하철도의 개통도 그걸 노린 거야. 이곳에 있었던 수많은 해적들 역시 그 황금색 달을 찾아가버렸지.
소녀	그런데 왜 아저씨는 여기에 남았죠?
소년	그래, 가난한 해적질엔 신물이 난다면서?
해적	그건... 로망이야. 사나이의 로망이지. 내가 해적을 그만두면 아무도 해적을 할 사람이 없는걸?

-「가출소녀 우주여행기」, 175쪽

위 인용문 ①은 이 작품의 첫 장면이다. 아빠는 딸인 소녀를 새장 속에 가두어 두고 관상용 새처럼 사육하고 있다. 그 이유는 세상을 살고 있는 사람들의 마음속에 괴물이 살고 있기 때문이라는 것이다. 이 장면에서 아빠의 사고의 흐름은 다소 이율배반적이다. 세상의 괴물들로부터 딸을 보호하기 위해서 딸을 가두어두고 있기 때문이다. 그러면서 딸에게 현실을 잊는 알약을 먹이고 있다. 알약의 투약 행위를 통해 딸의 현실 속에서의 내성을 기르고 있다. 이 장면에서 작가는 폭력적인 현실에서의 내성을 기르기 위해서 오히려 현실에서의 내성을 약화시키고 있는 아빠의 이율배반적인 사고와 행위를 희화적으로 풍자하고 있다.

인용문 ②는 물질의 현실적 가치만을 좇는 우리 시대의 물신주의적 현실을 은유하고 있다. 물신주의적 망령에 의해 잊혀버린 다른 여섯 개의 달은 진정 인간이 추구해야 할 인문학적이고 윤리적인 가치 덕목을 상징하고 있다. 인간들의 자본주의적 행태가 지구 저 너머의 우주까지 오염시키고 있음을 확인할 수 있다. 홀로 남은 해적은 그래도 인간주의적 윤리를 지키려는 하나의 구원과 희망을 상징하고 있다. 이 작품은 생텍쥐페리의 성인동화인 『어린 왕자』의 플롯 구조를 차용하고 있는데, 작가는 마지막 장면에서 오직 '사랑'만이 이 세상의 혼돈과 무질서를 바로잡는 최고의 가치라는 것을 제시하면서 작품을 끝맺고 있다. 즉, 소년과 소녀가 서로 손을 잡은 채 상대의 영혼을 어루만지며 위무하는 행위를 사랑으로 은유하고 있는 것이다.

「Mankind History」는 앞의 작품에 비해서 다소 치열한 작가의 현실인식을 다루고 있다. 역사 속에서의 혁명의지에 의한 체제 전복으로서의 투쟁이 새로운 세계를 건설하는 당위성이 될 수 있는가, 아니면 그것은 혁명을 가장한 또 다른 인간주의를 붕괴하고 말살하는 행위일 뿐이라는 대립적인 가치를 통해, 역사 발전의 과정에서 어느 것이 진정한 덕목이 될 수 있는지를 묻고 있다. 이 작품 역시 앞의 작품과 마찬가지로 사랑만이 이 세계의 혼란과 무질서를 잠재울 수 있는 최고의 가치 덕목임을 은유하고 있다.

이 작품 속의 인물인 쿠데타는, 역사 발전을 위해서는 다소의 학살이 불가피하다는 것을, 또 다른 인물인 네오는 역사의 옳은 흐름이라는 정당성을 위해 인간성이 말살되는 우는 범하지 말아야 된다는 것을, 그리고 지극히 여성적인 에테르를 통해 이 모든 가치 덕목의 가장 밑바탕에는 사랑이 깔려 있어야지 그렇지 못하면 역사는 계속 잘못을 되풀이할 뿐이라고 경고하고 있다.

쿠데타　모든 게 네 녀석으로부터 비롯되었어. 웃음 띤 얼굴로 살며시 다가와 거부할 수 없는 욕망을 마음속에 심어놓았지. 그리고는 등 뒤에서 비수를 찔렀어. 그 누구보다 널 용서할 수 없어. (다시 한 번 더 쏜다)

시스템은 허탈한 웃음소리를 내며 무릎을 꿇는다. 고통스러운 듯 신음하며 서서히 무너진다.

네오　무슨 짓이야? 왜 모두들 서로를 못 죽여 안달인 거야? 도대체 왜?
（절규한다）

쿠데타가 총을 겨누고 시장에게 다가선다.

네오　(막아서며) 그만 둬! 이제 그만해. 언제까지 죽이기만 할 작정이야? 이제 더 이상은... 더 이상은...
쿠데타　비켜. 내 앞길을 막는다면 아무리 너라고 해도 그냥 두지 않겠어.
네오　이건 혁명이 아니라 일방적인 학살이야.
쿠데타　지금 이 세계엔 분노가 흘러넘치고 있어. 지난날, 착취당하고 억압받아왔던 모든 이들이 원하는 건 저들의 처형이라구.

네오   그래선 그자들과 다를 바가 없어.

쿠데타   헛소리! 모든 걸 완전히 쓸어버리고 그 위에 새롭게 만들어야 해. 그
         게 혁명의 시작이고 완성이야.

네오   하지만 그렇다고 해서 그게 모두를 죽이는 근거가 될 순 없어.

쿠데타   정신 차려! 그만 꿈에서 깨어나란 말이야.

네오   너야말로 꿈을 꾸고 있어.

쿠데타   뭐?

네오   핏빛으로 물든 꿈을 말이야.

-「Mankind History」, 141쪽

위 인용문에서 알 수 있듯이 이 작품은 인류 역사의 발전을 보수와 진보
의 양 축으로 상징하고 있다. 네오나 쿠데타의 공통점은 오아시스의 발견과
그곳에서의 안착에 있다. 여기서의 오아시스란 인류의 이상적인 현실과 삶
을 나타낸다. 그곳에 도달하기까지의 과정과 방법에 있어서는 두 사람 모두
양 극단을 달리고 있다. 쿠데타는 이상적 삶을 쟁취하기 위해서는 다소의
희생과 폭력적인 방법은 불가피한 수단이 될 수 있다고 믿는다. 그러나 네
오는 다르다. 희생과 폭력은 또 다른 희생과 폭력을 불러오는 악순환의 고
리가 될 수 있기 때문에 주저하고 있다. 어쩌면 이렇게 서로 다른 사고와 행
위가 인류 역사를 발전시켜온 역사라는 수레의 양쪽 바퀴인지도 모른다. 결
국 작가는 이 둘 모두를 부정하고 있다. 인간과 이상적 삶과 현실에 대한 근
원적인 사랑만이 해답이 될 수 있고, 그러한 목적을 달성시키기 위한 키워
드가 될 수 있다고 주장한다. 이 작품 속에서의 에테르의 사랑이 바로 그렇
다. 사랑만이 인류 역사를 정당하게 발전시키는 최고 최상의 가치 덕목이라
고 믿고 있다.

또 다른 작품인 「오아시스」 역시 사막으로 상징되고 있는 현실과 세계의
혼돈과 무질서, 그리고 건조한 일상이라는 극한상황을 버텨낼 수 있는 무게
중심은 사랑이라고 은유하고 있다. 이 작품은 이 세계의 부조리성을 연극적
놀이로 형상화하고 있는데, 작품 속의 오아시스를 서로 차지하기 위해 모략
과 술수, 그리고 힘겨루기를 하는 행위는 '지금 이곳'의 세계와 현실을 은유
하고 있다. 사막에 불시착한 우당탕과 휘리릭이 서로 사랑하는 것은 그러한
현실의 불모성을 탈피하는 중요한 키워드로 상징되고 있다.

사랑, 그것은 현실의 중압감을 버티는 무게중심

아직 공연되지 않은 작품인 「공무도하가」와 「메타」 역시 김지용 희곡의 키워드인 사랑에 대해 보다 구체적이고 현실적인 제안을 하고 있다. 「공무도하가」는 두 가지 사랑의 방식을 통해 진정한 사랑의 근원적인 모습을 이야기하고 있는 작품이다. 그리고 「메타」는 연극 작업 과정을 통해 연극이 무엇이고 왜 연극을 하는가에 대한 자성과 성찰을 담은 일종의 메타드라마이다. 연극을 통해 연극을 이야기하고 있다. 이 두 작품 모두 진정성 있는 사랑만이 현실의 중압감을 버티는 무게중심이 될 수 있다고 주장하고 있다.

①

성미　글쎄. 난 좀 다르게 생각해. 백수곳부는 어쩌면 절망을 본 게 아니었을까? 고착화된 현실, 변할 수 없는 관계. 사랑이라는 건 상대방의 목에 빨대를 꽂고 서로 피를 들이가시는 것과 같은 거야. 상처 입히고 또 입고 그리고 분노하고, 용서하고. 견디고 견뎌야 하는 것에 결국은 지쳤을 테지.

재림　언닌 너무 염세적이에요.

성미　사랑이 표방하고 있는 관념이 뭐즈? 나에게 있어 나보다 네가 더 소중하다는 거잖아. 그런데 정말 그런 걸까? 그럴 수 있을까?

재림　그럴 수도 있죠.

성미　영화나 드라마에서처럼?

재림　네.

성미　그런 건 마취제야. 있을 수 없는 일들을 그럴 듯하게 포장해놓은 거지. 현실에서는 불가능해. 현실에서는 누군가의 희생일 뿐이야. 그러니까 흔히 사랑이라고 말하는 것은 스스로에게 희생이 아름답다고 최면을 거는 행위일 뿐이라구.

재림　언니는 참 복이 많은 거 같아요.

성미　그건 무슨 말?

재림　최소한 가까이에 있잖아요. 손 뻗으면 잡힐 만한 거리에.

성미　가까이에 있다구? 뭐가?

재림　　모르겠어요?

-「공무도하가」, 276쪽

②

무대가 밝아지면 연출, 작가, 배우가 등장해 있다.

연출　　나는 알 수가 없다. 무엇이, 도대체 무엇이 이 공간을 결정하고 이 공간을 채우고 있는지... 생각한다. 고로 나는 존재한다. 충돌하는 의지, 교차하는 시간, 끝없이 팽창하는 우주. 내가 그 속에서 할 일은 과연 무엇인가? 나는 이 공간을 창조하는 자인가, 아니면 결국은 귀속되어 있는 자인가?

원로　　나는 생각한다. 그리고 이 공간 속에서 날갯짓한다. 그리하여 여기 이 한 줄기 빛을 따라 나아간다. 그렇다. 나는 오직 한 마리의 새. 그 무엇보다 빠르게 날 수 있다면 이 목숨, 불꽃 되어 사라져도 좋으리라. 단 한 순간, 저 탐욕스런 눈동자 속에서라도 빛나는 존재로서 각인된다면 내 영혼은 분명 영원할 수 있을 것이다 아! 이 공간, 이 신비로운 공간. 나를 사람으로, 혹은 사람이 아닌 것으로 만드는 황홀하고도 아득한 고독.

작가　　침묵. 태초에 조물주는 모든 것을 만들고 또 그 모든 것에 심판을 가하였다. 나는 이 공간을 만들었으나 심판하지는 못하니, 그리하여 나는 차라리 프로메테우스. 가슴 아픈, 쓰라린 좌절. 그러나 새롭고 경이로운 존재의 발견. 환희와 고통을 동시에 느끼며 이 공간을 지켜보던 나는 침묵한다. 더불어 또다시 침몰한다. 나에겐 묵비권이 있다.

-「메타」, 342쪽

위 인용문 ①은 아내인 임성미가 자신의 남편 김철진의 자신에 대한 무관심으로서의 사랑의 냉혹한 현실을, 영화나 드라마에서나 있음 직한 이상적이고 진정성 있는 사랑에 빗대어 표현하고 있는 대목이다. 김철진의 친구인 김정훈과 김소진의 사랑은 바로 서로에 대한 희생으로서 진정성 있는 사랑을 하고 있다. 김소진은 아무런 직업도 없이 게임에만 탐닉해 있는 김정훈을 참고 기다리고 있으며, 김정훈은 술집에 빚을 진 채 사랑을 팔아야 하는 김소진을 끌어안고 위무해준다. 결국 김정훈은 친구인 철진에게 돈을 빌려 김소진의 빚을 갚아주지만 그녀에게 자유를 주고 먼발치에서 사랑을 빌어주는 것으로 만족한다.

그러나 김철진과 임성미의 사랑은 그녀의 역설적인 표현처럼 '상처 입히고 또 입고 그리고 분노하는' 사랑을 하고 있다. 상대방의 목에 빨대를 꽂고 서로 피를 들이마시며 서로를 희생시키는 사랑을 지속하고 있다. 작가는 이러한 두 부류의 사랑의 모습을 제시하고 있지만, 마지막 장면에서 성미와 같은 화실을 쓰고 있는 후배 화가 재림의 에피소드를 통해 사랑의 진정성에 손을 들어주고 있다. 재림은 연극하는 남자는 가난해서 싫다는 종래의 생각을 바꾸고, 모든 현실적 어려움은 사랑의 힘으로 헤쳐나갈 수 있다며 결국 연극하는 남자를 택한다. 김소진은 사랑하는 남자가 좋아했던 비빔밥 장사를 하며 그가 찾아올지 몰라 이사를 가지 않고 있다. 또한 성미는 중단했던 그림인 공무도하가를 완성하면서 막이 내린다.

인용문 ②는 메타드라마인 「메타」의 마지막 장면이다. 어려운 제작 환경 속에서도 예술창조의 의지를 굽히지 않는 연출, 연극적 상상력이 신체 표현으로 연결되지 않아 고역을 겪는 원로 배우, 그리고 자신의 영혼의 산물인 작품이 연출가에 의해 일방적으로 훼손되는 수모를 겪는 작가는 표현과 무대, 그리고 창조의 어려움을 토로하고 있다. 그러면서도 그들의 발언 속에는 연극예술에 대한 근원적이고 진정성 있는 사랑과 희망이 내비치고 있다. 이 작품은 연극하기의 어려움을 토로하고 있지만, 결국 연극을 할 수밖에 없고 또 해야만 하는 연극인의 고뇌를 이야기하고 있다. 결국 그들이 연극을 할 수밖에 없고 또 해야만 하는 힘은 바로 연극에 대한 진정성으로서의 사랑의 힘에서 나오고 있음을 작가는 이야기하고 있다.

김지용 희곡을 해독하는 키워드는 바로 진정성 있는 사랑의 힘이다. 그것이 역사 발전의 주체적인 동력이 되었던, 굴신주의의 우리 속에 옴짝 달싹 못한 채 갇혀 있건, 서로의 영혼에 상처를 입히며 분노하며 증오했건, 그러한 한계상황을 탈피하고 무미건조한 일상을 버티어나갈 수 있게 하는 원동력은 바로 진정성 있는 사랑임을 김지용의 희곡은 어떤 때는 시적인 상징과 비유로, 또 어느 때는 우화와 풍자로 다양한 방법론적 프리즘을 통해 투사하고 있다.

앞으로 김지용 희곡이 나아가야 할 방향은 현실인식의 치열함과 표현 방법론으로서의 변화의 모색이다. 상징과 은유도 하나의 방법이 될 수 있겠지만 앞으로는 보다 더 역동적인 시각으로 현실인식의 메스를 예리하게 해야 할 것이다. 그러기 위해서는 다소 관념적인 추상성을 걷어내고 직면한 현실에 직설적인 메스를 가하는 구체성이 수반되어야 할 것이다. 그러기 위해서는 연극의 사회적 기능을 보다 깊이 인식하고 현실에 대응하는 적극성을 보여야 할 것이다. 그리고 지금까지의 연극의 놀이성에 초점을 둔 표현 방법론을 지양하고, 어떤 때는 과감하고 도발적인 실험성으로, 때로는 일체의 수사를 걷어낸 정면승부의 우직함으로 직설적인 화법도 필요할 것이다. 이번 희곡집은 그런 측면에서 의미 있다고 볼 수 있다. 지금까지의 현실인식과 표현 방법론을 모두 청산하고 보다 새로운 신천지를 개척하는 김지용 희곡의 새로운 도약대가 될 수도 있을 것이다. 이번의 희곡집이 연극성보다는 문학성으로 보다 높이 평가받기를 기대한다.

신화적 상상력의 극적 형상화

정봉석(동아대학교 교수, 연극평론가)

1. 신화적 상상력

김지용의 희곡들에는 하나의 패턴(pattern)이 있다. 패턴이란 주제를 드러내기 위해 작가가 일정한 양식으로 구사하는 극적 기법이나 문체(style)를 뜻한다. 의식적이든 무의식적이든, 그의 작품 속에서 반복되는 문체적 특징을 한마디로 규정하자면 그것은 '신화적 상상력의 극적 형상화'라 할 수 있다.

신화(myth)에는 인류의 집단무의식인 원형(archetype)이 담겨 있다. 서구의 연극이 디티람보스(Dithyrambos-디오니소스 신을 찬양한 노래)로부터 기원하듯이, 고대 그리스의 비극은 대체로 신에 의해 결정된 인간의 운명과 그 본질을 그리고 있다. 아리스토텔리스는『시학 *Poetica*』에서 희곡(drama)이 모방하는 신화적 이야기인 미토스(mythos)를 극의 구성 요소들 중에서 가장 중요한 성분으로 인정하였다. 미토스를 통해 인간의 보편적인 본질을 규명할 수 있다고 보았기 때문이다. 아리스토텔레스는 현실을 있는 그대로 기록하는 역사와 달리 희곡은 현실 속에 있음 직한 본질, 즉 이데아(Idea)를 추구한다고 보았다. 따라서 그의 스승인 플라톤이『국가 *Politeia*』에서 극작가를 추방시켜야 한다고 선언했음에도 불구하고, 극작가는 철학자만큼 진지하고도 엄숙한 존재라고 하며 적극 옹호하였던 것이다.

'신화적 상상력'이란 이와 같이 인간의 보편성을 담보하는 미토스를 구성할 수 있는 능력을 의미한다. 보편성이란 개별자(the particulars)들의 삶 속에서 공통적으로 발견할 수 있는 법칙들이다. 개별자들은 각자 실체적으로 유한한 삶들을 살아가지만, 보편자(the universals)는 개별자들을 초월하여 영속적으로 그 삶의 속성을 규정하고 지배한다. 이처럼 보편성은 인류의 공통적인 속성을 담보하는 것이기에 원형과도 직결된다. 그러므로 신화적 상상력이란 곧 원형적 상상력이며, 그것은 인간의 보편적인 본질을 모방할 수 있는 능력에 다름 아닌 것이다.

김지용의 희곡 목록 중에서 신화를 바탕으로 한 고대의 비극들이 눈에 띄는 것은 이제 우연이 아닐 것이다. 그렇다면, 먼저 고대의 비극을 재구성한 작품들을 살펴봄으로써 그의 희곡 세계를 이해할 수 있는 토대를 마련할 수 있지 않을까?

2. 비극의 재구성

「페드르」는 원래 에우리피데스의 고대 비극 「히폴리투스」를 라신이 개작한 작품의 제목이다. 이에 김지용은 에우리피데스와 라신의 미토스를 버무린 뒤, 다시 현대적으로 극적 개연성을 부여함으로써 원작들을 재구성해낸다.

이들 원작들의 발단과 전개는 동일하다. 즉, 아테네의 왕 테세우스가 외유 중에 행방과 생사가 묘연해진 사이, 왕비 페드르는 평소 연모하던 의붓아들 히폴리투스에게 사랑을 고백한다. 하지만 충직한 히폴리투스는 구애를 거절하고, 죽은 줄 알았던 테세우스는 살아서 돌아온다. 하지만 위기에서 결말에 이르는 대목에서 각기 다른 버전들을 보인다. 에우리피데스의 「히폴리투스」에서는 남편 테세우스에게 그 사실이 알려질 것을 두려워한 페드르가 오히려 히폴리투스가 자신을 유혹하였다고 무고하는 편지를 남기고 목숨을 끊는다. 반면 라신의 「페드르」에서는 두려워하는 페드르를 위해 시녀가 나서서 히폴리투스를 무고하며, 이로 인해 격노한 테세우스에 의해 히폴리투스가 죽음을 맞게 되자, 페드르는 그의 결백을 밝히고 숨을 거두는 것으로 개작을 한다. 이로써 라신은 사랑과 질투 등의 감정과 여성 심리를 섬세하게 그려내는 한편, 등장인물들의 심리를 극의 동인과 연결함으로써 에우리피데스 비극에서의 운명의 역할을 내면화했다는 평가를 받는다.

김지용은 이에 더해 미토스의 극적 개연성에 더 중점을 둔다. 즉 페드르의 사랑을 거부한 히폴리투스는 부친인 테세우스 왕에게 아테네를 빼앗겼던 아리시 공주에게 청혼을 하는 것으로 극의 모티브를 변경한다. 이로 인해 극의 미토스는 새롭게 전개된다. 테세우스를 배신하고 히폴리투스에게 외면당한 페드르를 위해 시녀 외논이 히폴리투스를 모함한다. 이에 아들을 의심하게 된 테세우스는 히폴리투스를 추방하고는 자객을 시켜 암살하게 한다. 한편 페드르는 친아들 아카마스와 데모폰을 위해 테세우스를 독살하려고 하지만, 페드르의 암살 소식을 접하고는 결국 그 독주를 자신이 마심으로써 자살한다. 아리시의 시녀 이스멘의 탄원에 의해 테세우스는 뒤늦게야 사건의 전말을 알게 되고, 자신의 어리석음과 권력의 허망함을 깨닫고는 아리시에게 아테네의 왕권을 넘기는 것으로 극을 맺는다.

이러한 결말부는 마치, 노르웨이의 포틴브라스에게 덴마크의 패권을 빼앗았던 부친을 대신해서 왕위를 이양하는 햄릿의 최후를 연상케 한다. 아들 히폴리투스가 죽자 아테네의 패권을 두고 다투었던 정적 펠리아스의 딸 아리시에게 왕위를 넘겨주는 결말로 처리함으로써 고대 비극의 미토스에 극적 개연성을 부여한 것이다. 김지용은 테세우스 왕가의 비극을 완성시키기 위하여 이와 같이 극의 미토스를 섬세하게 재구성하였다. 에피소드 중심으로 이루어진 미토스의 결들을 정교하게 연결시킴으로서 인물들의 심리와 행위에 극적 동기를 부여하였는데, 이는 라신에서 한 발 더 나아간 성과로 평가할 수 있다.

「오레스테이아」에서도 미토스에 개연성을 부여하여 비극의 완성도를 높이는 모습을 발견할 수 있다. 김지용은 아이스킬로스의 원작처럼 아버지가 딸을 죽이고, 아내가 남편을 죽이는 1부 '아가멤논', 아들이 어머니를 죽이는 2부 '제주를 바치는 여인들'의 줄거리는 거의 그대로 따르고 있다. 그러나 복수의 여신들에게 쫓기던 오레스테스가 아폴론의 변호와 아테나의 극적인 판결로 구원받는 3부 '자비의 여신들'에 이르러 고대의 비극을 현대적인 미토스로 재구성한다.

극적 개연성을 높이기 위해 그는 크게 세 부분에서 미토스를 달리 설정한다. 첫째, 아가멤논이 자신의 사촌인 탄탈로스(티에스테스의 아들, 제우스의 아들이자 오레스테스 가문의 원조인 탄탈로스의 동명의 증손자)를 죽이고 그의 처 클리타임네스트라를 아내로 취하였던 사실에 초점을 맞춘다. 그런즉 아가멤논이 희생양으로 바친 장녀 이피게네이아는 클리타임네스트라와 전 남편 탄탈로스와의 사이에서 난 의붓딸로 설정된다. 그렇게 함으로써 아가멤논이 트로이 전쟁의 출정을 위해 이피게네이아를 선뜻 희생양으로 바치는 행위와, 클리타임네스트라가 복수를 위해 남편을 죽이는 행위에 각각 현실적인 동기를 부여한다.

둘째, 신들의 미토스를 모두 제거함으로써 데우스 엑스 마키나(Deus ex machina-기계장치로부터 하강한 신)를 제거한다. 즉 복수의 여신을 등장시키는 대신 오레스테스가 스스로 모친 살해에 대한 죄의식에 쫓기는 것으로 설정하였다. 이는 맥베스와 맥베스 부인이 던컨 왕 암살 후에 가지는 죄의식에 비견된다.

셋째, 아르고스의 왕권을 계승할 유일한 적통인 오레스테스를 모친 살해범으로 단죄함으로써 오레스테스의 운명이 신들의 법정에서 결정되었던 고대 비극의 미토스를 거부한다. 즉 오레스테스가 모친 살해의 죄의식에서 벗어나지 못하고 괴로워할 때, 그의 숙부 메넬라오스가 등장하여 아르고스의 왕권을 찬탈하려는 것으로 설정하였다. 김지용은 오레스테스가 모친을 살해하는 2막의 끝에 메넬라오스를 등장시켜 신들이 주도하는 아테네의 재판권을 메넬라오스에게 넘겨주었던 것이다. 이와 동시에 메넬라오스에게 권력에 대한 야망을 부여한다. 이는 아가멤논의 동생으로서 늘 2인자로만 살아야 했던 메넬라오스의 피해의식을 드러내는 장면을 설정함으로써 구체화된다. 유약한 조카로부터 왕권을 찬탈하는 역사적 드라마의 주인공들(단종과 세조, 햄릿과 클로어디스, 심바와 스카 등)로부터 극적 모티프를 끌어옴으로써 시대적 개연성을 살리며 재구성한 훌륭한 사례를 보여주었다.

그러나 김지용의 「오레스테이아」에서 가장 주목할 대목은 결말부에서 등장하는 각성한 시민들이다. 레이몬드 윌리엄즈는 『현대비극론』에서 비극의 흐름을 고찰하였다. 그에 따르면 비극의 중심 갈등은 그리스적인 '인간과 운명 사이의' 갈등에서 르네상스적인 '인간의 이원론 사이의' 갈등으로, 그리고 현대에 이르러 '인간을 둘러싼 사회적 조건 사이의' 갈등으로 진화하여왔다. 이러한 시대사적 특징을 반영하여 김지용은 고대의 결정론적 운명비극을 성격비극으로 전환시키고, 나아가 사회비극적 수준으로 주제를 부각시켰다. 그리하여 아이스킬로스의 원작처럼 오레스테스가 아폴론 신의 변론과 아테네 신의 극적인 표결에 의해서 구원을 받는 방식이 아니라, 화해와 용서를 추구하는 오레스테스의 진정성과, 정의를 요구하는 시민들의 궐기에 의해 메넬라오스의 정권욕을 굴복시키는 것으로 결말을 맺는다. 김지용의 「오레스테이아」의 결말 부분은 그러한 작가의 주제의식이 집약적으로 표현되어 있다.

오레스테스　　분노로 이성을 잃은 시민들이여, 하지만 이 나라를 깊이 사랑하고 있는 아르고스의 모든 시민들이여. 다들 진정하세요. 어머니를 죽인 나는 시민들과 귀족들과 그리고 이 나라를 구성하는 모든 이의 앞에서 재판을 받을 것입니다. 준엄한 판결이 나에게 죄를 묻는다면 나는 그 벌을 달게 받겠습니다.

시민들은 들었던 칼을 서서히 내려놓는다.

엘렉트라　　왕의 아들이 재판을 받는다니 그건 있을 수 없는 일이야.

오레스테스　　하지만 우리도 사람이야. 신이 아니야. 사람인 거야. 사람이라는 거, 그게 중요한 거지. (메넬라오스에게) 괜찮으세요?

메넬라오스　　앞을 봐라. 저 눈동자들을 믿을 수 있겠느냐? 너무나 감정적이다. 또한 충동적이지. 모두가 만족할 수 있는 길이 있을 것 같으냐? 없어. 조금만 빈틈을 보여도 저것들은 네 여린 속살을 잔인하게 물어뜯을 거야. 쉬운 길을 놔두고 공연히 어려운 길을 택하다니. 어리석구나.

메넬라오스는 퇴장한다.

오레스테스　　알아요. 목적지에 늦게 도착하겠죠. 그러나 그 어려운 길 속에서, 느리게 가는 길의 과정에서 좀 더 많은 사람들을 만날 수 있을 겁니다. 빨리 달리다 보면 느끼지 못하고 지나쳐버릴 소중한 풍경도 볼 수 있을 테죠. 나는 비로소 그 길이 내 인생, 내 운명임을 이제 알았습니다.

시민들이 등장한다.

　이러한 결말 장면은 한편으로 사르트르의 「파리떼」를 연상시킨다. 「파리떼」는 아이스킬로스의 유약한 오레스테스를 실존적인 자유의 투사로 부각시킨 작품이다. 사르트르의 오레스테스는 죄의식과 절망을 거부하고, 인간을 초월하는 모든 질서에 대해 거부한다.

> 오레스테스　　　당신의 전 우주도 내가 잘못되었음을 증명하기에는 충분치 못합니다. 당신은 신들의 왕이요, 암석과 별들의 왕이요, 바다의 왕입니다. 그러나 당신은 인간의 왕은 아닙니다.

　사르트르의 오레스테스는 그의 항거가 가져온 개인적인 결과들을 떠맡음으로써 자유로워진다. 동시에 그러한 개인적 액션에 의해서 그는 구름 같은 파리떼와 유혈로부터 그의 도시를 해방시킨다. 김지용 또한 신탁으로 이미 결정된 미토스를 인격(ethos)의 차원으로 전환시킨다. 나아가 오랜 원한과 복수의 역사에 종언을 구하는 것은 지도자의 각성과 시민의 참여로 이루어지는 것임을 강조한다. 이것이 희곡을 창작하고 그것을 직접 무대화하는 싱어송라이터(Singer-songwriter)로서의 김지용이 추구하는 극적 구조의지이다. 이러한 주제의식은 그의 창작극들을 관통하는 패턴이 된다.

3. 창작극들

　「공무도하가」는 머리를 풀고 강을 건너다 죽은 백수광부를 노래한 고대가요의 모티프를 현대적으로 재구성함으로써 다양한 사랑의 관념을 표현하고자 한 작품이다.

> 성미　　사랑이 표방하고 있는 관념이 뭐지? 나에게 있어 나보다 네가 더 소중하다는 거잖아. 그런데 정말 그런 걸까? 그럴 수 있을까?
>
> 재림　　그럴 수도 있죠.
>
> 성미　　영화나 드라마에서처럼?
>
> 재림　　네.
>
> 성미　　그런 건 마취제야. 있을 수 없는 일들을 그럴 듯하게 포장해놓은 거지. 현실에서는 불가능해. 현실에서는 누군가의 희생일 뿐이야. 그

러니까 흔히 사랑이라고 말하는 것은 스스로에게 희생이 아름답다고 최면을 거는 행위일 뿐이라구.

누군가는 사랑하는 사람을 위해 끝까지 희생의 길을 가는가 하면, 누군가는 예속된 결혼 생활을 청산하고 진정한 사랑의 의미를 예술로 승화시키기도 하고, 또 누군가는 현실적 조건이 아닌 진정한 사랑을 선택하기도 한다. 김지용은 지금 여기의 다양한 사랑의 형태들을 극적으로 조명함으로써 유물론적 사회 환경이 지배하는 인간의 조건 속에서 진정한 사랑의 의미를 모색하고 있다.

「지금...여기」는 외젠 이오네스코 원작 『끔직한 사창가 Ce formidable bordel!』의 모티프를 참고하여 지금 여기의 상황에 맞게 재구성한 창작극이다. 부산시립극단 창단 단원인 박찬영(실제인물)이 정년을 맞는 시점에 대형복권에 당첨되는 것으로 극은 시작된다. 이후 극은 퇴역배우 박찬영의 눈에 비친 동시대의 세태가 에피소드 형식으로 전개된다. 이는 1930년대 도심을 배회하며 당시의 세태를 반영하였던 박태원의 「소설가 구보씨의 일일」이나 「천변풍경」을 연상케 한다.

정년에 이르도록 볼품없이 가난한 연극배우로 무시하던 단원들이 복권 당첨 소식에 돌변하여 아부를 하는 풍경. 결혼을 앞둔 가난한 공무원과 백수 커플이 집을 얻고자 하지만 결국 빚을 얻게 되고, 그로부터 아이 낳고 키우는 동안 평생 자본(빚)에 예속되어 살 수밖에 없는 풍경. 파키스탄에서 이주한 여성 노동자가 가정부에서 불법체류자로, 다시 창녀에서 성병환자가 되어 강제출국 위기에 처하는 풍경, 사소한 장기 시비로 소일하는 노인들의 풍경, 연하남에게 이용가치가 떨어진 연상녀가 버림받는 풍경, 실직자가 된 자신을 동정하는 가정의 풍경 등등이 이어진다.

김지용은 이를 통해 물질과 사회적 조건에 좌우되는 현대인의 다양한 삶의 단면들을 조명한다. 그의 작품 속에 비친 세상은 유가 상승, 물가 상승, 서민경제 붕괴, 쓰나미, 방사능, 인플레이션, 스태그플레이션, 인턴사원, 비정규직, 청년실업, 날치기 통과, 국회난동, 우울증, 자살, 세종시 백지화, 신공항 백지화, 부정부패, 학연, 지연, 성상납, 영어몰입교육, 수구꼴통, 좌빨, 임금님 귀는 당나귀 귀, 한반도 대운하, 4대강 정비사업, 조류독감, 돼지독감, 구제역, 등록금 인상 결사반대, 보이스 피싱, 마늘밭 100억 원 등, 지금 여기 한국에서 벌어지고 있는 온갖 부정적인 사회적 문제와 갈등들이 만연해 있다.

그럼에도 불구하고 김지용은 삶의 의지와 미래의 희망을 잃지 않는다. 주인공의 마지막 독백에는 작품을 일관하는 작가의 주제의식이 함축되어 있다. "(…) 우리는 갈 길이 멀고, 그만큼 급해. 제도는 허점투성이고 형식은 낡았으며 의식은 자본에 침식당하고 있어." 이처럼 세상을 향한 작가의 시선은 비극적 인식으로 갈무리된다.

그러나 김지용의 주제의식은 비극적 인식의 차원에서만 머물지 않는다. 그의 작품들이 모두 그러하듯이 주인공은 지금 여기의 우리가 나아가야 할 진정어린 소망을 피력한다. "나와 이 땅의 모든 사람들이 좀 더 고차원적인 생물로 진화했으면 좋겠어. 주식 시세에 일희일비 하지 않았으면 좋겠고, 강남 땅값이 오르는 데에 너무 분개하지 않았으면 좋겠고, 공무원 시험 합격한 것이 가문의 영광처럼 평가되지 말았으면 하고, 세금을 떼먹었다는 기사가 더 이상 나오지 말았으면 좋겠어. 그보다는 저 멀리 몇백만 광년 떨어진 은하에 사는 외계인이 보낸 우호적인 메시지가 들렸으면 좋겠고, 멸종되었다는 생물이 다시 출현했다는 반가운 소식이 전해졌으면 좋겠고, 암을 극복하는 혁신적인 치료법이 개발되었으면 좋겠어. 정말로 그랬으면… 정말로."

「그 섬에서의 생존방식」은 삶의 형태가 좀 더 상징적으로 압축되고, 등장하는 인물들도 유형적이다. 오크와 트롤이라는 이름의 부부가 일상의 사소한 갈등 속에 살아가는 섬에 모험가가 등장하면서 위기가 발생한다. 이들 부부는 모험가의 권모술수에 의해 삶의 터전과 수단을 빼앗긴 채 억압과 착취를 당한다. 자본주의로 상징되는 모험가는 인류로 상징되는 오크와 트롤의 욕망을 부추겨 결국 그들의 삶의 터전인 섬을 장악한다.

이와 같이 보다 더 단순화된 상징적 장치에도 불구하고 이 작품이 관객의 흥미를 끄는 것은 모험가의 술수에 부부가 농락당하는 과정이 희화적으로 전개되기 때문이다. 다만 이 희극미가 곧장 가벼운 결말부로 이어간다는 점에서는 아쉬움을 남긴다. 즉 내부적인 각성이나 정의로운 외부의 원조에 의해서가 아니라 단지 쓰나미가 덮쳐 와서 모험가를 쓸어 간다는 설정이 지나치게 낙관적이다.

한편 이러한 결말은 현실적 대안을 주체적으로 모색할 여지가 없는 시대적 전망을 드러내는 것으로 읽히기도 한다. 그러므로 이 작품은 희극이라기

보다는 아이러니의 성향이 강한 부조리극 갈래로 규정할 수 있다. 다음에 인용하는 모험가의 대사를 통해 김지용은 인간의 운명을 결정하는 지배 이데올로기가 신에서 돈이라는 물신으로 변화한 지금 여기의 세계관을 드러내고 있다.

모험가 (진지하게) 세계의 발전이 어떻게 전개되어 왔는지 정확하게 알고 있나? 착취와 억압, 그리고 그것에 대한 반항이지. 일찍이 신은 이 모든 세상을 몽땅 지배하였다. 신이 이 세상을 만들었고 우리 인간은 그 신이란 놈이 던진 먹이를 두고 서로 끝없는 다툼을 벌여왔던 거야. (…) 이제 신이란 존재는 신화 속에 묻혀버린 화석이 되어버렸다. 그리고 이제 인간을 지배하는 것은 바로… 돈이야. (…) 난 그런 돈을 다 빨아들이는 자석 같은 존재다. 내 뱃속에는 수많은 인간들이 배설한 욕망이 가득 들어 있지. 너희들은 뭘 원하나? 시커먼 욕망의 대가를 지불해. 나에게 돈을 달란 말이다. 돈,돈,돈!! 이 따위 냄새나고 썩어가는 생선은 집어치우고 돈을 달란 말이야!

「메타」는 제목이 의미하듯이 연극을 만드는 사람들에 대한 연극, 즉 메타극(meta theatre) 형식의 작품이다. 김지용은 권력과 지식, 그리고 대중들의 관계를 연극을 만드는 행위, 즉 연출의 과정에 빗대어서 은유하고 있다.

극중의 '연출'은 극중의 '작가'에게 공연 제목이 '메타'이듯이, 은유의 대상을 명확하게 했으면 좋겠다는 단원들의 의견을 전달한다. 은유의 대상이 명확하면 배우들도 놀이적 상황에 빠져들 수 있을 것 같은데, 지금은 그 상황이 분명하지 않기 때문에 배우들이 단지 저능아처럼 보이게 된다는 것이다. 이에 대해 '작가'는 배우들이 제기하는 문제를 "인식의 문제"로 이해해주길 주문한다. "아직은 아무것도 잡혀 있지 않은 상태. 무중력. 거기서 희곡이 주어지고, 무대라는 공간이 주어지면서 사람이 배우가 되어가는 것."이라 하며 자신의 뜻을 굽히지 않는다. 그러나 '연출'은 연출이나 작가는 배우들과 달리 미리 인식하고 있는 존재라는 점을 지적한다. 나아가 배우들의 성격들이 한두 명을 제외하고는 변별력이 없이 동일한 인물처럼 느껴지는 점을 수정해줄 것을 요구한다. 이에 '작가'가 동의하지 않자 결국 '연출'은 '작가'의 작품을 자신의 의도대로 고친다. 극중극에서 작가의 역을 맡는 '막내'의 대사를 고친 것이다.

막내 　(…) 마음속에 간직했던 이미지, 꿈. 그것은 그들을 만나 현실이 되었다. 이 공간, 무한한 가능성이 펼쳐진 공간. 샘물같이 퐁퐁 솟는 창작의 날개. 아니, 활화산같이 마그마를 뿜으며 폭발하는 욕망이라 말하는 게 옳겠다. 나는 곧 그들이고, 그들은 바로 나. 저 무수한 시선들을 멀게 만드는 찬란한 빛. 어떤 의미의 창조. 그러니 나는 바로 절대자. 이 신비한 공간을 만든 가슴 벅찬 희열과 감동. 아! **이제 나는 알겠다. 침묵은 바라보는 자의 특권. 그 침묵이야말로 내가 누릴 수 있는 최대의 자유로움이라는 것을.** 그렇다. 나는 이제 더 이상 프로메테우스가 아니다. 나는 이미 너희들에게 횃불을 넘겨주었다.

인용문에서 짙게 표시한 부분은 '작가'의 허락을 구하지 않고 '연출'이 독단적으로 고친 대목이다. 이는 극작가이자 연출가인 김지용의 세계관이 집약적으로 드러나는 부분이기도 하다. 즉 배우들은 작가의 피조물이거나 연출가의 꼭두각시가 아니듯이 대중들도 특정한 지도자 또는 지배 이데올로기에 의해 좌우되는 존재가 되어서는 안 된다는 것이다. 결국 작가도 연출의 의도에 동의하게 되고 연극은 막을 올린다.

김지용의 작품들은 이와 같이 특정 시스템에 의해 운명이 결정되는 인간의 조건을 비극적 세계관으로써 인식한다. 그것은 개별자들의 개성적인 삶을 조명하기보다는 개별자들의 운명을 결정하는 현대의 신화가 빚어내는 보편자들을 성찰하고자 하는 태도에서 기인한다. 그러한 성찰의 끝에서 작가는 물신주의에 물든 현실을 비극적으로 인식하지만, 궁극적으로는 그러한 인간적 한계를 초극하고자 하는 의지를 강력하게 표출하는 것으로 결말을 맺는다.

이와 같은 작가의 신화적 상상력이 가장 압축적으로 표현된 작품이 「The solar system」이다. 'The solar system' 즉 태양계는 열핵융합반응으로 스스로 빛을 내는 항성인 태양을 중심으로 수성, 금성, 지구, 화성, 목성, 토성 천왕성, 해왕성 등 8개의 행성으로 이루어지며, 태양풍과 자기력선의 영향이 미치는 공간을 의미한다. 태양을 포함한 우리의 은하계에는 약 천억 개의 항성이 존재하고 있다고 한다. 나아가 대우주 안에는 은하계와 같이 고립된 외부은하가 천억 개가량 있는 것으로 추정된다. 이렇게 대우주의 차원에서 볼 때 태양계의 공간이란 너무나 미미한 것이며, 그 태양계 안을 돌고 있는 지구와 그 지구 안에서 살고 있는 인간이란 미세한 먼지와 같은 존재에 불과한 것이다.

김지용의 신화적 상상력은 태양계의 행성들이 태양풍과 자기력선의 영향 아래 운행하듯이, 인간들의 삶도 그와 다르지 않음을 밝히고자 한다. 즉 인류의 역사는 늘 특정 시스템에 의해 운영되어왔다는 것이다. 고대와 중세에는 신이 인간의 운명을 결정하였던 지배 이데올로기였다면, 현대에는 자본주의라는 물신이 그 중심을 대체하였다는 것이다. 작가는 극의 도입부에 자신의 서사극적 자아(das epische Ich)인 '작가'를 등장시켜 이를 역설한다.

<blockquote>
작가 (…) 보다시피 이 연극은 태양계를 여행한 보이저호를 소재로 하고 있어요. 처음 12년 동안 보이저는 그랜드 투어라는 미션을 수행했는데, 이 그랜드 투어란 화성 바깥쪽의 외행성 즉, 목성, 토성, 천왕성, 해왕성 등등을 탐사하는 것이었죠. (사이) ○○○○년 ○월 ○○일, 바로 오늘! 지금 보이저는 태양계 밖으로의 여행을 감행하고 있습니다. 보이저 계획을 조사하면서 전 이런 생각을 해봤어요. 태양을 중심으로 공전하고 있는 행성들이 마치 우리들 각 개인의 삶과 유사하다고. 여러분들은 그렇게 느껴지지 않으십니까?
</blockquote>

그리고 작품은 '작가'가 창작한 희곡의 주인공인 '보이저'가 태어나고 성장하고 세속에 부대끼다가 결국 자살에 이르는 과정을 파노라마 형식으로 전개한다. 즉, 이 작품은 김지용이라는 작가가 창조한 극중의 '작가'가 창작한 희곡이라는 메타극(meta theatre)의 형식을 띤다. 작가는 극중극의 과정을 통해 인간의 삶이란 개성적으로 다양한 듯해도 사실은 정해진 궤도(trace)를 따라 떠도는 유형적인(typical) 것임을 강조한다. 그에 의하자면, 인생이란 부모의 축복 속에 태어나지만, 속물의지와 경쟁논리에 의해 성장하고, 꿈을 접고 대학에 진학하고, 연애하고, 군에 입대하고, 고무신 거꾸로 신고, 스펙을 쌓아 입사하고, 그렇게 성인이 되어서는 속물자본주의의 다양한 형태들을 경험하다가 죽음에 이른다. 이와 같은 비극적 인식이 선행하기에 '작가'는 프롤로그에서 '전 이 공연을 마지막으로 더 이상 작품을 쓰지

않을 작정'이라며 절필을 선언하였던 것이다.

작품의 모티브가 되는 보이저 1호는 스타워즈 개봉 3개월 뒤인 1977년 9월 5일에 '그랜드 투어'를 목적으로 발사되었다(보이저 2호는 이에 앞서 8월 20일에 먼저 발사됨). 그리고 2013년 9월 12일 현재 미 항공우주국 (NASA)은 "보이저 1호가 인간이 만든 물체로는 최초로 태양계를 벗어났다."고 공식 발표했다. 55개 나라의 인사말과 지구 사진 100장, 외계인에게 보내는 메시지 등이 입력된 황금 레코드를 싣고 보이저 1호는 발사된 지 36년 만에 태양계를 벗어난 것이다. 태양계를 벗어난 보이저 호처럼 작품 속의 주인공 '보이저' 또한 상징계의 욕망을 벗어나는 유일한 길인 죽음을 향해 나아갔다.

태양계를 벗어난 보이저 호는 2030년이 되면 전원을 완전히 소진할 것이라 한다. 우리는 자체 동력을 잃어버린 보이저 호를 어떻게 인식할 것인가? 생명을 잃고 우주를 떠도는 미아로 볼 것인가? 아니면 태양계의 자장으로부터 분리를 이룬 뒤 비로소 자유의지가 되어 대우주를 항해하는 '진정한 주체'로 볼 것인가?

4. 신화의 너머로

김지용의 작품 속에 등장하는 인물들은 예외 없이 일정한 궤도를 따라 부유하는 존재들이다. 아직 그들은 홈 패인 길의 바깥을 사유하지 못한다. 그들에게 시스템을 벗어나는 길은 죽음뿐이다. 그 누구도 시스템으로 작동되는 궤도를 정지시키거나, 아무도 가지 않은 길로의 탈주를 모색하지 않는다. 「설국열차」(봉준호 감독, 2013)의 커티스(크리스 에반스)처럼 머리칸으로 진격을 하거나, 남궁민수(송강호)처럼 궤도를 파괴하고 탈주를 감행하는 인물은 없다. 그가 초기 3부작에서 꿈꾸었던 '북극성'(「오아시스」)과 '안드로메다의 달'(「가출소녀 우주여행기」), 그리고 사랑과 혁명(「mankind history」)은 그 별과 달의 거리만큼이나 막연하거나, 또는 '시스템'에 의해 제압되어버렸다. 그 뒤로 이어진 작품들은 초기작들의 모호한 상징성으로부터 조금씩 현실의 구체성을 회복해가는 모습을 보이긴 하지만, 대안 부재의 그 도저한 비극적 인식만을 되풀이하고 있다.

그럼에도 불구하고 김지용의 작품들을 보노라면 그의 창작 의지를 지지

하지 않을 수 없게 만드는 지점들이 있다. 「The solar system」의 에필로그는 그 대표적인 예가 될 것이다. 프롤로그에서 이 공연을 마지막으로 절필할 것임을 선언하였던 극중 작가는 '좋은 글은 누구나 훈련만 제대로 한다면 잘 쓸 수 있는 것이지만, 진짜로 훌륭한 글은 어둠 속으로 머리를 들이밀고, 허공 속으로 뛰어들 줄 아는 용기를 필요로 하는 것이라는 새로운 깨달음을 얻는다. 그리하여 김지용의 극작 의지가 늘 그렇듯이 그의 극적 페르소나(persona)인 '작가' 또한 결말에 이르면 새로운 창작 의지를 불태우면서 막을 닫는 것이다. "아직 이 지구 내부에 있는 마그마가, 그리고 여러분 마음속에 잠들어 있는 열정이 다 식지 않았다고 생각한다면 말입니다. 잠시나마 다시는 글을 쓰지 않겠다고 결심했던 내가 부끄러워집니다. 저는 오늘 이 순간부터 멈춤 없이, 흔들림 없이 나의 글을 써나갈 것입니다."라고.

우리가 사는 이 현실 세계는 여러 상징들로 이루어져 있다. 그리고 그 상징들은 원형으로부터 나오고, 원형들은 신화로부터 나온다. 그리고 신화들은 현실을 이끌어가는 이데올로기를 구성한다. 그러한 이데올로기들의 자장 속에서 우리의 삶은 고정된 채 하루하루를 반복한다. 이것이 소위 라캉이 말한 '상징계 the symbolic'의 삶이다. 그것은 실상 무수한 틈새로 균열되어 있지만, 이데올로기와 신화에 의해 즉각 즉각 봉합된다. 그리하여 상징계는 완벽한 것처럼 눈앞에 펼쳐지고, 거기에 고착된 삶을 사는 한 우리는 매트릭스(matrix)에 갇힌 존재가 된다.

그러나 상징계는 보로메오 매듭(boromean knot)을 이루는 세 개의 고리(나머지는 상상계와 실재계) 중에 하나이듯이 절대 전부가 아니며 완벽하지도 않다. 상징이 실재를 대체하지 못하고, 신화와 이데올로기가 관념에 불과한 이상, 상징계는 하나의 거대한 환상에 다름 아니다. 보이저 호가 태양계의 자장을 벗어나 은하계로 나아갔듯이, 우리의 삶도 신화의 자장을 벗어날 수 있다. 그 '어둠 속으로', '허공 속으로' 김지용의 글이 흔들림 없이 나아가길 응원한다. 지금까지의 글들이 신화에 속박된 삶의 모습들을 성찰하는 것이었다면, 이제부터는 그 신화가 봉합하는 환상의 지점들을 찾아나서야 한다. 그리하여 봉합을 작동시키는 동력을 차단하고, 그 봉쇄선들 너머, 신화계의 바깥으로 우리를 인도해주길 바란다. 이미 시작되었을 외롭고 높고 쓸쓸한 그의 새로운 여정에 축복을 보낸다.

1.

많은 사람들이 인생을 여행에 은유한다. 기왕에 여행하는 거 초호화 유람선에 탑승해서 풍족한 환경 속에서 쾌락을 향유했으면 하는 게 대부분의 바람일 것이다. 그런데 보통의 인생은 편도 완행열차행에 불과하다. 그나마 목적지라도 명확하다면 다행일 것이고. 나는 인생에 한 번, 그 완행열차를 타고 가다 내렸다. 하지만 그것은 끝이 아니라 새로운 시작의 의미였다.

2.

신작 희곡쓰기가 막힌 지 오늘로 일주일 째. 본질을 외면한 채 기술적 인식만으로는 완성이란 요원하다. 머리로 습득한 지식이란 시작일 뿐이다. 가슴까지 내려와도 모자라다. 울고 웃고 아프고 기뻐야 체득이 되며 진리로 이어진다. 알량한 지식이 가슴을 거쳐 손과 발에 이르러야 비로소 내 것이라 선언할 수 있을 터이다. 그러므로 나는 아직 한참 멀었다. 나약함, 비겁함, 게으름 앞에서 주저하는 나에게 고한다. 내려가라. 더욱 내려가라.

3.

인생은 마취제에 취해 꾸는 꿈
귀는 미디어가 토해내 고이는 쓰레기통
입은 내 발목을 스스로 잡는 사슬

4.

작가가, 연출가가, 포함해서 모든 예술가가 관객의 환호에 감격스러워한다면, 그래서 거기에 방점을 찍고 창작의도를 맞춘다면, 예술은 죽는다. 그러나 너무 많은 갈증, 또한 허기가, 관객의 박수갈채에 도취되게끔 한다. 이해한다. 하여, 시선을 들어 세상을 보아야 한다. 추구해야 할 가치는 좀 더 멀리, 높이, 혹은 깊게 있다.

대중을 구원으로 받아들이는 어리석음을 행하지 말아라. 사랑스럽고 마땅히 존중받아야 할 너의 예술이 어느 사이 질식해 죽어갈 거다.

5.

욕심을 버리기로 결심하였다. 내 역량과 배움과 솜씨가 여기까지밖에 미치지 못함을 인정하도록 한다. 삼천 년의 역사를 단 며칠의 밤샘으로 대적하려 들었던 객기가 가소롭다. 고전은 고전인 이유가 있는 것이다. 밤을 지샌 갈등과 자책과 분노가 엉켜 녹초가 되었다.

잠이 온다. 술이 땡긴다. 오늘 나는 패배자다. 못난 놈.

6.

정리하고

챙기고

살피고

체크하고

조화롭게 만들고

목적을 명심하고

공평하게 대하고

특색은 살리고

가끔은

내 삶을 이루는 조건들이 너무 많다는 생각이 든다.

7.

나는 텅 빈 객석이 좋다. 또한 배우가 올라가 있지 않은 채 축조되어 있는 무대도 좋아한다. 그건 이 공간에 어떠한 기다림이 있기 때문이다. 기다리는 동안 나는 나의 욕망과 조우한다. 극장은 내 정신을 반영하는 거울이 되고, 잠깐의 나르시즘은 에너지를 충전시켜 준다. 내 연극의 시작이자 끝이며, 진리이다. 항상 새로이 태어나는 부활의 원동력이다.

8.
쓰다가 지치고
읽다가 찢는다
젠장
화내다 잠든다

9.
간만에 타는 버스다. 내 PLAY 시리즈의 대부분은 버스와 지하철에서 구상되었고, 플롯을 살찌웠으며, 고쳐졌다. 그리고 보니 지금 여기, The solar system 같은 포스트모더니즘, 표현주의 계열 작품의 구상도 버스에서 했던 거 같다.

자가용이 생기면서 나는 바빠졌다. 바빠졌기 때문에 자가용을 산 건가? 상상과 작업의 공간은 버스에서 내 방으로 이동했고, 2010년 이후로 나는 재구성과 각색에 몰두하며 내 창작희곡을 쓰지 않고 있다. 여지껏 뼛속까지 작가라 생각했지만 연출 일을 더 많이 하고 있다. 버스의 덜컹거림이 머리를 흔든다.

아, 대연동이다. 내려야겠다.

10.
내가 만드는 세계는 내가 서식하는 내 방만큼이나 사소한 곳이다. 작은 창 밖으로 낮엔 가끔 구름이 지나가고 밤엔 절기를 잃은 달이 지나간다. 구름에게 지어줄 이름이 생각나지 않았다.

어제는, 정확히 오늘 새벽엔 슬퍼도 살아야 하는 것의 넋두리가 아니라 슬퍼서 살아야 하는 것의 눈물을 생각했다.

균열은 불화의 증거이지만 내 방과 내 의식의 균열은 불화 때문은 아니다. 무기력과, 내가 할 수 있는 일들과, 사람들과, 나의 이기심들과, 건강한 혹은 퇴폐적인 욕망이 벌이는 화학작용 때문이다. 그래서 내 방은 조사와 부사, 형용사, 감탄사만이 남는다. 존재하는 것들을 관찰하고 그들의 몸짓에 귀 기울이는 것 말고는 달리 할 일이 없는 세계가 되었다.

세상은 물과 같아 내가 품은 칼로는 베어지지 않고 나의 그릇은 엉성하니 담아지지도 않는다. "그렇지만", "그래도", "그러니까", 이런 억지스런 결론을 유도하는 부사로나마 말한다.

나는 사랑한다. 오래 걸어온 육신의 뼈를 맞추듯 아픈 당신을 사랑한다.

11.

내 살아 있는 어느 날
어느 날 어느 골목에서 너를 만날지 모르고
만나도 내 눈길을 너는 피할 테지만
그날 기울던 햇살
감긴 눈과 긴 속눈썹
벌어진 입술
캄캄하게 낙엽 구르던 소리
나는 듣는다.

12.

나는 늘 놀고 있고
지금은 좀 많이 쉬고 있고
그러다 가끔 일을 하는데
이 일이 남들 보기엔 일 같지 않은 일이라
게을러 보이고
국가와 민족에 비협조적인 것처럼 비춰지고
그래서 뭔가 개선할 구석이 없을까 궁리ㅎ-다
에라 모르겠다
한낮에 누워서 잠을 자지

13.

올바른 길을 통해 세계를 정복할 수 있다고 그 어느 누구도 나만큼 확신
하지는 못하였다. 그런데 지금... 어디에 틈이 있었던가. 갑자기 무엇이 기우
뚱했던가. 무엇이 그 나머지를 다 결정해버렸던가...

우리 시대의 인간은 이렇게 말한다. 모순은 없다. 웃기는 일이다. 아직도
세상엔 견딜 수 없을 것 같은 시간들이 존재하고 있다. 하늘이 싸늘하고 자
연 속의 그 어느 것도 우리를 지탱해 주지 않을 때... 아! 어쩌면 죽는 것이

차라리 나을 것 같다.

14.

글을 쓰고자 앉아는 있으나 차오르지 않는다. 마음이 비어 있을 땐 채우려고 으르렁거렸고, 넘쳐 흐를 때는 비워내려고 토악질을 했다. 그런데 지금은 하얀 침묵뿐이다. 껌뻑이는 커서가 마치 비웃음 같다.

날카롭게, 더 예민하게.

밤이 차갑다.

■ 작가 약력

1977년 부산 출생
동아대학교 사회과학대학 경제학과 졸업
한국예술종합학교 대학원 극작과 졸업 (M.F.A)
현 프로젝트팀 이틀 대표
(사)한국연극협회 부산광역시지회 이사
부산희곡작가협회 부회장

2002년 제1회 부산대학연극제 대상/연출상 (「페스트」)
2005년 제23회 부산연극제 희곡상 (「PLAY」)
2006년 부산일보 신춘문예 희곡부문 당선 (「가출소녀 우주여행기」)
2006년 제24회 부산연극제 최우수작품상/희곡상/연출상 (「PLAY5_Mankind
    history」)
2006년 제24회 전국연극제 금상 (「PLAY5_Mankind history」)
2008년 한국일보 신춘문예 희곡부문 당선 (「그 섬에서의 생존방식」)
2009년 제2회 부산 젊은 예술가상
2010년 제28회 부산연극제 연출상 (「The solar system」)
2011년 제29회 부산연극제 연출상 (「연애의 시대」)
2011년 제9회 봉생청년문화상 공연 부문
2012년 제7회 올해의 연극인상
2013년 제7회 부산사랑 우수인재상 문화 부문